JOYAUX

Traduit de l'américain
par Martine Céleste Desoille

À Popeye

Il n'y a qu'un seul amour vrai dans une vie, un seul qui compte, qui grandit, et qui dure pour toujours… dans la vie… dans la mort… Ensemble, nous ne faisons qu'un… Mon bien-aimé, tu es l'amour de ma vie, le seul, l'unique… à jamais.

De tout mon cœur,

Olive

1

Dans l'air immobile de cette radieuse journée d'été, chaque bruit, chaque chant d'oiseau résonnait à des kilomètres à la ronde. Assise tranquillement à sa fenêtre, Sarah admirait les somptueux jardins parfaitement entretenus et la voûte ombragée des arbres qui bordaient le domaine du château de la Meuze. Le château lui-même était vieux de trois cents ans et Sarah, duchesse de Whitfield, y vivait depuis maintenant cinquante-deux ans. Elle n'était guère plus qu'une enfant lorsqu'elle était arrivée ici avec William. Cette pensée la fit sourire tandis qu'elle regardait s'ébattre les chiens de l'intendant. Max allait adorer les deux jeunes chiots.

Elle éprouvait toujours un sentiment de paix lorsqu'elle s'asseyait ici pour contempler le domaine auquel ils avaient consacré tant d'efforts. C'était facile aujourd'hui de se souvenir de la guerre, de la faim, des champs dévastés. Mais comme ç'avait été dur alors… et tellement différent ! C'était étrange, jamais époque ne lui avait paru si lointaine… cinquante ans, un demi-siècle. Elle regarda ses doigts, ornés de deux énormes émeraudes parfaitement carrées, qu'elle ne quittait pour ainsi dire jamais, et s'étonna de voir les mains d'une vieille femme. C'étaient toujours de belles mains, gracieuses, utiles, Dieu merci, mais c'étaient les mains d'une femme de soixante-quinze ans. Elle avait bien vécu, et longtemps ; trop longtemps, se disait-elle parfois. Trop longtemps sans William… et pourtant il lui restait encore à découvrir, à faire, à penser, à organiser, à prévoir pour les enfants. Il y avait toujours du nouveau, un événement inattendu qui, d'une façon ou d'une autre, requérait son attention. C'était étrange de penser qu'ils avaient encore besoin d'elle, moins qu'ils ne le croyaient en réalité, mais ils s'en remettaient à elle suffisamment souvent pour qu'elle se sentît importante, et utile. Et puis il y avait leurs enfants. Elle sourit en songeant à eux et se leva, sans cesser de les guetter par la fenêtre. D'ici, elle les verrait arriver. Elle verrait leurs visages réjouis ou contrariés lorsqu'ils descendraient de voiture et qu'ils lèveraient les yeux vers sa fenêtre, certains qu'elle serait là. Elle trouvait toujours quelque chose à faire dans son élégant petit boudoir, pour meubler l'attente. Même maintenant qu'ils étaient grands, elle éprouvait un petit pincement au cœur chaque fois qu'elle les voyait ou qu'ils se confiaient à elle. Elle se faisait du souci pour eux, elle les aimait. Chacun d'entre eux était un petit morceau de l'amour immense qu'elle avait partagé avec William. Quel homme extraordinaire ! Tellement extraordinaire que cela dépassait l'imagination. Même après la guerre son souvenir perdurait, et quiconque l'avait connu ne pouvait l'oublier.

Sarah s'éloigna lentement de la fenêtre et passa devant la cheminée de marbre blanc où elle s'asseyait les froids après-midi d'hiver, pour penser, noter, ou même écrire à l'un de ses enfants. Elle leur parlait souvent au téléphone, à Paris, Londres, Rome, Munich ou Madrid, et pourtant elle prenait un inlassable plaisir à leur écrire.

Debout devant la table drapée d'un brocart ancien aux tons passés (une superbe pièce de collection dénichée des années auparavant à Venise), elle effleura les photos encadrées qui s'y trouvaient, prenant l'une ou l'autre au hasard pour mieux la regarder. C'était soudain si facile de se souvenir du jour de leur mariage : William riait sur la photo et elle levait les yeux vers lui, un sourire timide sur les lèvres. Elle avait éprouvé tant de bonheur, tant de joie qu'elle avait cru que son cœur allait exploser ce jour-là. Elle portait une robe de dentelle et de satin beige, avec un chapeau de dentelle beige très chic, orné d'une voilette. Dans ses bras, un énorme bouquet d'orchidées couleur thé. On avait célébré le mariage chez ses parents à elle, dans l'intimité, en présence d'amis très proches. Une centaine de convives s'étaient joints à eux pour la réception, discrète et raffinée. Il n'y avait eu ni demoiselles ni garçons d'honneur cette fois, pas plus que de banquet gigantesque ou de jeunesse tapageuse. Sa sœur était drapée dans une robe de satin bleu et coiffée d'un chapeau sublime, conçu spécialement pour elle par Lily Daché. Sa mère arborait une robe verte, presque du même vert que ses deux extraordinaires émeraudes. Sarah sourit à cette pensée… Comme sa mère, si elle avait vécu, eût été heureuse de la vie de sa fille !

Il y avait d'autres photos sur la table, des photos des enfants tout jeunes… Julian, adorable, avec son premier chien ; Phillip, sérieux comme un pape, même s'il n'avait que huit ou neuf ans, lors de son entrée à Eton ; Isabelle, adolescente, quelque part dans le sud de la France... et une photo de chacun dans les bras de Sarah, le jour de leur naissance. William les avait prises lui-même, en s'efforçant de cacher son émotion tandis qu'il contemplait Sarah avec chaque nouveau bébé, si petit. Et Elizabeth, minuscule, debout à côté de Phillip sur un cliché tellement jauni qu'on les distinguait à peine aujourd'hui. Comme chaque fois qu'elle les contemplait et qu'elle se souvenait, Sarah sentait ses yeux se remplir de larmes. Elle avait eu une vie extraordinaire et bien remplie jusqu'ici, mais pas toujours facile.

Elle resta un long moment ainsi, à effleurer les photos, méditant sur chacune, faisant appel à sa mémoire tout en s'efforçant d'esquiver les souvenirs douloureux. Avec un soupir, elle regagna son poste d'observation derrière la fenêtre.

Grande et gracieuse, elle se tenait bien droite, la tête haute, fière et élégante comme une danseuse. Jadis noire et brillante comme l'ébène, sa chevelure était aujourd'hui d'un blanc de neige ; ses yeux immenses étaient du même vert sombre et profond que ses émeraudes. De tous ses enfants, seule Isabelle avait hérité de ces yeux, même si les siens n'étaient pas aussi sombres que ceux de Sarah. Mais aucun d'eux n'avait sa force ni son élégance, aucun d'eux n'avait son courage, sa volonté, sa ténacité face aux épreuves de la vie. Leur existence avait été plus facile que la sienne, et d'une certaine façon elle s'en félicitait. Mais parfois elle se demandait si elle ne les avait pas trop couvés, trop gâtés, faisant d'eux des êtres faibles. Non pas que Phillip fût ce qu'on appelle un faible... ni Julian, Xavier, ni même Isabelle... mais ils ne possédaient pas la force de caractère qui émanait d'elle et forçait le respect. William était comme cela, lui aussi, en plus exubérant, en plus jovial. Sarah avait toujours été plus effacée, sauf quand elle était seule avec William : elle donnait alors le meilleur d'elle-même. Il lui avait tout apporté, disait-elle souvent, tout ce qu'elle désirait ou aimait, tout ce dont elle avait réellement besoin. Elle sourit, le regard tourné vers les pelouses. Elle revoyait leur première rencontre comme si c'était hier. Elle n'arrivait pas à croire que demain elle soufflerait ses soixante-quinze bougies avec ses enfants et petits-enfants – et le surlendemain avec une pléthore de célébrités et de gens importants. Cette réception lui semblait absurde, mais les enfants avaient insisté. Julian avait tout organisé, et Phillip avait passé une demi-douzaine de coups de téléphone pour s'assurer que tout allait bien. Xavier, quant à lui, avait juré qu'il serait là, même s'il devait venir du Botswana, du Brésil ou de Dieu sait où. Et maintenant elle les attendait, à sa fenêtre, le cœur battant. Elle portait un fourreau Chanel noir, tout simple, superbement coupé, avec un collier de perles qu'elle ne quittait presque jamais. Des perles énormes, achetées après la guerre, et si remarquablement assorties qu'elles laissaient bouche bée les connaisseurs qui les voyaient pour la première fois. Vendues aujourd'hui, elles lui auraient rapporté au bas mot deux millions de dollars. Mais une telle idée ne l'aurait pas effleurée. Elle les portait parce qu'elle les aimait, et parce que William avait insisté pour qu'elle les gardât. « La duchesse de Whitfield doit porter des perles comme celles-là, ma chérie. » La première fois qu'elle les avait essayées, c'était sur un vieux pull à lui, emprunté pour faire du jardinage. Il l'avait taquinée en disant : « Celles de ma mère étaient insignifiantes à côté ! » Elle avait ri, il l'avait attirée à lui et embrassée. Sarah Whitfield possédait de belles choses, elle avait eu une vie merveilleuse, et c'était une femme réellement hors du commun.

Elle se détournait de la fenêtre, impatiente de les voir arriver, quand elle entendit une voiture s'engager dans le dernier virage. C'était une Rolls-Royce noire, interminable, aux vitres si foncées qu'elle n'aurait pu dire qui se trouvait à l'intérieur si elle ne l'avait su par cœur. Elle sourit. La voiture s'arrêta juste devant l'entrée principale, presque exactement sous sa fenêtre. Le chauffeur se précipita pour ouvrir la portière. Elle hocha la tête, amusée. Son fils aîné parut, très élégant comme toujours, et terriblement « british », ignorant la femme qui descendait de voiture derrière lui. Vêtue d'une robe de soie blanche et d'escarpins Chanel, les cheveux courts, très chic, elle portait une constellation de diamants qui brillaient de mille feux dans le soleil d'été. Sarah s'éloigna de la fenêtre, un sourire aux lèvres. Ce n'était que le début de quelques folles journées. Qu'aurait pensé William, s'il avait été là, de cette débauche de luxe pour ses soixante-quinze ans ? Soixante-quinze ans déjà, alors que tout semblait n'avoir commencé qu'hier…

2

Sarah Thompson, née à New York en 1916, était la plus jeune des deux filles d'une famille très cossue et respectable bien qu'un peu moins fortunée que celle des Astor ou des Biddle, ses cousins. Sa sœur Jane avait épousé un Vanderbilt à l'âge de dix-neuf ans. Et deux ans plus tard exactement, Sarah s'était fiancée avec Freddie Van Deering, le jour de *Thanksgiving*[1]. Elle avait alors dix-neuf ans ; Jane et Peter venaient d'avoir leur premier enfant, un blondinet tout bouclé, répondant au nom de James.

Les fiançailles de Sarah avec Freddie n'étonnèrent guère ses proches dans la mesure où les deux familles se fréquentaient depuis longtemps. Ils connaissaient moins bien Freddie, qui avait passé de nombreuses années au pensionnat. Lorsqu'il entra à Princeton, on le vit plus fréquemment à New York. Il était sorti diplômé de l'université en juin, l'année de leurs fiançailles, et semblait d'humeur joviale depuis cet événement majeur – qui ne l'avait d'ailleurs pas empêché de

1. Fête célébrée aux États-Unis le 4e jeudi de novembre. *(N.d.T.)*

faire sa cour à Sarah. Freddie était un garçon brillant, plein de vie, toujours prêt à faire des blagues et à jouer les boute-en-train pour amuser ses amis, et Sarah en particulier. Il avait su toucher Sarah par ses attentions et la distraire avec ses pitreries. Drôle et de contact facile, son rire et sa bonne humeur étaient contagieux. Tout le monde aimait Freddie. Son manque d'ambition professionnelle ne semblait déranger personne, sauf peut-être le père de Sarah. Le fils Van Deering pouvait vivre très confortablement sur sa fortune personnelle sans avoir à lever le petit doigt. Cependant pour le père de Sarah, qui possédait une banque, il était important qu'un jeune homme participât à la vie active, qu'il soit riche ou non. Edward Thompson avait fait part de ses vues à Freddie, juste avant les fiançailles. Freddie lui avait assuré qu'il songeait sérieusement à se mettre au travail. On lui proposait du reste un poste très intéressant chez J. P. Morgan & Co., à New York, et un autre encore plus alléchant à la Banque de Nouvelle-Angleterre, à Boston. Une fois passé le nouvel an, il envisageait de prendre l'un ou l'autre. Ravi de l'apprendre, M. Thompson donna le feu vert pour les fiançailles.

Les vacances se passèrent dans la joie pour Sarah cette année-là. Les réjouissances n'en finissaient pas. Ils sortaient tous les soirs, s'adonnant aux plaisirs de la fête, dansant entre amis jusqu'au petit matin. Séances de patinage à Central Park, cocktails, dîners et bals se succédaient. Sarah remarqua que Freddie buvait beaucoup au cours de ces sorties, ce qui ne l'empêchait d'ailleurs pas de rester lucide, courtois, et toujours aussi charmant. Tout le monde à New York adorait Freddie Van Deering.

Le mariage était prévu pour le mois de juin. Dès le début du printemps, Sarah ne savait plus où donner de la tête entre la liste de mariage, les essayages de la robe de mariée et les soirées données en son honneur. Elle ne vit pour ainsi dire pas Freddie pendant cette période, si ce n'est à l'occasion des soirées. Le reste du temps, il le passait avec ses amis, qui le « préparaient » au grand plongeon dans la Vie conjugale.

Théoriquement, Sarah aurait dû se réjouir, pourtant, comme elle le confia à Jane en mai, il n'en était rien. Prise dans un tourbillon, elle avait l'impression de perdre le contrôle de la situation et se sentait absolument exténuée. Tant et si bien qu'un après-midi, après l'ultime essayage de sa robe de mariée, elle éclata en sanglots. Sa sœur lui tendit son mouchoir de dentelle tout en caressant doucement sa longue chevelure brune qui retombait en cascade sur ses épaules.

— Ce n'est rien. C'est toujours comme cela avant de se marier. On dit que c'est une période merveilleuse, mais c'est un passage difficile en réalité. Il se passe tellement de choses, on n'a jamais une minute à soi pour souffler, réfléchir ou être seule… J'ai vécu la même chose avant mes noces.

— Vraiment ? dit Sarah en tournant ses grands yeux vers Jane.

Sa sœur aînée, qui venait de fêter ses vingt et un ans, lui semblait infiniment plus sage qu'elle-même. Quel soulagement d'apprendre qu'elle n'était pas la seule à se sentir dépassée par les événements avant la cérémonie !

Sarah était certaine d'une chose, en tout cas : Freddie l'aimait. Il était adorable et ils seraient sans doute très heureux ensemble. Simplement, il y avait trop de festivités et d'agitation. On aurait dit que Freddie ne pensait qu'à sortir et à s'amuser. Ils n'avaient pas eu un seul tête-à-tête sérieux depuis des mois. Il ne lui avait toujours rien dit de ses projets professionnels, lui répétant de ne pas s'en faire. Il n'avait pas accepté le poste à la banque, une fois passé le nouvel an, car il lui restait tant à faire, disait-il, qu'il n'aurait jamais pu mener de front les préparatifs du mariage et les responsabilités professionnelles. Edward Thompson commençait à se poser des questions sur les dispositions de Freddie concernant le travail, mais il s'abstint d'en faire part à sa fille. Au cours d'une discussion, sa femme, Victoria, lui avait assuré qu'une fois marié, Freddie se lancerait certainement dans une carrière. Après tout, il sortait à peine de Princeton.

Le jour du mariage arriva enfin. Les longs préparatifs n'avaient pas été vains : le mariage, célébré à l'église St Thomas sur la Cinquième Avenue, fut une réussite totale. La réception dura tout l'après-midi, au St Regis. Il y avait quatre cents convives, une musique de rêve, un buffet délicieux et quatorze demoiselles d'honneur, ravissantes dans leurs robes d'organdi rose pêche. Sarah portait une robe extraordinaire de dentelle et d'organdi français, garnie d'une traîne interminable, et un voile de dentelle qui avait appartenu à son arrière-grand-mère. Elle était absolument superbe. Ce jour-là, le soleil brillait de tous ses feux, et Freddie était beau comme un dieu. À tous égards, ce mariage était une réussite.

Comme le fut leur lune de miel. Freddie avait emprunté la maison d'un ami et un petit yacht à Cape Cod. Les jeunes gens y passèrent les quatre premières semaines de leur vie commune en tête à tête. Au début Sarah était intimidée, mais son mari se montra doux et affectueux et, comme toujours, plein d'entrain. Il était intelligent lorsqu'il acceptait d'être sérieux, ce qui était rare. Il était aussi excellent yachtman, ce qu'elle ignorait. Enfin, il buvait beaucoup moins que par le passé, et Sarah en éprouva un grand soulagement, car elle s'était fait du souci avant leur mariage. Il ne buvait que pour s'amuser, lui avait-il assuré.

Leur lune de miel avait été si merveilleuse qu'elle renâclait à l'idée de rentrer à New York en juillet. Mais les amis qui leur avaient prêté la maison rentraient d'Europe. De plus, Sarah et Freddie devaient commencer à s'organiser pour emménager dans leur nouvel appartement. Celui qu'ils avaient choisi était situé à New York même, dans l'Upper East Side. Auparavant ils iraient passer l'été chez ses parents à elle, à Southampton, en attendant que les travaux de peinture et de décoration soient terminés.

Lorsque arriva l'automne, ils rentrèrent à New York. Freddie se déclara une fois de plus trop occupé pour chercher du travail. À dire vrai, il était trop occupé pour faire quoi que ce soit hormis voir ses amis. De plus il s'était remis à boire, comme l'avait remarqué Sarah à Southampton. Au cours de leur emménagement, il lui fut impossible de ne pas s'en apercevoir. Il rentrait soûl chaque soir, après avoir passé la journée avec ses amis. Il lui arrivait même de rentrer bien après minuit. Parfois il emmenait Sarah à des soirées dont il était la principale attraction. Il était l'ami de tout le monde, car tous savaient qu'ils s'amuseraient comme des fous si Freddie Van Deering était de la partie. Tous, sauf Sarah, dont le visage s'allongeait de jour en jour à mesure que Noël approchait. Il ne parlait plus du tout de chercher du travail, et s'esquivait chaque fois qu'elle essayait adroitement d'aborder le sujet. Il semblait n'avoir aucun projet, à part celui de boire et de s'amuser.

En janvier, Sarah faisait pitié à voir. Jane l'invita à prendre le thé pour essayer de savoir ce qui n'allait pas.

— Je vais très bien, affirma-t-elle, étonnée de voir que sa sœur se souciait d'elle.

Mais lorsqu'on apporta le thé elle était livide, incapable d'avaler la moindre gorgée.

— Ma chérie, qu'est-ce qui ne va pas ? Je t'en prie, dis-le-moi ! Parle !

Jane s'inquiétait pour sa sœur depuis Noël. Elle l'avait trouvée étrangement renfermée pendant le réveillon. Freddie avait amusé tout le monde en portant un toast rimé à chacun des membres de la famille, puis à chacun des domestiques, sans oublier Jupiter, le chien des Thompson qui s'était mis à aboyer en mesure lorsqu'ils avaient applaudi la performance très réussie de Freddie. Il les avait tous bien fait rire, et personne ne semblait s'être rendu compte qu'il était passablement éméché.

— Mais je vais très bien, je t'assure, insista Sarah avant de fondre en larmes dans les bras de sa sœur.

Elle était malheureuse comme les pierres. Freddie n'était jamais à la maison, il rentrait tous les soirs à des heures indues. Sarah n'avoua pas à Jane qu'elle soupçonnait les amis de son mari d'être des amies. Elle avait bien essayé de l'inciter à passer davantage de temps avec elle, mais cette idée ne semblait guère l'enthousiasmer. Il buvait comme un trou. Il commençait dès le matin, parfois même au saut du lit, tout en affirmant à Sarah qu'il n'y avait aucun problème. Il l'appelait sa « petite fleur bleue », et tournait ses inquiétudes en dérision. Enfin, pour couronner le tout, elle venait d'apprendre qu'elle était enceinte.

— Mais c'est merveilleux ! s'exclama Jane, ravie, avant d'ajouter : Moi aussi !

Sarah lui sourit à travers ses larmes, incapable d'expliquer à sa sœur que sa vie était un cauchemar.

Celle de Jane était totalement différente. Elle avait épousé un homme responsable qui prenait le mariage très au sérieux, ce qui, manifestement, n'était pas le cas de Freddie. Certes, il avait des qualités, il était séduisant, drôle et plein d'esprit, mais le sens des responsabilités lui était étranger. Sarah commençait à se demander s'il se déciderait jamais à travailler. Allait-il passer sa vie entière à s'amuser ? C'est ce que craignait le père de Sarah, mais Jane était convaincue qu'après la naissance de leur enfant, les choses s'arrangeraient. Les deux jeunes femmes découvrirent que leurs bébés devaient naître à quelques jours d'intervalle seulement – nouvelle qui mit un peu de baume au cœur de Sarah lorsqu'elle regagna son appartement désert.

Freddie n'était pas là, comme il fallait s'y attendre, mais cette nuit-là il ne rentra pas du tout. Le lendemain à midi, il reparut, l'air penaud. Il lui expliqua qu'il avait joué au bridge jusqu'à quatre heures du matin et qu'il avait dormi chez ses amis pour ne pas la déranger au beau milieu de la nuit.

— Et tu voudrais me faire croire ça ?

C'était la première fois qu'elle se rebiffait, et il fut stupéfié par sa véhémence. Elle qui s'était toujours montrée si docile jusqu'ici ! Mais cette fois elle était hors d'elle.

— Comment cela ?

Comme s'il était choqué par sa question, il ouvrit

de grands yeux bleus innocents, jouant de ses cheveux blonds qui lui donnaient l'air d'un ange.

— Je me demande ce que tu fais vraiment la nuit quand tu ne rentres pas avant deux ou trois heures du matin, dit-elle, la voix pleine de ressentiment, de chagrin et de déception.

Il lui adressa un sourire enfantin, certain de pouvoir l'amadouer.

— Il m'arrive de boire un peu trop, voilà tout. Et dans ce cas, je préfère dormir sur place plutôt que de rentrer en pleine nuit et de te réveiller. Je ne veux pas te faire de peine, Sarah.

— Mais tu m'en fais. Tu n'es jamais à la maison. Tu es toujours avec tes amis, et tu rentres soûl chaque soir. Ça n'est pas un comportement d'homme marié.

Elle bouillait littéralement.

— Ah non ? Tu te réfères à ton beau-frère, sans doute, un type terne et sans joie de vivre ! Désolé, chérie, je ne suis pas Peter.

— Je ne t'ai jamais demandé de l'être. Mais qui es-tu ? Qui est l'homme que j'ai épousé ? Je ne te vois jamais, sauf dans des soirées, après quoi tu disparais avec tes amis pour jouer aux cartes, raconter des blagues et boire, ou bien tu sors pour aller Dieu sait où, dit-elle tristement.

— Tu préférerais peut-être que je reste à la maison avec toi ?

Il la regardait d'un air goguenard. Pour la première fois, elle décela de la méchanceté dans ses yeux. Elle critiquait ouvertement son style de vie. Elle lui faisait peur, l'attaquait sur le sujet de la boisson.

— Oui, je préférerais que tu restes à la maison. Qu'y a-t-il de choquant à cela ?

— Rien, c'est tout simplement stupide. Tu m'as épousé parce que tu me trouvais amusant, non ? Si tu avais voulu un rabat-joie comme ton beau-frère, tu aurais certainement pu t'en trouver un, mais tu ne l'as pas fait. Maintenant tu voudrais que je lui ressemble. Eh bien, chérie, tu peux être certaine que ça n'arrivera jamais.

— Que va-t-il se passer, alors ? Vas-tu te décider à travailler ? L'année dernière, tu as promis à Père de t'y mettre mais tu n'as pas bougé le petit doigt.

— Je n'ai pas besoin de travailler, Sarah. Et puis tu commences à m'embêter. Tu devrais être contente d'avoir un mari qui n'est pas obligé de trimer du matin au soir pour ramener trois sous à la maison.

— Père pense que ça serait bon pour toi. Et je le pense aussi.

C'était la première fois qu'elle l'affrontait de façon aussi directe. La veille au soir, elle avait passé un long moment à réfléchir à ce qu'elle allait lui dire. Elle voulait une vie meilleure et un mari qui tienne sa place avant la venue de leur enfant.

— Ton père appartient à une autre génération, dit-il, les yeux brillants, et toi, tu es une idiote.

Elle réalisa subitement ce qu'elle aurait dû comprendre dès qu'il avait franchi le seuil de la maison : il avait bu. Il était à peine midi, et il était ivre. Elle le regarda avec dégoût.

— Nous ferions mieux de remettre à plus tard cette discussion.

— Bonne idée.

Aussitôt il était ressorti. Mais ce soir-là, il était rentré de bonne heure, et le lendemain matin il avait fait un effort pour se lever à une heure décente. C'est alors qu'il s'aperçut qu'elle était malade comme un chien. Surpris, il l'interrogea pendant le petit déjeuner. Une femme de ménage venait chaque jour pour nettoyer, faire le repassage et préparer les repas. En temps normal, Sarah aimait bien cuisiner, mais depuis un mois elle en était incapable. Or Freddie, qui n'était presque jamais là, n'avait rien remarqué.

— Ça ne va pas ? Tu es malade ? Tu devrais peut-être voir un médecin, dit-il en lui jetant un regard compatissant par-dessus son journal.

— Je suis allée chez le médecin, dit-elle calmement, ses yeux cherchant les siens.

Il fallut un long moment avant qu'il ne regarde à nouveau de son côté, car il avait déjà oublié sa question.

— Que… quoi ? Ah oui… très bien. Et qu'est-ce que tu as ? La grippe ? Il faut faire attention, tu sais, il y a une épidémie en ce moment. La mère de Tom Parker a presque failli y rester, la semaine dernière.

— Je ne crois pas que je vais mourir de ce que j'ai.

Elle sourit tandis qu'il se replongeait dans son journal. Après un long silence, il leva à nouveau les yeux. Il avait complètement oublié leur conversation.

— Quel tapage autour de l'abdication d'Edouard VIII d'Angleterre ! Cette Simpson doit être un oiseau rare pour obtenir de lui une chose pareille.

— Je trouve désolant tout ce à quoi cet homme doit renoncer pour l'épouser, dit Sarah, l'air grave. Comment peut-elle accepter qu'il détruise sa vie ainsi ? Quelle vie peuvent-ils espérer avoir ensemble ?

— Une vie trépidante.

Il lui sourit, à son grand désespoir, plus beau que jamais. Elle ne savait plus si elle l'aimait ou si elle le détestait. La vie avec lui était devenue un véritable cauchemar. Mais peut-être Jane avait-elle raison, les choses s'arrangeraient sans doute lorsqu'ils auraient leur bébé.

— Je vais avoir un enfant, dit-elle dans un murmure.

Un moment elle crut qu'il ne l'avait pas entendue. Puis il se tourna vers elle avec l'expression de quelqu'un qui croit qu'on lui fait une blague.

— Tu parles sérieusement ?

Elle hocha la tête, incapable d'en dire plus, les yeux pleins de larmes. Dans un sens, elle était soulagée de le lui avoir dit. Bien qu'elle le sût depuis Noël, elle n'avait pas trouvé le courage de le lui annoncer. Elle aurait voulu qu'il la dorlote, qu'ils aient de bons moments ensemble, emplis de sérénité, mais depuis leur lune de miel à Cape Cod cela ne s'était pas produit.

— Oui, je parle sérieusement.

Ses yeux confirmaient ses dires.

— Quelle tuile ! Tu ne trouves pas que c'est un peu prématuré ? Et moi qui croyais que nous avions fait attention.

La nouvelle n'avait pas l'air de lui faire plaisir du tout. Elle sentit une boule dans sa gorge et se mit à prier pour ne pas éclater en sanglots.

— Moi aussi, je le croyais.

Elle leva vers lui des yeux noyés de larmes et il s'approcha d'elle, lui passant une main dans les cheveux comme il l'aurait fait à une petite sœur.

— Allez, ne t'inquiète pas. Tout ira bien. C'est pour quand ?

— Août.

Elle luttait de toutes ses forces pour retenir ses larmes. Cela dit, il n'était pas furieux, seulement contrarié. Elle-même n'avait pas sauté de joie en apprenant la nouvelle. Il y avait si peu de liens entre eux depuis quelque temps. Si peu de chaleur et de communication.

— Peter et Jane vont avoir un bébé aussi.

— Grand bien leur fasse, fut sa réponse sarcastique.

Il se demandait ce qu'ils allaient faire ensemble, maintenant. Le mariage s'avérait être une corvée bien plus terrible que ce qu'il avait imaginé. Elle passait sa vie à l'attendre à la maison, pour essayer de lui mettre le grappin dessus. « Et maintenant elle a l'air encore plus maussade », pensa-t-il en considérant la future jeune maman.

— Nous n'avons pas de chance, n'est-ce pas ?

Incapable de retenir ses larmes plus longtemps, elle les sentit couler lentement sur ses joues.

— On ne peut pas dire que ce soit le moment rêvé. Mais j'imagine qu'on ne décide pas toujours de ces choses-là.

Elle secoua la tête et il quitta la pièce. Une demi-heure plus tard il ressortait déjeuner avec des amis. Il ne savait pas quand il rentrerait. Il ne rentra pas. Et cette nuit-là, elle pleura jusqu'à l'épuisement. Il reparut le lendemain matin à huit heures, si soûl qu'il s'effondra sur le canapé du salon, incapable d'atteindre la chambre à coucher. Elle l'avait entendu rentrer, et lorsqu'elle le trouva, il était complètement inconscient.

Le mois suivant, elle comprit à quel point la nouvelle l'avait ébranlé. Pour lui, le mariage était une chose effrayante en soi, et l'idée d'avoir un enfant le terrorisait littéralement. C'est ce que Peter essaya de lui expliquer, un soir qu'elle dînait chez son beau-frère. Son désarroi n'était plus un secret pour personne depuis qu'elle avait annoncé à sa sœur qu'elle allait avoir un bébé.

— Il y a certains hommes que ce genre de responsabilité fait fuir, car cela signifie qu'ils vont être obligés de grandir, eux aussi. Je t'avoue que moi-même j'ai eu peur, la première fois. – Peter regarda tendrement sa femme, avant de poursuivre : – Tout le monde sait que Freddie est un instable. Mais peut-être que lorsque le bébé sera là, il s'apercevra que ça n'est pas aussi terrible que ce qu'il avait imaginé. Un nouveau-né est plutôt inoffensif. Cependant, jusque-là, il risque de te donner du fil à retordre.

Peter compatissait en fait davantage qu'il ne le laissait paraître. Combien de fois n'avait-il pas dit à sa femme que Freddie était un ignoble individu ? Cela dit, il ne voulait pas que Sarah sache ce qu'il pensait de lui, car il devinait qu'elle avait besoin d'encouragement.

Mais Sarah se sentait déprimée et Freddie ne s'amenda pas, il se mit à boire de plus belle. Jane dut déployer des trésors d'ingéniosité pour obliger Sarah à mettre le nez dehors. Finalement, elle parvint à la convaincre de faire du shopping. Elles étaient chez Bonwit Teller sur la Cinquième Avenue, lorsqûe Sarah, soudain livide, trébucha, saisissant brusquement le bras de sa sœur.

— Tu ne te sens pas bien ? demanda Jane, affolée.

— Je… ça va… Je ne sais pas ce qui s'est passé. Elle avait ressenti une douleur fulgurante mais cela n'avait pas duré.

— Asseyons-nous un moment, dit Jane en hélant

aussitôt un employé pour qu'on apportât une chaise et un verre d'eau.

Sarah lui agrippa à nouveau la main, le front en sueur, le visage couleur de cendre.

— Je suis désolée… Jane, je ne me sens pas bien du tout.

En prononçant ces mots, elle s'évanouit. L'ambulance arriva aussitôt, et Sarah quitta Bonwit sur une civière. Elle avait repris connaissance. Jane marchait à ses côtés, complètement retournée. Elle monta dans l'ambulance pour accompagner Sarah jusqu'à l'hôpital, en chargeant le magasin de prévenir Peter à son bureau, et leur mère chez elle. Quelques minutes plus tard, tous deux se présentaient à l'hôpital. Peter s'inquiétait surtout pour Jane. Elle se réfugia dans ses bras et éclata en sanglots. Sa mère pénétra dans la chambre de Sarah. Elle y resta un long moment, et lorsqu'elle en ressortit, elle avait les larmes aux yeux.

— Elle va bien ? demanda Jane, affolée.

Sa mère s'assit avec un hochement de tête. Elle avait toujours été une bonne mère. C'était une femme douce et discrète, une femme de goût, avec des idées saines et un sens des valeurs qui avaient beaucoup servi à ses deux filles, même si son éducation n'avait pu éviter à Sarah ses déboires avec Freddie.

— Elle s'en sortira, dit Victoria Thompson en leur prenant la main à tous les deux. Elle a perdu son bébé… mais elle est encore très jeune.

Victoria Thompson avait perdu un bébé, elle aussi, avant la naissance de Jane et de Sarah, mais elle n'en avait jamais parlé à ses enfants. Elle venait seulement de l'avouer à Sarah, en espérant que cela l'aiderait.

— Elle en aura un autre, un jour, dit-elle, attristée

à l'idée que Sarah avait misé sur le mauvais cheval en épousant Freddie.

Sarah avait longuement sangloté, déclarant que c'était de sa faute. La veille au soir, elle avait déplacé seule un meuble, Freddie n'étant jamais là quand elle avait besoin de lui. Puis elle lui avait tout avoué : les sorties de Freddie, la boisson, la vie misérable qu'elle menait avec lui, et enfin son rejet du bébé.

Les médecins interdirent les visites pendant plusieurs heures. Peter regagna son bureau en faisant promettre à Jane de rentrer à la maison et de se reposer. Après tout, elle attendait un enfant, elle aussi. Il y avait déjà bien assez d'une fausse couche.

En vain, ils essayèrent de joindre Freddie qui, comme à l'habitude, était sorti. Personne ne savait où il se trouvait ni quand il comptait rentrer. La bonne fut désolée d'apprendre l'« accident », et promit d'envoyer M. Van Deering au chevet de sa femme dès qu'il donnerait signe de vie.

— C'est de ma faute, sanglotait Sarah, lorsque sa mère et sa sœur retournèrent la voir. Je ne l'ai pas suffisamment désiré… J'étais bouleversée par la réaction de Freddie, et maintenant…

Elle éclata une fois de plus en sanglots tandis que sa mère la prenait dans ses bras pour essayer de la consoler.

Les trois femmes pleuraient à présent, et il fallut administrer un calmant à Sarah. Elle allait devoir rester quelques jours à l'hôpital. Victoria annonça aux infirmières qu'elle passerait la nuit avec sa fille. Elle renvoya Jane chez elle dans un taxi, puis elle téléphona longuement à son mari depuis le hall de l'hôpital.

Quand Freddie rentra chez lui, ce soir-là, il trouva,

à son grand étonnement, son beau-père qui l'attendait dans le salon. Fort heureusement il avait bu moins qu'à l'ordinaire et était presque sobre bien qu'il fût minuit passé. La soirée s'était avérée ennuyeuse et il avait décidé de rentrer de bonne heure.

— Bon sang ! Monsieur… mais que faites-vous ici ? dit-il en rougissant légèrement avant de lui adresser un de ses sourires enfantins.

Ce n'est qu'après coup qu'il se dit que quelque chose ne devait pas tourner rond.

— Il est arrivé quelque chose à Sarah ?

— Oui, répondit M. Thompson en détournant un instant les yeux. – Mais il était inutile de tourner autour du pot. – Elle a… euh… perdu son bébé ce matin. Elle est à l'hôpital de Lenox Hill. Sa mère est restée avec elle.

— Ah bon ? – Freddie était en fait soulagé mais il espérait que cela ne se voyait pas malgré les quelques verres qu'il avait ingurgités. – Je suis navré, dit-il comme s'il s'agissait de la femme ou du bébé d'un autre. Elle va bien ?

— Je pense qu'elle pourra avoir d'autres enfants. En revanche, ce qui n'est guère réjouissant, c'est ce que ma femme m'a raconté concernant votre relation à tous les deux. En temps normal, je ne me serais pas permis d'intervenir dans la vie privée de ma fille, mais les circonstances étant ce qu'elles sont, et Sarah étant… disons… très malade, il est de mon devoir d'avoir une discussion avec vous. Ma femme m'a dit que Sarah avait pleuré tout l'après-midi, et je trouve pour le moins surprenant qu'on n'ait pas réussi à vous joindre depuis ce matin. Ça n'est pas une vie, Frederick, ni pour elle ni pour vous. Avez-vous une déclaration à faire, ou pensez-vous pouvoir prolonger cette union dans un état d'esprit plus positif ?

— Je... je... mais bien sûr. Je vous offre un verre, monsieur Thompson ?

Se dirigeant prestement vers le bar, il se servit un grand verre de whisky allongé d'un soupçon d'eau.

— Non, merci.

Edward Thompson considérait son gendre avec un déplaisir évident. Il ne faisait aucun doute qu'il attendait une réponse.

— Auriez-vous quelques problèmes qui vous empêchent de vous conduire comme un époux normal ?

— Je... euh... eh bien, c'est-à-dire que ce bébé est arrivé un peu à l'improviste.

— Je comprends, Frederick. C'est souvent le cas avec les bébés. Y a-t-il un désaccord profond, dans un domaine particulier, entre ma fille et vous ?

— Absolument pas. Elle est adorable. C'est juste qu'il me faut un peu de temps pour m'adapter à ma nouvelle vie.

— Et pour vous mettre au travail, aussi ? dit Thompson en regardant Freddie droit dans les yeux.

Ce dernier avait senti venir la question.

— Oui, oui, naturellement. J'avais pensé m'y mettre après la naissance du bébé.

— Dans ce cas vous allez pouvoir vous y mettre tout de suite.

— Bien sûr, monsieur Thompson.

Edward Thompson se leva, incarnant l'image même de la respectabilité, tandis qu'il toisait son gendre à l'allure quelque peu négligée.

— J'imagine que vous avez hâte de voir Sarah, et que vous y serez demain matin à la première heure ?

— Certainement.

— Je dois passer prendre sa mère à dix heures, à l'hôpital. J'espère vous y rencontrer.

— Mais naturellement.

Freddie raccompagna son beau-père jusqu'à la porte, impatient de le voir s'en aller.

— Parfait, Frederick. – Avant de sortir, il se tourna une dernière fois vers son beau-fils. – J'espère que nous nous sommes bien compris.

Bien qu'ayant échangé fort peu de mots, ils avaient abordé l'essentiel.

— Je le pense, monsieur Thompson.

— Merci, Frederick. Bonsoir. À demain.

Avec un soupir de soulagement Freddie referma la porte derrière lui. Il retourna se servir un verre de whisky avant d'aller se coucher. Quel effet cela faisait-il de perdre un bébé ? Il n'avait pas envie de se poser trop de questions. Il ne s'intéressait guère à ce genre de problèmes. Il était navré pour Sarah, convaincu qu'elle avait dû passer un sale quart d'heure mais, curieusement, il n'éprouvait pas grand-chose pour le bébé, ni pour Sarah d'ailleurs. Lui qui croyait que le mariage était une chose épatante, qu'ils allaient faire la fête tous les soirs, et qu'elle serait toujours partante pour sortir avec lui ! Il n'avait jamais imaginé à quel point la vie à deux pouvait être confinée, ennuyeuse, étouffante. Rien dans la vie de couple ne l'attirait, pas même Sarah. Elle était belle et aurait pu faire une épouse parfaite… pour un autre. Elle savait tenir une maison, faire la cuisine, recevoir, elle était intelligente et de compagnie agréable. Au début, il s'était senti attiré par elle. Mais à présent, il ne la supportait plus. La vie d'homme marié lui était devenue intolérable et il était immensément soulagé qu'elle ait perdu l'enfant, car c'eût été la goutte d'eau qui fait déborder le vase.

Le lendemain matin, il se présenta à l'hôpital, comme promis, avant dix heures, de façon à être là lorsque M. Thompson viendrait chercher sa femme. Freddie avait l'air sinistre dans son costume foncé et sa cravate assortie. En fait, il avait une gueule de bois monumentale. Il avait apporté des fleurs, mais Sarah ne semblait pas touchée. Prostrée dans son lit, elle regardait par la fenêtre. Elle tenait la main de sa mère dans la sienne lorsqu'il entra et, un moment, il eut pitié d'elle. Elle tourna la tête vers lui, sans rien dire, et deux grosses larmes roulèrent sur ses joues. Sa mère quitta la chambre sur la pointe des pieds, après avoir serré la main de sa fille et donné une petite tape sur l'épaule de son gendre.

— Je suis navrée, Freddie, dit-elle doucement en quittant la pièce.

Elle était plus fine qu'il ne se l'imaginait, et un seul regard lui avait suffi pour comprendre que lui ne l'était pas.

— Tu m'en veux, n'est-ce pas ? dit Sarah à travers ses larmes.

Elle ne chercha pas à se lever. Elle faisait pitié à voir avec ses longs cheveux noirs tout emmêlés, son visage aussi blanc que les draps et ses lèvres bleues. Ayant perdu beaucoup de sang, elle était incapable de s'asseoir. Elle détournait sans cesse la tête, et lui ne trouvait rien à lui dire.

— Mais non, absolument pas. Pourquoi t'en voudrais-je ?

S'approchant un petit peu d'elle, il la prit par le menton pour l'obliger à le regarder. Mais le chagrin qui se lisait dans ses yeux était plus qu'il n'en pouvait supporter. Il était désemparé, et elle le sentait.

— C'est entièrement de ma faute. J'ai voulu déplacer la commode de la chambre à coucher, et puis… je ne sais pas… le médecin dit que ce sont des choses qui arrivent.

— Tu vois bien… dit-il en dansant d'un pied sur l'autre, tandis qu'elle croisait et décroisait ses doigts. Écoute… c'est aussi bien comme cela. J'ai vingt-quatre ans, tu en as vingt, et tu n'es pas prête pour élever un enfant.

Elle resta un long moment silencieuse, puis elle le regarda comme si elle le voyait pour la première fois.

— Tu es content que nous l'ayons perdu, c'est cela ? dit-elle en le regardant au fond des yeux, douloureusement, tandis qu'il luttait contre la migraine.

— Je n'ai jamais dit cela.

— Ça n'est pas nécessaire. Tu n'as pas de chagrin en tout cas.

— J'en ai pour toi.

Et c'était vrai, elle lui faisait pitié.

— Tu n'as jamais désiré ce bébé.

— Non, c'est vrai.

Il était honnête avec elle, c'était bien la moindre des choses.

— Eh bien moi non plus, grâce à toi, et c'est sans doute la raison pour laquelle je l'ai perdu.

Il ne savait que répondre. L'instant d'après, le père de Sarah entra dans la chambre, accompagné de Jane. Mme Thompson était en pourparlers avec les infirmières. Sarah allait rester quelques jours encore à l'hôpital, après quoi elle irait se reposer chez ses parents. Une fois rétablie, elle retournerait vivre avec Freddie.

— Vous êtes le bienvenu à la maison, naturellement, dit Victoria Thompson avec un sourire, bien décidée à ne pas laisser Sarah repartir avec lui.

Elle voulait veiller sur elle, et Freddie était manifestement soulagé de ne pas avoir à s'en occuper.

Il lui envoya des roses à l'hôpital le lendemain et lui rendit visite une fois encore. Lorsqu'elle fut installée chez ses parents, il passa la voir chaque jour.

Il ne parlait jamais du bébé. Mais il s'efforçait de lui faire la conversation. Il fut surpris de voir à quel point il était mal à l'aise avec elle. C'était comme si, du jour au lendemain, ils étaient devenus des étrangers l'un pour l'autre. La vérité, c'est qu'ils l'avaient toujours été, mais maintenant il leur était devenu impossible de se le cacher. Il n'éprouvait aucun chagrin. Il lui rendait visite uniquement par obligation, parce qu'il savait que son beau-père l'aurait étranglé s'il ne l'avait pas fait.

Il arrivait chez les Thompson chaque jour à midi, passait une heure avec elle, puis s'en allait déjeuner avec ses amis. Jamais il ne passait la voir en soirée, parce qu'il était généralement dans un état d'ébriété avancée et qu'il ne voulait pas que Sarah ou ses beaux-parents le voient ainsi. Il était sincèrement navré de voir Sarah si triste, avec cette mine de papier mâché. Mais il ne souhaitait pas y penser, ni deviner ce qu'elle attendait de lui, et encore moins envisager d'avoir un autre bébé. Il se mit à boire et à sortir de plus belle. Lorsque Sarah fut prête à retourner vivre avec lui, il était pris dans une spirale dont personne n'aurait pu le tirer. Il buvait maintenant sans se contrôler, à tel point que même ses amis commençaient à se faire du souci pour lui.

Il se présenta néanmoins à l'heure dite chez les Thompson pour ramener Sarah à la maison. La bonne les attendait. Tout était propre et parfaitement rangé, et pourtant Sarah se sentit étrangère chez elle. Freddie y était étranger, lui aussi. Il n'y venait que pour se changer depuis qu'elle avait perdu son bébé. Il sortait tous les soirs, profitant de son absence pour faire la java. Mais maintenant qu'elle était de retour, il se sentait mal à l'aise et étrangement confiné.

Il passa l'après-midi avec elle, puis il lui annonça qu'il devait dîner dehors avec un vieil ami pour parler affaires – un rendez-vous de la plus haute importance. Il savait qu'elle n'y verrait pas d'objection. Et elle n'en vit aucune, même si elle était déçue de devoir rester toute seule pour sa première soirée à la maison. Cependant lorsqu'il reparut ivre mort dans les bras du portier, à deux heures du matin, elle changea d'avis. Elle sursauta en entendant retentir la sonnette de la porte d'entrée. Pendu au cou du portier, Freddie plissait les paupières et ne semblait pas la reconnaître. L'autre l'aida à s'asseoir dans un fauteuil de la chambre à coucher et Freddie lui tendit un billet de cent dollars en se répandant en remerciements. Puis il s'approcha du lit en titubant, et s'y affala de tout son long, inconscient. Elle le considéra un long moment, les larmes aux yeux, avant d'aller dormir dans la chambre d'amis. Elle s'éloigna, le cœur brisé, en songeant à l'enfant qu'elle avait perdu, au mari qu'elle n'avait jamais eu et qu'elle n'aurait jamais. Elle avait enfin compris que son mariage avec Freddie n'était qu'une mascarade, une coquille vide, la source de chagrins et de déceptions sans fin. Dorénavant, elle ne pouvait plus se cacher la vérité. Il ne serait jamais rien d'autre qu'un play-boy et un ivrogne. Mais le pire de tout, c'était qu'elle ne pouvait pas envisager le divorce. Elle se refusait à jeter la disgrâce sur elle-même et sur sa famille.

Cette nuit-là, allongée dans la chambre d'amis, elle entrevit la longue route aride qui s'étirait devant elle. Toute une vie de solitude, aux côtés de Freddie.

3

Une semaine après être rentrée à la maison, Sarah avait retrouvé sa bonne mine. De nouveau sur pied, elle était allée déjeuner avec sa mère et sa sœur, qui la trouvèrent en pleine forme, bien qu'un peu moins loquace qu'à l'ordinaire.

Elles déjeunèrent toutes trois chez Jane. Victoria Thompson essaya de questionner discrètement Sarah au sujet de Freddie. Les confidences de Sarah à l'hôpital l'avaient profondément troublée.

— Il va bien, répondit Sarah, évasive.

Naturellement, elle ne dit rien des sorties nocturnes de Freddie ni de l'état dans lequel il rentrait au petit matin. En fait, elle ne parlait presque jamais de lui. Elle acceptait son sort, décidée à rester mariée avec Freddie coûte que coûte. Une séparation eût été trop humiliante à ses yeux.

De son côté, Freddie avait lui aussi perçu un changement chez sa femme, une sorte de résignation vis-à-vis de son comportement scandaleux. Comme si une partie d'elle-même était morte avec le bébé. Mais Freddie ne se posait pas de questions, il profitait de ce qu'il appelait la bonne nature de sa femme. Il allait et venait à sa guise, sans se soucier de l'emmener avec lui, la trompant ouvertement, et buvant depuis le moment où il posait le pied par terre jusqu'au soir, où il tombait ivre mort dans le lit conjugal, ou dans un autre.

La vie de Sarah était un véritable cauchemar, mais elle paraissait décidée à l'accepter. Gardant son chagrin pour elle, elle ne se confiait jamais à personne. Cependant, sa sœur semblait de plus en plus soucieuse, si bien que Sarah s'arrangeait pour la voir le moins possible. Elle était habitée par une sorte de torpeur ces derniers temps, et ses yeux étaient pleins d'une silencieuse angoisse. Elle avait beaucoup maigri depuis qu'elle avait perdu son bébé, ce qui était une autre source d'inquiétude pour Jane, qui voyait bien que sa sœur cherchait à l'éviter.

— Que se passe-t-il ? finit par lui demander Jane, en mai.

Elle était alors enceinte de six mois et n'avait pour ainsi dire pas vu Sarah depuis des mois car cette dernière ne supportait pas de voir s'arrondir le ventre de sa sœur.

— Rien, je vais très bien.

— Ne dis pas cela, Sarah ! Tu as l'air d'un zombie. Que te fait-il ? Que se passe-t-il ?

Jane sentait que sa sœur était mal à l'aise avec elle. Elle s'efforçait de ne pas s'imposer, mais elle ne voulait pas la laisser broyer du noir toute seule dans son coin. Elle commençait à craindre pour la santé mentale de Sarah, qui dépérissait aux côtés de Freddie. Il fallait que quelqu'un y mette un terme.

— Ne sois pas ridicule, je vais très bien.

— Les choses se sont arrangées entre vous ?

— Je le pense.

Elle restait vague à dessein, ce qui n'échappa pas à sa sœur.

Sarah était encore plus pâle et plus maigre qu'après sa fausse couche. Elle était profondément déprimée mais personne ne le savait. Elle assurait à tous qu'elle se portait comme un charme, que Freddie s'était amendé. Elle avait même dit à ses parents qu'il cherchait du travail. Personne ne fut dupe.

Lorsque arriva leur premier anniversaire de mariage, ses parents décidèrent de jouer le jeu et d'organiser une petite fête dans leur maison de Southampton.

Au début, Sarah tenta de les décourager, puis elle finit par se laisser convaincre. Freddie lui avait promis qu'il serait là. En fait, il trouvait l'idée splendide. Il voulait inviter une demi-douzaine d'amis à passer le week-end à Southampton. La maison était suffisamment spacieuse. Sarah demanda à sa mère si elle était d'accord. Celle-ci s'empressa de répondre que leurs amis étaient les bienvenus. Cependant Sarah prévint Freddie que ses amis devraient se tenir convenablement car elle ne voulait pas avoir à rougir d'eux devant ses parents.

— Quelle bêtise ! glapit-il.

Depuis un mois ou deux, il était de plus en plus agressif. Elle ne savait pas si c'était dû à l'alcool ou parce qu'il s'était mis à la haïr.

— Tu me détestes, n'est-ce pas ? lança-t-il.

— Pas du tout. Simplement je n'ai pas envie que tes amis soient incorrects avec mes parents.

— Regardez-moi cette petite fleur bleue. La pauvre chérie a peur qu'on ne soit pas correct avec ses parents.

Elle aurait voulu lui dire qu'il n'était correct avec personne, mais elle se retint. Elle se résignait peu à peu à son triste sort, sachant fort bien qu'avec lui elle serait malheureuse jusqu'à la fin de ses jours. Il n'y aurait sans doute jamais d'autre bébé, mais cela n'avait pas d'importance. Plus rien n'avait d'importance. Elle vivrait au jour le jour, et puis elle finirait par mourir et ce serait la fin de son calvaire. L'idée du divorce ne l'effleurait pas, ou si peu. Personne dans sa famille n'avait jamais divorcé et, même en rêve, il était impensable qu'elle puisse être la première. La honte l'aurait tuée comme elle aurait tué ses parents.

— Ne t'inquiète pas, Sarah, on va bien se tenir. Mais ne fais pas cette tête de six pieds de long devant mes amis, tu vas leur gâcher tout le plaisir.

Jeune fille, Sarah était rayonnante et pleine de vie, aujourd'hui elle n'était plus qu'un fantôme. Jane le répétait sans cesse, mais Peter et ses parents lui répondaient de ne pas s'en faire. Sarah allait très bien, simplement parce qu'ils voulaient qu'il en fût ainsi.

Deux jours avant la fête des Thompson, le duc de Windsor épousa Wallis Simpson. Le mariage célébré au château de Candé, en France, fut relaté par des centaines d'articles de presse. Le monde entier avait les yeux tournés vers eux. Sarah trouvait cette union choquante et révoltante. Elle préférait se concentrer sur son propre anniversaire de mariage et oublier les Windsor.

Peter, Jane et le petit James avaient projeté de passer le week-end à Southampton pour l'occasion. La maison était éblouissante, pleine de fleurs. On avait dressé une tente sur la pelouse, face à la mer. Les Thompson avaient fait les choses en grand pour la fête de Sarah et de Freddie. Le vendredi soir, les jeunes gens et leurs amis étaient sortis tous ensemble au Canoe

Place Inn. Ils avaient bavardé et dansé et s'étaient amusés comme des fous, même Jane, malgré son ventre énorme, et Sarah, qui avait l'impression de n'avoir pas souri depuis des années. Freddie avait dansé avec elle, et pendant quelques instants elle avait même cru qu'il allait l'embrasser. Plus tard, Peter et Jane, Sarah et quelques autres étaient rentrés à la maison, tandis que Freddie et ses amis étaient partis de leur côté pour continuer la fête. Sarah s'était soudain refermée sur elle-même. Elle n'avait pas ouvert la bouche sur le chemin du retour. Son beau-frère et sa sœur étaient encore d'excellente humeur et semblaient n'avoir pas remarqué son silence.

Le lendemain, le jour se leva superbe et ensoleillé. Plus tard, il y eut un coucher de soleil spectaculaire sur Long Island` Sound, tandis que l'orchestre commençait à jouer et que les Thompson accueillaient les premiers invités. Sarah était très belle dans sa longue robe blanche, scintillante, qui lui donnait l'air d'une déesse. Elle avait ramené ses cheveux noirs en un volumineux chignon sur le haut de sa tête et déambulait avec grâce parmi la foule des convives. Tous s'accordaient à dire qu'elle avait mûri depuis l'année dernière et qu'elle était encore plus belle que le jour de son mariage. Elle contrastait nettement avec l'image maternelle de sa sœur, Jane, si émouvante dans la robe de soie bleu turquoise qui enveloppait généreusement ses contours arrondis.

— Mère dit que j'aurais pu porter la tente à la place, mais cette couleur-ci me va mieux, disait-elle en plaisantant à une vieille amie lorsque Sarah passa à côté d'elles, un sourire aux lèvres.

Elle était plus détendue et plus heureuse qu'elle ne

l'avait été depuis longtemps, mais Jane ne pouvait s'empêcher de se faire du souci pour elle.

— Sarah a beaucoup maigri.

— Elle... elle a été malade, il y a quelque temps.

Jane sentait bien que Sarah, même si elle refusait de l'admettre, était dévorée par la culpabilité et le chagrin.

— Alors, toujours pas de bébé ? demandaient les invités les uns après les autres.

— Bah, ce n'est que le début.

Ou la fin. Sarah se contentait de leur sourire. Au bout d'une heure, elle réalisa qu'elle n'avait pas vu Freddie depuis le début de la soirée. Elle l'avait aperçu tantôt près du bar avec ses amis, pendant qu'elle accueillait les convives aux côtés de son père. Elle finit par interroger le majordome, qui lui apprit que M. Van Deering était parti en voiture quelques minutes plus tôt avec des amis, et qu'ils avaient pris la direction de Southampton.

— Il est sans doute sorti faire une course, mademoiselle Sarah, dit-il gentiment.

— Merci, Charles.

Il était à leur service depuis des années et passait l'hiver à Southampton lorsque les Thompson regagnaient la ville. Sarah le connaissait depuis son enfance et l'aimait beaucoup.

Elle commençait à se faire du mauvais sang. Freddie et ses amis étaient probablement allés vider quelques verres dans un des bars qui bordaient Hampton Bays. Elle se demandait dans quel état ils reviendraient...

— Mais où est donc passé votre charmant mari ? demanda une amie de sa mère.

Sarah lui affirma qu'il allait redescendre d'une

minute à l'autre. Il était monté lui chercher un châle – attention que la vieille dame trouva très touchante.

— Qu'est-ce qui ne va pas ? murmura Jane, qui s'était faufilée à ses côtés.

Elle l'observait depuis une demi-heure et savait que quelque chose ne tournait pas rond en dépit du sourire affiché par sa sœur.

— Rien, pourquoi ?

— On dirait que tu as avalé un parapluie.

Sarah éclata de rire. Un instant, elle se rappela son enfance, et elle excusa presque Jane d'être enceinte. Comme il serait dur de la voir avec un bébé dans deux mois, alors que le sien était mort et qu'elle n'en aurait sans doute jamais plus. Freddie et elle n'avaient pas fait l'amour une seule fois depuis la fausse couche.

— Alors ce parapluie ? demanda Jane.

— Il s'est envolé.

Les deux sœurs éclatèrent de rire pour la première fois depuis longtemps.

— Non, ça n'est pas ce que je voulais dire... encore que. Avec qui s'est-il envolé ?

— Je ne sais pas. Mais Charles dit qu'ils sont partis il y a un moment en direction de Southampton.

— Ce qui veut dire ?

Jane se tracassait pour sa sœur. Quelle plaie, ce garçon, pire encore que ce qu'ils avaient pu imaginer. Dire qu'il ne pouvait même pas se conduire convenablement une seule fois chez ses beaux-parents.

— Peut-être du raffut. De l'alcool, très certainement. Beaucoup trop. Avec un peu de chance, il arrivera à tenir sur ses jambes...

— Mère va être ravie.

Jane sourit tandis que, côte à côte, elles contemplaient la foule des convives. Eux, au moins, avaient l'air de bien s'amuser, ce qui était une bonne chose.

— Et Père encore plus.

Elles éclatèrent de rire à nouveau, et Sarah prit une longue inspiration avant d'ajouter :

— Je n'ai pas été très gentille, avec toi, ces derniers mois. Je te demande pardon. C'est que... C'est dur pour moi de penser que tu vas avoir un bébé.

Les larmes lui montèrent aux yeux, elle détourna la tête et sa sœur passa un bras autour de ses épaules.

— Je sais. Et je me suis fait un sang d'encre pour toi. Comme je voudrais te voir heureuse !

— Mais je le suis.

— Ton nez s'allonge, Pinocchio.

— Oh, tais-toi.

Sarah lui sourit à nouveau et peu après elles rejoignirent le reste de la compagnie. Lorsque arriva l'heure de passer à table, Freddie n'était toujours pas rentré. Son absence, ainsi que celle de ses amis, n'échappa pas aux invités qui commençaient à prendre place autour de la table dressée sur la pelouse. La place réservée à Freddie, à la droite de sa belle-mère, demeurait obstinément vide. Mais avant que quiconque ait eu le temps de faire une remarque, un tintamarre de coups de klaxon retentit, annonçant Freddie et quatre de ses amis. Ceux-ci arrivaient en riant et en gesticulant à bord d'une Packard Twelve Phaeton. Ils traversèrent la pelouse sous l'œil médusé des convives, avant de descendre de la voiture en compagnie de trois jeunes femmes, l'une d'elles amoureusement pendue au cou de Freddie. À mesure qu'ils approchaient des tables, il devenait évident que les filles n'étaient pas des jeunes filles ordinaires mais des femmes payées pour leurs services.

Les cinq jeunes gens, complètement ivres, étaient manifestement ravis de l'effet qu'ils venaient de produire. Mais les jeunes femmes étaient légèrement intimidées par la tablée de convives offusqués. La fille qui accompagnait Freddie essayait de le convaincre de les ramener en ville. Trop tard, les fauves étaient lâchés. Un groupe de serveurs poussait la voiture, tandis que Charles, le majordome, s'efforçait d'éconduire les filles. Freddie et ses amis titubaient un peu partout, trébuchant sur les invités, faisant les pitres. Freddie était le pire de tous. Il ne voulait à aucun prix laisser partir la fille qu'il avait amenée. Debout, les larmes aux yeux, Sarah contemplait la scène en repensant à leur mariage célébré un an plus tôt, à tous ses espoirs partis en fumée. La fille n'était que le symbole de ce qu'elle endurait depuis un an. Soudain tout lui sembla irréel. Elle avait l'impression de regarder un film d'horreur. À cela près qu'elle en faisait partie.

— Qu'est-ce qui ne va pas, trésor ? lança Freddie dans sa direction. Viens, je vais te présenter ma fiancée !

Il se mit à rire en voyant la tête de Sarah. Victoria Thompson traversa précipitamment la pelouse en direction de sa fille cadette blême et comme paralysée.

— Sheila, continua-t-il, je te présente ma femme et ses parents.

Il fit un geste majestueux de la main sous le regard stupéfait de la compagnie. Edward Thompson passa à l'action sans attendre, et d'une main ferme, aidé par deux serveurs, il entraîna au loin Freddie et la fille, tandis qu'un escadron de serveurs escortaient les autres jeunes gens jusqu'à la sortie.

Freddie devint soudain hargneux quand son beau-père le conduisit dans la petite cabine de bain qui leur servait pour se changer.

— Quelque chose vous chiffonne, monsieur Thompson ? Je croyais que cette fête était donnée en mon honneur ?

— Erreur, il n'en est rien. Cette fête n'aurait jamais dû avoir lieu. Nous aurions dû vous mettre à la porte il y a longtemps. Mais je vous garantis que je vais faire le nécessaire, et vite. Vous allez quitter cette maison immédiatement, vous recevrez vos affaires la semaine prochaine et mes avocats vous contacteront lundi matin. Vous avez torturé ma fille assez longtemps. Et ne vous avisez pas de remettre les pieds à l'appartement ! Compris ?

La voix d'Edward Thompson résonnait comme le tonnerre dans la petite guérite. Mais Freddie était trop soûl pour se laisser intimider.

— Eh bien… on dirait que beau-papa a sa crise de nerfs ! Ne me dites pas que vous ne vous envoyez pas une petite jeunette de temps en temps. Allez, papa… que diriez-vous de la partager avec moi, celle-là ?

Il ouvrit la porte et ils se retrouvèrent nez à nez avec la fille qui attendait Freddie.

Tremblant de rage, Edward Thompson saisit Freddie par les revers de sa veste, le soulevant presque de terre tant il était hors de lui.

— Si je te revois une seule fois, espèce de petit saligaud, je te tue. Maintenant, hors d'ici, et ne t'approche plus jamais de Sarah ! rugit-il.

La fille se mit à trembler en les voyant s'affronter ainsi.

— Bien, monsieur, dit Freddie en exécutant une courbette d'ivrogne, avant de présenter son bras à la prostituée.

Cinq minutes plus tard, lui, ses acolytes et leurs « dames » avaient quitté les lieux. Dans sa chambre, Sarah sanglotait dans les bras de sa sœur, répétant à l'envi que c'était mieux ainsi, que sa vie était un cauchemar et qu'elle avait perdu son bébé par sa propre faute. Tantôt elle disait des choses sensées, tantôt ses propos n'avaient ni queue ni tête, tout remontait à la surface. Sa mère entra mais ne resta qu'un instant car il lui fallait retourner auprès de ses invités. Elle fut rassurée de constater que Jane s'occupait de sa sœur. La soirée était un véritable fiasco.

Le dîner parut interminable à tous. On l'expédia aussi vite que possible, puis les plus braves esquissèrent un pas de danse. Chacun fit mine d'avoir oublié l'incident, avant de s'éclipser de bonne heure. À dix heures, tous les invités étaient partis. Sarah continuait de sangloter dans sa chambre.

Le lendemain matin, les Thompson étaient d'humeur maussade lorsqu'ils se réunirent au grand complet dans le salon pour y tenir un conseil de famille. Edward Thompson fit part à Sarah de ce qu'il avait dit à Freddie la veille au soir. Il la regarda droit dans les yeux.

— La décision t'appartient, Sarah, dit-il avec gravité, mais pour ma part je souhaiterais que tu divorces.

— Mais, père, c'est impossible… Ce serait terrible pour nous tous.

Ses yeux allaient de l'un à l'autre. L'idée de jeter le déshonneur sur sa famille l'épouvantait.

— Ce sera bien pire si tu retournes vivre avec lui, maintenant que nous savons ce que tu as enduré.

À dire vrai, il était presque soulagé qu'elle ait perdu son bébé. Il regarda sa fille avec compassion.

— Sarah, l'aimes-tu encore ?

Elle hésita un long moment, puis secoua la tête en regardant ses mains croisées sur ses genoux, avant de dire dans un murmure :

— Je ne sais même pas pourquoi je l'ai épousé. – Elle les regarda un à un, puis ajouta : – Je croyais que je l'aimais, mais je me rends compte que je ne le connaissais même pas.

— Tu t'es trompée. Tu t'es laissé abuser par lui, Sarah. Ce sont des choses qui arrivent. Mais maintenant il faut régler ce problème. Et je voudrais que tu me laisses faire.

Edward ne prenait jamais une décision à la légère. Tous hochèrent la tête en signe d'approbation.

— Comment ? fit Sarah.

Elle se sentait perdue, comme une enfant, et ne cessait de penser à tous les gens qui avaient été témoins de son humiliation, la veille au soir. C'était insupportable, horrible ! Des prostituées dans la maison de ses parents ! Elle avait pleuré toute la nuit, en songeant aux rumeurs qui allaient se répandre.

— Je voudrais que tu me laisses prendre les choses en main. – Après un court silence, il enchaîna : – Veux-tu garder l'appartement de New York ?

Elle le regarda et secoua la tête.

— Je ne veux rien. Je veux revenir vivre à la maison, avec toi et maman.

Elle avait les larmes aux yeux et sa mère lui tapota gentiment l'épaule.

— Eh bien c'est entendu, dit-il d'une voix où pointait l'émotion, tandis que sa femme s'essuyait les yeux.

Peter et Jane se tenaient par la main. Cette histoire les avait profondément choqués, mais à présent ils étaient soulagés pour Sarah.

— Mais, et toi et maman ?

— Eh bien ?

— N'allez-vous pas avoir honte si je divorce ? Je me sens comme cette Mme Simpson. Le monde entier va se mettre à jaser sur nous.

Sarah éclata en sanglots, la tête enfouie dans ses mains. Les épreuves de ces derniers mois l'avaient profondément ébranlée.

Sa mère la prit aussitôt dans ses bras pour tenter de la consoler.

— Que veux-tu que les gens disent, Sarah ? Que c'était un mari abominable, que tu n'as vraiment pas eu de chance. Quel mal as-tu fait ? Aucun. Il faut l'accepter. Tu n'as absolument rien fait de mal. C'est Frederick qui devrait avoir honte, pas toi.

Une fois encore, la famille acquiesça en silence.

— Mais cela va faire un scandale. Jamais personne n'a divorcé dans la famille.

— Et alors ? Je préfère te savoir heureuse et en sécurité, que vivant un calvaire aux côtés de Freddie Van Deering.

Victoria se sentait honteuse et peinée de ne pas s'être aperçue du désarroi de sa fille. Seule Jane avait senti sa détresse, mais personne ne l'avait vraiment écoutée. Tous avaient mis sa tristesse sur le compte de la fausse couche.

Sarah était encore très abattue lorsque Peter et Jane retournèrent à New York et que son père partit rencontrer ses avocats. Sa mère avait décidé de rester avec elle. Sarah voulait demeurer à Southampton, et s'y cacher pour toujours, disait-elle. Et puis, surtout, elle ne voulait pas revoir Freddie. Elle avait accepté de divorcer, comme son père le lui avait suggéré, mais elle redoutait le déshonneur qui allait s'abattre sur elle. Les affaires de divorce qu'elle avait lues dans les journaux lui avaient toujours paru compliquées, humiliantes et déplaisantes. De plus elle était persuadée que Freddie lui en voudrait terriblement, aussi fut-elle stupéfaite lorsqu'il appela le lundi suivant, en fin d'après-midi, après s'être entretenu avec les avocats de son père.

— C'est d'accord, Sarah. Je pense que c'est encore la meilleure solution, pour tous les deux. Nous n'étions pas prêts, voilà tout.

Nous ? Elle n'arrivait pas à en croire ses oreilles. Loin de se repentir, il était content de se débarrasser d'elle et de toutes les responsabilités qu'il n'avait jamais eu le courage d'assumer, comme leur bébé.

— Tu n'es pas fâché ?

Sarah était sidérée, blessée.

— Pas du tout, chérie.

Il y eut un long silence.

— Tu es content ?

Encore un silence.

— Tu adores poser ce genre de questions, pas vrai, Sarah ? Qu'est-ce que ça change que je sois content ou non ? Nous avons fait une erreur. Ton père est en train de nous sortir de là. C'est un chic type, et je pense que c'est la meilleure solution. Je suis désolé si une fois ou deux je t'ai mise dans l'embarras.

Il était à mille lieues de se douter de l'année qu'elle

venait de passer. Personne ne savait. Il était simplement soulagé de cette séparation, cela s'entendait à sa voix.

— Et tu as des projets ? lui demanda-t-elle.

Elle, elle n'avait pas la moindre idée de ce qu'elle allait faire. Tout était si soudain, si confus. Elle n'avait qu'une certitude, elle ne voulait pas retourner à New York. Elle ne voulait voir personne, ni devoir expliquer quoi que ce soit concernant l'échec de son union avec Freddie Van Deering.

— Je pense aller passer quelque temps à Palm Springs, ou en Europe, dit-il, hésitant.

Elle avait l'impression de parler à un étranger, ce qui la rendait encore plus triste. Ils ne s'étaient jamais vraiment aimés, tout ceci n'avait été qu'un jeu, et elle avait perdu. Ils avaient perdu tous les deux. Seulement lui ne semblait pas s'en émouvoir.

— Allez, prends soin de toi, dit-il, comme s'il s'était adressé à un vieux copain de fac qu'il n'allait pas revoir avant un certain temps.

— Merci, dit-elle, en contemplant le téléphone d'un œil absent.

— Bon, il faut que j'y aille, maintenant.

Elle hocha la tête en silence.

— Sarah ?

— Oui… je suis désolée… Merci d'avoir appelé.

Merci pour cette année de supplice, monsieur Van Deering… Merci de m'avoir brisé le cœur… Elle aurait voulu lui demander s'il l'avait jamais aimée, mais elle n'osait pas, elle connaissait la réponse par cœur. C'était non. Il n'aimait personne, pas même sa propre personne, et encore moins Sarah.

Son chagrin dura jusqu'en septembre. La seule chose qui lui fit un peu oublier sa peine fut la disparition de l'aviatrice Amelia Earhart en juillet, puis l'invasion de la Chine par les Japonais, quelques jours plus tard. Elle passait le plus clair de son temps à penser à son divorce et à se débattre avec la honte et la culpabilité qui l'assaillaient. Elle eut une période difficile lorsque Jane accoucha de sa fille, mais elle accompagna sa mère à l'hôpital. Cependant elle insista pour retourner seule à Southampton le soir même, après avoir vu Jane et l'enfant. La petite était adorable – ses parents l'avaient appelée Marjorie. Sarah avait hâte de se retrouver seule à nouveau. Elle éprouvait le besoin de ressasser le passé pour essayer de comprendre ce qui lui était arrivé. En fait, c'était très simple. Elle avait épousé un homme sans le connaître vraiment et il s'était avéré un monstre. Point final. Mais cela ne l'empêchait pas de se jeter la pierre au point de vouloir vivre en recluse jusqu'à ce que les gens oublient son existence. Elle ne voulait surtout pas que ses parents soient obligés de racheter ses fautes, et, dans l'intérêt de tous, elle décida de disparaître.

— Mais à quoi cela t'avancera-t-il ? lui demanda son père, morose, lorsque, l'été touchant à sa fin, ils s'apprêtèrent à regagner New York pour l'hiver.

La procédure du divorce allait bon train. Freddie était finalement parti en Europe. Son avocat avait pris les choses en main et se montrait particulièrement coopératif avec les Thompson. Le jugement aurait lieu en novembre et le divorce serait prononcé officiellement une année plus tard, presque jour pour jour.

— Il faut que tu rentres à New York, insistait son père.

Ils ne voulaient pas la laisser seule, comme une brebis galeuse qu'on tient à l'écart de la famille.

Cependant, aussi incroyable que cela puisse paraître, c'est ainsi qu'elle se voyait. Et lorsque Jane était passée à Long Island avec le bébé, en octobre, ses supplications étaient restées vaines.

— Je ne rentrerai pas à New York, Jane. Je suis très bien ici.

— Avec Charles et trois vieilles domestiques, à grelotter tout l'hiver ? Sarah, chérie, ne sois pas stupide. Viens à la maison. Tu n'as que vingt et un ans, c'est beaucoup trop tôt pour renoncer à la vie. Tu dois repartir à zéro.

— Je ne veux pas, dit-elle tout bas, sans même prêter attention au bébé de sa sœur.

— Ne sois pas stupide.

L'entêtement de sa sœur la mettait hors d'elle.

— Tu ne peux pas comprendre. Tu as un mari qui t'aime, et deux enfants. Tu n'as jamais été un fardeau ni une disgrâce pour personne. Tu es une épouse, une fille, une sœur et une mère modèle. Que connais-tu de ma vie ? Absolument rien !

Sarah était furieuse, pas contre Jane, et Jane le savait, mais contre elle-même, contre le destin et contre Freddie. L'instant d'après, sa colère tombait. Elle ajouta tristement :

— Je te demande pardon, mais je veux être seule.

— Pourquoi ?

Jane voulait comprendre. Sarah était jeune et belle, elle n'était pas la seule à divorcer, mais elle se comportait comme si c'était un crime.

— Je ne veux voir personne. Ne peux-tu le comprendre ?

— Pendant combien de temps ?

— Pour toujours, peut-être. D'accord ? C'est assez long ? Est-ce clair, à présent ?

Sarah avait horreur de toutes ces questions.

— Sarah Thompson, tu as complètement perdu la tête.

Son père avait fait les démarches nécessaires pour qu'elle puisse reprendre son nom de jeune fille sitôt la procédure de divorce entamée.

— Je mène ma vie comme je l'entends, et je me ferai nonne si ça me chante, répliqua-t-elle, plus butée que jamais.

— C'est possible, mais il faudra que tu te convertisses au catholicisme.

Jane sourit. Sarah et elle étaient protestantes. Jane commençait à se dire que Sarah n'avait plus sa tête. Peut-être les choses allaient-elles s'arranger d'elles-mêmes avec le temps. C'est ce qu'ils espéraient tous, sans trop y compter.

Sarah s'entêtait à ne pas vouloir regagner New York. Sa mère avait depuis longtemps ôté tous ses effets personnels de l'appartement conjugal et les avait rangés dans des caisses, mais Sarah refusait de les voir pour le moment. En novembre, elle se présenta au tribunal la mine défaite et vêtue de noir. Aussi belle qu'intimidée, elle assista courageusement aux débats jusqu'au bout. Sitôt la séance levée, elle repartit pour Long Island.

Chaque jour, elle faisait de longues promenades sur la plage, même quand il gelait à pierre fendre et que le vent cinglait son visage. Elle passait de longues heures à lire, à écrire à sa mère, à Jane et à quelques très vieilles amies, mais au fond elle n'avait aucune envie de les voir.

Ils se réunirent tous à Southampton pour fêter Noël.

Sarah ne parla presque pas. Une seule fois elle fit allusion au divorce devant sa mère, à l'occasion d'une émission de radio relatant l'histoire du duc et de la duchesse de Windsor. Elle se sentait honteusement proche de Wallis Simpson. Mais sa mère lui assura qu'il n'y avait rien de commun entre elle et cette madame Simpson.

Quand arriva le printemps, elle semblait aller mieux. La mine reposée, elle avait repris quelques kilos et son regard était moins éteint. Elle envisageait de chercher une ferme au fin fond de Long Island, avec l'intention de la louer, voire de l'acheter.

— C'est absolument grotesque, protesta son père lorsqu'elle lui fit part de son projet. Je comprends que tu aies pu être ébranlée et qu'il t'ait fallu un certain temps pour te remettre, mais tu ne vas tout de même pas t'enterrer à Long Island et vivre en ermite jusqu'à la fin de tes jours. Tu peux encore rester ici jusqu'à l'été. En juillet, ta mère et moi t'emmenons en Europe.

Il avait pris cette décision une semaine plus tôt et sa femme était enchantée. Même Jane trouvait l'idée excellente. C'était exactement ce dont Sarah avait besoin.

— Je ne veux pas y aller.

Elle le regardait, l'air buté, vigoureuse et plus belle que jamais. Le temps était venu pour elle de regagner le monde des vivants, même si elle l'ignorait encore. Et si elle ne voulait pas le faire de son propre gré, ils auraient recours à la force.

— Tu iras où on te dira d'aller.

— Je ne veux pas rencontrer Freddie, dit-elle tout bas.

— Il est à Palm Beach.

— Comment le sais-tu ?

Elle voulait savoir. Son père l'avait-il vu ?

— J'ai parlé avec son avocat.

— Je ne veux pas aller en Europe.

— C'est dommage, parce que tu iras de toute façon, de gré ou de force.

Elle s'était levée de table comme une furie et était partie faire une longue promenade sur la plage. À son retour, son père l'attendait devant la maison. Il avait le cœur brisé de voir sa fille broyer du noir à cause d'un mariage raté, d'un bébé perdu, des erreurs commises. Elle fut étonnée de le trouver là, lorsqu'elle revint de la plage parmi les hautes herbes de la dune.

— Je t'aime, Sarah.

C'était la première fois que son père lui disait aussi ouvertement qu'il l'aimait. Elle en fut touchée, comme si son cœur avait été transpercé par une flèche enduite d'un baume bienfaisant.

— Ta mère et moi t'aimons beaucoup, Sarah. Nous ne savons pas toujours comment nous y prendre, ni comment faire pour réparer le mal qui t'a été fait, mais nous voulons essayer… Je t'en prie, laisse-nous t'aider.

Elle leva vers lui des yeux pleins de larmes, et il l'attira à lui et la garda un long moment entre ses bras tandis qu'elle s'épanchait sur son épaule.

— Moi aussi, je vous aime, papa. Je vous aime… Je te demande pardon.

— Ne sois plus triste, Sarah. Sois heureuse… Redeviens celle que tu étais jadis.

— Je vais essayer.

Elle se recula un moment pour le regarder et vit qu'il pleurait, lui aussi.

— Je suis désolée, je vous ai causé tant de tracas.

— Tu peux le dire !

Il lui sourit à travers ses larmes, et ils éclatèrent de rire. Tandis qu'ils regagnaient la maison bras dessus bras dessous, son père priait en silence pour qu'elle accepte de les suivre en Europe.

4

Le *Queen Mary* trônait, majestueux, sur Hudson River à l'embarcadère 90. De belles malles aux dimensions imposantes étaient chargées à bord, on livrait de somptueux bouquets de fleurs, et le champagne coulait à flots dans les cabines de première classe. Les Thompson arrivèrent au beau milieu de ces réjouissances. Victoria Thompson, rayonnante et rajeunie, arborait un ravissant ensemble blanc et une large capeline de paille très seyante. Le voyage s'annonçait fort bien. Ils n'avaient pas mis les pieds en Europe depuis des années et avaient hâte de retrouver leurs vieux amis, en particulier dans le sud de la France et en Angleterre.

Jusqu'à la dernière minute, Sarah avait catégoriquement refusé de les suivre. Puis Jane était intervenue. Au cours d'une vive discussion avec sa jeune sœur, elle l'avait traitée de lâche, déclarant que ça n'était pas son divorce mais son entêtement qui gâchait la vie de ses parents. Elle avait ajouté qu'ils en avaient tous par-dessus la tête, et qu'elle avait intérêt à reprendre ses esprits, et vite. Sarah n'avait que faire des semonces de sa sœur, en revanche sa colère l'atteignit de plein fouet. Elle se sentit elle-même gagnée par une vague de furie qui sembla la remettre d'aplomb.

— Parfait ! hurla-t-elle, tentée de jeter un vase à la figure de Jane. Je vais le faire, ce fichu voyage, puisque c'est tellement important. Mais dès mon retour, je m'installe à Long Island et je mènerai ma vie comme je l'entends. Il s'agit de *ma* vie ! – Ses cheveux noirs virevoltaient autour d'elle chaque fois qu'elle secouait la tête, et ses yeux verts jetaient des éclairs. – De quel droit décidez-vous à ma place ce qui est bon pour moi ? lança-t-elle, gagnée par une nouvelle vague de fureur. Que savez-vous de ma vie ?

— Je sais que tu es en train de la gâcher ! dit Jane sans céder d'un pied. Tu viens de passer une année entière terrée dans ta cachette, à tirer une tête de six pieds de long comme une vieille recluse centenaire. Personne n'a envie de te voir te torturer. Tu as vingt-deux ans, pas deux cents !

— Merci de me le rappeler. Et puisque la tête que je fais ne te plaît pas, je vais m'empresser de disparaître à mon retour. Je veux une maison à moi, de toute façon. Je l'ai dit à Père il y a déjà plusieurs mois.

— Oh, je vois, un moulin en ruine dans un trou perdu du Vermont, ou peut-être une chaumière dévastée au plus profond de Long Island... Y a-t-il autre chose que l'on puisse faire pour te punir encore un peu plus ? Pourquoi pas une robe de bure et des cendres ? Tant qu'à faire, tu devrais aller jusqu'au bout. Trouve-toi un bon châtiment, comme une masure avec un toit percé et pas de chauffage, comme ça maman pourra se ronger les sangs pour toi tout l'hiver. Quelle idée splendide ! Tu m'écœures, Sarah, cria-t-elle avant de quitter la pièce comme un ouragan en claquant la porte si violemment que la peinture s'écailla.

— C'est une enfant gâtée, voilà tout ! annonça Jane à ses parents plus tard, toujours hors d'elle. Je ne comprends pas comment vous pouvez la supporter. Pourquoi ne l'obligez-vous pas à regagner New York pour y vivre une vie normale ?

Au printemps, Jane commençait à perdre sérieusement patience. Elle avait fait de son mieux et estimait que Sarah devait faire un effort pour s'en sortir. Son ex-mari l'avait bien fait, lui. En mai, il y avait eu un entrefilet dans le *New York Times* annonçant ses fiançailles avec Emily Astor.

« Quelle délicatesse ! » avait ironisé Jane. Sarah s'était abstenue de tout commentaire, mais ses proches savaient qu'elle était profondément blessée. Emily, une cousine éloignée, était une de ses plus vieilles amies.

— Et que suggères-tu que je fasse pour lui faire mener une vie normale ? demanda son père. Que je vende la maison ? Que je lui passe une camisole de force pour la ramener à New York ou que je la ligote sur le porte-bagages ? Elle est majeure, Jane, et d'une certaine façon nous n'avons pas d'autorité sur elle.

— Elle a bien de la chance d'avoir des parents comme vous. Je crois qu'il est temps qu'elle se ressaisisse.

— Il faut être patiente, lui avait dit sa mère d'une voix douce, et Jane était repartie pour New York le jour même, sans revoir Sarah.

Celle-ci était sortie faire une longue promenade sur la plage, puis elle avait pris la vieille Ford que son père avait mise à la disposition de Charles, le majordome.

Mais en dépit de son entêtement à rester à l'écart

du monde, les paroles de Jane l'avaient touchée. En juin, elle accepta du bout des lèvres d'accompagner ses parents en Europe. Elle le leur annonça un soir, au dîner, d'une voix détachée. Sa mère la regarda, stupéfaite, et son père applaudit en apprenant la nouvelle. Il avait été sur le point d'annuler les réservations et de capituler devant son obstination, car traîner sa fille à travers l'Europe comme une prisonnière n'aurait été distrayant pour personne.

Il n'osa cependant pas lui demander ce qui l'avait poussée à changer d'avis. Tous pensaient que Jane était la cause de ce revirement, mais personne ne dit rien, bien entendu.

En descendant de voiture à l'embarcadère 90, cet après-midi-là, Sarah, grande et élancée, arborait une stricte robe noire et un chapeau assorti ayant appartenu à sa mère. Elle était belle, mais terriblement austère avec son visage pâle, ses yeux immenses, sa chevelure sombre tirée en arrière et ses traits délicats sans trace de maquillage. Les gens remarquaient sa beauté certes, mais aussi sa tristesse. On aurait dit une ravissante veuve infiniment trop jeune.

— Ne pouvais-tu mettre quelque chose de plus gai, ma chérie ? lui avait demandé sa mère en partant.

Sarah avait haussé les épaules. Elle avait accepté de les suivre pour leur faire plaisir, mais elle n'avait pas promis de s'amuser ou d'avoir l'air gaie.

Elle avait déniché la maison de ses rêves à Long Island, juste avant leur départ : une vieille ferme isolée, flanquée d'une petite chaumière en piteux état, tout près de l'océan, sur dix arpents de terre en friche. Elle avait vendu sa bague de fiançailles pour verser un premier acompte, et avait l'intention de demander à son père de la lui acheter à leur retour. Elle savait qu'elle ne se remarierait jamais et elle voulait sa maison à elle. La ferme de Glasshouse Hollow lui convenait parfaitement.

Ils firent le trajet en silence jusqu'au port, ce matin-là. Sarah se demandait pourquoi elle s'était décidée à partir. Peut-être que si ses parents constataient qu'elle faisait un effort en les accompagnant, son père se laisserait plus facilement convaincre d'acheter la ferme. Si tel était le cas, le jeu en valait la chandelle. L'idée de retaper la vieille maison l'enchantait et elle avait hâte de commencer.

— Tu n'es pas très bavarde, dit sa mère en lui tapotant gentiment le bras dans la voiture.

Ils étaient si heureux qu'elle ait accepté de se joindre à eux ! Ils avaient repris espoir, ignorant son intention de vivre en solitaire dès son retour de voyage. S'ils l'avaient appris, ils en auraient eu beaucoup de peine.

— J'étais en train de penser au voyage.

Son père sourit, puis se mit à parler tranquillement avec sa mère de télégrammes qu'il avait envoyés à des amis. Les deux mois à venir s'annonçaient bien remplis : Cannes, Monaco, Paris, Rome et, bien sûr, Londres.

Sa mère était encore en train de parler d'amis de longue date que Sarah n'avait jamais rencontrés lorsqu'ils s'engagèrent sur la passerelle. Plusieurs personnes se retournèrent sur leur passage. Tous regardaient Sarah, si sévère et si jeune. Elle avançait devant ses parents, un œil mystérieusement caché par le rebord noir de son chapeau, l'autre brillant derrière sa voilette. On aurait dit une princesse espagnole. Des passagers se demandaient qui était cette jeune fille que tout le monde dévorait des yeux. Une femme affirma que c'était une star de cinéma, elle était certaine de l'avoir déjà vue quelque part. Sarah aurait beaucoup ri si elle les avait entendus. Mais elle était complètement indifférente à ce qui l'entourait : belles dames et beaux messieurs, robes élégantes, coiffures élaborées, étalage impressionnant de bijoux… Elle ne voulait qu'une chose, trouver sa cabine. Peter et Jane les y attendaient déjà, en compagnie de Marjorie. Le petit James courait sur le pont, à l'extérieur de la suite. À deux ans et demi, c'était un vrai petit démon. Marjorie, qui avait commencé à marcher quelques jours plus tôt, faisait le tour de la cabine d'un pas hésitant. Sarah était contente de les voir – Jane en particulier. Sa colère était oubliée depuis des semaines, et les deux sœurs étaient redevenues amies, surtout depuis que Sarah avait annoncé qu'elle partait.

Le garçon de cabine versait du champagne dans des flûtes, pendant qu'ils discutaient tranquillement dans la luxueuse cabine de Sarah qui communiquait avec la suite de ses parents par un salon suffisamment vaste pour abriter un piano quart-de-queue.

Jane regardait sa sœur, et la trouvait toujours aussi ravissante malgré sa tenue austère. Elle avait toujours été la plus belle des deux, un mélange équilibré de ses deux parents. Jane tenait davantage de sa mère, elle avait sa blondeur, plus douce et plus pâle. C'était de son père, d'origine irlandaise, que Sarah tenait ses cheveux noirs et la finesse de ses traits.

— J'espère que vous allez vous amuser, dit Jane avec un petit sourire en coin, soulagée de voir partir Sarah.

Tous exhortaient Sarah à se faire de nouveaux amis,

à visiter d'autres lieux. Elle avait mené une vie solitaire, si vide et si triste l'an passé ! Jane ne pouvait s'imaginer vivant toute une année ainsi cloîtrée, sans Peter.

Ils quittèrent le bateau lorsque les sirènes annoncèrent le départ, tandis que les garçons de cabine arpentaient les couloirs en jouant du tympanon pour avertir les visiteurs qu'ils devaient descendre à quai. Partout c'étaient des échanges de baisers, des gens qui s'interpellaient, qui vidaient leur coupe de champagne, et puis encore des embrassades, quelques larmes, jusqu'à ce que le dernier visiteur ait mit pied à terre. Les Thompson prirent place sur le pont. Ils saluèrent de la main Peter et Jane, tandis que James se débattait dans les bras de son père et que Marjorie agitait sa menotte dans les bras de sa mère. Il y avait des larmes dans les yeux de Victoria. Deux mois loin d'eux lui semblaient une éternité, mais c'était un sacrifice qu'elle était prête à faire pour aider Sarah.

— Bien, dit Edward Thompson avec un sourire satisfait.

Tout s'était passé le mieux du monde, en ce qui le concernait. Le bateau venait juste de quitter le port et ils étaient en route pour l'Europe. Avec Sarah.

— Que voulez-vous faire ? Une promenade sur le pont ? proposa-t-il aux deux femmes.

Ce voyage l'enchantait, il avait hâte de retrouver ses vieux amis. Et puis il était content que Sarah se soit laissé convaincre. La situation politique en Europe s'était dégradée depuis peu. Qui sait ce que l'avenir leur réservait ? Une guerre pouvait éclater dans un an ou deux… autant profiter du présent.

— Je crois que je vais défaire mes valises, dit Sarah.

— La femme de chambre va s'en charger, expliqua sa mère.

— Je préfère m'en occuper moi-même, dit-elle, l'air sinistre en dépit de la gaieté générale.

Partout autour d'eux ce n'était que baudruches, serpentins et confettis.

— Te joindras-tu à nous pour le déjeuner ?

— Je crois que je vais faire un petit somme.

Elle s'efforça de leur sourire, mais elle eut un serrement au cœur en pensant aux deux mois qu'elle allait passer en leur compagnie.

Elle avait pris l'habitude de panser ses plaies en secret. Même si elle semblait aller mieux, les cicatrices étaient encore trop fraîches et elle préférait ne pas les montrer. L'idée de devoir endurer leurs encouragements du soir au matin lui était insupportable. Elle n'avait que faire d'encouragements. Elle s'était faite à sa vie solitaire, peuplée de sombres pensées et de moments de détresse. Elle n'était pas comme cela jadis. Elle l'était devenue à cause de Freddie Van Deering.

— Tu ne préfères pas prendre un peu l'air ? insista sa mère. Tu risques d'avoir le mal de mer si tu restes trop longtemps enfermée dans ta cabine.

— Si ça se produit, je sortirai sur le pont. Ne t'inquiète pas, maman. Je me sens très bien, répondit-elle.

Ses parents n'en étaient pas convaincus en la voyant regagner sa cabine.

— Qu'allons-nous faire, Edward ?

Victoria avait l'air sombre tandis qu'ils faisaient le tour du pont, regardant tantôt les autres passagers, tantôt la mer, en pensant à Sarah.

— Elle n'est pas facile, c'est certain. Mais je me

demande si elle est aussi malheureuse qu'elle le prétend, ou si elle joue les héroïnes romantiques.

Il n'était pas sûr de la comprendre. L'avait-il jamais comprise ? Ses deux filles étaient un mystère pour lui.

— Parfois j'ai l'impression que, chez elle, le malheur est devenu une sorte de deuxième nature, dit Victoria. Je crois que dans un premier temps elle a été véritablement ébranlée, blessée, déçue, et humiliée par le scandale provoqué par Freddie. Mais depuis six mois, on dirait qu'elle se complaît dans cette vie solitaire. Elle aime être seule, j'ignore pourquoi, mais c'est ainsi. Elle a toujours été très sociable étant enfant, et beaucoup plus dissipée que Jane. Mais on dirait qu'elle l'a oublié, qu'elle est devenue quelqu'un d'autre.

— Eh bien, elle ferait mieux de redevenir elle-même, et vite. Cette vie de recluse ne lui vaut rien.

Il était absolument d'accord avec sa femme. Lui aussi trouvait que depuis quelques mois sa fille se complaisait dans son malheur. Elle semblait beaucoup plus calme, plus mûre aussi, mais toute joie l'avait abandonnée.

Ils allèrent déjeuner un peu plus tard. Sarah resta dans sa cabine pour écrire à Jane. Elle avait pris l'habitude de ne plus déjeuner, ces derniers temps, ce qui expliquait sa maigreur. Mais ça n'était pas un vrai sacrifice, car elle avait rarement faim.

Ses parents lui rendirent visite après déjeuner. Allongée sur son lit, elle portait toujours sa robe noire mais avait ôté son chapeau et ses souliers. Elle avait les yeux fermés et ne bougeait pas, mais sa mère la soupçonna de n'être pas vraiment endormie. Ils la laissèrent, et lorsqu'ils repassèrent une heure plus tard, ils la trouvèrent en pull gris et en pantalon, confortablement installée dans un fauteuil et plongée dans un livre.

— Une petite promenade sur le pont, Sarah ? Les boutiques regorgent de trésors.

Victoria Thompson était fermement décidée à ne pas baisser les bras.

— Peut-être un peu plus tard.

Sarah ne leva pas une seule fois les yeux de son livre. Quand la porte se fut refermée, pensant que sa mère avait quitté la cabine, elle leva les yeux avec un soupir et poussa un petit cri en se retrouvant nez à nez avec elle.

— Oh ! J'ai cru que tu étais partie.

— Je sais. Sarah, je veux que tu viennes te promener avec moi. Je ne vais pas passer toute la traversée à te supplier. Tu as accepté de venir, essaye d'y mettre un peu du tien, sinon tu vas nous gâcher le voyage, celui de ton père en particulier.

Ils étaient toujours aux petits soins l'un pour l'autre. Cela amusait Sarah, mais à cet instant précis cela l'agaçait.

— Pourquoi ? Est-il indispensable que je sois présente à tout moment de la journée ? J'aime être seule. Pourquoi cela vous contrarie-t-il ?

— Parce que ça n'est pas normal. Ça n'est pas bon pour une jeune femme de ton âge d'être seule tout le temps. Il faut que tu voies du monde, de la vie, du mouvement.

— Où est-il écrit qu'à vingt-deux ans on a besoin de mouvement ? Je n'ai *pas* besoin de mouvement. J'ai eu ma part, et je n'en veux plus, merci. Pourquoi n'arrivez-vous pas à le comprendre ?

— Je le comprends, ma chérie. Mais ça n'était pas

du mouvement, ce que tu as connu. Tu as connu la désillusion et l'échec. Tu as vécu une expérience terrible et nous ne voulons pas que cela se reproduise. Personne ne le veut. Il *faut* que tu retournes vers le monde. Il le faut absolument, autrement tu vas te faner, dépérir.

— Qu'en sais-tu ?

Les paroles de sa mère la contrariaient.

— Je le vois dans tes yeux, dit Victoria avec sagesse. Je vois quelqu'un qui se meurt, là, tout au fond. Un être blessé, triste et solitaire, qui appelle à l'aide, mais que tu refuses de laisser sortir.

Les yeux de Sarah se remplirent de larmes. Sa mère vint à elle et la prit tendrement dans ses bras.

— Je t'aime beaucoup, beaucoup, Sarah. Je t'en supplie, essaye de te ressaisir. Fais-nous confiance, nous ne laisserons plus personne te faire du mal.

— Tu ne sauras jamais par quoi je suis passée, dit Sarah en sanglotant comme une enfant, incapable de contrôler son émotion. C'était tellement affreux… horrible ! Il n'était jamais à la maison, et quand il y était, c'était…

Incapable de continuer, elle pleurait en secouant la tête, les mots lui manquaient pour décrire ce qu'elle ressentait. Sa mère caressait sa longue chevelure soyeuse en la berçant doucement.

— Je sais, ma chérie. Je sais. Je peux imaginer ce que tu as enduré. Mais c'est fini à présent. Tu continues d'exister, ta vie ne fait que commencer. Ne renonce pas avant d'avoir essayé. Regarde autour de toi, écoute le vent, respire les fleurs, laisse-toi revivre. Je t'en supplie…

Sarah s'accrochait à sa mère. Ses pleurs redoublèrent, et elle finit par se laisser aller.

— Je ne peux plus… J'ai trop peur…

— Je suis ici, avec toi.

Certes, mais ils n'avaient pas pu l'aider à l'époque. Ils ne pouvaient pas convaincre Freddie de rentrer à la maison, de renoncer à ses petites amies et à ses prostituées, pas plus qu'ils ne pouvaient sauver son bébé. Elle avait appris à ses dépens qu'il y a des moments dans la vie où personne ne peut rien pour vous, pas même vos parents.

— Il faut essayer encore, ma chérie. Pas à pas. Ton père et moi allons t'aider. – Elle se recula un peu et regarda sa fille au fond des yeux. – Nous t'aimons très, très fort, Sarah. Nous ne voulons plus te voir souffrir.

Sarah ferma les yeux et inspira longuement.

— Je vais essayer, dit-elle en regardant sa mère. Je vais essayer pour de bon. – Elle céda à nouveau à la panique. – Mais que se passera-t-il si je n'y arrive pas ?

— Si tu n'arrives pas à quoi ? – Sa mère lui sourit. – À faire une promenade avec ton père et moi ? À dîner avec nous ? À faire la connaissance de nos amis ? Je crois que tu y arriveras. Nous n'allons pas te demander l'impossible, et si c'est vraiment trop dur pour toi, tu n'auras qu'à le dire.

C'était comme si elle était devenue infirme, et par certains côtés elle l'était. Freddie avait fait d'elle une invalide. La question à présent était de savoir s'il y avait moyen de l'aider, si elle guérirait un jour. La pensée qu'il était trop tard était insupportable à sa mère.

— Que dirais-tu d'une petite promenade ?

— Je dois être affreuse. J'ai les yeux gonflés et mon nez devient tout rouge quand je pleure.

Elle rit à travers ses larmes lorsque sa mère lui adressa une grimace.

— Je n'ai jamais rien entendu de plus absurde. Ton nez n'est *absolument* pas rouge.

Sarah bondit de son fauteuil jusqu'au miroir et émit un petit cri de dégoût.

— Mais si, regarde ! On dirait une tomate !

— Voyons... – Victoria plissa les yeux pour inspecter le nez de sa fille et secoua la tête. – Ce doit être une toute petite tomate, alors. Je crois qu'avec un peu d'eau fraîche, un coup de peigne et, pourquoi pas ? un soupçon de rouge à lèvres, il n'y paraîtra plus.

Cela faisait des mois que Sarah ne se maquillait plus. Elle semblait s'en moquer, et jusque-là Victoria n'était pas intervenue.

— Je n'en ai pas, dit Sarah, évasive.

Elle ne voulait pas se montrer totalement rétive. Les paroles de sa mère l'avaient touchée.

— Je vais te prêter le mien. Tu as de la chance d'être aussi jolie sans rouge à lèvres. Moi j'ai une mine de papier mâché quand je ne suis pas maquillée.

— Ce n'est pas vrai, lui lança Sarah tandis que sa mère se dirigeait vers sa propre suite pour aller chercher le rouge à lèvres.

Elle revint un moment plus tard et le tendit à Sarah qui, obéissante, se passa de l'eau fraîche sur la figure et se donna un coup de peigne. En pull et en pantalon, avec ses longs cheveux dénoués, elle avait l'air d'une toute jeune fille. Sa mère sourit lorsqu'elles quittèrent la cabine bras dessus bras dessous pour aller à la rencontre d'Edward Thompson.

Elles le trouvèrent sur le pont, confortablement installé au soleil sur un transat, à côté de deux jeunes gens qui jouaient aux dominos. Il avait fait exprès de s'asseoir le plus près possible des deux joueurs, dans l'espoir que Victoria et Sarah viendraient le retrouver. Il fut ravi de les voir arriver.

— Eh bien, où étiez-vous passées ? Vous faisiez du lèche-vitrines ?

— Pas encore.

Victoria semblait heureuse et Sarah souriait, sans prêter aucune attention aux deux jeunes gens.

— Nous voulions d'abord faire un petit tour et prendre le thé avec toi, avant de dévaliser les boutiques et de dépenser tous tes sous.

— Je n'aurai plus qu'à me jeter par-dessus bord si vous me ruinez.

Les deux femmes rirent. Les jeunes gens regardèrent Sarah, l'un d'eux avec un intérêt non dissimulé. Mais celle-ci tourna les talons et s'éloigna au bras de son père. Tandis qu'ils parlaient, Edward Thompson fut surpris de voir que sa fille était parfaitement au courant de la situation politique mondiale. Elle avait apparemment passé beaucoup de temps à lire les journaux et les magazines. Il se souvint alors combien elle était vive et astucieuse. Cette fille n'était décidément pas une fille comme les autres, elle n'avait pas perdu son temps pendant qu'elle était demeurée cloîtrée. Elle lui parla de la guerre civile espagnole, et de la fulgurante et inquiétante ascension de Hitler. Après avoir réoccupé la Rhénanie deux ans plus tôt – à la grande indignation des Français –, voilà qu'il annexait l'Autriche.

— Mais comment sais-tu tout cela ? demanda son

père, véritablement impressionné et séduit par la conversation de sa fille.

— J'ai beaucoup lu, dit-elle avec un sourire timide. Je n'avais rien d'autre à faire.

Ils échangèrent un sourire ému. Sarah reprit, passionnée par le sujet :

— Tu as lu les déclarations de Hitler ? Il dit que l'Allemagne est obligée de pénétrer dans les États étrangers pour assurer la nourriture de son peuple et élargir son espace vital. Ça fait froid dans le dos... Qu'en penses-tu, père ? Crois-tu que Hitler va provoquer la guerre ? Il semble s'y préparer, en tout cas, et les liens entre Rome et Berlin sont très préoccupants. En particulier quand on voit ce que fait Mussolini.

— Sarah... – Il s'arrêta un instant pour la considérer. – Tu me sidères.

— Merci, Père.

Ils marchèrent encore un moment, tout en évoquant la menace qui planait sur l'Europe. Lorsque la promenade toucha à sa fin, une heure plus tard, il en fut désolé. Il venait de découvrir une facette de sa fille qu'il ignorait. Ils continuèrent leur conversation animée en prenant le thé. Edward exposa son point de vue. Selon lui, les États-Unis n'interviendraient jamais dans une guerre en Europe et, reprenant à son compte les vues de l'ambassadeur des États-Unis en Angleterre, Joseph P. Kennedy, il déclara que la Grande-Bretagne n'était pas en mesure d'entrer en guerre.

— Dommage que nous n'allions pas en Allemagne, dit Sarah, au grand étonnement de son père. J'aimerais bien me rendre compte par moi-même de ce qui se passe là-bas, et essayer de parler avec les gens.

En l'entendant parler ainsi, son père se félicita de

n'avoir pas prévu de séjourner en Allemagne. Il n'avait pas l'intention de laisser Sarah se mêler au jeu dangereux de la politique. Se passionner pour les affaires du monde au point de tout lire sur la question était une chose (et une chose rare pour une femme), mais se rendre sur place et prendre des risques en était une autre, qu'il n'était pas prêt à accepter.

— Je pense qu'il est plus sage de se limiter à la France et à l'Angleterre. Je ne suis même pas certain que nous devions aller à Rome. Je crois qu'il serait préférable d'attendre d'être en Europe avant de nous décider.

— Mais Père, où est donc passé ton goût pour l'aventure ? le taquina-t-elle.

— Je suis trop vieux pour cela, ma chérie. Quant à toi, tu devrais porter de belles robes et ne penser qu'à t'amuser.

— Quelle barbe, dit-elle en feignant l'ennui, et son père éclata de rire.

— Vous n'êtes vraiment pas une fille ordinaire, mademoiselle Sarah.

Rien d'étonnant à ce que son mariage avec Van Deering ait été un échec. Elle était mille fois trop intelligente pour lui et pour la plupart des jeunes gens qu'il fréquentait. À mesure qu'il apprenait à mieux la connaître, son père commençait à mieux la comprendre.

Au soir du troisième jour, Sarah semblait tout à fait à l'aise en se promenant sur le pont. Elle demeurait cependant sur la réserve et ne montrait pas de goût particulier pour la compagnie des jeunes gens, mais elle accepta de dîner avec ses parents dans la salle à manger.

Le dernier soir, ils dînèrent tous trois à la table du capitaine.

— Vous n'êtes pas fiancée, mademoiselle Thompson ? demanda le capitaine Irving, l'œil pétillant.

Le souffle coupé, la mère de Sarah attendit la réponse de sa fille.

— Non, monsieur, répliqua froidement Sarah, dont les joues se colorèrent légèrement tandis qu'elle reposait son verre de vin d'une main tremblante.

— Ces jeunes messieurs, en Europe, ont bien de la chance.

Sarah sourit poliment mais ses paroles l'avaient atteinte en plein cœur. Non, elle n'était pas fiancée, elle attendait que son divorce fût prononcé, en novembre, un an après son mariage. Divorcée ! Heureusement, ici, personne ne savait. C'était une aubaine. Avec un peu de chance, personne ne serait au courant en Europe non plus.

Le capitaine l'invita à danser. Elle était superbe entre ses bras, dans la robe de satin bleu pâle que sa mère avait fait faire pour elle avant son mariage avec Freddie. Cette robe faisait partie de son trousseau. Elle avait eu un petit pincement au cœur, ce soir-là, en la mettant. Et un autre lorsqu'un jeune homme qu'elle n'avait jamais vu l'invita à danser aussitôt après le capitaine. Elle sembla hésiter un long moment, puis elle hocha la tête poliment.

— D'où êtes-vous ? lui demanda-t-il.

Il était très grand, très blond et à son accent elle devina qu'il était anglais.

— De New York.

— Vous allez à Londres ?

Il était aux anges. Cela faisait plusieurs jours qu'il

observait Sarah, mais celle-ci se montrait distante et légèrement revêche, ce qui ne laissait pas de l'étonner.

Sarah resta volontairement évasive. Elle n'avait aucune envie de se laisser courtiser. De plus, par certains côtés, ce garçon lui rappelait Freddie.

— Où descendrez-vous ?

— Chez des amis de mes parents.

Elle mentait, sachant pertinemment que des réservations avaient été faites au Claridge et qu'ils seraient à Londres pour deux semaines au moins. Elle ne souhaitait pas le revoir, et fort heureusement pour elle, la danse se termina très vite. Il essaya de prolonger encore un peu leur tête-à-tête, mais Sarah ne fit rien pour l'encourager et quelques minutes plus tard il regagna sa table.

— Le jeune lord Winthrop n'est pas à votre goût, à ce que je vois, la taquina le capitaine. C'est pourtant le jeune homme le plus convoité de tout le bateau. Toutes les demoiselles en âge de se marier le poursuivent de leurs assiduités. Toutes sauf mademoiselle Thompson.

— Pas du tout, mais je ne le connais pas, rétorqua Sarah sèchement.

— Voulez-vous que je fasse les présentations ? proposa le capitaine.

Sarah se contenta de sourire et de secouer la tête.

— Non merci, capitaine.

Sarah dansa à nouveau avec son père, tandis que le capitaine complimentait Victoria sur la beauté et l'intelligence de sa fille.

— C'est une jeune fille peu ordinaire, dit-il, manifestement ébloui. – Il avait pris presque autant de plaisir que son père à discuter avec elle pendant les cinq jours de la traversée. – Et si jolie, si accomplie pour une jeune personne de son âge ! J'imagine qu'elle ne vous pose aucun problème.

— Aucun, dit Victoria en souriant, fière de sa fille cadette. Si ce n'est qu'elle est un peu trop bien éduquée.

Victoria sourit malgré elle, étonnée de voir l'indifférence que Sarah témoignait à lord Winthrop. Cela ne laissait rien présager de bon pour ses futurs prétendants européens.

— Elle a connu une amère déception, confia-t-elle au capitaine, et je crois qu'elle a été échaudée pour longtemps. Nous espérons la faire sortir un peu de sa coquille en l'emmenant en Europe.

— Je vois. – Il hocha la tête. Cette confidence expliquait sa totale indifférence vis-à-vis de Phillip Winthrop. – Elle ne va pas être facile à marier, conclut-il, en toute franchise. Elle est trop intelligente et trop avisée, et ne semble guère aimer les futilités. Peut-être qu'un homme mûr…

Il appréciait la jeune fille et se mit à réfléchir sérieusement à la chose. Puis il sourit à sa mère.

— Vous avez beaucoup de chance, madame. Elle est absolument ravissante. J'espère qu'elle trouvera le mari qu'elle mérite.

Victoria se demanda si c'était ainsi que tous les voyaient, comme un couple de parents se rendant en Europe pour trouver un mari à leur fille. Sarah aurait eu une attaque si une telle pensée l'avait effleurée. Victoria remercia le capitaine. Elle dansa une fois avec lui, après quoi elle partit rejoindre son mari et sa fille.

— Je crois que nous devrions nous coucher à une heure décente. Nous avons une grosse journée, demain.

Ils devaient débarquer à Cherbourg et partir directement pour Paris, que Sarah ne connaissait pas. Ils avaient un emploi du temps très chargé. Une voiture avec chauffeur devait passer les prendre à l'hôtel. Ils descendraient au Ritz, et la semaine d'après ils iraient à Deauville, puis à Biarritz, pour voir des amis. Ensuite, ils passeraient une semaine sur la Riviera, à Cannes, et quelques jours à Monte-Carlo avec un vieil ami. Enfin ils se rendraient à Londres.

Ils débarquèrent à Cherbourg à huit heures, le lendemain matin, et montèrent dans le train d'excellente humeur. Edward dressa la liste des endroits qu'il fallait absolument montrer à Sarah : le Louvre, les Tuileries, Versailles, Malmaison, le musée du Jeu de paume, la tour Eiffel, et naturellement, le tombeau de Napoléon. Lorsqu'il eut fini son énumération, Victoria Thompson leva un sourcil surpris.

— Je ne t'ai pas entendu prononcer le nom de Chanel… ni celui de Dior… ou de Balenciaga, ni même celui de Schiaparelli. Les aurais-tu oubliés, chéri ?

Le violet et le mauve étaient les couleurs qui se portaient à Paris cette année et Victoria avait hâte de faire le tour des magasins avec Sarah.

— J'ai essayé de les oublier, ma chérie. – Il lui adressa un sourire goguenard. – Mais, tu vois, ça n'a pas marché.

Il adorait choyer sa femme, et il avait envie de choyer sa fille aussi. Mais il voulait également leur montrer les hauts lieux de la culture, dont certains défilaient sous leurs yeux tandis qu'ils entraient dans Paris.

Les chambres du Ritz étaient absolument splendides. Cette fois, Sarah avait une suite séparée de celle de ses parents, avec vue sur la place Vendôme. Elle fut bien obligée d'admettre qu'il y avait quelque chose de doux-amer à se trouver là, toute seule. Il eût été infiniment plus agréable de partager cet endroit avec son mari. Elle soupira et se glissa dans l'immense lit vide, sous le douillet édredon en plume.

Le lendemain matin, ils allèrent au Louvre où ils passèrent trois heures. Ce fut une journée très agréable pour ses parents, comme le fut le reste du voyage. Sarah avait cessé de se rebiffer. Ils allèrent prendre le thé rue Jacob, chez la seule personne qu'ils connaissaient à Paris, une vieille amie de la mère d'Edward. Il n'y eut pas de soirées à éviter. Sarah pouvait tout à son aise profiter des musées, des cathédrales et des boutiques, ainsi que de la compagnie de ses parents.

Le séjour à Deauville fut un peu plus tendu, car les gens chez qui ils allèrent insistèrent pour présenter leur fils à Sarah et firent tout ce qu'ils purent pour les rapprocher l'un de l'autre. Lui se montra très intéressé, mais elle le trouva sans charme, peu informé et profondément ennuyeux. Pendant toute la durée du séjour, elle s'efforça de l'éviter. Comme elle le fit avec les deux frères qui lui furent présentés à Biarritz, ainsi qu'avec le petit-fils des amis de Cannes, sans parler des deux charmants jeunes gens qu'on lui fit rencontrer à Monte-Carlo. Lorsque leur séjour sur la Riviera s'acheva enfin, Sarah était d'une humeur noire et ne desserrait pour ainsi dire plus les dents.

— T'es-tu amusée sur la Riviera, ma chérie ? lui demanda innocemment Victoria tandis qu'elles faisaient leurs bagages, à la veille de leur départ pour Londres.

— Non, pas du tout, rétorqua sèchement Sarah. Mais alors, pas du tout.

— Vraiment ?

Sa mère n'en revenait pas, elle était persuadée qu'elle s'était beaucoup amusée. Ils avaient fait plusieurs promenades en yacht, avaient largement profité de la plage et étaient allés à des soirées absolument splendides.

— Je suis navrée.

— Je voudrais que tu saches quelque chose, maman, dit Sarah en la regardant droit dans les yeux et en posant le corsage blanc qu'elle tenait à la main. Je ne suis pas venue en Europe pour me trouver un autre mari. Je te rappelle que je suis toujours une femme mariée, jusqu'en novembre, en tout cas. J'en ai plus qu'assez de tous ces gens qui veulent absolument me faire rencontrer leurs imbéciles de fils, leurs abrutis de petits-fils, ou leurs crétins de cousins. Depuis que je suis ici, je n'ai pas croisé un seul homme avec qui parler, et encore moins avec qui passer une heure en tête à tête. Je n'ai pas l'intention de faire le tour de l'Europe pour y être exhibée comme une fille qui sort de son trou parce qu'elle chercha désespérément à se caser. Suis-je assez claire ? – Sa mère, stupéfaite, hocha la tête en silence. – Au fait, ces gens savent-ils seulement que j'ai été mariée jadis ?

Victoria secoua la tête.

— Je ne crois pas.

— Dans ce cas, tu devrais les mettre au courant. Je suis certaine qu'ils seraient beaucoup moins pressés de voir leurs rejetons me faire la cour s'ils savaient que je suis divorcée.

— Mais le divorce n'est pas un crime, Sarah, répondit sa mère qui connaissait très bien le point de vue de Sarah sur la question.

Pour Sarah, c'était un crime. Un péché mortel.

— Ça n'est pas non plus un état dont on peut se vanter. Et il n'y a pas beaucoup de gens qui considèrent cela comme un atout.

— Je n'ai jamais dit que ça l'était, mais ça n'est pas non plus une maladie incurable. Tu vas certainement rencontrer des gens qui ne s'en formaliseront pas. Et tu pourras toujours l'annoncer à ceux qui l'ignorent si tu estimes que c'est nécessaire.

— Moi, je trouve que cela ressemble à une maladie et qu'il est de mon devoir de prévenir les gens.

— Absolument pas. Mais si tu y tiens…

— Peut-être devrais-je porter un écriteau, tu sais, comme les lépreux.

Il y avait de la colère, de l'amertume et de la tristesse dans sa voix, mais elle en avait par-dessus la tête de ces jeunes gens qu'on lui présentait et qui ne l'intéressaient absolument pas.

— Sais-tu ce qu'a fait le jeune Saint-Gilles, à Deauville ? Il m'a pris toutes mes affaires pendant que j'étais en train de me changer, et ensuite il est entré dans ma cabine et a essayé de m'arracher ma serviette. Et il avait l'air de trouver la chose désopilante.

— Quelle horreur ! – Sa mère eut l'air choquée. – Tu aurais dû le dire.

— Mais je l'ai fait. Je lui ai dit que s'il ne me rendait pas mes affaires sur-le-champ, j'irais trouver son père. Le pauvre type a eu si peur qu'il a aussitôt obtempéré en me suppliant de ne rien dire. Il faisait pitié.

C'était le genre de choses que l'on faisait à seize

ans, pas à vingt-sept. Ils étaient tous comme cela : infantiles, gâtés, arrogants, ignares, mal élevés.

— Je veux simplement que toi et Père sachiez que je ne suis pas venue en Europe pour me trouver un mari, rappela-t-elle à sa mère qui acquiesça en silence, tout en continuant à ranger ses affaires.

Victoria raconta l'incident à son mari, ce soir-là, et lui parla du jeune homme de Deauville. Il trouva la farce stupide mais inoffensive.

— Le vrai problème c'est qu'elle est beaucoup plus mûre qu'eux. Elle a beaucoup souffert, aussi. Elle a besoin de quelqu'un de plus âgé qu'elle. Ces garçons ne savent absolument pas s'y prendre. Et compte tenu de son état d'esprit, ils ne font que lui taper sur les nerfs. Il faudra agir avec tact lorsque nous serons à Londres.

Il ne s'agissait pas de la dégoûter à jamais des hommes, mais d'essayer au contraire de trouver une personne ou deux avec qui elle se sente bien, pour lui rappeler qu'il existe autre chose que la solitude dans la vie, même si les garçons qu'elle avait rencontrés jusqu'ici la lui rendaient plus attrayante que leur compagnie.

Ils rentrèrent à Paris le lendemain. Ils traversèrent la Manche en sept heures, grâce à la *Flèche d'or* et au ferry, et arrivèrent au Claridge pour le dîner. Le directeur de l'hôtel les accueillit personnellement avec la plus grande courtoisie pour les accompagner à leurs suites. Celle des Thompson était très vaste, avec un salon qui donnait sur Big Ben et le Parlement. Sarah quant à elle avait une chambre ravissante, qui ressemblait à un boudoir, tendue de satin rose et de chintz parsemé de roses. Lorsque son regard tomba sur le secrétaire, elle aperçut une demi-douzaine d'invitations qu'elle ne chercha même pas à décacheter. Sa mère lui en toucha un mot, le soir même, pendant le dîner. Victoria expliqua qu'ils étaient conviés à deux dîners et à un thé donnés par de vieux amis, ainsi qu'à une garden party à Leicester, et à un lunch que les Kennedy organisaient en leur honneur à l'ambassade de Grosvenor Square. Tout ceci semblait d'un ennui mortel à Sarah.

— Faut-il vraiment que je vous accompagne ? demanda-t-elle d'une voix plaintive d'adolescente.

Son père se montra ferme.

— Tu ne vas pas recommencer ? Nous sommes ici pour voir nos amis, et nous n'allons pas les froisser en déclinant leurs invitations.

— Mais pourquoi faut-il que j'y aille ? Ce sont vos amis, Père, pas les miens. Quelle importance que j'y sois ou non ?

— Pas question de t'abstenir, dit-il en assenant un vigoureux coup de poing sur la table. La discussion est close. Tu n'as plus l'âge de faire des caprices. Essaye d'être aimable et polie, tâche de faire un effort. M'as-tu compris, Sarah Thompson ?

Sarah lui jeta un regard glacial qu'il ne sembla pas remarquer. Il était fermement décidé à la ramener dans le monde des vivants et n'avait que faire de ses objections, car il savait qu'il agissait pour son bien.

— Très bien.

Ils finirent de dîner en silence.

Le lendemain, ils visitèrent le Victoria and Albert Museum, où ils passèrent un agréable moment avant de se rendre à un très élégant dîner on ne peut plus formel. Sarah s'abstint de tout commentaire. Elle portait une robe de taffetas vert sombre, fort seyante, qui s'accordait admirablement avec la couleur de ses yeux. Sa mère la lui avait achetée en prévision du voyage. Elle était très belle mais totalement indifférente à ce qui l'entourait. Elle eut l'air de s'ennuyer toute la soirée. Plusieurs jeunes gens avaient été invités spécialement pour la rencontrer et elle fit l'effort d'échanger quelques mots avec eux. La plupart lui parurent insipides, sots, et surtout étonnamment ignorants de l'état du monde.

Sur le chemin du retour, Sarah ne desserra pas les dents, et ses parents se gardèrent de lui demander si elle s'était amusée, car il était évident que non. Le deuxième dîner fut à peu près aussi réjouissant ; quant au thé, ce fut un désastre. On voulut lui imposer la compagnie d'un petit-neveu si sot et si infantile que sa propre mère dut en convenir avec quelque embarras.

— Au nom du ciel ! s'écria Sarah lorsqu'ils eurent regagné le Claridge, ce soir-là, qu'est-ce qui ne tourne pas rond chez ces gens ? Pourquoi tiennent-ils absolument à me présenter leurs crétins de neveux ? Que leur avez-vous dit avant de venir ? demanda Sarah à son père, qui refusait de s'emporter. Que j'étais désespérée et que j'avais besoin d'être aidée ?

Elle n'arrivait pas à y croire.

— J'ai simplement dit que tu venais avec nous. J'ignore comment ils l'auront interprété. Ils ont voulu se montrer courtois en invitant de jeunes cavaliers pour toi. Si tu n'aimes pas leurs enfants ou leurs amis, j'en suis désolé.

— Ne peux-tu leur dire que je suis fiancée ? Ou que j'ai une maladie contagieuse ? Je n'en peux plus.

Je refuse d'aller à des dîners où je suis mal à l'aise toute la soirée.

Elle avait fait un gros effort, mais à présent elle était sur le point d'exploser. Il était évident qu'elle avait passé une soirée exécrable.

— Je suis désolé, Sarah, murmura son père. Ils ont cru bien faire. Je t'en prie, calme-toi.

— Je n'ai pas eu une seule conversation intelligente, hormis avec toi, depuis que nous avons quitté New York, dit-elle d'un ton accusateur.

Il lui sourit. Au moins, elle goûtait sa compagnie autant que lui. C'était toujours ça.

— Et avec qui donc as-tu eu des conversations intelligentes lorsque tu étais à Long Island ?

— Là-bas, au moins, je n'étais pas obligée de faire la conversation.

— Eh bien ne sois pas trop exigeante. Prends la vie comme elle vient. C'est l'occasion pour toi de connaître des lieux nouveaux et de faire de nouvelles connaissances.

— Même les femmes sont ennuyeuses.

— Je ne suis pas d'accord avec toi, dit-il, ce qui fit froncer les sourcils à son épouse.

Il lui tapota alors la main en guise d'excuse, mais elle savait qu'il plaisantait.

— Il n'y a qu'une chose qui les intéresse : les hommes, grommela-t-elle. Je parie qu'elles n'ont même jamais entendu parler de politique. Elles croient sans doute que Hitler est le nouveau cuisinier de leurs parents. Est-il possible d'être aussi bête ?

Son père éclata de rire et secoua la tête.

— Depuis quand ma fille est-elle devenue une mordue de politique et un « bas-bleu » ?

— Depuis qu'elle a découvert la solitude. Et c'est fort agréable.

— Peut-être trop. Il est temps de te rappeler que le monde est plein de gens de toutes sortes. Des intelligents et des andouilles, certains sont amusants, d'autres ennuyeux comme la pluie. Mais il faut de tout pour faire un monde. Tu es restée repliée sur toi-même beaucoup trop longtemps, Sarah. Et pour ma part, je suis enchanté que tu sois venue jusqu'ici.

— Pas moi, marmonna-t-elle, même si, au fond, elle était contente d'avoir fait le voyage.

Certes, elle se serait volontiers passée des mondanités, mais le voyage en soi l'enchantait, et elle était heureuse d'être avec eux. Ses liens avec ses parents s'étaient resserrés. Et puis, surtout, elle avait retrouvé son sens de l'humour, même si elle passait son temps à geindre.

Lorsqu'il fut question de la garden party du lendemain, son père ne lui laissa pas le choix. L'air de la campagne lui ferait du bien, et la propriété où ils se rendaient valait, disait-on, le détour. Sarah prit place dans la voiture en ronchonnant et ne cessa de se plaindre tout au long du trajet, mais elle fut forcée d'admettre que la campagne était superbe et le temps étonnamment chaud et ensoleillé pour l'Angleterre.

En arrivant, elle dut reconnaître à contrecœur que l'endroit valait le déplacement. C'était un manoir du quatorzième siècle, entouré de douves et d'un somptueux jardin. Les dépendances d'époque avaient été entièrement restaurées par les propriétaires. Les cent convives qu'ils avaient invités à déjeuner pouvaient déambuler dans le domaine à leur guise, y compris dans les galeries baronniales. Des domestiques étaient postés discrètement un peu partout, prêts à servir des rafraîchissements ou à aider des convives à s'installer confortablement dans les nombreux salons ou dans le parc. Sarah n'avait jamais rien vu de plus beau ni de plus intéressant. Elle était littéralement fascinée par les dépendances et s'y attarda si longtemps qu'elle perdit la trace de ses parents. Elle contemplait la toiture de chaume des cottages et le manoir qui s'élevait, majestueux, à l'arrière-plan. Devant cette vision extraordinaire, elle poussa un petit soupir de bien-être, littéralement envoûtée par le passé. Les gens n'existaient plus pour elle. Et le fait est que la plupart avaient disparu. Ils étaient retournés au château pour le déjeuner, ou se promenaient à travers le parc.

— Imposant, n'est-ce pas ? dit une voix derrière elle.

Elle se retourna, surprise de voir un homme de grande taille, aux yeux bleus et aux cheveux bruns. Il lui parut immense, menaçant presque, mais son sourire était chaleureux. On aurait pu croire qu'ils étaient frère et sœur.

— J'ai l'impression de remonter dans le passé chaque fois que je viens ici. Il suffit de fermer les yeux un instant pour voir apparaître les serfs, les chevaliers et leurs dames…

Sarah lui rendit son sourire, c'était exactement ce qu'elle ressentait.

— J'étais précisément en train de me faire la même réflexion. Je n'arrivais pas à m'en aller, je voulais rester là, pour éprouver ce que vous venez de décrire.

— J'aime ce côté ancien. J'ai horreur de tous ces endroits sans cesse retouchés au nom de la modernité et qui finissent par ne plus ressembler à rien.

Elle hocha de nouveau la tête, intriguée. Il avait quelque chose de pétillant dans le regard. Tout semblait l'amuser. Enfin un interlocuteur agréable !

— Je me présente, William Whitfield, prisonnier pour le week-end. Belinda et George sont mes cousins, aussi toqués soient-ils. Adorables, cela dit. Vous êtes américaine, n'est-ce pas ?

Elle acquiesça d'un signe de tête et lui tendit la main, légèrement intimidée.

— En effet, je m'appelle Sarah Thompson.

— Enchanté. Êtes-vous de New York, ou d'un endroit plus exaltant, comme Detroit ou San Francisco ?

Elle rit, et confessa qu'elle était de New York.

— C'est le grand tour de l'Europe, alors ?

— Exact.

Elle lui sourit et il lui adressa un regard bleu magnétique.

— Laissez-moi deviner. Avec vos parents ?

— Oui.

— Comme c'est dommage. Je parie qu'ils vous traînent des jours entiers dans les musées et les cathédrales et que le soir venu ils vous obligent à rencontrer des jeunes gens stupides, tout juste capables d'aligner deux mots. Ai-je raison ?

Il avait l'air de beaucoup s'amuser.

Elle rit de bon cœur, incapable de nier.

— Vous nous avez observés ou vous avez des espions ?

— Je ne connais rien de pire, sauf peut-être une lune de miel avec quelqu'un d'insupportable.

À ces mots, les yeux de Sarah s'assombrirent et

elle sembla prendre légèrement ses distances. Il le remarqua aussitôt.

— Je vous demande pardon, ce n'était pas de très bon goût.

Il semblait très ouvert et très direct. Elle se sentait étonnamment bien avec lui.

— Ce n'est pas grave. – Elle aurait voulu lui dire qu'elle était un peu trop sensible mais ne le fit pas, naturellement. – Vous habitez Londres ?

Elle sentait qu'il lui incombait de changer de sujet pour le mettre à l'aise, même s'il n'avait pas l'air franchement désarçonné.

— J'habite Londres, confessa-t-il, quand je ne suis pas dans le Gloucestershire, en train de réparer les vieilles clôtures de ma maison – qui n'a rien à voir avec celle-ci, hélas. Je n'ai pas le talent de George et Belinda. Ils ont passé des années à restaurer cet endroit sublime qui n'était qu'une ruine au départ. Et moi je lutte depuis des années pour que mon domaine ne s'écroule pas complètement. En vain. L'endroit est envahi par les courants d'air, les toiles d'araignée et des bruits terrifiants. Ma pauvre mère y habite toujours.

Il savait rendre toute chose amusante. Ils s'éloignèrent peu à peu des cottages tout en continuant à discuter.

— Je crois que nous devrions aller déjeuner. Non pas que Belinda s'aperçoive de notre absence parmi cette horde d'invités, mais vos parents risquent de s'inquiéter et de se lancer à mes trousses un fusil à la main.

Elle rit une fois encore, sachant que ses parents se seraient plutôt servis du fusil pour tenter de les rapprocher.

— Je ne le crois pas.

— Je ne suis pas à proprement parler le prétendant idéal pour une jeune fille innocente. Je suis un peu trop vieux pour cela, mais en bonne santé, malgré tout, pour un homme de mon âge, toutes proportions gardées, naturellement.

Il l'observait attentivement, ébloui par sa beauté et intrigué par le mélange d'intelligence, de tristesse, et de méfiance qu'il lisait dans son regard.

— Serait-ce très indiscret de vous demander votre âge ?

Elle eut soudain envie de lui répondre « trente ans », mais ne voyant vraiment pas pourquoi elle lui mentirait, elle dit simplement :

— Je vais avoir vingt-deux ans le mois prochain.

Il sembla moins impressionné qu'elle ne l'avait espéré. Il lui sourit et, d'une main puissante qui lui parut très douce, l'aida à sauter par-dessus un muret.

— Un petit bébé, en somme. J'ai trente-cinq ans. J'imagine aisément la déception de vos parents en vous voyant revenir avec un vieillard comme moi en guise de trophée européen.

Il la taquinait, mais ils s'amusaient bien et il était vraiment charmant. Il aurait pu faire un excellent ami. Elle appréciait le fait de pouvoir plaisanter avec lui alors qu'elle le connaissait à peine.

— Savez-vous ce qui me plaît en vous ? C'est que vous avez l'air intelligent. Je parie que vous êtes capable de lire l'heure et d'aligner plus de deux mots à la suite.

— C'est vrai, mes qualités sont trop nombreuses pour qu'on les énumère toutes. Mais pourquoi les gens s'entêtent-ils à présenter d'abominables créatures aux filles de leurs amis ? C'est une chose que je ne comprendrai jamais. J'ai rencontré bien des jeunes filles dans ma vie, toutes issues de familles apparemment normales, mais toutes vouées à l'asile, les pauvres petites. Et tout le monde était persuadé que je mourais d'envie de faire leur connaissance. C'est étonnant, vous ne trouvez pas ?

Sarah partit d'un éclat de rire qu'elle eut du mal à contrôler en pensant à tous les garçons qu'elle avait rencontrés en Europe. Elle lui parla de celui de Deauville, puis des frères de Biarritz, des garçons de Cannes et de Monte-Carlo... Ils étaient devenus les meilleurs amis du monde lorsqu'ils franchirent les douves et pénétrèrent dans le château.

— Croyez-vous qu'ils nous aient laissé quelque chose à manger ? Je crie famine, confessa-t-il.

Bâti comme il l'était, elle n'avait aucun mal à le croire.

— Nous aurions dû cueillir des pommes à la ferme, j'en mourais d'envie. Mais comme le fermier ne l'a pas proposé, je n'ai pas osé.

— Pourquoi ne pas me l'avoir dit ? demanda-t-il aimablement. Je les aurais volées pour vous.

Le buffet ployait littéralement sous les rôtis, les poulets et les légumes de toutes sortes. Il y avait aussi une salade gigantesque. Ils se servirent deux assiettes bien pleines et William l'entraîna dans un endroit tranquille, loin de la foule. Elle le suivit sans hésiter un seul instant. Il lui semblait tout à fait naturel de déjeuner en tête à tête avec lui tandis qu'il lui racontait des anecdotes. Ils en vinrent à parler politique, et Sarah fut fascinée d'apprendre qu'il revenait tout juste de Munich. Il lui dit que la tension qui régnait là-bas était extrême, même si elle était moins sensible qu'à Berlin, où il n'était pas retourné depuis un an. Mais l'Allemagne tout entière semblait se préparer pour un affrontement de grande envergure.

— Croyez-vous que ce soit pour bientôt ?

— C'est difficile à dire. Mais je suis sûr que cela va arriver, même si votre gouvernement n'y croit pas.

— Je pense, pour ma part, que c'est inévitable.

L'intérêt de Sarah pour la politique ne laissa pas de l'étonner. Rares étaient les femmes qui suivaient l'actualité. Il la questionna et elle lui révéla qu'elle avait passé un long moment à l'écart du monde, l'an passé, ce qui lui avait permis de découvrir des choses qu'elle aurait ignorées en temps normal.

— Pourquoi diable vivre à l'écart du monde ?

Il la regarda au fond des yeux, mais elle détourna la tête. Cette jeune femme qui semblait habitée par une douleur profondément enfouie l'attirait irrésistiblement.

— On éprouve parfois le besoin d'être seul, fut sa réponse évasive.

Il préféra ne pas insister. Cependant il demeurait intrigué et c'est alors qu'elle lui parla de son projet d'acheter une ferme isolée à Long Island.

— C'est une drôle d'idée pour une jeune fille de votre âge. Qu'en pensent vos parents ?

— Je crois qu'ils vont avoir une attaque, dit-elle avec un large sourire. Mais je ne veux plus vivre à New York. Ils finiront bien par se laisser convaincre, sinon je l'achèterai moi-même.

C'était une jeune fille décidée, obstinée même. Il y avait quelque chose d'amusant dans son regard enflammé. Ce n'était pas une femme qu'on pouvait prendre à la légère.

— Quitter New York n'est pas une mauvaise idée en soi, mais aller s'enterrer dans une ferme isolée, à votre âge, ne me paraît pas franchement réjouissant non plus. Pourquoi ne pas y passer l'été et les week-ends ?

Elle secoua la tête, toujours avec ce même air décidé.

— Je veux y vivre complètement. Je vais commencer par la restaurer moi-même.

— Avez-vous déjà fait ce type de travaux ?

Elle l'amusait et le charmait. Il fut surpris de voir à quel point elle lui plaisait.

— Non, mais je sais que j'en suis capable.

On aurait dit qu'elle était en train de s'exercer en vue de la discussion qu'elle allait avoir avec son père.

— Croyez-vous sérieusement que vos parents se laisseront cônvaincre ?

— Il le faudra bien, dit-elle en relevant le menton, et il le lui pinça gentiment.

— J'ai comme l'impression qu'ils ont du fil à retordre avec vous. Rien d'étonnant à ce qu'ils vous ai emmenée en Europe pour vous faire rencontrer le prince charmant. Je ne leur donne pas tout à fait tort. Pourquoi ne pas vous contenter d'un de ces jeunes chiens fous, après tout ?

Choquée, elle lui donna un petit coup de serviette qu'il esquiva en riant, et se retrouva si près d'elle qu'il en eut le souffle coupé. Un instant, il eut une folle envie de l'embrasser. Mais il surprit quelque chose de si triste au fond de son regard qu'il s'arrêta net.

— Vous avez un secret, n'est-ce pas ? Un secret douloureux ?

Elle hésita un long moment avant de répondre prudemment :

— Je ne sais pas si on peut appeler cela un secret.

— Ne vous sentez pas obligée de me dire quoi que se soit, Sarah. Je ne suis qu'un étranger. Mais je vous estime. Vous êtes une fille remarquable et, si vous avez souffert, j'en suis profondément désolé.

— Merci.

Elle lui sourit, plus sage et plus belle que jamais.

— Il arrive que les choses les plus pénibles soient celles qu'on oublie le plus vite. Elles vous font affreusement mal sur le coup, puis les plaies se referment et on oublie pour toujours.

Mais il voyait bien que cette plaie-là n'était pas encore refermée. Peut-être avait-elle été trahie par quelqu'un, à moins que le garçon qu'elle aimait ne soit mort ? Il imaginait une histoire romantique, pleine de tendresse et d'innocence. Ses parents avaient bien fait de l'emmener en Europe. Elle était si belle, si fine, qu'elle finirait forcément par oublier, surtout si elle rencontrait l'homme de sa vie en Europe…

Ils discutèrent un long moment encore, bien à l'abri dans leur petit havre de paix, jusqu'à ce qu'ils se décident à rejoindre la foule des invités. Quelques minutes à peine s'étaient écoulées lorsqu'ils se retrouvèrent nez à nez avec leur hôtesse, Belinda, la cousine un tantinet excentrique de William.

— Dieu du ciel, vous voilà enfin ! J'ai annoncé à tout le monde que vous étiez parti. Mon Dieu, William, vous êtes terrible ! – Elle eut un regard amusé en voyant Sarah en sa compagnie. – Les Thompson sont convaincus que leur fille est tombée dans une oubliette. Ils ne l'ont pas vue une seule fois depuis qu'ils sont arrivés. Où diable étiez-vous cachés ?

— Je l'ai enlevée et je lui ai raconté l'histoire de ma vie. Ça l'a tellement scandalisée qu'elle a exigé de retourner auprès de ses parents toutes affaires cessantes. C'est avec mes plus humbles excuses que je la remets à vos bons soins.

Il souriait de toutes ses dents, Sarah faisait de même, manifestement à l'aise avec son compagnon.

— Vous êtes absolument insupportable ! De plus vous n'avez jamais su ce qu'était un remords. – Se tournant vers Sarah, l'air faussement inquiet, elle demanda : – Il ne vous a pas fait de mal, au moins, ma chère ? Voulez-vous que j'appelle le garde ?

— Quelle bonne idée ! s'exclama William, cela fait des mois que je ne l'ai pas vu.

— Oh, taisez-vous, espèce de monstre ! – Sarah riait de tout son cœur, tandis que Belinda hochait la tête en feignant l'exaspération. – Je ne vous inviterai plus jamais. Vous êtes intenable.

— C'est ce qu'on dit, en effet. – Il adressa un regard contrit à Sarah, qui ne s'était pas autant amusée depuis des années. – Puis-je vous demander de me présenter à vos parents ?

— Ce serait la moindre des choses, grommela Belinda.

Elle ne se doutait pas qu'il en mourait d'envie. Il était bien décidé à revoir Sarah si ses parents étaient d'accord. Il ignorait tout d'elle et de son passé, mais il voulait à tout prix apprendre à la connaître.

— Je vais vous présenter, dit Belinda, tandis que Sarah et William la suivaient en riant et en chuchotant comme deux enfants espiègles.

Loin d'être en colère, les Thompson étaient ravis de la revoir. Ils savaient qu'elle se trouvait quelque part dans cette demeure, en sécurité parmi les autres invités. Ils furent enchantés de la trouver en compagnie de William. L'homme, d'âge mûr, était beau garçon. Il leur parut agréable et intelligent, et très attiré par leur fille.

— Je vous prie d'accepter toutes mes excuses, leur dit-il. Nous nous sommes attardés du côté de la ferme, après quoi nous avons fait une pause déjeuner. Je crains d'avoir accaparé Sarah un peu trop longtemps.

— N'en croyez pas un mot, lança Belinda. Je suis certaine qu'il l'a attachée à un arbre et qu'il s'est empiffré en lui racontant des histoires abominables.

— Quelle idée splendide, dit William, l'air pensif, tandis que les Thompson éclataient de rire. Sarah, je crois que nous devrions essayer cela, la prochaine fois.

Ils semblaient étonnamment à l'aise l'un avec l'autre. Le petit groupe continua de discuter jusqu'à ce que George arrive. Ravi de revoir son cousin, il insista pour lui montrer son nouvel étalon. William fut entraîné malgré lui vers l'écurie, tandis que Belinda poursuivait sa conversation avec les Thompson. Levant un sourcil admiratif en direction de Sarah, elle dit :

— Je ne devrais sans doute pas dire cela, ma chère, mais vous avez jeté votre dévolu sur l'homme le plus beau et sans doute le plus charmant de toute l'Angleterre.

— Nous avons passé un moment très agréable, en effet, répondit sobrement Sarah.

Agréable n'était pas le mot qu'elle aurait employé si elle avait parlé avec sa sœur. L'homme était tout simplement merveilleux.

— Il est trop intelligent. Cela lui joue des tours. Il ne s'est jamais marié. Il est beaucoup trop difficile. – Belinda adressa un regard entendu aux Thompson, comme si elle voulait les avertir qu'il ne serait pas facile à conquérir, mais ils ne parurent pas s'en apercevoir. – Il est terriblement insouciant. Enfin, sait-on jamais... – Puis se tournant à nouveau vers Sarah : J'imagine qu'il ne vous a rien dit... Vous savez sans doute qu'il est duc de Whitfield ?

Sarah la regarda, interloquée.

— Je... heu... il s'est simplement présenté sous le nom de William Whitfield.

— Il le fait toujours. C'est d'ailleurs quelque chose que j'apprécie chez lui. Je ne sais plus très bien s'il est le treizième ou le quatorzième prétendant à la couronne.

— À la couronne ? dit Sarah en s'étranglant presque.

— Oui, naturellement. Même s'il est peu probable qu'il accède un jour au trône. Cela dit, ce n'est pas sans importance, chez nous. La tradition, vous savez. Quoi qu'il en soit, je suis contente de voir que tout va bien. Je me demandais où vous étiez passée et je commençais à me faire du souci.

— Je suis navrée.

Rouge comme une pivoine, Sarah était sous le choc de la nouvelle concernant son nouvel ami, William. Soudain elle se demanda si elle n'avait pas commis un terrible impair avec lui.

— Dois-je m'adresser à lui d'une manière spéciale ? Je veux dire... lui donner un titre ?

Belinda lui sourit. Cette jeune fille était si jeune et si jolie.

— « Votre Altesse », mais si vous le faites, il serait capable de nous arracher les yeux à toutes les deux. Si j'étais vous je n'en parlerais pas, sauf s'il abordait lui-même le sujet.

Sarah hocha la tête en silence, et William reparut juste au moment où leur hôtesse tournait les talons.

— Alors, ce cheval ? demanda Sarah d'une petite voix qui se voulait naturelle, tandis que ses parents regardaient ailleurs, feignant de les ignorer.

— Moins impressionnant que ce qu'il a coûté à George. Il n'entend décidément rien aux chevaux. Je ne serais pas étonné si la bête était stérile. – Tournant vers elle un regard contrit, il ajouta : – Je vous demande pardon, je n'aurais pas dû dire cela.

— C'est sans importance. – Elle lui sourit, se demandant quelle serait sa réaction si elle se mettait à l'appeler « Votre Altesse ». – J'ai déjà entendu bien pire, ajouta-t-elle.

— J'espère que non. – Il lui rendit son sourire. – Ah, oui, j'oubliais vos jeunes nigauds… Je n'ose imaginer ce qu'ils ont pu vous dire.

Elle partit d'un éclat de rire et ils échangèrent un long regard. Elle se demandait si elle n'avait pas complètement perdu la tête. Il était duc, héritier du trône, et elle se comportait avec lui comme s'ils se connaissaient depuis toujours. Pourtant c'est ce qu'elle ressentait après avoir passé trois heures avec lui. Elle n'avait plus envie de rentrer à Londres.

— À quel hôtel êtes-vous descendus ? l'entendit-elle demander à son père, tandis qu'ils retournaient lentement vers le château.

— Au Claridge. Nous ferez-vous l'honneur d'une visite, pour dîner ou prendre un verre ? demanda Edward le plus naturellement du monde.

William semblait enchanté de l'invitation.

— J'en serais ravi. Puis-je vous appeler demain matin ?

Il s'était adressé à Edward, pas à Sarah.

— Bien sûr. J'attends votre coup de fil, dit Edward en lui serrant la main.

William se tourna ensuite vers Sarah, pendant que ses parents se dirigeaient vers la voiture qui les attendait.

— J'ai passé un moment délicieux, alors que je ne m'y attendais pas. À dire vrai, j'ai même failli me décommander... mais j'ai été très agréablement surpris, mademoiselle Thompson.

— Merci. – Elle lui sourit. – J'ai passé un très bon moment, moi aussi. – Soudain, elle ne put s'empêcher de faire allusion à ce que Belinda lui avait révélé. – Pourquoi ne m'avez-vous rien dit ?

— À quel sujet ?

— Votre Altesse, dit-elle avec un petit sourire timide.

Elle crut un moment qu'il était fâché, mais il se mit à rire, après une brève hésitation.

— Cette chère Belinda ! Est-ce important ? demanda-t-il doucement.

— Non, pas vraiment, pas pour moi en tout cas.

— Pour d'autres, si. Et pas pour de bonnes raisons.

Mais il savait qu'elle ne faisait pas partie de ces gens-là. Puis, avec un regard mi-sérieux mi-taquin, il ajouta :

— Vous connaissez mon secret, à présent, mademoiselle Thompson, alors prenez garde !

— À quoi donc ?

Elle semblait déroutée. Il se rapprocha un peu plus.

— Si vous avez percé mon secret, un jour viendra peut-être où je percerai le vôtre.

— Comment savez-vous que j'en ai un ?

— Nous le savons, vous et moi, dit-il gentiment.

Elle hocha la tête, le regard plein d'émotion. Il lui prit délicatement la main. Il ne voulait pas l'épouvanter.

— Ne vous en faites pas, petite Sarah. Je ne vous demanderai jamais rien que vous ne souhaitiez me dire.

Puis il se baissa et lui donna un baiser sur la joue avant de l'escorter sans se presser jusqu'à la voiture où l'attendaient ses parents. Elle le regarda bouche bée, tandis que la voiture s'éloignait et qu'il leur faisait au revoir de la main. Sur le chemin du retour, elle se demanda s'il leur rendrait jamais visite.

5

Le lendemain matin, Edward était en train de déjeuner en compagnie de sa femme dans leur suite du Claridge lorsque le téléphone sonna. Le réceptionniste annonça que le duc de Whitfield était en ligne. Il y eut un court moment de silence, puis la voix chaleureuse de William retentit dans le combiné.

— J'espère que je ne vous réveille pas, monsieur Thompson. Mais j'avais peur de vous manquer.

— Pas du tout. – Le regard triomphant, Edward hocha vigoureusement la tête en direction de sa femme tout en continuant à parler. Victoria saisit aussitôt le message. – Nous sommes en train de déjeuner, sans Sarah, naturellement. Cette petite ne mange rien, je ne comprends pas comment elle tient le coup.

— Il va falloir s'en occuper sérieusement.

William griffonna un petit mot pour demander à sa secrétaire d'envoyer des fleurs à Sarah dans la matinée.

— Êtes-vous libres, cet après-midi – vous tous, je veux dire ? J'ai pensé que ces dames aimeraient peut-être voir les joyaux de la couronne, à la Tour de Londres. L'un des rares privilèges des gens de mon rang est de pouvoir y organiser des visites privées.

Croyez-vous que Sarah ou Mme Thompson trouveraient amusant d'essayer quelques-uns de ces bijoux ?

Edward le trouvait très sympathique. C'était un homme mûr et qui semblait porter un intérêt sincère à Sarah.

— Je suis sûr qu'elles adoreraient ça. Et puis ce sera toujours une heure ou deux qu'elles ne passeront pas dans les magasins. C'est une excellente idée.

Les deux hommes rirent. William dit qu'il passerait les prendre à l'hôtel à quatorze heures. Lorsque Sarah émergea enfin de sa chambre pour venir prendre une tasse de thé, son père lui annonça le plus naturellement du monde que le duc de Whitfield avait téléphoné et qu'il les emmenait voir les bijoux de la couronne à la Tour de Londres.

— J'ai pensé que cela t'amuserait, dit-il sans savoir qui de l'homme ou des bijoux l'intéresserait le plus.

Mais un seul regard de sa fille lui suffit pour deviner la réponse.

— William a téléphoné ?

Elle avait l'air stupéfaite, comme si elle avait cru ne jamais le revoir. En fait, elle avait passé une grande partie de la nuit à se dire qu'il ne la rappellerait jamais. On aurait dit que son père lui proposait une corvée, ce qui ne laissa pas de le surprendre.

— Tu avais prévu de faire autre chose ?

Il ne voyait pas quoi, hormis une séance de shopping chez Harrods ou Hardy Amies.

— Non, ce n'est pas cela, c'est juste que… – Elle s'affala sur une chaise, oubliant sa tasse de thé. – C'est juste que je ne pensais pas qu'il m'appellerait.

— Ce n'est pas toi qu'il a appelée, la taquina son

père. Il m'a appelé moi et m'a invité à sortir, mais je serais ravi si tu acceptais de te joindre à nous.

L'air maussade, elle s'approcha de la fenêtre. Elle avait envie de leur dire d'y aller sans elle, mais elle savait que c'était absurde. D'un autre côté, pourquoi le reverrait-elle ? Que pourrait-il jamais y avoir entre eux ?

— Qu'est-ce qui ne va pas ? demanda son père en voyant son visage s'allonger.

Elle était véritablement impossible. Elle n'allait tout de même pas décliner une invitation pareille ! L'homme était absolument charmant, et un brin de flirt avec lui ne pouvait pas lui faire de mal. Son père n'y voyait aucune objection, en tout cas.

Elle se retourna lentement.

— Quel intérêt ? demanda-t-elle, tristement.

— C'est un homme charmant. Il t'apprécie. Rien ne vous empêche d'être amis. Qu'y a-t-il de si terrible ? N'y a-t-il plus de place pour l'amitié, dans ta vie ?

Elle se sentit soudain ridicule et hocha la tête. Il avait raison. Elle avait tort de se monter la tête pour si peu. Mais le fait est que la veille, au château, il l'avait complètement tourneboulée. Il fallait qu'elle se montre raisonnable, cette fois, et pas trop impulsive.

— Tu as raison. Je n'y avais pas songé. C'est qu'avec lui, c'est différent. C'est un duc. Tant que je ne le savais pas…

Elle ne savait plus quoi dire, mais il l'avait comprise.

— Ça n'a aucune espèce d'importance. Il n'en est pas moins charmant. Personnellement, je le trouve fort sympathique.

— Moi aussi, dit-elle doucement, tandis que sa mère lui tendait une tasse de thé en l'invitant à manger un petit toast avant d'aller courir les magasins. – C'est juste que je ne veux pas me retrouver dans une situation embarrassante.

— Quelle situation ? Après tout, nous ne sommes ici que pour quelques semaines.

— Mais je suis en train de divorcer, dit-elle tristement. Cela pourrait lui attirer des ennuis.

— Je ne vois pas comment, à moins que tu ne veuilles l'épouser. Mais c'est un peu prématuré, tu ne penses pas ? dit son père qui se félicitait malgré tout de voir que sa fille s'intéressait à l'homme.

Elle sourit à la remarque de son père, haussa les épaules, et retourna dans sa chambre pour finir de s'habiller. Une demi-heure plus tard, elle en ressortait vêtue d'un ravissant ensemble Chanel rouge, acheté une semaine plus tôt à Paris. Elle était très *smart*, comme disent les Anglais. Elle portait des bijoux Chanel dernier cri, en perles et rubis fantaisie, ainsi que deux bracelets en émail noir incrusté de pierres multicolores que Coco Chanel elle-même avait portés. Il s'agissait d'imitations, bien sûr, mais les bijoux n'en étaient pas moins chic et Sarah était absolument superbe.

Ses cheveux sombres ramenés en queue-de-cheval étaient noués par un catogan de satin noir, et elle avait mis les boucles d'oreilles en perles que ses parents lui avaient offertes pour son mariage.

— Les bijoux te vont bien, ma chérie, dit son père, tandis qu'ils quittaient l'hôtel, et elle lui répondit par un sourire. – Tu devrais en mettre plus souvent.

Mais elle n'en avait guère, hormis un rang de perles hérité de sa grand-mère, les boucles d'oreilles qu'elle portait, et quelques petites bagues. Elle avait rendu la rivière de diamants de la grand-mère de Freddie.

— Peut-être vais-je le faire cet après-midi, dit-elle, malicieuse, et Victoria lança un coup d'œil entendu à son mari.

À midi, ils déjeunèrent dans un pub, puis passèrent chez Lock, dans St James Street, commander un chapeau pour Edward, avant de retourner bien vite à l'hôtel où ils arrivèrent à deux heures moins dix. William était déjà dans le hall en train de faire les cent pas en consultant sa montre. Son visage s'illumina lorsqu'il aperçut Sarah.

— Vous êtes absolument superbe ! s'exclama-t-il. Vous devriez toujours porter du rouge.

Elle avait même accepté de mettre du rouge à lèvres et en pénétrant dans le hall ses parents lui avaient redit qu'elle était ravissante.

— Je suis désolé d'être en avance, s'excusa-t-il, j'ai toujours l'impression qu'il est plus incorrect d'être en avance que d'être en retard, mais je ne voulais vous manquer à aucun prix.

Sarah lui sourit sans rien dire. Elle se sentait bien en sa présence.

— Je suis très heureuse de vous voir – elle marqua une petite pause, les yeux pétillants de malice –, Votre Altesse, ajouta-t-elle à mi-voix, et il lui fit un clin d'œil.

— Belinda va recevoir une bonne fessée la prochaine fois que je la verrai. Vous m'appelez comme cela une fois encore et je vous arrache le bout du nez, compris ? À moins que vous ne préfériez que je vous donne du Votre Grâce ?

— Mais ça n'est pas mal du tout ! Votre Grâce… J'adore les titres ! dit-elle avec un battement de cils, en exagérant son accent américain.

Il tira sur la longue queue-de-cheval noire et brillante.

— Vous êtes impossible ! Belle comme le jour, mais impossible. Vous comportez-vous toujours ainsi ? demanda-t-il, ravi, tandis que les parents de Sarah retiraient leur courrier à la réception.

— Pire, parfois, dit-elle fièrement, tout en sachant qu'il lui arrivait d'être très silencieuse.

Comme ces deux dernières années. Elle n'avait guère connu le bonheur depuis qu'elle avait épousé Freddie. Mais voilà qu'avec William elle se sentait tout autre. Elle avait envie de rire à nouveau. Elle sentait qu'avec lui elle aurait pu partager de délicieux moments d'espièglerie. Il éprouvait le même sentiment, et cela le ravissait.

Les parents de Sarah les rejoignirent et William les escorta jusqu'à sa Daimler. Il les conduisit lui-même à la Tour de Londres, tout en leur faisant la conversation et en leur désignant les monuments au passage. Victoria avait insisté pour que Sarah monte à l'avant. William lui jetait un petit coup d'œil en coin de temps à autre, comme pour s'assurer qu'elle était bien là – et pour l'admirer. Lorsqu'ils arrivèrent à destination, il aida ces dames à descendre de voiture. Il tendit sa carte à l'un des gardes et ils furent aussitôt introduits dans les lieux, bien que ce ne fût pas l'heure de la visite. Un autre garde se présenta pour les mener à la salle du trésor en empruntant un petit escalier en colimaçon.

— C'est assez remarquable, vous allez voir. Tous ces bijoux extraordinaires, rarissimes pour certains, et très anciens, ont une histoire souvent plus fascinante que le joyau lui-même. J'ai toujours adoré cela.

Enfant, déjà, il était émerveillé par les bijoux de

sa mère, la façon dont ils étaient sertis, leur histoire, leur provenance.

Lorsqu'ils pénétrèrent dans la salle du trésor, Sarah comprit pourquoi il les trouvait fascinants. Il y avait là les couronnes portées par les monarques depuis six cents ans, des sceptres, des épées et des joyaux qu'on ne voyait plus guère, si ce n'est à l'occasion des couronnements. Le sceptre à la croix était particulièrement remarquable avec son diamant de cinq cent trente carats, le plus gros diamant d'Afrique, offert à Edward VII par l'Afrique du Sud. William insista pour qu'elle essayât plusieurs tiares et quatre couronnes différentes, dont celles de la reine Victoria et de la reine Mary. Sarah fut surprise par leur poids et s'étonna qu'on pût les porter.

— Le roi George VI portait celle-ci à son couronnement.

Il montra la couronne du doigt et elle réalisa qu'il avait assisté à la cérémonie, ce qui n'était pas rien. Mais la plupart du temps, parler avec lui était si naturel qu'elle n'y pensait même pas.

— Ça n'était pas très gai, à dire vrai, après tout ce qui s'était passé avec David.

Elle ne comprit pas tout de suite à quoi il faisait allusion, puis elle se souvint que le prénom du duc de Windsor était David.

— Cette histoire est bien triste. On raconte partout qu'il file le parfait amour à présent. Peut-être est-ce vrai, mais la dernière fois que nous nous sommes vus, à Paris, il n'avait vraiment pas l'air très épanoui. C'est une femme difficile, au passé compliqué.

Il se référait à Wallis Simpson, la duchesse de Windsor.

— Je crois qu'elle est très égoïste, dit doucement Sarah. Ça n'est pas juste pour lui. C'est désolant.

Elle parlait avec émotion, même si les stigmates du divorce semblaient beaucoup plus pesants pour Sarah que pour Wallis.

— Elle n'est pas méchante, mais c'est une calculatrice. J'ai toujours pensé qu'elle savait ce qu'elle faisait. Mon cousin, le duc – comme s'il avait besoin de le dire –, lui a fait cadeau de bijoux d'une valeur de plus d'un million de dollars avant même de l'épouser. Il lui a offert l'émeraude du Grand Moghol comme bague de fiançailles. Il a chargé Jacques Cartier en personne d'aller la chercher à Bagdad et de la sertir pour Wallis. Je n'ai jamais rien vu de plus beau, mais j'avoue que j'ai toujours eu un faible pour les émeraudes.

C'était passionnant de l'entendre détailler l'histoire de ces bijoux. Il leur parlait des bijoux d'Alexandre le Grand, des colliers offerts à Joséphine par Napoléon, des tiares de la reine Victoria. Il y en avait une en turquoises et diamants qu'elle avait portée jeune fille et qu'il fit essayer à Sarah. Elle ressortait admirablement sur ses cheveux noirs.

— Vous devriez avoir la même, lui murmura-t-il.

— Je pourrais la porter chez moi, à la ferme, dit-elle avec un sourire auquel il répondit par une grimace.

— Vous n'êtes pas sortable. Vous êtes en train d'essayer une tiare ayant appartenu à la reine Victoria, et vous ne trouvez rien de mieux à dire que de parler de votre ferme ! Petit monstre !

Mais bien sûr, il n'en pensait pas un mot.

Ils s'attardèrent un long moment dans ce haut lieu, où il leur raconta les extravagances, les manies et les faiblesses des monarques d'Angleterre. C'était une expérience unique qu'ils n'auraient jamais connue sans lui. Edward Thompson le remercia avec effusion lorsqu'ils regagnèrent la Daimler.

— C'était amusant, n'est-ce pas ? J'aime beaucoup venir ici. C'est mon père qui m'y a emmené la première fois. Il adorait acheter des bijoux originaux pour ma mère. Elle ne les porte plus, hélas, sa santé s'est un peu détériorée et elle ne sort guère ces temps-ci. Elle n'en est pas moins resplendissante quand elle les met, bien qu'elle prétende avoir l'air ridicule.

— Elle ne doit pas être très âgée, dit la mère de Sarah, l'air protecteur.

Elle-même n'avait que quarante-sept ans. Elle avait épousé Edward à vingt et un ans. Ils avaient perdu leur premier bébé, et Jane était née l'année suivante.

— Elle a quatre-vingt-trois ans, annonça fièrement William. Elle est absolument rayonnante, c'est tout juste si on lui en donnerait soixante. Mais depuis sa fracture du fémur, l'an passé, elle hésite à sortir toute seule. J'essaye de l'emmener avec moi le plus possible mais ça n'est pas facile.

— Vous êtes le plus jeune d'une nombreuse famille, sans doute ? demanda Victoria, intriguée par ce qu'il venait de dire.

Il secoua la tête et dit qu'il était fils unique.

— Mes parents étaient déjà mariés depuis trente ans lorsque je suis né. Ils avaient renoncé depuis longtemps à avoir des enfants. Ma mère prétend que c'est un miracle, un don du ciel, excusez du peu. – Il eut un sourire espiègle. – Mon père prétendait que c'était un don du diable. Il est mort il y a plusieurs années déjà. C'était un homme charmant. Vous l'auriez sûrement aimé, dit-il en démarrant. Ma mère avait quarante-huit ans lorsque je suis né, ce qui est assez remarquable. Mon père en avait soixante, et il est mort à quatre-vingt-cinq ans, ce qui n'est pas mal. J'avoue qu'il me manque, même si ma mère est un personnage hors du commun, elle aussi. Peut-être aurez-vous l'occasion de la rencontrer avant votre départ.

Il jeta un coup d'œil à Sarah, mais celle-ci regardait par la fenêtre, pensive. Elle était en train de se dire qu'elle se sentait trop bien avec lui, que tout était trop facile. Or la vérité, c'est qu'ils ne seraient jamais rien d'autre que des amis de passage. Elle se le répétait chaque fois qu'il la regardait, qu'il la faisait rire ou qu'il lui prenait la main. Rien de plus que des amis. Elle était divorcée, et il était le quatorzième héritier de la couronne d'Angleterre. Lorsqu'ils furent arrivés à l'hôtel, il la regarda dans les yeux en l'aidant à sortir de voiture. Elle semblait soucieuse.

— Quelque chose ne va pas ?

Avait-il prononcé une parole qui l'avait froissée ? Elle semblait pourtant s'être bien amusée, à la Tour de Londres, lorsqu'elle avait essayé les bijoux. En réalité, elle s'en voulait de ne pas jouer franc jeu avec lui. Elle lui devait une explication. Il avait le droit de savoir qui elle était vraiment avant de se répandre en gentillesse pour elle.

— Non, je vous demande pardon, mais j'ai la migraine.

— C'est sans doute la faute de cette couronne que je vous ai fait essayer, je suis désolé.

Il avait l'air penaud et elle s'en voulut encore plus.

— Mais non, pas du tout. C'est juste que je suis un peu fatiguée.

— Tu n'as pas assez mangé à midi, la semonça son père, qui avait surpris l'expression contrariée du jeune homme.

— J'allais justement vous inviter tous les trois à dîner.

— Peut-être une autre fois, dit Sarah.

Sa mère lui lança un regard interrogateur.

— Ton mal de tête passerait si tu t'étendais un peu, suggéra-t-elle, tandis que William continuait d'observer Sarah.

Il sentait que quelque chose n'allait pas, et se demanda s'il s'agissait d'un homme. Peut-être avait-elle un fiancé et n'osait pas le lui avouer ? Ou peut-être son fiancé était-il mort ? Elle avait parlé d'une année de grande détresse. Il aurait voulu savoir, mais il n'osait pas l'importuner.

— Et demain à déjeuner, alors ?

Il la regarda droit dans les yeux. Elle s'apprêtait à dire quelque chose mais s'arrêta net.

— Je… j'ai passé un excellent après-midi.

Elle voulait le rassurer. Ses parents le remercièrent et regagnèrent leur suite. Les deux jeunes gens avaient bien le droit de rester un peu en tête à tête, de plus ils sentaient que Sarah avait des choses à dire à William.

— Que crois-tu qu'elle lui révélera ? demanda Victoria à son mari, la mine soucieuse, tandis qu'ils regagnaient leur chambre.

— Je ne suis pas sûr que cela me regarde. Mais il ne va pas se démonter pour autant. C'est un type bien, Victoria. C'est exactement le genre d'homme que je voudrais la voir épouser.

— Moi aussi.

Or, tous deux savaient qu'il n'y avait guère d'espoir. Jamaïs on ne lui permettrait d'épouser une femme divorcée.

En bas, dans le hall, William contemplait Sarah, qui répondait évasivement à ses questions.

— Et si nous allions faire un tour, vous et moi ? Vous vous en sentez le courage ?

Bien sûr qu'elle s'en sentait le courage, mais à quoi bon se promener avec lui, ou même le revoir ? Que se passerait-il si elle tombait amoureuse de lui ? Ou lui d'elle ? Que feraient-ils ? D'un autre côté il était absurde de penser à une chose pareille alors qu'elle venait tout juste de le rencontrer et qu'elle ne le reverrait sans doute jamais une fois rentrée en Amérique.

— J'ai l'impression de me comporter en idiote. – Elle sourit. – J'ai passé tellement de temps toute seule, loin des autres… des hommes en tout cas. Je suis navrée, William.

— Ce n'est rien. Que diriez-vous de vous asseoir ?

Elle acquiesça et ils cherchèrent un coin tranquille.

— Avez-vous vécu dans un couvent l'année dernière ? demanda-t-il mi-figue mi-raisin.

— Plus ou moins. En fait, j'ai voulu le faire. C'était plutôt comme un couvent que je m'étais fabriqué moi-même. Je suis restée dans la résidence d'été de mes parents, à Long Island, dit-elle doucement.

Il avait le droit de savoir, et puis ça ne lui semblait plus si terrible à présent, ni si désespéré. Elle avait même du mal à se souvenir de la détresse d'alors.

— Vous êtes restée là-bas une année entière sans voir personne ?

Elle répondit par un hochement de tête, sans le quitter des yeux, sans savoir si elle devait lui avouer.

— C'est terriblement long, une année. Et ça vous a fait du bien ?

— Je n'en suis pas sûre, soupira-t-elle. Sur le moment, oui. Mais le retour à la vie normale n'a pas été facile. C'est pour cela que nous sommes ici.

— L'Europe est un bon endroit pour repartir à zéro.

Il lui sourit gentiment, décidé à ne pas lui poser de questions embarrassantes. Il ne souhaitait ni l'effrayer ni lui faire de peine. Il était en train de tomber amoureux et il ne voulait la perdre pour rien au monde.

— Je suis content que vous soyez là, en tout cas.

— Moi aussi, dit-elle tout bas, et elle était sincère.

— Est-ce que vous accepteriez de dîner avec moi, ce soir ?

— Je... Je ne suis pas sûre. Je crois que nous allons au théâtre. – C'était une pièce qu'elle n'avait pas envie de voir. – Il faut que je demande à mes parents.

— Demain, alors ?

— William... – Elle semblait sur le point de lui révéler quelque chose d'important, mais elle s'arrêta brusquement et le regarda dans les yeux. – Pourquoi voulez-vous me revoir ?

Si la question lui parut incongrue, il n'en laissa rien paraître.

— Parce que vous êtes une jeune fille peu ordinaire et que je n'ai jamais rencontré quelqu'un comme vous.

— Mais dans quelques semaines je serai loin. À quoi bon tout ceci entre nous ?

En fait, elle cherchait à lui dire qu'il n'y avait pas d'avenir possible entre eux, et que dans ces conditions il était absurde de prolonger leur amitié.

— C'est que je tiens énormément à vous. Pourquoi déjà penser au départ ?

C'était sa philosophie, il fallait prendre la vie comme elle venait, au jour le jour, sans bouder son plaisir.

— Et jusque-là ?

Elle avait une peur bleue de s'engager dans une aventure qui risquait de les blesser l'un ou l'autre.

— Pourquoi… Pourquoi ne dînerions-nous pas ensemble ?

Elle hésita, levant une fois encore les yeux vers lui, non pas parce qu'elle ne voulait pas, mais parce qu'elle en mourait d'envie.

— D'accord, dit-elle lentement.

— Merci, Sarah.

Il la contempla un moment en silence, puis ils se levèrent. Le réceptionniste fut frappé par leur beauté. Ils formaient un couple magnifique.

— Je passe vous prendre à huit heures !

— Je serai dans le hall.

Elle lui sourit, tandis qu'il la raccompagnait jusqu'à l'ascenseur.

— Je préfère passer vous prendre là-haut, dit-il, je ne veux pas que vous attendiez ici toute seule.

Il se montrait toujours attentionné avec elle.

— Très bien.

Il l'embrassa à nouveau sur la joue quand arriva l'ascenseur, puis il traversa le hall à grandes enjambées avec un petit signe d'adieu. Sarah regagna l'étage, le cœur battant malgré elle.

6

La sonnette de la suite retentit à huit heures cinq exactement, mais Sarah ignorait que William attendait depuis dix minutes déjà dans le hall de l'hôtel. Ses parents n'avaient vu aucune objection à ce qu'elle renonce au théâtre, surtout si elle sortait avec William.

Elle lui ouvrit la porte vêtue d'un fourreau de satin noir, scintillant comme de la glace et orné d'une rangée de pierres du Rhin, qui moulait admirablement sa silhouette gracile.

— Mon Dieu, Sarah, vous êtes absolument divine.

Ses cheveux ramenés très haut sur sa tête formaient une cascade de boucles noires qui ondulaient gracieusement à chacun de ses mouvements.

Il fit un pas en arrière pour mieux l'admirer et elle eut un petit rire timide. C'était la première fois qu'ils se retrouvaient en tête à tête depuis la garden-party, dans leur petit refuge de verdure, et même là il y avait des gens autour d'eux.

— Vous êtes superbe vous aussi.

Il portait un smoking, un gilet de soie noir et une chaîne de montre en diamants offerte à son oncle par le tsar Nicolas de Russie. Pendant qu'ils se rendaient

…nt dans sa voiture, il lui en raconta l'histoire. …aire sortir de Russie, la chaîne avait été cousue …a doublure de la robe d'une grande-duchesse.

– Vous avez des cousins absolument partout ! exclama-t-elle, émerveillée par l'histoire qui évoquait des images grandioses de souverains et de tsars.

— C'est vrai, dit-il, amusé. Pourtant certains d'entre eux sont absolument insupportables, je peux vous l'assurer.

Il avait décidé de conduire lui-même la voiture ce soir, car il voulait être seul avec elle et ne pas s'embarrasser d'un chauffeur. Il avait choisi un restaurant tranquille où ils étaient attendus. Le maître d'hôtel les mena vers une table située à l'écart, en appelant William « Votre Altesse » à plusieurs reprises, avant de s'effacer avec une petite courbette. Le champagne apparut aussitôt. William avait choisi le menu au moment de la réservation. Ils commencèrent par du caviar sur de petits toasts exquis agrémentés de fines lamelles de citron, ensuite vint le saumon et sa sauce délicate, puis le faisan, la salade, le fromage et enfin le soufflé au Grand Marnier accompagné de crêpes dentelle.

— Mon Dieu, quel festin ! dit Sarah avec un sourire.

Le dîner était parfait et la soirée merveilleuse. Il lui parla de ses parents avec beaucoup d'affection avant de lui avouer que sa mère était déçue de voir qu'il ne se mariait pas.

— Je crois qu'elle m'en veut un peu, dit-il sans remords. Mais je ne vais tout de même pas épouser la première venue, ou avoir des enfants simplement pour faire plaisir à mes proches. Mes parents m'ont eu si tard que j'ai toujours eu l'impression que je pouvais faire ce qui me plaisait sans me soucier de l'avenir.

— Vous avez raison. Il y a des erreurs qu'il vaut mieux ne pas commettre.

Comme elle disait ces mots, il surprit la même mystérieuse tristesse au fond de ses yeux.

— Et vous, Sarah ? Vous encouragent-ils à vous marier déjà ?

Elle lui avait parlé de Jane et de Peter et de leurs bébés.

— Pas pour le moment. Mes parents sont très compréhensifs.

Vis-à-vis de ses erreurs, de ses échecs, de sa disgrâce… Elle avait détourné la tête en disant cela. Il tendit la main et prit ses doigts menus entre les siens.

— Pourquoi ne voulez-vous pas me dire ce qui vous a tant fait souffrir ?

Tous deux avaient du mal à se rappeler qu'ils ne s'étaient rencontrés que deux jours auparavant. Ils avaient l'impression de se connaître depuis toujours.

— Qu'est-ce qui vous fait croire que j'ai souffert ?

Elle essayait de s'esquiver, mais il ne la laisserait pas faire. Il serra gentiment ses doigts dans les siens.

— Parce que je vois que vous me cachez quelque chose, je ne sais pas quoi. Une sorte de fantôme tapi dans l'ombre qui vous hante. Est-ce si terrible que vous ne puissiez vous confier à moi ?

Elle ne savait que répondre, n'osant lui avouer la vérité. Ses yeux se remplirent de larmes.

— Je… Je suis navré.

Elle ôta sa main pour tamponner ses yeux avec sa serviette, tandis que le garçon s'éloignait sur la pointe des pieds.

— C'est que… c'est tellement abominable ! Vous me jugerez bien différemment quand vous saurez. Je ne vois plus personne depuis… depuis que c'est arrivé…

— Mon Dieu, mais qu'est-ce donc ? Vous avez tué quelqu'un ? Un parent, un ami ? Et quand bien même, ça ne peut être qu'un accident.

Il prit ses deux mains dans les siennes, et les garda là, fermement, pour qu'elle se sente en sécurité.

— Je suis navré, je ne veux pas être importun, mais ça me fait mal de vous voir souffrir.

— Comment est-ce possible ? – Elle esquissa un sourire incrédule à travers ses larmes. – Vous me connaissez à peine.

C'était vrai, mais tous deux savaient qu'au bout de deux jours, ils se connaissaient mieux que certaines personnes après toute une vie.

— J'ai fait quelque chose de terrible, avoua-t-elle, en serrant très fort sa main, mais ne cilla pas.

— Je n'en crois pas un mot. C'est *vous*, et vous seule, qui vous imaginez que c'est terrible, j'en suis convaincu.

— Vous vous trompez, dit-elle, l'air songeuse. – Elle soupira et plongea à nouveau ses yeux dans les siens tout en lâchant sa main. – Je me suis mariée il y a deux ans. C'était une erreur fatale. J'ai essayé de me résigner, j'étais décidée à rester avec lui coûte que coûte, quitte à en mourir.

William ne sembla pas s'émouvoir en entendant cette nouvelle, contrairement à ce qu'elle s'était imaginé.

— Et vous êtes toujours mariée ? demanda-t-il calmement, la main toujours offerte au cas où elle voudrait la prendre – ce qu'elle ne fit pas.

Elle savait qu'elle n'en avait plus le droit, à présent.

Lorsqu'elle lui aurait tout dit, il ne voudrait certainement plus la voir. Mais elle lui devait la vérité.

— Nous nous sommes séparés il y a plus d'un an. Le divorce sera officiellement prononcé en novembre, dit-elle comme s'il s'agissait d'une sentence de mort.

— Je suis désolé, dit-il gravement. Désolé pour vous, Sarah. J'imagine que vous avez dû passer une année très dure, très éprouvante.

Il se demandait ce qui s'était passé entre eux. Son mari l'avait-il quittée pour une autre ?

— Vous l'aimiez beaucoup ? demanda-t-il, hésitant. Il ne voulait pas être indiscret mais il avait besoin de savoir si elle avait vraiment du chagrin ou simplement des regrets. Elle secoua la tête.

— Pour être honnête, je ne suis pas sûre de l'avoir jamais aimé. Je le connaissais depuis toujours, et il m'a semblé normal de l'épouser à l'époque. Je l'aimais bien, voilà tout. Du jour où nous sommes rentrés de lune de miel, nos rapports se sont gâtés. C'est alors que j'ai réalisé à quel point je m'étais trompée. Il ne pensait qu'à sortir jour et nuit, à s'amuser avec ses amis, à courir les jupons et à boire.

La tristesse dans sa voix en disait bien plus long encore. Elle ne lui raconta pas l'histoire du bébé, ni celle des prostituées ramenées chez ses parents le jour de leur anniversaire de mariage. Mais il voyait à son regard qu'elle en avait enduré bien plus qu'elle n'était prête à le dire. Elle baissa la tête et William prit ses mains dans les siennes, attendant qu'elle lève à nouveau ses yeux pleins de souvenirs et de questions vers lui.

— Je suis désolé, Sarah, dit William tout doucement. Ce type est un imbécile.

Sarah sourit et soupira, soulagée, mais se sentant toujours fautive. Elle savait qu'elle s'en voudrait à jamais d'avoir divorcé, même si la vie aux côtés de Freddie était impossible.

— C'était donc ça le terrible péché que vous n'osiez m'avouer ?

Elle hocha la tête et il lui sourit.

— Nous ne sommes plus au siècle dernier, vous savez ? Il y a des quantités de gens qui divorcent. Auriez-vous préféré rester avec lui et souffrir le martyre ?

— Non, mais je me sens terriblement coupable vis-à-vis de mes parents. Quelle humiliation pour eux ! Personne n'a jamais divorcé chez nous. Ils se sont montrés si compréhensifs ! Je sais qu'ils ont trouvé la pilule amère, même s'ils ne m'ont jamais fait aucun reproche.

Sa voix s'éteignait peu à peu tandis qu'il la regardait.

— Étaient-ils réticents au début ? demanda-t-il de but en blanc.

— Non, non, pas du tout. – Elle secoua la tête. – Au contraire, ce sont eux qui m'ont encouragée à le faire.

Elle repensa au conseil de famille de Southampton, le lendemain de ce désastreux anniversaire de mariage.

— En fait, c'est mon père qui s'est chargé de tout. Ils ont été formidables, mais ça n'a pas dû être facile pour eux vis-à-vis de leurs amis, à New York.

— Ils vous l'ont dit ?

— Non, je le sais.

— Avez-vous rencontré leurs amis, depuis ? Ou les vôtres ? Vous ont-ils condamnée pour ce crime odieux ?

Elle secoua la tête et sourit malgré elle.

— Non, dit-elle en riant, à nouveau jeune et le cœur léger. Je me suis terrée à Long Island.

— Je suis convaincu que si vous aviez eu le courage de retourner à New York, les gens vous auraient applaudie d'avoir quitté cet ignoble personnage.

— Je ne sais pas. – Elle soupira à nouveau. – Je n'ai vu personne jusqu'à aujourd'hui... jusqu'à vous.

— J'ai beaucoup de chance, mademoiselle Thompson. Comment avez-vous pu agir de la sorte ? Je n'arrive pas à croire que vous ayez passé une année entière à broyer du noir pour un homme que vous n'êtes même pas sûre d'avoir aimé. Sarah, allons, fit-il, mi-irrité mi-amusé. Comment est-ce possible ?

— Le divorce n'est pas une chose banale, pour moi en tout cas, se rebiffa-t-elle. J'ai toujours cru que les gens allaient me juger, comme cette femme qui a épousé votre cousin.

— Comment ! – William était stupéfait. – Vous, finir comme Wallis Simpson ? Avec une collection de bijoux de plus de cinq millions de dollars, une maison en France et un mari, aussi bête qu'il ait pu être, à genoux devant elle ? Mon Dieu, Sarah, quel destin effroyable !

Il était évident qu'il la taquinait, et tous deux éclatèrent de rire.

— Je suis sérieuse, gronda-t-elle tout en continuant à rire.

— Moi aussi. Croyez-vous sincèrement que la vie de cette duchesse soit un calvaire ?

— Non, mais écoutez ce que les gens disent d'elle. Je ne veux pas qu'il m'arrive la même chose.

Elle avait repris son air sérieux.

— Impossible. Elle a obligé un roi à renoncer au trône pour elle. Vous, vous êtes honnête, même si vous avez commis une grosse erreur en épousant un imbécile. Quel homme, ou même quelle femme pourrait vous reprocher d'avoir divorcé ? Oh, il y aura peut-être un sombre crétin qui, à l'occasion, vous montrera du doigt. Mais envoyez-le au diable ! Moi, je m'en moquerais éperdument si j'étais à votre place. Lorsque vous rentrerez à New York, n'hésitez pas à le clamer alentour. S'il y a une chose dont vous devriez avoir honte, c'est de l'avoir épousé.

Cette façon de voir les choses la fit sourire. D'une certaine manière elle aurait voulu qu'il ait raison. Tout à coup elle se sentit comme elle ne s'était pas sentie depuis un an. Peut-être avait-il raison, peut-être n'était-ce pas aussi terrible, après tout ?

— Si vous me réconfortez, comment vais-je trouver le courage de retourner vivre dans ma ferme isolée ?

Il lui servit une autre coupe de champagne et la contempla longuement, l'air grave.

— Il faudra que nous reparlions de cela une autre fois. Je ne suis pas sûr que cette idée soit très exaltante.

— Pourquoi donc ?

— Parce que c'est une façon pour vous de fuir la vie. Pourquoi ne rentrez-vous pas au couvent pendant que vous y êtes ? – Il la fixait des yeux scandalisés. – Quel gâchis ! Je préfère ne pas y penser, sinon je vais me mettre en colère.

— Penser à quoi ? Au couvent ou à la ferme ? taquina-t-elle.

Il venait de lui faire un cadeau inestimable. Il était la première personne à qui elle s'était confiée et il n'avait pas eu l'air choqué, ni scandalisé, ni même surpris. Pour elle, c'était un premier pas vers la liberté.

— Aux deux. Mais n'en parlons plus. Si nous allions danser ?

— Quelle bonne idée !

En fait, il y avait plus d'un an qu'elle n'avait pas dansé et cette perspective lui parut soudain terriblement alléchante.

— Si je suis encore capable de faire un pas de danse.

— Je vous aiderai, dit-il en réglant l'addition.

Quelques minutes plus tard, ils étaient en route pour le Café de Paris, où leur entrée fut très remarquée. Les garçons s'affairaient dans toutes les directions, aux petits soins pour le duc de Whitfield : « Oui, Votre Altesse », « Certainement, Votre Altesse », « Bonsoir, Votre Altesse », au point que William semblait très ennuyé. Sarah s'amusait beaucoup.

— Ce n'est pas si terrible que ça, dit-elle, réconfortante, tandis qu'ils se dirigeaient vers la piste de danse.

— Vous ne pouvez pas imaginer comme c'est pénible. Quand on a quatre-vingt-dix ans, je ne dis pas, mais à mon âge, c'est franchement insupportable. En fait, même mon père, à quatre-vingts ans, avait horreur de ça.

— C'est la vie, dit-elle avec un sourire tandis qu'ils entamaient un pas de danse aux accords de *That Old Feeling*, un air en vogue depuis l'hiver passé.

Pendant les premières mesures elle se sentit mal à l'aise, mais très vite ils se mirent à évoluer comme s'ils avaient toujours dansé ensemble.

— Vous dansez merveilleusement bien, dit-il. Êtes-vous sûre d'avoir passé une année à vous morfondre à Long Island ? Je crois plutôt que vous avez pris des cours de danse.

— Très drôle, William. Tenez, je viens juste de vous écraser le pied.

— Pensez-vous, ce n'est que mon orteil. Vous faites des progrès !

Ils rirent, parlèrent et dansèrent jusqu'à deux heures du matin. Lorsqu'il la reconduisit à l'hôtel, elle bâillait et lui souriait, à demi assoupie. Puis elle inclina sa tête contre son épaule.

— J'ai passé une soirée merveilleuse, William. Et je vous en remercie de tout mon cœur.

— J'ai passé une soirée exécrable, dit-il, l'air sérieux, l'espace d'un instant seulement. J'ignorais que j'allais passer la soirée avec une femme déchue. Moi qui croyais que vous étiez une petite New-Yorkaise innocente, voilà que je me retrouve en tête à tête avec une vieille mémé. Mon Dieu, quel manque de chance !

Il hochait la tête gravement tandis qu'elle lui assénait des coups de sac à main.

— Une vieille mémé ! Comment osez-vous m'appeler ainsi ! dit-elle mi-irritée mi-amusée.

— Bon, bon, disons une vieille divorcée, alors. En tout cas, ça n'était pas ce que je croyais… poursuivit-il, un petit sourire espiègle aux lèvres.

Soudain, elle craignit que son statut de divorcée ne lui fasse croire qu'elle était une proie facile. Elle se raidit tout à coup à cette pensée et s'écarta de lui. Son geste fut si brusque qu'il sentit tout de suite que quelque chose n'allait pas. Il la regarda, stupéfait, tandis qu'ils s'engageaient dans Brook Street.

— Qu'est-ce qui ne va pas ?

— Rien j'ai un mal au côté.

— Ce n'est pas vrai.

— Mais si, dit-elle, insistante.

— Je ne vous crois pas. Dites-moi plutôt ce qui vous a contrariée.

— Rien ne vous permet d'affirmer une chose pareille. – Comment pouvait-il la connaître aussi bien après si peu de temps ? Elle n'en revenait pas. – C'est totalement faux.

— Dans ce cas tant mieux. Parce que vous avez tendance à vous en faire pour des broutilles sans importance. Si vous essayiez de penser davantage aux bons moments et moins aux ennuis qui ne vous arriveront probablement jamais, vous seriez beaucoup plus heureuse et vous vivriez beaucoup plus longtemps.

Il lui parlait comme un père et elle l'écoutait en silence.

— Merci du conseil, Votre Altesse.

— De rien, mademoiselle Thompson.

Ils étaient arrivés à l'hôtel et il bondit hors de la voiture pour lui tenir la porte et l'aider à descendre. Elle se demanda ce qu'il allait faire ensuite, s'il essayerait de la suivre au premier. Elle était bien décidée à ne pas le laisser faire.

— Croyez-vous que vos parents accepteront de nous laisser sortir à nouveau ? demanda-t-il poliment. Demain soir, par exemple, si j'arrive à convaincre votre père qu'il faut que vous travailliez votre tango ?

Elle le regarda avec tendresse, se reprochant de l'avoir mal jugé. Ils avaient appris à se connaître, ce soir. Elle espérait qu'ils resteraient au moins bons amis, pour toujours peut-être.

— C'est possible. Aimeriez-vous visiter l'abbaye de Westminster avec nous, demain matin ?

— Non – il sourit avec franchise – mais je le ferai quand même, avec plaisir.

Il voulait la voir elle, pas l'abbaye. Mais c'était un petit prix qu'il était prêt à payer pour pouvoir être avec elle.

— Et que diriez-vous d'aller à la campagne ce week-end ?

— Oh, oui.

Elle sourit, il se pencha vers elle, ses lèvres tout près des siennes, et l'embrassa longuement. Il l'attira contre lui avec une vigueur qui l'étonna, mais elle ne se sentit ni menacée ni effrayée entre ses bras. Lorsqu'il relâcha son étreinte, ils étaient tous deux à bout de souffle.

— Je crois que nous sommes un peu vieux pour ce genre de choses, chuchota-t-il, mais j'adore ça.

Il aimait la tendresse de ces étreintes, la promesse qu'elles semblaient contenir.

Il l'accompagna ensuite jusqu'à l'ascenseur. Il mourait d'envie de l'embrasser encore une fois mais se ravisa. Il ne voulait pas attirer l'attention des réceptionnistes.

— À demain matin, lui glissa-t-il à l'oreille, et elle hocha la tête.

Puis il se pencha lentement vers elle, ses yeux plongés dans les siens, et elle se demanda ce qu'il s'apprêtait à lui dire. Son cœur tressaillit en entendant ses paroles, à peine plus qu'un murmure.

— Je vous aime, Sarah.

Elle aurait voulu lui dire qu'elle l'aimait aussi, mais il s'était reculé et les portes de l'ascenseur se refermaient déjà.

7

Le lendemain, comme prévu, ils allèrent à Westminster, les parents de Sarah sentirent que quelque chose s'était passé entre les deux jeunes gens. Sarah était plus silencieuse qu'à l'ordinaire, et William la regardait autrement, avec des yeux plus possessifs. Attirant son mari un peu à l'écart, Victoria lui glissa à l'oreille :

— Crois-tu qu'il soit arrivé quelque chose ? – Il y avait une note d'anxiété dans sa voix. – Sarah a l'air contrariée, aujourd'hui.

— Je n'en ai pas la moindre idée, répondit calmement Edward, tandis que William s'approchait d'eux pour leur montrer un détail architectural.

Comme il l'avait fait à la Tour de Londres, il les régala d'anecdotes sur la vie des monarques. Il parla du couronnement qui avait eu lieu l'an passé et fit quelques remarques amusantes concernant son cousin Bertie. « Bertie » était aujourd'hui roi d'Angleterre, en dépit de ses protestations. N'ayant pas été préparé à ce rôle, il avait été pris de panique lorsque son frère David avait abdiqué.

Un peu plus tard, ils longèrent les tombeaux et,

une fois encore, Victoria trouva Sarah anormalement silencieuse. Les parents s'éloignèrent, laissant seuls les deux jeunes gens qui s'engagèrent aussitôt dans une discussion sérieuse.

— Vous m'en voulez, n'est-ce pas ? dit-il, inquiet, en prenant sa main dans la sienne. Je n'aurais jamais dû vous dire ce que je vous ai dit.

Mais il n'avait jamais rien éprouvé de semblable auparavant, rien d'aussi fort ni d'aussi brutal. Il avait l'impression d'être un gamin, amoureux fou, incapable de se contrôler.

— Je suis désolé, Sarah, mais je vous aime… Je sais que c'est ridicule. Vous devez vous dire que je suis fou à lier mais c'est ainsi. J'aime tout en vous, ce que vous pensez, ce que vous aimez… – L'air dévoré d'inquiétude, il ajouta : – Et je ne veux pas vous perdre.

Elle tourna vers lui un regard tout aussi anxieux. Il était évident qu'elle l'aimait, elle aussi, mais qu'elle ne voulait pas l'avouer.

— Comment pouvez-vous dire que vous ne voulez pas me perdre… alors que je ne serai jamais à vous ? Je suis une femme divorcée, et vous, vous êtes un héritier au trône. Tout ce qu'il peut y avoir entre nous c'est de l'amitié, ou un petit flirt sans conséquence.

Un instant désarçonné, il la regarda à nouveau, une esquisse de sourire sur les lèvres.

— Parce que selon vous ceci n'est qu'un petit flirt sans conséquence ? Pour ma part, je n'ai jamais été aussi sérieux, et nous venons à peine de nous rencontrer. Non, ma chère, il ne s'agit nullement d'un petit flirt sans conséquence.

— Bon, bon.

Elle ne put réprimer un sourire. Elle était plus belle que jamais.

— Vous savez très bien ce que je veux dire. C'est une histoire sans lendemain. Pourquoi se torturer ainsi ? Restons amis. Moi, je vais bientôt repartir, et vous, vous avez votre vie ici.

— Mais vous, quelle vie vous attend là-bas ? – Il semblait terriblement contrarié par ce qu'elle venait de dire. – Une vie de recluse, dans une ferme isolée où vous allez finir vos jours comme une vieille femme ? Ne soyez pas ridicule.

— William, je suis *divorcée* ! Ou je le serai bientôt, tout au moins. C'est de la folie de vous obstiner comme vous le faites, dit-elle au comble de l'angoisse.

— Sachez que je me moque éperdument de votre divorce, dit-il brusquement, tout comme je me fiche de la succession qui semble tellement vous tourmenter. C'est cela le problème ? Ne cesserez-vous donc jamais de vous identifier à la femme qui a épousé David ?

Il voulait parler de la duchesse de Windsor, naturellement. Et il avait raison. Sarah était en train de tout mélanger avec son obstination habituelle.

— C'est une question de tradition et de responsabilités. Vous ne pouvez pas vous y soustraire ni faire comme si cela n'existait pas. Et moi non plus. C'est comme si vous fonciez tête baissée sans regarder le mur de brique qui se trouve devant vous. Parce qu'il est devant vous, William, et un jour ou l'autre nous allons nous y heurter et nous faire très, très mal. Il faut absolument nous arrêter avant qu'il ne soit trop tard.

Elle ne voulait pas tomber éperdument amoureuse de lui pour le perdre ensuite. Tout ceci était absurde, elle était déjà follement éprise, et lui aussi.

— Que suggérez-vous, alors ? – Il avait l'air abattu, il n'aimait pas ce qu'elle était en train de lui dire. – Que nous nous arrêtions ? Que nous cessions de nous voir ? Il n'en est pas question, à moins que vous me regardiez dans les yeux et que vous me disiez en face que vous n'éprouvez pas la même chose que moi.

Il lui saisit le poignet et la regarda au fond des yeux, jusqu'à ce qu'elle ne puisse plus soutenir son regard.

— Je ne peux pas dire une chose pareille, chuchota-t-elle avant de lever à nouveau les yeux. Mais peut-être pourrions-nous rester amis ? Je préférerais être à jamais votre amie, William, plutôt que de vous perdre. Mais si vous persistez dans cette voie, tôt ou tard les gens qui vous aiment vont se retourner contre vous, et contre moi, et ce sera la catastrophe.

— Vous vous faites beaucoup d'illusions concernant ma famille. Ma mère est à moitié française, et pour elle cette histoire de succession est parfaitement ridicule. Être quatorzième prétendant à la couronne, ma chérie, n'a rien de très prestigieux. Je peux y renoncer du jour au lendemain sans que personne y trouve à redire.

— Jamais je ne vous laisserai faire une chose pareille.

— Je vous en prie, Sarah. Je suis majeur, et vous pouvez me faire confiance, je sais parfaitement ce que je fais. De toute façon, vos inquiétudes sont un peu prématurées et absurdes, vous ne trouvez pas ?

Il voulait avoir l'air détaché, mais tous deux savaient qu'elle avait raison. Il aurait renoncé à la succession sur-le-champ s'il avait eu la certitude qu'elle accepterait de l'épouser, mais il avait peur de le lui demander.

— C'est incroyable, la taquina-t-il, tandis qu'ils pénétraient à nouveau dans l'abbaye à la recherche de ses parents. La moitié des jeunes filles d'Angleterre seraient prêtes à assassiner père et mère pour devenir duchesses, et vous me traitez comme si c'était une maladie honteuse.

Il se mit à rire en comparant toutes celles qui l'avaient pourchassé à celle-ci, qui le repoussait.

— Je vous aime, vous savez cela. Je vous aime vraiment, Sarah Thompson.

Il l'attira à lui d'un geste vigoureux, et l'embrassa devant le monde entier, dans la splendeur de l'abbaye de Westminster.

— William... protesta-t-elle, avant de s'abandonner à son étreinte, le souffle coupé, vaincue par sa force et son magnétisme.

Lorsqu'il s'écarta à nouveau, elle le regarda, oubliant sa réserve.

— Je vous aime, moi aussi... mais je crois que nous sommes complètement fous l'un et l'autre.

— Ah oui ? – Il sourit gaiement et passa un bras autour de ses épaules pour l'entraîner vers la porte principale et rejoindre ses parents. – J'espère que c'est une folie dont nous ne guérirons jamais, lui glissa-t-il doucement à l'oreille, et Sarah ne répondit rien.

— Où diable étiez-vous passés ? demanda Edward qui, contrairement aux apparences, n'était nullement inquiet.

À voir leurs yeux, il savait qu'ils étaient plus proches que jamais et que tout allait bien.

— Nous avons bavardé, nous nous sommes promenés... Votre fille est terriblement distrayante.

— Nous aurons une explication, elle et moi, plus tard, dit Edward en leur souriant.

Les deux hommes marchèrent côte à côte pendant un petit moment. Ils parlèrent de la banque d'Edward et de la vision qu'avaient les Américains de la guerre. William lui raconta son récent séjour à Munich.

Ils déjeunèrent au Vieux Cheshire, où ils goûtèrent le pâté de pigeon. Après quoi, William prit congé d'eux.

— J'ai promis à mes hommes de loi de leur rendre visite cet après-midi, une obligation à laquelle je dois me soumettre de temps à autre.

Il s'excusa de devoir leur fausser compagnie, et demanda à Sarah si elle était d'accord pour aller dîner puis danser avec lui ce soir-là. Elle hésita et il parut désemparé.

— En amis, bien sûr ! mentit-il, et elle rit.

Elle le connaissait déjà trop bien pour croire une chose pareille.

— Vous êtes impossible.

— Peut-être, mais il faut absolument que vous travailliez votre tango.

Ils éclatèrent de rire en se rappelant les nombreuses fois où elle lui avait écrasé les pieds.

— Nous nous y mettons dès ce soir alors ?

— D'accord, dit-elle, presque à regret, se demandant comment elle allait faire pour lui résister.

C'était un homme remarquable. Jamais personne ne l'avait attirée à ce point, et certainement pas Freddie Van Deering. Ça lui avait semblé tellement normal, à l'époque, mais elle était jeune et naïve alors. Aujourd'hui, elle avait le sentiment de commettre à nouveau une erreur, mais pour d'autres raisons, car elle n'avait jamais aimé comme elle l'aimait.

— C'est un homme absolument charmant, dit sa

mère, tandis qu'Edward les déposait chez Hardy Amies.

Sarah était bien de son avis, mais elle se refusait à briser leur vie à tous les deux en se jetant tête baissée dans une relation sans avenir. Et, bien que William fût prêt à se lancer dans l'aventure, elle ne voulait rien précipiter, autant dans son intérêt à lui que dans le sien. Cependant ses tracas s'évanouirent bien vite lorsque, cet après-midi-là, sa mère lui acheta une robe de satin blanc qui allait à la perfection avec ses cheveux sombres et faisait ressortir admirablement son teint de pêche et ses yeux verts.

William en resta bouche bée lorsqu'il passa la prendre. Elle était sublime.

— Mon Dieu, Sarah, vous savez que vous êtes un danger public habillée ainsi ? Il faut que vos parents soient terriblement confiants pour vous laisser sortir avec moi.

— Je leur ai dit qu'ils avaient tort, mais vous les avez ensorcelés, railla-t-elle, tandis qu'ils se dirigeaient vers la Bentley où les attendait le chauffeur.

— Vous êtes réellement superbe, Sarah.

Et le fait est qu'on aurait dit une princesse.

— Merci, dit-elle avec un petit sourire.

Une fois de plus, ils passèrent une soirée merveilleuse et Sarah décida de se détendre. Il était drôle, elle aimait les amis qu'il lui présenta et tous furent charmants avec elle. Ils dansèrent toute la nuit, jusqu'à ce qu'elle arrive enfin à maîtriser le tango et la rumba. C'était véritablement fascinant de la voir évoluer sur la piste de danse dans sa robe de satin blanc.

Ils n'avaient pas vu le temps passer, et lorsqu'il la raccompagna, tard dans la nuit, ils étaient parfaitement à l'aise. Pas une seule fois au cours de la soirée ils n'avaient évoqué leurs tracas ou leurs états d'âme. Si bien que lorsqu'ils atteignirent l'hôtel, elle n'avait plus envie de le quitter pour regagner sa chambre.

— Quel monument avez-vous l'intention de visiter, demain, très chère ? demanda-t-il sur un ton qui la fit sourire.

— Aucun. Nous allons rester à l'hôtel et nous reposer. Père a des affaires à régler, ensuite il déjeune avec une vieille connaissance. Mère et moi n'avons absolument aucun projet.

— Voilà un programme alléchant, dit-il en prenant l'air grave. Puis-je vous proposer de ne rien faire en votre compagnie ? Comme d'aller respirer un peu d'air pur à la campagne ?

Elle hésita un instant, avant d'acquiescer. En dépit de toutes ses résolutions, elle se sentait incapable de lui résister. Elle avait d'ailleurs presque décidé de ne plus essayer jusqu'à son départ.

Le lendemain, il passa la prendre à l'heure du déjeuner dans une luxueuse Bugatti qu'elle ne lui connaissait pas, et ils mirent le cap sur le Gloucestershire. Tout en conduisant, il commentait le paysage pour la distraire.

— Où allons-nous, au juste ?

— Dans l'un des plus vieux châteaux du royaume. – Il avait pris l'air sérieux pour dire cela. – La partie la plus ancienne date du quatorzième siècle, un peu vétuste, j'en ai peur. Mais il y en a d'autres qui sont légèrement plus modernes. L'une d'elles, la plus importante, a été construite par sir Christopher Wren, au dix-huitième siècle, et elle est absolument charmante. Elle comporte de nombreuses écuries, un corps de ferme, et un pavillon de chasse très pittoresque. Je crois que cela va vous plaire.

Tout ceci lui semblait en effet ravissant.

— Ça a l'air splendide, en effet. Et qui habite là-bas ?

Il hésita, puis avec un sourire :

— Moi. Enfin, j'y suis très rarement, mais ma mère y habite toute l'année, dans la maison principale. Pour ma part, je préfère le pavillon de chasse, c'est plus intime. J'ai pensé que vous aimeriez déjeuner avec elle, puisque vous avez du temps à perdre.

— William ! Vous m'emmenez déjeuner chez votre mère et vous ne m'en avez rien dit !

Sarah eut l'air outrée, puis brusquement épouvantée par cette perspective.

— Elle est charmante, vous verrez, dit-il innocemment. Je crois qu'elle va vous plaire.

— Mais que va-t-elle penser de moi ? Pourquoi croit-elle que nous allons déjeuner avec elle ?

Voilà qu'elle avait peur à nouveau, peur de ses sentiments débridés et des conséquences que cela pouvait avoir.

— Je lui ai dit que vous mouriez de faim. En fait, je l'ai appelée hier et je lui ai dit que j'aimerais bien qu'elle vous rencontre avant votre départ.

— Pourquoi donc ? lança Sarah sur un ton accusateur.

— Pourquoi ? – Il semblait surpris. – Parce que vous êtes une amie et que je vous aime bien.

— C'est tout ce que vous lui avez dit ? grommela-t-elle, anxieuse d'entendre sa réponse.

— En fait, non. Je lui ai dit que nous allions nous marier samedi prochain, et que j'ai pensé qu'il serait plus convenable qu'elle rencontre la future duchesse de Whitfield avant le mariage.

— William, arrêtez de plaisanter ! Je suis sérieuse ! Je ne veux pas qu'elle s'imagine que je suis à vos trousses, ou que j'ai l'intention de briser votre existence.

— Oh, non, n'ayez crainte, je lui ai parlé de ça aussi. Je l'ai prévenue que viendriez déjeuner, mais que vous refusiez catégoriquement de prendre le titre de duchesse.

— William ! glapit-elle, en éclatant soudain de rire. Quel tour êtes-vous en train de me jouer ?

— Aucun, ma chérie, même si j'en meurs d'envie !

— Vous êtes vraiment impossible ! Vous auriez dû me dire que vous m'emmeniez là-bas. Je ne suis même pas en robe !

Elle portait un pantalon et un chemisier de soie ce qui, dans certains milieux, était assez mal vu. Sarah était certaine que la duchesse de Whitfield n'apprécierait pas sa tenue.

— Je lui ai aussi dit que vous étiez américaine, ce qui explique beaucoup de choses.

Il la taquinait tout en faisant semblant de la rassurer. En fait, elle avait l'air de le prendre plutôt bien. Il avait craint un moment qu'elle ne se fâche en apprenant qu'il l'emmenait déjeuner chez sa mère, mais elle paraissait tenir le coup.

— Lui avez-vous avoué que j'étais divorcée, pour couronner le tout ?

— J'ai oublié ! – Il sourit. – Mais faites-moi penser à le lui dire, pendant le déjeuner. Je suis certain qu'elle va vouloir tout savoir.

Il lui sourit à nouveau, plus amoureux que jamais, et totalement indifférent à ses protestations.

— Vous êtes infâme ! murmura-t-elle.

— Merci, mon amour. À votre service.

Ils atteignirent bientôt l'entrée principale du domaine. Sarah fut saisie par la beauté du site. La demeure était entourée d'un mur d'enceinte qui semblait dater de l'époque normande. Les bâtiments et les arbres étaient très anciens, le tout parfaitement entretenu et de dimensions impressionnantes. La bâtisse principale ressemblait davantage à un château fort qu'à une maison, et le pavillon de chasse où William séjournait lorsqu'il venait avec ses amis était effectivement exquis et plus vaste que leur maison de Long Island. La maison où vivait sa mère était très belle, meublée de meubles d'époque de styles français et anglais.

Sarah fut étonnée de découvrir une duchesse de Whitfield toute frêle et menue, pleine de distinction.

— Je suis enchantée de faire votre connaissance, Votre Altesse, débita Sarah, mal à l'aise, sans savoir si elle devait faire une révérence ou lui tendre la main.

Mais la vieille dame lui prit la main et la garda un petit moment dans la sienne.

— Et moi, je suis ravie de faire la vôtre, mademoiselle. William m'a dit que vous étiez charmante, et je crois qu'il a raison. Entrez !

Elle leur montra le chemin, marchant d'un pas ferme en s'aidant d'une canne qui avait appartenu à la reine Victoria et que Bertie lui avait offerte récemment, lors d'une petite visite.

Elle fit visiter les trois salons du bas à Sarah, puis ils sortirent dans le parc. C'était une belle journée ensoleillée, merveilleusement chaude pour un été anglais.

— Vous êtes ici pour longtemps ? demanda gentiment la duchesse.

Sarah secoua la tête à regret.

— Nous partons pour l'Italie la semaine prochaine. Nous repasserons par Londres fin août, avant de reprendre le bateau, mais pour quelques jours seulement. Mon père doit être de retour à New York début septembre.

— William m'a appris qu'il était banquier. Mon père l'était aussi. William vous a-t-il dit que son père était à la tête de la Chambre des lords, jadis ? C'était un homme extraordinaire, il ressemblait beaucoup à William, dit-elle, le regard plein d'orgueil.

William lui sourit en passant un bras autour de ses épaules dans un geste affectueux.

— Ce n'est pas bien de se vanter, Mère, la taquina-t-il.

Mais il était évident que ce fils était son dieu, la lumière de ses yeux. Sa naissance avait été l'ultime récompense d'une union très longue et très heureuse.

— Je ne me vante pas. Je pensais simplement que Sarah aimerait savoir qui était ton père. Peut-être qu'un jour tu marcheras sur ses traces.

— J'en doute beaucoup, Mère. Trop de soucis. Je veux bien siéger à la Chambre des lords, mais pas la diriger.

— Peut-être te surprendras-tu toi-même, un jour.

Elle sourit à nouveau à Sarah et, quelques instants plus tard, ils passèrent à table. C'était une femme charmante, étonnamment alerte pour son âge, et de toute évidence en adoration devant William. Elle ne se plaignait pas qu'il la négligeât. Elle semblait parfaitement heureuse de le voir mener sa vie, et prenait beaucoup de plaisir à l'entendre la lui raconter. Elle relata à

Sarah quelques-unes de ses frasques de bambin les plus amusantes et lui dit combien il avait été brillant à Eton, puis à Cambridge où il avait étudié l'histoire et l'économie politique.

— Eh oui ! Et aujourd'hui je ne fais rien d'autre que sortir et danser le tango. On se demande parfois à quoi sert l'école.

Mais Sarah savait qu'il faisait bien plus que cela. Il administrait ses biens, son domaine notamment, siégeait à la Chambre des lords, voyageait, lisait beaucoup, et se passionnait pour la politique. C'était un homme accompli. Sarah était bien obligée d'admettre qu'elle aimait tout en lui. Même sa mère. Et sa mère semblait enchantée par Sarah.

Ils sortirent ensuite tous trois pour faire une longue promenade dans le parc. Annabelle Whitfield raconta à Sarah son enfance en Cornouailles, ses séjours en France lorsqu'elle allait rendre visite à ses grands-parents maternels, et les étés à Deauville.

— Tout cela me manque parfois, confia-t-elle aux jeunes gens avec un sourire nostalgique.

— Nous étions à Deauville en juillet, justement. Et c'est toujours aussi merveilleux, dit Sarah en lui rendant son sourire.

— Je suis bien contente de l'apprendre. Cela va faire cinquante ans que je n'y suis pas retournée. – Elle sourit à son fils. – Lorsque William est né, je n'ai plus quitté la maison. Je voulais être avec lui à chaque instant, le choyer, m'émerveiller de chacun de ses mots, de ses gestes. J'ai cru que j'allais en mourir lorsqu'il est parti à Eton. J'ai supplié George de me le laisser et d'engager un précepteur, mais il a refusé et ce n'est pas plus mal, au fond. Il se serait ennuyé, tout seul, à la maison, avec sa vieille mère.

Elle le regarda tendrement et il l'embrassa sur la joue.

— Je ne me suis jamais ennuyé à la maison, avec vous, Mère, vous le savez très bien. Je vous adore et vous ai toujours adorée.

— Tais-toi, dit-elle, néanmoins ravie de se l'entendre dire.

Ils quittèrent Whitfield en fin de journée. La duchesse pria Sarah de lui rendre une petite visite avant son départ pour l'Amérique.

— Peut-être en revenant d'Italie. J'aimerais tellement que vous me racontiez votre voyage à votre retour.

— Je serais ravie de venir vous voir, dit Sarah avec un beau sourire.

Elle avait passé un moment exquis et le dit à William tandis qu'ils faisaient route pour Londres.

— Elle est merveilleuse, dit-elle en repensant à tout ce qu'elle lui avait raconté sur lui.

Elle s'était montrée si chaleureuse et accueillante envers Sarah.

— N'est-ce pas ? Il n'y a pas une once de méchanceté en elle. Je ne l'ai jamais vue se mettre en colère contre quiconque, à part moi – il rit à cette pensée – ni se montrer désagréable, ni même hausser le ton. Et puis elle adorait mon père. C'est dommage que vous ne l'ayez pas connu. En tout cas, je suis ravi que vous ayez rencontré ma mère.

Ses yeux semblaient en dire plus long, mais Sarah feignit de ne rien voir. Elle ne voulait pas se sentir plus proche de lui qu'elle ne l'était déjà.

— Vous avez bien fait de m'emmener là-bas, dit Sarah doucement.

— Elle doit penser la même chose. Vous lui avez beaucoup plu.

Il lui jeta un petit regard en coin, touché de la voir effarouchée.

— Je lui aurais beaucoup plu, selon vous, si elle avait su que j'étais divorcée ? dit Sarah brusquement, tandis qu'ils prenaient un virage en épingle à cheveux.

— Je ne crois pas que ça l'aurait dérangée le moins du monde, dit-il avec franchise.

— En tout cas, je suis contente que vous n'ayez pas essayé de le lui dire.

Elle avait retrouvé le sourire, soulagée. Il ne put résister à l'envie de la taquiner.

— Je croyais que nous devions le lui annoncer pendant le déjeuner ?

— J'ai complètement oublié. Mais je le ferai la prochaine fois. C'est promis, répliqua Sarah, sur le même ton.

— Elle sera ravie de l'apprendre !

Ils éclatèrent de rire, et le reste du voyage se passa dans la bonne humeur. C'est avec un petit serrement au cœur qu'il la déposa à son hôtel. Ce soir-là, elle devait dîner avec ses parents et des amis, mais William avait insisté pour la voir dès le lendemain matin.

— N'avez-vous rien de mieux à faire ? lui demanda-t-elle en souriant, tandis qu'ils se tenaient tous deux devant le Claridge, comme deux jeunes amoureux échevelés et rayonnants.

— Pas cette semaine. Je veux passer le plus de temps possible avec vous avant votre départ pour Rome. À moins que vous n'ayez une objection.

Elle pensa qu'elle aurait dû en émettre plus d'une, dans son intérêt à lui, mais elle ne le souhaitait pas vraiment. Il était trop séduisant, et ses arguments étaient irrésistibles.

— Hyde Park, alors, demain matin ? Puis la National Gallery, une petite virée à Richmond, une promenade à Kew Gardens, et pour finir un déjeuner à l'hôtel Berkeley.

Il avait déjà tout prévu, elle éclata de rire. Peu lui importait où il l'emmenait dès l'instant qu'elle était avec lui. Son enthousiasme était communicatif et toutes ses appréhensions s'évanouissaient lorsqu'elle était en sa compagnie. Mais elle serait bientôt partie, et elle devrait faire un gros effort pour arriver à l'oublier. En attendant, quel mal y avait-il à passer quelques bons moments ensemble ? Après tout, elle avait vécu une année entière coupée du monde, à broyer du noir.

Les derniers jours qu'ils passèrent à Londres, William leur consacra tout son temps, hormis pour quelques rendez-vous d'affaires qu'il ne pouvait pas annuler. La veille de leur départ, lui et Edward déjeunèrent ensemble chez White, le club de William.

— Tout s'est bien passé ? demanda Sarah à son père lorsqu'il rentra.

— William a été parfait. Et c'est un club épatant.

Ce n'était pas la nourriture ou l'atmosphère du club qui l'avait séduite, c'était l'homme.

— Il nous invite à dîner tous les trois, ce soir, et ensuite il t'emmène danser. L'Italie va te sembler bien morne sans lui, dit-il gravement, impatient de connaître sa réaction.

— Bah, il faudra bien que je m'y fasse, répondit-elle

d'une voix décidée. Je me suis beaucoup amusée, et il est adorable, mais ça ne peut pas durer éternellement.

Elle embrassa son père avant de se retirer. Ils dînèrent tous les quatre au gril du Savoy. William était charmant comme à son habitude, et Sarah était en pleine forme. Après dîner, ils déposèrent ses parents à l'hôtel et allèrent au Club des Quatre Cents pour danser, comme promis.

Mais ce soir-là, dans ses bras, elle resta silencieuse, en dépit de ses efforts pour paraître enjouée. Il était évident qu'elle était triste et ils retournèrent s'asseoir à leur table où ils parlèrent tard dans la nuit, la main dans la main.

— Est-ce que je vais vous manquer autant que vous me manquerez, la semaine prochaine ? lui demanda-t-il, et elle hocha la tête. Je ne sais pas ce que je vais devenir sans vous, Sarah.

Ils s'étaient tellement rapprochés en l'espace de quelques petites semaines qu'ils avaient du mal à y croire. William essayait encore de comprendre ce qui lui arrivait. Il n'avait jamais aimé une femme à ce point.

— Vous trouverez sûrement une foule de choses à faire, dit-elle en souriant vaillamment. Peut-être pourriez-vous vous faire engager comme guide au British Museum ou à la Tour de Londres ?

— Quelle idée splendide ! rétorqua-t-il avant de lui passer un bras autour des épaules et de l'attirer contre lui. Vous allez me manquer horriblement pendant les trois semaines à venir. Et puis vous ne serez de retour que pour quelques jours. À peine une semaine.

Cette pensée le rendait triste. Elle hocha la tête en silence. Si seulement ! Si seulement elle l'avait rencontré des années auparavant ! Si seulement elle avait été anglaise ! Si seulement Freddie n'avait jamais existé ! Mais les souhaits n'y changeaient rien, il fallait se préparer à partir. Comme c'était dur ! Dur d'imaginer qu'il ne serait plus là pour la faire rire ou la taquiner, lui faire découvrir de nouveaux endroits ou rencontrer ses amis, pour l'emmener voir les bijoux de la couronne dans la Tour de Londres, ou sa mère à Whitfield, ou pour l'entraîner dans un coin tranquille, tout simplement, pour discuter.

— Peut-être viendrez-vous à New York, un de ces jours ? dit-elle, tout en sachant que c'était peu probable et que s'il venait il ne resterait pas longtemps.

— Peut-être ! dit-il, lui donnant une brève lueur d'espoir. Si la guerre n'éclate pas en Europe, et si le Führer ne rend pas impossible la traversée de l'Atlantique.

Il était convaincu que la guerre finirait par éclater, et Edward Thompson était d'accord avec lui.

— Peut-être devrais-je me dépêcher de venir ?

Mais Sarah savait que la venue de William à New York n'était qu'un rêve, un rêve qui ne se réaliserait sans doute jamais. Le temps était venu de se dire adieu. Même si elle le revoyait à son retour d'Italie, les choses seraient différentes entre eux. Il leur fallait prendre leurs distances et partir chacun de son côté.

Ils dansèrent un dernier tango, exécuté à la perfection cette fois. Malgré cela, Sarah ne parvint pas à retrouver le sourire. Ensuite vint la dernière danse, joue contre joue, chacun perdu dans ses pensées. Lorsqu'ils regagnèrent leur table, il lui donna un long, long baiser.

— Je vous aime tant, ma chérie. Je ne supporte pas l'idée de vous laisser partir.

Ils s'étaient comportés avec courage pendant deux longues semaines, et il n'avait jamais été question d'autre chose.

— Que vais-je faire sans vous ?

— Vivre heureux, mener une vie passionnante, vous marier et avoir dix enfants... – Elle ne plaisantait qu'à moitié. – M'écrirez-vous ? demanda-t-elle tristement.

— Tous les jours, c'est promis. Avec un peu de chance, vos parents vont détester l'Italie et revenir à Londres plus tôt que prévu, dit-il avec espoir.

— J'en doute.

Lui-même n'y croyait pas trop.

— Vous savez, Mussolini est de la même veine que Hitler à ce qu'on dit.

— Mais je ne crois pas que nous allons le rencontrer.

Elle sourit. Elle s'était remise à le taquiner ne sachant plus que dire. Tous les sujets qu'ils avaient abordés étaient trop douloureux.

Ils rentrèrent à l'hôtel en silence. C'était lui qui conduisait ce soir-là, car il ne voulait pas que le chauffeur assiste aux derniers instants qu'ils passeraient ensemble. Ils demeurèrent dans la voiture un long moment, pour parler de tout ce qu'ils avaient fait, de ce qu'ils aimeraient faire, de ce qu'ils auraient pu faire, et de ce qu'ils feraient lorsqu'elle serait de retour à Londres, avant son départ pour l'Amérique.

— Je resterai avec vous jusqu'à la dernière minute, c'est promis.

Elle lui sourit et le contempla. Il était si distingué, si beau. Le duc de Whitfield. Peut-être qu'un jour elle raconterait à ses petits-enfants combien elle l'avait aimé dans sa jeunesse. Cependant, elle était plus que jamais décidée à ne pas l'obliger à renoncer à sa succession.

— Je vous écrirai d'Italie, promit-elle, sans trop savoir de quoi elle lui parlerait.

Il lui faudrait s'en tenir à des banalités, et surtout ne pas lui parler de ses sentiments.

— Si j'arrive à obtenir une communication, je vous appellerai.

Il la prit dans ses bras et la serra tout contre lui.

— Ma chérie, comme je vous aime.

Elle ferma les yeux, les joues inondées de larmes, tandis qu'il l'embrassait.

— Je vous aime, moi aussi, dit-elle lorsque leurs lèvres se séparèrent.

Elle vit qu'il pleurait aussi, et lui effleura doucement la joue.

— Il faut que nous soyons raisonnables. Nous n'avons pas le choix. Vous avez des responsabilités, William. Vous ne pouvez pas passer outre.

— Mais si je le peux, dit-il tout doucement. Et si nous avions le choix ?

C'était la première fois qu'il lui parlait ouvertement de l'avenir.

— Nous ne l'avons pas. – Elle posa un doigt sur ses lèvres et l'embrassa.

— Ne faites pas cela, William. Je ne veux pas.

— Pourquoi pas ?

— Parce que je vous aime, dit-elle d'une voix ferme.

— Alors pourquoi ne pas tenter notre chance et parler de l'avenir ?

— Il n'y a pas d'avenir possible entre nous, William, dit-elle tristement.

Il l'aida à descendre de voiture et ils marchèrent

lentement jusqu'à l'entrée de l'hôtel, la main dans la main. Elle portait sa robe de satin blanc, plus belle que jamais, et il la dévorait du regard, gravant dans sa mémoire les moindres détails pour ne pas l'oublier pendant son absence.

— À bientôt. – Il l'embrassa encore une fois. – N'oubliez pas combien je vous aime, lui souffla-t-il dans le creux de l'oreille, en l'embrassant à nouveau.

Elle lui dit qu'elle l'aimait, puis monta dans l'ascenseur, la mort dans l'âme, et lorsque les portes se refermèrent elle eut l'impression qu'on lui arrachait le cœur.

Debout dans le hall de l'hôtel, triste mais déterminé, il resta un moment à contempler les portes de l'ascenseur avant de s'en retourner à la Daimler qui l'attendait dehors. Elle était extrêmement têtue et croyait faire ce qui était bon pour lui, mais William Whitfield était bien pire encore.

8

Le voyage jusqu'à Rome parut interminable à Sarah. Silencieuse et pâle, elle n'échangea que quelques mots avec ses parents. Ils parlaient à voix basse, voyant bien qu'elle était triste et absorbée dans ses pensées. William l'avait appelée juste avant leur départ pour la gare Victoria. Leur conversation avait été brève, mais elle avait les larmes aux yeux en quittant l'hôtel. Mieux que quiconque elle savait que la situation était désespérée et qu'elle avait commis une folie en tombant amoureuse de William. Une folie qu'elle allait devoir payer à présent, en souffrant un certain temps, puis en se forçant à l'oublier. Elle n'était pas sûre de vouloir le revoir lorsqu'ils reviendraient à Londres. Elle craignait de ne pouvoir le supporter.

Tout en regardant le paysage, elle s'efforçait de penser à Peter et à Jane, au petit James et à Marjorie, et même à Freddie. Mais elle avait beau se concentrer de toutes ses forces, elle revenait sans cesse à William, à sa mère, à ses amis, à l'après-midi où il l'avait emmenée à Whitfield, aux baisers qu'ils avaient échangés, aux soirées qu'ils avaient passées à danser…

— Tu te sens bien, ma chérie ? s'enquit sa mère

pleine de sollicitude tandis qu'ils s'apprêtaient à se rendre au wagon-restaurant sans elle.

Sarah ne voulait pas entendre parler de nourriture. Le garçon allait lui apporter quelques fruits et une tasse de thé, mais sa mère savait qu'elle n'y toucherait même pas.

— Je vais très bien, maman, merci.

Cependant Victoria savait qu'il n'en était rien, et pendant le déjeuner elle fit part de ses inquiétudes à Edward. Sarah avait déjà tellement souffert à cause de Freddie ! Peut-être avaient-ils eu tort de l'encourager à sortir avec le duc de Whitfield ?

— Je dirais plutôt que c'est une bonne chose pour elle de mesurer exactement ses sentiments pour lui, dit Edward calmement.

— Comment ? – Victoria était stupéfaite. – Je ne vois pas ce que cela change.

— On ne peut jamais savoir ce que la vie nous réserve, Victoria.

Elle se demanda si William lui avait caché quelque chose, mais n'interrogea pas son mari, pensant que c'était peu probable. Après déjeuner, ils regagnèrent leur compartiment et trouvèrent Sarah en train de lire *Le Rocher de Brighton*, le dernier roman de Graham Greene, que William lui avait offert pour le voyage. Mais elle était incapable de se concentrer, oubliant au fur et à mesure les noms des personnages. En fait, elle n'avait pas la moindre idée de ce qu'elle essayait de lire, si bien qu'elle finit par y renoncer.

Ils passèrent par Douvres, Calais, puis Paris où ils changèrent de train. Tard dans la nuit, Sarah, étendue sur sa couchette, écoutait le bruit des roues tandis qu'ils traversaient le nord de l'Italie. À chaque vibration, chaque kilomètre, chaque tour de roue, William était présent dans son esprit. C'était encore pire que de penser à Freddie, car elle aimait William et William l'aimait en retour. Mais le prix qu'il aurait à payer pour vivre à ses côtés était trop élevé, et c'était son devoir de l'en empêcher.

Après quelques courtes heures d'un sommeil agité, elle se réveilla pâle et défaite, tandis que le train entrait dans la gare de Termini, devant la place du Cinquecento.

L'hôtel Excelsior avait envoyé une voiture pour les accueillir. Coiffée d'une large capeline pour se protéger du soleil romain, Sarah suivait le chauffeur, son vanity-case et son sac à la main, indifférente à ce qui l'entourait. En chemin, le chauffeur leur montra plusieurs monuments, les termes de Dioclétien, le palais Barberini, ainsi que les jardins de la villa Borghèse. Mais Sarah regrettait d'être venue. L'idée de passer trois semaines à visiter Rome, Florence et Venise en compagnie de ses parents ne lui disait plus rien. La vie sans William était tout simplement sans intérêt.

Une fois à l'hôtel, Sarah fut soulagée de pouvoir rester un moment seule dans sa chambre. Elle ferma la porte et s'allongea sur le lit, mais elle avait à peine fermé les paupières que l'image de William l'assaillit de nouveau. Elle se sentait hantée par lui. Elle se leva, s'aspergea le visage d'eau fraîche, se brossa les cheveux, et prit un bain qui lui parut merveilleux après cet interminable voyage en train. Elle passa ensuite une robe de cotonnade légère, et une heure plus tard elle allait retrouver ses parents, rafraîchis et changés eux aussi. Tous trois se sentaient renaître en dépit de la chaleur étouffante qui régnait à Rome en ce mois d'août.

Cet après-midi-là, Edward avait prévu de visiter le Colisée, et c'est sous un soleil implacable qu'ils en admirèrent chaque détail. Ils ne revinrent à l'hôtel qu'en fin de journée. Sarah et sa mère se sentaient passablement abattues par la chaleur. Edward leur proposa de prendre un rafraîchissement avant de regagner leurs chambres. Mais malgré deux grands verres de limonade, Sarah se sentait totalement exténuée lorsqu'elle quitta la table, laissant ses parents discuter tranquillement autour d'un verre de vin. Elle traversa le hall, sa capeline à la main, l'œil vague, l'esprit vide, ce qui, pour une fois, était un soulagement.

— Signorina Thompson ? lui souffla discrètement l'un des employés tandis qu'elle passait devant la réception.

— Oui, dit-elle, en tournant la tête vers lui, l'air absent.

— Il y a un message pour vous.

L'homme lui tendit une enveloppe dont l'écriture vigoureuse lui était familière.

Elle la contempla un instant en se demandant comment elle avait pu lui arriver aussi vite, puis la décacheta. Elle ne contenait rien d'autre que : « À vous pour la vie, William ».

Elle sourit en lisant ces quelques mots, puis replia la lettre et la remit dans l'enveloppe. Il avait dû la poster avant qu'elle ne quitte Londres. Le cœur battant la chamade, elle gravissait l'escalier pour se rendre au deuxième étage lorsqu'elle sentit qu'on la frôlait au passage.

— Pardon, dit-elle sans lever la tête.

L'instant d'après, ses pieds quittaient la terre, elle était soulevée par une puissante paire de bras. Il était là, à Rome, dans l'hôtel ! Et il l'embrassait comme s'il ne voulait plus jamais la quitter. Elle n'arrivait pas à y croire.

— Que... Je... William, où êtes-vous ? Enfin je veux dire... que faites-vous ici ?

Elle était complètement bouleversée, mais tellement, tellement heureuse ! Lui aussi.

— Je suis venu passer trois semaines en Italie avec vous, si vous voulez tout savoir, ma chérie. Vous êtes passée à côté de moi sans me voir, dans le hall.

Il avait été content de l'air misérable qu'elle affichait. Il s'était senti misérable, lui aussi, le soir où il l'avait laissée au Claridge. Mais il ne lui avait pas fallu plus d'une heure pour se décider à venir la rejoindre à Rome. Et maintenant qu'il la retrouvait, il était infiniment heureux de l'avoir fait.

— Je crois que j'ai une mauvaise nouvelle pour vous, Sarah, dit-il, l'air grave, en lui caressant doucement la joue.

Un instant elle crut qu'il était arrivé quelque chose à sa mère.

— Qu'y a-t-il ?

— Je ne peux pas vivre sans vous.

Ils étaient toujours dans l'escalier et en bas, dans le hall, les gens souriaient en les regardant. Ils formaient un si beau couple que cela mettait du baume au cœur de les voir s'embrasser.

— Ne devrions-nous pas essayer de résister ? demanda Sarah, trop heureuse pour avoir l'air convaincu.

— C'est impossible. Et puis ce sera bien assez dur

lorsque vous rentrerez à New York. Nous avons un mois devant nous, profitons-en.

Il l'attira à lui et l'embrassa à nouveau, juste au moment où ses parents commençaient à gravir l'escalier. Ils s'arrêtèrent net, stupéfaits. Tout d'abord ils ne le reconnurent pas, ils n'apercevaient que leur fille dans les bras d'un homme, mais Edward comprit instantanément qu'il s'agissait de William et il leur adressa un sourire chaleureux. Radieuse, Sarah tenait la main de William dans la sienne.

— Vous êtes venu nous faire visiter l'Italie, à ce que je vois ? dit Edward, sur un ton badin. C'est très gentil à vous, Votre Altesse. Merci mille fois de nous avoir rejoints.

— J'ai pensé que c'était mon devoir, dit William heureux et légèrement intimidé.

— Nous sommes ravis de vous voir. – Il parlait en leur nom à tous, et au nom de Sarah, bien sûr, qui rayonnait littéralement. – Je suis sûr que le voyage sera beaucoup plus gai, maintenant. Sarah n'a guère apprécié le Colisée cet après-midi.

Sarah rit. En fait elle avait détesté le Colisée en l'absence de William.

— Je vais tâcher de faire mieux demain, Père.

— J'y compte bien. – Puis se tournant vers William. – J'imagine que Votre Altesse a retenu une chambre ?

Il commençait à y avoir de la complicité entre eux. Edward Thompson l'aimait bien.

— En effet, il s'agit même d'une suite. Absolument somptueuse au demeurant. C'est mon secrétaire qui s'est chargé de la réservation et je n'ose imaginer qui il a annoncé. Le deuxième prétendant en ligne au trône d'Angleterre, probablement, à en juger par le résultat.

Tous quatre éclatèrent de rire, puis ils continuèrent à gravir l'escalier dans la bonne humeur, tout en discutant pour savoir où ils iraient dîner. William serrait gentiment la main de Sarah dans la sienne, en pensant à l'avenir.

9

Le séjour à Rome passa comme un rêve. Ils admirèrent les basiliques, les musées, le mont Palatin et rendirent visite à quelques amis de William dans leurs somptueuses villas. Ils allèrent à la plage à Ostie et mangèrent dans d'élégants restaurants, avec de temps à autre une incursion dans une trattoria pittoresque.

À la fin de la semaine, ils partirent pour Florence qui les émerveilla. Ils passèrent la troisième semaine à Venise. Sarah et William étaient plus proches que jamais. Ils semblaient ne faire qu'un, et pour qui ne les connaissait pas, il était difficile de croire qu'ils n'étaient pas mariés.

— Quel merveilleux séjour, dit Sarah, un après-midi qu'ils étaient au bord de la piscine du Danieli. J'adore Venise.

Ce voyage en Italie ressemblait à une lune de miel, si ce n'était la présence des parents de Sarah… William et elle n'avaient rien fait d'illicite – ce qui n'avait pas toujours été facile – mais dès le départ ils s'étaient promis de bien se tenir.

— Je t'aime comme un fou, dit-il gaiement, tandis qu'ils paressaient au soleil.

Jamais il n'avait été aussi heureux. Maintenant il avait acquis la certitude qu'il ne la quitterait plus jamais.

— Je ne crois pas que tu devrais rentrer à New York avec tes parents, lui dit-il en plaisantant à moitié, avec un petit coup d'œil en coin pour voir sa réaction.

— Ah non, et que devrais-je faire alors ? M'installer à Whitfield, avec ta mère ?

— Excellente idée. Mais franchement je préférerais que tu t'installes avec moi, à Londres.

Elle lui sourit. C'était son plus cher désir, mais hélas, ce beau rêve ne se réaliserait jamais.

— Si seulement c'était possible, William, dit-elle dans un soupir, tandis qu'il se mettait sur le ventre et prenait appui sur ses coudes pour discuter le sujet plus à fond.

— Pourquoi ne le serait-ce pas ?

La liste des objections que William avait toujours balayées d'un revers de main était longue. La première de toutes était le divorce, et la seconde, la succession de William à la couronne d'Angleterre.

— Tu sais très bien pourquoi. – Elle l'embrassa et lui dit qu'il devrait être, comme elle, reconnaissant pour tout le bonheur qu'ils avaient connu ensemble. – C'est beaucoup plus que certaines personnes n'en connaîtront jamais dans leur vie entière.

Il vint s'asseoir tout près d'elle, contemplant les bateaux et les gondoles au loin, et la flèche de la basilique Saint-Marc qui transperçait l'azur.

— Sarah… – Il prit sa main dans la sienne. – Je suis tout à fait sérieux.

— Je sais.

Il se pencha vers elle et, effleurant ses lèvres d'un

baiser, lui déclara ce qu'il ne lui avait encore jamais dit aussi directement :

— Je veux t'épouser.

Il l'embrassa à nouveau, si amoureusement qu'elle ne pouvait douter de sa sincérité, mais elle le repoussa et secoua tristement la tête.

— Tu sais bien que c'est impossible, murmura-t-elle.

— Qu'est-ce qui nous en empêcherait ? Une succession, un divorce ? C'est ridicule. Personne, absolument personne en Angleterre ne s'intéresse à ce que je fais. La seule personne qui compte pour moi, c'est ma mère, et elle t'adore. Je lui ai dit que je voulais t'épouser avant même qu'elle ne te rencontre, et après avoir eu fait ta connaissance elle a trouvé l'idée excellente. Elle est absolument d'accord.

— Tu le lui as dit avant de m'emmener déjeuner à Whitfield ?

Sarah avait l'air scandalisée. Il lui sourit, l'air goguenard.

— Il fallait bien qu'elle sache à quel point je tenais à toi. C'était la première fois que je lui annonçais une chose pareille. Elle a dit qu'elle était heureuse d'avoir vécu assez longtemps pour me voir tomber amoureux d'une aussi charmante jeune fille.

— Si j'avais su, je serais descendue de voiture et je serais rentrée à Londres à pied. Comment as-tu pu faire une chose pareille ? Est-elle au courant de mon divorce ?

— Elle l'est, dit-il, gravement, je le lui ai dit par la suite. Nous avons eu une conversation très sérieuse avant ton départ. Elle est tombée d'accord avec moi :

les sentiments sont la seule chose qui compte vraiment dans la vie. Je vais avoir trente-six ans et jusqu'ici je n'ai connu que des aventures sans lendemain et souvent ennuyeuses.

Elle éclata de rire et secoua la tête, incrédule. La vie était surprenante, imprévisible, merveilleuse !

— Mais que se passera-t-il si tu es mis au ban de la société par ma faute ?

Elle se sentait responsable vis-à-vis de lui, bien que profondément soulagée d'apprendre la réaction de sa mère.

— Eh bien nous viendrons vivre ici, à Venise. Ça ne serait pas mal du tout, qu'en penses-tu ?

Toutes les objections de Sarah lui paraissaient futiles et ne le préoccupaient nullement.

— William, ton père était à la tête de la Chambre des lords. Pense à la disgrâce qui va s'abattre sur ton nom et sur ta famille.

— Ne sois pas ridicule. Ils ne m'ôteront pas mon siège à la Chambre. Le seul problème, c'est que je ne serai jamais roi, ma chérie. De toute façon, il n'y a pratiquement aucune chance pour que cela arrive, Dieu m'en préserve. Rien au monde ne me déplairait davantage. S'il y avait eu le moindre risque, j'aurais déjà renoncé à ma succession depuis longtemps. Quatorzième héritier en ligne est un titre purement symbolique, ma chérie, je t'assure. Je puis fort bien m'en passer.

Mais elle continuait à penser que leur amour ne devait pas le priver, lui ou sa famille, de quelque chose d'important.

— Ne seras-tu pas mal à l'aise quand les gens chuchoteront que ta femme est une divorcée ?

— Franchement, non. Ça m'est complètement égal. Et puis je ne vois pas comment les gens l'apprendraient si tu ne le leur dis pas toi-même. Au nom du ciel, Sarah, tu n'es pas Wallis Simpson, loin s'en faut. As-tu d'autres objections, mon amour ?

— Je... Tu... – Elle trébuchait sur les mots, essayant de ne pas perdre complètement la raison, mais la vérité est qu'elle l'aimait à la folie. – Je t'aime tellement, dit-elle en l'embrassant de tout son cœur.

Il la garda un temps infini entre ses bras avant de se reculer légèrement, pour la menacer cette fois.

— Je ne te laisserai pas partir tant que tu n'auras pas accepté de devenir la duchesse de Whitfield, lui glissa-t-il à l'oreille. Si tu refuses, j'annonce à tous les gens ici présents que tu es Wallis Simpson... enfin, je veux dire la duchesse de Windsor.

Il avait encore du mal à accepter que cette femme portât ce titre et se réjouissait qu'on ne lui ait pas accordé le droit de se faire appeler « Altesse royale » – malgré les vives protestations de son époux.

— Acceptes-tu de devenir ma femme ? chuchota-t-il d'un air menaçant, tout en la couvrant de baisers. Sarah, réponds !

Il n'eut pas besoin de le lui demander une troisième fois. Elle hocha la tête, les yeux pleins de larmes, et il lui donna un long, long baiser.

Il fallut un long moment avant qu'il ne lui rende sa liberté. Avec un sourire il s'enveloppa prestement dans sa serviette et se releva.

— L'affaire est conclue, alors ? dit-il tranquillement en lui tendant une main. À quand le mariage ?

Elle n'en revenait pas de l'entendre prononcer ces

mots. Elle n'arrivait pas à croire qu'ils allaient se marier. Était-ce sérieux ? Comment osaient-ils faire une chose pareille ? Qu'allait dire le roi ? Et ses parents à elle ? Et Jane ? Et tous leurs amis ?

— Tu es vraiment sérieux ?

Elle le regardait bouche bée, aussi incrédule qu'heureuse.

— J'en ai bien peur, ma chérie. Tu viens de signer pour la vie. Une vie d'amour à mes côtés ! Tout ce que je te demande c'est une date pour le mariage.

Les yeux de Sarah s'assombrirent un instant, puis, baissant la voix, elle finit par dire :

— Mon divorce doit être prononcé le 19 novembre. Après cela, quand tu veux.

— Es-tu libre le 20 ? demanda-t-il, l'air presque sérieux, et elle rit, ivre de bonheur.

— Je crois que c'est *Thanksgiving*.

— Très bien. Qu'y aura-t-il au menu ? De la dinde ? Nous mangerons de la dinde pour notre mariage.

Elle se mit à songer au travail que cela représenterait pour sa mère juste après *Thanksgiving*. Avec un petit sourire timide, elle dit :

— Que dirais-tu du 1er décembre ? Nous pourrions célébrer *Thanksgiving* avec mes parents, cela te permettrait de faire la connaissance de nos amis avant la cérémonie.

Ils souhaitaient tous deux un mariage célébré dans l'intimité. Après le scandale de son anniversaire de mariage, elle ne voulait plus entendre parler de réception fastueuse.

— Le 1er décembre, alors ? – Il l'attira à lui, dans ce merveilleux cadre qu'était Venise. – Si j'ai bien compris, mademoiselle Thompson, nous sommes fiancés ? Quand allons-nous l'annoncer à vos parents ?

Il était heureux comme un gosse. Elle lui répondit par un sourire lumineux.

— Ce soir, au dîner ?

— Excellente idée.

Après l'avoir raccompagnée à sa chambre, il se rendit directement à la réception pour envoyer un télégramme à sa mère.

« Plus beau jour de ma vie. Voulais vous l'annoncer sans attendre. Sarah et moi nous marions à New York 1er décembre. Espère que vous vous sentez d'attaque pour le voyage. Dieu vous garde. Votre fils William. »

Ce soir-là, William commanda le meilleur champagne et le fit servir avant même qu'ils ne commencent à dîner.

— La soirée s'annonce bien, à ce que je vois, dit Edward en portant sa coupe à ses lèvres.

Le champagne était excellent.

— Sarah et moi avons quelque chose à vous annoncer, dit William tranquillement. – Sarah ne l'avait jamais vu aussi rayonnant. – Avec votre permission, et votre bénédiction, nous voudrions nous marier à New York, au mois de décembre.

Victoria Thompson écarquilla des yeux grands comme des soucoupes et contempla sa fille avec ravissement. L'espace d'un instant, un regard complice qu'aucune des deux femmes ne surprit passa entre les deux hommes. William avait parlé à Edward avant leur départ, et ce dernier lui avait dit que si Sarah acceptait de devenir sa femme il aurait sa bénédiction. À présent il était ravi de voir que la chose se réalisait.

— Vous avez notre bénédiction, bien sûr, annonça

Edward d'une voix solennelle, tandis que Victoria hochait la tête en signe d'assentiment. Quand vous êtes-vous décidés ?

— Cet après-midi, à la piscine, dit Sarah.

— Excellent sport, la natation, lança son père, pince-sans-rire, et tous éclatèrent de rire. Nous sommes très heureux pour vous. Mais, mon Dieu – il venait seulement de réaliser – Sarah va être duchesse, alors ?

Il était ravi, impressionné, mais par-dessus tout, il était heureux d'avoir un gendre comme William.

— J'en suis navré, dit celui-ci. Je ferai tout mon possible pour le lui faire oublier. J'aimerais beaucoup que vous rencontriez ma mère à votre retour à Londres. J'espère qu'elle va pouvoir faire le voyage à New York pour le mariage.

Cependant William ne se faisait guère d'illusions, c'était un voyage éprouvant pour une personne de son âge.

Puis la mère de Sarah voulut savoir quel genre de cérémonie ils avaient en tête, les dates qu'ils préféraient pour la réception, et où ils comptaient passer leur lune de miel. Sarah expliqua brièvement qu'ils avaient choisi le 1er décembre pour le mariage, mais que William arriverait pour *Thanksgiving*.

— Ou plus tôt, ajouta-t-il. Je ne suis pas sûr de pouvoir rester longtemps séparé de Sarah.

— Vous pouvez venir quand cela vous plaira, dit Edward.

Ils passèrent une excellente soirée à célébrer les fiançailles de Sarah et de William. Plus tard, lorsque les Thompson se retirèrent, le jeune couple se rendit sur la terrasse pour danser aux accords romantiques d'un orchestre et parler de leurs projets sous la voûte étoilée du ciel. Sarah n'arrivait pas à croire à son bonheur. C'était comme un rêve, si différent du cauchemar qu'elle avait vécu avec Freddie ! William lui redonnait foi en la vie. Il lui apportait bien plus d'amour et de bonheur qu'elle n'en avait espéré.

— Je veux passer ma vie à te rendre heureuse, lui dit William tendrement, tandis qu'ils buvaient du champagne, main dans la main. Je veux être là chaque fois que tu en auras besoin. C'est ainsi que mes parents étaient l'un avec l'autre. Ils ne se quittaient et ne se fâchaient pour ainsi dire jamais. – Puis avec un sourire : – J'espère que nous n'attendrons pas aussi longtemps qu'eux pour avoir des enfants. Je suis presque un vieillard, maintenant.

Il allait avoir trente-six ans et Sarah venait tout juste de fêter ses vingt-deux ans avec lui, à Florence.

— Tu ne seras jamais un vieillard, dit Sarah avec un sourire. Comme je t'aime, murmura-t-elle dans un baiser.

À l'idée qu'ils seraient bientôt entièrement l'un à l'autre, elle se sentit envahie par une vague brûlante de désir qu'elle avait du mal à contenir chaque fois qu'ils échangeaient un baiser.

— J'aimerais tellement m'évader avec toi pour quelques jours, dit-elle avec passion.

Il lui répondit par un grand sourire. Ses dents blanches brillaient dans l'obscurité, il avait un merveilleux sourire. Elle aimait tout en lui.

— J'ai bien pensé à te le proposer, mais ma conscience l'a emporté. Et puis tes parents m'aident à rester chaste, tant que nous sommes à l'étranger, tout au moins, car je ne peux jurer de rien lorsque nous serons de retour à Londres.

Son ton lugubre la fit rire.

— Je sais, pour des adultes, je trouve que nous avons été extrêmement raisonnables jusqu'ici.

— Mais il ne faut plus trop y compter dorénavant. Ma bonne conduite, comme tu l'appelles, n'est pas un signe d'indifférence mais simplement la preuve de ma bonne éducation.

Il l'embrassa de toute son âme pour le lui prouver.

— Je trouve que nous devrions faire un long voyage de noces, loin, très, très loin… à Tahiti, par exemple. Sur une île déserte, ou presque, juste peuplée de quelques gentils indigènes.

— Ce serait merveilleux.

Elle savait qu'il plaisantait, car le soir même ils avaient parlé d'aller en France, pays qui les attirait tous les deux, même en décembre. Un temps couvert ne la dérangeait pas, au contraire, cela avait quelque chose d'intime qui l'enchantait.

Maintenant, ils pouvaient discuter ouvertement d'un sujet qu'ils n'avaient jamais abordé jusque-là.

— Je ne voulais pas que tu croies que j'essayais de profiter de la situation parce que tu étais divorcée. Je veux que les choses se passent exactement comme si tu n'avais jamais été mariée. J'espère que tu me comprends.

Elle le comprenait et ne lui en était que plus reconnaissante. Aujourd'hui, ils n'avaient absolument rien à regretter. La perspective d'un grand bonheur à partager s'ouvrait à eux, et elle avait hâte de commencer sa vie avec lui.

Ils continuèrent à parler jusque tard dans la nuit. Quand William raccompagna Sarah à sa chambre, il lui en coûta de la laisser seule. Ils parvinrent cependant à s'arracher l'un à l'autre et c'est tristement qu'il regarda la porte se refermer derrière elle.

Les derniers jours à Venise furent un enchantement, et le voyage de retour se passa dans l'euphorie. Un télégramme de félicitations de Peter et Jane les attendait au Claridge. William en avait déjà reçu un semblable de sa mère à Venise, même si elle lui avait annoncé qu'elle ne pourrait pas faire le voyage à New York, mais qu'elle serait avec eux par la pensée.

À Londres, ils furent pris dans un véritable tourbillon de rendez-vous, de projets et d'annonces officielles. William et Edward rédigèrent ensemble un faire-part qui parut dans le *Times*, provoquant un émoi certain chez les débutantes et les douairières de Londres qui pourchassaient William depuis quinze ans. La chasse était bel et bien close, et pour toujours cette fois. En revanche, les amis de William étaient enchantés, et son secrétaire, littéralement assailli de coups de fil et de télégrammes de félicitations. Tous voulaient les inviter pour rencontrer Sarah. William était obligé d'expliquer qu'elle était américaine, qu'elle devait regagner New York d'ici à quelques jours et qu'ils ne pourraient pas faire sa connaissance avant le mariage.

Il s'arrangea aussi pour obtenir un long entretien avec son cousin Bertie, le roi George VI, avant le départ de Sarah. Il lui annonça qu'il renonçait à son droit à la succession. Le roi en fut affecté, surtout après l'abdication de son frère, mais le cas présent était beaucoup moins dramatique. Bien qu'il le fît à contrecœur – il était aussi attaché à la tradition qu'à son cousin –, il lui donna son consentement. William lui demanda s'il pouvait lui présenter Sarah avant son départ, et le roi lui dit qu'il serait heureux de la rencontrer. Le lendemain après-midi, vêtu d'une jaquette et d'un pantalon rayé très stricts, et coiffé d'un chapeau haut de forme, il se présenta avec Sarah au palais de Buckingham pour une audience privée. Dans une robe noire, très sobre, sans aucun maquillage, avec de simples perles aux oreilles et autour du cou, elle était très distinguée et tout à fait ravissante. Elle fit une profonde révérence devant le roi, tout en essayant d'oublier que William le surnommait toujours Bertie, même si dans le cas présent il l'appela Majesté. Les présentations furent on ne peut plus formelles. Il fallut quelques minutes au roi avant de se dérider. Ensuite il se montra très cordial et les interrogea sur leurs projets de mariage. Il dit à Sarah qu'il espérait les voir à Balmoral à leur retour. Il préférait les recevoir là-bas, dans un cadre moins solennel. Très impressionnée, Sarah fut aussi réellement touchée par son hospitalité.

— Vous avez l'intention de venir vivre en Angleterre, j'imagine ? demanda le roi à Sarah avec une pointe d'inquiétude.

— Naturellement, Majesté. – Il sembla soulagé et lui baisa la main avant de se retirer. – Vous ferez une ravissante jeune mariée et une épouse adorable, ma chère. Je vous souhaite une vie longue et heureuse, et de nombreux enfants.

Les yeux de Sarah se remplirent de larmes en l'entendant parler ainsi, et elle fit à nouveau une profonde révérence. Le roi et William se serrèrent la main avant que Sa Majesté retourne vaquer aux affaires du royaume.

William lui fit un grand sourire lorsqu'ils furent à nouveau seuls dans la pièce que le roi venait de quitter. Il se sentait si fier, si heureux, et si soulagé de voir que leur mariage recueillait la bénédiction royale en dépit du fait qu'il ait renoncé à sa succession.

— Tu seras une ravissante duchesse, lui confia-t-il tendrement. – Puis baissant la voix d'un ton : – À la vérité, tu aurais été une reine absolument splendide !

Ils éclatèrent d'un rire nerveux, puis le majordome entra pour les reconduire. Sarah avait du mal à se remettre de son émotion. Quelle expérience extraordinaire ! Elle essaya de la raconter à Jane, plus tard, dans une lettre, pour ne pas oublier cette sensation, mais sur le papier tout lui semblait irréel et terriblement prétentieux. « Et c'est à ce moment-là que le roi George, passablement nerveux, lui aussi, m'a baisé la main, et qu'il a dit… » Elle n'arrivait décidément pas à le croire. Quel rêve vivait-elle ?

Ils décidèrent ensuite d'aller à Whitfield pour présenter les parents de Sarah à la mère de William. La duchesse douairière donna un somptueux dîner en leur honneur. Le père de Sarah était assis à sa droite, et la duchesse ne tarissait pas d'éloges sur la fiancée de William.

— Vous savez, lui confia-t-elle avec une pointe de nostalgie, après de nombreuses années, je m'étais faite à l'idée que je n'aurais jamais d'enfants. Quand William est né, ce fut pour moi la plus grande des bénédictions. Jamais il ne m'a déçue. Aujourd'hui il a rencontré Sarah, et c'est une deuxième bénédiction.

Ses paroles étaient si gentilles qu'Edward en eut les larmes aux yeux. Lorsque la soirée toucha à sa fin, ils étaient devenus les meilleurs amis du monde. Il essaya de la convaincre d'accompagner son fils à New York, mais elle lui dit qu'elle se sentait trop âgée et trop fatiguée pour entreprendre un aussi long voyage.

— Je ne suis pas allée une seule fois à Londres en quatre ans. Un voyage à New York serait trop éprouvant, je le crains. Et puis vous aurez bien assez à faire comme cela pour vous embarrasser d'une femme de mon âge. Je préfère rester ici, et je les verrai à leur retour. La maison de William a besoin d'être rénovée. Je suis sûre que mon fils n'a pas la moindre idée de ce qui ferait plaisir à Sarah. Je voudrais faire quelques aménagements pour que Sarah s'y sente bien. Par exemple il faudrait un court de tennis, ne pensez-vous pas ? Il paraît que le sport fait fureur en ce moment, mais William est tellement vieux jeu.

Sur le chemin du retour, Edward se dit que sa fille avait bien de la chance d'avoir trouvé un mari qui lui vouait une telle adoration et une belle-mère aussi soucieuse de son bonheur et de son bien-être.

— C'est une bénédiction, dit-il à sa femme ce soir-là.

— Elle a beaucoup de chance, en effet, acquiesça Victoria comblée, elle aussi.

Elle embrassa tendrement son mari en pensant à leur propre mariage, à leur lune de miel, et à toutes les années de bonheur qu'ils avaient connues ensemble. Elle se réjouissait à l'idée que Sarah ait enfin sa part de bonheur. Elle avait tellement souffert aux côtés de Freddie. Mais le destin faisait amende honorable. William était un homme exceptionnel, une bénédiction pour la vie.

Le dernier jour, Sarah ne savait plus où donner de la tête. Il lui restait un millier de choses à régler et William voulait lui faire faire un tour d'inspection minutieux de son pied-à-terre londonien. C'était une garçonnière tout à fait charmante qu'il avait achetée lorsqu'il avait dix-huit ans, mais il craignait qu'elle ne s'y plaise pas très longtemps. Il voulait savoir s'il devait chercher quelque chose de plus grand tout de suite, ou si cela pouvait attendre leur retour de lune de miel, après Noël.

— Mais c'est ravissant ! s'écria-t-elle en voyant l'élégante garçonnière, impeccablement rangée. – Certes ce n'était pas immense, mais ce n'était pas plus petit que l'appartement qu'elle et Freddie avaient partagé. – Cela me convient tout à fait. Pour le moment en tout cas.

Pourquoi chercher plus grand tant qu'ils n'avaient pas d'enfant ? Il y avait une vaste salle de séjour ensoleillée au rez-de-chaussée et une petite bibliothèque pleine de livres anciens admirablement reliés que William avait ramenés de Whitfield des années auparavant. La petite cuisine était très agréable, et la salle à manger suffisamment spacieuse pour accueillir un nombre raisonnable d'invités. À l'étage se trouvait la chambre à coucher, de style plutôt masculin. Il y avait aussi deux salles de bains, l'une à usage personnel, et l'autre, pour les invités, au rez-de-chaussée. Pour sa part, Sarah ne trouvait rien à redire.

— Et les placards ? s'inquiéta William, qui essayait de ne rien oublier, ayant à cœur de contenter Sarah. Je pourrais te donner la moitié des miens et ramener à Whitfield tout ce dont je n'ai pas besoin.

Il était étonnamment arrangeant pour un homme qui avait toujours vécu seul.

— Le plus simple, c'est que je n'emporte pas de vêtements.

— J'ai une meilleure idée encore. Ne nous habillons pas.

Il était plus hardi maintenant qu'il savait qu'elle serait bientôt sa femme. En tout cas, elle adorait sa maison et lui assura qu'elle lui convenait parfaitement.

— Tu es si facile à contenter.

— Attends, dit-elle, l'air espiègle, il se pourrait que je me transforme en mégère lorsque nous serons mariés.

— Dans ce cas, pas de problème, je te rouerai de coups.

— Comme c'est exotique ! dit-elle en haussant un sourcil, et il éclata de rire.

Il aurait voulu la dévêtir et lui faire l'amour pendant des jours et des jours. Heureusement qu'elle prenait la mer le lendemain.

Ils dînèrent en tête à tête ce soir-là, et c'est à contrecœur que William la raccompagna à l'hôtel. Il aurait préféré la ramener chez lui, pour ce dernier soir, mais il était décidé à se comporter en gentleman, même si cela lui en coûtait. Et cela lui en coûtait.

— Ça n'est pas facile, tu sais, de se conformer aux usages, dit-il devant l'entrée de l'hôtel. Peut-être viendrai-je te surprendre à New York la semaine prochaine et te kidnapper. Attendre le mois de décembre me semble au-dessus de mes forces.

— Je sais, dit-elle.

Curieusement, et même si elle éprouvait toujours du chagrin chaque fois qu'elle y repensait, sa fausse couche lui semblait moins dramatique à présent. Sans cet accident elle aurait le bébé de Freddie et serait peut-être encore mariée avec lui aujourd'hui. Alors que maintenant elle pouvait refaire sa vie, repartir de zéro. Elle espérait du fond du cœur qu'elle et William auraient beaucoup, beaucoup d'enfants. Ils avaient parlé d'en avoir au moins quatre, peut-être cinq ou six. Ils avaient hâte d'être mariés. Il la raccompagna jusqu'à la porte de sa suite.

— Veux-tu entrer un instant ? demanda-t-elle, et il acquiesça.

Ses parents étaient couchés depuis longtemps et il voulait rester avec elle le plus longtemps possible avant son départ.

Il la suivit dans la chambre. Elle ôta son châle et posa son sac à main sur une chaise avant de lui offrir un cognac, qu'il refusa.

Il avait quelque chose à lui donner, il avait attendu toute la soirée pour le faire.

— Venez vous asseoir à côté de moi, mademoiselle Thompson.

— Promettez-moi de vous tenir tranquille, alors, dit-elle en riant, l'air malicieux.

— Pas si tu me regardes avec ces yeux-là, mais viens t'asseoir cinq minutes. Pour cinq minutes, je crois que tu peux me faire confiance.

Elle prit place à côté de lui sur le canapé de chintz tandis qu'il fouillait dans sa poche.

— Ferme les yeux, dit-il avec un petit sourire.

— Que vas-tu me faire ? interrogea-t-elle en riant, mais en fermant les yeux malgré tout.

— Te peindre une fausse moustache, mon amour... Que crois-tu que je vais te faire ?

Sans lui laisser le temps de répondre, il l'embrassa en saisissant sa main. Sentant le contact froid du métal sur sa peau, Sarah regarda aussitôt ses doigts avec appréhension. Elle eut le souffle coupé par ce qu'elle y vit. En dépit de la lumière tamisée de la chambre, elle découvrit une pierre superbe, taillée à l'ancienne, qu'elle préférait de beaucoup aux pierres modernes. Un diamant de vingt carats, parfaitement rond et pur, ornait sa main gauche.

— Mon père l'avait commandée à Garrard pour ma mère, lors de leurs fiançailles. C'est une très belle pierre ancienne. Elle a insisté pour qu'elle soit à toi.

— C'est la bague de fiançailles de ta mère ? dit-elle, les larmes aux yeux.

— Oui. Elle tient à ce que tu la portes. Nous avons eu une longue discussion à ce sujet. J'étais prêt à t'en acheter une nouvelle, mais elle a insisté pour que je t'offre celle-ci. Elle ne peut plus la mettre de toute façon, à cause de son arthrose.

— Oh, William…

Elle n'avait jamais rien vu de plus beau. Elle tenait sa main dans la lumière pour faire ressortir tout l'éclat de la pierre. C'était une bague de fiançailles absolument divine. Sarah était comblée.

Il sourit, ravi de voir qu'elle lui plaisait. Il savait que sa mère serait heureuse, elle aussi. C'était un si beau geste.

— Ce n'est qu'un petit souvenir, pour te rappeler à qui tu t'es promise lorsque tu prendras cet horrible bateau, demain. J'ai bien peur de t'appeler toutes les heures à New York jusqu'à mon arrivée là-bas.

— Pourquoi n'avances-tu pas ton départ ? dit-elle sans cesser d'admirer sa bague.

— J'espérais pouvoir venir en octobre, mais j'ai encore trop à faire ici. Il faut que je m'occupe de mon domaine. – Il avait quelques problèmes à y résoudre et il lui fallait faire une apparition à la Chambre des lords avant son départ pour New York. – De toute façon, je serai là-bas le 1er novembre sans faute. Tu seras submergée par les préparatifs de mariage et j'arriverai sans doute au plus mauvais moment, mais tant pis. Je ne me sens pas capable de rester séparé de toi plus longtemps.

Il l'embrassa longuement, et ils perdirent presque la tête tandis qu'allongés sur le sofa, il faisait courir ses mains brûlantes sur son corps délicieux.

— Oh, Sarah...

Il était fou de désir, mais il fallait attendre le mariage. Elle voulait que ce soit comme la première fois, comme si elle n'avait jamais été mariée et que Freddie n'avait jamais existé. Si William avait été le premier homme de sa vie, ils auraient attendu. Elle y tenait beaucoup, même si, dans des moments comme celui-ci, il lui arrivait de l'oublier. Elle se poussa pour lui faire de la place, et il se serra violemment contre elle, mais se releva brusquement avec un petit gémissement de regret. Il voulait attendre, lui aussi, par respect pour elle et pour leur mariage.

— Tout compte fait c'est peut-être aussi bien que tu t'en ailles, dit-il d'une voix rauque tout en faisant les cent pas pour calmer son désir.

Elle se redressa, le cheveu en bataille, le regard brûlant et hocha la tête. Puis soudain elle éclata de rire. Ils avaient l'air de deux gosses.

— On a l'air bête, non ?

— Pas tant que ça, dit-il en riant. J'ai hâte d'être marié.

— Moi aussi, avoua-t-elle.

Puis il lui posa une question qu'il n'aurait pas dû lui demander.

— Est-ce que... c'était comme cela... avec lui ?

Sa voix était rauque et sensuelle. Elle lui avait confié n'avoir jamais vraiment aimé son mari mais il voulait savoir.

Sarah secoua tristement la tête.

— Non, pas du tout. C'était vide et sans amour... Chéri, il ne m'a jamais aimée, et je sais à présent que moi non plus. Je n'ai jamais aimé personne comme je t'aime... Je n'ai jamais aimé, ni vécu, ni même existé jusqu'à ce que je te rencontre. Tu seras mon seul amour jusqu'à ma mort.

Il avait les larmes aux yeux lorsqu'il l'embrassa à nouveau. Il se sentait soulagé et infiniment heureux. Cependant il ne se laissa pas à nouveau emporter par la passion et lui dit adieu jusqu'au lendemain matin.

Sarah ne parvint pas à s'endormir. Elle passa presque toute la nuit à penser à lui et à regarder briller sa bague de fiançailles dans l'obscurité. Le lendemain elle appela la duchesse de Whitfield pour lui dire combien son présent l'avait touchée, combien elle était émue de le porter et combien elle aimait William.

— C'est la seule chose qui compte, ma chère. Je vous souhaite un bon voyage... et un merveilleux mariage.

Sarah la remercia et acheva de faire ses valises. Une heure plus tard, William les retrouvait dans le hall de l'hôtel. Elle portait un ensemble blanc, conçu spécialement pour elle à Paris par Coco Chanel, et sa somptueuse bague de fiançailles. William la dévora littéralement de baisers. Le désir qu'elle avait éveillé en lui la veille au soir ne s'était pas estompé, et il regrettait de ne pas s'embarquer avec eux sur le *Queen Mary*.

— Ton père, en revanche, ne doit pas le regretter.

— Je crois qu'il a été très impressionné par ta conduite exemplaire.

— Il aurait tôt fait de changer d'avis si je venais avec vous, murmura William.

Elle sourit et, main dans la main, ils suivirent ses parents jusqu'à la Bentley. Il avait proposé de les conduire jusqu'au bateau tandis que leurs bagages seraient expédiés séparément. Mais les deux heures de trajet passèrent beaucoup trop vite et Sarah vit bientôt se profiler la silhouette familière du *Queen Mary* à l'horizon. Comme les choses avaient été différentes à l'aller, deux mois plus tôt !

— On ne sait jamais ce que l'avenir nous réserve, dit Edward avec un sourire bienveillant.

Il proposa à William de lui faire visiter le bateau. Mais William, qui préférait rester avec Sarah, déclina poliment son invitation. Il les accompagna à leur suite, puis tous deux ressortirent sur le pont où ils restèrent enlacés, la mine défaite, jusqu'au dernier coup de gong. Soudain William fut pris d'angoisse à l'idée qu'ils pourraient faire naufrage. L'un de ses cousins était à bord du *Titanic*, vingt-six ans plus tôt.

— Au nom du ciel, Sarah, prends soin de toi. Je ne pourrais pas vivre sans toi…

Il s'accrochait à elle comme à une bouée de sauvetage.

— Tout ira bien, je te le promets. Arrange-toi seulement pour venir à New York le plus vite possible.

— Je vais essayer. Peut-être mardi prochain, dit-il tristement.

Elle lui sourit, des larmes dans les yeux, tandis qu'il l'embrassait encore une fois.

— Tu vas tellement me manquer, dit-elle tout bas.

— Toi aussi, dit-il en la serrant tout contre lui.

Finalement un employé s'approcha, gêné de les interrompre.

— Votre Altesse, je suis navré de devoir vous annoncer que nous appareillons dans quelques minutes. Il faut redescendre à terre.

— Très bien, désolé. – Il sourit en guise d'excuse. – Prenez bien soin de ma fiancée surtout, et de ses parents.

Il sourit à Sarah et le gros diamant tout rond qu'elle portait à la main gauche scintilla de tous ses feux dans le soleil de septembre.

— Bien sûr, Votre Altesse.

L'employé, manifestement impressionné, songea qu'il devrait en informer le capitaine. La future duchesse de Whitfield se rendait à New York avec eux. Elle serait, à n'en pas douter, l'objet de toutes les attentions.

— Prends soin de toi, chérie.

Il l'embrassa une dernière fois, serra la main de son futur beau-père, déposa un baiser chaleureux sur la joue de Victoria, puis s'engagea sur la passerelle. Sarah n'arrivait pas à contenir ses larmes et Victoria se tapotait les yeux, elle aussi, avec un mouchoir. C'était touchant de les voir ainsi toutes les deux. Il leur fit signe de la main jusqu'à ce qu'il ne leur fût plus possible de les distinguer. Deux heures plus tard, Sarah était toujours sur le pont, l'œil perdu à l'horizon, comme si, en faisant un effort, elle allait l'apercevoir.

— Il est temps de redescendre, à présent, Sarah, dit sa mère d'une voix douce.

Elle n'avait aucune raison de se morfondre. Elle

n'avait que des raisons de se réjouir. Lorsqu'elle regagna sa cabine, un télégramme de William l'y attendait déjà, ainsi qu'un bouquet de roses si gros qu'il eut du mal à passer la porte. « Je t'aime. William », disait la carte et sa mère sourit lorsque son regard rencontra la bague de fiançailles. Il y avait de quoi s'étonner quand on pensait à tout ce qui leur était arrivé en deux petits mois. Elle n'arrivait pas à y croire.

— Tu as vraiment beaucoup de chance, Sarah, lui dit sa mère.

Sarah ne pouvait qu'être d'accord avec elle, tandis qu'elle essayait mentalement son nouveau nom... Sarah Whitfield.

Cela sonnait bien, c'était presque irréel... « La duchesse de Whitfield », murmura-t-elle avec grandiloquence avant d'éclater de rire et d'aller respirer l'énorme bouquet de roses rouges qui trônait sur sa table de chevet.

La traversée à bord du *Queen Mary* lui sembla interminable. Sarah avait hâte d'arriver à New York et de commencer à tout préparer. À bord, tout le monde était plein d'attentions pour la future duchesse de Whitfield. Les Thompson furent invités à plusieurs reprises à la table du capitaine, mais cette fois Sarah se sentit obligée de se montrer plus cordiale. C'était une responsabilité qu'elle avait envers William, et ses parents étaient ravis de voir le changement qui s'opérait chez leur fille. Décidément, William avait fait des prodiges.

Lorsqu'ils arrivèrent à New York, Peter et Jane les attendaient sur le quai, mais sans les enfants. Jane, surexcitée, écoutait les nouvelles en poussant des petits cris de joie et en s'extasiant sur la bague de fiançailles de Sarah. Dans la voiture, Sarah lui montra des photos de William, pendant que Peter et Edward parlaient de la situation en Europe.

Une semaine jour pour jour après leur retour à New York, les programmes de radio furent interrompus pour diffuser le discours de Hitler lors du rassemblement nazi de Nuremberg. C'était un discours terrifiant, lourd de menaces pour la Tchécoslovaquie dans lequel il déclara son intention de « rendre son indépendance » à la région des Sudètes, à forte population allemande. Il annonça en outre que trois cent mille Allemands travaillaient au renforcement de la ligne Siegfried. Comment les autres nations réagiraient-elles en cas d'agression ? Le venin, la fureur et la haine qui émanaient de son discours diffusé en direct sur les ondes ébranlèrent profondément l'Amérique. Pour la première fois, la menace de guerre en Europe était bien réelle. En cas d'attaque, les nazis ne feraient qu'une bouchée de la Tchécoslovaquie. Perspective qui n'avait rien de réjouissant.

La semaine suivante, on ne parla que de ça. Les journaux annoncèrent que les nations européennes mobilisaient.

Mais la France et l'Angleterre répugnaient à s'engager dans un conflit militaire. Le 22 septembre, Hitler durcit ses conditions. L'indépendance des Sudètes ne lui suffisait plus, il en exigea l'annexion immédiate. Français et Anglais décidèrent de ne pas intervenir. À dix-sept heures, heure de Prague, le gouvernement tchèque, abandonné, cédait le territoire.

Au même moment, des trombes d'eau tombèrent sur New York, comme si Dieu versait des larmes pour les Tchèques. Pour contourner les mauvaises conditions météorologiques au-dessus de l'Atlantique, la nouvelle de la capitulation de Prague avait emprunté une voie détournée, passant par le Cap et Buenos Aires avant d'atteindre New York. Lorsque midi sonna, la radio devint muette. Il était dix-huit heures en Tchécoslovaquie quand le drapeau nazi se mit à flotter dans les Sudètes. Sarah éteignit sa radio, comme beaucoup de ses compatriotes, et n'entendit pas l'avis de tempête qui menaçait Long Island. À treize heures, ignorant que le vent s'était levé, Sarah déclara à sa mère qu'elle voulait aller à Southampton. Elle avait un millier de choses à faire et à penser en prévision du mariage, et le calme de la maison de Long Island lui semblait tout indiqué pour cela.

— Tu ne vas tout de même pas aller là-bas par ce temps, répondit sa mère.

Mais le temps ne la dérangeait nullement. Elle aimait voir la plage sous la pluie, cela avait quelque chose d'apaisant. Cependant elle savait que sa mère se ferait du souci si elle prenait le volant par ce temps. Aussi se décida-t-elle à rester en ville pour l'aider.

À leur retour de Londres, son père s'était empressé d'appeler le propriétaire de la ferme à qui elle avait versé des arrhes, lui expliquant que sa fille devait bientôt se marier et aller vivre en Angleterre. L'homme s'était montré très compréhensif et avait rendu l'argent sans difficulté. Cela n'avait pas empêché Edward de faire la leçon à sa fille. Il lui dit qu'il ne l'aurait jamais laissée vivre toute seule à Long Island dans une ferme en ruine. Sarah lui avait fait des excuses et avait placé à la banque les mille dollars récupérés.

Mais elle ne pensait pas à la ferme, ni même à son mariage, cet après-midi-là. Elle songeait au triste sort de la Tchécoslovaquie lorsque la pluie se mit à tambouriner violemment contre la fenêtre de sa chambre. Il n'était que quatorze heures, mais il faisait si sombre qu'on se serait cru en pleine nuit. Au-dehors, les arbres ployaient littéralement sous les rafales de vent. Jamais elle n'avait vu pareille tempête à New York. C'est à ce moment précis que son père rentra inopinément du bureau.

— Quelque chose ne va pas ? s'inquiéta Victoria.

— Tu as vu cette tempête ? s'écria-t-il. J'ai cru que je n'arriverais jamais à atteindre l'entrée de l'immeuble en descendant de voiture. J'ai dû m'accrocher à un réverbère et il m'a fallu l'aide de deux hommes pour arriver jusqu'ici. – Il se tourna vers sa fille, l'air soucieux. – Tu as entendu les nouvelles ?

Il savait qu'elle écoutait souvent les informations, l'après-midi, lorsqu'elle était à la maison avec sa mère.

— Seulement ce qui concerne la Tchécoslovaquie.

Elle lui expliqua ce qui s'était passé là-bas, et il hocha gravement la tête.

— Ce n'est pas une tempête ordinaire, dit-il, avant d'aller dans sa chambre se changer.

Cinq minutes plus tard il réapparaissait en vêtements de pluie.

— Que fais-tu dans cette tenue ? demanda Victoria, inquiète.

Son mari s'obstinait à entreprendre des actions au-dessus de ses forces ou de ses capacités réelles, comme pour se prouver qu'il en était encore capable. Certes, il était encore fort et bien portant, mais il n'était plus le jeune homme qu'il avait été.

— Je vais à Southampton. Je veux m'assurer que tout va bien là-bas. J'ai essayé d'appeler Charles, il y a une heure, mais le téléphone ne répond pas.

Sarah regarda un court instant son père droit dans les yeux avant de déclarer d'une voix ferme :

— Je viens avec toi.

— Pas question, protesta-t-il.

Victoria décocha à tous deux un regard courroucé.

— Ne soyez pas ridicules, fit-elle. Ce n'est qu'un orage, et ça n'est pas parce que vous irez là-bas que cela va changer quelque chose.

Qu'auraient pu faire un vieil homme et une jeune fille contre les éléments déchaînés ? Mais ni l'un ni l'autre ne partageaient son point de vue. Tandis que son père endossait son pardessus, Sarah courut se changer. Lorsqu'elle ressortit de sa chambre, elle portait des bottes en caoutchouc, un pantalon kaki, un pull marin et un suroît.

— Je viens avec toi, réitéra-t-elle à l'intention de son père.

Il haussa les épaules, trop préoccupé pour discuter.

— Bon, allons-y. Ne te fais pas de souci, chérie, nous te téléphonerons, dit-il à sa femme.

Toujours hors d'elle, Victoria les regarda partir, puis elle alluma la radio.

Le père et la fille prirent l'autoroute en direction de Southampton. Sarah proposa de conduire, mais son père se gaussa.

— Je sais bien qu'à tes yeux je ne suis qu'un vieillard cacochyme, mais je ne suis pas complètement idiot pour autant.

Elle rit et lui rappela qu'elle était une conductrice experte. Mais ils n'échangèrent que quelques paroles après cela, car le vent était si violent qu'il avait du mal à maintenir la direction. À plusieurs reprises la grosse Buick fut déportée de plusieurs mètres sur la route.

— Ça va aller ? lui demanda-t-elle une ou deux fois.

Il se contenta de lui répondre par un petit signe de tête. Les lèvres serrées, il plissait les yeux pour essayer de distinguer la route sous la pluie battante.

Ils roulaient toujours sur l'autoroute lorsqu'ils aperçurent au loin un étrange mur de brouillard venu de l'océan. Il leur fallut quelques instants pour réaliser, horrifiés, qu'il s'agissait non pas d'une nappe de brouillard mais d'une gigantesque lame de fond. Un mur d'eau d'une quinzaine de mètres de haut était en train de déferler sur la côte est, engloutissant les maisons une à une entre ses mâchoires. Un demi-mètre d'eau recouvrait à présent la route, formant des tourbillons autour de la voiture. Il leur fallut braver la tempête quatre heures durant avant d'atteindre Southampton. Mais à mesure qu'ils approchaient de leur maison tant aimée, ils découvraient un paysage dévasté qui les laissa sans voix. Des propriétés entières avaient été englouties, et pourtant, certaines de ces maisons étaient énormes. Plus tard ils apprirent qu'un vieil ami d'Edward, J. P. Morgan, avait perdu tout son domaine de Glen Cove, ce jour-là. Mais pour l'instant ils ne voyaient que la désolation autour d'eux. Des arbres arrachés, des maisons réduites en miettes… Ici toute une fraction de terrain avait disparu avec les dizaines de maisons qui s'y dressaient depuis des siècles. On voyait partout des voitures retournées. Il fallait que son père fût un conducteur hors pair pour avoir réussi à les mener jusque-là. À mesure qu'ils avançaient, ils avaient l'impression que Westhampton avait été totalement rayé de la carte. Ils entendirent par la suite que sur cent soixante-dix maisons, cent cinquante-trois avaient disparu, ainsi que le terrain qui les portait.

Celles qui étaient restées debout, trop endommagées pour être réparées, n'étaient plus habitables.

À l'approche de Southampton, Sarah eut un pincement au cœur. Lorsqu'ils atteignirent leur maison, ils constatèrent que les barrières avaient été arrachées, de même que les piliers qui les soutenaient. Ce n'était plus qu'un tas de ferraille, emporté à quelques centaines de mètres de là. On aurait dit les rails d'un train miniature. La tragédie était bien réelle et les dégâts trop importants pour être estimés.

Tous leurs magnifiques arbres centenaires gisaient, déracinés ; par miracle, la maison tenait encore debout. Vue de loin elle semblait intacte, mais lorsqu'ils eurent dépassé la dépendance du gardien, ils réalisèrent qu'elle était entièrement vidée de son contenu qui jonchait le sol.

Edward gara la Buick aussi près que possible de la maison. Une demi-douzaine de troncs d'arbres barraient la route. Ils durent laisser la voiture et continuer à pied sous les assauts furieux de la pluie et du vent qui leur fouettaient le visage. Sarah avait beau détourner la tête, il lui était impossible d'éviter le vent. Lorsqu'ils eurent contourné la maison, ils virent que toute la façade est, face à la mer, avait été arrachée ainsi qu'une partie du toit. On apercevait encore quelques meubles à l'intérieur, le lit de ses parents, le sien, le piano du salon. Le visage inondé de larmes et de pluie, Sarah se tourna vers son père et vit qu'il pleurait, lui aussi. Il adorait cette maison qu'il avait construite des années auparavant en veillant à chaque détail. Sa femme en avait dessiné les plans lorsque les deux filles étaient petites, et ensemble ils avaient choisi chaque arbre, chaque poutre, et chaque objet qui la composait. Quant aux grands arbres centenaires, ils étaient morts. Sarah n'arrivait pas à y croire. Cette maison avait abrité toutes les joies de son enfance et, récemment, les chagrins de son mariage raté. Un simple coup d'œil à son père lui fit redouter le pire.

— Oh, papa… gémit-elle en s'accrochant à lui dans le vent qui soufflait par rafales.

Le spectacle défiait l'imagination. L'attirant contre lui, il lui cria par-dessus les hurlements du vent qu'il voulait retourner à la maison du gardien.

— Il faut retrouver Charles.

Charles était un brave homme, il avait veillé sur elle comme un père l'année où elle était restée cachée ici.

Ils ne le trouvèrent ni dans sa petite maison ni sur le terrain alentour, où s'éparpillaient ses effets, ses provisions, son mobilier réduit en miettes, et même son poste de radio. Edward commençait à s'inquiéter sérieusement. Ils retournèrent à la maison principale. Chemin faisant, Sarah remarqua que la cabine de bain avait disparu, de même que le hangar à bateaux et les arbres qui l'entouraient. Certains tenaient debout par miracle, les autres, brisés, étaient couchés sur l'étroite bande de vase qui, ce midi encore, était une belle plage de sable blanc. Soudain, alors qu'elle contemplait tristement le désastre, elle l'aperçut. Il serrait une corde entre les mains, comme s'il avait essayé d'attacher quelque chose, et portait son vieux suroît jaune. Il gisait sous le tronc d'un arbre autrefois planté devant la maison. Le sable aurait pu amortir sa chute mais l'arbre, énorme, lui avait brisé le cou et les reins en s'abattant. Profondément émue, Sarah courut vers lui en silence et s'agenouilla à ses côtés, essuyant le sable de son visage meurtri. C'est alors que son père la vit. Pleurant à chaudes larmes, il l'aida à dégager le corps et à le porter à l'abri, de l'autre côté de la maison, là où autrefois se trouvait la cuisine. Charles avait passé quarante ans à leur service ; Edward et lui avaient appris à se connaître et à s'estimer mutuellement. C'était comme un vieil ami qui s'en allait, fidèle jusqu'au bout, tué par une tempête que personne n'avait vu venir. Le monde entier avait les yeux tournés vers Prague pendant que la plus grosse tempête jamais vue sur la côte est engloutissait des villes entières avant de déferler sur le Connecticut, le Massachusetts et le New Hampshire, faisant sept cents morts, et plus de deux mille blessés.

La maison de Southampton n'était pas irrémédiablement détruite, mais la mort de Charles affecta profondément la famille Thompson. Peter, Jane et Victoria vinrent assister aux funérailles. Sarah et ses parents restèrent ensuite une semaine dans la maison pour essayer d'évaluer les dégâts et remettre un semblant d'ordre. Seules deux pièces étaient habitables. Ils s'éclairaient à la bougie et prenaient leurs repas dans le seul restaurant encore ouvert à Southampton. Il faudrait des mois, voire des années, pour réparer la maison. Sarah était triste à la pensée qu'elle les quitterait au beau milieu de tout ce désastre.

Elle parvint à appeler William du petit restaurant où ils mangeaient. Elle voulait le rassurer, craignant qu'il n'ait appris la catastrophe par les journaux. Même en Europe, la tragédie de Long Island avait provoqué une vive émotion.

— Tu n'as rien eu, au moins ? demanda la voix de William qui lui parvenait dans un grésillement de parasites.

— Je vais bien, dit-elle, soulagée d'entendre sa voix calme et rassurante. Mais notre maison a beaucoup souffert. Il va falloir un temps fou pour la reconstruire, mais nous n'avons pas perdu le terrain, alors que la plupart des gens ont tout perdu.

Puis elle lui raconta les circonstances de la disparition de Charles. William en fut désolé.

— J'ai hâte de te voir revenir ici, dit-il. J'ai eu affreusement peur en apprenant la catastrophe. J'ai tout de suite imaginé que tu avais été y passer le week-end.

— J'ai bien failli le faire, lui avoua-t-elle.

— Dieu merci tu n'y étais pas. Toute ma sympathie à tes parents, je vais venir le plus vite possible, chérie, je te le promets.

— Je t'aime, cria-t-elle dans les crépitements incessants du combiné.

— Je t'aime, moi aussi ! Et prends bien soin de toi jusqu'à mon arrivée !

Peu de temps après, ils étaient de retour en ville. Huit jours après la tempête, les accords de Munich étaient signés, donnant l'illusion au monde entier que la menace de guerre était écartée. Neville Chamberlain ne déclara-t-il pas qu'il s'agissait d'une « paix honorable », à son retour de Munich ? Mais William écrivit à Sarah qu'il continuait à se méfier du monstre de Berlin.

Durant tout le mois d'octobre, Sarah prépara activement son mariage, tandis que ses parents menaient de front les réparations de la maison de Long Island et les préparatifs de la noce.

Le 4 novembre, William arriva à New York, à bord de l'*Aquitania*. Sarah l'attendait sur le quai en compagnie de ses parents, de sa sœur et de son beau-frère, ainsi que de leurs enfants. Le lendemain, ses parents donnèrent un grand dîner en son honneur. Tous les amis de Sarah tenaient à les inviter. Ils vécurent un tourbillon sans fin de fêtes et de réceptions.

Six jours plus tard, alors qu'ils prenaient ensemble leur petit déjeuner, Sarah leva les yeux du journal, la mine contrariée.

— Qu'est-ce que ça signifie ? demanda-t-elle.

William n'avait pas encore lu les nouvelles.

— Que signifie quoi ?

Il s'approcha pour lire le journal par-dessus son épaule. Il grimaça en lisant le compte rendu de la Nuit de cristal.

— Quelle ignominie ! s'exclama-t-il.

— Mais pourquoi ? Pourquoi ont-ils fait une chose pareille ?

Dans toute l'Allemagne, mais particulièrement à Berlin, les nazis avaient brisé les vitrines de milliers de magasins et foyers juifs, ils avaient incendié, pillé, tué, détruit les synagogues et semé la terreur parmi la population. Il était question de trente-cinq mille Juifs envoyés dans des camps de travail.

— Mon Dieu, William, comment est-ce possible ?

— Les nazis n'aiment pas les Juifs, ce n'est pas un secret, Sarah.

— Mais est-ce une raison ?

Les larmes aux yeux, elle poursuivit sa lecture, puis lui tendit le journal pour qu'il le lise à son tour. Lorsque le père de Sarah entra pour déjeuner, ils le mirent au courant des événements. Une heure durant, ils parlèrent de la situation explosive en Europe. Soudain, les regardant tous deux, Edward dit :

— Si la guerre venait à éclater quand vous serez là-bas, promettez-moi de revenir aux États-Unis.

— Je ne puis vous faire une telle promesse en ce qui me concerne, avoua William, mais je vous jure de vous envoyer Sarah.

— Il n'en est pas question, dit Sarah, qui, pour la première fois, s'emportait contre son fiancé. On ne dispose pas de moi aussi facilement.

William lui sourit.

— Je suis désolé, Sarah, je ne voulais pas t'offenser. Mais je pense que ton père a raison. Si la guerre éclate, il est préférable que tu rentres ici. Je n'ai pas oublié la dernière guerre, même si j'étais enfant. Ça n'est pas drôle de vivre en permanence dans l'angoisse, la faim, le froid.

— Mais toi ? Où iras-tu ?

— Je servirai mon pays. Il serait plutôt malvenu que les pairs du royaume se réfugient à l'étranger en cas de conflit.

— Mais n'es-tu pas trop vieux pour être mobilisé ? demanda-t-elle soudain affolée.

— Pas vraiment, et puis c'est mon devoir, chérie.

Ils n'avaient plus qu'à prier du fond du cœur pour que la guerre n'éclate pas, mais ils ne se faisaient guère d'illusions.

La semaine suivante, Sarah se rendit au tribunal avec son père pour y recevoir les papiers du divorce. Malgré l'avenir radieux qui l'attendait, elle éprouva une vive humiliation lorsqu'on lui remit l'acte final. Comment avait-elle pu être assez stupide pour épouser quelqu'un comme Freddie ? Il était toujours fiancé à Emily Astor. Cela n'avait plus aucune importance à présent, mais elle avait tout de même honte d'avoir été sa femme.

Il ne restait plus que deux semaines avant leur mariage. William ne désirait qu'une chose : être avec elle. Ils étaient constamment invités, et c'est avec soulagement qu'ils prirent place autour de la table familiale pour un dîner paisible, le jour de *Thanksgiving*. C'était une expérience nouvelle pour William, qui était très touché de se trouver parmi eux.

— J'espère que tu conserveras cette tradition pour nous chaque année, dit-il à Sarah, après le dîner, tandis qu'ils regagnaient le salon et que Jane s'asseyait au piano.

Les enfants étaient déjà couchés, et ils passèrent une soirée tranquille entre adultes. Peter et William semblaient bien s'entendre. Jane était très impressionnée par William. Elle avait dit à tous les gens qu'elle connaissait que Sarah serait bientôt duchesse. Curieusement, ce titre ne signifiait rien pour Sarah. Ce qui l'impressionnait, c'était la douceur de William, son humour, son intelligence, sa gentillesse.

La dernière semaine fut absolument exténuante pour Sarah. Il lui restait encore un millier de détails à régler. Les malles contenant ses affaires avaient été expédiées à l'avance. Elle voulait voir quelques vieilles amies avant son départ. Elle passa avec William le jour précédant leur mariage et ils firent une longue promenade à Sutton Place, le long du fleuve.

— Es-tu triste de t'en aller, ma chérie ?

Il aimait beaucoup sa famille et se disait qu'il devait être dur pour elle de la quitter. Mais sa réponse le surprit.

— Pas vraiment. Dans un sens, c'est comme si j'avais déjà tout quitté depuis l'année dernière. Je m'étais juré de ne plus revenir à New York une fois installée à Long Island.

— Ah, oui, dit-il, dans ta fameuse ferme…

Elle avait appris que la ferme et le terrain avaient entièrement disparu dans la tourmente qui avait ravagé Long Island. Sarah aurait sans doute tout perdu, y compris la vie, comme Charles. William était heureux que cela ne se soit pas produit.

Elle lui sourit.

— C'est notre avenir qui m'intéresse à présent.

Elle voulait une vie à ses côtés, apprendre à tout connaître, son cœur, sa vie, ses amis, ses goûts, ses dégoûts, son âme… son corps. Elle voulait avoir des enfants, fonder un foyer avec lui. Elle voulait être à lui, toujours présente quand il aurait besoin d'elle.

— Moi aussi, confessa-t-il. Cette attente m'a semblé interminable.

Le supplice touchait à sa fin. Demain à la même heure ils seraient mari et femme, le duc et la duchesse de Whitfield.

Ils contemplèrent un moment le fleuve, puis il l'attira contre lui, l'air grave.

— Je prie pour que nous ayons une vie sans heurts… et si ça n'était pas le cas, pour que nous trouvions en nous-mêmes et l'un pour l'autre la force de l'affronter.

Il tourna vers elle des yeux où se lisait un amour immense qui comptait pour elle bien plus que tous les titres de la terre.

— Puissé-je ne jamais te décevoir.

— Et moi non plus, murmura-t-elle.

10

La maison des Thompson comptait quatre-vingt-trois invités ce jour-là. Sarah, émue et ravissante, descendit l'escalier au bras de son père. Sur sa chevelure noire rassemblée en un épais chignon était posé un joli chapeau de satin et de dentelle, garni d'une petite voilette qui donnait à l'ensemble une touche de mystère. Elle arborait une robe de satin et de dentelle beige avec des souliers assortis, et portait dans les bras une gerbe d'orchidées couleur thé. Élancée et élégante, elle se tenait aux côtés du duc au milieu de la salle à manger pleine de fleurs, convertie en chapelle pour l'occasion. Jane portait une robe de satin bleu marine, et celle de Victoria, conçue pour elle à Paris par Elsa Schiaparelli, était en organdi vert émeraude. Les convives représentaient ce que la haute société new-yorkaise comptait de plus distingué mais, naturellement, aucun des Van Deering n'était présent.

Après la cérémonie, durant laquelle William avait discrètement embrassé sa jeune épouse rayonnante, les invités prirent place autour des tables dressées dans le salon, pendant qu'on transformait la salle à manger en salle de bal. Ce fut une soirée très réussie, subtile, discrète, éblouissante. Tous s'accordèrent à dire que le mariage et les deux jeunes époux, en particulier, étaient merveilleux. Ils dansèrent une partie de la soirée. Puis Sarah dansa une dernière fois avec son père, tandis que William dansait avec sa belle-mère sur les accords de *The Way You Look Tonight.*

— Merci pour tout, papa chéri, murmura Sarah. C'était absolument parfait.

Ils s'étaient toujours montrés si bons pour elle, si attentionnés, et s'ils n'avaient pas insisté pour l'emmener en Europe avec eux, elle n'aurait jamais rencontré William. Elle essaya de lui dire tout cela, mais elle avait des larmes dans la voix. Edward la regardait avec émotion.

— Mais non, ce n'est rien, Sarah. – Il serra tendrement sa fille cadette contre lui et sourit en pensant combien il tenait à elle. – Nous t'aimons, tu sais. Tu viendras nous voir dès que tu le pourras, n'est-ce pas ? Et nous viendrons te voir nous aussi !

— Je l'espère bien, répondit-elle tandis qu'ils achevaient leur dernière danse.

Elle était son bébé pour la toute dernière fois. Mais William les interrompit gentiment.

— Êtes-vous prête à vous retirer, Altesse ? demanda-t-il avec cérémonie, et elle éclata de rire.

— Va-t-on vraiment m'appeler ainsi jusqu'à la fin de mes jours ?

— Je le crains, chérie. Je t'avais prévenue… c'est parfois insupportable. – Il ne plaisantait qu'à moitié. – Son Altesse la duchesse de Whitfield… hum, ça ne te va pas mal du tout.

Elle avait l'air d'une aristocrate avec ses pendants

d'oreilles en diamant et le tour de cou assorti qu'il lui avait offerts comme cadeau de mariage.

Ils firent ensuite leurs adieux, et elle jeta son bouquet de mariée du haut de l'escalier avant de s'esquiver. Elle embrassa ses parents et les remercia encore. Ils se retrouveraient le lendemain, au départ du bateau. Puis elle embrassa Peter et Jane et courut une dernière fois à la cuisine pour remercier les domestiques. Enfin, sous une pluie de riz et de fleurs, ils disparurent dans la Bentley prêtée pour l'occasion, afin de regagner le Waldorf-Astoria où ils devaient passer la nuit. Sa vie allait changer du tout au tout. Elle aimait William passionnément. Ils allaient partir vivre très loin, en Angleterre. La pensée de quitter les siens lui serra le cœur. Sur le chemin de l'hôtel, elle demeura silencieuse, submergée par l'émotion.

— Ma pauvre chérie. – On aurait dit qu'il lisait dans ses pensées. – Je t'arrache à tous ceux qui t'aiment. Mais je t'aime, moi aussi. Et je te promets de faire l'impossible pour te rendre heureuse, où que tu sois.

Il la serra dans ses bras et elle se sentit en sécurité. Elle murmura à son mari :

— Moi aussi.

Ils restèrent enlacés ainsi pendant tout le trajet, fatigués et heureux. La journée avait été tellement merveilleuse.

Au Waldorf-Astoria, sur Park Avenue, le directeur de l'hôtel se répandit en félicitations avec force courbettes. Sarah trouva cette mise en scène irrésistible et, lorsqu'ils eurent regagné leur immense suite, elle avait retrouvé sa joie de vivre et riait aux éclats.

— Tu devrais avoir honte, dit William en feignant l'indignation. Le pauvre homme t'aurait baisé les pieds si tu l'avais laissé faire. Et tu aurais peut-être dû, la taquina-t-il.

Il était habitué à ce genre de mascarade et savait qu'elle ne l'était pas.

— Il avait l'air tellement bête, je n'arrivais pas à garder mon sérieux.

— Il va pourtant falloir que tu t'y fasses, chérie. Ce n'est que le début. Et cela va durer très, très longtemps. Plus longtemps que toi et moi, je le crains.

William avait pensé à tout pour que leur vie commune démarre du bon pied. Le matin même, les bagages de Sarah avaient été apportés à l'hôtel. Le champagne qu'il avait commandé les attendait dans la chambre. Peu après leur arrivée, deux garçons leur apportèrent à souper. William avait prévu du caviar et du saumon fumé, ainsi que des œufs brouillés au cas où Sarah, trop nerveuse, n'aurait rien mangé de la soirée. Et il avait vu juste, car elle lui avoua qu'elle mourait de faim. Il y avait aussi un gâteau de mariage miniature offert gracieusement par la maison avec les compliments du directeur et du chef pâtissier.

— Tu penses vraiment à tout ! s'exclama-t-elle à la vue du caviar et du gâteau en battant des mains comme une grande enfant élancée et gracieuse.

Les garçons s'éclipsèrent et William s'approcha d'elle pour l'embrasser.

— J'ai pensé que tu aurais peut-être faim.

— Tu me connais bien, décidément, dit-elle en prenant du caviar, et il se joignit à elle.

À minuit ils étaient toujours en train de bavarder. Ils avaient tant de goûts en commun, et tant de choses intéressantes à se dire ! Mais lui avait aussi envie d'autre chose, et il se mit à bâiller et à s'étirer pour le lui faire comprendre discrètement.

— Je t'ennuie ? demanda-t-elle, soudain inquiète, mais il rit. Elle avait des côtés encore très enfantins qu'il trouvait charmants.

— Non, mon amour, mais ton mari tombe de sommeil. Puis-je te suggérer de reprendre cette conversation passionnante demain matin ?

Ils avaient parlé littérature et musique russes, un sujet qui pouvait attendre.

— Je te demande pardon.

Elle tombait de sommeil, elle aussi, mais elle était tellement heureuse qu'elle aurait pu passer la nuit entière à discuter avec lui. Malgré ses vingt-deux ans, par certains côtés, elle n'était encore qu'une enfant.

Leur suite comprenait deux salles de bains, et quelques instants plus tard il disparut dans la sienne tandis que Sarah se retirait dans l'autre en fredonnant, sa chemise de nuit, ses mules de dentelle blanche et une petite trousse de toilette sous le bras. Une éternité semblait s'être écoulée lorsqu'elle reparut. William, qui avait éteint la lumière, l'attendait. Elle était absolument ravissante dans la douce lumière qui filtrait par la porte entrebâillée.

Elle s'approcha du lit sur la pointe des pieds, sa longue chevelure retombant gracieusement sur une épaule. Il émanait d'elle un parfum magique. Elle ne mettait que du Chanel N° 5, et chaque fois qu'il sentait ce parfum, il pensait à elle. Il resta un moment allongé ainsi, à la regarder dans la pénombre, comme une jeune biche hésitante.

— William... murmura-t-elle. Tu dors ?...

Il attendait ce moment depuis cinq mois, et elle

croyait qu'il s'était endormi le soir de leur nuit de noces. Son ingénuité avait quelque chose de touchant parfois, tout comme son incroyable sens de l'humour. Elle était merveilleuse, mais ce soir il l'aimait pardessus tout.

— Non, je ne dors pas, ma chérie, murmura-t-il avec un sourire.

Il était parfaitement éveillé lorsqu'il l'attira tout doucement à lui. Elle s'assit sur le lit, légèrement effarouchée maintenant qu'il n'y avait plus de barrières entre eux. Il l'avait compris et l'embrassa avec une infinie douceur, sans la moindre impatience. Il voulait qu'elle le désire autant qu'il la désirait. Il voulait que tout fût facile et parfait entre eux. Ses mains exploraient ce corps qu'elles ne connaissaient pas encore, éveillant immédiatement en Sarah une passion qu'elle ne soupçonnait pas. Jusque-là, les échanges amoureux qu'elle avait connus avaient été brefs, limités, et presque totalement dénués de tendresse. Mais William était très différent de tous les autres hommes, et comparé à Freddie Van Deering c'était le jour et la nuit.

William la désirait follement. Ses mains douces caressaient ses seins, puis descendirent sur ses hanches étroites, avant de se glisser entre ses jambes. Elle se mit à gémir sous ses caresses expertes. Il lui ôta sa chemise de nuit, la jeta à terre. Enfin, il la pénétra lentement, aussi lentement qu'il lui était possible. Mais il n'eut pas besoin de restreindre sa fougue très longtemps. Il fut surpris et ravi de la réponse passionnée de son épouse. Et pour étancher un désir contenu depuis des mois, ils firent l'amour jusqu'à l'aube, jusqu'à tomber d'épuisement, rassasiés corps et âme.

— Mon Dieu ! Si j'avais su que cela se passerait

ainsi, je n'aurais pas hésité à me jeter sur toi le jour où nous nous sommes rencontrés chez George et Belinda.

Sarah lui sourit dans un demi-sommeil. Elle était aussi heureuse de l'avoir satisfait que d'avoir découvert en retour un plaisir qu'elle ne soupçonnait pas.

— Je ne savais pas que cela pouvait être aussi merveilleux, dit-elle doucement.

— Moi non plus.

Il sourit et se mit sur le côté pour mieux la regarder. Elle lui semblait encore plus belle maintenant qu'il l'avait possédée.

— Tu es une femme étonnante.

Elle rougit légèrement, et quelques instants plus tard ils sombraient dans le sommeil, leurs corps étroitement enlacés, comme deux enfants heureux.

Ils s'éveillèrent en sursaut lorsque la sonnerie du téléphone retentit deux heures plus tard pour les avertir qu'il était huit heures. Ils devaient embarquer à dix heures le matin même.

— Dieu du ciel ! grogna William en cherchant à tâtons la lumière.

Il ignorait si c'était l'amour ou le champagne, mais il se sentait épuisé.

Écartant une longue mèche de cheveux noirs, il se pencha pour l'embrasser et fut envahi par le désir. Il n'arrivait pas à croire à son bonheur.

— Peut-être suis-je déjà au paradis.

Ils firent encore une fois l'amour avant de se lever, puis ils durent s'habiller précipitamment pour ne pas rater le bateau. Ils prirent à peine le temps d'avaler une petite tasse de thé, bouclèrent leurs bagages en riant et en chahutant et se précipitèrent vers la limousine qui les attendait dehors. Sarah s'efforça de prendre l'air digne qui sied à une duchesse.

— J'ignorais que les duchesses faisaient ce genre de choses, lui glissa-t-elle à l'oreille une fois dans la voiture, lorsqu'ils eurent relevé la vitre de séparation.

— Elles ne le font pas. Tu es tout à fait exceptionnelle, ma chérie, je t'assure.

Il avait l'air plus heureux qu'un roi lorsqu'ils montèrent à bord du *Normandie*, à l'embarcadère 88.

Bien qu'Anglais, il ne regrettait pas d'avoir choisi un bateau français. Il avait entendu dire que la traversée à bord du *Normandie* était divine.

En tant que membres de la famille royale, ils furent accueillis avec effusion et installés dans la suite « Deauville » sur le pont supérieur. La suite adjacente, le « Trouville », était réservée au maharaja de Karpurthala, qui l'avait déjà occupée à plusieurs reprises au cours de ses voyages.

William regardait autour de lui, visiblement très satisfait.

— C'est triste à dire, mais la Cunard fait figure de parent pauvre à côté des lignes maritimes françaises.

C'était un bateau tout à fait extraordinaire, et ce qu'ils avaient pu en voir en montant à bord laissait augurer d'une traversée hors du commun.

Leur suite regorgeait de corbeilles de fleurs et de fruits. Sarah remarqua que l'une des plus jolies gerbes venait de ses parents. Il y en avait aussi une de Peter et Jane. Quelques minutes plus tard, toute la famille arriva. Jane murmura quelque chose à l'oreille de sa sœur et toutes deux éclatèrent de rire comme deux gamines. Au moment des adieux, Sarah et William remercièrent chaleureusement les Thompson pour la merveilleuse fête de mariage.

— C'était absolument parfait, affirma William une fois encore à Edward.

— Vous deviez être épuisés.

— En effet, répondit William, en prenant l'air le plus évasif possible. Nous avons juste bu une petite coupe de champagne en rentrant à l'hôtel, et nous nous sommes couchés aussitôt.

Un coup d'œil éloquent de Sarah lui fit craindre de rougir jusqu'aux oreilles. Il lui pinça discrètement le bras au passage, tandis que Victoria lui disait que sa nouvelle robe lui allait à ravir. Elles l'avaient achetée ensemble chez Bonwit Teller pour son trousseau. C'était une robe de cachemire blanc élégamment drapée sur la hanche et elle la portait avec le manteau de vison que ses parents venaient de lui offrir. Ils espéraient qu'il lui tiendrait chaud pendant les longs mois d'hiver anglais. Il était très chic avec sa toque rehaussée de deux énormes plumes noires nouées à l'arrière.

— Tu es splendide, ma chérie, dit sa mère.

Jane éprouva une pointe de jalousie pour sa sœur, qui allait connaître une vie éblouissante auprès de William, un homme d'exception. Jane aimait tendrement son mari, mais leur vie n'avait rien d'exaltant. D'un autre côté, Sarah avait suffisamment souffert avec Freddie. On avait du mal à croire qu'un tel cauchemar ait pu se terminer en conte de fées. Car c'était un vrai conte de fées. Elle espérait que Sarah serait heureuse en Angleterre. Il était difficile d'imaginer qu'il en fût autrement aux côtés d'un homme aussi beau et attentionné. Jane soupira en les regardant main dans la main, rayonnants de bonheur.

— Votre Altesse...

C'était le commandant qui venait discrètement leur annoncer qu'on s'apprêtait à appareiller et que les visiteurs étaient priés de redescendre à terre.

Cette annonce fit monter les larmes aux yeux de Victoria et de Jane. Sarah dut retenir les siennes lorsqu'elle les embrassa, ainsi que son père et les enfants. Elle les serra un à un dans ses bras, puis serra son père tout contre elle une dernière fois.

— Écris-moi surtout. N'oublie pas... nous serons de retour à Londres juste après Noël, lui murmura-t-elle.

Ils avaient prévu de passer Noël tous les deux sur le continent. William se réjouissait à l'idée de célébrer les fêtes à Paris en tête à tête avec Sarah.

Celle-ci accompagna ses parents sur le pont où ils s'embrassèrent une dernière fois. Puis Edward entraîna tout son petit monde vers la passerelle. Une fois sur le quai, son regard croisa celui de Sarah et les larmes lui vinrent aux yeux.

— Je t'aime, lui cria-t-elle en agitant frénétiquement la main.

Elle leur envoya à tous des baisers tandis que le bateau quittait le port au son de *La Marseillaise*, sous une pluie de confettis et de serpentins. Sarah sut que jamais elle n'oublierait ce moment.

William garda sa main serrée dans la sienne jusqu'à ce que l'énorme paquebot pénètre lentement dans l'Hudson River et que le quai ait totalement disparu. Il y avait des larmes sur les joues de Sarah et des sanglots dans sa voix lorsqu'il l'attira tout contre lui.

— Ne t'inquiète pas, chérie, je suis là. Nous reviendrons bientôt les voir. Je te le promets.

Et il était sincère en disant cela.

— Je te demande pardon. Je dois te sembler ingrate. Mais c'est que… je les aime tant… et je t'aime tant !

Ces derniers jours avaient été si intenses qu'elle était submergée d'émotion. Il la reconduisit à la cabine, et lui offrit une coupe de champagne, mais elle lui avoua avec un petit sourire triste qu'elle préférait une tasse de café.

Il sonna le steward et commanda du café pour elle et du thé au jasmin pour lui, ainsi que des toasts à la cannelle en guise de petit déjeuner. Puis ils s'assirent pour boire et grignoter en discutant. Bientôt son chagrin s'évanouit et elle se sentit mieux. Il aimait sa sensibilité, et sa franchise quand il était question de sentiments.

— Qu'aimerais-tu faire aujourd'hui ? demanda-t-il en consultant les brochures de présentation des différents sports et loisirs offerts par le gigantesque paquebot. Que dirais-tu d'un petit tour à la piscine avant le déjeuner ? Ou d'une partie de dominos ? Nous pourrions aller au cinéma après le thé. Voyons un peu, il y a *La Femme du boulanger*, de Marcel Pagnol, au programme, si tu ne l'as pas déjà vu, naturellement.

En fait elle l'avait déjà vu et elle avait adoré, tout comme elle avait adoré *Regain*, l'an passé, mais cela lui était égal. C'était tellement agréable de faire des choses avec lui ! Le paquebot offrait un nombre impressionnant d'activités. Tout en consultant la brochure, elle sentit la main de William sur sa nuque, puis sur ses seins. Il se mit à l'embrasser et l'instant d'après ils étaient sur le lit, oubliant toute autre forme de divertissement. L'heure du déjeuner sonnait quand ils recouvrirent leurs sens.

— Tu crois que nous allons faire beaucoup de sport pendant cette traversée ? lui demanda-t-il, malicieux.

— Je ne suis même pas certaine de quitter une seule fois la cabine !

Comme pour le lui prouver, elle se mit à le taquiner. Il la prit au mot beaucoup plus vite qu'elle ne s'y attendait.

Ensuite, ils se plongèrent dans un bain chaud, où ils firent l'amour une fois encore. Lorsqu'ils en sortirent enfin, l'après-midi touchait à sa fin. Tous deux étaient un peu confus de n'avoir pas vu le temps passer.

— Nous allons nous faire une réputation épouvantable sur ce bateau, lui murmura William. C'est une bonne chose que nous ayons pris un bateau français.

— Sarah semblait un peu nerveuse. – Après tout, c'est notre lune de miel…

— Bon sang, c'est vrai. Je l'avais presque oublié. Tiens, j'ai laissé mon portefeuille sur le secrétaire. Ça t'ennuie si nous allons le chercher ?

— Pas du tout, acquiesça-t-elle de bonne grâce, sans toutefois comprendre pourquoi il en avait besoin à ce moment précis.

Mais il avait l'air d'y tenir et ils retournèrent ensemble au salon, à demi vêtus. Dès qu'elle eut franchi le seuil du salon, il ferma la porte derrière eux et se jeta sur elle.

— William ! s'écria-t-elle, avant d'éclater de rire. Tu es un véritable satyre !

— Moi ? Pas du tout ! En temps normal je sais parfaitement me tenir. C'est de ta faute ! dit-il en la dévorant de baisers.

— Ma faute ! Comment cela ?

Mais elle adorait chacune de ses caresses, et ils tombèrent à terre, où il lui fit à nouveau l'amour.

— Tu es beaucoup trop belle, dit-il en fermant les yeux.

— Toi aussi, murmura-t-elle avant de pousser un petit cri de plaisir.

Ils ne prirent même pas la peine de descendre dîner, ce soir-là. Le steward les appela au téléphone pour savoir s'ils dîneraient dans leur cabine. William déclina son offre, annonçant d'une voix morne qu'ils avaient le mal de mer. L'homme proposa quelques biscuits et un consommé, mais William dit qu'ils souhaitaient dormir, et le steward raccrocha avec un petit sourire goguenard.

— *Le mal de mer*[1] ? lui demanda la femme de chambre d'un air entendu.

Le petit homme répondit avec un clin d'œil. Ils les avaient bien observés.

— *Mon œil. Lune de miel*[2], expliqua-t-il en lui pinçant les fesses, et la femme se mit à rire.

Le lendemain matin, William et Sarah sortirent sur le pont, la mine fraîche et reposée. William était tout sourire. Sarah se moqua de lui tandis qu'ils faisaient le tour du pont à la recherche de deux transats.

— Tu sais, les gens vont deviner à quoi nous avons passé la journée d'hier si tu n'arrêtes pas de sourire.

— Je ne peux pas m'en empêcher. Je n'ai jamais été si heureux... J'ai hâte de retourner à la cabine, c'est devenu une obsession.

1. En français dans le texte. *(N.d.T.)*
2. En français dans le texte. *(N.d.T.)*

— Si tu poses encore une fois la main sur moi, j'appelle le capitaine. Je vais être épuisée en arrivant à Paris.

— Je te porterai.

Il lui sourit puis se pencha pour l'embrasser à nouveau.

Elle n'avait pas le moins du monde l'air contrariée, car elle aussi était aux anges. Elle l'adorait. Mais ce jour-là ils firent un effort et partirent à la découverte du bateau. Ils parvinrent à ne pas regagner leur lit avant l'heure du thé. Après quoi ils s'accordèrent quelques moments de repos, avant de s'habiller pour aller dîner.

Sarah admira la salle à manger du *Normandie*, somptueusement raffinée. Le plafond haut de trois ponts et orné de dorures s'élevait au-dessus d'une pièce légèrement plus longue que la galerie des glaces de Versailles et non moins éblouissante. Sur les murs, des colonnes hautes de plusieurs mètres diffusaient une douce lumière. Sarah et William descendirent le majestueux escalier tapissé de bleu. William portait une cravate blanche comme tous les messieurs présents.

— Est-ce que le fait de dîner en public, ce soir, signifie que notre lune de miel est terminée ? lui chuchota-t-elle.

— Je l'ai craint un moment, lui confia-t-il en dégustant son soufflé. Mais je suis certain que nous aurons regagné nos appartements avant la fin du repas.

Elle rit. Ils firent cependant une halte au grand salon, au-dessus de la salle à manger, pour danser un peu avant de ressortir s'embrasser sous les étoiles. Après quoi ils regagnèrent leur cabine. C'était une lune de miel idyllique : nager, se promener, danser, manger, et s'aimer. Ils s'efforcèrent de garder le plus possible leurs distances vis-à-vis des autres voyageurs, même si la plupart des passagers de première classe savaient qui ils étaient. Plus d'une fois, Sarah entendit murmurer sur leur passage : « C'est le duc et la duchesse de Whitfield... » « Windsor ? demanda une fois une vieille douairière. Elle est beaucoup plus jeune que je ne l'aurais imaginé, et plus belle aussi... » Sarah n'avait pu réprimer un sourire, et William l'avait pincée discrètement en l'appelant Wallis.

— Ne m'appelle plus jamais comme cela, sinon je t'appelle David.

Sarah n'avait jamais rencontré le célèbre couple mais William lui dit qu'ils leur rendraient certainement visite à Paris.

— Peut-être vas-tu la trouver plus sympathique que tu ne le crois. Elle n'est pas mon genre, mais elle est absolument charmante. Et lui est beaucoup plus heureux qu'il ne l'était jadis. Il dit qu'il a retrouvé le sommeil. Je crois savoir pourquoi.

William sourit de toutes ses dents.

Le dernier soir, ils dînèrent à la table du capitaine et assistèrent au gala. La veille, ils s'étaient rendus au bal costumé déguisés en maharaja et en maharani. L'intendant leur avait fourni des costumes et Sarah avait mis ses propres bijoux. William était superbe, et Sarah on ne peut plus exotique.

— J'aimerais ne plus jamais quitter ce bateau, soupira Sarah, le dernier soir, lorsqu'ils eurent regagné leur lit où ils sommeillaient entre deux échanges amoureux. Je ne suis plus très sûre d'avoir envie d'aller à Paris.

William avait réservé une suite au Ritz où ils devaient séjourner un mois et visiter les châteaux des alentours de Paris. Ensuite, ils avaient l'intention de se rendre à Bordeaux, dans la vallée de la Loire, puis à Tours… et au faubourg Saint-Honoré, avait-elle suggéré avec un sourire, chez Chanel, Dior et Balenciaga.

— Petite coquine, gronda William.

Il se demandait si après une semaine passée d'étreintes passionnées elle allait tomber enceinte. Il avait envie de lui poser la question mais ne savait comment l'aborder. Finalement, il prit son courage à deux mains et lui demanda :

— Tu… euh… tu n'as jamais été enceinte ? Quand tu étais mariée, je veux dire.

Il était simplement curieux. La réponse de Sarah l'étonna.

— Si, murmura-t-elle d'une voix à peine audible, sans le regarder.

— Et que s'est-il passé ?

Il était clair qu'elle n'avait pas eu d'enfant, et cela l'intriguait. Il espérait qu'elle n'avait pas subi d'avortement, à cause du traumatisme et des risques de stérilité que cela entraînait. Il n'avait jamais abordé le sujet avec elle avant leur mariage.

— J'ai fait une fausse couche, dit-elle, soudain émue à cette pensée.

— Sais-tu pourquoi ?

Mais il réalisa soudain que sa question était absurde. Avec un mariage comme celui qui avait été le sien tout pouvait arriver.

— Rien de grave. Cela ne se reproduira plus.

Il l'embrassa tendrement et elle sombra dans le sommeil. Cette nuit-là, elle rêva de bébés et de William.

Le lendemain matin, ils quittèrent le bateau au Havre et prirent le train jusqu'à Paris. Ils rirent et causèrent pendant tout le voyage et se rendirent directement à l'hôtel en sortant de la gare. Ils ressortirent un peu plus tard pour faire des achats.

Ils passèrent de délicieux moments chez Hermès, Chanel, Boucheron… Il lui acheta un somptueux bracelet de saphirs, des clips en diamant, et un collier de rubis avec des pendants d'oreilles absolument sublimes. Enfin, chez Van Cleef, il lui acheta une énorme broche en rubis en forme de rose.

— Mon Dieu, William… j'ai honte.

Elle savait qu'il avait dépensé une fortune, même s'il ne semblait pas s'en émouvoir. Les bijoux qu'il lui avait offerts étaient magnifiques, elle était comblée.

— Ce n'est rien ! dit-il comme s'il s'agissait d'une bagatelle. Promets-moi simplement que nous ne quitterons pas notre chambre dans les deux jours à venir. C'est ce que j'exigerai de toi chaque fois que nous irons faire des achats.

— Tu n'aimes pas le shopping ?

Elle paraissait un peu déçue, il lui avait pourtant semblé qu'il aimait ça, l'été dernier.

— J'adore ça. Mais j'aime encore plus être seul avec ma femme.

— Ah, c'était donc ça…

Elle rit et se conforma volontiers à ses désirs lorsqu'ils eurent regagné leur chambre du Ritz.

Ils ressortirent faire des emplettes à plusieurs reprises. Il lui acheta de ravissants ensembles chez Jean Patou, un superbe léopard chez Dior, et un immense sautoir de perles, qu'elle ne quitta plus, chez Mauboussin. Ils réussirent même à visiter le Louvre, et la semaine suivante ils allèrent prendre le thé chez le duc et la duchesse de Windsor. William avait raison : Sarah, bien que mal disposée a priori, fut obligée de reconnaître que la duchesse était absolument charmante. Quant au duc, timide et réservé de prime abord, il était adorable et plein d'entrain une fois la glace brisée. Le tout premier contact s'avéra difficile. À la grande gêne de Sarah, Wallis voulut établir une comparaison entre leurs deux couples. Mais William eut tôt fait de remettre les choses à leur place. Sarah fut embarrassée par la froideur qu'il témoignait à la duchesse. Il était évident qu'il ne l'aimait pas, même s'il portait le plus vif respect et la plus grande affection à son cousin.

— Quel dommage qu'il l'ait épousée, dit-il, sur le chemin de l'hôtel. C'est incroyable de penser que sans elle il serait toujours roi d'Angleterre.

— Mais j'ai cru comprendre que le pouvoir ne lui plaisait guère. Je me trompe ?

— Non, tu as raison. Ça ne lui plaisait pas. Mais c'était son devoir. Cela dit, il faut reconnaître que Bertie s'acquitte admirablement de sa tâche. Il est très fair-play, même s'il ne l'apprécie pas.

— Je comprends cependant pourquoi les gens se sentent attirés par elle. Elle a l'art de vous séduire.

— C'est une calculatrice comme j'en ai rarement rencontré. Tu as vu les bijoux qu'il lui a offerts ? Ce bracelet de saphirs et de diamants a dû lui coûter une véritable fortune. Van Cleef l'a fait spécialement pour elle lorsqu'ils se sont mariés.

Depuis, Wallis avait complété la parure avec le collier, les boucles d'oreilles, la broche et deux bagues.

— Je préfère le bracelet qu'elle portait à l'autre poignet, dit Sarah doucement. La petite chaîne en diamants avec les minuscules croix.

C'était un bijou beaucoup plus discret ; William y

songerait la prochaine fois qu'il lui ferait un cadeau. La duchesse leur avait aussi montré un bracelet Cartier, magnifique, acquis tout récemment. Il était composé de saphirs, de rubis et d'émeraudes en forme de fleurs et de feuilles, et elle l'appelait sa « salade de fruits ».

— Quoi qu'il en soit, nous avons fait notre devoir, ma chère. Il eût été incorrect de ne pas leur rendre visite. Mère va être contente, elle a toujours beaucoup aimé David. J'ai bien cru qu'elle ne s'en remettrait pas quand elle a appris qu'il renonçait à la couronne.

— Et pourtant elle n'a rien dit quand tu m'as épousée, dit Sarah, qui se sentait toujours coupable de ce qu'il avait fait pour elle.

Elle sentait qu'elle ne se débarrasserait jamais de cette culpabilité, même si William ne semblait pas affecté le moins du monde.

— Cela n'a rien à voir, dit William tendrement. David était déjà roi, ma chérie. Moi, je ne l'aurais jamais été. Mère est très attachée à la tradition, mais elle savait très bien que je ne serais jamais roi.

— Sans doute.

Ils descendirent de voiture à quelque distance de l'hôtel pour marcher un peu. Ils parlèrent encore du duc et de la duchesse de Windsor. Ces derniers leur avaient proposé de revenir, mais William avait expliqué qu'ils commençaient leurs excursions dès le lendemain.

Ils avaient prévu de visiter la vallée de la Loire, et voulaient s'arrêter à Chartres en chemin. William n'y était jamais allé.

Le lendemain, ils prirent la route de fort bonne humeur, à bord d'une petite Renault de location. Ils avaient emporté de quoi pique-niquer, au cas où ils ne trouveraient pas de restaurant en chemin. Après avoir roulé environ une heure, tout leur sembla merveilleusement rustique. Il y avait des prés, et on apercevait des chevaux et des vaches dans les fermes, ainsi que des moutons qui traversaient la route. Quand ils s'installèrent pour pique-niquer au bord de la route, une chèvre vint brouter sous leur nez. Ils avaient emporté des couvertures et des manteaux en prévision du froid et de la pluie, mais à leur grand étonnement il faisait bon et le soleil brillait.

Ils avaient réservé dans différentes auberges situées sur le parcours, leur intention étant de passer huit à dix jours hors de la capitale. Mais le troisième jour, ils étaient toujours à une centaine de kilomètres de Paris, à Montbazon, dans une auberge si charmante qu'ils n'avaient pas envie de la quitter.

Le propriétaire leur avait indiqué plusieurs endroits dignes d'intérêt dans les environs, et ils étaient allés visiter quelques petites chapelles et une vieille ferme extraordinaire.

— J'adore cet endroit, dit Sarah, en dévorant son repas.

Elle avait retrouvé l'appétit depuis qu'ils étaient en France, et pris quelques formes qui lui allaient à ravir. De toute façon, William était convaincu que la maigreur était mauvaise pour sa santé.

— Il faut nous remettre en route, demain.

Le lendemain, ils repartirent, un peu à contrecœur.

Au bout d'une heure de route, ils tombèrent en panne d'essence au grand dam de William. Un paysan les aida à redémarrer, en leur donnant un peu d'essence. Une demi-heure plus tard, ils s'arrêtèrent pour déjeuner près d'un antique portail dont la grille en fer forgé s'ouvrait sur un sentier laissé à l'abandon.

— On dirait le chemin du paradis, s'exclamat Sarah.

— Ou celui de l'enfer, c'est selon.

Il lui sourit, sûr de son sort, car il était au septième ciel depuis qu'il l'avait épousée.

— Si on allait voir ?

Il aimait sa jeunesse et son enthousiasme. Elle était toujours prête pour l'aventure.

— Pourquoi pas ? Si tu n'as pas peur de te faire tirer dessus par un propriétaire mécontent.

— Ne t'inquiète pas. Je suis là. Et puis l'endroit a l'air complètement désert, dit-elle pour l'encourager.

— Le pays tout entier est comme cela, Sarah. Ce n'est pas l'Angleterre, ici.

— Espèce de snob ! s'exclama-t-elle, et ils s'engagèrent sur le petit sentier en ayant soin de laisser leur voiture sur le bord de la route pour ne pas trop attirer l'attention.

Ils marchèrent ainsi un long moment sur ce qui leur sembla n'être rien de plus qu'un chemin de campagne. Soudain, ils débouchèrent sur une grande allée bordée d'arbres immenses, envahie par la broussaille. Mieux entretenue, elle eût ressemblé à l'entrée de Whitfield ou à celle de Southampton.

— C'est joli, ici.

Les oiseaux chantaient au-dessus de leurs têtes et Sarah se mit à fredonner tout en marchant dans l'herbe haute.

— Je crois qu'il n'y a pas grand-chose à découvrir ici, finit par dire William. – Mais juste comme il prononçait ces mots, il aperçut au loin une énorme bâtisse. – Seigneur, qu'est-ce que c'est ?

À cette distance, on aurait dit Versailles, mais en s'approchant ils virent que l'endroit tombait en ruine.

Certaines parties semblaient sur le point de s'écrouler. Il y avait une petite maison au pied de la colline, sans doute celle du gardien.

À droite se trouvaient des écuries ainsi que d'immenses hangars à voitures. Fasciné, William découvrit à l'intérieur deux antiques carrosses aux portières ornées d'armoiries dorées à l'or fin.

— Quel endroit étonnant.

Il sourit, heureux de s'être laissé convaincre de venir jusqu'ici.

— Que crois-tu que ce soit ? dit Sarah émerveillée par les carrosses, les harnais et les instruments de ferronnerie.

— Ce sont les écuries d'un vieux château. On a l'impression que l'endroit a été abandonné il y a deux cents ans.

— Peut-être est-ce le cas, dit-elle exaltée. Peut-être y a-t-il des fantômes !

Le château ne leur parut pas aussi ancien que celui de Whitfield ou celui de George et Belinda, mais selon les estimations de William il devait dater de deux cent cinquante ou trois cents ans. L'architecture en était splendide. Sans doute y avait-il eu un parc et des jardins, peut-être même un labyrinthe, autrefois… Ils s'attardèrent un moment devant le majestueux portail, puis William tenta d'ouvrir une fenêtre ou une porte, en vain. Cependant à travers les lattes disjointes des volets on apercevait de beaux parquets, des moulures délicates et des plafonds aux proportions imposantes. Ce chef-d'œuvre d'architecture les propulsait plusieurs siècles en arrière, à l'époque de Louis XIV. Ils s'attendaient à voir arriver un carrosse conduit par des laquais en perruque et culottes de satin.

— Je me demande qui pouvait bien vivre ici, fit-elle intriguée.

— Les gens du coin le savent certainement.

— Crois-tu qu'il appartienne encore à quelqu'un ?

Le château semblait totalement abandonné, mais il y avait forcément un propriétaire.

— Sans doute, mais il est clair que la personne s'en désintéresse ou qu'elle n'a pas les moyens de l'entretenir.

Les lieux étaient dans un état pitoyable, même le marbre de l'escalier était gravement endommagé.

Le visage de Sarah s'illuminait à mesure qu'elle regardait autour d'elle. Le regard pétillant, elle dit :

— Tu n'aimerais pas racheter un château comme celui-là, le restaurer entièrement et lui rendre son aspect d'origine…

William la regarda avec des yeux épouvantés.

— As-tu seulement idée de la somme de travail que cela représente ? Sans parler des frais. Il faudrait un régiment complet pour restaurer cet endroit, et tous les fonds de la Banque d'Angleterre.

— Oui, mais imagine le résultat une fois terminé. Ça en vaudrait vraiment la peine.

— Pour qui ? – Il rit. Jamais il ne l'avait vue s'emballer à ce point. – Est-il possible d'avoir un tel coup de cœur pour un tas de ruines ? – Mais il était emballé lui aussi. Cependant l'importance des travaux requis était plus que rebutante. – Nous nous renseignerons en route. Je suis sûr qu'on va nous dire qu'une dizaine de personnes au moins ont été assassinées ici et que l'endroit est maudit.

Il la taquina ainsi tout au long du chemin jusqu'à la voiture, mais elle semblait ne pas l'entendre. C'était la propriété la plus belle qu'elle ait jamais vue, et elle aurait aimé l'acheter. Elle le dit à William qui comprit ses sentiments.

De fait, juste au moment où ils atteignaient la grand-route, ils rencontrèrent un vieux paysan et William l'interrogea en français au sujet du château. L'homme se lança dans un long récit. Au prix de quelques efforts, Sarah réussit à en comprendre l'essentiel, mais William dut lui fournir les détails qui lui avaient échappé. L'endroit, appelé le château de la Meuze, était abandonné depuis près de quatre-vingt-dix ans. Il avait appartenu à la même famille pendant plus de deux siècles mais le dernier occupant était mort sans laisser d'héritier. Le château était alors passé de main en main, et le vieil homme ne savait plus très bien qui en était le propriétaire actuel. Il se souvenait qu'il était encore habité lorsqu'il était enfant par la vieille comtesse de la Meuze, cousine des rois de France, qui n'avait pas les moyens de l'entretenir.

— Quel dommage ! s'exclama Sarah. Comment se fait-il que jamais personne n'ait cherché à le restaurer ?

— Sans doute à cause du manque d'argent, lui répondit William. Les Français ont connu bien des difficultés depuis la guerre. Et puis une fois restauré, il faut pouvoir entretenir un tel domaine.

Il ne connaissait que trop bien les charges de Whitfield. Ce château eût été bien plus lourd à assumer.

— Je trouve que c'est dommage.

C'était triste de penser à ce qu'avait été la vieille demeure autrefois, et ce à quoi elle aurait pu ressembler une fois restaurée. Sarah aurait tant aimé pouvoir lui rendre sa splendeur.

Ils retournèrent en silence à la voiture. William regarda sa femme avec un air étrange.

— Tu es vraiment sérieuse, Sarah ? Tu aimes cet endroit ? Tu te vois vraiment te lancer dans ce genre de projet ?

— J'adorerais ça, dit-elle avec passion.

— Mais c'est un travail de titan. J'ai vu George et Belinda restaurer leur château, je crois que tu n'as pas vraiment idée de ce que cela représente. Il savait aussi combien ses cousins aimaient leur château et combien ils s'y étaient attachés en y travaillant.

— Oui, mais leur château est beaucoup plus grand que celui-ci, expliqua Sarah, qui aurait voulu que d'un coup de baguette magique le château de la Meuze fût à elle.

— Ça ne serait pas facile pour autant, dit William en connaisseur. Tout a besoin d'être refait ici, y compris les dépendances et la maison de l'intendant.

— Cela m'est égal, dit-elle avec entêtement. J'adorerais rendre vie à une vieille demeure – elle le regarda dans les yeux – avec toi.

— Et dire que je m'étais juré de ne plus me lancer dans ce genre de projet ! Il m'a fallu quinze ans pour restaurer Whitfield. Et voilà que je ne sais plus, tu as l'air tellement enthousiaste.

Il lui sourit, il était si heureux d'être avec elle.

— Ce serait merveilleux…

Ses yeux pétillaient. Il se sentait comme de la pâte à modeler entre ses doigts, il aurait fait n'importe quoi, ou presque, pour elle.

— Mais ici, en France ?

Elle ne voulait pas insister, mais elle était littéralement sous le charme de la vieille demeure.

— J'adorerais vivre ici. Mais peut-être pourrions-nous trouver quelque chose en Angleterre ?

Cela n'avait pas de sens, puiqu'il possédait déjà Whitfield qui, grâce à lui, était parfaitement restauré. Mais vivre ici eût été différent, une sorte de jardin secret, un endroit bien à eux qu'ils auraient reconstruit ensemble, de leurs propres mains. Jamais elle ne s'était sentie aussi exaltée, pourtant elle savait que c'était de la folie. Un château en ruine, en France, était la dernière chose dont ils avaient besoin. Elle s'efforça de penser à autre chose tandis qu'ils continuaient leur route, mais ne parvint pas à chasser la vision du vieux château dont elle était tombée amoureuse. « Il ne lui manque qu'une chose, pensait-elle, l'amour de ses propriétaires. » Le domaine semblait posséder une âme. Quoi qu'il en soit, il ne lui appartiendrait jamais, elle le savait, et n'en parla plus.

Paris était éblouissant à l'approche de Noël. Ils furent invités à dîner boulevard Suchet, chez les Windsor – dont la maison avait été décorée par Boudin. Ils passèrent le reste de la semaine en tête à tête, profitant de leur premier Noël ensemble. William appela sa mère à plusieurs reprises pour s'assurer que tout allait bien. Elle était fort occupée, dînant chez des châtelains du voisinage ou de la famille. Le soir de Noël, elle devait se rendre à Sandringham, pour le traditionnel dîner de la famille royale.

Sarah appela ses parents à New York, sachant que Peter et Jane devaient fêter Noël avec eux. Elle eut un petit pincement au cœur en entendant leurs voix, mais William était si tendre avec elle, et elle était tellement heureuse avec lui. Le jour de Noël, il lui offrit un saphir extraordinaire de chez Van Cleef, taillé en émeraude et serti de diamants, ainsi qu'un admirable bracelet de chez Cartier fait de diamants, d'émeraudes et de saphirs en cabochon représentant des fleurs. Elle en avait admiré un tout pareil au poignet de la duchesse de Windsor. Ce bijou absolument somptueux la laissa sans voix.

— Mais chéri, tu me gâtes beaucoup trop !

Il la couvrit littéralement de cadeaux : des sacs, des foulards, de vieux livres achetés sur les quais à des bouquinistes, et tout un tas de babioles qui l'amusèrent beaucoup, comme une poupée qui ressemblait trait pour trait à celle qu'elle possédait lorsqu'elle était enfant. Comme il la connaissait bien, et comme il était généreux et attentionné !

Elle lui offrit un étui à cigarettes en or et en émail bleu de chez Carl Fabergé, portant une inscription de la tsarine Alexandra au tsar datée de 1916, ainsi qu'un harnais superbe qu'il avait admiré chez Hermès et une montre Cartier très chic, sur laquelle elle avait fait graver : « Premier Noël, premier amour, de tout mon cœur, Sarah ». Il en fut infiniment touché. Il l'entraîna vers le lit et ils s'aimèrent passionnément, ravis de n'être pas rentrés à Londres pour fêter Noël avec la pompe et le cérémonial d'usage.

Lorsqu'ils se réveillèrent, l'après-midi touchait à sa fin. Il la regarda ouvrir les yeux et lui sourit. Puis il l'embrassa dans le cou et lui dit une fois de plus qu'il l'aimait.

— J'ai encore quelque chose pour toi, lui avoua-t-il.

C'était une véritable folie, et il attendait avec bonheur et impatience la réaction de Sarah. Il sortit d'un tiroir une petite boîte, emballée dans du papier doré.

— Qu'est-ce que c'est ?

Elle le regardait avec de grands yeux, comme une enfant.

— Ouvre-la.

Elle le fit, lentement, soigneusement, se demandant s'il s'agissait encore d'un bijou. Mais lorsqu'elle ouvrit l'écrin, elle trouva une minuscule maison en bois faite avec une boîte d'allumettes. Ne comprenant pas de quoi il s'agissait, elle tourna vers William un regard interrogateur.

— Qu'est-ce que c'est, chéri ?

— Ouvre-la, dit-il avec émotion.

Elle ouvrit la boîte d'allumettes et à l'intérieur se trouvait une minuscule feuille de papier portant ces quelques mots : « Le château de la Meuze. Joyeux Noël 1938. Avec tout mon amour, William ».

Sarah le regarda sans comprendre, puis réalisa soudain ce que cela signifiait et poussa un cri de joie, incapable d'en croire ses yeux. Jamais elle n'avait autant désiré quelque chose.

— Tu l'as acheté ? s'émerveilla-t-elle, en jetant ses bras autour de son cou et s'asseyant sur ses genoux. Tu l'as réellement acheté ?

— Il est à toi. Je ne sais si nous sommes fous, mais si tu n'en veux plus, nous pourrons le revendre ou l'oublier.

William avait dû surmonter de nombreuses tracasseries administratives, mais il l'avait finalement obtenu pour une somme dérisoire. La restauration de son pavillon de chasse, en Angleterre, lui avait coûté plus cher que le château de la Meuze avec toutes ses terres et ses dépendances.

Si Sarah était aux anges, William était comblé de la voir ainsi. L'acquisition s'était avérée beaucoup plus compliquée qu'il ne l'avait cru au départ. Il y avait quatre héritiers, deux vivaient en France, le troisième, à New York et le quatrième, en Grande-Bretagne. Le père de Sarah avait pris contact de New York par l'intermédiaire de la banque. Les héritiers étaient des cousins éloignés de la vieille dame qui était morte depuis bien longtemps, comme l'avait expliqué le paysan. En fait, ils ne savaient que faire de la propriété ni comment la diviser, si bien qu'ils l'avaient abandonnée à son triste sort, jusqu'au jour où Sarah en était tombée amoureuse.

Elle regarda soudain William, et demanda, alarmée :

— Ça a dû te coûter une fortune ?

Elle se sentait horriblement coupable, même si dans son for intérieur elle était ravie de cette folie.

Il lui avoua qu'il l'avait acheté pour une bouchée de pain : les quatre héritiers, trop contents de s'en débarrasser, ne s'étaient pas montrés très exigeants.

— Ce sont les réparations qui vont nous coûter une fortune.

— Je te promets que je vais tout faire moi-même… absolument tout ! Quand commençons-nous ?

Elle sautait de joie comme une gamine.

— Il faut d'abord que nous retournions en Angleterre, j'ai quelques affaires à régler là-bas. Je ne sais pas… en février peut-être, ou en mars ?

— Ne peut-on vraiment pas revenir plus tôt ?

Elle avait la mine radieuse d'une petite fille qui ouvre ses cadeaux le matin de Noël. Il sourit.

— Nous verrons… – La voir ainsi le rendait fou de bonheur, son enthousiasme était contagieux et il avait hâte de commencer les travaux avec elle. – Je suis content que ça te plaise, parce que j'ai eu peur que tu aies oublié ce domaine ou que tu n'en aies plus envie. Ton père croit que je suis devenu fou. Il faudra que je te montre ses télégrammes. Cette affaire lui paraît aussi extravagante que ton histoire de ferme à Long Island. Quoi qu'il en soit, il sait, à présent, que nous sommes vraiment faits l'un pour l'autre.

Elle éclata de rire en repensant à la maison, puis avec un regard plein de malice, elle dit :

— J'ai quelque chose pour toi, moi aussi… Je ne voulais rien te dire avant notre retour en Angleterre, et surtout avant d'en être certaine, mais je crois que… que nous allons avoir un bébé.

Elle avait dit cela d'une voix à la fois contrite et ravie. Il la regarda stupéfait.

— Déjà ? Tu en es sûre, Sarah ? demanda-t-il incrédule.

— Je le crois en tout cas. Dans quelques semaines j'en serai sûre.

Mais elle avait déjà reconnu les tout premiers symptômes. Et toute seule, cette fois.

— Sarah, mon amour, tu es vraiment quelqu'un d'extraordinaire !

En l'espace d'une nuit, ils avaient acquis une famille et un château en France, même si l'enfant n'était encore qu'un embryon et le château un tas de ruines.

Ils restèrent à Paris jusqu'au nouvel an, se promenant sur les bords de la Seine, s'aimant, et dînant dans de petits bistrots. Début janvier, le duc et la duchesse de Whitfield rentrèrent à Londres.

11

Dès qu'ils arrivèrent, William obligea Sarah à aller voir leur médecin de Harley Street. Ce dernier confirma qu'elle était enceinte et que l'enfant naîtrait fin août ou début septembre. Il lui recommanda de ne pas commettre d'imprudences pendant les premiers mois. Elle était en excellente santé, et il félicita William lorsque celui-ci vint la chercher. William était visiblement ravi, et le week-end suivant ils se rendirent à Whitfield pour annoncer la nouvelle à sa mère.

— Quel bonheur, mes enfants ! s'exclama-t-elle. Je vous remercie du fond du cœur de me donner une si grande joie ! Comme je suis fière de vous, mes enfants !

Elle leur porta un toast et ils rirent. Elle était profondément heureuse. Comme le médecin le lui avait recommandé, il fallait que Sarah ne prenne aucun risque, dans l'intérêt du bébé et dans le sien.

Le médecin lui avait dit qu'elle et William devaient être plus raisonnables.

Elle était maintenant enceinte de deux mois, et tout allait pour le mieux.

— J'aimerais bien que tu me dises quand nous allons retourner en France, lui demanda-t-elle un jour.

Elle avait hâte de commencer les travaux.

— Tu es sérieuse ? – William était horrifié. – Tu veux y aller tout de suite ? Tu ne veux pas attendre que le bébé soit né ?

— Mais non. Pourquoi attendre tout ce temps ? Je ne suis pas malade, chéri, je suis enceinte.

— Je sais. Mais s'il arrivait quelque chose ?

Il était contrarié, il aurait préféré qu'elle se repose. Mais même le vieux docteur Allthorpe pensait que dans la mesure où elle ne portait pas de charges trop lourdes, ce projet français était une bonne idée.

— L'activité est encore la meilleure des choses, leur assura-t-il avant de leur suggérer d'attendre mars, le troisième mois de grossesse, pour quitter l'Angleterre.

C'était l'unique concession que Sarah était prête à faire. Elle attendrait le mois de mars pour se rendre en France, mais pas un jour de plus.

William s'efforça d'accélérer les travaux à Whitfield, tandis que sa mère le pressait de faire entendre raison à Sarah.

— Mère, j'essaye, mais elle fait la sourde oreille, dit-il dans un moment de lassitude.

— Elle n'est encore qu'une enfant. Elle ne réalise pas qu'il faut être prudent. Ce serait terrible si elle perdait son bébé.

Mais Sarah était beaucoup plus raisonnable que ne le croyait William. Elle faisait la sieste et se reposait dès qu'elle en éprouvait le besoin. Elle n'avait aucune envie de perdre son bébé. Pas plus qu'elle n'avait envie de rester à ne rien faire. Aussi ne laissa-t-elle aucun répit à son mari, jusqu'au moment où il accepta de retourner en France, incapable de la refréner plus longtemps. On était déjà à la mi-mars et elle menaçait de partir sans lui.

Ils voyagèrent à bord du yacht royal de lord Mountbatten, qui allait rendre visite au duc de Windsor. « Dickie », comme l'appelaient ses contemporains, était un très bel homme, et Sarah l'amusa beaucoup tout au long de la traversée en lui racontant l'histoire du château et des restaurations qu'ils allaient entreprendre.

— William, mon cher, quelque chose me dit que tu ne vas pas t'ennuyer.

Mais il pensait que c'était une excellente chose pour le jeune couple, à l'évidence très amoureux et passionné par le projet.

William avait demandé au Ritz de leur louer une voiture et de leur réserver un hôtel non loin du château. Ils avaient retenu le dernier étage de l'hôtel, avec l'intention d'y séjourner jusqu'à ce que le château fût à nouveau habitable, sachant que cela pouvait prendre du temps.

— Des années peut-être, grommela William lorsqu'ils le virent pour la deuxième fois.

Il passa les deux semaines suivantes à recruter les ouvriers. Ils commencèrent par ôter les planches et les volets de bois, impatients de voir ce qu'il y avait à l'intérieur. Ils allaient de surprise en surprise à mesure que les travaux avançaient, certaines bonnes, d'autres moins. Le salon d'apparat était une pure merveille, et ils découvrirent aussi trois petits salons dont la dorure était passée mais aux boiseries magnifiques avec des cheminées de marbre et de beaux parquets.

Il y avait une immense salle à manger, puis une enfilade de petits boudoirs, toujours au rez-de-chaussée, ainsi qu'une magnifique bibliothèque lambrissée et un hall d'honneur digne des plus belles demeures anglaises. La cuisine, quant à elle, était telle que deux siècles plus tôt, avec des ustensiles dont plus personne ne se servait. Ils mirent soigneusement à l'abri les deux carrosses découverts dans les écuries.

William se risqua prudemment à explorer l'étage, lorsqu'ils eurent visité entièrement le rez-de-chaussée. Il ne voulait pas que Sarah monte avec lui, de peur que le sol ne cède. Cependant, à l'étonnement général, le plancher était très solide et il autorisa Sarah à le rejoindre. L'étage comportait une douzaine de pièces ensoleillées et spacieuses, agrémentées de jolies boiseries et de belles fenêtres. Un charmant salon, avec une cheminée en marbre, dominait l'entrée principale et ce qui avait été autrefois le parc du château.

Certes, il y avait beaucoup de travail en perspective, mais cela en valait la peine. William était conquis, à présent. Il dessina des plans et organisa le travail des ouvriers. Il dirigeait les travaux du matin au soir, pendant qu'à ses côtés Sarah ponçait les boiseries, restaurait les dorures, astiquait cuivres et bronzes. Par ailleurs, William avait engagé une équipe de jeunes gens pour réparer la maison de l'intendant de façon qu'ils puissent l'habiter pendant la durée des travaux.

La maison de l'intendant n'était pas grande. Outre un petit salon, une chambrette attenante et une vaste cuisine très agréable, elle comportait deux pièces ensoleillées, un peu plus spacieuses, au premier. Cela leur convenait tout à fait, et il y avait même moyen de loger une femme de chambre au rez-de-chaussée si Sarah le désirait. Ils auraient une chambre pour eux et une pour le bébé quand celui-ci naîtrait.

Elle commençait à sentir bouger le bébé. À chacun de ses mouvements, elle souriait, certaine que ce serait un garçon, et qu'il ressemblerait à William. Elle le lui disait de temps en temps, et celui-ci répondait que, fille ou garçon, cela n'avait aucune importance, puisqu'ils en auraient d'autres de toute façon.

— Et puis, nous n'avons pas besoin de fournir un héritier à la couronne d'Angleterre, plaisantait-il.

Sans doute, mais il restait tout de même le titre de duc, l'héritage de Whitfield et de ses terres.

Cependant certains événements les préoccupaient bien plus que Whitfield ou leur château, ces derniers temps. En mars, Hitler avait envahi toute la Tchécoslovaquie, après avoir physiquement contraint son président à demander l'établissement d'un protectorat allemand. Il n'avait pas fini avec les Tchèques qu'il menaçait déjà la Pologne : il voulait rendre à l'Allemagne Dantzig, Memel et les villes voisines qui faisaient partie de son territoire avant 1918.

Une semaine plus tard, Madrid tombait aux mains des nationalistes. La guerre civile espagnole s'achevait, laissant derrière elle un million de morts et une Espagne en ruine. Le général Franco instituait une dictature militaire.

Au mois d'avril, la situation s'aggrava encore. Jaloux des succès de l'Allemagne, Mussolini s'empara de l'Albanie. Les gouvernements britannique et français réagirent, offrant leur soutien à la Grèce et à la Roumanie en cas de besoin. Deux semaines auparavant, ils avaient promis aux Polonais d'intervenir militairement au cas où Hitler se montrerait trop gourmand.

Le 22 mai, Hitler et Mussolini concrétisèrent leur alliance en signant le pacte d'Acier. La France et l'Angleterre engagèrent des négociations semblables avec l'URSS, mais qui, malheureusement, tournèrent court.

L'avenir s'annonçait peu réjouissant et les Whitfield étaient très inquiets. Cependant les travaux avançaient au château de la Meuze et Sarah était plus que jamais absorbée par le bébé qui grandissait en elle. Elle en était à son sixième mois, et bien qu'il ne lui en dît rien, William la trouvait énorme. Lorsqu'ils étaient allongés dans le lit, il posait la main sur le ventre de Sarah et sentait les petits coups de pied que donnait le bébé.

— Ça ne te fait pas mal ?

Il était absolument fasciné par cette vie qu'elle portait en elle, par son ventre qui s'arrondissait et par ce bébé qui allait bientôt naître.

C'était un miracle dont il ne cessait de s'émerveiller. Elle travaillait beaucoup durant la journée, et le soir, quand l'heure venait d'aller se coucher, ils s'endormaient immédiatement. Dès six heures le lendemain matin, les ouvriers recommençaient à scier et à clouer.

Fin juin, ils purent s'installer dans la maison de l'intendant et quitter définitivement l'hôtel. Ils étaient enfin chez eux. William avait embauché des jardiniers qui coupaient, débroussaillaient et plantaient pour redonner à cette jungle son aspect de jardin. Pour le parc, il avait fallu plus de temps, mais début août il commençait à prendre tournure, lui aussi. Les progrès réalisés dans l'ensemble de la propriété étaient déjà considérables, et William envisageait de s'installer au château dès la fin du mois, juste à temps pour l'arrivée du bébé. Il travaillait d'arrache-pied à leurs appartements pour que Sarah y ait tout son confort. Il leur faudrait des années pour arriver à la perfection, mais ils avaient déjà abattu un travail colossal en très peu de temps.

En fait, George et Belinda, qui étaient passés leur rendre visite en juillet, avaient été impressionnés par le résultat. Jane et Peter étaient venus, eux aussi, et leur séjour avait semblé bien court aux deux sœurs. Jane adorait William, et elle était ravie de voir Sarah. Elle lui promit de revenir quand le petit serait né, bien qu'elle attendît à nouveau un heureux événement et qu'il se passerait un certain temps avant qu'elle ne revienne en Europe. Les parents de Sarah auraient voulu venir eux aussi, mais Edward avait eu quelques petits ennuis de santé. Rien de grave, cependant, avait assuré Jane. Ils étaient très occupés à reconstruire la maison de Long Island, mais Victoria avait la ferme intention de venir à l'automne, après la naissance du bébé.

Lorsque Peter et Jane s'en allèrent, Sarah fut mélancolique pendant plusieurs jours. Elle lutta contre la tristesse en finissant d'arranger sa chambre ainsi que celle du bébé.

— Est-ce que tout va bien ? lui demanda William un après-midi, en lui apportant une miche de pain et du fromage ainsi qu'un bol de café fumant.

Il était adorable. Sarah l'aimait de toute son âme.

— J'ai presque fini, lui annonça-t-elle fièrement.

Elle avait redoré les boiseries avec minutie et le résultat était plus impressionnant que tout ce qu'ils avaient vu à Versailles.

— Bravo ! dit-il admiratif, avec un grand sourire. Un vrai travail de professionnel. – Il se baissa pour l'embrasser. – Tu te sens bien ?

— Parfaitement bien.

Elle avait un mal de dos épouvantable, mais pour rien au monde elle ne le lui aurait avoué.

Elle adorait ce qu'elle faisait ici, jour après jour, et puis elle n'en avait plus pour bien longtemps. Trois ou quatre semaines au plus. Ils avaient trouvé une petite clinique, à Chaumont, où elle devait accoucher. Il y avait un médecin très compétent, à qui elle rendait visite régulièrement. Il l'avait trouvée en pleine forme, mais l'avait toutefois mise en garde : son bébé serait sans doute très gros.

— Qu'est-ce que cela change ? avait-elle demandé, s'efforçant de ne pas avoir l'air inquiète.

La vérité, c'est qu'elle était un peu anxieuse maintenant que l'accouchement approchait, mais elle ne voulait pas affoler William avec des craintes absurdes.

— Peut-être devrez-vous subir une césarienne, lui avoua le médecin. C'est plus prudent pour la mère et l'enfant lorsque le bébé est trop gros, ce qui semble être le cas.

— Me sera-t-il possible d'avoir d'autres enfants si j'accouche par césarienne ?

Il hésita un instant puis secoua la tête. Il lui devait la vérité.

— Non.

— Alors je ne veux pas de césarienne.

— Dans ce cas, faites beaucoup de marche à pied, et si possible de la natation si vous avez une rivière à proximité de chez vous. Cela ne peut que faciliter votre accouchement, madame la duchesse.

Il lui faisait toujours une petite courbette quand elle s'en allait. Elle ne parla pas à William de son entretien avec le médecin. Une chose était sûre, elle voulait d'autres enfants. Elle était prête à tout pour éviter la césarienne.

Il restait une dizaine de jours avant l'accouchement lorsque l'Allemagne et l'URSS signèrent un pacte de non-agression. La France et la Grande-Bretagne ne pouvaient plus compter que l'une sur l'autre, Hitler ayant déjà pactisé avec Mussolini, et l'Espagne étant trop exsangue pour s'allier avec quiconque.

— La situation semble s'aggraver, dit-elle à William un soir.

Ils venaient juste d'emménager dans le château, et malgré quelques petits détails, elle n'avait jamais rien vu de plus beau. C'était exactement ce que se disait William quand il voyait Sarah.

— Oui, en effet. Tôt ou tard je vais être obligé de rentrer en Angleterre, ne serait-ce que pour m'informer de ce qui se dit au 10 Downing Street[1]. – Il ne voulait pas qu'elle s'inquiète – Peut-être pourrions-nous y retourner ensemble, quelques jours, lorsque le bébé sera né ?

Comme ils souhaitaient le montrer à sa mère, Sarah accepta.

— J'ai du mal à croire que nous allons entrer en guerre.

Elle commençait à se sentir anglaise, même si elle avait gardé sa nationalité américaine. William n'avait pas insisté pour qu'elle en changeât. Sarah ne demandait qu'une chose : que la situation mondiale se maintienne suffisamment longtemps pour lui laisser le temps d'avoir son bébé.

1. Cabinet du Premier ministre britannique. *(N.d.T.)*

— Tu ne partiras pas si quelque chose arrive, n'est-ce pas ?

Elle eut l'air soudain affolée.

— Je ne partirai pas avant la naissance du bébé. Je te le promets.

— Mais après ?

Ses yeux étaient emplis de terreur.

— Seulement si la guerre éclate. Maintenant arrête de te faire du souci. Ça n'est pas bon pour toi. Je n'ai l'intention d'aller nulle part, si ce n'est à la maternité avec toi.

Elle éprouva de petits élancements cette nuit-là, alors qu'ils étaient dans leur nouvelle chambre à coucher. Le matin venu, les douleurs avaient disparu et elle se sentait mieux. C'était absurde de se préoccuper de la guerre dans l'immédiat, elle était simplement nerveuse à cause du bébé, c'est ce qu'elle se dit ce matin-là en mettant le pied à terre.

Mais le 1er septembre, alors qu'elle plantait un clou, assise sur le plancher d'une des petites chambres à coucher qui se trouvaient au-dessus de la leur, elle entendit des bruits de voix inintelligibles au rez-de-chaussée, suivi de pas précipités. Croyant que quelqu'un s'était blessé, elle se rendit aussitôt à la cuisine.

L'Allemagne venait d'envahir la Pologne et William écoutait les informations à la TSF avec tous les ouvriers du chantier. Il s'ensuivit une discussion générale pour savoir si la France devait intervenir ou non. Quelques-uns le pensaient, les autres n'avaient pas d'opinion. Ils avaient leurs propres problèmes. Cependant certains disaient qu'il fallait stopper Hitler avant qu'il ne soit trop tard. Sarah, épouvantée, les regardait en silence.

— Qu'est-ce que cela signifie ?

— Rien de bon, lui avoua William. Il faut attendre et voir ce qui se passe.

Ils venaient tout juste de finir la toiture, les fenêtres étaient réparées, les parquets refaits, et les salles de bains installées ; il leur restait les finitions. Toutefois le gros œuvre était terminé, et il ne manquait rien à la maison. Ils étaient prêts pour la venue du bébé. Mais à l'extérieur, le monde était devenu menaçant sans qu'on puisse y faire grand-chose.

— Je voudrais que tu n'y penses pas pour l'instant, la supplia William.

Il avait remarqué qu'elle avait un sommeil agité depuis deux jours, et sentait que l'heure approchait. Il voulait qu'elle ait la tête libre de toute préoccupation quand le bébé viendrait. Il y avait fort à craindre que Hitler ne s'arrêterait pas à la Pologne et que tôt ou tard la Grande-Bretagne serait obligée d'intervenir. William le savait, mais il n'en dit rien à Sarah.

Ils dînèrent tranquillement à la cuisine ce soir-là. Comme toujours, Sarah se mit à aborder des questions sérieuses et William s'efforça de détourner la conversation pour essayer de la détendre, mais ce n'était pas facile.

— Dis-moi ce que tu veux faire dans la salle à manger. Tu veux restaurer les lambris ou préfères-tu que nous y installions les boiseries que nous avons trouvées dans les écuries ?

— Je ne sais pas, dit-elle l'air vague, en essayant de se concentrer. Qu'en penses-tu ?

— Je pense que les boiseries seraient plus gaies. Et puis, il y a déjà des lambris dans la bibliothèque.

— Je suis de ton avis.

Elle chipotait son assiettée, il voyait bien qu'elle

n'avait pas faim. Il se demanda si elle n'était pas malade, mais il ne voulait pas l'inquiéter. Elle avait l'air fatiguée et soucieuse. Mais qui ne l'était pas ?

— Et la cuisine ? – Ils avaient mis à nu les vieilles pierres et William était ravi. – Je la trouve très belle ainsi mais peut-être aurais-tu voulu quelque chose de plus sophistiqué ?

— Ça m'est un peu égal. – Elle eut l'air triste, soudain. – Je n'arrive pas à penser à autre chose qu'à ces malheureux Polonais.

— Essaye de ne pas y songer, Sarah, dit-il gentiment.

— Et pourquoi donc ?

— Parce que ce n'est bon ni pour toi ni pour le bébé, dit-il fermement.

Elle fondit en larmes et quitta la table, faisant les cent pas dans la cuisine. La moindre chose la retournait maintenant qu'elle était proche de la délivrance.

— Et les femmes polonaises qui sont sur le point d'accoucher, comme moi, peuvent-elles ne pas y penser ?

— C'est une chose épouvantable, reconnut-il, mais dans l'immédiat nous ne pouvons rien y faire.

— Et pourquoi, Seigneur ? Pourquoi laisse-t-on faire ce fou furieux ? cria-t-elle en s'asseyant à nouveau, le souffle coupé par une contraction.

— Sarah, arrête, je t'en prie. Ne te mets pas dans cet état. – Il l'obligea à monter dans la chambre pour s'allonger, mais elle pleurait toujours. – Tu ne peux pas porter tout le malheur du monde sur tes épaules.

— Il ne s'agit pas de mes épaules, ni du monde, il s'agit de ton bébé, cette fois.

Elle lui sourit à travers ses larmes, en pensant une

fois encore combien elle l'aimait. Il était si bon, si attentionné, il avait mis tant de cœur à l'ouvrage. Il l'avait fait par amour pour elle, et pour ce château qu'il avait appris à aimer. Et cela la touchait terriblement.

— Crois-tu que ce petit monstre va se décider à sortir un jour ? demanda-t-elle, épuisée, tandis qu'il lui massait le dos.

Il aurait dû redescendre pour débarrasser et ranger la cuisine, mais il ne voulait pas la laisser tant qu'elle ne serait pas détendue et apaisée.

— Je le crois. Pour l'instant, il n'est pas en retard. Qu'avait dit le Dr Allthorpe ? Le 1er septembre ? C'est aujourd'hui.

— Il est si gros.

Elle se demandait s'il allait réussir à sortir. Ces dernières semaines, elle avait encore grossi. Elle se souvint des propos du docteur.

— Il sortira quand il sera prêt. – William se pencha et l'embrassa tendrement. – Repose-toi un petit moment. Je vais te chercher une tasse de thé.

Quand il revint, il la trouva endormie tout habillée et il n'osa pas la réveiller. Le lendemain matin, elle se réveilla brutalement, sous l'effet d'une violente contraction. Mais elle en avait déjà eu auparavant et elles finissaient toujours par disparaître. En fait, elle se sentait beaucoup plus énergique que les jours précédents. Il y avait des tas de choses qu'elle voulait finir dans la chambre du bébé. Elle cloua et vissa toute la journée, oubliant ses inquiétudes, et refusant même de descendre déjeuner quand William l'appela. Il lui monta une collation et lui dit qu'elle travaillait trop. Elle éclata de rire. Elle était plus détendue et plus rayonnante que ces derniers temps, et il lui sourit, soulagé.

— En tout cas, je ne risque plus de perdre le bébé, dit-elle en tapotant son énorme ventre.

Elle mangea un peu et se remit au travail. Les affaires du bébé l'attendaient déjà dans un tiroir. Quand arriva la fin de la journée, elle avait tout terminé, et le résultat était splendide. La chambre du bébé était entièrement blanche, avec un berceau en dentelle et satin. Elle avait disposé une petite cuvette ancienne et une ravissante bonnetière, ainsi qu'une commode qu'elle avait cirée elle-même. Le parquet était blond, couleur miel, avec au milieu un petit Aubusson. C'était une chambre accueillante et pleine d'amour, où il ne manquait plus que le bébé.

Elle descendit à la cuisine pour le dîner, prépara des pâtes et du poulet froid ainsi qu'une petite salade. Elle réchauffa un peu de soupe et du pain et appela William. Elle lui servit un verre de vin mais n'en prit pas elle-même. Elle ne pouvait plus boire, la moindre gorgée lui donnait d'atroces brûlures d'estomac.

— Tu as fait du beau travail.

Il était monté voir le résultat. L'énergie qu'elle avait déployée le stupéfiait. Cela faisait des semaines qu'elle n'avait pas été aussi active. Après dîner, elle lui proposa de faire une petite promenade dans le jardin.

— Tu ne crois pas que tu devrais te reposer ?

Il était légèrement inquiet.

— Mais pourquoi donc ? Je me sens en pleine forme.

— Tu en as l'air, en tout cas. Tu es sûre que tout va bien ?

Il la regarda, intensément. Ses yeux pétillaient, elle avait les joues roses, et elle le taquinait en riant.

— Je vais très bien, William, je t'assure.

Elle avait parlé de ses parents, et de Jane, de sa mère à lui et de la maison de Long Island. Edward avait annoncé que l'été prochain tout serait à nouveau comme avant. Charles leur manquait, mais ils avaient engagé un nouveau gardien Un Japonais et sa femme.

Elle lui parut très songeuse lorsqu'ils sortirent se promener dans le jardin. De petits buissons commençaient à pousser ici et là et le jardin semblait plein d'espoirs et de promesses, tout comme Sarah.

Lorsqu'ils eurent regagné la maison, elle fut contente de s'allonger un moment. Elle lut un peu, puis se leva à nouveau, et se dirigea vers la fenêtre pour contempler le clair de lune. Leur nouvelle maison était un paradis, elle en aimait chaque détail. C'était le rêve de sa vie.

— Merci pour tout, lui dit-elle doucement, tandis qu'il l'observait depuis le lit, ému par sa jeunesse et son énorme ventre.

Alors qu'elle regagnait leur lit, elle se rendit compte qu'elle perdait les eaux et appela William.

— Je vais prévenir le docteur, lui dit-il.

— Je ne crois pas que ce soit nécessaire. Il m'a dit qu'il pouvait se passer une journée entière avant que l'accouchement ne commence.

— J'aurai tout de même l'esprit plus tranquille.

Mais il s'inquiéta réellement lorsqu'il eut appelé la clinique de Chaumont. Le professeur Vinocour était parti à Varsovie avec trois de ses collègues pour venir en aide à la population. De plus, un terrible incendie avait éclaté le soir même dans le village voisin et toutes les infirmières étaient allées prêter main-forte.

Il n'y avait plus un seul médecin dans les environs et le personnel faisait cruellement défaut. Un banal accouchement était le cadet de leurs soucis, même s'il s'agissait de celui de madame la duchesse. Pour une fois son titre n'impressionnait personne.

— Ce n'est pas dramatique, un accouchement, lui dit son interlocutrice, avant de lui conseiller de demander l'aide d'une femme du voisinage, ou de l'hôtel.

En remontant, il ne savait comment annoncer la nouvelle à Sarah. Il était fou d'inquiétude, se reprochant de ne pas l'avoir ramenée à Londres ou tout au moins à Paris. Maintenant il était trop tard. Il se souvint alors qu'elle lui avait dit que plusieurs heures pouvaient passer avant que l'accouchement ne commence. Il allait donc la conduire à Paris. Il n'était qu'à deux heures et demie de la capitale, c'était la meilleure solution. Mais il resta interdit en la voyant. Les contractions avaient commencé.

— Sarah ! – Il courut vers le lit où elle était étendue, le souffle court, luttant contre la douleur qui l'assaillait. – Le docteur n'est pas là. Te sens-tu capable d'aller à Paris ?

— Je ne peux… Je ne peux pas bouger… ça fait si mal !

— Je reviens tout de suite.

Il lui caressa le bras et redescendit téléphoner à l'hôtel pour demander de l'aide. Malheureusement tout le monde était parti éteindre l'incendie et il ne restait que la fille de l'hôtelier qui lui répondit. Elle n'avait que dix-sept ans et ne semblait pas très dégourdie.

— Très bien. Si jamais quelqu'un rentre, n'importe qui pouvant nous aider, envoyez-le au château. Ma femme est en train d'accoucher.

Après avoir raccroché, il remonta en courant à la chambre. Sarah, trempée de sueur, respirait par saccades en gémissant de douleur.

— Courage, chérie. Tout va bien se passer.

Il alla se laver les mains et revint avec une pile de serviettes qu'il disposa tout autour d'elle. Puis il lui mit un linge humide sur le front. Elle voulut le remercier mais ne le put tant la douleur était forte. Sans raison aucune, il jeta un coup d'œil à sa montre. Il était presque minuit.

— Eh bien, nous allons avoir un bébé, ce soir.

Il essayait de l'apaiser, lui serrait la main pendant qu'elle criait. Il ne savait comment l'aider, et chaque fois que la douleur la déchirait, elle le suppliait de la soulager.

— Essaye de penser à quelque chose de positif, au bébé qui va naître.

— C'est tellement atroce... William... William... Fais quelque chose... *je t'en supplie* ! geignait-elle.

Il demeurait impuissant à ses côtés, ne sachant comment l'aider. Elle souffrait trop, c'était pire que tout ce qu'elle avait pu imaginer.

— Oh, mon Dieu, William... je le sens venir !

Il fut soulagé. Les douleurs étaient telles qu'il valait mieux que cela aille vite, sinon elle ne survivrait pas.

— Pousse. Allez, pousse, Sarah !

Il était quatre heures passées, et le travail avait commencé juste un peu après minuit. Les contractions ne lui laissaient aucun répit, à peine quelques secondes pour reprendre son souffle et pousser à nouveau. Il voyait bien qu'elle était sur le point de céder à la panique. D'une voix ferme il ne cessait de l'encourager :

— Pousse. C'est ça… Sarah ! Encore ! Vas-y, plus fort !

Il criait et n'aimait pas cela, mais il n'y avait pas d'autre solution. Le bébé n'était pas assez engagé pour qu'il puisse le saisir et le tirer. Il était maintenant six heures et le soleil commençait à se lever, mais le bébé n'était toujours pas là.

À huit heures, elle était toujours en travail quand une hémorragie se produisit. Elle était pâle comme un linge, cela faisait des heures que le bébé n'avait pas bougé. Soudain, il entendit du bruit au rez-de-chaussée. Il appela pour savoir si quelqu'un était entré. Sarah, à demi consciente, ne réagissait presque plus. Elle était à bout de forces. Il entendit un pas rapide dans l'escalier et, quelques instants plus tard, Emmanuelle, la fille de l'hôtelier, apparut, les yeux écarquillés, vêtue d'un tablier bleu.

— Je suis venue voir si je pouvais aider madame la duchesse avec le bébé.

Mais William avait le sentiment que madame la duchesse était en train de mourir et qu'il n'y aurait pas de bébé.

L'hémorragie continuait, bien que moins importante, mais le bébé ne bougeait pas et Sarah n'avait plus la force de pousser pendant les contractions. Elle gisait sur le lit, gémissant entre deux hurlements. Si le bébé n'arrivait pas très vite, William les perdrait tous les deux. Le travail avait commencé depuis neuf heures.

— Viens m'aider, vite, dit-il à la jeune fille, qui s'approcha aussitôt, sans aucune hésitation. Est-ce que tu as déjà accouché une femme ?

Il lui parlait sans quitter Sarah des yeux. Son visage

était couleur de cendre à présent et ses lèvres légèrement bleues. Elle s'était évanouie, et il lui parlait pour essayer de la faire revenir à elle.

— Sarah, écoute-moi. *Pousse ! Allez, pousse !*

Il avait appris à sentir venir les contractions en gardant une main sur son ventre. Il s'adressa à la jeune fille de l'hôtel.

— Tu sais comment il faut faire ?

— Non, avoua-t-elle, je n'ai vu que des bêtes mettre bas. Mais je crois qu'il faut que nous l'aidions à pousser, sinon...

Elle ne voulait pas lui dire que sa femme risquait de mourir, mais tous deux le savaient.

— Je sais. Je veux que tu appuies sur le ventre de toutes tes forces, que tu pousses le bébé vers moi. Quand je te le dirai...

Il attendit la prochaine contraction, qui arriva presque aussitôt. Il fit alors signe à la jeune fille et cria à Sarah de pousser. Cette fois le bébé bougea plus qu'il ne l'avait fait depuis des heures. Emmanuelle appuyait aussi fort qu'elle le pouvait, tout en se disant qu'elle risquait de tuer la duchesse. Mais elle n'avait pas le choix. Elle appuyait, appuyait, de toutes ses forces, essayant de faire sortir le bébé avant qu'il ne soit trop tard pour la mère et l'enfant.

— Ça vient ? demanda-t-elle.

Elle vit Sarah qui ouvrait un instant les yeux avant de sombrer à nouveau dans un océan de douleur.

— Allons, chérie, pousse encore. Aide-nous, dit-il tout doucement, refoulant les larmes qui lui montaient aux yeux.

Emmanuelle appuya à nouveau de tout son poids et de toutes ses forces sur le ventre de Sarah, tandis que

William priait intérieurement, et puis lentement… très lentement… la tête sortit. Ils ne l'avaient pas encore entièrement libérée que le bébé commençait à pleurer. Sarah frémit en l'entendant, et regarda autour d'elle sans comprendre.

— Notre bébé, Sarah… Il arrive.

Les larmes roulaient sur les joues de William. Il fallait encore dégager les épaules de l'enfant. Sarah était incapable de les aider. Elle était trop faible et le bébé trop gros. Il était à moitié sorti et il fallait absolument le libérer complètement de sa mère.

— Pousse, Sarah ! Encore une fois !

William s'était remis à l'exhorter, et Emmanuelle à appuyer de toutes ses forces sur son ventre. Enfin, Sarah fut délivrée. C'était un gros et superbe garçon.

William le tenait dans le soleil du matin, l'admirant et le contemplant avec amour. Il savait maintenant ce que voulait dire sa mère quand elle parlait de miracle, car c'en était un.

Il tendit le bébé à la jeune fille pour passer une compresse humide sur le visage de Sarah et tâcher d'étancher le sang avec des serviettes.

Mais cette fois Emmanuelle savait ce qu'il fallait faire. Elle posa délicatement le nourrisson sur les couvertures et dit à William :

— Il faut appuyer très fort sur son ventre maintenant. Comme ça… pour qu'elle arrête de saigner. C'est ma mère qui me l'a appris.

Elle se mit à appuyer de toutes ses forces sur le bas-ventre de Sarah, en le pétrissant comme de la pâte à pain, malgré les gémissements et les protestations de cette dernière. Mais la jeune fille avait raison, les saignements diminuèrent pour cesser presque complètement.

Il était déjà midi. Il leur avait fallu douze heures pour mettre leur fils au monde ! Douze heures auxquelles Sarah et son enfant avaient survécu de justesse. Elle était toujours pâle comme la mort, mais ses lèvres n'étaient plus bleues. William lui apporta le bébé pour qu'elle puisse le voir. Elle lui sourit, encore trop faible pour le prendre dans ses bras. Il y avait de la reconnaissance dans son regard, elle sentait instinctivement que William leur avait sauvé la vie.

— Merci, murmura-t-elle, des larmes plein les yeux, et il se pencha pour l'embrasser.

Puis il confia le bébé à Emmanuelle, qui l'emmena en bas pour le baigner pendant que William rafraîchissait Sarah. Elle était incapable de se mouvoir ou même de parler, mais ses yeux étaient pleins de gratitude. Finalement, elle s'endormit profondément, parmi les oreillers. C'était à la fois la pire et la plus merveilleuse des choses que William ait jamais vécue. Complètement bouleversé, il se rendit à la cuisine et se servit une bonne rasade de cognac.

— C'est un beau garçon. Il pèse cinq kilos ! s'exclama Emmanuelle, qui n'en revenait pas.

Rien d'étonnant à ce que Sarah ait souffert le martyre.

William lui sourit, émerveillé. Il ne savait comment remercier la jeune fille, qui s'était montrée si courageuse.

— Merci, dit-il reconnaissant, sans vous je n'y serais jamais arrivé.

Elle lui sourit et ils montèrent retrouver Sarah. Celle-ci s'était réveillée et sourit à nouveau en voyant le bébé. Malgré son immense fatigue, elle était heureuse de voir son bébé.

William lui annonça qu'il pesait dix livres. Il voulut lui dire combien elle avait été forte et courageuse, mais elle ne lui en laissa pas le temps. À peine eut-elle reposé la tête sur l'oreiller qu'elle sombra à nouveau dans le sommeil. Elle dormit ainsi des heures durant. William resta assis à son chevet. Quand elle s'éveilla, le soir venu, elle allait déjà beaucoup mieux et il lui avoua sa peur.

— Je n'imaginais pas que le bébé serait aussi gros. Cinq kilos, c'est énorme.

— Le docteur me l'avait laissé entendre, murmura-t-elle.

Elle ne lui révéla pas qu'elle avait refusé la césarienne de crainte de ne plus pouvoir avoir d'enfants par la suite. Si William l'avait appris, il l'aurait obligée à retourner à Londres. Elle était heureuse qu'il n'en ait rien su. Ils allaient pouvoir avoir d'autres enfants à présent… et son fils était si beau ! Ils allaient l'appeler Phillip Edward, comme le grand-père et le père de William. Elle n'avait jamais vu plus beau bébé, songea-t-elle en prenant son fils dans ses bras pour la première fois.

Emmanuelle les quitta alors pour rentrer à l'hôtel. William la raccompagnait à la porte quand il aperçut ses ouvriers qui lui faisaient signe au loin. Il leur répondit d'un grand geste de la main et leur adressa un sourire, croyant qu'ils le félicitaient de la naissance du bébé. Mais en les regardant plus attentivement, il réalisa qu'ils étaient en train de lui crier quelque chose, quelque chose qu'il ne saisit pas d'emblée. Puis il entendit un mot et son sang se glaça dans ses veines. Il partit à leur rencontre en courant.

— C'est la guerre, monsieur le duc… C'est la guerre…

La France et la Grande-Bretagne avaient déclaré la guerre à l'Allemagne au moment où son bébé venait au monde et où sa femme avait failli mourir…

Il resta un long moment sans rien dire, déchiré à l'idée de devoir regagner l'Angleterre au plus vite. Qu'allait-il dire à Sarah ? Il allait falloir le lui annoncer très bientôt…

En regagnant la chambre pour s'assurer que tout allait bien, il sentit les larmes lui monter aux yeux. C'était tellement injuste ! Pourquoi maintenant ? Sarah le regarda comme si elle avait compris, comme si elle avait senti quelque chose.

— Pourquoi tout ce remue-ménage, dehors ? demanda-t-elle d'une voix faible.

— Ce sont les ouvriers, ils sont venus te féliciter d'avoir mis au monde un aussi beau bébé.

— C'est très gentil.

Elle sourit, à demi assoupie, avant de sombrer une fois de plus dans le sommeil. Il s'allongea à côté d'elle en se demandant ce qu'ils allaient devenir.

12

Le jour se leva, chaud et ensoleillé. Le bébé, qui réclamait sa mère, les réveilla et William alla le chercher pour que Sarah puisse lui donner la tétée. Sarah le regardait avec amour. Elle était encore très faible mais commençait à se sentir mieux. Se souvenant soudain des clameurs de la veille au soir et du visage décomposé de William, elle sut qu'un événement grave était arrivé. Le silence de William l'inquiétait.

— Que s'est-il passé au juste, hier soir ? l'interrogea-t-elle d'une voix douce, tandis que le bébé tétait avidement.

William hésitait à lui annoncer la nouvelle, cependant, tôt ou tard, il faudrait bien qu'il le fasse. La veille, il avait appelé le duc de Windsor à Paris, et tous deux étaient tombés d'accord : ils devaient regagner l'Angleterre au plus vite. Wallis rentrait avec lui, naturellement, mais William de son côté savait qu'il eût été imprudent que Sarah voyage avant quelques semaines, voire quelques mois. Tout dépendrait du temps qu'elle mettrait à se rétablir. Quoi qu'il en soit, William devait se présenter au ministère de la Guerre. En France, Sarah était à l'abri, mais l'idée de la laisser seule l'angoissait. En le regardant, Sarah lut le tourment sur son visage. Les deux derniers jours avaient été très éprouvants pour William.

— Qu'est-ce qui ne va pas ? demanda-t-elle en lui touchant le bras.

— La guerre est déclarée, annonça-t-il tristement, incapable de lui cacher plus longtemps la vérité. La France et l'Angleterre contre l'Allemagne. C'est arrivé hier, pendant la naissance de Phillip.

Les yeux de Sarah se remplirent de larmes. Elle tourna vers William un regard plein d'effroi.

— Qu'est-ce que cela signifie ? Faut-il que tu t'en ailles ?

— Oui, dit-il en hochant la tête, bouleversé à l'idée de devoir la quitter si vite. – Mais avait-il le choix ? – Je vais envoyer un télégramme aujourd'hui pour annoncer que je serai de retour dans quelques jours. Je ne veux pas te laisser avant que tu aies repris des forces. – Il lui caressa doucement la main, se souvenant de tout ce qu'elle avait enduré. – Je vais demander à Emmanuelle de veiller sur toi pendant mon absence. C'est une brave petite.

Emmanuelle revint ce matin-là, un peu après neuf heures. Elle portait une jolie robe bleue impeccable et un petit tablier blanc très coquet. Une longue natte auburn lui descendait jusqu'au bas des reins, retenue par un ruban bleu. Emmanuelle avait dix-sept ans, son frère cadet en avait douze. Ils vivaient depuis toujours à La Marolle. Leurs parents étaient des gens simples, travailleurs et intelligents.

Dès qu'elle se présenta, William alla à la poste pour envoyer son télégramme au ministère de la Guerre. À peine était-il de retour au château que Henri, le frère d'Emmanuelle, arrivait en courant.

— Votre téléphone est en dérangement, monsieur le duc, annonça-t-il.

Le duc de Windsor avait téléphoné à l'hôtel et laissé un message : le yacht de Sa Majesté, le *Kelly*, viendrait les prendre au Havre, le lendemain matin. William devait partir pour Paris de toute urgence.

Le garçon était encore essoufflé lorsqu'il lui annonça la nouvelle. William le remercia et lui donna une pièce avant de monter rejoindre Sarah.

— Je viens de recevoir un message de David, dit-il, l'air vague, en faisant lentement le tour de la pièce, comme s'il voulait en graver chaque détail dans sa mémoire. Nous partons demain pour l'Angleterre.

Elle semblait épuisée. Elle s'était assoupie pendant que William était à la poste.

Il s'assit à son chevet. Il y avait deux cent cinquante kilomètres entre La Marolle et Le Havre.

— Il veut que je le retrouve à Paris à huit heures demain matin. Je crois que Wallis sera du voyage.

Il regarda à nouveau sa femme, l'air soucieux. Il savait qu'elle ne pourrait l'accompagner. Elle aurait risqué une nouvelle hémorragie. Elle était encore si pâle et si fatiguée. Il faudrait sans doute un bon mois avant qu'elle puisse envisager de se déplacer. Il était donc hors de question de l'emmener en voiture jusqu'à Paris, puis en bateau jusqu'en Angleterre.

— Je n'ai pas envie de te laisser ici, dit-il tristement.

— La France est notre alliée. Il ne peut rien nous arriver ici. – Elle lui sourit tendrement. Rester ne lui faisait pas peur. Elle se sentait chez elle à présent. – Il n'y a rien à craindre. Tu penses revenir bientôt ?

— Je n'en sais rien. Je t'enverrai un télégramme dès que je le pourrai. Il faut que je me présente au ministère de la Guerre. Je reviendrai ici dès que possible. Et aussitôt que tu iras mieux, nous rentrerons à la maison, dit-il fermement.

— Mais c'est ici ma maison, murmura-t-elle en le regardant dans les yeux. Je ne veux pas m'en aller. Phillip et moi sommes en sécurité ici.

— Je sais. Mais je serais plus tranquille si tu étais à Whitfield.

Cette perspective ne la réjouissait guère. Elle aimait beaucoup la mère de William, et Whitfield était charmant, mais le château de la Meuze était maintenant son foyer. Ils avaient travaillé si dur pour en faire la maison de leurs rêves qu'elle n'avait aucune envie de s'en aller. Il restait encore beaucoup à faire, et elle comptait bien s'y remettre une fois ses forces recouvrées.

Aucun des deux ne dormit cette nuit-là, et le bébé pleura plus que la veille. Elle n'avait pas encore suffisamment de lait, et cela la préoccupait. À cinq heures, William se leva, la croyant enfin endormie. Mais elle lui murmura dans l'obscurité :

— Je ne veux pas que tu t'en ailles.

Sa voix était triste. Il s'approcha d'elle et lui caressa doucement la joue.

— Moi non plus, dit-il, mais bientôt tout rentrera dans l'ordre et nous pourrons reprendre notre vie comme avant.

Elle hocha la tête en priant le ciel pour qu'il ait raison, s'efforçant de ne pas penser aux malheureux Polonais.

Une demi-heure plus tard, rasé et habillé, il se tenait

à nouveau à côté du lit. Cette fois, elle voulut se lever, mais la tête se mit à lui tourner et il dut lui passer un bras autour de la taille pour la retenir.

— Je ne veux pas que tu m'accompagnes au rez-de-chaussée, tu risquerais de te faire mal en remontant.

Elle tenait à peine sur ses jambes.

— Je t'aime… Fais attention, je t'en supplie William… Je t'aime tant !

Tous deux avaient les larmes aux yeux, mais il lui sourit en l'aidant à se recoucher.

— Je te le promets. Fais attention, toi aussi… et prends bien soin de notre Phillip.

Elle sourit à son fils. C'était un si beau garçon, tout blond et tout bouclé, avec de grands yeux bleus. William disait que c'était le portrait craché de son grand-père.

Il embrassa Sarah de tout son cœur avant de la border tendrement. Puis il caressa doucement ses longs cheveux.

— Remets-toi bien vite. Je serai bientôt de retour. Je t'aime, Sarah… de toute mon âme.

Il était tellement soulagé de la savoir en vie. Il se dirigea enfin vers la porte et se retourna pour la regarder une dernière fois.

— Je t'aime, dit-il doucement avant de disparaître.

— Je t'aime ! lui cria-t-elle, des larmes dans la voix. William ! Je t'aime !

— Je t'aime ! lui fut-il répondu comme en écho, puis la lourde porte d'entrée se referma.

Un instant plus tard, elle entendit la voiture démarrer. Elle se leva du lit juste à temps pour la voir disparaître au coin de l'allée. Les larmes roulaient sur ses joues. Elle retourna se coucher et pleura longtemps en pensant à lui, jusqu'à ce que Phillip réclame sa tétée et qu'Emmanuelle soit de retour. Dorénavant, la jeune fille habiterait au château pour seconder madame la duchesse. C'était une joie pour Emmanuelle, déjà pleine d'admiration pour Sarah et pour le bébé qu'elle avait aidé à mettre au monde. Elle était étonnamment mûre pour son âge et serait une aide précieuse pour Sarah.

Les journées semblèrent interminables à Sarah lorsque William fut parti. Il lui fallut plusieurs semaines avant de reprendre des forces. En octobre, elle reçut un coup de téléphone de la duchesse de Windsor qui lui annonçait leur retour à Paris. Ils avaient vu William juste avant de quitter Londres et l'avaient trouvé en forme. Affecté à la RAF, il était posté au nord de Londres. Le duc de Windsor, pour sa part, avait été nommé général de division à Paris, dans le cadre de la coopération militaire avec la France. Sa mission consistait essentiellement à recevoir et à sortir, ce qui leur convenait admirablement. Elle félicita une fois encore Sarah pour la naissance de son fils et l'invita à venir leur rendre visite à Paris dès qu'elle s'en sentirait le courage. William leur avait raconté combien l'accouchement avait été difficile, et Wallis lui recommanda de ménager ses forces.

Mais Sarah avait déjà recommencé à s'activer dans la maison, dirigeant les opérations et exécutant elle-même les menus travaux de réparation. Elle avait engagé une femme de chambre de l'hôtel pour faire le ménage, et Emmanuelle la secondait auprès du bébé. Il avait pris trois livres en quatre semaines.

Henri, le frère d'Emmanuelle, faisait les courses. La plupart des ouvriers avaient déserté le chantier pour partir à la guerre. Il restait quelques vieillards et de tout jeunes garçons, car ceux qui avaient seize ou dix-sept ans mentaient sur leur âge pour se faire enrôler dans l'armée. On aurait dit que le pays n'était plus peuplé que de femmes et d'enfants.

Sarah avait eu des nouvelles de William à plusieurs reprises déjà. Ses lettres lui étaient parvenues et il avait téléphoné une fois. Il n'y avait rien de nouveau pour l'instant et il espérait venir la voir en novembre.

Elle avait aussi reçu des nouvelles de ses parents qui la pressaient de rentrer en Amérique avec le bébé. Contre toute attente, l'*Aquitania* avait réussi à regagner New York après que la guerre eut éclaté, mais Sarah était encore trop faible alors, et ils n'avaient pas voulu insister. Cependant, trois autres paquebots américains étaient en route pour l'Angleterre, le *Manhattan*, le *Washington* et le *Président Roosevelt*, avec mission de rapatrier les citoyens américains. Sarah leur écrivit qu'elle souhaitait rester au château, ce qui les inquiéta terriblement.

Sarah ne comprenait pas leur angoisse, la vie au château de la Meuze était si paisible.

Lorsque novembre arriva, elle avait recouvré toutes ses forces. Elle emmenait Phillip faire de longues promenades chaque fois que le temps le permettait. Elle travaillait au jardin et à la restauration de ses chères boiseries, et il lui arrivait même de s'attaquer à des tâches plus lourdes avec Henri lorsque celui-ci pouvait lui consacrer un peu de temps. Il n'y avait plus un seul employé de sexe masculin à l'hôtel de ses parents, et ses services étaient requis là-bas aussi. C'était un brave petit, très souriant, et toujours prêt à rendre service. De plus il adorait le château, comme

Emmanuelle qui, maintenant que Sarah n'avait plus besoin d'elle la nuit, s'était installée dans la maison de l'intendant et ne venait travailler au château que pendant la journée.

On était à la fin novembre et Sarah revenait de promenade en chantonnant. Elle portait Phillip dans un porte-bébé que lui avait confectionné Emmanuelle. Il était tout près de s'endormir lorsqu'elle atteignit le porche avec un soupir de soulagement. Et c'est alors qu'elle l'aperçut et poussa un cri. William était là, en uniforme, plus beau que jamais. Elle se précipita dans ses bras, et il la serra tout contre lui en prenant soin de ne pas réveiller le bébé. Sarah défit prestement le porte-bébé et posa délicatement le petit pour se blottir à nouveau dans les bras de son mari

— Tu m'as manqué… murmura-t-elle, contre sa poitrine.

Il la serrait tant qu'il lui faisait presque mal.

— Et toi donc ! – Il recula un peu pour la regarder. – Tu es superbe ! Tu respires la santé ! Comme tu es belle, dit-il comme s'il avait voulu la dévorer, et elle l'embrassa en riant.

Emmanuelle les avait entendus. Elle avait vu le duc arriver, et venait chercher le bébé. Il allait bientôt réclamer sa tétée, mais en attendant elle pouvait s'en occuper et les laisser tous les deux en tête à tête. Ils montèrent au premier, la main dans la main, en riant. Sarah se mit à le harceler de questions : où était-il jusqu'ici ? Où allait-on l'envoyer ? Il se garda bien de lui apprendre qu'il allait piloter un bombardier, un blenheim. Il ne voulait pas qu'elle se fasse de souci. Il ne lui cacha cependant pas qu'en Angleterre on prenait la guerre très au sérieux.

— Ici aussi, expliqua-t-elle. Il ne reste plus personne, hormis Henri et quelques vieilles personnes. J'ai tout fait moi-même, avec Emmanuelle et Henri. Les écuries sont presque terminées. Tu ne vas pas en croire tes yeux !

Il avait prévu d'en restaurer une partie pour y mettre les chevaux qu'ils achèteraient sur place, plus ceux qu'il comptait ramener d'Angleterre. Le reste des locaux serait converti en logements pour les domestiques et en dortoirs pour les journaliers.

— Autrement dit, tu peux parfaitement te passer de moi, dit-il malicieusement. J'aurais dû rester en Angleterre.

— Comment oses-tu dire une chose pareille !

Elle s'approcha de lui et l'embrassa à nouveau, tandis qu'ils pénétraient dans la chambre à coucher. Il la prit soudain dans ses bras et l'embrassa si fort qu'elle sut combien elle lui avait manqué.

Puis il referma la porte et la regarda amoureusement. Elle commença à déboutonner la vareuse de son uniforme, il lui ôta son gros pull. C'était l'un des siens, et il le jeta à terre tout en admirant sa taille redevenue si fine. Il était difficile de croire qu'elle avait eu un bébé.

— Sarah… tu es si belle !

Les mots lui manquaient tant il était ému. Jamais il ne l'avait autant désirée. Ils se retrouvèrent avec passion, et s'aimèrent fiévreusement.

— Tu m'as tellement manqué, lui avoua-t-elle.

Elle s'était sentie si seule sans lui.

— Pas autant que tu m'as manqué, lui confia-t-il.

— Pour combien de temps es-tu là ?

Il hésita. Sa permission lui semblait ridiculement

courte à présent, alors qu'au départ il avait eu l'impression d'un immense cadeau.

— Trois jours. Ce n'est pas grand-chose, mais nous devrons nous en contenter. Je tâcherai de revenir à Noël.

Noël n'était que dans un mois ; cela donnait du courage à Sarah.

Ils restèrent longtemps étendus côte à côte, puis ils entendirent Emmanuelle qui revenait avec le bébé. Sarah enfila une robe de chambre et sortit le chercher.

Elle pénétra dans la chambre avec Phillip, qui réclamait bruyamment son dîner. William le regarda téter goulûment, s'étranglant presque dans sa hâte.

— Ce monsieur ne sait pas se tenir à table, sourit William.

— Non, il a encore beaucoup de progrès à faire dans ce domaine, répliqua Sarah. C'est un véritable petit monstre qui n'arrête pas de réclamer à manger.

— Cela n'a rien de surprenant. Il a tellement grandi depuis sa naissance, et il était déjà magnifique.

William eut soudain une pensée qui ne l'avait pas effleuré auparavant. Il la regarda tendrement.

— Veux-tu que je fasse attention ?

Elle secoua la tête en souriant. Elle voulait encore des tas d'enfants.

— Pas du tout, de toute façon, je crois qu'il n'y a rien à craindre tant que j'allaite.

Ils passèrent les trois jours suivants dans leur chambre, comme lors de leur lune de miel. Ils prirent tout de même le temps de faire le tour de la propriété pour que William voie ce qui avait été fait pendant son absence. Sarah n'avait pas ménagé sa peine, et il fut très impressionné par les écuries.

— Tu m'étonneras toujours ! s'écria-t-il. Comment diable as-tu fait !

Elle avait passé toutes ses soirées à clouer et à scier, le petit Phillip à ses côtés, bien emmitouflé dans ses couvertures.

— C'est que je n'avais rien d'autre à faire, répondit-elle en souriant. Il faut bien que je trouve à m'occuper quand tu n'es pas là.

William eut un petit sourire triste en direction de son fils.

— Attends seulement qu'il commence à marcher, tu ne vas plus savoir où donner de la tête.

— Et toi ? demanda-t-elle tandis qu'ils rentraient au château. – Les trois jours étaient déjà passés, et il devait la quitter le lendemain matin. – Donne-moi des nouvelles… Comment se porte le monde ?

— Plutôt mal.

Il lui raconta ce qu'il savait, en partie tout au moins. L'Allemagne et l'URSS s'étaient partagé la Pologne après l'avoir envahie et occupée. Les nazis arrêtaient des milliers de Polonais « hostiles au Reich » mais le pire restait encore le traitement infligé aux Juifs : hommes, femmes et enfants subissaient pogroms et massacres quotidiens – on parlait même de les parquer dans des ghettos… Sarah se mit à pleurer en l'entendant. On racontait aussi des choses atroces concernant l'Allemagne. Et puis le bruit courait que Hitler s'apprêtait à passer à l'offensive à l'ouest, sans tenir compte de la neutralité de la Suisse, du Luxembourg et de la Hollande. Seules les conditions météologiques épouvantables semblaient retarder l'assaut.

— J'aimerais pouvoir me dire que tout sera bientôt fini, mais je n'y crois guère, soupira William. Si seulement nous pouvions arrêter la progression de ce monstre.

— Je ne veux surtout pas qu'il t'arrive quoi que ce soit, dit-elle, soudain inquiète.

— N'aie crainte, ma chérie. On ne me fait pas prendre trop de risques. Actuellement, je participe à la guerre parce que c'est bon pour le moral des hommes de voir un membre de la famille royale prendre l'uniforme. Je suis donc très protégé.

De plus, il était exclu qu'on envoie se battre en première ligne un homme de trente-sept ans.

— Je l'espère, en tout cas.

— Mais si, je t'assure. Et puis je serai de retour à Noël.

Il commençait à aimer l'idée qu'elle reste en France. Les tensions étaient si fortes en Angleterre, si angoissantes. Ici, en revanche, tout semblait paisible, comme si la guerre n'avait pas éclaté, si ce n'est qu'on ne voyait plus un homme alentour – un homme en âge de se battre tout au moins.

Ils passèrent la dernière soirée tendrement enlacés, et Sarah finit par s'endormir dans les bras de William, qui dut la réveiller lorsque le bébé réclama sa tétée. Lorsqu'elle eut donné le sein au bébé, ils s'aimèrent encore. Le lendemain, William dut faire un effort pour s'extirper du lit.

— Je serai bientôt de retour, mon amour, promit-il en s'en allant.

Cette fois, son départ parut moins dramatique à Sarah. Elle le savait bien portant et il ne semblait courir aucun danger véritable.

Il ne faillit pas à sa promesse : un mois plus tard,

deux jours avant Noël, il était de retour. Ils passèrent la journée de Noël en tête à tête.

— Tu as grossi, remarqua-t-il.

Elle se demanda s'il s'agissait d'un compliment ou d'un reproche. Elle avait forci de la taille et des hanches, et sa poitrine semblait plus épanouie. Son corps avait changé en un mois de temps, ce qui surprit William.

— Tu ne serais pas à nouveau enceinte, par hasard ?

— Je ne sais pas, dit-elle, l'air vague.

Elle s'était posé la même question une fois ou deux. Elle éprouvait des nausées de temps à autre, ainsi qu'un besoin irrépressible de dormir, mais ne voulait pas y songer.

— Je crois que oui.

Il lui sourit, mais s'assombrit presque aussitôt. Il ne voulait pas la laisser seule à nouveau, surtout si elle attendait un enfant. Ce soir-là, il lui proposa de la ramener à Whitfield.

— Mais c'est absurde, William. Nous n'en sommes même pas sûrs.

Il était exclu qu'elle quitte la France, enceinte ou non. Elle voulait rester ici, s'occuper du bébé et terminer les travaux de restauration.

— Tu sais que tu attends un enfant, n'est-ce pas ?

— Peut-être, en effet.

Cet aveu implicite n'eut pour effet que de ranimer son désir et ils refirent l'amour. Un peu plus tard, il lui offrit un magnifique cadeau, un superbe bracelet d'émeraudes qui avait appartenu à sa mère. Les pierres taillées en cabochon étaient serties de diamants très anciens. La pièce avait été commandée des années auparavant à Garrard par un maharaja. C'était un somptueux bijou qu'elle porterait lors de leurs sorties futures, lorsqu'il reviendrait définitivement.

— Tu n'es pas trop déçue au moins ?

Il se sentait coupable de ne pas lui avoir apporté d'autres présents, mais c'était impossible. Il était allé rapidement chercher le bracelet à Whitfield, avec la bénédiction maternelle.

— Oh que si ! répondit-elle avec malice. Tu sais bien que j'aurais préféré une boîte à outils.

— Je t'adore, dit-il en riant.

Elle lui offrit un ravissant tableau déniché dans la grange, ainsi qu'une belle montre ancienne ayant appartenu à son père, qu'elle avait emportée en Europe comme souvenir. Elle en faisait cadeau à William pour qu'elle lui porte chance. Il en fut très touché.

Et pendant que le duc et la duchesse de Windsor festoyaient à Paris, les Whitfield passèrent Noël à réparer leur grange et à nettoyer leurs écuries.

— Voilà une façon originale de fêter Noël, ma chérie, dit William tandis qu'ils travaillaient d'arrache-pied.

— Je sais, dit-elle en riant, mais pense au résultat, quand nous aurons terminé.

Il avait renoncé à la convaincre de rentrer à Whitfield. Elle aimait trop son château, elle s'y sentait trop bien.

Il la quitta à nouveau le soir du 31 décembre. Sarah passa le nouvel an au lit, seule avec son bébé. Elle fit un vœu pour que la nouvelle année soit meilleure, et que les hommes reviennent à la maison. Puis elle fredonna *Auld Lang Syne*[1] à Phillip pour le bercer.

1. Vieille berceuse écossaise. (*N.d.T.*)

À la mi-janvier, elle fut certaine d'être enceinte. Elle parvint à trouver à Chambord un vieux médecin qui le lui confirma. Il ajouta que les vieilles croyances populaires n'étaient pas toujours fiables et qu'une femme qui allaitait n'était pas à l'abri d'une grossesse. Mais Sarah était ravie. La naissance du petit frère ou de la petite sœur était prévue pour août. Emmanuelle, qui continuait de la seconder au château, fut enchantée d'apprendre la nouvelle. Elle promit à la duchesse de faire tout ce qu'elle pourrait pour l'aider. Sarah espérait secrètement que William serait de retour parmi eux d'ici là. Elle se sentait confiante et heureuse. Elle écrivit à William, qui lui répondit aussitôt en lui recommandant de prendre bien soin d'elle. Il lui disait en outre qu'il avait essayé de revenir la voir, mais que malheureusement il était muté dans le Norfolk, au 82e escadron de bombardiers. Lorsqu'il lui écrivit à nouveau, ce fut pour lui annoncer qu'il n'espérait pas pouvoir rentrer en France avant plusieurs mois. Il tenait absolument à ce qu'elle gagne Paris en juillet au plus tard. Elle pouvait séjourner chez les Windsor si elle le souhaitait, mais il était exclu qu'elle accouche toute seule, une fois encore, au château, surtout s'il n'était pas là.

En mars, elle reçut une lettre de Jane, qui venait d'accoucher d'une petite Helen. Sarah se sentait étrangement distante des siens à présent, comme s'ils ne faisaient plus aussi intimement partie de sa vie. Elle faisait de son mieux pour essayer de garder le contact, mais le courrier mettait un temps fou à lui parvenir, et trop de noms mentionnés dans les lettres lui étaient inconnus. Depuis un an et demi maintenant, sa vie avait radicalement changé. Ses parents lui semblaient bien loin. Elle était tout entière absorbée par son fils, par le château, et par l'évolution de la situation politique qu'elle suivait attentivement.

Elle écoutait tous les bulletins d'information à la TSF, et lisait tous les journaux. Pendant que les Allemands conquéraient une position stratégique en Scandinavie, un calme étrange régnait sur le front ouest. Derrière la ligne Maginot, les soldats français tapaient la belote pour tromper l'ennui de cette « drôle de guerre ».

Fin avril 1940, Sarah fut invitée à dîner chez les Windsor, mais elle n'y alla pas. Elle ne voulait pas laisser Phillip tout seul, même si elle avait entièrement confiance en Emmanuelle. De plus, enceinte de cinq mois, elle jugeait incorrect de sortir sans William. Elle leur envoya donc un petit mot poli pour se décommander. Début mai, elle attrapa un vilain rhume qui la força à garder la chambre. Le 10 mai, Winston Churchill remplaça Neville Chamberlain à la tête du gouvernement britannique. Le même jour, les troupes allemandes attaquèrent la Belgique, les Pays-Bas et une formidable armée blindée se dirigea vers les Ardennes. Emmanuelle accourut à toutes jambes pour lui annoncer ces nouvelles. Sarah descendit immédiatement à la cuisine pour écouter la radio.

Le lendemain, elle essaya de joindre Wallis et David par téléphone, mais les domestiques lui apprirent qu'ils étaient partis pour Biarritz la veille. Par sécurité, le duc avait emmené la duchesse dans le sud de la France.

Sarah retourna se coucher. Une semaine plus tard, elle avait une bronchite aiguë. Puis ce fut au tour du bébé de tomber malade. Elle était tellement occupée à le soigner qu'elle ne comprit pas toute la portée de l'évacuation de Dunkerque. Qu'était-il arrivé au juste ? Pourquoi rapatriait-on les soldats anglais ?

Le 28 mai, la Belgique envahie capitula et signa l'armistice. Lorsque, début juin, l'Italie entra en guerre aux côtés de l'Allemagne, Sarah commença à s'affoler. Les nouvelles étaient de plus en plus alarmantes. La foudroyante avance des blindés allemands pulvérisait les lignes de défense françaises. Le pays tout entier était sous le choc de l'invasion et des bombardements. Cédant à la panique, dix millions de personnes fuyaient les villes et les villages dans un gigantesque exode. Sarah espérait que les Français ne se rendraient jamais. Elle pensa à William et à ses parents, qui devaient tant s'inquiéter pour elle. Mais elle n'avait aucun moyen de les rassurer. La France était coupée du reste du monde. Elle n'avait réussi à joindre ni la Grande-Bretagne ni les États-Unis. Et le 14 juin, elle apprit avec stupeur que pendant la nuit les Allemands étaient entrés dans Paris, déclarée ville ouverte. La France était tombée. Sarah n'arrivait pas à y croir. Consternée, elle regardait Emmanuelle, qui sanglotait sans retenue.

— Ils vont nous tuer ! gémissait-elle. Ils vont nous massacrer jusqu'au dernier.

— Ne sois pas sotte, dit Sarah, dont les mains tremblaient malgré ses efforts pour garder son calme. Ils ne vont rien nous faire, à nous. Nous sommes des femmes. De plus, ils ne viendront certainement pas jusqu'ici. Emmanuelle, reprends-toi, je t'en prie.

Cependant elle ne croyait pas à ce qu'elle disait. William avait vu juste. Elle aurait dû quitter la France, mais il était trop tard à présent. Elle avait été tellement absorbée par son fils qu'elle n'avait pas décelé les signes avant-coureurs de la catastrophe. Il ne lui était même plus possible de gagner le sud de la France, comme l'avaient fait les Windsor. Elle ne serait pas allée bien loin avec son gros ventre et un bébé dans les bras.

— Madame, qu'allons-nous faire ? demanda Emmanuelle.

— Absolument rien, dit Sarah calmement. S'ils viennent ici, nous n'avons rien à cacher et rien à leur donner, hormis ce qui pousse dans le jardin. Nous n'avons ni argenterie ni bijoux.

Elle se rappela soudain le bracelet d'émeraudes que William lui avait offert pour Noël, et les quelques bijoux qu'elle avait emportés avec elle, sa bague de fiançailles et les cadeaux de William pour leur premier Noël, à Paris. Il lui était facile de les cacher, mais si cela pouvait leur sauver la vie, elle n'hésiterait pas à les donner.

— Nous n'avons rien qui puisse les intéresser, Emmanuelle. Nous sommes deux femmes seules avec un bébé.

Cependant, elle prit soin de mettre le revolver de William sous son oreiller ce soir-là, et d'installer le berceau de son fils à côté de son lit. Puis elle cacha ses bijoux sous une latte du parquet dans la chambre du bébé, qu'elle recloua ensuite soigneusement avant d'étendre le tapis d'Aubusson par-dessus.

Le 22 juin, le maréchal Pétain signa l'armistice. La France se pliait sous le joug allemand.

Rien ne se passa pendant les quatre jours suivants. Sarah commençait à se dire qu'elles étaient parfaitement en sécurité lorsqu'une colonne de voitures militaires déboucha dans la grande allée. Une horde de soldats allemands l'encercla en un éclair. Deux hommes tenaient leurs fusils pointés sur elle. Emmanuelle était en train de débarrasser la table du petit déjeuner. Sarah pria le ciel pour qu'elle ne cède pas à la panique lorsqu'elle se trouverait nez à nez avec eux.

Les soldats lui crièrent d'avancer, ce qu'elle fit tout en s'efforçant de garder l'air calme en dépit de ses mains tremblantes. Elle leur parla en anglais.

— Que puis-je faire pour vous ? demanda-t-elle avec une grande dignité, en imitant du mieux qu'elle put les manières aristocratiques de William.

Ils continuèrent à aboyer en allemand, puis un officier se décida à prendre la parole. L'homme avait une petite bouche cruelle et un regard sournois mais Sarah s'efforça de ne pas y prêter attention.

— Vous êtes anglaise ?

— Américaine.

Sa réponse sembla le désarçonner. Il s'adressa en allemand aux autres avant de se tourner à nouveau vers elle.

— À qui appartiennent cette maison et ces terres ?

— À moi, répondit-elle d'une voix claire et ferme. Je suis la duchesse de Whitfield.

Il y eut à nouveau un conciliabule en allemand, puis il lui fit signe de s'écarter, le revolver à la main.

— Nous allons entrer.

Elle acquiesça d'un signe de tête. Lorsqu'ils pénétrèrent dans la maison, un cri perçant arriva de la cuisine. C'était Emmanuelle. L'instant d'après, Sarah la vit sortir de la maison entre deux soldats qui la tenaient en joue. Elle se précipita en pleurant dans les bras de Sarah, qui essaya de la rassurer. Toutes deux tremblaient comme des feuilles, mais rien sur le visage de Sarah ne trahissait sa terreur. Elle était l'image même de la dignité.

Un groupe de soldats les tenaient en joue tandis que les autres inspectaient les lieux. Lorsqu'ils ressortirent de la maison, un nouveau convoi arrivait dans la grande allée. L'officier revint vers elle et lui demanda où était son mari. Elle lui répondit qu'il était en voyage. L'officier lui montra le revolver trouvé sous son oreiller, mais Sarah ne parut pas s'en émouvoir. Elle continua de les observer en silence. Puis un autre officier, grand et svelte, arrivé avec le nouveau convoi, s'approcha du groupe. Le premier officier lui montra le revolver et désigna les deux femmes et le château. Elle l'entendit prononcer le mot *Amerikaner*.

— Vous êtes américaine ? demanda le nouvel officier, dans un anglais impeccable, sans la moindre trace d'accent allemand.

— Oui. Je suis la duchesse de Whitfield.

— Votre époux est anglais ? demanda-t-il calmement, en plongeant ses yeux dans les siens.

Dans d'autres circonstances, elle l'aurait trouvé séduisant. Ils auraient très bien pu se rencontrer lors d'une soirée. Mais il ne s'agissait nullement d'une soirée. C'était la guerre, et chacun gardait ses distances.

— Oui, mon époux est anglais, se contenta-t-elle de répondre.

— Je vois.

Il y eut un long silence pendant lequel il ne la quitta pas des yeux.

— Je suis au regret de vous annoncer, Votre Grâce, lui dit-il avec la plus grande courtoisie, que votre château est réquisitionné.

Une vague de rage impuissante l'envahit tout à coup, mais elle n'en laissa rien paraître. Elle hocha la tête en silence.

— Je… je vois…

Ses yeux se remplirent de larmes. Elle ne savait que dire. Ils lui prenaient sa maison, la maison qu'elle avait restaurée avec tant d'amour. Et si elle la perdait à jamais ? S'ils la détruisaient ? Lisant sa détresse sur son visage, l'officier baissa les yeux un instant.

— Y a-t-il des dépendances, une maison où vous pourriez loger avec votre famille pendant le temps où nous occuperons le château ?

Elle pensa à l'écurie, mais c'était beaucoup trop vaste, les Allemands la réquisitionneraient sans doute pour leurs hommes. Puis elle pensa à la maison de l'intendant où habitait Emmanuelle et où elle avait vécu avec William, au tout début. Elle devrait pouvoir les contenir tous, Emmanuelle, Phillip et elle.

— Oui, dit-elle d'une voix blanche.

— Dans ce cas, je vous demanderai de vous y installer. – Il la salua avec respect ; son regard était doux, presque contrit. – Je suis vraiment navré de vous demander de déménager maintenant. – Il eut un petit coup d'œil sur sa silhouette arrondie. – Mais il nous faut stationner un grand nombre de soldats ici.

— Je comprends, répondit-elle avec la dignité qui sied à une duchesse.

Pourtant au fond d'elle-même elle était terrorisée, elle avait le sentiment de n'être rien de plus qu'une jeune fille de vingt-trois ans.

— Pensez-vous pouvoir vous y installer dès ce soir ? demanda-t-il poliment.

Elle acquiesça d'un signe de tête. Elle n'avait pas

grand-chose à emporter. William n'avait pas grand-chose non plus. Ils avaient tellement travaillé jusqu'ici qu'ils n'avaient pas pris le temps de faire venir toutes leurs affaires de Grande-Bretagne.

Elle n'arrivait pas à croire ce qui lui arrivait tandis qu'elle rassemblait ses affaires. Elle n'eut pas le temps de sortir les bijoux de leur cachette, sous la latte du parquet, mais elle savait qu'ils y étaient en sûreté. Elle mit ses effets ainsi que ceux de William et du bébé dans une valise, pendant qu'Emmanuelle emballait les ustensiles de cuisine, quelques vivres, du savon, ainsi que leurs draps et leurs serviettes. Cela leur prit plus de temps que prévu, et Phillip pleura toute la journée, comme s'il avait senti que quelque chose de terrible leur arrivait. Il était presque dix-huit heures quand Emmanuelle apporta le dernier baluchon à la petite maison. Sarah se tenait dans sa chambre pour la dernière fois, la chambre où Phillip était né, celle où leur deuxième enfant avait été conçu, la chambre qu'elle avait partagée avec William. La céder aux Allemands était un sacrilège, mais avait-elle le choix ? Elle regardait autour d'elle, impuissante, quand un soldat qu'elle n'avait encore jamais vu fit irruption dans la pièce, l'arme au poing.

— *Schnell* ! glapit-il. Pressons !

Elle descendit l'escalier le plus dignement possible, mais les larmes coulaient sur ses joues. En bas de l'escalier l'homme pointa brusquement son revolver sur son ventre. Mais soudain une voix retentit, le soldat fit un bond en arrière, comme frappé par la foudre. L'officier qui s'était adressé à elle le matin même dans un anglais parfait se tenait devant eux. Sa voix était si glaciale que le soldat se mit à trembler de tous ses membres. Se tournant vers Sarah, il exécuta un petit salut en guise d'excuse avant de déguerpir à toutes jambes. L'officier la regarda, visiblement contrarié par ce qui venait de se produire. En dépit de ses efforts pour se maîtriser, Sarah tremblait comme une feuille.

— Toutes mes excuses pour la grossièreté de mon sergent, Votre Grâce. Cela ne se reproduira plus. Puis-je vous escorter jusque chez vous ?

Elle eut envie de lui répondre qu'elle était chez elle, mais elle lui était très reconnaissante d'être intervenu.

— Merci, répondit-elle calmement.

La maison de l'intendant était assez éloignée, et elle se sentait épuisée. Le bébé avait beaucoup bougé, manifestement sensible à l'angoisse de sa mère. Elle n'avait cessé de pleurer en emballant ses affaires, et elle était exténuée lorsqu'elle prit place à bord de la voiture. Quelques secondes plus tard, il démarrait sous l'œil attentif de ses soldats. Il attendait d'eux qu'ils lui obéissent à la lettre et le leur avait clairement dit. Il leur était interdit de toucher aux femmes, de tirer sur les animaux domestiques pour s'amuser, ou de se promener en ville en état d'ivresse. Ils avaient ordre de bien se conduire, sous peine de s'attirer les foudres de leur commandant, d'être renvoyés à Berlin ou au front. Les hommes lui avaient donné leur parole.

— Je me présente, commandant Joachim von Manheim, dit-il calmement. Nous vous sommes très obligés de nous prêter votre maison, madame. Croyez bien que je suis navré des désagréments que cela occasionne. – Ils descendaient la grande allée, quand il lui dit : – La guerre n'est pas une chose facile, madame. – Il l'étonna lorsqu'il lui demanda : – Quand votre bébé doit-il naître ?

Cet officier semblait étrangement humain, en dépit de son uniforme. Cependant, Sarah se refusait à oublier qui il était et pour qui il se battait. Elle était la duchesse de Whitfield et se devait d'être polie avec eux, mais rien de plus.

— Dans deux mois, environ, répondit-elle sèchement, sans comprendre en quoi cela le concernait.

Peut-être avaient-ils l'intention de l'envoyer quelque part ? Cette pensée la fit frémir, et plus que jamais elle se reprocha de n'être pas allée à Whitfield. Mais qui aurait pu imaginer que la France tomberait aux mains des Allemands ?

— Nos médecins seront arrivés d'ici là, la rassura-t-il. Votre château va être converti en hôpital militaire. Vos écuries feront très bien l'affaire pour loger mes hommes. Quant à la ferme, elle devrait largement subvenir à nos besoins. – Il lui sourit en guise d'excuse tandis qu'ils arrivaient à la petite maison où Emmanuelle attendait Sarah, Phillip dans les bras. – C'est un site idéal, pour nous.

— Une véritable aubaine, en effet, répondit Sarah avec une certaine hauteur.

— En effet. – Il la regarda descendre de voiture et prendre son fils dans ses bras. – Bonsoir, Votre Grâce.

— Bonsoir, commandant, dit-elle.

Elle ne le remercia pas de l'avoir accompagnée, et sans ajouter un mot elle pénétra dans la petite résidence qui lui était désormais assignée.

13

L'occupation de la France était une rude épreuve pour tous, et celle du château de la Meuze fut particulièrement pénible pour Sarah. En quelques jours les Allemands avaient entièrement pris possession des lieux. On les trouvait jusque dans les dépendances, où ils dormaient à trois ou quatre par chambre. Ils étaient près de deux cents à loger dans les écuries, conçues par William et Sarah pour recevoir quarante à cinquante ouvriers tout au plus. Les officiers avaient en outre réquisitionné la ferme, contraignant la fermière, dont le mari et les fils étaient partis à la guerre, à s'installer dans une remise. Heureusement, la vieille femme prenait les choses avec philosophie.

Comme l'avait annoncé le commandant à Sarah, le château fut transformé en hôpital militaire, une sorte de maison de repos pour soldats blessés. Toutes les pièces furent converties en dortoirs, à l'exception des plus petites, qui servaient de chambres aux officiers. Le commandant occupait l'ancien bureau de William. Sarah avait aperçu quelques infirmières, mais la plupart du personnel soignant était de sexe masculin. Elle avait aussi entendu parler de deux médecins, sans les avoir jamais rencontrés.

Elle voyait les occupants le moins possible, restant le plus souvent dans la petite maison en compagnie d'Emmanuelle et du bébé. Elle se taisait et priait le ciel pour qu'ils ne fassent pas trop de dégâts. Elle ne trouvait pas grand-chose à faire pour s'occuper, hormis de longues promenades avec Emmanuelle, et un brin de causette avec la fermière, à l'occasion, quand elle passait là-bas pour s'assurer que tout allait bien. Cette dernière n'avait pas l'air abattue. Les Allemands faisaient main basse sur tout ce qui poussait à la ferme, mais ils ne la touchaient pas. Jusque-là, ils avaient été corrects. À dire vrai, c'était pour Emmanuelle que Sarah se faisait du souci, car elle était jeune et jolie. Elle venait de fêter ses dix-huit ans, et la promiscuité de centaines de soldats allemands avait quelque chose d'inquiétant. Plus d'une fois, Sarah l'avait exhortée à retourner vivre à l'hôtel, mais Emmanuelle avait refusé. Elles étaient devenues amies, même si une distance respectueuse persistait entre elles. Emmanuelle prenait très à cœur la promesse faite à William de veiller sur Sarah et sur le jeune lord Phillip.

Un mois environ après l'arrivée des Allemands, Sarah s'en revenait de la ferme quand elle aperçut un groupe de soldats gesticulant et vociférant sur un petit sentier, à proximité des écuries. Malgré sa curiosité, elle jugea plus sage de ne pas s'approcher. Potentiellement, ces hommes étaient dangereux, et bien qu'Américaine et donc neutre, elle était leur ennemie. Ils étaient l'occupant. Elle s'apprêtait à poursuivre son chemin lorsque son œil tomba sur un panier plein de mûres renversé sur le bord de la route. Le panier lui appartenait, et les mûres étaient celles qu'Emmanuelle cueillait chaque jour pour Phillip. Soudain elle comprit. Sans même réfléchir, elle partit en courant dans leur direction. Et soudain elle la vit, et eut le souffle coupé. Emmanuelle, la blouse arrachée, les seins nus, et la jupe pendouillant sur les hanches, se trouvait au milieu du groupe d'hommes qui la harcelaient sans répit. Deux d'entre eux lui tenaient les bras tandis qu'un troisième lui palpait les seins et l'embrassait.

— Arrêtez ! hurla Sarah. – Emmanuelle n'était qu'une enfant, et Sarah savait qu'elle était encore vierge. – Arrêtez immédiatement ! leur cria-t-elle.

Ils se contentèrent de rire lorsqu'elle chercha à saisir le revolver de l'un d'eux. Le soldat la repoussa violemment et aboya quelque chose en allemand.

Sarah se précipita vers Emmanuelle, qui se tenait là, le visage inondé de larmes, honteuse et terrorisée. Mais alors qu'elle ramassait le corsage de la jeune fille pour essayer de l'en couvrir, un des soldats saisit Sarah par le bras et l'attira violemment à lui. Sarah voulut se débattre mais il resserra son étreinte. Il lui palpait la poitrine et se frottait à elle de façon obscène. Elle chercha à se dégager mais c'était impossible. Terrorisée, elle se demandait s'il allait la violer. À cet instant précis, une détonation retentit et Sarah en profita pour se dégager et courir vers Emmanuelle. C'est alors qu'elle réalisa la présence du commandant qui, hors de lui, débitait une avalanche d'ordres en allemand. Le revolver à la main, il tira une fois de plus en l'air en guise de sommation. Puis il pointa son arme tour à tour sur chacun des soldats en les invectivant avant de rengainer et les condamna tous à une semaine de cachot. Dès qu'ils eurent déguerpi, il tourna un regard plein de commisération vers Emmanuelle et Sarah et donna prestement un ordre à un infirmier qui se trouvait à ses côtés. L'homme reparut presque aussitôt avec des plaids et Sarah et Emmanuelle s'en couvrirent.

— Je vous promets que cela n'arrivera plus jamais, dit le commandant. Ces hommes sont des porcs. Je les ai prévenus que, si jamais une telle chose se reproduisait, j'abattrais sur-le-champ celui ou ceux qui y participeraient.

Il était blême de rage, et Emmanuelle tremblait de tous ses membres. Sarah, qui n'éprouvait plus que de la colère, se contenta d'adresser un regard furieux à l'officier.

En rentrant à la maison, accompagnées par le commandant, elles trouvèrent Henri qui jouait avec le petit dans le jardin. Il était venu voir sa sœur en dépit de leurs recommandations. Elle lui avait demandé de garder le bébé pendant qu'elle allait cueillir des mûres.

— Vous rendez-vous compte de ce qu'ils auraient pu faire ? dit Sarah au commandant. – Elle était seule en sa compagnie à présent. – Ils auraient pu tuer l'enfant que je porte, dit-elle avec fureur, tandis qu'il la regardait sans ciller.

— Je le sais parfaitement, et je vous prie d'accepter mes excuses, madame.

Il semblait sincère, mais ses bonnes manières n'y changeaient rien. Pour Sarah, ces hommes n'auraient jamais dû être là.

— Et puis la petite ! Comment osent-ils s'attaquer à une jeune fille !

Elle était folle de rage, de dégoût et de haine, maintenant.

Le commandant était désolé de ce qui était arrivé à Emmanuelle, et plus encore de qui avait failli arriver à Sarah.

— Je vous fais toutes mes excuses, Votre Grâce, du fond du cœur. Je ne suis que trop conscient de ce qui aurait pu se produire. – Elle avait raison. Ils auraient pu tuer le bébé qu'elle portait. – Je vais les surveiller étroitement dorénavant. Vous avez ma parole d'officier et de gentleman. Je vous promets que cela ne se reproduira plus.

— Je l'espère, rétorqua-t-elle sèchement avant de disparaître dans la maison.

Une fois de plus, il se demanda par quel coup du destin cette femme hors du commun était devenue duchesse de Whitfield. Il avait trouvé quelques photos d'elle dans le bureau de William, qui lui servait de chambre à présent, ainsi que des photos d'elle avec son mari. Ils formaient un très beau couple, apparemment parfaitement heureux. Il les enviait. Il avait divorcé avant la guerre et ne voyait presque jamais ses enfants, deux fils de sept et douze ans. Sa femme s'était remariée et habitait la Rhénanie. Il savait que son mari avait été tué à Poznan, quelques jours seulement après le début de la guerre, mais il ne l'avait jamais revue et, à la vérité, n'en avait aucune envie. Ils s'étaient mariés trop jeunes et ne s'entendaient pas. Il lui avait pourtant fallu deux ans pour se remettre du divorce. Puis la guerre avait éclaté. Il avait été heureux d'apprendre sa nomination en France, un pays qu'il avait toujours aimé. Il avait étudié un an à la Sorbonne et fini ses études à Oxford. Mais jamais au cours de son existence, malgré ses nombreux voyages, il n'avait connu de femme comme Sarah. Une femme aussi belle, aussi noble et courageuse. Il regrettait de ne pas l'avoir rencontrée en d'autres circonstances. Peut-être les choses eussent-elles été différentes alors...

L'administration de la maison lui prenait beaucoup de temps, mais le soir il aimait faire de longues promenades. Il avait appris à connaître le domaine dans ses moindres recoins. Un jour qu'il revenait de promenade à la nuit tombante, il la rencontra. Elle avançait lentement, et semblait perdue dans ses pensées. Il ne savait comment lui signaler sa présence sans l'effrayer. C'est alors qu'elle se tourna vers lui comme si elle avait deviné qu'il était là, et s'arrêta, inquiète. Il fut prompt à la rassurer.

— Puis-je vous aider, madame ?

Elle essayait d'enjamber des souches. Elle aurait facilement pu tomber si elle n'avait eu une si bonne connaissance du terrain. William et elles étaient souvent venus par ici.

— Non merci, ce ne sera pas nécessaire, dit-elle posément.

Elle semblait moins contrariée par sa présence qu'elle ne l'était précédemment. Bien qu'encore profondément choquée par ce qui était arrivé à Emmanuelle la semaine passée, elle avait appris que les hommes avaient effectivement fait du cachot et admirait la droiture du commandant.

— Vous n'êtes pas trop fatiguée ? demanda-t-il tout en marchant à ses côtés.

Elle était resplendissante dans sa simple robe blanche.

— Pas du tout, dit-elle en le regardant comme si elle le voyait pour la première fois.

Il avait beaucoup d'allure, grand et blond, le visage

marqué. Il devait être un peu plus âgé que William. Elle aurait préféré qu'il ne fût pas là, mais elle devait reconnaître qu'il s'était toujours montré extrêmement courtois et que par deux fois il l'avait tirée d'un fort mauvais pas.

— Vous devez vous fatiguer plus vite, à présent, dit-il gentiment.

Sarah haussa les épaules. Elle était triste, elle pensait à William.

— Cela m'arrive.

Elle tourna les yeux vers Joachim. L'information ne circulait guère ces derniers temps, et elle n'avait reçu aucune nouvelle de William depuis le début de l'Occupation. Ses lettres ne pouvaient pas lui parvenir, et elle savait qu'il devait se ronger d'inquiétude pour elle et Phillip.

— Votre époux se prénomme William, c'est bien cela ? demanda-t-il.

Surprise par sa question, elle hocha la tête en guise de réponse.

— Il est plus jeune que moi, mais je crois l'avoir déjà rencontré, lorsque j'étais à Oxford. Il me semble qu'il était à Cambridge.

— C'est exact, dit-elle, hésitante. – C'était étrange de penser que les deux hommes s'étaient rencontrés. La vie réserve d'étranges surprises parfois. – Pourquoi êtes-vous allé à Oxford ?

— Parce que j'en ai toujours eu envie. J'étais très anglophile à l'époque.

Il aurait voulu ajouter qu'il l'était encore, mais ne le pouvait pas. Elle sourit tristement.

— Je crois que William éprouvait la même chose pour Cambridge.

— Il faisait partie de l'équipe de football et nous avons joué ensemble, une fois. – Il ajouta avec un sourire : Il m'a battu.

Qui était donc cet homme ? En d'autres circonstances, ils auraient pu être amis.

— Je préférerais que vous ne soyez pas là, tous, lui avoua-t-elle de but en blanc.

Elle lui parut soudain très jeune et il rit.

— Moi aussi, Votre Grâce. Moi aussi. Mais on est mieux ici que sur le front. À Berlin, on sait que je suis plus efficace lorsqu'il s'agit de sauver des vies que lorsqu'il s'agit de les détruire. On m'a fait une immense faveur en m'envoyant ici. – Il la regarda avec curiosité. – Au fait, où est votre mari ?

Pouvait-elle le lui dire ? Si elle lui révélait que William faisait partie des services secrets, elle risquait de tous les mettre en danger.

— Il est attaché à la Royal Air Force, dit-elle simplement.

— Parce qu'il sait piloter ? s'étonna le commandant.

— Pas vraiment, répondit Sarah d'un air évasif, et il hocha la tête.

— La plupart des pilotes sont très jeunes. – Il avait raison, bien entendu. – La guerre est une chose terrible. Il n'y a pas de vainqueur. Tout le monde est perdant.

— Votre Führer ne semble pas voir les choses de cette façon.

Joachim demeura silencieux un long moment. Quand il lui répondit, elle perçut quelque chose d'étrange dans sa voix, un accent révélant qu'il haïssait cette guerre autant qu'elle.

— C'est vrai. Mais un jour peut-être, dit-il bravement, il reviendra à la raison, avant qu'il ne soit trop tard, avant qu'il n'y ait trop de morts. – Ce qu'il ajouta la toucha profondément. – J'espère de tout cœur que votre mari n'en fera pas partie, Votre Grâce.

— Moi aussi, murmura-t-elle tandis qu'ils atteignaient la petite maison.

Il s'inclina en guise de salut. Elle était songeuse. Elle ne comprenait pas qui était cet homme : un Allemand qui haïssait la guerre, mais qui n'en était pas moins commandant en chef des forces allemandes de la vallée de la Loire. Dans sa petite chambre, elle se mit à penser à son mari et oublia complètement Joachim.

Elle le rencontra à nouveau, quelques jours plus tard, au même endroit. Elle aimait venir s'asseoir au bord de la rivière et tremper ses chevilles enflées dans l'eau fraîche quand le jour touchait à sa fin. Tout était si calme à cette heure-là. On n'entendait que le chant des oiseaux et le murmure de l'eau.

— Bonsoir, lança-t-il doucement, un soir qu'il l'avait suivie jusque-là. – Elle ignorait qu'il l'observait depuis la fenêtre de sa chambre et qu'il connaissait toutes ses allées et venues. – Il fait chaud aujourd'hui.

Il aurait voulu pouvoir lui offrir un grand verre d'eau fraîche, effleurer ses cheveux soyeux, ou le velours de sa joue. Elle commençait à hanter ses rêves la nuit, et ses pensées le jour. Il avait même une photo d'elle dans le tiroir de son bureau, qu'il contemplait quand l'envie lui en prenait.

— Comment allez-vous ?

Elle lui répondit par un sourire. S'ils n'étaient pas encore amis, ils n'étaient plus ennemis. Et puis, avec lui, elle avait quelqu'un à qui parler. Ses longues conversations avec William lui manquaient terriblement. Cet homme avait une vision cosmopolite des choses et un regard plein d'humanité. Elle n'oubliait cependant jamais qui il était ni ce qu'il faisait ici. Mais parler avec lui lui faisait du bien, ne serait-ce que quelques instants.

— Je me sens énorme, avoua-t-elle avec un petit sourire. Énorme ! – Puis elle tourna vers lui un regard interrogateur. Elle ne savait rien de lui. – Avez-vous des enfants ?

Il hocha la tête. Il était assis sur un rocher, à côté d'elle, une main plongée dans l'eau fraîche de la rivière.

— J'ai deux fils, Hans et Andi-Andréas, dit-il l'air soudain grave.

— Quel âge ont-ils ?

— Sept et douze ans. Ils vivent avec leur mère. Je suis divorcé.

— C'est triste, dit-elle, et elle le pensait vraiment. Les enfants et la guerre étaient deux choses distinctes. Quelle que soit leur nationalité, elle n'était pas capable de les haïr.

— Le divorce est une chose terrible, dit-il, et elle acquiesça.

— Je sais.

— Vraiment ?

Il souleva un sourcil, prêt à lui demander comment elle aurait pu savoir, mais ne le fit pas. Il était évident qu'elle ne savait pas. Elle et son mari formaient le plus heureux des couples.

— Je ne vois pour ainsi dire plus mes fils depuis qu'elle est partie. Elle s'est remariée, et puis la guerre a éclaté… et tout est devenu extrêmement compliqué.

— Vous les reverrez à la fin de la guerre.

Il hocha la tête. Le Führer les laisserait-il un jour regagner leurs foyers ? Son ex-femme lui laisserait-elle revoir ses enfants ? Ou bien arguerait-elle qu'il était resté si longtemps sans les voir qu'ils l'avaient oublié ? Elle avait trop joué avec lui, il en ressentait encore une blessure profonde et une grande colère.

— Et le bébé ? dit-il pour changer de sujet. Il doit naître en août, c'est très bientôt.

Il se demandait s'il pouvait la laisser accoucher au château, sous la surveillance de médecins militaires, sans que les mauvaises langues se mettent à jaser. Peut-être serait-il plus prudent d'envoyer un médecin chez elle ?

— Votre premier accouchement s'est-il bien passé ?

Il y avait quelque chose d'étrange à discuter de cela avec lui, et pourtant ils étaient bien là, au bord de l'eau, la captive et son geôlier.

— Non, ça n'a pas été facile du tout, finit-elle par avouer. Phillip pesait cinq kilos. C'est mon mari qui nous a sauvés.

— Il n'y avait pas de médecin ?

Il était stupéfait. Pour lui, la duchesse ne pouvait avoir accouché que dans une clinique privée, à Paris. Mais il n'était pas encore au bout de ses surprises.

— Je voulais accoucher ici. Il est né le jour où la guerre a éclaté. Le médecin était à Varsovie. Il n'y avait que William… mon mari. Il a eu très peur. Cela a été très long, et… – Elle lui épargna les détails mais lui sourit gentiment. – Cela n'a plus d'importance. C'est un adorable petit garçon à présent.

Il était touché par ses paroles, son innocence et son honnêteté, sa beauté.

— Vous n'êtes pas inquiète, cette fois ?

Elle hésita. Elle n'avait pas envie de lui mentir. Elle l'estimait, en dépit de son uniforme, et des circonstances. Il s'était toujours montré attentionné avec elle. De plus, il était intervenu deux fois en sa faveur.

— Un petit peu, avoua-t-elle. Mais pas trop.

Elle espérait que l'accouchement serait plus rapide, le bébé moins gros.

— Les femmes sont très courageuses. Ma femme a accouché de nos deux garçons à la maison. C'était merveilleux, ça s'est passé sans difficulté.

— Elle a eu bien de la chance, dit Sarah avec un sourire.

— Peut-être nos médecins pourraient-ils vous assister, cette fois-ci ? dit-il avec un petit rire, mais elle ne rit pas.

— Ils auraient voulu me faire une césarienne la dernière fois, mais j'ai refusé.

— Pourquoi cela ?

— Parce que je voulais avoir d'autres enfants.

— C'est très courageux de votre part. C'est bien ce que je disais à l'instant, les femmes sont infiniment plus braves que les hommes. Si c'était les hommes qui portaient les enfants, l'espèce humaine aurait disparu depuis longtemps.

Elle rit et ils se mirent à parler de l'Angleterre. Il l'interrogea sur Whitfield. Elle resta vague dans ses réponses. Elle ne voulait lui révéler aucun secret. Cependant, il ne s'intéressait qu'aux anecdotes, à l'atmosphère et aux traditions. Il semblait très épris de l'Angleterre.

— J'aurais dû retourner là-bas, dit-elle tristement. William me l'avait demandé, mais je me croyais en sécurité ici. Je n'aurais jamais imaginé que la France capitulerait devant l'Allemagne.

— Personne ne pouvait l'imaginer. Nous-mêmes avons été surpris de voir la rapidité avec laquelle tout s'est passé, lui confia-t-il, et comme il avait confiance et qu'il savait qu'elle ne le trahirait pas, il ajouta : Vous avez bien fait de rester ici. Vous et vos enfants êtes en sécurité.

— Plus qu'à Whitfield ?

Elle eut l'air étonnée. Elle le regardait sans comprendre.

— Pas seulement à Whitfield. En Angleterre en général. Tôt ou tard la Luftwaffe va s'attaquer à la Grande-Bretagne. Et mieux vaut pour vous que vous soyez ici.

Sur le chemin du retour vers la petite maison, elle se demanda s'il avait raison. Venait-il de lui révéler un secret ? Sans doute la Grande-Bretagne était-elle au courant des plans de la Luftwaffe. Peut-être était-elle plus en sécurité ici… Quoi qu'il en soit, elle n'avait pas le choix. Elle était sa prisonnière.

Elle ne le revit pas pendant plusieurs jours, puis, vers la fin du mois de juillet, elle le rencontra à nouveau dans la forêt. Il lui parut soucieux et fatigué, mais il se dérida à son approche. Elle le remercia pour les vivres qui apparaissaient de temps à autre devant sa porte. D'abord les mûres pour le petit, ensuite le panier de fruits, puis les miches de pain frais confectionnées par les cuisiniers du château, et enfin, soigneusement emballé dans du papier journal pour ne pas attirer la suspicion, un kilo de vrai café.

— Je vous remercie, dit-elle prudemment. Ne vous sentez pas obligé de faire cela pour nous.

Il ne leur devait rien. Il était l'occupant.

Son cuisinier lui avait préparé une délicieuse *Sacher Torte*, qu'il avait l'intention de lui apporter le soir même, mais il n'en dit rien. Elle avançait plus lentement que la semaine passée et son ventre s'était considérablement arrondi.

— Y a-t-il autre chose que je puisse faire pour vous, Votre Grâce ?

Elle lui sourit. Il l'appelait toujours par son titre.

— Je pense que vous pourriez m'appeler Sarah, tout simplement.

Il connaissait son prénom. Il l'avait découvert lorsqu'il lui avait confisqué son passeport. Il savait aussi qu'elle allait avoir vingt-quatre ans dans quelques semaines. Il connaissait le nom de ses parents, leur adresse à New York, ainsi qu'une ou deux choses la concernant, mais rien de plus. Cependant, sa curiosité à son égard était sans limites. Il pensait à elle bien plus souvent qu'il ne l'aurait fallu. Mais elle ne se doutait de rien tandis qu'elle cheminait à ses côtés. Elle ne voyait en lui qu'un homme sensible qui, compte tenu de la place qu'il occupait ici, essayait de lui rendre la vie plus douce.

— Très bien, Sarah, dit-il, très honoré, avec un large sourire.

Pour la première fois, elle réalisa qu'il était très beau. En général il était si sérieux qu'on ne le remarquait pas, mais dans cette clairière ensoleillée, l'espace de quelques instants, il lui parut soudain beaucoup plus jeune.

— Vous serez Sarah, et je serai Joachim, mais seulement lorsque nous serons seuls. – Elle le comprenait et elle acquiesça avec un petit signe de tête. Puis se tournant à nouveau vers elle, il lui demanda : Y a-t-il quelque chose que je puisse faire pour vous ?

Il était sincère, mais elle secoua la tête. Elle ne voulait rien de lui, hormis les quelques provisions qu'il lui donnait pour Phillip. Elle était néanmoins touchée et lui sourit.

— Vous pourriez me procurer un billet pour rentrer chez moi, le taquina-t-elle. Qu'en pensez-vous ? Un aller simple pour New York, ou pour l'Angleterre ?

C'était la première fois qu'elle plaisantait depuis l'arrivée des Allemands. Il rit.

— J'aimerais bien pouvoir le faire. – Puis avec un regard grave et plein de commisération, il ajouta : Vos parents doivent être très inquiets. Et votre mari aussi.

Il aurait été fou d'inquiétude si Sarah avait été sa femme, la sachant seule derrière les lignes ennemies. Elle semblait pourtant prendre les choses avec philosophie. Elle haussa les épaules et il eut envie de l'attirer à lui.

— En tout cas vous serez en sécurité ici tant que j'y serai, la rassura-t-il.

— Merci, dit-elle en levant les yeux.

Soudain elle trébucha sur une racine et manqua tomber. Joachim se précipita pour la rattraper. Il la prit dans ses bras puissants pour l'aider à retrouver son équilibre, et l'espace d'un instant il sentit la chaleur de son corps, la douceur de ses bras blancs et la caresse de ses cheveux. Tout en elle le faisait fondre littéralement, et ne pouvoir le lui dire le mettait au supplice.

Il la raccompagna jusqu'à la petite maison et la

laissa devant le portillon, puis il regagna son bureau et travailla toute la soirée.

Une semaine entière passa sans qu'elle le revît. Il avait dû se rendre à Paris pour rencontrer l'ambassadeur Otto Abetz au sujet d'un convoi de médicaments. Lorsqu'il revint au château, il fut tellement occupé qu'il ne trouva pas le temps de se promener ou de la voir. Quatre jours après son retour, un dépôt de munitions situé à Blois explosa. Plus d'une centaine de blessés furent amenés au château ; le personnel soignant ne savait plus où donner de la tête, les médecins non plus. Ils avaient installé un petit bloc opératoire dans la salle à manger, mais certains de ces hommes étaient si gravement atteints – membres arrachés, visage brûlé – qu'il n'était plus possible de les sauver. C'était atroce. Joachim et ses hommes étaient en train d'inspecter les dortoirs lorsqu'un médecin vint à leur rencontre pour leur demander du renfort. Il voulait que l'on recrute des civils pour lui venir en aide.

— Il y en a certainement quelques-uns qui pourraient être utiles, insistait-il.

Mais l'hôpital local était fermé, les médecins partis et les infirmières avaient rejoint des hôpitaux militaires. Il ne restait que les habitants des fermes alentour et la plupart étaient incapables de les aider.

— Et la châtelaine ? Ne pourrait-elle nous prêter assistance ?

Il parlait de Sarah, bien sûr, et Joachim se dit qu'elle accepterait peut-être s'il le lui demandait. Elle comprendrait la situation mais il n'oubliait pas qu'elle était sur le point d'accoucher, et qu'il ne fallait pas qu'elle se fatigue.

— Je n'en suis pas sûr, dit-il, elle va bientôt accoucher.

— Dites-lui tout de même de venir. Nous avons besoin d'elle. A-t-elle une femme de chambre ?

— Il y a une jeune fille avec elle.

— Faites-les venir toutes les deux, ordonna sèchement le médecin à Joachim, bien que celui-ci fût son supérieur hiérarchique.

Quelques minutes plus tard, Joachim dépêchait une poignée d'hommes avec ordre de recruter les fermières des environs. Puis il se rendit à la petite maison. Il frappa plusieurs coups à la porte et la lumière s'alluma. Quelques minutes plus tard, Sarah apparut en chemise de nuit, l'air inquiet. Elle avait entendu le va-et-vient incessant des ambulances et des camions et elle craignait que les soldats ne viennent les tourmenter. Mais lorsqu'elle reconnut Joachim, elle ouvrit plus grand la porte et son visage se détendit légèrement.

— Je suis désolé de vous déranger, dit-il. – Il était en bras de chemise, sans cravate, et avait les traits tirés. – Nous avons besoin de vous, Sarah. Un dépôt de munitions a explosé et fait un très grand nombre de blessés. Nous n'avons pas assez de personnel. Accepteriez-vous de venir nous aider ?

Elle hésita un moment, le regarda dans les yeux, puis hocha la tête. Il lui demanda ensuite si elle pouvait amener Emmanuelle avec elle. Elle monta chez la jeune fille, mais celle-ci insista pour rester avec le bébé. Cinq minutes plus tard, Sarah reparut seule au rez-de-chaussée.

— Où est la petite ?

— Elle ne se sent pas bien, déclara Sarah, de plus il faut qu'elle garde mon fils.

Il ne lui posa aucune question et elle le suivit jusqu'à la Jeep. Elle portait une vieille robe bleue délavée et des chaussures à talons plats. Elle s'était soigneusement lavé les mains, les bras et le visage, et avait noué sur ses cheveux un foulard blanc qui lui donnait l'air encore plus jeune.

— Merci d'être venue, dit-il, tandis qu'ils repartaient en direction du château. Vous n'étiez pas obligée, vous savez.

Il y avait de la gratitude dans ses yeux, et de l'admiration.

— Je le sais, dit-elle, mais quand un homme est à l'agonie, peu importe qu'il soit anglais ou allemand.

C'était ainsi qu'elle voyait la guerre. Elle haïssait les Allemands pour ce qu'ils faisaient, mais elle n'arrivait pas à haïr les victimes. La souffrance ne la laissait pas indifférente.

Il l'aida à descendre de voiture et elle entra promptement à l'intérieur de la salle où l'attendaient les blessés.

Toute la nuit, elle travailla dans le bloc opératoire, portant des récipients ou des serviettes imbibées de chloroforme, lavant les instruments et secondant les deux médecins sans relâche jusqu'au petit matin. Ensuite, ils lui demandèrent de les suivre à l'étage, et ce n'est que lorsqu'elle découvrit sa chambre à coucher pleine de blessés qu'elle réalisa pleinement l'horreur de la situation. Des brancards et des matelas étaient posés à même le plancher. Une quarantaine d'hommes gisaient côte à côte, et les infirmiers devaient les enjamber pour aller de l'un à l'autre.

Elle fit tout ce qu'elle pouvait, nettoyant et pansant les plaies. Il faisait plein jour lorsqu'elle redescendit dans ce qui avait été autrefois sa cuisine. Une demi-douzaine d'infirmiers étaient en train d'y déjeuner, ainsi que quelques soldats. Deux femmes la dévisagèrent et échangèrent quelques mots en allemand lorsqu'elle entra. Sa robe, ses mains et même son visage étaient maculés de sang, ses cheveux pendaient autour de son visage, mais elle ne semblait pas s'en préoccuper. L'un des infirmiers lui dit quelque chose qu'elle ne comprit pas, mais au ton respectueux de sa voix elle devina qu'il était en train de la remercier. Elle fit un petit signe de tête et sourit lorsqu'ils lui tendirent une tasse de café fumant. L'une des femmes fit un geste en direction de son ventre, lui proposant de s'asseoir, ce qu'elle fit volontiers. Elle se sentit alors envahie par une immense fatigue. Jusque-là, elle n'avait pas pris une seule minute pour penser à elle-même ou au bébé.

Joachim entra quelques minutes plus tard et lui demanda de la suivre dans son bureau. Elle éprouva une sensation étrange en traversant le hall et en pénétrant dans le bureau. Le secrétaire et les rideaux étaient toujours là. Rien n'avait changé dans la pièce préférée de William, si ce n'est l'homme qui l'occupait.

Joachim l'invita à s'asseoir dans le fauteuil qui lui était si familier. Elle dut faire un effort pour résister à l'envie de s'y pelotonner comme un chat, comme elle le faisait chaque fois que son mari et elle avaient une longue conversation. Elle s'assit au contraire bien droite et but son café du bout des lèvres, se rappelant qu'elle était devenue une étrangère en ces lieux.

— Je vous remercie pour tout ce que vous avez fait, cette nuit. J'avais peur que ce ne soit un trop gros effort pour vous.

Il la considéra d'un œil inquiet. Il l'avait aperçue à plusieurs reprises, ne ménageant pas sa peine et s'efforçant de faire le maximum pour soulager ces malheureux.

— Vous devez être épuisée.

— Je suis très fatiguée, avoua-t-elle, le regard triste malgré son sourire.

Elle avait vu mourir tant de jeunes gens ! Et pourquoi au juste ? Elle avait bercé l'un d'eux comme un enfant et il avait rendu l'âme dans ses bras, un trou béant dans le ventre.

— Merci, Sarah. Je vais vous ramener chez vous maintenant. Je crois que le plus dur est passé.

— Vraiment ? dit-elle avec un regard étonné et sur un ton qui le surprit par sa froideur. La guerre est-elle finie ?

— Je voulais parler des circonstances présentes, répondit-il calmement.

Il partageait ses opinions même s'il ne pouvait les exprimer.

— À quoi cela sert-il ? demanda-t-elle en reposant sa tasse sur le bureau. Cela recommencera ici ou ailleurs, aujourd'hui ou demain. N'est-ce pas ?

Il y avait des larmes dans ses yeux. Elle n'arrivait pas à oublier les jeunes mourants, même s'ils étaient allemands.

— Oui, acquiesça-t-il tristement, jusqu'à ce que la guerre finisse.

— C'est absurde, dit-elle, en s'approchant de la fenêtre pour contempler le paysage familier.

Tout semblait si paisible. Joachim la suivit lentement et s'arrêta près d'elle.

— Absurde, stupide, et cruel… mais dans l'état

actuel des choses, ni vous ni moi ne pouvons rien y changer. Vous êtes porteuse de vie, nous sommes porteurs de mort et de destruction. C'est une terrible contradiction, Sarah, mais je n'ai aucun moyen de la résoudre.

Sans savoir pourquoi, elle eut soudain pitié de lui. William, lui, savait qu'il se battait pour la bonne cause. Joachim n'avait pas ce réconfort. Elle eut envie de le prendre dans ses bras et de lui dire de ne pas s'en faire, qu'un jour viendrait où il serait pardonné.

— Je suis désolée, dit-elle doucement, tout en se dirigeant vers la porte. Je suis très fatiguée. Ce n'est pas de votre faute.

Elle se tourna et le considéra en silence un long moment pendant lequel il eut envie de se rapprocher d'elle à nouveau. Il était très touché par ses paroles.

— Ça ne m'est pas d'un grand réconfort, dit-il tout bas sans la quitter des yeux.

Elle avait l'air exténuée. Il fallait qu'elle se repose sinon elle risquait d'accoucher avant terme. Il se sentait coupable de lui avoir demandé de venir les aider. Elle n'avait ménagé ni sa peine ni ses efforts. Tous les médecins lui en étaient reconnaissants.

Il la raccompagna jusqu'à sa porte. Emmanuelle venait juste de descendre avec le petit Phillip lorsqu'elle la vit entrer, les traits si tirés qu'elle se sentit honteuse de ne pas l'avoir accompagnée.

— Je suis désolée, murmura-t-elle, tandis que Sarah se laissait choir dans un fauteuil. Mais je ne pouvais pas... pas pour des Allemands.

— Je comprends, dit Sarah.

Elle ne s'était pas posé la question. Allemands ou autres, c'étaient de tout jeunes garçons, des êtres humains… Elle comprit mieux les motivations d'Emmanuelle lorsque Henri arriva, quelques instants plus tard. Il regarda sa sœur d'un air entendu qui n'échappa pas à Sarah. Puis, voyant qu'il portait un bandage à la main, elle l'interrogea :

— Henri, dit-elle, que t'est-il arrivé ?

— Rien, madame. Je me suis blessé en aidant mon père à scier du bois.

— Pourquoi sciais-tu du bois ? demanda-t-elle, innocemment.

Il faisait beaucoup trop chaud pour scier du bois de chauffage.

— Pour faire une niche au chien, dit-il.

Sarah savait qu'il n'en avait pas besoin. Soudain, la lumière jaillit dans son esprit. L'explosion du dépôt de munitions n'avait pas été accidentelle et, pour une raison qu'elle ne voulait pas connaître, Henri se trouvait là-bas.

Ce soir-là, tandis qu'elles s'apprêtaient à se mettre au lit, elle regarda Emmanuelle au fond des yeux et dit :

— Je ne te demande rien… cependant tu devrais dire à Henri de faire très attention. Ce n'est qu'un enfant, mais s'ils l'attrapent, ils le tueront.

— Je sais, madame, dit Emmanuelle, épouvantée. Je l'ai déjà prévenu. Mes parents ne sont au courant de rien. Il y a un groupe à Romorantin…

Sarah la coupa net.

— Je ne veux pas le savoir, Emmanuelle. Je ne veux faire courir de risque à personne. Dis-lui simplement d'être prudent.

Emmanuelle hocha la tête et elles montèrent se coucher. Cependant, Sarah eut beaucoup de mal à trouver le sommeil, cette nuit-là. Elle pensait au carnage qu'avait provoqué Henri… et à tous ces garçons qui avaient perdu un bras ou une jambe, quand ça n'était pas la vie. Quelle monstruosité que la guerre. Elle demeurait étendue dans le noir, priant le ciel pour que les Allemands ne l'attrapent pas et ne lui fassent pas de mal.

Joachim avait raison. La guerre était une chose terrible. Elle posa une main sur son ventre et sentit le bébé qui lui donnait des coups de pied. Elle se souvint qu'il y avait encore de l'espoir dans le monde, de la vie et que quelque part il y avait William…

14

Sarah vit Joachim presque chaque jour après cet événement. Il connaissait ses heures de sortie et faisait semblant de la rencontrer par hasard. Chaque fois, la promenade durait un peu plus longtemps. Tantôt ils allaient à la rivière, tantôt ils allaient à la ferme. Peu à peu, il apprit à la connaître. Il essaya aussi de se lier avec Phillip, mais l'enfant était sauvage et timide, exactement comme son propre fils lorsqu'il avait son âge. Joachim n'en demeurait pas moins charmant, au grand dam d'Emmanuelle pour qui tout ce qui touchait à l'Allemagne était mauvais.

De par son éducation, Sarah était plus ouverte qu'Emmanuelle, même si elle n'approuvait pas l'attitude des Allemands en général. Parfois Joachim la faisait rire, parfois elle restait songeuse et, dans ces moments-là, il devinait qu'elle pensait à son mari.

Il savait que la vie n'était pas rose pour elle. Elle n'avait aucune nouvelle de William ni de ses parents. Elle était coupée de tous les êtres qui lui étaient chers, ses parents, sa sœur, son mari. Elle n'avait que son fils, et le bébé qu'elle attendait.

Le jour de son anniversaire, Joachim lui fit présent

d'un livre qui avait beaucoup compté pour lui lorsqu'il était étudiant à Oxford. C'était une des rares choses qu'il avait emportées avec lui.

Il s'agissait d'un recueil de poèmes de Rupert Brooke et elle en fut très touchée. Mais elle avait le cœur lourd. Les nouvelles de la guerre étaient mauvaises. La bataille d'Angleterre faisait rage. Le 15 août, Londres avait subi un bombardement intensif. Elle pensait à tous les gens qu'elle connaissait là-bas, leurs amis, les proches de William, les enfants... Joachim l'avait prévenue, mais elle ne pensait pas que cela arriverait si brusquement ni avec autant de violence. Londres était totalement ravagée.

— Vous voyez, Sarah, vous êtes en sécurité ici. Surtout maintenant.

Sa voix était douce. Ils allèrent s'asseoir sur un rocher. Comme il la sentait angoissée, il préféra changer de sujet.

Il lui raconta son enfance, ses séjours en Suisse, et les tours que lui jouaient ses frères. Il avait été frappé de voir à quel point le fils de Sarah ressemblait à son propre frère. Phillip, qui commençait tout juste à marcher, était un adorable petit garçon blond aux grands yeux bleus terriblement espiègles.

— Pourquoi ne vous êtes-vous pas remarié ? demanda Sarah un après-midi qu'ils étaient tranquillement assis.

Elle se déplaçait avec peine, à présent. Mais elle aimait tant ces promenades avec Joachim qu'elle n'avait pas envie d'y renoncer. Parler avec lui était un grand soulagement pour elle, et sans même s'en apercevoir, elle s'était habituée à sa présence.

— Je ne suis jamais plus retombé amoureux, lui

avoua-t-il avec un sourire. – Il avait envie d'ajouter « Jusqu'à aujourd'hui », mais ne le fit pas. – C'est terrible à dire, mais je ne suis pas sûr d'avoir jamais vraiment aimé ma première femme. Nous étions très jeunes l'un et l'autre, nous nous connaissions depuis toujours. Je pense que c'est la raison pour laquelle nous nous sommes mariés…

Sarah lui sourit. Elle avait confiance en lui, et n'éprouvait pas le besoin de lui cacher quoi que ce soit.

— Je n'aimais pas mon premier mari, moi non plus, lui avoua-t-elle.

Il la regarda stupéfait. Il y avait tant de choses qui l'étonnaient chez cette femme. Chaque jour, il découvrait un peu plus de force en elle, de noblesse, de dévouement.

— Parce que vous avez été mariée une première fois ?

— Cela a duré un an. Avec quelqu'un que je connaissais depuis toujours, exactement comme vous et votre femme. C'était une catastrophe. Nous n'aurions jamais dû nous marier. Lorsque nous avons divorcé, j'avais tellement honte que je suis restée cachée une année entière. Finalement, mes parents m'ont emmenée en Europe, et c'est là que j'ai rencontré William. – Tout lui semblait si simple à présent, et pourtant ça ne l'avait pas été. – J'ai traversé une période très difficile. Mais ensuite, avec William – ses yeux s'illuminèrent lorsqu'elle prononça son nom – avec William tout a été si merveilleux…

— Ce doit être un homme remarquable, dit Joachim, tristement.

— Il l'est. J'ai beaucoup de chance.

— Lui aussi.

Il l'aida à se relever et ils cheminèrent en direction de la ferme.

Le lendemain, elle était incapable de marcher, aussi s'assirent-ils tranquillement dans le parc. Elle était plus silencieuse qu'à l'ordinaire, plus songeuse, plus mélancolique. Cependant, le lendemain, elle avait retrouvé son entrain et insista pour qu'ils aillent jusqu'à la rivière.

— Vous savez que vous n'êtes pas raisonnable ? lui dit-il.

Elle avançait d'un pas plus sûr et semblait d'excellente humeur.

— Pourquoi donc ?

Il y avait quelque chose d'absurde à ce qu'un chef des forces d'occupation allemandes se fasse du souci pour elle. Mais elle sentait qu'ils étaient devenus amis à présent. C'était un homme sérieux et profond, et de toute évidence bon et loyal.

— Vous vous activez beaucoup trop. Vous ne prenez jamais le temps de vous reposer.

Lorsqu'il avait découvert qu'elle avait restauré une grande partie du château elle-même, il n'en était pas revenu. Elle lui avait fait visiter plusieurs salles et il avait été stupéfait de la précision de son travail. Puis elle lui avait montré les écuries.

— Je ne crois pas que je vous aurais laissée faire une chose pareille si vous aviez été ma femme, fit-il péremptoire, et elle rit.

— Dans ce cas, c'est une bonne chose que j'aie épousé William.

Il lui sourit, jaloux de William, mais heureux de l'avoir rencontrée. Ils s'attardèrent un long moment devant le portillon ce jour-là, comme si elle ne voulait pas le laisser partir. Puis, finalement, et pour la première fois, elle lui tendit la main et le remercia.

Son geste le surprit et le toucha profondément, mais il n'en montra rien.

— Pourquoi me remerciez-vous ?

— Pour les promenades que vous avez faites avec moi… et pour nos conversations.

— Mais c'est un grand plaisir pour moi aussi… plus peut-être que vous ne l'imaginez, dit-il tout bas, et elle détourna les yeux. Peut-être est-ce une grande chance que nous nous soyons rencontrés ici ? dit-il gentiment. Peut-être est-ce un signe… du destin ? Cette guerre serait beaucoup plus pénible pour moi si vous n'étiez pas là, Sarah.

En vérité, il ne s'était pas senti aussi heureux depuis des années. La seule chose qui l'effrayait c'est qu'il était amoureux d'elle. Or il devrait partir un jour, et elle retrouverait William. Elle ne saurait jamais combien il l'aimait.

— Merci à vous, dit-il.

Il avait une envie folle de caresser son visage, ses cheveux, sa nuque…

— À demain, alors, dit-elle gentiment.

Mais le lendemain, il l'attendit en vain. Inquiet, il se demanda si elle n'était pas malade. À la nuit tombée, il se rendit à la petite maison. Toutes les lumières étaient allumées et il aperçut Emmanuelle à travers la fenêtre de la cuisine. Il frappa au carreau et elle vint lui ouvrir avec une petite moue renfrognée, Phillip dans les bras.

— Madame la duchesse est-elle souffrante ? demanda-t-il en français.

Elle hésita un petit moment avant de lui dire :

— Elle est en train d'accoucher.

Il y avait dans ses yeux comme une lueur de crainte et il se rappela ce que Sarah lui avait dit concernant son premier accouchement.

— Est-ce que tout va bien ? insista-t-il, en cherchant les yeux de la jeune fille.

Emmanuelle lui répondit par un signe de tête et il se sentit soulagé. Infirmières et médecins étaient partis à Paris pour assister à un congrès, et comme il n'y avait aucun grand blessé au château pour le moment, seuls des aides-soignants assuraient la surveillance.

— Vous êtes sûre que tout va bien ? répéta-t-il.

— Oui, répondit-elle avec aigreur. C'est moi qui l'ai aidée à accoucher la dernière fois.

Il lui dit de transmettre ses meilleurs vœux à Sarah avant de s'en retourner.

Il se mit à penser à Sarah, à ses douleurs, et au bébé qui allait naître. Il aurait tant voulu en être le père.

Lorsqu'il eut regagné le bureau de William, il resta un long moment à méditer. Il sortit la photographie qu'il tenait cachée dans son tiroir. On y voyait Sarah à Whitfield, en train de rire aux côtés de William. Ils formaient un très beau couple. Il rangea la photo et se servit une rasade de cognac. Il venait juste de finir son verre lorsqu'un des hommes en faction vint frapper à sa porte.

— Quelqu'un pour vous, commandant.

Il était vingt-trois heures et il s'apprêtait à aller se coucher. Il sortit dans le couloir et tomba nez à nez avec Emmanuelle.

— Quelque chose ne va pas ? demanda-t-il, aussitôt inquiet pour Sarah.

La jeune fille lui dit précipitamment :

— C'est madame la duchesse. Le bébé ne veut pas sortir. La dernière fois, c'est monsieur le duc qui a tout fait... Ça durait depuis des heures... alors j'ai appuyé sur son ventre et puis le bébé est finalement sorti...

Il aurait dû demander aux médecins de rester, pourquoi ne l'avait-il pas fait ? Il savait qu'elle avait eu un premier accouchement difficile, mais il n'y avait même pas songé lorsqu'ils étaient partis pour Paris. Sans perdre une minute, il saisit sa vareuse et suivit Emmanuelle. Il n'avait jamais accouché de bébé et absolument personne ne pouvait les aider. Il n'y avait plus un seul médecin en ville, depuis des mois.

Lorsqu'ils arrivèrent à la petite maison, les lumières étaient toujours allumées. Il gravit les escaliers quatre à quatre. Le petit Phillip dormait à poings fermés dans la chambre contiguë à celle de sa mère. Lorsque Joachim aperçut Sarah, il comprit instantanément ce qu'Emmanuelle avait cherché à lui dire. Elle était en plein travail et semblait souffrir atrocement. La petite Française lui apprit que le travail avait commencé le matin, seize heures plus tôt.

— Sarah, dit-il doucement en s'asseyant à son chevet, sur l'unique chaise de la chambre. C'est moi, Joachim. Je suis désolé d'être venu tout seul, mais il n'y a personne.

Elle hocha la tête, en signe de reconnaissance, puis lui tendit la main lorsque la douleur la reprit, si violente qu'elle se mit à pleurer.

— C'est atroce... Pire que la dernière fois ! Je n'y arrive pas... William !

— Mais si, vous allez y arriver. Je suis venu pour vous aider. – Il semblait étonnamment calme ; Emmanuelle quitta la chambre pour aller chercher des serviettes. – Le bébé a-t-il commencé à descendre ? demanda-t-il à Sarah.

— Je ne crois pas… je… – Elle lui saisit les deux mains. – Oh, mon Dieu ! Oh, je vous en supplie… Joachim ! Ne me laissez pas mourir !

C'était la première fois qu'elle l'appelait par son prénom, et il eut envie de la prendre dans ses bras et de lui dire combien il l'aimait.

— Sarah, je vous en supplie, si vous m'aidez, tout va bien se passer.

Il demanda à Emmanuelle de lui tenir les jambes, pendant qu'il la tenait par les épaules chaque fois qu'elle avait des contractions, pour l'aider à pousser. Elle se débattit violemment au début, mais la voix calme et ferme de Joachim finit par l'apaiser, il avait l'air de savoir ce qu'il faisait. Une heure plus tard, la tête du bébé commençait à sortir. Sarah saignait beaucoup moins que la première fois. C'était de toute évidence un autre gros bébé qui serait long à naître, mais Joachim était décidé à rester aux côtés de Sarah. Le jour se levait presque lorsqu'un petit visage tout ridé apparut enfin. Mais contrairement à Phillip, ce bébé-ci n'émettait pas le moindre cri. Un silence de mort régnait dans la pièce. Emmanuelle lui jeta un coup d'œil affolé et Joachim se tourna aussitôt vers Sarah.

— Sarah, encore un effort ! la pressa-t-il, les yeux rivés sur le petit visage bleu. Allons, Sarah… poussez ! ordonna-t-il plus comme un militaire que comme un médecin.

Puis il fit ce qu'Emmanuelle avait fait la première fois : il appuya sur son ventre pour l'aider. Quand le bébé naquit, il demeura sans vie. Sarah éclata en sanglots.

— Il est mort, mon Dieu, il est mort ! cria-t-elle.

Joachim le saisit aussitôt. C'était une petite fille. Il se mit à lui tapoter le dos avant de la prendre par les pieds et de la secouer. Soudain, un gros glaire jaillit de sa bouche et l'enfant poussa un cri. Joachim eut un énorme soupir de soulagement et de joie et tendit le bébé à Sarah avec un sourire plein de tendresse.

— Votre fille, dit-il doucement.

Il sortit se laver les mains et revint s'asseoir au chevet de Sarah, qui lui prit la main en pleurant.

— Joachim, vous lui avez sauvé la vie.

Ils se regardèrent longuement.

— Mais non, j'ai fait ce que j'ai pu. C'est Dieu qui l'a sauvée. Il n'y a que lui qui puisse décider.

Il contempla un instant le bébé si paisible, si rose et si rond. C'était une belle petite fille et, mis à part ses cheveux blonds, c'était tout le portrait de sa mère.

— Elle est magnifique.

— N'est-ce pas ?

— Comment allez-vous l'appeler ?

— Elizabeth Annabelle Whitfield.

William et elle l'avaient décidé depuis longtemps, et Sarah trouvait que le prénom lui allait à ravir.

Joachim la quitta peu après, mais il revint en fin d'après-midi pour voir si tout allait bien. Phillip observait le bébé avec une immense curiosité, tout en se pelotonnant contre sa mère.

Joachim avait apporté des fleurs, une énorme part de gâteau au chocolat, une livre de sucre, ainsi qu'un kilo de précieux café. Assise dans son lit, Sarah semblait plutôt en forme si l'on tenait compte de ce qu'elle venait d'endurer. Elle avait moins souffert que la fois précédente. Le bébé ne pesait « que » quatre kilos cinq cents, comme l'avait annoncé Emmanuelle, ce qui les avait fait beaucoup rire. Ils avaient eu très peur, mais tout s'était bien terminé, grâce à Joachim. Emmanuelle avait cessé de lui battre froid. Sarah regarda l'officier et sut que, quoi qu'il arrive, elle lui serait à jamais reconnaissante pour son bébé.

— Je n'oublierai jamais ce que vous avez fait, lui murmura-t-elle, tandis qu'il lui tenait la main.

Un lien solide les unissait désormais.

— Je vous l'ai dit, c'est la main de Dieu qui a œuvré.

— Mais vous étiez là. J'ai eu si peur…

Les larmes lui montaient aux yeux lorsqu'elle y repensait. Elle n'aurait jamais supporté de voir mourir son bébé.

— J'ai eu peur, moi aussi, lui avoua-t-il. Je crois que nous avons eu beaucoup de chance. – Il sourit. – C'est drôle, mais je trouve qu'elle ressemble à ma sœur.

— Et à la mienne aussi, dit Sarah en riant.

Joachim déboucha une bouteille de champagne qu'il avait apportée en cachette et porta un toast à la santé de Sarah et à celle de lady Elizabeth Annabelle Whitfield.

Il se leva enfin pour prendre congé.

— Vous devriez dormir à présent.

Sans dire un mot, il se pencha vers elle et déposa un baiser sur son front. Ses lèvres frôlèrent sa chevelure, et il ferma un instant les yeux. Puis il murmura :

— Dormez bien, mon amour.

Mais Sarah ne l'entendit pas, elle rêvait déjà à William lorsqu'il quitta la pièce.

15

L'année suivante, Londres subit des bombardements incessants, mais les Anglais tenaient bon. Sarah avait reçu deux lettres de William, arrivées par miracle. Il lui disait qu'il se portait bien et qu'il se reprochait chaque jour de ne pas l'avoir fait sortir de France quand il en était encore temps. Dans sa deuxième lettre, il se réjouissait de la venue au monde d'Elizabeth, qu'il avait apprise par une lettre de Sarah. Il ne lui disait pas qu'il avait essayé en vain d'obtenir une autorisation du ministère de la Guerre pour pénétrer clandestinement sur le territoire français afin de leur rendre visite. Dans l'immédiat, il n'existait aucun moyen de faire sortir Sarah et les enfants. Il ne leur restait plus qu'à prendre leur mal en patience et à attendre la fin de la guerre qui, selon lui, ne tarderait pas. Enfin, à l'automne, elle reçut de lui une troisième lettre qui faillit la faire mourir de chagrin. Sa sœur Jane avait écrit à William, sachant qu'elle ne pouvait entrer en contact avec Sarah. Leurs parents avaient péri dans un naufrage au large de Southampton. Ils étaient à bord du yacht d'un ami lorsqu'une violente tempête s'était déclarée. Le bateau avait coulé avant que le garde-côte ait eu le temps d'intervenir.

Prostrée, Sarah resta une semaine entière sans parler à Joachim. De son côté, il venait d'apprendre que sa sœur avait été tuée lors du bombardement de Mannheim. Les pertes étaient lourdes pour tous, mais pour Sarah la mort de ses parents fut un coup terrible.

La situation mondiale se dégradait de jour en jour. Le monde entier reçut un choc en apprenant le bombardement de Pearl Harbor.

— Mon Dieu, Joachim, qu'est-ce que cela signifie ?

Il était venu le lui annoncer. Ils étaient très amis à présent. Le fait qu'il ait sauvé la vie d'Elizabeth comptait beaucoup pour elle. Il continuait à leur apporter des vivres et de petites choses, et il était toujours là quand Sarah avait besoin de lui. Il lui avait procuré des médicaments lorsque Phillip avait eu une bronchite. La nouvelle qui venait de tomber allait tout changer. Non pas pour eux. Mais pour le monde entier. L'Amérique venait de déclarer la guerre au Japon et par voie de conséquence à l'Allemagne. La pensée que l'Amérique avait été attaquée avait quelque chose de terrifiant. New York allait-elle tomber à son tour ? Sarah eut une pensée pour Peter, Jane et leurs enfants. C'était terrible de ne pas être avec eux pour pleurer leurs parents disparus.

— Cela peut changer beaucoup de choses, lui dit calmement Joachim en s'asseyant dans la cuisine.

Certains de ses soldats avaient remarqué ses allées et venues à la petite maison, mais personne ne semblait y attacher d'importance. Sarah était une belle femme, une châtelaine à la conduite irréprochable. Pour Joachim elle était beaucoup plus que cela. Elle était la femme qu'il aimait.

— Je pense que d'ici peu les retombées pour nous vont être considérables, ajouta-t-il gravement.

Et il avait raison. La guerre prit une nouvelle ampleur, et les bombardements de Londres reprirent de plus belle.

Deux mois plus tard, Sarah apprit que son beau-frère naviguait sur le Pacifique et que Jane s'était réfugiée à Long Island avec les enfants. C'était étrange de penser que la maison leur appartenait dorénavant, à elle et à Jane, ainsi que l'appartement de New York. Elle se sentait si loin d'elle, aujourd'hui, et si triste à la pensée que ses propres enfants ne connaîtraient jamais leurs grands-parents.

Mais elle n'était en aucune façon préparée à recevoir la nouvelle qui lui parvint ce printemps-là. Phillip avait alors dix-huit mois, et Elizabeth, leur bébé miracle, comme disait Joachim, en avait sept et montrait une bonne humeur à toute épreuve. Elle ne faisait que rire, babiller et chanter. Chaque fois qu'elle voyait Sarah, elle poussait des petits cris de joie et se jetait à son cou pour lui faire un câlin. Phillip aussi était très tendre. Il embrassait sa mère à chaque instant, s'accrochait à elle en l'appelant « sa » maman chérie.

Sarah tenait sa fille sur ses genoux quand Emmanuelle entra avec une lettre pour elle en provenance des Caraïbes.

— Comment l'as-tu obtenue ? demanda Sarah stupéfaite.

Mais elle n'insista pas. Elle avait compris depuis longtemps qu'Emmanuelle et Henri, de même que leurs parents, se livraient à des activités secrètes. Le bruit courait qu'on cachait des gens à l'hôtel. Elle-même, une fois, leur avait permis d'utiliser une vieille remise non loin de la ferme pour cacher quelqu'un pendant une semaine. Néanmoins, elle voulait en savoir le moins possible de façon à ne pas les mettre en danger. Henri rentrait fréquemment avec de petites contusions. Plus attristant, Emmanuelle avait une aventure avec le fils du maire, qui entretenait des liens étroits avec les Allemands. Sarah savait que sa liaison était dictée par la nécessité et n'avait rien de romantique. Quelle tristesse de commencer sa vie ainsi ! Sarah avait essayé d'en parler avec elle une ou deux fois, mais la jeune fille s'était refermée sur elle même. Elle ne voulait pas que Sarah fût impliquée de quelque façon que ce soit dans la Résistance. Toujours est-il qu'elle lui apporta cette fameuse lettre. Le sceau qui figurait sur l'enveloppe était celui du duc de Windsor. Pourquoi donc lui écrivait-il ? Il ne l'avait jamais fait. Elle avait cependant appris par la radio cachée chez les parents d'Emmanuelle que le duc avait été nommé gouverneur des Bahamas. Le gouvernement britannique, craignant qu'il ne se laisse manipuler par les Allemands, avait préféré l'envoyer le plus loin possible.

La lettre commençait de façon très chaleureuse. Wallis se joignait à lui pour lui envoyer ses amitiés. Puis il écrivait que, à son très grand regret, il était chargé de lui annoncer la disparition de William en mission. Il était possible que ce dernier ait été fait prisonnier, cependant on ne pouvait en être sûr. La seule certitude qui émanait de la lettre était sa disparition. Le duc lui décrivait en détail les circonstances du drame. Il avait la conviction profonde que son cousin avait agi avec bravoure et sagesse. Peut-être était-il mort, peut-être était-il vivant… Il avait été parachuté en Allemagne lors d'une mission secrète pour laquelle il s'était porté volontaire, en dépit des objections du ministère de la Guerre.

« William était un jeune homme très entêté. C'est une grande perte pour nous tous, et pour vous en particulier. Mais il faut être courageuse, comme il aurait souhaité que vous le fussiez, et vous en remettre à la volonté de Dieu, que ce dernier lui ait laissé la vie ou l'ait rappelé à lui. En espérant que vous et vos enfants vous portez bien, je vous prie de recevoir nos plus sincères condoléances, et l'assurance de notre profonde affection. »

Les yeux pleins de larmes, Sarah relut une fois encore la lettre qu'elle tenait à la main. La boule douloureuse qui se formait dans sa gorge l'étouffait presque. En la regardant, Emmanuelle comprit qu'il s'agissait d'une affreuse nouvelle. Ne sachant que dire, elle prit Elizabeth dans ses bras et se retira dans la pièce voisine. Lorsqu'elle revint un peu plus tard, elle trouva Sarah en pleurs, à la table de la cuisine.

— Oh, madame… – Elle posa le bébé à terre et passa un bras autour de ses épaules. – C'est monsieur le duc ? demanda-t-elle d'une voix étranglée.

Sarah hocha la tête et leva vers elle ses yeux noyés de larmes.

— Il a disparu. Ils pensent qu'il a peut-être été fait prisonnier… ou bien qu'il est mort. Ils ne savent pas… La lettre vient de son cousin.

— Oh, pauvre madame… Il n'est sûrement pas mort ! Ne les croyez pas !

Sarah secoua la tête, ne sachant que penser. Elle savait simplement qu'elle ne survivrait pas sans lui. Il le fallait pourtant, pour leurs enfants, pour lui, mais c'était au-dessus de ses forces. Elle resta un long moment à sangloter, puis elle se leva et sortit faire une longue promenade dans la forêt. Elle ne rencontra pas Joachim qui était probablement en train de dîner. Elle voulait être seule, de toute façon. Elle avait besoin de solitude. Au bout d'un moment, elle s'assit sur une souche dans l'obscurité et essuya ses larmes. Comment pourrait-elle vivre sans lui ? Pourquoi l'existence était-elle si cruelle ? Et pourquoi l'avaient-ils laissé accomplir une mission aussi périlleuse ? Le duc de Windsor était aux Bahamas. Pourquoi William n'avait-il pas été envoyé dans un endroit sûr, lui aussi ? Elle n'osait pas penser à ce qui avait pu lui arriver. Elle resta de longues heures dans le noir, à penser à lui, à prier, et à guetter un signe. Rien ne se produisit. Elle était complètement désespérée lorsqu'elle monta se coucher. Mais soudain, alors qu'elle était étendue sur le lit où William et elle avaient dormi la première fois, elle eut la certitude qu'il était vivant. Elle ne savait pas quand ni comment, mais elle savait qu'elle le reverrait. Ce signe du Ciel s'imposait à elle avec une telle force qu'elle ne put en douter, et cela la rassura. Elle s'endormit enfin, et le lendemain elle se réveilla reposée et absolument convaincue que William était vivant. Il n'avait pas été tué par les Allemands.

Elle le dit à Joachim plus tard, ce jour-là, et il l'écouta en silence.

— Je vous assure, Joachim. J'ai eu cette révélation… je suis certaine qu'il est vivant. Je le sais.

Elle parlait avec une telle conviction qu'il n'osa pas lui faire part de son scepticisme : les prisonniers ne survivaient que très rarement.

— Peut-être avez-vous raison, dit-il doucement,

mais il ne faut cependant pas oublier l'éventualité contraire, Sarah.

Il avait essayé de le lui dire le plus gentiment possible. Il fallait qu'elle accepte le fait qu'il ait disparu et qu'à l'heure présente il y avait de fortes chances pour qu'elle soit veuve.

À mesure que le temps passait et qu'aucune nouvelle n'arrivait, Joachim était de plus en plus convaincu que William était mort. Pas Sarah. Elle se comportait comme si elle l'avait vu la veille, ou comme s'il lui avait parlé en rêve. Elle était plus calme et plus déterminée qu'au début de la guerre, quand elle recevait encore des lettres. Or, aujourd'hui, il n'y avait plus que le silence. Son mari avait disparu. Probablement pour toujours. Et tôt ou tard il faudrait qu'elle l'accepte. Joachim était toujours là quand elle avait besoin de parler, quand elle se sentait triste, seule ou angoissée. Il avait du mal à croire qu'ils étaient dans des camps opposés. Pour lui, ils étaient un homme et une femme qui avaient vécu deux années côte à côte. Il ignorait ce qui allait se passer après la guerre, où ils vivraient et ce qu'ils feraient. Et il s'en moquait. La seule chose qui comptait, c'était Sarah. Il ne vivait, ne respirait que pour elle, mais elle l'ignorait. Elle voyait qu'il lui était dévoué, et qu'il l'aimait beaucoup, ainsi que ses enfants – en particulier Elizabeth, à qui il avait sauvé la vie – mais elle ne se doutait pas à quel point il l'aimait.

Cette année-là, pour son anniversaire, il voulut lui offrir des boucles d'oreilles en diamant, absolument splendides, qu'il avait achetées pour elle à Paris. Elle refusa catégoriquement.

— Joachim, je ne peux accepter. Elles sont superbes, mais c'est impossible. Je suis mariée.

Il ne chercha pas à la contredire, bien qu'il fût persuadé qu'elle était veuve. William était porté disparu depuis six mois maintenant.

— Et puis je suis votre prisonnière, ne l'oubliez pas, dit-elle en riant. Que diraient les gens si j'acceptais un tel cadeau de votre part ?

— Je ne pense pas que nous ayons de comptes à leur rendre.

Il était déçu mais ne lui en tint pas rigueur. Il se contenta de lui offrir une montre, qu'elle accepta, ainsi qu'un très joli pull-over – les vêtements chauds lui faisaient cruellement défaut en hiver. Ce n'était pas grand-chose, mais elle n'aurait jamais accepté de présent plus coûteux. Il la respectait pour cela. Depuis deux ans qu'il la connaissait, il ne lui avait découvert aucun défaut. Longtemps il avait envié William, mais à présent, il le plaignait. Le pauvre homme était mort. Un jour, elle finirait par en accepter la terrible réalité.

L'année suivante, Sarah commença à douter, même si elle n'en dit jamais rien à personne, pas même à Joachim. Cela faisait plus d'une année que William avait disparu. Joachim avait essayé de se renseigner mais partout on semblait s'accorder à dire que William avait été tué en mars 1942, lors d'une mission en Rhénanie. Quand Sarah pensait à lui, même leurs souvenirs les plus précieux semblaient s'estomper, cela la désespérait. Elle ne l'avait pas revu depuis presque quatre ans. C'était très long, même pour un amour aussi fort que le leur, et elle commençait à craindre le pire.

Elle célébra discrètement Noël en compagnie de Joachim, cette année-là. Il était toujours très gentil et attentionné avec eux. Phillip, qui grandissait sans son père, lui était très attaché. C'était un homme intègre, entièrement dévoué aux blessés qui venaient séjourner au château. Joachim passait un temps infini à leur parler, à essayer de leur redonner courage, à les convaincre de continuer à vivre.

— Vous êtes un homme étonnant, lui dit-elle alors qu'ils étaient assis dans la cuisine.

Emmanuelle était chez ses parents et Henri était parti depuis plusieurs semaines, quelque part dans les Ardennes, aux dires de sa sœur. La vie d'Emmanuelle devenait chaque jour plus compliquée. Le fils du maire s'était mis à la soupçonner et une grosse querelle avait éclaté entre eux lorsqu'ils s'étaient séparés. Elle sortait à présent avec un officier allemand à qui elle essayait de soutirer des informations pour les communiquer à la Résistance. Sarah restait en dehors de tout cela. Elle aidait à soigner les patients lorsqu'il y avait des urgences et, le reste du temps, elle s'occupait de ses enfants. Phillip avait maintenant quatre ans et demi, et Elizabeth un an de moins. Ils étaient adorables. Phillip, comme on pouvait s'y attendre, était déjà très grand. En revanche, à sa grande surprise, Elizabeth était menue et frêle. Elle n'en était pas moins espiègle et pleine de vie. Joachim était très attaché à eux. Pour Noël, il leur apporta de beaux jouets fabriqués en Allemagne et les aida à décorer le sapin. Il avait réussi à trouver une poupée pour Lizzie, qui l'avait aussitôt serrée contre elle en l'appelant « mon bébé ».

Sarah faisait mine de ne pas voir que Phillip était monté sur les genoux de Joachim et avait passé affectueusement ses bras autour de son cou.

— Tu ne vas pas nous quitter, comme papa, n'est-ce pas ? demanda-t-il, inquiet.

Sarah sentit les larmes lui monter aux yeux. Mais Joachim répondit aussitôt :

— Votre papa ne vous a pas quittés. Je suis sûr qu'il aurait été là ce soir, s'il avait pu.

— Mais pourquoi est-il parti, alors ?

— Parce qu'il le fallait. C'est un soldat.

— Mais toi, tu n'es pas parti, dit le petit avec une logique tout enfantine, sans réaliser que Joachim avait laissé son foyer et ses enfants pour venir ici.

Puis il lui passa à nouveau son bras autour du cou et ne bougea plus jusqu'à ce que Joachim l'emmène se coucher, tandis que Sarah se chargeait de la petite. Phillip adorait sa sœur, ce qui ravissait leur mère.

— Croyez-vous que la guerre va finir cette année ? demanda Sarah quand ils retournèrent à la cuisine pour y déguster une petite liqueur.

— Je l'espère. Cette guerre me paraît interminable. Quand je vois tous ces jeunes gens arriver à l'hôpital, jour après jour, semaine après semaine, je me demande si nous verrons un jour la fin de ces atrocités.

Sarah lui sourit.

— Je suis content d'être ici, dit-il doucement.

Il espérait avoir réussi à lui rendre la vie plus douce. Il avança un bras hésitant pour lui toucher la main. Ils se connaissaient depuis trois ans et demi, et avaient le sentiment de se connaître depuis toujours.

— Vous comptez beaucoup pour moi, dit-il tout bas. – Puis l'atmosphère de la soirée aidant, il ne put résister à lui avouer ses sentiments. – Sarah – sa voix était à la fois rauque et douce –, je veux que vous sachiez combien je vous aime.

Elle détourna les yeux, essayant de cacher son trouble. Quels que soient ses sentiments pour cet homme, il lui était impossible de les lui avouer, par respect pour William.

— Joachim, je vous en supplie…

Elle leva un regard implorant vers lui et il prit sa main dans la sienne.

— Dites-moi que vous ne m'aimez pas, que vous ne m'aimerez jamais, et je ne vous importunerai plus. Mais je vous aime, Sarah, et je crois que vous m'aimez aussi.

Il voulait plus d'elle, à présent. Il attendait depuis des années, et ne pouvait plus se taire.

— Je vous aime, murmura-t-elle, terrifiée par les mots qu'elle prononçait autant que par ce qu'elle éprouvait depuis longtemps. – Elle avait résisté… pour William. – Mais c'est impossible, Joachim.

— Pourquoi donc ? N'avons-nous pas droit à un peu de bonheur ? Un peu de joie, un rayon de soleil avant qu'il ne soit trop tard ?

Tous deux avaient vu tant de souffrances, tant de morts qu'ils avaient besoin d'espoir.

Elle sourit à ces mots. Elle l'aimait aussi, elle aimait ce qu'il faisait pour ses enfants et pour elle.

— Nous n'avons pas droit à plus, pas tant que William sera en vie.

— Et s'il ne l'était plus ?

Il voulait qu'elle regarde les choses en face, mais elle se déroba, comme elle le faisait toujours, car cette pensée lui était insupportable.

— Je ne sais pas. Je ne sais pas ce que j'éprouverais si c'était le cas. Pour l'instant je suis toujours sa femme, et je le resterai.

— Et moi ? – C'était la première fois qu'il lui demandait quelque chose. – Et moi, Sarah ? Que vais-je devenir ?

— Je ne sais pas.

Elle le regarda tristement. Quand il s'approcha pour s'asseoir à côté d'elle, il lut le désespoir dans ses yeux et lui caressa tout doucement la joue.

— Je serai toujours là quand vous aurez besoin de moi. Je veux que vous le sachiez. Nous avons le temps, Sarah… Nous avons la vie.

Il l'embrassa alors tendrement, de tout son cœur. Elle ne fit rien pour le repousser car elle désirait ce baiser autant que lui. Voilà quatre ans qu'elle n'avait pas revu son mari, et trois ans et demi qu'elle vivait aux côtés de cet homme, et jour après jour elle avait appris à l'aimer et à le respecter. Pourtant, il ne prenait pas la place de William qui était toujours le seul dans le cœur de Sarah.

— Je vous aime, murmura Joachim, et il l'embrassa à nouveau.

— Je vous aime aussi, dit-elle. Mais j'aime toujours William.

Il la quitta quelques instants plus tard et s'en retourna au château. Le lendemain, il revint, joua avec les enfants et la vie continua comme avant, comme s'il ne s'était rien passé entre eux.

Au printemps, l'armée allemande connut de grosses défaites. Joachim tenait Sarah au courant de la situation au jour le jour, lui faisant part de ses craintes. Début avril, il avait acquis la certitude qu'ils allaient devoir se replier vers l'Allemagne et il redoutait de devoir quitter Sarah et les enfants. Il lui promit de revenir la voir une fois la guerre terminée. Perdue ou gagnée, peu lui importait, dès l'instant qu'ils survivaient l'un et l'autre. Elle avait pris l'habitude de compter sur lui, elle avait besoin de lui, même si elle demeurait profondément attachée à William.

Il attendait avec impatience les moindres nouvelles en provenance de Berlin, craignant le pire. Sarah se faisait du souci pour Lizzie, qui n'avait pas cessé de tousser depuis le mois de mars. Elle n'allait toujours pas mieux quand arriva Pâques et avait maintenant la fièvre.

— Je ne sais pas ce qu'elle a, lui confia-t-elle un soir, à la cuisine.

— La grippe, peut-être ? Il y a eu une épidémie au village cet l'hiver.

Elle l'avait montrée au médecin du château qui avait diagnostiqué une pneumonie, mais les médicaments qu'il lui avait administrés ne semblaient faire aucun effet.

— Est-il possible que ce soit la tuberculose ? demanda-t-elle, inquiète, à Joachim.

Il ne le croyait pas. Il avait redemandé des médicaments au médecin, mais celui-ci n'avait pu lui en procurer, leur stock n'ayant pas été renouvelé. L'un des médecins était déjà parti sur le front et l'autre devait le rejoindre en mai. Lizzie était toujours au lit, brûlante. Très amaigrie et les yeux brillants, elle avait cet aspect alarmant des enfants dévorés par la fièvre. Le petit Phillip restait des journées entières à son chevet, à lui raconter des histoires et à lui chanter des berceuses.

Emmanuelle essayait de distraire Phillip le plus possible, car il se faisait beaucoup de souci pour son « petit bébé ». Il ne cessait de demander ce qu'elle avait, et Sarah lui répondait que ce n'était pas grave. Joachim venait les voir chaque soir. Il passait des compresses sur le front de Lizzie et essayait de la faire boire. Lorsqu'elle se mettait à tousser, il lui frictionnait le dos, exactement comme il l'avait fait pour l'aider à respirer lorsqu'elle était née. Mais cette fois, ses efforts semblaient vains. Son état ne cessait de s'aggraver. Il ne savait plus que faire, hormis s'asseoir avec eux et prier, prier sans relâche pour qu'elle guérisse.

Il pensa un moment l'emmener à Paris pour la montrer à un médecin, mais elle était trop faible pour faire le voyage et les circonstances ne s'y prêtaient pas. Les Américains étaient entrés en France, forçant l'armée allemande à battre en retraite. La plupart des militaires en poste à Paris avaient été rappelés, soit sur le front, soit à Berlin. Joachim était bien plus préoccupé par la santé de Lizzie que par l'effondrement du Reich.

Un après-midi, il trouva Sarah au chevet de Lizzie. Elle lui tenait la main et lui rafraîchissait le front comme elle le faisait depuis des semaines. Il demeura plusieurs heures à ses côtés, puis il regagna son bureau. Il revint cependant tard dans la nuit et trouva Sarah avec la petite endormie dans ses bras. Il vit le désespoir dans les yeux de Sarah et vint s'asseoir tout doucement à côté d'elle.

— Aucun changement ? demanda-t-il dans un murmure.

Sarah secoua la tête. La petite n'avait pas ouvert les yeux une seule fois depuis le matin. Soudain elle s'éveilla et, pour la première fois depuis des jours, sourit à sa mère. Elle avait l'air d'un ange avec ses boucles blondes et ses immenses yeux aussi verts que ceux de Sarah. Elle n'avait que trois ans et demi, mais elle avait beaucoup maigri et semblait plus âgée.

— Je t'aime, maman, dit-elle d'une voix à peine audible avant de refermer les yeux.

Sarah comprit. La vie quittait tout doucement le corps de sa fille. Elle aurait voulu la retenir, la garder avec elle. Elle aurait fait n'importe quoi, mais il n'y avait plus rien à faire. Elle n'avait pas de docteur, pas de médicaments, pas d'infirmière, pas d'hôpital… elle n'avait que de l'amour, et des prières. La petite fille soupira à nouveau. Sarah toucha ses beaux cheveux en lui disant tout bas combien elle l'aimait.

— Je t'aime, mon bébé… Maman t'aime de tout son cœur, et Dieu aussi. Tout va bien, ma chérie… murmura-t-elle encore et encore.

Elle et Joachim avaient les larmes aux yeux. Lizzie les regarda tous deux avec un petit sourire, puis elle s'éteignit, et sa petite âme monta au ciel.

Sarah la sentit s'en aller, mais il fallut un certain temps à Joachim pour réaliser. Assis sur le lit, il les tenait toutes les deux entre ses bras et les berçait en sanglotant. Il se rappelait l'instant où il avait ramené l'enfant à la vie, cette enfant qu'il venait de voir mourir, si doucement, si tendrement. Sarah garda un long moment sa fille entre ses bras, le visage ravagé. Puis elle finit par étendre le petit corps sur le lit. Joachim l'accompagna en bas, puis au château, dans l'intention de trouver quelqu'un qui s'occuperait de l'inhumation.

Finalement, il décida de s'en charger lui-même. Il se rendit au village pour acheter un petit cercueil. Ils y déposèrent le corps en pleurant. Sarah avait coiffé sa petite fille et lui avait mis sa plus jolie robe, enfin elle avait posé sa poupée préférée à côté d'elle. Elle n'avait jamais rien vécu d'aussi atroce. Elle crut qu'elle ne s'en remettrait jamais lorsqu'ils mirent le petit cercueil en terre. Elle s'agrippait à Joachim en sanglotant tandis que le pauvre petit Phillip, accroché à sa main, se tenait là sans comprendre. Il était épouvanté lorsqu'ils commencèrent à recouvrir le cercueil de terre. Il fit un pas en avant pour tenter de les en empêcher. Quand Joachim le retint, il se mit à pleurer, furieux contre sa mère.

— Tu m'as menti ! Tu m'as menti, cria-t-il en sanglotant. Tu l'as laissée mourir ! Mon bébé… mon bébé.

Inconsolable, il refusait que Sarah s'approche de lui. Il aimait Lizzie de tout son cœur et ne pouvait supporter de la voir s'en aller.

— Phillip, je t'en supplie…

Sarah pouvait à peine à parler. Elle le prit dans ses bras mais l'enfant se débattait de toutes ses forces. Elle le porta jusqu'à la maison et le garda jusque tard dans la nuit entre ses bras, le laissant appeler sa petite sœur en sanglotant.

Ce fut un coup terrible pour tous, Phillip, Emmanuelle, Joachim et Sarah. Elizabeth avait vécu un moment parmi eux… et s'en était allée brusquement. Sarah et Phillip étaient comme fous. Pendant des jours, ils errèrent dans la maison, la cherchant partout, attendant son retour, montant au premier pour découvrir qu'elle n'y était pas. Sarah était tellement désespérée que Joachim n'osa pas lui annoncer qu'il partait. Il le fit quatre semaines plus tard, la veille de son départ.

— Comment ?

Elle le regardait sans comprendre, vêtue de la même robe noire qu'elle portait depuis des semaines.

— Vous faites quoi ? répéta-t-elle ahurie.

— Nous partons, dit-il avec douceur. L'ordre est arrivé ce matin. Nous levons le camp demain.

— Déjà ?

Il crut qu'elle allait se trouver mal. C'était une perte de plus, un chagrin de plus pour elle.

— Cela fait quatre ans, dit-il avec un petit sourire. Il me semble que vos invités se sont imposés suffisamment longtemps, non ?

Elle lui sourit tristement. Elle n'arrivait pas à croire qu'il s'en allait.

— Qu'est-ce que cela signifie, Joachim ?

— Que les Américains sont à Saint-Lô. Ils seront bientôt ici, puis ils vont marcher sur Paris. Vous serez en sécurité avec eux. Ils prendront soin de vous.

Cette pensée le réconfortait.

— Et vous ? demanda-t-elle, inquiète. N'êtes-vous pas en danger ?

— On m'a rappelé à Berlin, nous avons ordre de transférer l'hôpital à Bonn. Apparemment, on a apprécié mon travail. Je pense qu'ils vont me garder là-bas jusqu'à la fin de la guerre. Dieu seul sait combien de temps cela va prendre. Mais je vous promets de revenir dès que possible.

Elle réalisa soudain combien il allait lui manquer. Il avait tellement compté pour elle, et il compterait toujours, même si elle ne pouvait pas lui promettre l'avenir qu'il aurait souhaité. Car au plus profond d'elle-même, et plus que jamais depuis la mort de Lizzie, elle savait que sa vie appartenait à William. En perdant sa fille, elle avait eu le sentiment de perdre une partie de son mari, et il s'était mis à lui manquer terriblement. Ils avaient enterré la petite au fond du parc, à la lisière de la forêt. Quoi qu'il arrive à présent, rien ne l'atteindrait jamais autant que la perte de son enfant.

— Je ne pourrai pas vous écrire, lui dit-il, et elle hocha la tête.

— Je commence à m'y faire, dit-elle. Je n'ai reçu que cinq lettres en quatre ans. – Et aucune de ces lettres ne lui avait apporté de bonnes nouvelles. – J'écouterai la radio.

— Je me mettrai en contact avec vous dès que possible. – Il s'approcha d'elle et l'attira tout contre lui. – Dieu, comme vous allez me manquer.

— Vous allez me manquer beaucoup, vous aussi, lui avoua-t-elle.

Elle le laissa l'embrasser, sous l'œil courroucé de Phillip, qui les observait de loin.

— Puis-je prendre une photo de vous avant de m'en aller ? demanda-t-il, mais elle refusa.

Il emporterait l'autre photo. Celle où elle posait aux côtés de son mari, à Whitfield, lorsqu'ils étaient encore jeunes et insouciants. La vie les avait beaucoup malmenés, depuis. Elle n'avait que vingt-huit ans, mais elle avait terriblement mûri.

Il lui donna une petite photo de lui, et ils passèrent le reste de la soirée à parler. Il aurait bien aimé passer aussi la nuit avec elle, mais ne le lui demanda pas, sachant qu'elle refuserait. C'était une femme d'une rare intégrité et d'un grand mérite, une femme de qualité.

Elle et Phillip le regardèrent s'en aller le lendemain. Phillip s'accrochait à lui comme à une bouée de sauvetage. Joachim lui expliqua les raisons de son départ. Sarah sentait que le petit avait l'impression de perdre un lien qui l'attachait à Lizzie. Les adieux furent douloureux. Seule Emmanuelle semblait soulagée de le voir s'en aller. Les soldats partirent les premiers dans les camions. Puis ce fut le tour des ambulances avec les blessés.

Joachim était retourné une dernière fois sur la tombe de Lizzie avec Sarah. Il s'était agenouillé, avait déposé un petit bouquet de fleurs jaunes, et ils avaient pleuré tous les deux. Puis il avait fait ses adieux à Sarah, loin des regards. Ses hommes savaient, de toute façon. Ils savaient combien il l'aimait, mais aussi, car ce sont des choses qui se savent dans les casernes, que rien ne s'était jamais passé entre eux. Et ils n'en respectaient que davantage Sarah. Elle incarnait pour eux l'espoir, l'amour et la droiture. Elle était toujours polie et aimable, quoi qu'elle ait pu penser de leur guerre. Ils espéraient que leurs femmes s'étaient montrées aussi courageuses. La plupart de ceux qui avaient appris à connaître Sarah auraient donné leur vie pour elle, comme Joachim.

Il la regarda un long moment. Son chauffeur, qui l'attendait dans la dernière voiture, détournait discrètement les yeux. Joachim l'attira à lui.

— Je vous aime plus que ma propre vie, dit-il, craignant de ne jamais la revoir. Plus que mes propres enfants.

Il l'embrassa tendrement, et elle s'accrocha à lui un instant. Elle avait envie de lui dire tout ce qu'elle éprouvait pour lui, mais il était trop tard.

Elle le regarda dans les yeux, et il comprit.

— Que Dieu vous garde… murmura-t-elle. Je vous aime.

Les mots l'étouffaient. Puis il se pencha vers Phillip tout en gardant la main de Sarah dans la sienne. Ils avaient vécu tant de choses ensemble.

— Au revoir, bonhomme, dit-il, la gorge serrée par l'émotion. Prends bien soin de ta mère.

Il l'embrassa et lui ébouriffa les cheveux tandis que Phillip s'accrochait à lui pour le retenir.

Joachim se releva enfin et regarda Sarah un long moment en silence. Puis il lui lâcha la main et monta dans la voiture. Debout dans la Jeep, il leur fit signe de la main jusqu'à ce qu'ils aient atteint la grille. Elle le regarda s'éloigner dans un nuage de poussière. Quand il eut disparu complètement, elle resta là à sangloter.

— Pourquoi l'as-tu laissé partir ? demanda Phillip furieux.

— Nous n'avions pas le choix, Phillip. – Il était trop petit pour comprendre la situation. – Il est allemand, il est obligé de rentrer chez lui. C'est un homme remarquable, tu sais.

— Tu l'aimes ?

Elle hésita un petit moment avant de répondre.

— Oui, Phillip. Il a été très bon avec nous.

— Tu l'aimes plus que mon papa ?

Cette fois, elle n'hésita pas une seconde.

— Mais non, bien sûr.

— Moi, si.

— Non, ce n'est pas vrai, dit-elle avec fermeté. Tu ne te souviens pas de ton papa, mais c'est un homme merveilleux.

— Il est mort ?

— Je ne crois pas, dit-elle. – Elle voulait qu'il partage son espoir de le retrouver. – Un jour peut-être, avec un peu de chance, il reviendra à la maison.

— Et Joachim ? demanda-t-il tristement.

— Je ne sais pas, dit-elle avec franchise, tandis qu'ils retournaient chez eux, en silence, la main dans la main.

16

Les Américains arrivèrent au château le 17 août 1944. Sarah, Phillip et Emmanuelle étaient là pour les accueillir. On annonçait leur venue depuis des semaines et Sarah avait hâte de les voir. Comme les Allemands quatre ans plus tôt, ils remontèrent l'allée, à cela près, toutefois, qu'ils ne braquèrent pas leurs armes sur eux. Ils firent même un ban d'honneur à la châtelaine lorsqu'ils découvrirent qu'elle était leur compatriote. Chaque jour, Sarah avait une pensée pour Joachim, elle espérait qu'il avait regagné Berlin sain et sauf, et Phillip parlait continuellement de lui. Seule Emmanuelle ne mentionnait jamais les Allemands.

Le colonel Foxworth, commandant des forces américaines, était originaire du Texas. Il était charmant, et s'excusa longuement de devoir réquisitionner les écuries pour y loger ses hommes.

— Nous commençons à avoir l'habitude, dit-elle en souriant.

Une partie des soldats plantèrent des tentes dans le parc, d'autres s'installèrent dans la petite maison de l'intendant que Sarah avait quittée récemment. Certains soldats logeaient même à l'hôtel. Ils épargnèrent à

Sarah l'affront de la mettre à la porte de chez elle alors qu'elle venait tout juste de se réinstaller au château avec Phillip et Emmanuelle.

Le colonel lui assura que ses hommes seraient aussi discrets que possible. En effet, ils étaient sympathiques, et peu envahissants. Ils donnèrent des bonbons à Phillip et essayèrent de flirter un peu avec Emmanuelle, mais celle-ci ne s'intéressait pas à eux.

Le 25 août, les cloches sonnèrent à toute volée pour annoncer la libération de Paris. La France était libre. L'occupant capitulait, les Français pouvaient enfin relever la tête.

— Est-ce bien fini, cette fois ? demanda Sarah incrédule.

— Presque, répondit le colonel Foxworth. Dès que nous aurons atteint Berlin, la guerre sera finie pour de bon. Vous pouvez regagner la Grande-Bretagne si vous le souhaitez.

Sarah était un peu perdue. Il fallait qu'elle retourne à Whitfield, ne serait-ce que pour voir la mère de William. Elle n'avait pas quitté la France depuis le début de la guerre, cinq ans auparavant. C'était incroyable !

La veille de l'anniversaire de Phillip, Sarah et Phillip s'envolèrent pour l'Angleterre, laissant le château sous la garde d'Emmanuelle. C'était une jeune fille responsable qui avait, elle aussi, payé un lourd tribut à la guerre. Son frère, Henri, était mort en héros dans les Ardennes, l'hiver précédent.

En accord avec ses homologues parisiens, le colonel Foxworth fit les démarches nécessaires pour que Sarah et Phillip puissent se rendre à Londres à bord d'un avion militaire. La rumeur circulait au sein de la force aérienne que la duchesse de Whitfield et son fils, le jeune lord Phillip, allaient prendre l'avion.

Les Américains lui fournirent une Jeep et un chauffeur pour regagner Paris. Il furent obligés de contourner la ville pour se rendre à l'aéroport, qu'ils atteignirent à la toute dernière minute. Saisissant Phillip dans ses bras, Sarah se précipita en direction de l'avion, sa petite valise à la main. Mais, alors qu'elle était sur le point de monter à bord, un soldat lui barra la route.

— Désolé, madame, vous ne pouvez pas prendre cet avion. Il s'agit d'un avion militaire. *Militaire*... répéta-t-il en français, pensant qu'elle ne le comprenait pas. *Non, non*...

Il lui fit un signe de la main pour la dissuader, et elle se mit à crier au-dessus du bourdonnement des moteurs.

— Nous sommes attendus ! Nous sommes attendus !

— Cet appareil ne prend que des militaires, lui cria-t-il, on n'attend plus qu'une vieille dame pour décoller. – Mais, réalisant soudain à qui il avait affaire, il rougit jusqu'à la racine des cheveux. Lui prenant aussitôt Phillip des bras, il se confondit en excuses. – Je croyais… Je vous prie de m'excuser, Votre euh… Majesté…

Il venait seulement de comprendre qu'elle était la duchesse de Whitfield.

— Ce n'est pas grave, dit-elle avec un sourire, avant de monter à bord de l'appareil.

Le soldat s'attendait à voir arriver une vieille femme décatie. L'idée ne l'avait pas effleuré que la duchesse de Whitfield puisse être une jeune femme accompagnée d'un petit garçon.

Le vol jusqu'à Londres fut rapide. Il leur fallut moins d'une heure pour traverser la Manche. En chemin, plusieurs soldats complimentèrent Sarah pour son courage face à l'occupant. Elle éprouva un sentiment étrange à les entendre parler ainsi. Pour elle, la vie avait été relativement paisible dans la petite maison, sous la protection de Joachim. À Londres, une énorme Rolls-Royce les attendait à l'aéroport. On la conduisit directement au ministère de la Guerre, pour y rencontrer sir Arthur Harris, commandant en chef des bombardiers, ainsi que sir Alan Lascelles, secrétaire particulier de Sa Majesté, mandé expressément pour représenter les services secrets. Ils offrirent des drapeaux et un petit insigne à Phillip. Toutes les secrétaires l'appelaient « Votre Altesse ». Phillip n'était pas habitué à tant d'égards et de cérémonie. Sarah remarqua avec un certain amusement que cela ne semblait pas lui déplaire.

— Pourquoi les gens ne m'appellent-ils pas ainsi, à la maison ? demanda-t-il à voix basse à sa mère.

— De qui veux-tu parler ?

— Eh bien, d'Emmanuelle, des soldats…

— Je le leur ferai remarquer, le taquina-t-elle.

Mais il ne décela pas l'humour dans sa voix et parut satisfait de voir qu'elle était de son avis.

Les secrétaires ainsi que deux aides de camp se chargèrent de Phillip lorsque Sarah se retira pour s'entretenir avec sir Arthur et sir Alan. Ils se montrèrent très obligeants et lui répétèrent ce qu'elle savait déjà : depuis deux ans et demi, ils étaient sans nouvelles de William.

Elle hésita un moment avant de poser la question qui lui brûlait les lèvres. Puis, prenant une longue inspiration pour cacher son émotion, elle les regarda droit dans les yeux et dit à mi-voix :

— Croyez-vous qu'il soit encore en vie ?

— Ce n'est pas impossible, fut la réponse brève de sir Arthur. Mais c'est peu probable, ajouta-t-il l'air grave. Depuis le temps, nous aurions eu des nouvelles. Il aurait été repéré dans un camp de prisonniers, les Allemands se seraient vantés de l'avoir capturé. S'il avait été fait prisonnier, ils auraient certainement découvert son identité.

— Je vois, dit-elle calmement.

Ils échangèrent encore quelques mots, puis ces messieurs se levèrent et la félicitèrent une fois de plus pour le courage dont elle avait fait preuve en restant en France. Ils se réjouirent du fait qu'elle et son petit garçon aient survécu.

— Nous avons perdu notre petite fille, dit-elle d'une voix blanche, au mois de mai dernier… William ne l'a pas connue.

— Nous sommes navrés, Votre Grâce. Nous l'ignorions…

Lorsque l'entretien s'acheva, Phillip lui fut rendu, et on les raccompagna tous deux à Whitfield. La duchesse les y attendait. Sarah fut étonnée de la trouver en aussi bonne forme. Certes, elle avait maigri et semblait un peu plus frêle, mais, pour une femme de quatre-vingt-neuf ans qui avait contribué activement à l'effort de guerre, elle se portait étonnamment bien.

— Je suis tellement heureuse de vous voir, dit-elle en embrassant Sarah.

Puis elle fit un pas en arrière et, prenant appui sur sa canne, elle contempla un instant Phillip. Elle portait une robe d'un bleu éclatant, comme ses yeux. Sarah se sentit soudain gagnée par une vague d'émotion en pensant à William.

— Quel beau petit garçon. C'est tout le portrait de son grand-père !

Elle sourit. William avait fait la même réflexion lorsque Phillip était né.

La vieille duchesse fit servir le thé, accompagné de gâteaux pour Phillip. L'enfant considérait sa grand-mère avec étonnement mais semblait cependant très à l'aise. Plus tard, un domestique vint le chercher pour l'emmener faire le tour du haras, laissant les deux femmes en tête à tête. La vieille duchesse savait que Sarah avait eu un entretien au ministère le matin même. Elle ne fut nullement surprise d'apprendre que les nouvelles n'étaient pas bonnes. En fait, elle était très maîtresse d'elle-même, ce qui ne laissa pas d'étonner Sarah.

— Je crois que nous ne saurons pas réellement ce qui s'est passé tant que l'Allemagne ne sera pas tombée. Il doit y avoir quelqu'un qui connaît la vérité mais qui a de bonnes raisons de ne rien dire.

D'un autre côté, il était possible que William se soit écrasé à terre lors du parachutage, ou qu'il ait été abattu par un Allemand qui avait abandonné le corps sans chercher à connaître son identité. Il avait pu mourir de mille façons différentes. Sarah commençait à réaliser que ses chances de retrouver son mari vivant étaient minimes. Mais elle gardait une lueur d'espoir, surtout maintenant qu'elle avait regagné la Grande-Bretagne. Elle téléphona à Jane, qui lui apprit, à son grand chagrin, que son beau-frère avait trouvé la mort à Kiska, dans les îles Aléoutiennes. Sans son mari, Jane semblait tout aussi désemparée qu'elle-même.

À Whitfield, tout lui rappelait William. Elle en fut particulièrement frappée le lendemain, quand sa belle-mère fit présent d'un cheval à Phillip pour son anniversaire. L'enfant en fut absolument ravi. Sarah ne l'avait pas vu sourire ainsi depuis la disparition de Lizzie et le départ de Joachim. Ici, il semblait s'épanouir et faire partie intégrante de l'univers de son père. Lorsqu'elle lui annonça qu'ils rentreraient en France au mois d'octobre, il déclara sans ambages qu'il ne voulait pas partir.

— Est-ce que je pourrai emmener mon cheval avec moi, maman ? demanda-t-il.

Sarah secoua la tête. Ils voyageraient par avion militaire et il était exclu qu'ils ramènent l'animal avec eux. De plus, les Américains étaient toujours au château, et leur vie était déjà bien assez compliquée sans qu'ils aillent en plus s'embarrasser d'un cheval. Sarah commençait à ressentir avec acuité la perte de William. Le retour à Whitfield avait rendu son absence plus réelle et il s'était mis à lui manquer plus que jamais.

— Nous reviendrons bientôt, chéri, et grand-maman va veiller sur ton cheval pendant ton absence.

C'était étrange de penser que Whitfield appartiendrait un jour à Phillip. Sarah en prit subitement conscience quand, à la fin du séjour, les domestiques l'appelèrent « Votre Altesse ». Dans leur esprit, William était mort et Phillip avait pris sa place.

— Je crois qu'un jour nous saurons la vérité concernant William, dit la duchesse la veille de leur départ. Moi je garde espoir, dit-elle, faites-en autant.

Sarah le lui promit. Cependant, tout au fond d'elle-même, elle avait commencé un travail de deuil.

Ils rentrèrent en France le lendemain. Le ministère

de la Guerre se chargea de les faire raccompagner au château. Tout semblait mieux organisé qu'au moment de leur départ, six semaines plus tôt. Emmanuelle avait bien entretenu le domaine et le colonel savait tenir ses hommes. La plupart des soldats avaient d'ailleurs levé le camp. Quelques-uns des ouvriers qui travaillaient pour Sarah avant guerre étaient revenus. Ils s'occupèrent du jardin, tandis qu'elle se remettait à restaurer les boiseries et à entreprendre des réparations dues à la présence des Allemands, même si, grâce à la vigilance de Joachim, les dégâts étaient limités.

Elle pensait souvent à lui mais, n'ayant aucun moyen de le joindre, elle ignorait comment il allait. Elle priait pour lui et pour William.

À Noël, cette année-là, la vie semblait avoir repris un cours normal au château. Sarah se sentait très seule. La guerre n'était toujours pas terminée mais les Alliés étaient sur le point de l'emporter. La victoire était proche.

Au printemps, les Alliés marchèrent sur Berlin, et en mai les combats cessèrent définitivement. Hitler s'était suicidé et nombre de ses officiers avaient fui. Le chaos régnait en Allemagne et on racontait des choses effroyables concernant les camps de concentration. Sarah était toujours sans nouvelles de William et de Joachim. Elle vécut simplement, jusqu'au matin où elle reçut un appel du ministère de la Guerre.

— Nous avons des nouvelles à vous communiquer, Altesse, annonça la voix à l'autre bout de la ligne.

Sarah éclata en sanglots avant même de savoir ce qu'ils avaient à lui dire. Phillip, qui se trouvait à la cuisine, regardait pleurer sa mère sans comprendre.

— Je crois que nous avons retrouvé notre homme…

enfin je veux dire… votre mari. Nous avons libéré un camp de prisonniers hier et nous avons trouvé quatre soldats encore non identifiés, en… assez mauvaise condition. Nous n'avons encore aucune preuve de l'identité de votre mari. Cependant, l'un des officiers présents a fait ses classes à Sandhurst avec lui. Il l'a formellement reconnu. Nous allons le rapatrier ce soir par avion. Nous pouvons vous ramener à Londres, si vous le souhaitez.

Si elle le souhaitait ? Après être restée si longtemps sans nouvelles de lui !

— Bien sûr. Pouvez-vous faire le nécessaire pour que je parte tout de suite ?

— Je crains qu'il ne nous soit pas possible de vous ramener à Londres avant demain, Votre Grâce, dit-il poliment. La pagaille règne un peu partout, en ce moment.

L'Europe tout entière était en proie au chaos, mais Sarah aurait traversé la Manche à la nage s'il l'avait fallu.

Le ministère de la Guerre prit une fois de plus contact avec les forces américaines en France, et cette fois ce fut une Jeep des forces alliées qui passa les prendre au château, Phillip et elle. Elle n'avait pas encore dit à son fils pourquoi ils repartaient pour Londres car elle ne voulait pas qu'il soit déçu au cas où le soldat n'aurait pas été William, mais l'enfant était enchanté de retourner chez sa grand-mère et de revoir son cheval. Sarah l'enverrait directement à Whitfield, tandis qu'elle-même se rendrait à l'hôpital. On lui avait dit que les quatre hommes étaient dans un état critique, sans lui fournir de détails concernant l'état de William. Mais peu lui importait, du moment qu'il était en vie. Et s'il vivait encore, elle ferait absolument tout ce qu'il faudrait pour le sauver.

Le vol jusqu'à Londres se passa sans encombre et la voiture qui devait conduire Phillip à Whitfield les attendait à l'aéroport. L'enfant fut accueilli par une haie d'honneur, avec tout le protocole militaire d'usage, ce qui le ravit. Sarah partit sans tarder au Chelsea Royal Hospital, en priant pour que William soit l'un des soldats rapatriés la veille, à minuit.

Un seul homme parmi eux pouvait être son mari. Il était approximativement de sa taille mais ne pesait que soixante ou soixante-cinq kilos. De plus, il avait les cheveux blancs et semblait beaucoup plus âgé que le duc de Whitfield. Sarah demeura silencieuse pendant tout le trajet. Au premier étage de l'hôpital, ils longèrent des salles pleines de blessés où médecins et infirmières s'affairaient sans relâche. Depuis la capitulation de l'Allemagne, ils ne savaient plus où donner de la tête. Les hommes arrivaient par avions entiers et les médecins accouraient des quatre coins de l'Angleterre pour prêter main-forte.

Le blessé avait été installé dans une petite chambre séparée. Une infirmière se tenait à ses côtés, surveillant sa respiration. Il était sous une tente à oxygène qui le dérobait à la vue.

L'infirmière souleva un coin de la tente pour permettre à Sarah de l'identifier, tandis que les hommes du ministère de la Guerre se tenaient discrètement à l'écart. L'hôpital attendait que l'armée de l'air lui communique la fiche dentaire pour pouvoir procéder à l'identification formelle du blessé. Mais Sarah n'eut besoin d'aucune fiche pour identifier cet homme amaigri et à peine reconnaissable. Elle s'approcha du lit, puis tendit la main pour lui caresser la joue. Il revenait du pays des morts, à peine vivant, mais il n'y avait pas l'ombre d'un doute : c'était William. Elle se tourna vers eux et son visage inondé de larmes leur dit tout ce qu'ils voulaient savoir.

— Dieu soit loué… murmura sir Alan.

Sarah semblait clouée sur place, incapable de le quitter des yeux. Elle prit ses mains pour les approcher de ses lèvres et les baiser. Ses doigts étaient livides, comme son visage. Elle comprit qu'il était entre la vie et la mort. Mais elle savait aussi qu'ils allaient tout faire pour le sauver. L'infirmière abaissa à nouveau le coin de la tente à oxygène. Peu après, deux médecins et deux religieuses entrèrent dans la chambre et commencèrent à s'affairer. Les médecins demandèrent à Sarah de sortir, ce qu'elle fit en jetant un dernier regard à son mari. C'était un miracle. Elle avait perdu Lizzie… mais elle avait retrouvé William. Dieu n'était peut-être pas aussi injuste, après tout ? Elle demanda aux représentants du ministère de la Guerre s'il lui était possible de prévenir la mère de William à Whitfield. La duchesse douairière poussa un soupir de soulagement à l'autre bout de la ligne. Puis elle éclata en sanglots, tout comme Sarah.

— Dieu merci… mon pauvre fils… Comment va-t-il ?

— Plutôt mal, Mère, j'en ai bien peur. Mais il va se remettre bien vite.

Elle espérait qu'elle n'était pas en train de lui mentir. Elle voulait y croire. Il n'avait pas survécu à toutes ces épreuves pour mourir maintenant. Elle l'en empêcherait par tous les moyens.

Les représentants du ministère de la Guerre se retirèrent et le directeur de l'hôpital vint lui parler de l'état de santé de William. Il n'y alla pas par quatre chemins.

— Nous ne savons pas encore si votre mari va survivre, Votre Grâce. Il est atteint de gangrène aux deux jambes, et souffre de nombreuses plaies internes. Il est malade depuis longtemps, vraisemblablement depuis des années. Il a plusieurs fractures aux jambes qui n'ont jamais été soignées. L'infection s'est probablement développée à la suite de sa chute. Nous ne pouvons pas sauver ses jambes, et nous ne pourrons peut-être pas lui sauver la vie. Il est de mon devoir de vous prévenir.

Elle le savait, mais elle refusait de l'accepter. Maintenant qu'il était de retour, elle ne voulait le perdre à aucun prix.

— Il *faut* que vous sauviez ses jambes. Il n'est pas revenu d'aussi loin pour se faire amputer.

— Nous n'avons pas le choix, ou si peu. Il ne pourra plus s'en servir de toute façon, les muscles et les nerfs sont beaucoup trop endommagés. Il devra se déplacer en fauteuil roulant.

— Entendu. Mais laissez-lui ses jambes.

— Votre Grâce, je ne suis pas sûr que vous m'ayez bien compris. Il s'agit d'un problème délicat. La gangrène…

Elle lui répondit qu'elle l'avait parfaitement compris, mais insista pour qu'il essaye de sauver les jambes de William. Exaspéré, il lui promit de tenter l'impossible.

Les deux jours qui suivirent, William subit quatre opérations, et chaque fois les médecins pensèrent qu'il n'allait pas survivre. Il survécut pourtant, même s'il n'avait pas repris connaissance depuis son rapatriement à Londres. Les deux premières opérations concernaient ses jambes, la troisième sa colonne vertébrale, et la quatrième les plaies internes qui risquaient de mettre ses jours en danger. Il était littéralement dévoré par l'infection et la maladie, souffrait de malnutrition extrême, de fractures multiples, et il portait sur le corps des marques de tortures évidentes. Il avait enduré tout ce qu'il était possible d'endurer et avait survécu… de justesse.

Quand arriva la troisième semaine, les médecins avaient tout tenté ; il ne restait plus qu'à attendre. William reprendrait-il connaissance, resterait-il dans le coma, ou mourrait-il ? Personne ne pouvait se prononcer. Sarah demeurait à son chevet jour et nuit. Elle tenait sa main dans la sienne, lui parlait, le suppliait de revenir à la vie, tant et si bien qu'elle finit par avoir piètre figure, elle aussi. Blême et très amaigrie, ses yeux étaient rouges à force de veiller sans répit. La voyant ainsi, une religieuse venue lui apporter une tasse de thé lui dit :

— Il ne peut pas vous entendre, Votre Grâce. Il est inutile de vous épuiser.

Mais Sarah était sûre que William l'entendait.

Fin juillet, ils tentèrent une dernière opération, et une fois de plus ils attendirent le résultat. Sarah demeurait au chevet de William, lui dispensant soins et encouragements, lui embrassant les mains, veillant sur lui nuit et jour. On avait installé un lit de camp pour elle dans la chambre et Sarah avait emprunté son uniforme à l'une des infirmières. Elle ne renonça jamais à l'espoir de le voir guérir. Une seule fois elle quitta son poste pour voir Phillip, que la duchesse douairière avait accompagné à l'hôpital. Il vit sa mère dans la salle d'attente, car il n'était pas autorisé à monter dans la chambre. On lui avait dit que son père était très malade, mais en vérité, pour Phillip, William était un étranger. L'enfant était trop petit lorsqu'il était parti, il n'avait gardé aucun souvenir de lui. Sarah serra son fils dans ses bras. Il lui manquait terriblement, et elle lui manquait aussi, cependant elle ne se sentait pas le droit d'abandonner William.

Le 1er août, le chef de clinique lui conseilla d'aller se reposer quelque temps. Les médecins étaient convaincus que Son Altesse ne sortirait désormais plus du coma. Peut-être vivrait-il des années, ou quelques jours seulement mais, s'il avait dû reprendre connaissance, cela se serait déjà produit. Il fallait se rendre à l'évidence.

— Comment pouvez-vous affirmer une telle chose ? demanda-t-elle avec une pointe d'hystérie dans la voix.

Ils avaient réussi à sauver ses jambes et maintenant ils capitulaient. Elle l'avait veillé nuit et jour depuis cinq semaines, il était hors de question qu'elle renonce, même si les médecins croyaient détenir la vérité.

— J'exerce depuis quarante ans, madame, dit le médecin d'une voix ferme, et il m'arrive d'être obligé de renoncer, d'accepter la fatalité. Nous nous sommes battus… et nous avons perdu. Il faut se résigner, à présent.

— Il a été prisonnier pendant trois ans et demi, c'est cela que vous appelez renoncer ? hurla-t-elle sans se soucier des gens qui pouvaient l'entendre. Lui n'a jamais renoncé, et ça n'est pas moi qui vais le faire à présent. Est-ce clair ?

— Naturellement, Votre Grâce. Je comprends parfaitement.

Il quitta la chambre à pas feutrés et suggéra à la surveillante d'administrer un calmant léger à la duchesse. Sarah était comme folle. Elle n'avait qu'une idée en tête : sauver son mari.

— Le pauvre homme est presque mort. Elle devrait le laisser s'en aller en paix, confia la surveillante à la sœur qui travaillait à ses côtés.

La religieuse acquiesça d'un signe de tête. Pourtant, elle avait vu des choses tellement étranges. Un de leurs patients était récemment revenu à lui, après avoir passé six mois dans le coma à la suite d'une blessure à la tête, survenue lors d'un bombardement.

— On ne peut jamais être sûr, dit-elle avant de s'en retourner voir Sarah et William.

Assise à côté du lit, Sarah parlait doucement à son mari, de Phillip, de sa mère, de Whitfield et du château de la Meuze ; elle lui dit même quelques mots concernant Lizzie. Elle aurait dit n'importe quoi pour le faire revenir à lui, mais jusqu'ici sans résultat. Bien qu'elle ne voulût pas le reconnaître, elle commençait à faiblir. La religieuse lui mit une main sur l'épaule et les contempla un instant. Soudain, elle eut l'impression que William avait bougé, cependant elle ne dit rien. Mais Sarah l'avait vu aussi. Un instant interdite, elle se mit à lui parler à nouveau, lui demandant d'ouvrir les yeux pour la regarder, ne serait-ce qu'une fois, une toute petite fois… pour voir s'il aimait sa coiffure. Elle ne s'était pas regardée une seule fois dans un miroir depuis un mois, et imaginait sans mal qu'elle devait avoir une mine épouvantable, mais elle continuait de l'encourager, lui baisant les mains, lui parlant doucement sous le regard fasciné de la religieuse. Puis, soudain, ses paupières s'entrouvrirent tout doucement, et il la regarda en souriant avant de les refermer à nouveau avec un petit signe de tête. Sarah se mit à sangloter en silence. Elle avait réussi ! Il avait ouvert les yeux ! La religieuse pleurait, elle aussi, en serrant la main de Sarah dans la sienne tandis qu'elle s'adressait à son patient.

— C'est une grande joie de vous voir éveillé, Altesse.

William ne bougea plus pendant un moment, puis à nouveau, très lentement, il tourna la tête et regarda Sarah dans les yeux.

— Elle est parfaite, souffla-t-il dans un murmure rauque.

— Quoi donc ?

Elle n'avait pas la moindre idée de ce qu'il voulait dire, mais jamais elle n'avait été si heureuse. Elle aurait voulu crier de joie et de soulagement. Elle se baissa pour l'embrasser.

— Ta coiffure... N'est-ce pas ce que tu m'as demandé ?

La religieuse et Sarah éclatèrent de rire.

Le lendemain il était assis dans son lit, se nourrissait de soupe et de thé léger. À la fin de la semaine, il avait repris des forces et pouvait s'exprimer à haute voix, bien qu'il ne fût encore que l'ombre de lui-même. Mais il était revenu à lui, à la vie, et pour Sarah c'était tout ce qui comptait. C'était tout ce pour quoi elle vivait.

Les représentants des ministères de la Guerre et de l'Intérieur vinrent lui rendre visite. Lorsqu'il eut recouvré suffisamment de forces, il leur raconta ce qui lui était arrivé. Il le fit en plusieurs fois. Cela dépassait l'imagination. Ce que les Allemands lui avaient fait subir était atroce, et il avait exigé que Sarah quitte la pièce pour le leur raconter. Ils lui avaient brisé les jambes à plusieurs reprises et l'avaient laissé, gisant dans la crasse, jusqu'à ce que les plaies s'infectent. Ils l'avaient torturé au fer rouge et à l'électricité. Ils lui avaient tout fait, hormis le mettre à mort. Mais ils n'avaient pas réussi à le faire parler, si bien qu'ils n'avaient jamais découvert sa véritable identité. Lors de son parachutage, il portait sur lui un faux passeport et de faux papiers militaires. Jamais il ne leur révéla le but de sa mission.

Il reçut la croix de guerre pour son héroïsme, mais c'était une piètre consolation pour lui qui avait perdu l'usage de ses jambes. Dans un premier temps, il fut très abattu à l'idée qu'il ne pourrait plus jamais marcher.

Ils avaient tant perdu l'un et l'autre. Un après-midi, peu avant qu'il ne quitte l'hôpital, elle lui parla de Lizzie. Tous deux pleurèrent l'enfant disparue.

— Oh, ma chérie... et dire que je n'étais pas là !

— Tu n'aurais rien pu faire. Nous n'avions ni médecins ni médicaments. Nous n'avions rien. Les Américains approchaient et les Allemands commençaient à se replier, il ne leur restait plus rien. Et Lizzie n'était plus assez robuste pour guérir toute seule. Le commandant allemand s'est montré très bon pour nous, il nous a donné tout ce qu'il avait... mais elle était trop fragile. – Sarah se mit à sangloter, puis elle regarda son mari. – Elle était si mignonne, si adorable... – Sarah arrivait à peine à parler. – J'aurais tellement voulu que tu la connaisses...

— Un jour peut-être, dit-il à travers ses propres larmes. Quand nous serons à nouveau réunis, dans un autre monde.

D'une certaine façon, cette perte rendait Phillip doublement précieux à leurs yeux. Lizzie manquait terriblement à Sarah, en particulier quand elle voyait une petite fille qui lui ressemblait. Elle savait que d'autres mères avaient perdu leurs enfants pendant la guerre, mais sa souffrance n'en demeurait pas moins insupportable. Elle était heureuse que William soit là pour la partager.

Il lui arrivait encore de penser à Joachim quelquefois, mais il faisait partie d'un passé lointain dorénavant. Dans la solitude, la souffrance et la terreur de la guerre, il avait été son seul ami, en dehors d'Emmanuelle. Mais son souvenir s'estompait peu à peu.

William était encore à l'hôpital lorsque Sarah fêta ses vingt-neuf ans. Au Japon, la guerre venait de s'achever, et le monde entier s'en réjouissait. William rentra à Whitfield le jour où le Japon capitula officiellement, la veille du sixième anniversaire de Phillip. William n'avait pas revu son fils depuis qu'il était tout bébé. Leurs retrouvailles furent émouvantes pour lui, et étranges pour Phillip. Le petit garçon observa longuement son père en silence, avant de s'approcher de lui et de lui passer les bras autour du cou. Même dans un fauteuil roulant, son père était un homme impressionnant. Plus que jamais, William regretta toutes ces années passées loin de son fils.

Le séjour à Whitfield fut bénéfique pour tout le monde. William apprit à se servir de son fauteuil roulant, tandis que Sarah s'octroyait pour la première fois depuis fort longtemps un repos bien mérité. Et pour Phillip, qui adorait Whitfield, ce fut l'occasion de faire connaissance avec son père.

Il lui parla de Lizzie, une fois, bien qu'il lui en coûtât d'aborder ce sujet.

— Elle était si jolie, dit-il doucement, en regardant au loin. Quand elle est tombée malade, maman n'a pas réussi à se procurer les médicaments pour la guérir, alors elle est morte.

Il y avait une pointe de reproche dans sa voix, qui n'échappa pas à William, même s'il n'en comprit pas la raison. L'enfant croyait-il sa mère responsable de la mort de sa sœur ? Cela lui paraissait tellement improbable qu'il ne lui posa pas la question.

Phillip parlait de Joachim, aussi, parfois. Bien qu'il n'en dît pas grand-chose, il était facile de voir que l'enfant l'aimait beaucoup. Indépendamment de sa nationalité, William lui était reconnaissant d'avoir veillé sur ses enfants. Sarah ne parlait jamais de lui, mais lorsque William l'interrogea à son sujet, elle lui dit que c'était un homme intègre et généreux. Ils fêtèrent le quatre-vingt-dixième anniversaire de la mère de William, cette année-là. C'était une femme merveilleuse et, maintenant que William était de retour, elle était plus rayonnante que jamais.

Ils se portaient tous beaucoup mieux, à présent. Mais il était indéniable que les uns et les autres avaient beaucoup perdu durant ces années, beaucoup d'illusions, et des êtres chers… Lizzie en particulier. William était parti si longtemps qu'il avait failli ne jamais revenir. Et puis Joachim était sorti de la vie de Sarah comme il y était entré… Ils avaient eu leur part de chagrin et de détresse, à présent ils pansaient leurs plaies. Parfois, il arrivait à Sarah de se demander si Phillip n'était pas celui qui avait le plus souffert. Pendant six ans, il avait été privé de son père sans même l'avoir connu, et voilà qu'à présent il lui fallait faire sa connaissance et apprendre à bâtir une relation avec lui. Il avait perdu un ami en Joachim, et une petite sœur qu'il pleurait encore.

— Elle te manque, n'est-ce pas ? lui demanda Sarah doucement, un jour qu'ils se promenaient dans les bois.

Il secoua la tête en la regardant tristement, comme chaque fois qu'ils parlaient de sa sœur.

— Elle me manque aussi, tu sais, mon chéri.

Elle serra sa main dans la sienne et Phillip détourna la tête en silence. Mais ses yeux contenaient un message que William avait compris et que Sarah ignorait : Phillip tenait sa mère pour responsable de la mort de Lizzie. C'était de sa faute s'il n'y avait pas eu de médicaments pour soigner sa sœur, sa faute si Joachim était parti... Il ne comprenait pas comment elle s'y était prise pour attirer toutes ces calamités sur sa tête. Cependant il était heureux d'être à Whitfield. Il montait à cheval et se promenait dans la forêt, il adorait sa grand-mère et, peu à peu, il apprenait à connaître son père.

17

Ils attendirent que William soit à nouveau capable de prendre les choses en main, pour retourner en France. Il semblait s'être enfin résigné à avoir perdu l'usage de ses jambes et avait retrouvé son poids normal. Seuls ses cheveux blancs lui donnaient un air différent. Il n'avait que quarante-deux ans, mais sa détention l'avait beaucoup marqué. Sarah aussi semblait plus grave qu'avant guerre. Tous avaient payé un lourd tribut, Phillip également. Il fut très triste de quitter Whitfield, il aurait voulu rester avec sa grand-mère et son cheval, mais ses parents ne cédèrent pas.

William pleura en revoyant le château. Il était exactement comme il l'avait rêvé à l'époque où il se demandait s'il le reverrait un jour. Prenant la main de Sarah, il la serra très fort, sanglotant comme un enfant. C'était merveilleux d'être de retour. Emmanuelle et sa mère avaient tout préparé. Sarah avait laissé le domaine sous la responsabilité de la jeune fille, qui s'était acquitté admirablement de sa tâche. Il n'y avait plus aucune trace d'armée quelle qu'elle soit, ni dans le château, ni dans le parc, ni même dans les dépendances. Emmanuelle avait fait appel à tous les ouvriers qu'elle avait pu trouver pour que tout fût prêt pour le retour des Whitfield.

— C'est absolument superbe, la complimenta Sarah.

Emmanuelle était ravie. Elle n'avait que vingt-trois ans, mais elle savait diriger une maison à la perfection. Aucun détail n'échappait à son œil averti.

Sarah emmena William sur la tombe de Lizzie, cet après-midi-là. Il pleura en voyant la petite tombe et Sarah ne put retenir ses larmes, elle non plus. Plus tard, lorsqu'ils regagnèrent la maison, il l'interrogea à nouveau sur les Allemands.

— Ils ont séjourné ici longtemps, dit-il d'une voix neutre. C'est étonnant qu'ils n'aient pas fait davantage de dégâts.

— Le commandant était un homme très correct, expliqua Sarah. Il était bon et savait tenir ses soldats. Il détestait la guerre autant que nous.

William souleva un sourcil étonné.

— Il te l'a dit ?

— Plusieurs fois, répondit-elle tout bas, sans trop comprendre pourquoi il lui posait toutes ces questions.

Cependant, quelque chose dans sa voix trahissait l'émotion.

— Vous étiez très amis, lui et toi ? demanda-t-il le plus naturellement du monde.

Phillip parlait souvent du commandant, et William se demandait parfois si son fils ne lui préférait pas l'officier allemand. C'était un rude coup pour un père, mais il le comprenait. Sarah le sentit lorsque son regard croisa le sien.

— Il n'y a jamais eu que de l'amitié entre nous, William. Rien d'autre. Il a vécu ici longtemps, et beaucoup de choses se sont passées pendant cette période. Elizabeth est née. – Elle avait décidé d'être honnête avec lui, comme elle l'avait toujours été. – C'est lui qui m'a aidée à accoucher. Il lui a sauvé la vie. Sans lui elle serait morte à la naissance. Nous avons survécu ici, quatre ans durant, côte à côte. Ça ne s'oublie pas facilement. Mais si tu veux savoir s'il s'est passé quelque chose entre nous... eh bien, non, jamais.

Ce qu'il lui répondit la laissa sans voix, et un petit frisson d'angoisse parcourut son corps.

— Phillip dit que tu l'as embrassé lorsqu'il est parti.

L'enfant n'aurait pas dû le dire à son père, pas comme cela tout au moins. Mais peut-être ne saisissait-il pas toute la portée de ses paroles ? Parfois, elle n'était pas sûre de le comprendre. Il s'était renfermé sur lui-même. Il avait encore beaucoup de choses à accepter, à comprendre. Comme eux tous.

— C'est vrai. Je l'ai embrassé, dit Sarah calmement. – Elle n'avait rien à cacher à William, et elle voulait qu'il le sache. – Nous sommes devenus amis. Joachim détestait Hitler autant que nous. Et il nous a protégés. Lorsqu'il est parti, j'ai compris que je ne le reverrais jamais. J'ignore s'il est toujours en vie ou s'il est mort, mais je ne lui souhaite que du bien. Je l'ai embrassé, mais je ne t'ai pas trahi.

Des larmes roulaient sur ses joues. Elle lui disait la vérité, elle lui était restée fidèle, et c'était mal de la part de Phillip d'avoir voulu rendre son père jaloux. Il lui en voulait de beaucoup de choses, mais elle n'aurait jamais cru qu'il chercherait à se venger. Maintenant, elle était contente de pouvoir dire franchement à William qu'elle ne l'avait jamais trahi. Toutes les nuits de solitude qu'elle avait passées avaient enfin trouvé leur raison d'être.

— Je suis désolé, je n'aurais pas dû te poser la question, dit-il, coupable.

Elle s'agenouilla à côté de lui et prit son visage entre ses mains.

— Il n'y a pas de raison. Je n'ai rien à te cacher. Je t'aime. Je t'ai toujours aimé. Je n'ai jamais perdu l'espoir de te revoir un jour. Jamais. Je n'ai pas cessé un seul instant de t'aimer. Et j'ai toujours su que tu me reviendrais.

C'était la vérité, et il la lisait clairement dans ses yeux – de même qu'il y lisait tout l'amour qu'elle lui portait.

Il soupira, soulagé par ce qu'elle venait de dire. Il la croyait. Il avait eu très peur lorsque Phillip lui avait parlé. Il comprit que c'était une façon pour Phillip de le punir de les avoir laissés.

— Je ne croyais pas que je reviendrais un jour. Je me le répétais sans cesse, pour m'exhorter à vivre une heure, une nuit, un jour de plus… mais je ne pensais pas que je m'en sortirais. Beaucoup y sont restés. – Il avait vu tant d'hommes mourir autour de lui, torturés à mort par les Allemands.

— Les Allemands sont des monstres, dit-il tandis qu'ils retournaient au château.

Elle n'osa pas lui dire que Joachim était différent. Comme il l'avait dit, la guerre était une chose horrible. Mais Dieu merci, c'était fini.

Ils étaient de retour au château depuis trois semaines à peine. Emmanuelle et Sarah faisaient du pain ensemble dans la cuisine. Elles parlaient de choses et d'autres quand soudain Emmanuelle se mit à lui poser des questions.

— Vous devez être bien heureuse que monsieur le duc soit de retour, dit-elle, bien que cela soit une évidence.

Cela faisait des années que Sarah n'avait pas été aussi heureuse. Petit à petit, William et elle avaient recommencé à avoir des rapports amoureux. Bien qu'un peu altérée, leur vie de couple avait repris presque comme avant, à la grande joie de William, qui avait eu quelques craintes.

— Oui, c'est merveilleux, dit Sarah avec le sourire, tout en pétrissant la pâte sous l'œil attentif d'Emmanuelle.

— Monsieur le duc a ramené beaucoup d'argent avec lui, d'Angleterre ? demanda-t-elle de but en blanc.

Sarah la regarda, stupéfaite.

— Non, pourquoi ? Bien sûr que non. Pourquoi cette question ?

— Oh, comme ça.

Elle avait l'air embarrassée, mais sans plus, juste comme quelqu'un qui a une idée derrière la tête.

— Pourquoi me demandes-tu une chose pareille, Emmanuelle ?

Elle savait que la jeune fille avait eu d'étranges relations avec la Résistance pendant la guerre, par l'intermédiaire de son frère, puis avec le marché noir, mais elle ne comprenait pas où elle voulait en venir.

— C'est qu'il se trouve parfois des gens… qui ont besoin d'argent. Et je me demandais si vous et monsieur le duc accepteriez de leur en prêter ?

— Que veux-tu dire exactement ?

Sarah était surprise, Emmanuelle semblait songeuse.

— Eh bien disons… que vous achèteriez des choses qu'ils auraient à vendre.

— De la nourriture ?

Sarah s'arrêta de pétrir la pâte, s'essuya les mains et regarda longuement la jeune fille au fond des yeux. Elle se demandait où elle voulait en venir. Jamais elle ne l'avait soupçonnée de quoi que ce soit. Cependant, elle commençait à avoir des doutes et cela ne lui plaisait guère.

— De quoi veux-tu parler, Emmanuelle ? De nourriture ou de machines agricoles ?

La jeune fille secoua la tête et, baissant la voix, elle dit :

— Non… il s'agit de bijoux. Il y a des gens… *dans les alentours*[1], qui ont besoin d'argent pour reconstruire leur maison, leur vie… Ils ont des biens cachés, de l'or, de l'argent, des bijoux… dont ils souhaitent se défaire.

Emmanuelle avait longuement réfléchi aux différents moyens de se constituer un petit pécule, maintenant que la guerre était finie. Elle n'avait pas l'intention de passer sa vie à faire des ménages, même pour les Whitfield qu'elle aimait pourtant beaucoup et elle avait eu cette idée. Elle connaissait plusieurs personnes désireuses de vendre des objets de valeur, des bijoux, de l'argenterie, des étuis à cigarettes signés, ainsi que d'autres biens précieux qu'elles avaient cachés. Il y avait en particulier une femme de Chambord qui possédait un sautoir de perles extraordinaire qu'elle était prête à vendre à n'importe quel prix. Sa maison avait

1. En français dans le texte. *(N.d.T.)*

été entièrement détruite par les Allemands et elle avait besoin d'argent pour la reconstruire.

Emmanuelle proposait de jouer les intermédiaires. Elle connaissait les personnes qui avaient de beaux objets à vendre d'une part, et les Whitfield, qui possédaient les fonds nécessaires, d'autre part. Cela faisait un moment qu'elle cherchait à aborder le sujet sans trop savoir comment. Mais de plus en plus de gens la contactaient, espérant qu'elle pourrait les aider. La femme aux perles était déjà venue la voir à deux reprises, et elle n'était pas la seule.

Elle connaissait aussi des Juifs qui sortaient de leurs cachettes, et des femmes à qui les nazis avaient fait de somptueux cadeaux qu'elles n'osaient pas garder – des bijoux échangés contre des renseignements, ou pour garder la vie sauve. Emmanuelle souhaitait aider les gens à les vendre, et se faire ainsi un peu d'argent. Un peu seulement, car elle ne voulait pas profiter de la détresse des autres. Sarah continuait à la regarder sans vraiment comprendre.

— Mais que ferais-je de ces bijoux ?

Le matin même elle avait sorti les siens de leur cachette, sous le plancher de la chambre de Phillip.

— Vous pourriez les porter. – Elle sourit. Cela ne lui aurait pas déplu à elle, mais elle n'avait pas encore les moyens d'acheter quoi que ce soit. Peut-être un jour. – Ou les revendre. Ce ne sont pas les possibilités qui manquent, madame.

— Un jour – Sarah lui sourit – tu deviendras quelqu'un.

Elles n'avaient que six ans de différence, mais Emmanuelle avait un sens des affaires et un instinct de survie tout à fait remarquables. Ce qui n'était pas le cas de Sarah. Cette dernière avait du cran et de la ténacité, mais cela n'avait rien à voir. Emmanuelle Bourgeois, elle, avait de l'ambition et une audace peu commune.

— Vous voulez bien en parler à monsieur le duc ? implora-t-elle, tandis que Sarah quittait la cuisine avec le plateau du déjeuner.

Il y avait comme une pointe d'anxiété dans la voix d'Emmanuelle.

— Oui, promit Sarah, mais je crains qu'il ne trouve cette idée complètement folle.

Le plus étonnant fut que William ne trouva pas l'idée folle du tout. Il la trouva intéressante, au contraire.

— C'est une idée astucieuse. Cette fille est vraiment étonnante, tu ne trouves pas ? C'est une façon d'aider les gens dans le besoin. Je ne suis pas contre. Encore tout récemment je me demandais ce que nous pourrions faire pour la population des environs. J'avoue qu'une idée aussi originale ne m'était pas venue à l'esprit. – Il sourit. – Je pense que c'est tout à fait envisageable. Dis à Emmanuelle que je vais étudier la question, et attendons de voir ce qui se passe.

Trois jours plus tard, à neuf heures du matin, la sonnette de l'entrée principale du château retentit. Lorsque Sarah descendit, elle se trouva nez à nez avec une femme en robe noire, lustrée, qui avait manifestement connu des jours meilleurs. Ses souliers étaient éculés mais elle portait un sac Hermès. Sarah ne connaissait pas la femme.

— Que puis-je faire pour vous ? demanda-t-elle, étonnée.

— *Je m'excuse*[1]… Je…

Elle avait l'air gênée et ne cessait de regarder pardessus son épaule, comme si elle craignait d'être vue. Après l'avoir regardée plus attentivement, Sarah se dit qu'elle devait être juive.

— Je vous prie de m'excuser, reprit la femme, une amie m'a suggéré… J'ai de graves ennuis, Votre Grâce, ma famille…

Ses yeux se remplirent de larmes, et elle se mit à lui raconter son histoire. Sarah l'invita cordialement à entrer et lui offrit une tasse de thé. La femme lui expliqua que toute sa famille avait été déportée pendant la guerre. À sa connaissance, elle était la seule survivante. Elle était restée cachée quatre ans durant dans la cave de ses voisins. Son mari était jadis médecin et directeur d'un grand hôpital parisien. Il avait été arrêté par les nazis, ainsi que ses parents, ses deux sœurs, et même son fils… Elle se mit à sangloter et Sarah dut faire un effort pour contenir ses propres larmes. La femme lui dit qu'elle avait besoin d'argent pour les retrouver. Elle voulait se rendre en Allemagne et en Pologne, dans les camps où étaient regroupés les survivants.

— Je pense que la Croix-Rouge devrait pouvoir vous aider, madame. Il y a de nombreuses organisations qui effectuent ce genre de recherches en Europe.

Elle le savait par William, qui avait fait une généreuse donation à plusieurs de ces organisations lorsqu'ils étaient en Angleterre.

— Mais je voudrais y aller moi-même. Et lorsque je les aurai retrouvés, sauf si… – Elle n'arrivait pas à finir sa phrase. – Je veux aller en Israël.

1. En français dans le texte. *(N.d.T.)*

Elle avait dit cela comme s'il s'agissait véritablement de la Terre promise, et le cœur de Sarah chavira. Puis la femme sortit deux grosses boîtes de son sac à main.

— J'ai quelque chose à vendre... Emmanuelle m'a dit que... que vous étiez très bonne.

Et que son mari était très riche, mais Mme Wertheim était trop polie pour répéter une chose pareille. Les deux boîtes étaient des coffrets Van Cleef. L'un contenait un magnifique collier en diamants et émeraudes, et l'autre, un bracelet assorti. Admirablement montées, les deux pièces avaient beaucoup de classe.

— Oh mon Dieu !... Mais ils sont superbes ! Je ne sais que vous dire...

Elle ne se voyait pas du tout porter des bijoux comme ceux-là. Il s'agissait de pièces importantes et de grande valeur. Sarah n'avait pas la moindre idée de ce qu'elle aurait pu lui en offrir. Cependant, à mesure qu'elle les contemplait, et sans trop comprendre pourquoi, Sarah fut de plus en plus séduite par l'idée de les lui acheter. Elle n'avait jamais rien possédé de semblable. Et puis il y avait cette pauvre femme qui tremblait en priant le ciel pour qu'elle dise oui.

— Puis-je les montrer à mon mari ? Ça ne sera pas long.

Elle monta au premier en courant et fit irruption dans leur chambre à coucher, avec les deux coffrets.

— Tu ne croiras jamais ce qui arrive. Il y a une femme en bas... – Elle ouvrit les boîtes et lui en montra le contenu. – Elle veut nous vendre ceci... dit-elle en lui tendant les somptueuses émeraudes.

William émit un petit sifflement admiratif.

— Très, très beau. Tu pourrais les porter pour jardiner. Ils s'accorderaient parfaitement avec le gazon...

— Sois sérieux, je t'en prie.

Elle lui raconta alors l'histoire de la femme. Il en fut très ému.

— Ne pourrait-on lui donner de l'argent, tout simplement ? Ça me fait mal au cœur de la priver de ses bijoux. D'un autre côté, je suis sûr qu'ils t'iraient à ravir.

— C'est gentil, chéri. Mais il faut prendre une décision.

— Je vais descendre discuter avec elle.

Il était déjà rasé et portait son pantalon et sa chemise sous sa robe de chambre. Il avait appris à s'habiller tout seul et se débrouillait très bien en dépit de son infirmité. Il suivit Sarah jusqu'à la porte et descendit l'escalier grâce la rampe qui avait été spécialement installée pour lui.

Mme Wertheim les attendait dans la cuisine. Elle était tellement honteuse qu'un moment elle avait pensé s'enfuir en abandonnant ses bijoux. De plus, elle craignait que les Whitfield ne la dénoncent. Emmanuelle s'était employée à la rassurer en lui disant qu'il s'agissait de gens charmants.

— Bonjour madame, dit William avec un sourire. – La femme s'efforça d'avoir l'air détendue en attendant le verdict concernant ses émeraudes. – À dire vrai, c'est la première fois qu'une proposition comme la vôtre se présente à nous. C'est tout à fait nouveau pour nous. – Il avait décidé d'aller droit au but pour ne pas prolonger l'angoisse de la femme inutilement. Il voulait l'aider. – Combien en voulez-vous ?

— Je ne sais pas. Dix ? Quinze ?

— C'est absurde.

D'une voix étranglée, elle dit :

— Je vous prie de m'excuser, Altesse… Cinq ?

Elle les aurait cédés pour une bouchée de pain tant elle avait besoin d'argent.

— J'avais pensé vous en offrir trente. Cela vous paraît-il raisonnable ? Je veux dire trente mille dollars ?

— Je… Oh, mon Dieu… – Elle se mit à pleurer, incapable de retenir ses larmes plus longtemps. – Dieu vous bénisse… Dieu vous bénisse, Altesse.

Elle s'essuya les yeux à l'aide d'un mouchoir de dentelle ancienne et les remercia avec une immense gratitude avant de partir avec son chèque dans la main. Sarah avait les larmes aux yeux.

— Pauvre femme.

— Je sais. – Il eut l'air sombre pendant un moment, puis il passa le collier et le bracelet à Sarah. – Ils sont à toi, ma chérie.

Ils étaient heureux de ce qu'ils avaient fait. La semaine n'était pas écoulée qu'un événement similaire se produisait.

Sarah et Emmanuelle étaient en train de débarrasser la table du dîner et William travaillait dans son bureau lorsqu'une femme se présenta à la porte de la cuisine. Elle était jeune et semblait terrorisée. Elle avait les cheveux courts, mais déjà beaucoup moins courts qu'au lendemain de la Libération. Il sembla à Sarah qu'elle l'avait déjà vue au bras d'un des officiers allemands qui vivaient au château durant l'Occupation. C'était une belle fille, qui avait travaillé comme mannequin chez Jean Patou avant guerre.

Emmanuelle prit un air glacial en la voyant entrer, pourtant c'était elle qui lui avait suggéré de venir.

Cette fois-ci, cependant, elle était décidée à demander une commission plus importante. De Mme Wertheim elle n'avait accepté qu'une somme dérisoire, et encore, parce que celle-ci avait insisté pour lui laisser quelque chose.

La jeune femme jeta un regard inquiet à Emmanuelle puis à Sarah. Et tout recommença comme la première fois.

— Puis-je avoir un entretien avec vous, Votre Grâce ?

Elle avait à vendre un très joli bracelet Boucheron tout en diamants. C'était un cadeau. Mais l'Allemand qui le lui avait offert lui avait laissé un deuxième cadeau par la même occasion : un bébé.

— Il est tout le temps malade. Je n'ai pas de quoi lui acheter de la nourriture… ni des médicaments. J'ai peur qu'il n'attrape la tuberculose.

Sarah reçut ces paroles en plein cœur. Elle pensa à Lizzie. Se tournant vers Emmanuelle, elle lui demanda si on pouvait la croire et celle-ci hocha la tête.

— Elle a un bâtard allemand. Il a deux ans et il est toujours malade.

— Vous me promettez de lui acheter de la nourriture et des médicaments, ainsi que des vêtements chauds, si nous vous donnons de l'argent ? demanda Sarah d'une voix ferme.

La jeune femme promit. Sarah monta chercher William, qui descendit pour examiner la jeune femme et le bracelet. L'une et l'autre lui firent grand effet, et l'entretien qu'il eut avec la fille le convainquit de sa bonne foi. Il ne voulait pas acheter de bijoux volés, et la fille lui parut honnête.

Ils lui donnèrent un bon prix du bracelet, sans doute

ce que l'Allemand l'avait payé, et elle s'en alla en les remerciant du fond du cœur. Puis Sarah regarda Emmanuelle et éclata de rire.

— Que sommes-nous en train de faire, au juste ?

Emmanuelle sourit de toutes ses dents.

— Moi, je vais devenir riche, et vous, vous allez vous retrouver à la tête d'une montagne de bijoux magnifiques.

Sarah ne put réprimer un sourire. Tout ceci était un peu fou, mais c'était aussi amusant et touchant. Le lendemain, ils achetèrent les perles de la femme de Chambord qui voulait reconstruire sa maison. Les perles étaient extraordinaires, et William insista pour que Sarah les porte.

À la fin de l'été, Sarah possédait une dizaine de bracelets en émeraudes trois colliers assortis, quatre parures de rubis, une cascade de très beaux saphirs et plusieurs solitaires, sans parler d'un ravissant diadème en turquoises. Tous ces bijoux leur avaient été vendus par des gens qui avaient perdu fortune, maison ou enfants et qui avaient besoin d'argent pour retrouver leurs proches, reconstruire leur vie, ou pouvoir manger, tout simplement. Emmanuelle avait commencé à se constituer un joli petit pécule avec les commissions qu'elle percevait sur les ventes. Elle s'était mise à jouer les élégantes. Elle allait chez le coiffeur en ville et s'habillait à Paris, ce qui était bien plus que Sarah n'en faisait. À côté d'Emmanuelle, elle aurait presque eu l'air négligée.

— William, qu'allons-nous faire de tous ces bijoux ? demanda-t-elle un jour qu'elle était en train de fouiller dans son armoire et qu'une dizaine de coffrets Van

Cleef et Cartier en équilibre instable tombèrent, provoquant son fou rire.

— Je n'en ai pas la moindre idée. Peut-être devrions-nous organiser une vente aux enchères ?

— Je parle sérieusement.

— Que dirais-tu d'ouvrir un magasin ? demanda William le plus sérieusement du monde.

Sarah trouva l'idée absurde.

Un an plus tard, ils avaient acheté tant de bijoux qu'ils auraient pu faire concurrence à une grande bijouterie.

— Peut-être n'est-ce pas une si mauvaise idée, après tout, déclara Sarah, cette fois.

Mais William n'en était plus sûr. Il avait commencé à planter des vignobles autour du château et n'avait plus le temps de s'occuper de bijoux. Les joyaux continuaient à affluer, car leur générosité et leur gentillesse étaient devenues légendaires. À l'automne 1947, William et Sarah décidèrent de se rendre à Paris en laissant Phillip à Emmanuelle pour quelques jours. Depuis qu'ils avaient quitté l'Angleterre, un an et demi plus tôt, ils n'avaient pas une seule fois quitté le château tant ils étaient occupés.

Paris était encore plus beau que dans le souvenir de Sarah. Ils descendirent au Ritz, et passèrent presque autant de temps dans leur chambre que lors de leur lune de miel. Ils trouvèrent cependant maintes occasions de faire des achats et allèrent dîner chez les Windsor, boulevard Suchet – mais dans une autre maison, cette fois, admirablement décorée par Boudin. Sarah portait une robe noire très chic de chez Dior, son splendide rang de perles, ainsi qu'un fabuleux bracelet en diamants acheté quelques mois plus tôt à une femme qui se trouvait dans le plus complet dénuement.

Au dîner, chacun voulut savoir d'où provenait son bracelet. Wallis, qui avait remarqué ses perles, lui déclara qu'elle n'en avait jamais vu d'aussi belles. Le bracelet aussi l'intriguait, et lorsqu'elle demanda où ils l'avaient acheté, les Whitfield répondirent « Cartier » sans donner plus de détails. Même les bijoux de Wallis semblaient moins beaux à côté.

À sa grande surprise, Sarah découvrit qu'elle était fascinée par les bijoutiers. Ceux-ci proposaient de très belles pièces, mais ils en possédaient d'encore plus somptueuses au château.

— Tu sais, je crois que nous devrions nous lancer, dit-elle, tandis qu'ils rentraient au château dans une Bentley que William avait fait venir spécialement d'Angleterre.

Six mois passèrent avant qu'ils n'abordent le sujet à nouveau. Sarah était très prise par Phillip et voulait passer le plus de temps possible avec lui avant son départ pour Eton, l'année suivante. Elle aurait voulu le garder avec elle mais, bien qu'étant né en France et ayant toujours vécu au château, il nourrissait une véritable passion pour tout ce qui touchait à la Grande-Bretagne. Il avait supplié ses parents de l'envoyer à Eton.

William, quant à lui, était trop occupé par ses vignobles pour penser aux bijoux. Ce n'est qu'à l'été 1948 que Sarah décida d'agir et de faire quelque chose de tous les joyaux qu'ils possédaient. Car, hormis quelques très belles pièces qu'elle portait, la plupart des bijoux restaient dans un placard.

— Lorsque Phillip sera parti, nous irons à Paris

et nous les vendrons. Je te le promets, dit William distraitement.

— Mais les gens vont croire que nous avons attaqué la banque de Monte-Carlo !

— Cela y ressemble beaucoup, en effet, dit-il avec un petit sourire.

Lorsqu'ils voulurent les porter à Paris, à l'automne, ils durent faire un choix et n'emportèrent que quelques pièces, laissant les autres au château. Sarah s'ennuyait de Phillip, parti depuis peu. Deux jours après leur arrivée à Paris, William lui annonça qu'il venait d'avoir une très bonne idée.

— Quoi donc ?

Elle était en train de regarder des tailleurs chez Chanel.

— Au sujet des bijoux. Nous allons ouvrir notre propre boutique.

— Mais tu es fou ? – Elle le regardait, stupéfaite. – Comment ferions-nous ? Le château est à deux heures de Paris.

— C'est Emmanuelle qui tiendra la bijouterie. Elle est bien moins occupée maintenant que Phillip est parti, et elle n'a jamais aimé le ménage.

Depuis qu'elle s'habillait chez Jean Patou et Madame Grès, Emmanuelle était devenue une jeune personne très élégante.

— Tu parles sérieusement ?

Elle n'y avait jamais songé, et n'était pas sûre que ce soit une bonne idée. Mais par certains côtés, l'aventure lui plaisait, car tous deux aimaient les bijoux. Soudain elle se rembrunit.

— Que va dire ta mère lorsqu'elle saura que tu veux ouvrir un commerce ?

— Que c'est horriblement vulgaire, dit-il en riant, mais tellement amusant ! Pourquoi pas ? Et puis ma mère n'a pas de préjugés. Je crois que ça lui plaira, au contraire.

À quatre-vingt-douze ans passés, elle témoignait d'une ouverture d'esprit hors du commun. De plus, elle était ravie d'avoir Phillip avec elle pendant les week-ends et les vacances scolaires.

— Qui sait ? peut-être qu'un jour nous deviendrons joailliers de la couronne d'Angleterre, plaisanta William. Pour cela il faudrait que nous arrivions à vendre quelques pièces à la reine.

C'était une idée parfaitement déraisonnable, pourtant ils en parlèrent tout au long du trajet en rentrant au château.

— Comment allons-nous appeler notre boutique ? demanda Sarah tout excitée, lorsqu'ils furent couchés.

— Mais Whitfield, naturellement. – Il la contempla avec fierté. – Comment voudrais-tu que nous l'appelions, chérie ?

— Excuse-moi. – Elle se tourna vers lui et l'embrassa. – Comment n'y avais-je pas songé ?

— Tu aurais dû.

C'était un projet absolument fantastique.

Ils notèrent toutes les idées qui leur passaient par la tête, firent l'inventaire de leurs bijoux, et reçurent les compliments de Van Cleef que leur collection impressionna beaucoup. Ils contactèrent des hommes de loi et repartirent à Paris avant Noël, où ils louèrent une boutique dans le faubourg Saint-Honoré, petite mais très élégante. Puis ils recrutèrent sans délai décorateurs et ouvriers et trouvèrent même un appartement pour Emmanuelle. Sarah était folle de joie.

— Crois-tu que nous sommes devenus complètement fous ? demanda Sarah, lorsqu'ils eurent regagné leur chambre, au Ritz, le soir du premier de l'an.

De temps en temps, elle était prise de doutes.

— Mais, non, chérie, pas du tout. Nous avons fait beaucoup de bien autour de nous en rachetant ces bijoux, et maintenant nous nous distrayons un peu. Il n'y a aucun mal à cela. Et qui sait ? nous aurons peut-être un commerce florissant.

Ils avaient tout expliqué à Phillip et à la mère de William, lorsqu'ils étaient allés passer Noël à Whitfield. La duchesse avait trouvé l'idée splendide et promit d'être leur première cliente, s'ils n'y voyaient pas d'inconvénient. Phillip, pour sa part, avait déclaré qu'il ouvrirait une succursale à Londres quand il serait grand.

— Ne préférerais-tu pas t'occuper de celle de Paris ? demanda Sarah, surprise de sa réaction.

Pour un enfant qui avait vécu si longtemps en France et qui n'était qu'à moitié anglais, il était étonnamment britannique.

— Je ne veux plus vivre en France, annonça-t-il, sauf pour les vacances. Je veux habiter à Whitfield.

— Bah, dit William plus amusé que contrarié. Il y en a au moins un qui s'y plaît.

Il ne pouvait s'imaginer retournant vivre à Whitfield. Comme son cousin le duc de Windsor et comme Sarah, il préférait la France.

— Vous me verrez à l'inauguration, dit la duchesse douairière lorsqu'ils furent sur le point de partir. Quand aura-t-elle lieu ?

— En juin, dit Sarah tout excitée avec un petit clin d'œil à William.

C'était un peu comme la naissance d'un nouvel enfant et Sarah se consacra corps et âme à leur projet pendant les six mois qui suivirent. La veille de l'inauguration, le résultat était stupéfiant.

18

L'inauguration de la bijouterie fut un véritable triomphe. D'un goût exquis, la décoration était signée Elsie de Wolfe, une Américaine établie à Paris. Entièrement tendue de velours gris perle, la boutique ressemblait à un écrin. Les fauteuils étaient de style Louis XVI, et William avait accroché quelques petits Degas aux murs, ainsi que des esquisses de Renoir qu'il avait rapportées de Whitfield. Il y avait aussi un ravissant Mary Cassatt que Sarah adorait. Mais ce n'étaient pas les tableaux qui attiraient le regard lorsqu'on pénétrait dans la boutique, c'étaient les bijoux, tous absolument époustouflants. Sarah et William avaient mis de côté les pièces les moins intéressantes, mais n'avaient pu s'empêcher d'être surpris par la qualité de l'ensemble de la collection. Chaque pièce était exposée séparément pour en faire ressortir tout l'éclat. Colliers de diamants fabuleux, énormes perles, superbes pendants d'oreilles en diamants, ainsi qu'un tour de cou en rubis ayant appartenu à la tsarine. La marque des joailliers était bien visible sur chacun des bijoux, y compris celle de Van Cleef, qui apparaissait sur le diadème de turquoises. Ils avaient des pièces signées Boucheron, Mauboussin, Chaumet, Van Cleef, Cartier et Tiffany de New York, Fabergé et Asprey. Cette collection de rêve remporta un immense succès auprès des Parisiens. Un entrefilet dans la presse avait annoncé que la duchesse de Whitfield ouvrait une bijouterie dans le faubourg Saint-Honoré. La maison Whitfield proposait des bijoux exceptionnels pour des femmes hors du commun.

La duchesse de Windsor vint à l'inauguration, comme la plupart de ses amies. Le *Tout-Paris*[1] était au rendez-vous, de même que quelques curieux venus spécialement de Londres.

Les Whitfield vendirent quatre pièces le soir de la réception : un ravissant bracelet Fabergé, en perles et diamants, rehaussé de petits oiseaux en émail bleu, et un collier de perles qui faisait partie des tout premiers bijoux qu'ils avaient achetés ; ils vendirent aussi la parure en émeraudes de Mme Wertheim, ainsi qu'un énorme rubis cabochon monté en bague par Van Cleef pour un maharaja.

Sarah contemplait l'assemblée sans y croire vraiment. William, quant à lui, semblait très satisfait. Il était fier d'elle, et de ce qu'ils avaient fait ensemble. Ils avaient acheté ces bijoux pour venir en aide à ceux qui en avaient besoin, et voilà qu'ils se retrouvaient à la tête d'un commerce extraordinaire.

— Nous avons fait du beau travail, ma chérie, lui dit-il tendrement.

Les serveurs remplissaient à nouveau les coupes de champagne. Il y avait des caisses de Cristal, et du caviar à profusion.

1. En français dans le texte. *(N.d.T.)*

— Je n'arrive pas à y croire ! Et toi ?

Elle s'émerveillait comme une enfant, et s'amusait beaucoup. Emmanuelle avait l'air d'une grande dame, très belle dans sa robe noire Schiaparelli, au milieu de cette foule distinguée.

— Mais oui. Tu as un goût exquis et ces joyaux sont superbes, dit-il calmement, en prenant une petite gorgée de champagne.

— Nous avons réussi, n'est-ce pas ? C'est un merveilleux succès, dit-elle en riant.

— Pas nous, ma chérie, *tu* as réussi. Tu es ce qui compte le plus au monde pour moi, lui murmura-t-il à l'oreille.

Ses années de détention lui avaient appris à reconnaître ce qui lui était le plus cher, sa femme et son fils. Physiquement il n'était plus aussi solide qu'il l'avait été jadis, mais Sarah prenait bien soin de lui et il avait repris une partie de ses forces. Parfois il semblait avoir retrouvé toute sa vigueur, parfois il avait l'air épuisé. Elle savait que ses jambes le faisaient souffrir. Si ses plaies avaient fini par guérir, son système nerveux souffrait encore des séquelles de ces années de souffrance. Mais il était en vie, heureux, et ils étaient à nouveau réunis. Elle était heureuse, elle aussi, et savourait chaque instant de son bonheur.

— Arrives-tu à y croire ? murmura-t-elle à Emmanuelle quelques minutes plus tard.

Avec une maîtrise extrême, Emmanuelle venait de montrer un superbe collier de saphirs à un très beau jeune homme.

— Je crois – Emmanuelle adressa un petit sourire

mystérieux à sa *patronne*[1] – que nous allons bien nous amuser, ici.

Sarah avait remarqué qu'elle avait séduit quelques-uns des hommes les plus importants de la soirée, sans se soucier du fait qu'ils étaient mariés.

Vers la fin de la soirée, David acheta une très jolie bague en diamants ornée d'un léopard Cartier pour Wallis, ce qui portait à cinq le nombre des ventes de la soirée. Puis les invités commencèrent à s'en aller, et à minuit on ferma la boutique.

— Oh, chéri, c'est merveilleux !

Sarah frappa dans ses mains une fois de plus. William l'attira à lui et la fit asseoir sur ses genoux, tandis que les gardiens fermaient les portes et qu'Emmanuelle donnait des ordres aux maîtres d'hôtel. Elle allait emporter le reste de caviar chez elle pour le déguster avec des amis, le lendemain. Sarah le lui avait permis. Elle avait prévu de donner une petite réception chez elle, dans son appartement de la rue de la Faisanderie, pour fêter son nouveau poste de gérante de la maison Whitfield. Elle en avait fait du chemin depuis La Marolle ! Depuis la Résistance, où elle n'hésitait pas à prendre des risques avec les Allemands pour leur soutirer des informations, depuis l'époque où elle vendait des œufs, de la crème ou des cigarettes au marché noir. La guerre avait été longue pour eux tous, mais à présent la vie reprenait dans la joie, à Paris.

William et Sarah regagnèrent leur suite au Ritz peu après. Ils parlèrent de se trouver un petit pied-à-terre où ils pourraient séjourner quand ils viendraient à Paris.

1. En français dans le texte. *(N.d.T.)*

Il ne fallait guère plus de deux heures pour se rendre du château à la capitale, mais ils ne pourraient pas faire le voyage continuellement. Sarah ne passerait pas tout son temps à la boutique puisqu'Emmanuelle et son assistante s'en occupaient. Mais elle voulait pouvoir chercher tranquillement de nouvelles pièces, car l'époque où les gens venaient les trouver pour leur demander de l'aide était révolue. Elle voulait aussi créer ses propres bijoux. Mais dans l'immédiat le Ritz leur convenait parfaitement. Sarah bâillait lorsqu'elle pénétra dans l'hôtel en poussant la chaise roulante de William. Quelques minutes plus tard, ils se couchaient.

Alors qu'elle se glissait entre les draps, William sortit une boîte du tiroir de la table de nuit.

— Suis-je bête, dit-il, l'air innocent. – Elle le connaissait suffisamment pour savoir qu'il s'apprêtait à lui faire une surprise. – J'avais oublié ceci… – Il lui tendit une grosse boîte, plate et carrée. – Un petit souvenir pour fêter l'inauguration de la maison Whitfield, dit-il avec un sourire.

Elle lui sourit en retour tout en se demandant ce qu'elle contenait.

— William, tu es impossible ! – Elle avait toujours le sentiment d'être une enfant avec lui. Il la gâtait tellement et se montrait toujours si attentionné. – Qu'est-ce que c'est ? demanda-t-elle en déchirant le papier.

C'était un coffret à bijoux qui portait le nom du joaillier italien Buccellati.

Elle l'ouvrit lentement, le regard pétillant de curiosité, et poussa un petit cri en découvrant ce qu'il contenait. C'était un magnifique collier de diamants, de taille impressionnante et admirablement réalisé.

— Oh, mon Dieu !

Elle détourna les yeux et referma aussitôt le coffret avec un claquement sec. Il lui avait déjà fait des cadeaux somptueux, mais celui-ci était à vous couper le souffle. On aurait dit un collier de dentelle au dessin compliqué. Entièrement montés sur platine, d'énormes diamants taillés en goutte y étaient suspendus comme autant de perles de rosée.

— Oh, William… – Elle ouvrit à nouveau les yeux, et jeta ses bras autour de son cou. – Je ne le mérite pas !

— Mais si, la semonça-t-il. Ne dis pas des choses pareilles. De plus, en tant que patronne de la maison Whitfield, les gens vont commencer à s'intéresser de près à ce que tu portes. Il va falloir que nous t'achetions des bijoux hors du commun, dorénavant, dit-il avec un petit sourire espiègle.

Il adorait la choyer et, comme son père avant lui, il était passionné par les bijoux.

Elle passa le collier puis s'allongea à nouveau pour qu'il puisse la contempler, et ils se mirent à rire. La soirée avait été parfaite.

— Chérie, tu devrais toujours porter des diamants au lit, dit-il en l'embrassant.

Il laissa ses lèvres découvrir le collier, puis glisser le long de son cou.

— Crois-tu que nous aurons vraiment beaucoup de succès ? murmura-t-elle en l'enlaçant.

— C'est déjà fait, dit-il d'une voix sensuelle, et ils oublièrent la boutique.

Le lendemain les journaux ne parlaient que de l'événement, citant le nom des invités, s'extasiant sur les bijoux, sur l'élégance de Sarah et de William, et mentionnant la présence du duc et de la duchesse de Windsor.

— Quel triomphe ! s'exclama Sarah, qui portait déjà son collier de diamants au petit déjeuner.

Elle allait avoir trente-trois ans et n'avait jamais été aussi belle, assise jambes croisées, avec son épaisse chevelure ramenée sur le haut de la tête et ses diamants qui jetaient mille feux dans le soleil du matin.

— Tu sais que tu es resplendissante, ma chérie.

— Merci, mon amour.

Elle se pencha vers lui et ils s'embrassèrent longuement.

L'après-midi, ils retournèrent à la boutique. Les affaires marchaient très bien. Emmanuelle leur apprit qu'elle avait vendu six autres pièces, dont certaines d'un prix élevé. Des curieux venaient regarder la devanture, pour observer les riches clients et s'extasier devant les bijoux. Deux hommes importants avaient acheté chacun un bracelet, le premier pour sa maîtresse, le second pour sa femme. Ce dernier avait invité Emmanuelle à dîner. C'était un membre du gouvernement, bien connu pour ses aventures, et très bel homme. Emmanuelle pensait qu'il serait amusant de sortir avec lui, ne serait-ce qu'une fois.

William et Sarah rentrèrent au château, encore étourdis par le succès de l'inauguration. Ce soir-là, Sarah commença les esquisses des bijoux qu'elle voulait créer. Elle ne pouvait espérer découvrir chaque jour des pièces extraordinaires. Aussi avait-elle décidé de se rendre à certaines ventes aux enchères à New York, chez Christie, à Londres, ainsi qu'en Italie, réputée pour son orfèvrerie. Elle se retrouvait débordante de projets et d'activités. Cependant, elle savait qu'elle n'entreprendrait rien sans consulter William, dont le goût et le jugement en matière de bijoux étaient très sûrs.

Dès l'automne, leurs efforts étaient couronnés de succès. La boutique marchait à merveille, quelques-unes des créations de Sarah avaient été réalisées, et Emmanuelle disait que les gens en était fous. Elle avait beaucoup de talent et William savait parfaitement choisir les pierres. Ils les achetaient avec grand soin, et exigeaient que la réalisation en fût parfaite. Les bijoux se vendirent incroyablement vite, et en octobre elle en dessinait déjà d'autres en espérant pouvoir les mettre en vente à Noël.

Emmanuelle et son politicien, Jean-Charles de Martin, se voyaient de plus en plus souvent. Dieu merci, la presse ne les avait pas encore découverts. Ils étaient extrêmement discrets en raison du poste important qu'il occupait au sein du gouvernement et ils se retrouvaient toujours chez elle.

Sarah ne savait plus où donner de la tête. Elle et son mari étaient fréquemment à Paris, où ils descendaient toujours au Ritz, n'ayant pas trouvé le temps de chercher un appartement. À l'approche de Noël, elle était complètement épuisée. Ils allèrent passer Noël à Whitfield. William offrit à sa femme une bague en rubis extraordinaire, ayant appartenu à Mary Pickford. Mais lorsqu'ils voulurent ramener Phillip à Paris, ils furent très déçus. Celui-ci ne voulait pas quitter Whitfield.

— Qu'allons-nous faire de lui ? demanda Sarah tristement tandis qu'ils reprenaient l'avion pour Paris. C'est inimaginable. Il est né en France, il a grandi là-bas, mais il ne veut pas en entendre parler.

L'idée qu'elle était en train de perdre son seul enfant

lui était insupportable. Bien que très prise, elle s'arrangeait toujours pour trouver du temps à consacrer à son fils, mais ce dernier semblait indifférent. La France lui rappelait les Allemands et les années de solitude passées loin de son père.

— Il doit avoir Whitfield dans le sang, dit William, qui essayait de la réconforter. Il n'a que dix ans, c'est normal qu'il veuille rester avec ses amis. Dans quelques années, il sera heureux de revenir en France. Il pourra aller à la Sorbonne et vivre à Paris.

Mais l'enfant parlait déjà d'aller à Cambridge, comme son père, et Sarah avait le sentiment qu'ils avaient définitivement perdu leur fils. Elle était encore très abattue le soir du nouvel an, qu'ils passèrent au château. Elle avait attrapé un méchant rhume, le deuxième consécutif et elle était littéralement exténuée par toutes les allées et venues qui avaient précédé Noël.

— Tu as une mine épouvantable, lui fit remarquer William tandis qu'elle descendait l'escalier, au matin du 1er janvier.

Il était déjà dans la cuisine en train de faire du café.

— Merci, dit-elle, d'une voix lugubre.

Elle lui demanda s'il pensait que Phillip serait plus heureux s'ils lui achetaient des chevaux.

— Arrête de te faire du souci, Sarah. Les enfants doivent apprendre à voler de leurs propres ailes, à devenir indépendants.

— Mais ce n'est encore qu'un bébé, dit-elle, les larmes aux yeux. Et c'est mon seul enfant.

Elle éclata soudain en sanglots en pensant à la petite fille qu'elle avait perdue pendant la guerre, cette petite fille qu'elle adorait, et à son fils, qui semblait ne plus avoir besoin d'elle. Elle avait l'impression que son cœur allait se briser. C'était si dur de le savoir au loin. Elle aurait tant voulu avoir d'autres enfants. Mais malheureusement ce vœu ne se réalisait pas. Les médecins lui avaient pourtant dit qu'il n'y avait aucun problème, mais rien ne venait.

— Ma pauvre chérie, dit William en la prenant dans ses bras pour la consoler. C'est un vilain petit garçon qui veut son indépendance.

Lui-même n'avait jamais réussi à s'en rapprocher malgré tous ses efforts. Ce n'était pas facile de rentrer de la guerre et de tout recommencer avec un petit garçon de six ans qu'on ne connaissait pas. William avait fini par accepter qu'ils ne seraient jamais proches. Il sentait que Phillip ne lui pardonnerait jamais d'être parti à la guerre et de n'avoir pas été là quand il avait eu besoin d'un père. De même qu'il tenait Sarah pour responsable de la mort de sa petite sœur. Il ne l'avait jamais clairement exprimé, mais William le savait et n'en avait jamais fait part à Sarah.

William la renvoya au lit avec du bouillon bien chaud et du thé. Elle passa toute la journée à pleurer, et à dessiner, puis elle finit par s'endormir. Il savait qu'elle était épuisée. Son rhume persistant et s'accompagnant à présent d'une toux sèche, il décida d'appeler le médecin. Il ne supportait pas de la voir malade, craignant trop de la perdre.

— Mais c'est ridicule. Je vais très bien, protesta-t-elle, dans une épouvantable quinte de toux.

— Je veux qu'il te soigne avant que tu n'aies une pneumonie, dit William, l'air grave.

— Tu sais bien que j'ai horreur des médicaments, rechigna-t-elle.

Mais rien n'y fit et le médecin vint la voir. C'était un vieil homme tout à fait charmant qui s'était installé dans le village voisin après la guerre. Elle était très contrariée et ne cessait de répéter qu'elle n'avait pas besoin de médecin.

— *Bien sûr, madame*[1]. Mais monsieur le duc… ça n'est pas bon pour lui de se faire du souci, lui dit-il avec beaucoup de diplomatie.

Elle se laissa fléchir tandis que William quittait la pièce pour aller lui chercher une tasse de thé. Lorsqu'il revint, Sarah semblait radoucie et un peu surprise.

— Alors, docteur, va-t-elle vivre ? demanda William sur le ton de la plaisanterie.

Le vieux docteur sourit en tapotant le genou de Sarah.

— Sans aucun doute, et pendant longtemps, je l'espère. – Il sourit à Sarah, puis prit un air faussement autoritaire. – Vous allez rester sagement au lit, *n'est-ce pas*[2] ?

— Oui, docteur, dit-elle, obéissante.

William se demanda ce qu'il lui avait dit pour la rendre aussi docile. Toute trace de colère avait disparu et elle était maintenant parfaitement calme.

Le médecin ne lui avait prescrit aucun médicament, pour toutes les raisons qu'il lui avait énoncées lorsque William s'était absenté. Cependant il l'avait engagée à boire beaucoup de bouillon et de thé bien chaud et à rester au lit. William craignit que l'homme ne fût trop vieux pour exercer la médecine. Il existait tant de médicaments pour prévenir la pneumonie ou

1. En français dans le texte. (*N.d.T.*)
2. En français dans le texte. (*N.d.T.*)

la tuberculose. La soupe ne lui paraissait pas être un remède suffisant.

Étendue dans le lit, Sarah était en train de regarder par la fenêtre, l'air pensif. Il s'approcha d'elle avec son fauteuil roulant et lui toucha la joue. La fièvre était tombée, mais cette abominable toux persistait et il restait préoccupé.

— Si tu ne vas pas mieux demain, je t'emmène à Paris, lui dit-il doucement.

Elle comptait trop pour lui, il ne voulait pas risquer de la perdre.

— Mais je vais très bien, répondit-elle tout bas, une lueur étrange dans les yeux et le sourire aux lèvres. Je vais très bien… seulement je suis complètement idiote.

Elle ne s'était aperçu de rien. Elle avait eu tant de travail le mois dernier qu'elle n'avait pensé qu'à Noël, à la boutique et aux bijoux. Et voilà que…

— Que veux-tu dire ?

Il fronça les sourcils et elle lui répondit par un grand sourire.

Puis elle s'assit dans le lit et se pencha vers lui pour l'embrasser. Jamais elle ne l'avait autant aimé.

— J'attends un bébé.

L'espace d'un instant, il n'eut aucune réaction, puis il la regarda et dit, stupéfait :

— Tu quoi ? Comment ?

— Oui ! – Elle rayonnait littéralement. Elle se laissa retomber parmi les oreillers. – Cela va faire bientôt deux mois, mais je ne me suis rendu compte de rien, tant j'étais absorbée par la boutique.

— Bon sang ! – Il était ravi. Il prit ses mains dans les siennes avec un sourire, puis se pencha pour les baiser. – Tu m'étonneras toujours !

— Je te signale que je ne l'ai pas fait toute seule. Tu m'as été d'un grand secours !

— Oh, chérie… – Il se rapprocha encore un peu plus. Il savait combien elle avait désiré cet enfant. Et lui aussi. Mais ils n'y croyaient plus après tout ce temps. – J'espère que ce sera une fille, dit-il tendrement.

Sarah le souhaitait aussi, non pas pour qu'elle prenne la place de Lizzie, mais pour aider Phillip à surmonter sa peine. Et puis William n'avait jamais vu sa petite fille, et il rêvait d'en avoir une autre. Sarah, pour sa part, espérait secrètement que la venue d'un bébé aiderait Phillip à oublier. Il avait tant aimé sa petite sœur et avait pris de telles distances depuis sa disparition.

William s'allongea à côté de Sarah.

— Oh, chérie, comme je t'aime.

— Je t'aime aussi, murmura-t-elle, en se serrant contre lui.

Ils demeurèrent ainsi un long moment, à savourer leur bonheur et à penser à l'avenir.

19

— Je ne suis pas sûre.

Le sourcil froncé, Sarah examinait en compagnie d'Emmanuelle les bijoux qui venaient d'arriver. Ceux-ci leur avaient été livrés par l'atelier qui fournissait aussi Chaumet, mais Sarah n'était pas certaine qu'ils lui plaisaient.

— Qu'en penses-tu ?

Emmanuelle saisit un des lourds bracelets d'esclave en or rose inscrusté de diamants et de rubis.

— Moi, je les trouve très chic et très bien réalisés, fut son verdict.

Elle était de plus en plus élégante avec ses cheveux roux en chignon et son tailleur Chanel noir qui lui donnait un air très distingué.

— Ils vont aussi coûter très cher, avoua Sarah.

Elle n'aimait pas pratiquer des prix exorbitants, mais un joyau de qualité revenait très cher. Elle était exigeante tant sur la main-d'œuvre que sur la pureté des pierres. Chez Whitfield on ne vendait que le meilleur, telle était sa devise.

— Je ne crois pas que ce soit un problème, dit Emmanuelle en souriant, tandis que Sarah traversait la boutique d'un pas languissant pour aller admirer le bracelet dans un miroir. – Les gens qui viennent chez nous recherchent la qualité, l'originalité. Ils aiment les bijoux anciens, mais ils aiment aussi les vôtres, madame.

Elle l'appelait encore madame, après toutes ces années. Elles se connaissaient depuis onze ans, maintenant, depuis le jour où Emmanuelle était venue l'aider à accoucher de Phillip.

— Tu as sans doute raison, dit Sarah. Ils ne sont pas mal du tout. Je vais leur dire que je les prends.

— Parfait.

Emmanuelle était satisfaite. Elles avaient passé la matinée à faire le point sur les bijoux qui leur avaient été livrés. C'était le dernier voyage de Sarah à Paris. Elle était venue pour accoucher. On était à la fin juin et le bébé devait naître dans deux semaines, mais William n'avait voulu prendre aucun risque cette fois. Il ne souhaitait pas jouer les sages-femmes, une fois suffisait.

— Je veux que mon bébé naisse ici, avait protesté Sarah avant qu'ils ne quittent le château.

Mais William avait fait la sourde oreille.

Ils étaient venus s'installer à Paris, dans l'appartement qu'ils avaient acheté au printemps. Il se composait de trois chambres à coucher, d'un immense office, d'un vaste salon, d'un ravissant bureau, d'un boudoir attenant à leur chambre à coucher, ainsi qu'une très jolie salle à manger et d'une cuisine. Sarah s'était chargée de la décoration et de la fenêtre de leur chambre, ils avaient une vue splendide sur le jardin des Tuileries et, au-delà, sur la Seine.

L'appartement était à deux pas de la boutique, ainsi que des magasins préférées de Sarah, ce qui était fort appréciable. Cette fois-ci, ils avaient ramené Phillip avec eux. Mais celui-ci était furieux et prétendait s'ennuyer à mourir à Paris. Sarah avait engagé un précepteur et le jeune homme emmenait Phillip au Louvre, à la tour Eiffel ou au zoo quand elle ne pouvait pas le faire elle-même, ce qui arrivait souvent maintenant, car elle ne quittait pratiquement plus l'appartement. La venue du bébé l'absorbait complètement.

Phillip le lui reprochait. Lorsqu'au printemps on lui avait annoncé la future naissance, il avait eu l'air épouvanté. Sarah l'avait même entendu dire à Emmanuelle que c'était dégoûtant.

Lui et Emmanuelle étaient très proches. Une des joies de Phillip était de lui rendre visite à la boutique et de regarder les bijoux. C'est ce qu'il fit cet après-midi-là, lorsque Sarah le confia à Emmanuelle pour aller faire quelques courses. Il reconnut que certains bijoux étaient merveilleux. Emmanuelle en profita pour lui dire que le bébé serait tout aussi merveilleux, mais il rétorqua que les bébés étaient stupides. Sauf Elizabeth, mais elle était partie.

— Toi, tu n'étais pas stupide, lui dit gentiment Emmanuelle, tandis qu'installés dans son bureau ils goûtaient de madeleines et de chocolat chaud. Tu étais adorable. – Elle espérait l'attendrir un peu. Il était devenu si dur, si cassant. – Et ta sœur aussi. – Il se rembrunit soudain et elle préféra changer de sujet. – Peut-être que ce sera une petite fille.

— Je déteste les filles ! – Puis il ajouta : Sauf toi. – Enfin il la laissa sans voix en déclarant : Est-ce que tu voudras bien m'épouser quand je serai grand ? Si tu ne te maries pas d'ici là, bien entendu.

Il savait qu'elle était beaucoup plus âgée que lui.

Lorsqu'il serait en âge de l'épouser, elle aurait près de quarante ans. Mais il n'avait jamais vu de femme plus belle. Il la trouvait encore plus belle que sa mère. Sa mère avait été belle, autrefois, quand elle n'était pas énorme, à cause de son bébé stupide. Emmanuelle lui dit qu'il ne devait pas se comporter ainsi, qu'il avait tort d'être jaloux du bébé, et qu'il devrait se réjouir d'être bientôt grand frère. Mais visiblement, elle ne lui fit pas changer d'avis.

— Je serais ravie de devenir ta femme, Phillip. Dois-je comprendre que nous sommes fiancés ? dit-elle en souriant et en lui offrant une autre madeleine.

— Oui, mais je ne peux pas t'offrir de bague de fiançailles. Papa ne me donne jamais d'argent.

— Ce n'est pas grave. J'en emprunterai une à la boutique en attendant.

Il hocha la tête avec un coup d'œil en direction des bijoux qui se trouvaient sur son bureau. Puis il lui dit une chose qui la stupéfia et qui aurait stupéfié encore plus sa mère si elle l'avait entendue.

— J'aimerais bien travailler ici, avec toi, un jour, Emmanuelle… lorsque nous serons mariés.

— Vraiment ? – Elle sourit et se mit à le taquiner. – Je croyais que tu voulais vivre en Angleterre.

Peut-être avait-il découvert que Paris n'était pas si mal, après tout.

— Nous pourrions ouvrir une boutique, là-bas. À Londres. J'aimerais bien.

— Il faudra que nous en parlions à tes parents, à l'occasion, dit-elle en reposant sa tasse juste au moment où Sarah entrait dans le bureau.

Elle était vraiment très ronde, mais toujours aussi

jolie malgré tout, dans la robe que Dior avait spécialement conçue pour elle.

— Quoi de neuf ? demanda Sarah en s'asseyant avec soulagement.

Lorsqu'elle la voyait ainsi, Emmanuelle n'avait aucune envie d'avoir des enfants. Elle se jurait bien de ne jamais en faire et ne comprenait pas le bonheur que Sarah y trouvait.

— Phillip voudrait ouvrir une succursale à Londres, déclara Emmanuelle fièrement.

Sentant qu'il ne voulait pas qu'elle parle de leurs fiançailles à sa mère, elle n'ajouta rien.

— C'est une excellente idée, dit Sarah en lui souriant. Je crois que cela ferait très plaisir à ton père. Mais je ne suis pas sûre que je pourrais faire face.

Cela faisait maintenant un an, jour pour jour, qu'ils avaient inauguré la boutique, et elle n'avait pas eu une minute de répit.

— Dans ce cas, il faudra attendre que Phillip soit assez grand pour s'en occuper tout seul.

— Et je le ferai, dit-il avec un regard obstiné que Sarah lui connaissait bien.

Elle lui proposa de l'emmener faire un tour au bois de Boulogne, et c'est à contrecœur qu'il quitta Emmanuelle. Avant de partir, il l'embrassa et lui serra la main pour lui rappeler leur alliance secrète.

Ils firent une longue promenade dans le bois, durant laquelle Phillip se montra plus loquace qu'à l'ordinaire. Il lui parla d'Emmanuelle, de la boutique, de Eton et de Whitfield et se montra patient avec Sarah, qui marchait avec lourdeur. Elle lui faisait pitié quand il la voyait ainsi.

William les attendait à l'appartement. Ils allèrent

dîner chez Lipp, ce soir-là. Phillip adorait l'endroit. Sarah lui consacra les deux semaines suivantes, parce qu'elle savait qu'une fois le bébé né, elle aurait beaucoup moins de temps à lui consacrer. Ils avaient l'intention de retourner au château tout de suite après la naissance du bébé. Les médecins lui avaient assuré qu'elle pourrait voyager, mais ils voulaient qu'elle entre à la clinique une semaine avant la date prévue pour l'accouchement. Elle avait catégoriquement refusé, déclarant qu'aux États-Unis, ça n'était pas l'usage. En France, il semblait que lorsque les femmes accouchaient dans des cliniques privées, elles y entraient une semaine ou deux à l'avance pour se faire dorloter, et en ressortaient une semaine ou deux après l'accouchement. Mais elle n'avait nullement l'intention de rester inactive dans une clinique, aussi luxueuse soit-elle.

Ils passaient chaque jour à la boutique. Un matin, Emmanuelle leur annonça qu'elle venait de vendre deux énormes bagues. Le plus surprenant était que Jean-Charles de Martin, son amant, était l'un des acheteurs et qu'il l'avait achetée pour elle, la taquinant en lui faisant croire qu'il la destinait à son épouse. Lorsqu'elle avait été sur le point de laisser éclater sa colère, il avait sorti la bague de son écrin pour la lui passer au doigt. Sarah leva un sourcil songeur.

— Cela a-t-il une signification particulière ? demanda-t-elle à Emmanuelle, qui savait que le politicien achetait de nombreux bijoux pour sa femme et ses maîtresses chez d'autres joailliers.

— Non, si ce n'est que je possède désormais une très belle bague, dit Emmanuelle, qui ne se faisait aucune illusion.

Elle savait que nombre de ses clients achetaient des bijoux pour leur maîtresse autant que pour leur femme. Ils menaient des vies agitées, mais ils savaient qu'Emmanuelle était la discrétion personnifiée.

L'après-midi touchait à sa fin lorsqu'ils rentrèrent à l'appartement. Phillip alla au cinéma en compagnie de son précepteur. C'était un jeune homme très bien, qui étudiait à la Sorbonne et qui maîtrisait parfaitement l'anglais. Par bonheur, Phillip l'aimait bien.

On était déjà en juillet et il faisait horriblement chaud. Sarah avait hâte de retourner au château. Il faisait si bon là-bas, à cette période de l'année. Quel dommage de devoir rester à Paris.

William contemplait en souriant sa femme étendue sur leur lit dans un adorable peignoir de satin rose.

— Tu n'as pas trop chaud, ma chérie ? Ne préférerais-tu pas ôter ton peignoir ? lui dit-il, plein de sollicitude.

— Je n'ose pas. Je me sens tellement énorme.

Mais il approcha son fauteuil roulant du lit et dit :

— Je te trouve toujours aussi belle, tu sais.

Il était un peu triste à l'idée de ne pouvoir assister à la naissance. Il se sentait mis à l'écart. Elle allait accoucher avec un grand professeur parisien, dans une luxueuse clinique. Mais il en avait décidé ainsi, parce que c'était plus sûr.

Cette nuit-là, elle dormit d'un profond sommeil, tandis que William avait un sommeil agité, en raison de la chaleur. Elle le réveilla à quatre heures du matin, lorsqu'elle sentit venir les douleurs. Il s'habilla rapidement et appela la femme de chambre pour qu'elle aide Sarah à se préparer, puis il la conduisit à la clinique, qui se trouvait à Neuilly. Lorsqu'ils quittèrent la maison, elle semblait beaucoup souffrir et ne dit pratiquement rien durant le trajet. Une fois là-bas, les médecins l'emmenèrent aussitôt dans la salle de travail. William attendit jusqu'à midi. Il craignait que les choses ne se passent mal, une fois de plus. Les médecins avaient promis d'employer toute la technologie moderne. Enfin, à une heure et demie, le médecin entra, un large sourire sur les lèvres.

— Félicitations, monsieur, vous êtes papa d'un magnifique garçon.

— Et ma femme ? demanda aussitôt William, inquiet.

— Ça n'a pas été facile pour elle, dit le médecin, l'air grave, mais tout s'est bien passé. Nous lui avons donné un petit sédatif. Vous pourrez la voir bientôt.

Sarah lui parut très pâle et épuisée, bordée dans ses draps blancs. Elle semblait ne pas savoir ce qu'elle faisait là. Elle répétait sans cesse qu'elle devait passer à la boutique et écrire à Phillip, à Eton.

— Calme-toi, ma chérie… tout va bien.

Il resta un long moment à son chevet, et à quatre heures et demie, elle ouvrit les yeux et regarda autour d'elle, l'air complètement surpris. Il s'approcha du lit et l'embrassa en lui parlant du bébé. William ne l'avait toujours pas vu, mais les infirmières lui avaient toutes affirmé que c'était un beau garçon. Il pesait quatre kilos cinq cents, presque autant que Phillip et, à en juger par la mine de Sarah, William se doutait que l'accouchement avait été difficile.

— Où est-il ? demanda-t-elle en le cherchant des yeux.

— À la pouponnière, ils vont nous l'amener bientôt.

Ils voulaient que tu te reposes d'abord. – Il l'embrassa à nouveau. – Tu as beaucoup souffert ?

— C'était une sensation bizarre… – Elle le regarda, l'air vague, en lui tenant la main. Elle essayait de se concentrer. – Ils m'ont tellement fait respirer de protoxyde d'azote qu'à la fin, j'en avais la nausée… Je souffrais, mais j'étais incapable de le leur dire.

— C'est peut-être pour cela qu'ils le font.

Tout était bien qui finissait bien, la mère et l'enfant étaient sains et saufs, et rien de dramatique ne s'était passé.

— J'aurais préféré accoucher avec toi, comme la première fois, dit-elle tristement.

Cet accouchement lui avait paru tellement étrange, aseptisé. Et elle n'avait toujours pas vu son bébé.

— C'est gentil, mais je ne suis pas médecin !

On finit par leur amener le bébé et elle oublia instantanément la douleur. Il était beau et potelé. Avec ses cheveux bruns et ses grands yeux bleus, il ressemblait comme deux gouttes d'eau à William. Sarah pleura de joie en le prenant dans ses bras. Il était parfait. Elle avait voulu une petite fille, mais maintenant qu'il était là ça n'avait plus aucune importance. Ils décidèrent de l'appeler Julian, en souvenir d'un cousin éloigné de William. Sarah insista pour que William fût son deuxième prénom, bien que son père trouvât cela absurde. Sarah éclata en sanglots lorsqu'ils vinrent lui reprendre le bébé. Elle ne comprenait pas ce qui les incitait à faire une chose pareille. Elle avait une infirmière et une chambre à elle. Elle avait même un petit salon et une salle de bains privée, mais on lui répondit que ce n'était pas sain pour l'enfant, qu'il devait impérativement regagner la pouponnière où tout était parfaitement stérile. Sarah se moucha et regarda William. Il se sentit soudain coupable de l'avoir amenée dans cette clinique et lui promit de la ramener très très vite au château.

Il revint avec Phillip et Emmanuelle le lendemain. La jeune femme déclara que Julian était superbe lorsqu'elle l'aperçut à travers la vitre. Les visiteurs n'étaient pas autorisés à s'approcher des bébés, et Sarah eut plus que jamais envie de fuir cette abominable clinique. Phillip contempla un instant son frère à travers la vitre, puis détourna les yeux en haussant les épaules. Sarah en fut très peinée. Phillip avait l'air furieux, et il se montra désagréable avec sa mère.

— Tu ne le trouves pas adorable ? demanda-t-elle, émue.

— Il est minuscule, dit Phillip sur un ton méprisant.

Son père ne put s'empêcher de rire en pensant à ce que Sarah avait enduré.

— Pas pour nous, en tout cas. Quatre kilos cinq cents, c'est beau pour un bébé !

Sarah l'aimait de tout son cœur. Après la tétée, il se pelotonnait contre sa mère, mais, comme si une alarme avait retenti, une infirmière accourait aussitôt pour le lui enlever.

Le huitième jour, William arriva avec des fleurs. Sarah l'attendait dans son petit salon privé, des éclairs de rage dans les yeux.

— Si tu ne m'emmènes pas tout de suite, je pars en chemise avec Julian sous le bras. Je me sens très bien, je ne suis pas malade, mais ils ne veulent pas me laisser approcher du bébé.

— Très bien, dit William, qui s'attendait à une telle réaction de sa part. Demain je t'emmène, c'est promis.

Chose promise chose due, le lendemain il les ramena tous les deux à l'appartement. Deux jours plus tard, ils étaient de retour au château, Julian douillettement pelotonné dans les bras de Sarah.

Le jour de son anniversaire, en août, Sarah avait retrouvé toute sa sveltesse et sa vitalité. Son nouveau bébé la comblait. Ils avaient fermé la boutique pour un mois. Emmanuelle était dans le Midi, sur un yacht, et Sarah ne pensait plus du tout aux affaires. En septembre, lorsque Phillip retourna à l'école, ils allèrent passer quelques jours à Paris, et Sarah emmena le bébé avec elle. Il l'accompagnait absolument partout, même au bureau, où il dormait tranquillement dans un petit couffin, à côté d'elle.

— Il est si mignon ! s'extasiaient les gens qui le voyaient.

Et le fait est qu'il était toujours souriant et joyeux. À Noël, il se tenait assis et il faisait l'adoration de tous. De tous, sauf de Phillip qui, chaque fois qu'il le voyait, se rembrunissait. Il ne ratait jamais une occasion de faire une réflexion désagréable à son sujet. Sarah en était profondément affectée car elle avait espéré qu'il se prendrait d'affection pour son petit frère. Mais l'amour fraternel sur lequel elle avait compté ne venait pas. Phillip demeurait distant et désagréable.

— Il est jaloux, tout simplement, dit William, comme toujours philosophe. Il faut l'accepter.

Sarah s'en sentait incapable.

— Ce n'est pas juste. C'est un vrai petit ange, il ne mérite pas cela. Tout le monde l'adore, sauf Phillip.

— S'il n'a qu'un seul ennemi dans toute sa vie, il aura beaucoup, beaucoup de chance, dit William, réaliste.

— Sauf si cet ennemi est son propre frère.

— Cela lui passera. Ne t'inquiète pas.

— Je ne comprends pas. Il était fou de Lizzie, soupira-t-elle. Et Jane et moi, nous nous adorions étant petites.

Elles s'adoraient toujours, même si elles ne se voyaient plus. Jane s'était remariée après la guerre. Elle s'était d'abord installée à Chicago, puis à Los Angeles. Mais elle n'était jamais venue en Europe et Sarah n'était pas retournée aux États-Unis. C'était dur pour elle de penser que Jane s'était mariée avec quelqu'un qu'elle ne connaissait pas. Elles avaient été très proches et vivaient maintenant si loin l'une de l'autre. Mais elles ne s'en aimaient pas moins et s'écrivaient fréquemment. Dans chacune de ses lettres, Sarah demandait à sa sœur de venir en Europe.

Phillip persistait à ne témoigner aucune affection à son petit frère. Lorsque Sarah essayait d'en parler avec lui, il s'esquivait, et si elle insistait, il explosait littéralement.

— Je n'ai pas envie d'un autre bébé dans ma vie. J'en ai déjà eu un.

C'était comme s'il n'avait pas voulu courir le risque d'aimer, de peur de perdre cet amour. Il avait aimé Lizzie, peut-être trop, et l'avait perdue. En conséquence, il avait choisi de ne pas s'attacher à Julian. C'était triste pour les deux enfants.

William et Sarah avaient amené Julian à Whitfield peu après sa naissance, pour le présenter à sa grand-mère. Ils étaient à nouveau réunis pour fêter Noël. La mère de William, qui avait maintenant quatre-vingt-seize ans, témoignait toujours d'une étonnante joie de vivre. C'était la femme la plus ouverte et la plus adorable que Sarah ait jamais connue. Elle était toujours en admiration devant William. Son fils unique lui avait offert un très beau bracelet en diamants cette année-là. Elle avait déclaré dans un murmure qu'elle était trop vieille pour ce genre de présent, mais il était évident qu'elle était ravie et elle ne l'avait pas quitté pendant tout le temps de leur séjour. Au moment des adieux, après le nouvel an, elle serra William contre son cœur et lui dit qu'il était le meilleur des fils et qu'il l'avait toujours comblée.

— Pourquoi penses-tu qu'elle m'ait dit une chose pareille ? demanda William à Sarah, très ému par les paroles de sa mère.

Il était profondément bouleversé. Sa mère avait embrassé les petites joues rondes de Julian et pris Sarah dans ses bras en la remerciant pour tous les jolis cadeaux qu'elle lui avait apportés de Paris.

Deux semaines plus tard, la vieille duchesse rendait l'âme, paisiblement, dans son sommeil. Elle partit rejoindre son mari, après une longue vie de bonheur à Whitfield.

William fut très éprouvé par sa disparition. Elle aurait fêté ses quatre-vingt-dix-sept ans, cette année-là, elle avait toujours joui d'une bonne santé et sa vie avait été riche, heureuse et bien remplie. Cette pensée le réconforta, tandis qu'il se tenait dans le cimetière de Whitfield avec Sarah, le roi George, la reine Elizabeth, et tous ceux qui avaient connu et aimé la duchesse douairière.

Phillip semblait aussi très affecté par la disparition de sa grand-mère.

— Est-ce que cela signifie que je ne pourrai plus venir ici ? demanda-t-il les larmes aux yeux.

— Provisoirement, répondit William, tristement. Mais plus tard tu viendras aussi souvent que tu le voudras. Et un jour, ce domaine sera à toi. En attendant, nous viendrons y passer quelques semaines chaque été. Mais tu ne pourras plus venir ici en vacances ou pour les week-ends, comme tu le faisais du vivant de ta grand-mère. Tu pourras venir vivre à La Marolle, à Paris, ou aller chez des cousins.

— Non, je ne veux pas, dit-il avec insistance, je veux rester ici.

Mais William ne céda pas. Plus tard, oui, lorsqu'il irait à Cambridge il pourrait venir ici tout seul. D'ici là, il lui faudrait se contenter de leurs petits séjours estivaux.

Mais lorsque le printemps arriva, William réalisa qu'il ne pouvait pas séjourner trop longtemps loin de Whitfield. N'ayant plus aucun parent proche aux alentours, il lui fallait gérer lui-même son domaine. Il fut surpris de découvrir la quantité de travaux que sa mère avait effectués. Et maintenant qu'elle n'était plus de ce monde, la tâche s'avérait très lourde.

— Ça ne m'enchante pas, confia-t-il à Sarah, en prenant connaissance de la longue liste de doléances de ses intendants, mais il va falloir que j'aille plus souvent à Whitfield. Est-ce que tu m'en veux ?

— Non, pourquoi t'en voudrais-je ? – Elle sourit. – Je peux emmener Julian avec moi n'importe où, tu sais. – Il n'avait que huit mois, et était un bébé très facile. – Et puis Emmanuelle se débrouille très bien à la boutique.

Elle avait engagé deux nouvelles assistantes, si bien qu'elles étaient maintenant quatre. Les affaires étaient florissantes.

— Ça ne me déplairait pas de passer quelque temps à Londres, ajouta Sarah.

Elle avait toujours aimé cette ville. De plus, Phillip pourrait venir les rejoindre à Whitfield, les week-ends, ce qui le comblerait sûrement de joie.

Ils y restèrent tout le mois d'avril, hormis un bref voyage à Antibes, pour Pâques. Au cours d'un dîner avec les Windsor, Wallis parla des magnifiques bijoux qu'elle venait de s'offrir chez Sarah, à Paris. Elle semblait très impressionnée par son catalogue, et en particulier par ses créations. À Londres, on ne parlait plus que de la maison Whitfield.

— Pourquoi n'ouvrirais-tu pas une boutique ici ? lui demanda William, un soir qu'ils rentraient d'une réception où trois femmes l'avaient harcelée de questions.

— À Londres ? Maintenant ?

La boutique de Paris n'était ouverte que depuis deux ans, et elle craignait de se disperser. De plus, elle ne voulait pas être obligée de passer trop de temps à Londres. Elle y accompagnait volontiers son mari, mais elle n'avait nullement l'intention de faire la navette entre Londres et Paris. Elle voulait profiter de son bébé avant qu'il ne grandisse et ne la quitte, comme Phillip. Elle n'aurait pas supporté un autre échec.

— Nous pourrions engager quelqu'un de confiance pour la diriger. En fait – William eut l'air de fouiller dans sa mémoire – il y avait un type très bien chez Garrard autrefois. Discret et très cultivé, jeune, pétri de bonnes manières et de tradition. Bref, tout ce que les Anglais adorent.

— Qui te dit qu'il va accepter de les quitter ? Ce sont les bijoutiers les plus prestigieux de la capitale.

Il hésitera certainement à se lancer dans une nouvelle aventure comme Whitfield.

— J'ai toujours eu le sentiment qu'il n'était pas traité à sa juste valeur, chez Garrard. Je vais y passer la semaine prochaine, pour voir s'il y travaille toujours. Nous pourrions l'inviter à déjeuner. Qu'en dis-tu ?

Sarah sourit. Elle n'arrivait pas à y croire.

— Tu adores me compliquer la vie, n'est-ce pas ?

Mais elle aimait ça. Elle aimait sa façon de l'encourager à faire les choses dont elle avait réellement envie et que, sans lui, elle n'aurait probablement pas entreprises.

William tint parole, et passa chez Garrard la semaine suivante. Il y acheta une ravissante bague ancienne en diamants pour Sarah et discuta avec l'homme qu'il cherchait. Il s'appelait Nigel Holbrook et William l'invita à déjeuner au gril du Savoy, le mardi suivant.

Sarah reconnut immédiatement le jeune homme grâce à la description que lui en avait faite William. Grand et mince, il avait le teint pâle, les cheveux blond cendré et une petite moustache parfaitement taillée. Il se dégageait de lui une élégance discrète, et son costume gris à fines rayures, très bien coupé, lui donnait une allure de banquier ou d'avocat. Il se montra plutôt réservé lorsque William et Sarah lui firent part de leurs projets. Il leur dit qu'il était entré chez Garrard à l'âge de vingt-deux ans, et qu'il lui semblait difficile de les quitter après dix-sept ans de collaboration. Il reconnut toutefois que leur projet d'ouvrir un nouveau magasin avait quelque chose d'exaltant.

— En particulier, ajouta-t-il à voix basse, quand on connaît le succès de votre boutique parisienne. J'ai eu l'occasion de voir certaines de vos créations, Votre

Grâce, dit-il à Sarah, et je les ai beaucoup admirées. Et pourtant, le travail des Français laisse parfois – il hésita un moment avant de continuer – à désirer... si on ne les surveille pas.

Son chauvinisme amusa Sarah qui savait à quoi il faisait allusion. Il y avait un certain laisser-aller dans les ateliers parisiens, et elle était obligée de suivre le travail de près. Elle fut satisfaite de sa remarque, de même qu'elle fut ravie de découvrir la réputation que Whitfield avait acquise outre-Manche.

— Nous avons l'intention de conserver longtemps notre réputation. Nous offrons de la qualité à nos clients, monsieur Holbrook.

Nigel Holbrook était le fils cadet d'un général britannique. Né à Singapour, il avait vécu en Inde et en Chine. La passion des bijoux l'avait gagné dès l'enfance. Jeune homme, il avait travaillé en Afrique du Sud, dans les diamants. Il connaissait parfaitement son métier. Sarah fut tout à fait d'accord avec William. Il était l'homme qu'il leur fallait pour leur boutique de Londres. Elle sentait intuitivement qu'il leur faudrait s'imposer avec grâce, discrétion et dignité, exactement comme le faisait Nigel Holbrook. Il promit de réfléchir à leur offre. Une semaine passa sans qu'il leur donne signe de vie. Sarah s'inquiétait.

— Laisse-lui le temps. Cela peut prendre un mois avant qu'il ne nous appelle. Mais je suis persuadé qu'il y pense.

Ils lui avaient fait une proposition tout à fait alléchante et, quel que fût son degré d'attachement à Garrard, il était difficile de croire qu'il ne se laisserait pas tenter. De plus, William lui offrait un salaire sans commune mesure avec son salaire actuel.

Il finit par leur téléphoner, à Whitfield, la veille de leur départ. William prit la communication. Sarah était sur des charbons ardents. Lorsqu'il raccrocha, il était tout sourire.

— Il accepte, s'écria-t-il, triomphant. Il veut donner deux mois de préavis à Garrard, ce qui très correct de sa part, et ensuite il arrive. Quand comptes-tu ouvrir ?

— Mon Dieu mais je n'y ai même pas encore songé. Je ne sais pas… à la fin de l'année, pour Noël ? Tu crois vraiment que c'est une bonne idée ?

— Mais bien sûr. – Il était toujours prêt à l'encourager. – Il faut que je revienne à Londres dans quelques semaines. Nous en profiterons pour chercher un local et engager un décorateur. J'en connais un excellent.

— Je vais me mettre en quête de nouvelles parures sans tarder.

Elle avait déjà réinvesti l'argent gagné à Paris dans de nouveaux bijoux qu'elle avait achetés ou créés. Elle avait donc besoin d'un nouveau capital et songea à utiliser l'argent que lui avait rapporté la vente de la maison de ses parents à Long Island. Si le marché était aussi florissant à Londres qu'à Paris, ils rentreraient vite dans leurs frais.

— Il semble que Phillip ait enfin sa boutique, remarqua soudain William.

— Tiens, c'est vrai. Crois-tu qu'il la dirigera un jour ?

— Qui sait ?

— Je n'arrive pas à l'imaginer travaillant avec nous. Il est tellement indépendant… Et si froid et distant, si renfermé depuis la naissance de Julian…

— On ne sait jamais avec les enfants. Peut-être

t'étonnera-t-il un jour. Qui aurait jamais pensé que je deviendrais bijoutier ?

Il se mit à rire et elle l'embrassa. Le lendemain, ils étaient de retour à Paris.

Nigel fit plusieurs fois l'aller et retour entre Londres et Paris pendant les mois qui suivirent pour les rencontrer, faire la connaissance d'Emmanuelle et s'imprégner de l'esprit de la maison. À Paris, les affaires marchaient si bien qu'ils envisageaient déjà de s'agrandir, mais Sarah ne voulait pas prendre trop de risques – pas au moment où ils s'apprêtaient à ouvrir une succursale à Londres.

Nigel fut très impressionné par la boutique de Paris. Il trouva Emmanuelle charmante. Cependant, celle-ci comprit tout de suite que les femmes ne l'attiraient pas, ce qui ne l'empêcha d'ailleurs pas d'admirer son bon goût, son remarquable sens des affaires et son excellente éducation. Elle-même avait beaucoup travaillé, ces dernières années, pour acquérir des manières plus raffinées, mais l'élégance naturelle de Nigel l'impressionnait. Ils prirent l'habitude de dîner ensemble lorsque Nigel venait à Paris. Emmanuelle lui présenta quelques-uns de ses amis, dont un créateur très connu qui devait, par la suite, jouer un rôle important dans la vie de Nigel.

Les Whitfield trouvèrent un ravissant petit magasin dans New Bond Street. Le décorateur de William avait une foule d'idées plus merveilleuses les unes que les autres. Ils allaient tout faire en velours bleu nuit et en marbre blanc.

L'inauguration fut fixée au 1er décembre. Emmanuelle vint de Paris pour les aider, confiant la direction du magasin à ses meilleures assistantes. Cela dit, la boutique du faubourg Saint-Honoré ne demandait plus autant de travail. C'était la succursale de Londres qu'il fallait mettre en route, à présent.

Durant la semaine qui précéda l'inauguration, ils travaillèrent tous les soirs jusqu'à minuit. Une équipe d'ouvriers posait les marbres, réglait les éclairages, installait les miroirs, agrafait le velours. Sarah était exténuée, mais elle ne s'était jamais autant amusée.

Elle avait emmené Julian à Londres, avec sa nurse. Ils étaient descendus au Claridge car, le soir venu, ils étaient trop fatigués pour retourner dormir à Whitfield.

Les invitations n'arrêtaient pas, mais ils les refusaient toutes. Ils travaillaient sans relâche et ne prirent pas une seconde de repos avant l'ouverture du magasin.

Ils avaient invité quatre cents parents et amis, et une centaine d'anciens très bons clients de Nigel. Toute l'aristocratie et la haute société anglaises étaient présentes. La réception qu'ils avaient donnée à Paris, deux ans et demi plus tôt, semblait presque terne à côté de celle-ci. Il y eut un déploiement de luxe inouï. Les gens s'extasièrent sur les bijoux que Sarah proposa pour l'inauguration. En fait, elle se demanda si elle n'avait pas été trop ambitieuse, si les parures n'étaient pas trop importantes ou trop chères. Alors qu'à Paris elle avait présenté des bijoux qui pouvaient se porter assez facilement, à Londres elle avait joué le grand jeu jusqu'au bout, sans se fixer de limite. Elle avait dépensé tout ce que lui avait rapporté la maison de Long Island… À mesure que les invités arrivaient, elle comprit que la partie était gagnée.

Le lendemain, Nigel vint la trouver, très pâle, l'air complètement retourné. Elle crut tout d'abord qu'il venait lui annoncer une catastrophe.

— Que se passe-t-il ?

— Le secrétaire de la reine vient juste de passer. – Elle se demanda s'ils avaient commis quelque impair irréparable, et fronça les sourcils. Nigel poursuivit. – Sa Très Gracieuse Majesté souhaite acheter un bijou que sa dame de compagnie a vu ici, hier soir. Nous l'avons fait porter au palais et la reine l'a trouvé admirable. – Sarah n'en croyait pas ses oreilles. Ils avaient réussi. – Sa Majesté a fixé son choix sur la broche ornée de plumes en diamants.

La broche ressemblait beaucoup à l'insigne du prince de Galles. Sarah l'avait achetée une fortune à un revendeur parisien. Le prix qu'elle en demandait la gênait elle-même.

— Mon Dieu, s'exclama Sarah, impressionnée par la vente qu'ils venaient de réaliser.

Nigel, quant à lui, était impressionné par les conséquences de cette vente.

— Cela signifie, Votre Grâce, que dès le premier jour nous avons acquis le titre de joailliers de la Couronne.

Simplement parce qu'ils avaient vendu un bijou à la reine ! Garrard était le joaillier de la Couronne, et le fournisseur officiel de Sa Majesté, qui le chargeait chaque année de restaurer les bijoux de la Couronne exposés à la Tour de Londres.

— Après trois ans, si elle le souhaite, la reine peut nous accorder le brevet de fournisseur royal, ajouta Nigel.

Il était bouleversé. Même William fut ému. Ils avaient réussi un coup de maître sans même le vouloir.

L'achat royal marqua le début d'une réussite stupéfiante : en un mois, leur chiffre d'affaires atteignit celui qu'ils espéraient atteindre en un an. Sarah était plus que satisfaite. Elle pouvait désormais laisser la boutique aux bons soins de Nigel. Le lendemain de l'inauguration de Londres, à Paris Emmanuelle vit ses ventes de Noël littéralement exploser.

Sarah remarqua qu'une concurrence amicale s'était établie entre les deux boutiques, chacune essayant de surpasser sa rivale, mais sans aucune arrière-pensée. Une estime mutuelle s'était instaurée entre Nigel et Emmanuelle. Sarah voulait que ses deux boutiques soient semblables mais différentes. À Londres, ils vendaient essentiellement des bijoux anciens de très grande valeur, la plupart ayant appartenu à des souverains européens, ainsi qu'un petit nombre de créations modernes. À Paris, ils vendaient aussi des bijoux anciens, mais ils orientaient leur collection sur des créations chic et originales.

— Où allons-nous ouvrir la prochaine bijouterie ? la taquina William tandis qu'ils rentraient au château. Buenos Aires ? New York ? Antibes ?

Les possibilités étaient très nombreuses, mais deux boutiques suffisaient amplement à Sarah. Elles lui permettaient de s'occuper tout en lui laissant le temps de profiter de ses enfants. Julian avait dix-huit mois et requérait beaucoup d'attention car il escaladait les tables, renversait les chaises, tombait dans les escaliers ou disparaissait par la porte du jardin. Elle devait constamment le surveiller, car il ne laissait guère de répit à la jeune fille qui le gardait. Cette dernière les accompagnait chaque fois qu'ils venaient à Paris, et lorsqu'ils étaient à Londres ils engageaient une nurse. Mais la plupart du temps, c'était Sarah qui s'occupait du bébé. Il adorait s'asseoir sur les genoux de William dans la chaise roulante, et foncer droit devant lui à toute allure.

— *Vite ! Vite*[1] *!* criait-il à son père pour l'encourager.

C'était un des rares mots qu'il connaissait, mais il s'en servait beaucoup. Ce fut une époque formidable pour les Whitfield. Tous leurs rêves s'étaient réalisés. Ils menaient une vie bien remplie, une vie de bonheur.

1. En français dans le texte. (*N.d.T.*)

20

Les quatre années qui suivirent passèrent sans qu'ils s'en rendent compte, tant ils furent occupés par Julian et par les boutiques qui prospérèrent si bien que Sarah finit par accepter d'agrandir celle de Paris. En revanche, ils ne touchèrent pas au magasin de Londres. Il était élégant et discret, et leur clientèle britannique y était très attachée. Emmanuelle et Nigel continuaient à faire d'excellentes affaires. Sarah était comblée lorsqu'elle souffla les bougies de son trente-neuvième anniversaire. Phillip les avait rejoints au château pour l'occasion. À seize ans, il était presque aussi grand que son père. Il était venu rendre visite à des amis et fêter l'anniversaire de sa mère, mais sans grand enthousiasme, à dire vrai. Il s'était arrangé pour oublier les cinq ans de Julian, en juillet. En fait, il évitait la famille le plus possible et il avait construit une barrière presque infranchissable entre elle et lui. Sarah prit les choses avec davantage de philosophie, cette fois.

— Il nous a fait une grande faveur en daignant venir, dit-elle à William le jour où Phillip les quitta.

Il ne pense qu'à jouer au polo, à sortir avec ses amis et à vivre à Whitfield.

Ils avaient finalement accepté de le laisser passer les week-ends là-bas tout seul, ainsi que certaines vacances scolaires. Il était autorisé à amener des amis avec lui, dès l'instant qu'un de ses professeurs était présent. Cet arrangement semblait convenir à tout le monde, et à Phillip en particulier.

— C'est étrange de voir à quel point il est anglais, et à quel point Julian est français, nota William.

En effet, le cadet adorait le château et préférait mille fois Paris à Londres.

— *Les Anglais me font peur*[1], disait-il souvent.

Sarah trouvait cette peur ridicule dans la mesure où son propre père était anglais, et qu'il l'était, lui aussi. En tant que cadet, il n'hériterait jamais du titre mais deviendrait simple *lord* à sa majorité. Mais la tradition britannique était le dernier de ses soucis. De tempérament optimiste et jovial, rien ne semblait l'atteindre, pas même l'indifférence de son grand frère. Tout petit, il avait appris à prendre ses distances vis-à-vis de lui, et un statu quo qui leur convenait parfaitement s'était établi entre les deux frères. Julian adorait ses parents, ses amis et ses animaux familiers, ainsi que les gens qui travaillaient au château, et il adorait rendre visite à Emmanuelle. Julian aimait tout le monde, et en retour, tout le monde l'aimait.

C'est ce que se disait Sarah, un jour où elle était en train de fleurir la tombe de Lizzie. Elle s'y rendait régulièrement pour l'entretenir, et chaque fois, c'était plus fort qu'elle, elle se mettait à pleurer. Après onze

1. En français dans le texte. (*N.d.T.*)

ans, sa fille continuait à lui manquer. Elle aurait eu quinze ans, aujourd'hui. Lizzie, si douce, si tendre… Elle ressemblait un peu à Julian, mais en plus frêle. Les larmes aux yeux, Sarah ôtait les fleurs fanées et aplanissait la terre. Elle n'entendit pas William approcher dans son fauteuil roulant. Il était fatigué ces temps-ci. Son dos le faisait terriblement souffrir, pourtant il ne se plaignait jamais. Mais Sarah savait que les rhumatismes qu'il avait dans les jambes s'étaient aggravés depuis l'hiver.

Elle sentit sa main sur son épaule et se retourna, le visage inondé de larmes. Il lui essuya doucement les joues et l'embrassa.

— Ma pauvre chérie… pauvre petite Lizzie…

Il était désolé que Sarah n'ait jamais eu une autre fille pour réparer cette perte, même si Julian était une immense source de joie pour eux. William n'avait jamais vu sa petite fille, il ne connaissait même pas son visage, mais il était très triste lui aussi.

Sarah acheva de fleurir la petite tombe, puis elle vint s'asseoir par terre, à côté de lui. Il lui tendit son mouchoir.

— Je suis navrée… je sais que je ne devrais pas pleurer, après toutes ces années…

Elle n'arriverait jamais à oublier ce petit corps brûlant serré contre le sien, les petites mains nouées autour de son cou…

Il lui sourit gentiment.

— Peut-être devrions-nous avoir un autre bébé.

Elle savait qu'il plaisantait, et elle lui sourit.

— Phillip serait ravi.

— Cela ne lui ferait peut-être pas de mal. Il est tellement égocentrique.

Phillip avait beaucoup irrité son père en se montrant impatient et désagréable avec sa mère.

— Je ne comprends pas de qui il tient son caractère. Tu n'es pas du tout comme cela, et j'espère que je ne le suis pas non plus… Julian est adorable avec tout le monde, et ta mère était une femme charmante. Mes parents aussi étaient des gens très doux, de même que ma sœur.

— Il doit y avoir un roi wisigoth ou un Viking assoiffé de sang parmi mes ancêtres. Je t'avoue que je ne sais pas. Mais Phillip est bien Phillip en tout cas.

Hormis Whitfield, Cambridge et la boutique de Londres, rien ne l'intéressait. Cette dernière le fascinait. Il harcelait Nigel de questions et celui-ci s'en amusait beaucoup. Il répondait patiemment à Phillip, lui expliquait tout ce qu'il connaissait sur les pierres, insistant sur les caractéristiques importantes : la taille, la qualité, la pureté, le serti. Mais Phillip avait encore un long chemin à parcourir avant de pouvoir songer à s'occuper de la boutique Whitfield.

— Pourquoi ne partirions-nous pas quelque part, cette année ?

Sarah trouvait William fatigué. Il avait cinquante-deux ans, menait une vie très active et avait besoin de se reposer. Il la suivait dans tous ses déplacements entre Londres et Paris. L'année prochaine, lorsque Julian entrerait à l'école à La Marolle, ils passeraient plus de temps au château. C'était la dernière année où ils pouvaient envisager de faire un voyage.

— J'aimerais beaucoup aller en Birmanie et en Thaïlande, pour voir les pierres précieuses, dit-elle, pensive.

— Vraiment ?

William était surpris. En six ans, elle avait terriblement appris. Son sérieux et son exigence sur la qualité des pierres étaient renommés et c'était d'ailleurs ce qui faisait la réputation de Whitfield. Les affaires prospéraient à Paris comme à Londres. La reine avait à plusieurs reprises racheté des bijoux chez eux, de même que le duc d'Édimbourg, et ils espéraient pouvoir apposer bientôt le brevet officiel de Sa Majesté sur leur devanture.

— J'aimerais tellement faire un voyage. Nous pourrions emmener Julian avec nous.

— Comme ce serait romantique ! – William la taquinait, car il savait qu'elle aimait emmener son fils partout avec elle. – Dois-je organiser un petit voyage pour trois, alors ? Ou plutôt pour quatre, si nous comptons la nurse de Julian. Nous pourrions partir et être de retour pour Noël.

C'était un très, très long voyage, qui risquait de le fatiguer. Mais elle savait que cela leur ferait du bien à tous les deux.

Ils partirent en novembre, et rentrèrent le soir de Noël, qu'ils passèrent à Whitfield en compagnie de Phillip. Ils avaient voyagé six semaines et revenaient avec des foules de souvenirs à lui raconter : la chasse au tigre en Inde, les plages de Thaïlande, Hong Kong, les temples, les pierres merveilleuses… et tous les fabuleux trésors qu'ils avaient admirés là-bas. Sarah avait rapporté une véritable fortune en pierres. Phillip fut tellement subjugué à la fois par les joyaux et par les histoires qu'ils lui racontèrent que, pour une fois, il se montra aimable avec son petit frère.

La semaine suivante, Sarah montra ses acquisitions à Nigel, qui tomba en admiration devant ces pièces uniques et qui la complimenta sur son choix. Emmanuelle s'extasia elle aussi devant les bijoux de maharajah que Sarah avait rapportés à Paris et qui firent le bonheur des Parisiennes.

Ils avaient fait un merveilleux voyage, cependant ils étaient heureux de rentrer au château. Sarah n'en avait pas parlé mais, alors que la santé de William s'était améliorée à l'étranger, la sienne s'était détériorée. Elle avait sans cesse mal à l'estomac et ne savait que faire pour soulager sa douleur. De retour au château, elle commença à s'inquiéter. Comme elle ne voulait pas que William s'inquiète, elle ne lui dit rien. Fin janvier, elle alla consulter un médecin à Paris. Il lui fit faire quelques analyses, qui ne décelèrent rien de particulier. Le médecin lui demanda de revenir le voir un peu plus tard.

— Quel est votre diagnostic ? lui demanda-t-elle lors de sa deuxième visite.

Elle n'avait pas pris un seul repas consistant depuis leur retour et était persuadée d'avoir attrapé des parasites durant leur voyage.

— Il s'agit de quelque chose de très banal, madame, lui répondit tranquillement le médecin.

— Voilà qui est plutôt rassurant.

Elle était tout de même contrariée. Dieu merci, Julian n'avait rien contracté. Il est vrai qu'elle avait surveillé de près ce qu'il mangeait et buvait. Pour elle-même, en revanche, elle avait pris moins de précautions.

— Avez-vous des projets pour cet été, madame ? demanda le médecin avec un petit sourire.

Sarah commença à s'affoler. Allait-il lui annoncer qu'elle devait se faire opérer ? Mais il y avait encore sept mois d'ici à l'été. Soudain elle eut un doute. Était-ce possible ? Pas à nouveau. Pas cette fois-ci.

— Je ne sais pas… pourquoi ? bredouilla-t-elle.

— Parce que j'ai des raisons de croire que vous allez avoir un bébé en août.

— Vraiment ?

À son âge ? Elle n'en croyait pas ses oreilles. Elle aurait quarante ans en août. Physiquement, elle n'avait guère changé, mais elle n'arrivait pas à accepter cette stupéfiante nouvelle. Un bébé à quarante ans !

— Vous êtes sûr ? répéta-t-elle.

— Pratiquement. Mais nous pouvons faire faire un test pour en avoir le cœur net.

C'est ce qu'ils firent et le test fut positif. Elle annonça aussitôt la nouvelle à William qui fut enchanté.

— À mon âge… n'est-ce pas absurde ?

D'une certaine façon, elle se sentait presque gênée.

— Cela n'a rien d'absurde. – Il jubilait. – Ma mère était beaucoup plus âgée que toi lorsque je suis né. Or je suis parfaitement normal et elle a vécu jusqu'à un âge avancé. – Il la regardait en souriant. – De plus, je t'ai toujours dit que nous devrions avoir un autre enfant.

Tous deux espéraient une petite fille.

— Tu vas me renvoyer dans cette abominable clinique, n'est-ce pas ? dit Sarah, l'air sombre.

— En tout cas, je ne t'accoucherai pas moi-même, lui répondit-il en riant.

— Mais que vont dire les gens ?

— Que nous avons bien de la chance de nous aimer toujours autant.

Elle lui sourit tendrement. Avoir un bébé à quarante ans lui paraissait un peu incongru, mais elle devait bien reconnaître que cela la ravissait. La naissance de Julian l'avait comblée. À cinq ans, il n'était plus un bébé, il s'apprêtait à entrer à la grande école en septembre.

Emmanuelle fut un peu surprise lorsque Sarah lui annonça la nouvelle en mars. Nigel, quant à lui, parut légèrement gêné, mais il les félicita néanmoins chaleureusement. Les deux boutiques marchaient si bien qu'elles ne requéraient pas la présence constante de Sarah. Elle passa presque toute l'année au château, et comme toujours, Phillip vint les y retrouver pour l'été. Il resta très froid vis-à-vis de la grossesse de sa mère.

Cette fois, Sarah réussit à convaincre William de ne pas l'obliger à accoucher à Paris. Ils arrivèrent à un compromis : elle irait accoucher dans le nouvel hôpital d'Orléans, qui n'était pas aussi luxueux que la clinique, mais qui était très moderne et tenu par des médecins tout aussi compétents qu'à Paris.

Ils fêtèrent son anniversaire dans la joie, et pour une fois Phillip se montra aimable. Il retourna à Whitfield le lendemain pour y passer le reste des vacances avant sa rentrée à Cambridge. La nuit suivante, Sarah eut un malaise. Dès que Julian fut couché, elle dit à William :

— Je ne sais pas ce qui m'arrive, mais je ne me sens pas bien.

— Ne bouge pas. J'appelle le médecin.

— Mais non, c'est ridicule. Je n'ai aucune douleur. C'est juste que je me sens… – Elle ne savait comment décrire ce qu'elle éprouvait. Il la regardait, affolé. – Je ne sais pas… un peu lourde… plus que lourde… et j'éprouve le besoin de changer de position à chaque instant.

Elle ressentait une étrange sensation de pression.

— Peut-être est-ce le bébé qui appuie sur quelque chose.

Ce bébé-ci n'était pourtant pas aussi gros que les précédents.

— Tu devrais prendre un bain chaud et retourner t'allonger pour voir si ça passe, lui conseilla William. – Il la regarda droit dans les yeux. Il la connaissait trop bien pour savoir qu'il ne pouvait pas entièrement se fier à elle. – Je veux que tu me dises ce que tu ressens. Il n'est pas question d'attendre qu'il soit trop tard pour se rendre à l'hôpital. C'est bien compris, Sarah ?

— Oui, Votre Altesse, dit-elle en souriant.

Il lui rendit son sourire et la laissa prendre son bain. Une heure plus tard elle était étendue sur leur lit mais la sensation de pression ne l'avait pas quittée. Elle finit par penser qu'il s'agissait d'un problème digestif.

— Tu en es sûre ? demanda William lorsqu'il revint prendre de ses nouvelles.

En la regardant, quelque chose en elle le tourmentait.

— Je te le promets, dit-elle avec un sourire.

Il retourna dans la pièce voisine pour travailler à ses comptes. Emmanuelle appela de Monte-Carlo pour prendre des nouvelles de Sarah. Elles discutèrent un moment. Sa liaison avec Jean-Charles de Martin s'était achevée deux ans plus tôt, et elle en avait une nouvelle, beaucoup plus compromettante, cette fois, avec le ministre des Finances.

— Fais attention, ma chérie, la semonça Sarah, ce qui fit rire Emmanuelle.

— Ça te va bien de me donner des conseils !

Emmanuelle la taquinait toujours sur sa grossesse. Elle avait fini par tutoyer Sarah ; après tant d'années passées ensemble, elles étaient devenues de vraies amies.

— Très drôle.

— Comment te sens-tu ?

— Très bien. Énorme, mais heureuse. Je crois que William est un peu nerveux. Je passerai à la boutique dès que tu seras rentrée de vacances.

Comme chaque année, ils avaient fermé le magasin pour le mois d'août.

Après avoir raccroché, Sarah se leva. Elle n'arrêtait pas de faire des allées et venues entre le cabinet de toilette et la chambre.

Elle ne tenait plus en place, descendait au rez-de-chaussée pour remonter rapidement. Elle était à nouveau dans sa chambre, continuant à s'activer, lorsque William revint la voir.

— Mais qu'est-ce que tu as ?

— Je ne peux pas rester couchée, je suis trop agitée.

Elle commençait à éprouver des élancements dans les reins et se sentait affreusement lourde. Elle se rendit une fois de plus aux toilettes, et quand elle en revint, une douleur fulgurante lui transperça le dos, l'obligeant à se courber en deux. Soudain, elle n'eut plus envie que d'une chose, rester là où elle était et pousser le bébé hors de son ventre. La douleur empirait, gagnant son estomac et son ventre. Incapable de se tenir debout, elle s'agrippa à une chaise, tandis que William, affolé, se précipitait vers elle. Il la prit sur son fauteuil roulant pour la porter jusqu'au lit.

— Sarah, que se passe-t-il ?

— Je ne sais pas. – Elle arrivait à peine à parler. – Je croyais que c'était une indigestion mais je ne peux pas m'empêcher de pousser… Oh, mon Dieu ! William ! Le bébé arrive !

— J'appelle tout de suite le médecin !

Il traversa la pièce pour téléphoner à l'hôpital. Elle avait quarante ans, pas vingt-trois, et il était fou d'inquiétude. Elle poussait des cris déchirants lorsqu'il raccrocha. À l'hôpital, on lui avait assuré que le médecin partait sur-le-champ, mais il fallait compter une vingtaine de minutes avant qu'il n'arrive.

Sarah s'agrippa à lui lorsqu'il fut près d'elle et lui prit la main. Elle ne pleurait pas mais semblait souffrir atrocement. Elle avait l'air affolée.

— Je le sens venir, William… Je sens la tête du bébé… Il est en train de naître ! cria-t-elle, étendue sur le lit.

En effet, la tête du bébé apparaissait, exactement comme la première fois. À cette différence près que cette fois-ci, tout allait très vite.

— William… William… non ! Empêche-le !

Mais il n'y avait rien qui puisse arrêter le bébé. Il poussait de plus en plus fort pour sortir de sa mère et bientôt un petit visage apparut, et son premier cri se fit entendre. William aidait Sarah en l'obligeant à maîtriser ses contractions et à pousser à intervalles réguliers. Soudain les épaules, puis les bras sortirent, et enfin, d'un seul coup rapide, le reste du corps. C'était une belle petite fille qui avait l'air très en colère. Sarah retomba sur les oreillers, épuisée. Tous deux étaient stupéfiés par la rapidité de cette naissance. En tout et pour tout, l'accouchement n'avait pas duré plus de dix minutes.

— Je ne t'écouterai plus jamais, jura William d'une voix émue avant de l'embrasser.

En attendant l'arrivée du médecin, il s'occupa d'elles. Le bébé s'était calmé et tétait sagement, fixant sa mère de temps à autre d'un regard noir qui semblait lui reprocher de lui avoir fait quitter sa retraite douillette.

Ils étaient en train de rire et de plaisanter lorsque le médecin arriva vingt minutes plus tard. Il se confondit en excuses, expliquant qu'il avait essayé de venir le plus vite possible. Mais il n'aurait jamais imaginé que les choses se passeraient aussi vite.

Il les félicita, déclara que le bébé était en parfaite santé et les complimenta sur la façon dont ils s'en étaient tirés. Il proposa alors à Sarah de l'emmener à l'hôpital.

— Je préférerais rester ici, dit-elle tout bas.

William, qui ne l'avait pas quittée des yeux, feignit de se mettre en colère.

— Je le sais bien. Mais la prochaine fois, tu entreras à l'hôpital deux mois à l'avance !

— La prochaine fois ! s'écria-t-elle. La prochaine fois, je serai grand-mère !

Elle riait, se sentant à nouveau elle-même. Le choc avait été important et la douleur violente, mais tout s'était passé très vite et sans difficulté.

— Avec toi, on ne sait jamais, répliqua-t-il, avant de raccompagner le médecin. – Puis il lui apporta une coupe de champagne et les contempla longuement, elle et leur fille. – Elle est belle, n'est-ce pas ? dit-il avec émotion.

— Oui. Je t'aime, William. Merci pour tout…

Il se pencha vers elle et l'embrassa. Ils appelèrent la petite Isabelle. Et le matin suivant, Julian déclara que c'était « son » bébé, rien que pour lui, et qu'ils devraient lui demander la permission de la prendre dans leurs bras. Il veillait sur elle avec une tendresse émouvante. Il avait une sensibilité que Phillip ne possédait pas. Il était gentil et affectueux. Il adorait sa petite sœur, et à mesure que le temps passa, un lien se créa entre eux que personne n'aurait pu briser. Isabelle adorait Julian, et Julian la protégeait farouchement. Isabelle appartenait à Julian et Julian à Isabelle.

21

L'été 1962, Phillip sortit de Cambridge. Ce ne fut une surprise pour personne lorsqu'il annonça son intention de travailler chez Whitfield à Londres. Il les étonna, cependant, en déclarant qu'il voulait prendre la direction du magasin.

— Je crois que c'est un peu prématuré, chéri, dit Sarah calmement. Il faut d'abord que tu te familiarises avec le métier.

Sous prétexte qu'il avait pris des cours d'économie et étudié les pierres précieuses, il avait le sentiment de connaître tout ce qui était nécessaire pour diriger Whitfield.

— Il faut d'abord que Nigel t'enseigne le métier, ajouta William, qui était du même avis que sa femme.

Phillip était blême.

— J'en sais au moins autant que lui, ragea-t-il.

Sarah perdit patience.

— Permets-moi d'en douter. Et sache que si tu ne te montres pas docile et respectueux avec lui, tu ne travailleras pas chez Whitfield. C'est tout. Je ne le tolérerai pas, Phillip.

Il bouda pendant plusieurs jours, puis finit par accepter de travailler sous les ordres de Nigel. Du moins, pour un certain temps.

— C'est absurde, tempêta Sarah, après coup. Il a vingt-deux ans, bientôt vingt-trois, c'est un fait, mais comment ose-t-il prétendre en savoir plus que Nigel alors qu'il n'a jamais travaillé !

— Phillip ne s'incline devant personne, dit William, réaliste. À moins que cela ne lui rapporte quelque chose. Je crains que Nigel n'ait beaucoup de problèmes avec lui.

Ils prévinrent Nigel avant l'arrivée de Phillip chez Whitfield en juillet. Ils lui donnèrent toute latitude pour mener à bien son apprentissage et l'autorisèrent à le mettre à la porte si ce dernier ne lui donnait pas satisfaction. Nigel leur fut très reconnaissant de cette marque de confiance.

Ses rapports avec Phillip furent très tendus l'année suivante, et il eut plusieurs fois envie de le battre. Mais il fut bien obligé d'admettre que le garçon avait de bonnes idées, même si, sur le plan humain, il ne l'appréciait guère. Avec le temps, Phillip deviendrait sans doute un excellent homme d'affaires. Il manquait d'imagination et n'avait pas les qualités artistiques de sa mère, mais il avait, comme son père, le sens des affaires.

La santé de William s'était beaucoup détériorée depuis six ou sept ans. L'arthrose s'était développée sur ses anciennes fractures. Sarah l'avait emmené voir les meilleurs spécialistes, mais ces derniers ne pouvaient pas grand-chose pour lui. Son corps avait trop souffert durant sa captivité. Lorsqu'il fêta son soixantième anniversaire, en 1963, il paraissait dix ans de plus. Isabelle avait sept ans, à présent, et elle était vive comme l'éclair. Elle avait des cheveux noirs comme Sarah, les mêmes yeux verts, et un caractère affirmé. Elle ne supportait pas d'être contredite. Quand elle voulait quelque chose, il était impossible de la faire changer d'avis. La seule personne capable de la convaincre était Julian, qui l'adorait et qu'elle aimait tout autant.

À treize ans, Julian possédait toujours le même caractère facile qu'étant bébé. Isabelle avait beau le malmener, il ne se fâchait jamais. Elle pouvait lui tirer les cheveux, le déranger ou, pire, briser dans un moment d'emportement ses objets les plus précieux, il l'embrassait, la calmait, lui disait combien il l'aimait et elle finissait par s'apaiser. Sarah admirait la patience de Julian car certaines fois sa fille la mettait hors d'elle. Cette dernière pouvait bien sûr se montrer adorable, mais il était clair qu'elle n'avait pas un caractère facile.

— Qu'ai-je fait pour mériter cela ? demandait Sarah à William. Qu'ai-je fait pour avoir des enfants aussi difficiles ?

Phillip lui en avait voulu pendant des années et Isabelle la rendait folle. Heureusement, Julian était là pour arranger les choses. Il savait mettre du baume au cœur de chacun, il était tendre et attentionné et faisait toujours ce qu'il fallait. Exactement comme William.

Les boutiques continuaient de prospérer. Sarah était toujours très active. Elle trouvait le temps de s'occuper de ses enfants, tout en continuant à créer des bijoux, à rechercher des pierres et, occasionnellement, à acheter des pièces anciennes, rares et de grande valeur. Ils étaient à présent les joailliers favoris de la reine, ainsi que de nombreuses autres personnalités de Londres et de Paris. Julian commençait à s'intéresser aux croquis de sa mère. Il apportait quelques petites retouches ici ou là et ses suggestions étaient toujours pertinentes. De temps à autre, il dessinait un modèle original, dans un style complètement différent de celui de Sarah et cependant très réussi. Tout récemment, elle avait fait réaliser une de ses créations et la portait. Julian en était ravi. Autant Phillip, qui réussissait bien dans le domaine commercial, n'avait aucune disposition artistique, autant Julian nourrissait une vraie passion pour la joaillerie et la création. William disait souvent qu'ils pourraient faire un excellent tandem. « S'ils ne s'entretuent pas avant », ajoutait Sarah. Elle ignorait si Isabelle trouverait sa place dans leurs affaires. Elle savait simplement qu'il lui faudrait un mari très riche et très tolérant, prêt à supporter ses colères qui étaient fréquentes.

— Comment est-ce possible ? Un seul de mes enfants sait se montrer raisonnable, se plaignit Sarah à son mari, un après-midi de novembre, alors qu'ils se trouvaient tous les deux dans la cuisine du château.

— Peut-être le manque de vitamines pendant ta grossesse, la taquina-t-il, tandis qu'elle allumait la radio.

Ils revenaient de Paris, où William avait vu le médecin. Ce dernier lui avait recommandé un séjour au soleil avec beaucoup de calme et de tendresse. Sarah s'apprêtait à lui proposer un voyage aux Caraïbes ou même en Californie, où elle pourrait enfin revoir sa sœur.

Mais, brusquement, tous deux reçurent un choc en

écoutant la radio. Le président Kennedy venait d'être assassiné. Sarah pleura en regardant les actualités à la télévision. Comment pouvait-on avoir fait une chose pareille ? Bien qu'ils aient vécu des choses bien plus terribles encore durant la guerre, cela ne les empêcha pas de verser des larmes sur la disparition du président. Ils demeurèrent sous le choc jusqu'à Noël, comme le reste du monde.

Ils profitèrent des vacances pour aller faire un tour à Londres et voir comment les choses se passaient à la boutique et furent heureux de constater que Phillip s'entendait bien avec Nigel. Il avait compris que Nigel leur était indispensable, et s'était fait sa place chez Whitfield. Il n'était pas encore à la tête du magasin, mais il n'en était pas loin. Tout comme à Paris, le chiffre d'affaires était plus que satisfaisant.

En février, Sarah et William firent le voyage qu'ils avaient projeté. Ils partirent un mois dans le sud de la France. Il y faisait trop frais, aussi descendirent-ils jusqu'au Maroc et revinrent-ils ensuite par l'Espagne, où ils rendirent visite à des amis. Partout où ils allaient, Sarah proposait d'ouvrir une succursale pour taquiner William. Elle se faisait du souci pour lui. Il était pâle et fatigué et ses douleurs s'étaient accrues. Deux semaines après leur retour, William semblait épuisé. Sarah était très inquiète.

Ils séjournaient au château lorsqu'il eut un malaise cardiaque. Après le dîner, il s'était plaint. Une petite indigestion, pensa-t-il. Puis il avait éprouvé des élancements dans la poitrine et Sarah avait appelé l'hôpital. Le médecin était accouru plus vite que lors de la naissance d'Isabelle, mais William se sentait déjà un peu mieux lorsqu'il était arrivé. Le lendemain, on lui fit passer des examens. Il s'agissait d'une petite crise cardiaque, d'une première « alerte » comme disait le médecin. Celui-ci expliqua à Sarah qu'après ce qu'il avait enduré pendant la guerre, l'organisme de William était très usé. De plus ses crises de rhumatismes aiguës ne contribuaient qu'à l'affaiblir davantage.

Il ajouta que William devait être très prudent, mener une vie tranquille et prendre bien soin de lui. Sarah était du même avis, mais William ne l'entendait pas de cette oreille.

— C'est absurde ! Tu ne t'imagines tout de même pas que j'ai survécu à la guerre pour passer le reste de ma vie au coin du feu, enveloppé dans une couverture. Je t'en prie, Sarah, ça n'était qu'un petit malaise. Des attaques comme celle-ci sont très fréquentes, et sans gravité.

— Pas chez toi, en tout cas. Et il est hors de question que tu te fatigues. J'ai besoin de toi à mes côtés pour les quarante ans à venir et tu dois faire attention et écouter ton médecin.

— Balivernes ! dit-il, contrarié.

Elle rit, soulagée de voir qu'il allait mieux. Elle l'obligea néanmoins à passer tout le mois d'avril à la maison. Elle se faisait tant de souci pour lui qu'il en était excédé. Mais elle s'en faisait aussi pour l'attitude de Phillip envers son père et cela la mettait hors d'elle. Ses deux autres enfants étaient pleins d'attention pour lui. Isabelle lui vouait une véritable adoration. Elle s'asseyait à côté de lui chaque jour après l'école, et lui faisait la lecture ; Julian inventait tout ce qu'il pouvait pour le distraire. Phillip, lui, n'était venu qu'une fois d'Angleterre pour le voir et ne l'avait appelé qu'une seule fois ensuite. À en croire les journaux, il était très occupé à courir les jupons.

— C'est l'être le plus égoïste que j'aie jamais connu, s'insurgeait Sarah auprès d'Emmanuelle, qui lui trouvait chaque fois des excuses.

L'ayant adoré quand il était enfant, elle refusait de voir ses défauts, alors que Nigel aurait pu sans mal en dresser la liste. Cependant les deux hommes s'entendaient bien dans le travail. Sarah s'en félicitait, mais elle ne supportait pas le manque de considération de Phillip vis-à-vis de son père. Lorsqu'il était venu, il l'avait longuement dévisagée et, l'air grave, avait déclaré qu'elle avait encore plus mauvaise mine que son mari.

— C'est toi qui as l'air malade, ma pauvre maman, lui dit-il froidement.

Sa remarque avait profondément blessé Sarah.

Emmanuelle lui dit la même chose lorsqu'elle la vit à Paris. Elle avait un teint épouvantable. Emmanuelle s'inquiétait de sa santé. Le malaise cardiaque de William l'avait sérieusement ébranlée. Elle savait qu'elle ne pourrait jamais vivre sans lui.

Au mois de juin, tout semblait aller mieux. William souffrait toujours de ses rhumatismes, mais il ne se plaignait pour ainsi dire jamais. Il avait d'ailleurs meilleure mine qu'avant ce qu'il appelait son « petit accident ».

Sarah posait plus de problèmes à présent. Elle traversait une période difficile, où rien n'allait comme elle voulait. Elle éprouvait des douleurs dans le dos, son estomac la tourmentait, et pour la première fois de sa vie elle avait des migraines. Elle semblait subir le stress des mois précédents.

— Tu as besoin de vacances, lui dit Emmanuelle.

Sarah aurait bien voulu aller au Brésil et en Colombie pour y voir des émeraudes, mais elle savait que William n'était pas en état de faire le voyage.

Elle lui en toucha pourtant un mot, le lendemain, et il se montra catégorique. Elle avait très mauvaise mine et il jugeait que le voyage serait trop épuisant pour elle.

— Pourquoi n'irions-nous pas en Italie, plutôt ? Ça nous donnerait l'occasion d'acheter les bijoux de quelqu'un d'autre pour changer.

Elle rit et reconnut que la proposition était séduisante. Elle avait besoin de changement, elle se sentait trop déprimée ces temps-ci. Elle se sentait devenir vieille et sans attraits. Le voyage en Italie lui rendit son éclat et ils passèrent de délicieux moments en repensant à leurs fiançailles à Venise. Comme cela leur paraissait loin ! La vie leur avait beaucoup donné, dans l'ensemble, et le temps semblait aller si vite. Ses parents étaient morts depuis longtemps, sa sœur avait refait sa vie. Sarah avait appris quelques années plus tôt que Freddie était mort dans un accident de voiture à Palm Beach, en rentrant du Pacifique. Tout ceci faisait partie d'un passé dont les pages étaient définitivement tournées. Depuis des années maintenant, William occupait toute son existence. William, les enfants... et les boutiques. Elle se sentait métamorphosée lorsqu'ils revinrent de voyage. Elle était seulement ennuyée par les kilos qu'elle avait pris en Italie.

Le mois suivant, elle grossit encore et décida d'aller consulter un médecin. Mais elle ne trouvait jamais le temps d'y aller, et à dire vrai, elle se sentait maintenant beaucoup mieux que deux mois auparavant. Un soir qu'elle était allongée aux côtés de William, elle éprouva soudain une sensation bien connue.

— Qu'est-ce que c'est ? lui demanda-t-elle, comme s'il avait éprouvé la même chose.

— Quoi donc ?

— J'ai senti quelque chose bouger.

— C'est moi qui ai bougé – Puis se tournant vers elle en souriant, il lui demanda : Qu'est-ce que tu as ce soir, tu m'as l'air bien agitée ?

Son regard était plein de sollicitude et de tendresse. Son amour pour elle était toujours aussi fort. Elle se sentait mieux à présent. Grâce à William, leur séjour en Italie avait été très romantique.

Elle se tut, mais le lendemain matin, à la première heure, elle alla voir le médecin de La Marolle. Elle lui décrivit ses symptômes, tous sans exception, et lui dit que depuis quatre mois elle pensait qu'elle avait commencé sa ménopause. Puis elle lui décrivit la sensation qu'elle avait éprouvée la veille aux côtés de William.

— Je sais que ça a l'air absurde, docteur, expliqua-t-elle, mais j'ai cru sentir bouger un bébé…

— Mais ça n'est pas impossible, madame. La semaine passée, j'ai accouché une femme de cinquante-six ans. C'est son dix-huitième enfant, dit-il, encourageant.

Cette perspective ne réjouit pas Sarah. Elle aimait ses enfants, et à une époque, elle aurait souhaité en avoir d'autres, mais cette époque était révolue. Elle avait presque quarante-huit ans et William avait besoin d'elle. Elle était trop vieille pour avoir un autre bébé.

— Madame la duchesse, déclara le médecin avec cérémonie lorsqu'il l'eut examinée, j'ai l'honneur de vous annoncer que vous attendez bien un bébé. – Un instant, il avait cru qu'il s'agissait de jumeaux, mais à présent il était certain que non. – Il devrait naître vers Noël.

— Vous plaisantez, docteur.

Pâle et stupéfaite, Sarah fut prise de vertige.

— Je suis très sérieux, au contraire. – Il lui souriait. – Monsieur le duc sera ravi, j'en suis certain.

Mais elle n'en était pas sûre du tout. Depuis sa crise cardiaque, il voyait les choses autrement. Elle aurait quarante-huit ans lorsque l'enfant naîtrait, et lui soixante et un. Cela n'avait pas de sens.

Elle sut qu'elle n'aurait pas cet enfant.

Elle remercia le médecin et rentra au château en se demandant ce qu'elle allait faire et comment elle allait l'annoncer à William. Elle était profondément déprimée par cette nouvelle, plus encore que si on lui avait annoncé qu'elle était ménopausée. Sans doute William serait-il de son avis. L'enfant risquait d'être anormal, elle était trop vieille. Pour la première fois de sa vie, elle envisagea de se faire avorter.

Elle annonça sa grossesse à William, ce soir-là, pendant le dîner. Il écouta attentivement toutes ses objections. Il lui rappela que ses parents à lui avaient le même âge lorsqu'il était né et que ni eux ni lui n'en avaient souffert. Mais il comprenait que Sarah fût contrariée. À dire vrai, elle était surtout stupéfaite. Elle avait déjà eu quatre enfants, l'un était mort, le dernier était arrivé tardivement… et voilà qu'un nouveau petit retardataire s'annonçait, alors que personne ne l'attendait. Aux yeux de William, c'était un cadeau qui n'avait pas de prix. Il écouta pourtant tout ce qu'elle avait à dire et il la prit dans ses bras. Il était peiné de la voir si mal.

— Tu ne veux vraiment pas de cet enfant ? lui demanda-t-il simplement.

Il était triste qu'elle ne le désire pas, mais il ne voulait pas faire pression sur elle.

— Et toi ? demanda-t-elle à son tour, sans savoir ce qu'elle souhaitait vraiment.

— Je veux ce que tu veux, mon amour. Je m'inclinerai devant ta décision, quelle qu'elle soit.

Ses paroles émurent Sarah aux larmes. Il était toujours si bon avec elle, si attentionné. Il n'en était que plus précieux.

— Je ne sais pas quoi faire, ni ce qui est juste. Il y a une partie de moi qui dit oui… tandis que l'autre dit non.

— Tu as éprouvé la même chose la dernière fois. Tu ne te souviens pas ?

— Oui, mais je n'avais que quarante ans alors… Aujourd'hui j'ai l'impression d'en avoir quatre-vingts. - Il rit gentiment, et elle lui sourit à travers ses larmes. - C'est de ta faute. C'est toi le coupable ! déclara-t-elle, et il rit. Tu es impossible !

Le lendemain, ils firent une longue promenade dans le parc, et se retrouvèrent devant la tombe de Lizzie. Sarah s'agenouilla un instant pour ôter quelques feuilles mortes. Elle leva la tête et vit William qui la regardait, l'air grave.

— Après avoir perdu notre fille, pouvons-nous ôter la vie, Sarah ? En avons-nous le droit ?

Alors elle se souvint de Lizzie dans ses bras, vingt ans plus tôt… Dieu leur avait repris leur enfant et voilà qu'il leur en donnait un autre. Avait-elle le droit de refuser ce cadeau alors qu'elle avait failli perdre William ? Soudain, elle comprit ce qu'elle voulait et se jetant dans ses bras, elle fondit en larmes. Elle pleurait pour Lizzie, pour lui, pour elle, et pour le bébé qu'ils avaient failli refuser…

— Je te demande pardon, chéri… Je te demande pardon de tout mon cœur.

— Chut… tout va bien… tout va bien à présent.

Ils restèrent un long moment à parler, de Lizzie, de ce nouveau bébé et de tous leurs enfants. Plus tard, ils retournèrent tranquillement au château, lui dans son fauteuil roulant, elle marchant à ses côtés. Ils se sentaient étrangement apaisés, l'avenir leur semblait tout à coup plein d'espoir.

— Quand as-tu dit qu'il devait naître ? demanda William en souriant, soudain très fier et très heureux.

— À Noël, selon le médecin.

— Parfait, dit-il gaiement. – Puis il eut un petit rire étouffé. – J'ai hâte de l'annoncer à Phillip.

Ils éclatèrent de rire et poursuivirent leur chemin en riant et en plaisantant, exactement comme ils l'avaient fait vingt-cinq ans plus tôt.

22

Sarah passa la plus grande partie de sa grossesse au château. De là, elle pouvait parfaitement mener ses affaires sans avoir à se montrer à Paris ou à Londres. Car, quoi qu'en dise William, elle se sentait un peu honteuse de se retrouver enceinte à son âge, même si elle en était secrètement ravie.

Et, comme il fallait s'y attendre, Phillip poussa des hauts cris en apprenant la nouvelle. Il déclara que c'était la chose la plus obscène qu'il ait jamais vue – ce qui fit rire son père à gorge déployée. Mais les autres enfants étaient heureux. Julian fut ravi ; quant à Isabelle, elle avait hâte de pouvoir jouer à la poupée avec le bébé.

Sarah avait créé quelques nouveaux bijoux spécialement pour Noël, et elle fut très satisfaite de la façon dont ils avaient été réalisés. Nigel et Phillip avaient acheté de très belles pierres qui l'impressionnèrent beaucoup.

Cette fois, elle accepta sans discuter d'aller accoucher à Paris. Elle entra à la clinique de Neuilly deux jours avant la date prévue. Après la naissance si rapide d'Isabelle, elle était devenue prudente. Cependant elle s'ennuyait à mourir et William restait le plus longtemps possible près d'elle, essayant de la distraire et de l'égayer. Ils avaient aussi de longues conversations. Julian et Isabelle étaient restés au château, sous la surveillance des domestiques. Noël était déjà passé depuis une semaine.

Quand arriva le soir du nouvel an, Sarah et William burent une coupe de champagne. Cela faisait cinq jours qu'elle était à la clinique, et elle était si lasse d'attendre qu'elle déclara que si rien ne se passait d'ici au lendemain elle rentrerait au château. William était en train de se dire qu'elle avait peut-être raison, lorsqu'elle eut les premières contractions et que les douleurs commencèrent. Les infirmières venaient juste d'entrer pour la conduire dans la salle de travail quand elle tendit la main vers William en lui disant :

— Merci de m'avoir donné ce bébé…

Il aurait bien voulu rester avec elle, mais les médecins avaient refusé catégoriquement. Ce n'était pas dans les habitudes de l'établissement, et compte tenu de l'âge de madame et des risques encourus, il était préférable qu'il attendît dehors.

À minuit, il était toujours sans nouvelles. Quand sonnèrent quatre heures, il commença à s'affoler. Il aurait voulu voir Sarah pour s'assurer que tout allait bien, mais on lui dit qu'il fallait encore patienter et qu'on viendrait lui annoncer quand le bébé serait né.

Il était sept heures du matin lorsque le médecin entra. William avait passé la nuit dans l'angoisse. Il se disait qu'il n'aurait pas dû laisser Sarah avoir cet enfant, car elle risquait de ne pas supporter l'accouchement et d'en mourir.

Aussi craignit-il le pire en voyant l'air grave du médecin.

— Quelque chose ne va pas ?

— Tout va bien, dit le médecin avec un hochement de tête énergique. Madame la duchesse se porte bien, et vous avez un beau garçon, monsieur. Mais il est très gros, plus de cinq kilos. Nous avons dû pratiquer une césarienne car les forces de votre femme déclinaient et cela devenait dangereux pour elle et l'enfant.

Il s'était passé la même chose qu'avec Phillip et il se souvint combien elle avait souffert. William soupira puis regarda à nouveau le médecin.

— Elle va bien, vraiment ?

— Elle est très fatiguée et les suites de l'opération vont la faire souffrir quelque temps... mais nous la soulagerons le plus possible. Elle pourra quitter la clinique dans une ou deux semaines.

Il quitta la pièce et William se mit à penser à Sarah, à tout ce qu'elle représentait pour lui, aux enfants qu'elle avait portés... et à ce petit dernier.

Le jour touchait à sa fin lorsqu'il la revit. Elle était encore très fatiguée mais elle lui sourit tendrement.

— C'est un garçon, murmura-t-elle, et il secoua la tête en souriant avant de l'embrasser. Tu es content ?

— C'est merveilleux, la rassura-t-il.

Elle allait sombrer à nouveau dans le sommeil quand ses yeux se rouvrirent soudain et elle dit :

— Peut-on l'appeler Xavier ?

— Bien sûr, dit-il.

C'était un prénom qu'elle avait toujours adoré. Ils appelèrent donc le bébé Xavier Albert, en souvenir de feu le roi son cousin, le père de la reine Elizabeth, que William avait toujours beaucoup estimé.

Sarah resta trois semaines entières à la clinique, puis ils ramenèrent triomphalement le bébé à la maison.

William la taquina sur le fait qu'elle ne pourrait plus avoir d'enfants après celui-là, déclarant qu'il en était fort contrarié, car il avait espéré lui en offrir un sixième pour ses cinquante ans.

Les enfants étaient ravis. Xavier était un gros bébé adorable. Rien ne semblait jamais le déranger. Il aimait tout le monde, et s'il n'avait pas le charisme de Julian, c'était une bonne nature, ouverte et joviale. Il semblait avoir un caractère affirmé, même si, Dieu soit loué, il n'était pas aussi vindicatif que celui de sa sœur.

Au cours de l'été, Xavier profita pleinement du parc et des alentours. Il y avait toujours quelqu'un pour l'emmener en promenade, soit Julian, soit Isabelle, soit ses parents.

Sarah ne pouvait cependant pas s'occuper de son bébé autant qu'elle l'aurait souhaité. William n'allait pas très bien et quand arriva la fin de l'été, elle dut lui consacrer tout son temps. Il avait à nouveau des problèmes de cœur et le médecin de La Marolle l'avait trouvé très affaibli. Ses rhumatismes s'étaient réveillés et il en souffrait terriblement.

— L'idée d'être un fardeau pour toi m'est insupportable, lui disait-il avec désespoir.

Quand il le pouvait, il mettait lui-même Xavier au lit. Mais la plupart du temps il souffrait tellement qu'il était incapable de s'occuper de son fils.

Noël s'annonçait morose. Sarah n'avait pas mis les pieds à Paris depuis deux mois et elle n'était pas retournée à Londres depuis l'été. Elle était obligée de se décharger totalement sur Nigel et Phillip ainsi que sur Emmanuelle car elle voulait pouvoir se consacrer entièrement à William.

Julian passa les vacances de Noël auprès de son père.

Phillip daigna faire le voyage pour fêter le réveillon avec eux. Ils passèrent un moment très agréable et allèrent à la messe de minuit, sans William qui, trop fatigué, ne les accompagna pas. Phillip trouva son père très amaigri. Pourtant, il gardait son entrain, son courage et son sens de l'humour. C'était un homme exceptionnel. Pour un bref instant, ce jour-là, Phillip s'en rendit compte.

Emmanuelle vint de Paris, le jour de Noël, et bien qu'elle n'en dît rien à Sarah, elle éprouva un choc en voyant William. En rentrant à Paris, elle pleura tout au long du trajet.

Phillip repartit le lendemain matin. Julian s'apprêtait à aller faire du ski à Courchevel. Mais il s'y rendait le cœur gros, et avant de partir, il dit à sa mère qu'il rentrerait sur-le-champ si elle avait besoin de lui. Elle n'avait qu'à l'appeler. Isabelle allait passer le reste des vacances à Lyon, chez une amie rencontrée l'été dernier. C'était une grande aventure. Mais à neuf ans, Sarah considérait qu'elle était assez mûre. Elle serait de retour dans une semaine, et peut-être que d'ici là son père irait mieux.

Mais l'état de William empira encore. Le jour de l'an, il fut trop faible pour célébrer le premier anniversaire de Xavier. Ils avaient acheté un petit gâteau pour lui, et Sarah lui avait chanté « Joyeux anniversaire » après le dessert, puis aussitôt après elle était remontée pour rester auprès de William.

Les derniers jours il n'avait fait que dormir ou presque, pourtant il ouvrait les yeux chaque fois que Sarah pénétrait dans la chambre, même quand elle entrait sur la pointe des pieds. Il savait qu'elle était près de lui. Elle pensa l'emmener à l'hôpital, mais le médecin lui avait dit que cela ne servirait à rien, que l'on ne pouvait rien pour lui. Son corps avait été soumis à trop rude épreuve vingt-cinq ans auparavant, il était aujourd'hui usé, trop affaibli pour qu'on puisse espérer le sauver. Cette pensée était insupportable à Sarah. Elle connaissait sa force de caractère, et elle restait persuadée qu'il finirait par s'en sortir.

Le soir de l'anniversaire de Xavier, alors qu'elle était étendue tranquillement dans les bras de William, elle sentit tout à coup son étreinte se resserrer, comme celle d'un enfant, comme celle de Lizzie, et elle comprit. Elle le garda serré tout contre elle, et ramena les couvertures sur lui, s'efforçant de lui donner tout son amour, toute sa chaleur. Juste avant l'aube, il ouvrit les yeux et l'embrassa dans un soupir. Elle lui rendit tendrement son baiser, puis il inspira lentement et mourut paisiblement entre les bras de la femme qu'il avait tant aimée.

Elle resta un long moment sans bouger, tenant William entre ses bras, le visage inondé de larmes. Elle aurait voulu le retenir à jamais. Elle ne pouvait pas vivre sans lui. Pendant un long moment, elle eut envie de partir avec lui, mais elle entendit Xavier qui pleurait dans la pièce voisine et comprit qu'elle n'en avait pas le droit. On aurait dit que le bébé avait senti que son père était mort. C'était une perte terrible pour eux tous.

Elle étendit lentement son mari sur le lit et l'embrassa à nouveau. Quand le soleil apparut, inondant la chambre de lumière, elle quitta la pièce en sanglotant, et ferma doucement la porte derrière elle. Le duc de Whitfield était mort. Sarah était veuve.

23

Les funérailles furent célébrées dans le recueillement et la douleur à l'église de La Marolle. Sarah était assise avec les enfants, tandis que le chœur chantait l'*Ave Maria*. Seuls les amis proches entouraient la famille, la cérémonie officielle devant avoir lieu à Londres, deux jours plus tard.

William fut enterré à côté de Lizzie, au château de la Meuze. Phillip et elle en avaient discuté toute la nuit. Celui-ci avait déclaré que, sept siècles durant, les ducs de Whitfield avaient été enterrés à Whitfield. Mais Sarah ne céda pas. Elle le voulait ici, avec elle, avec leur fille, dans cet endroit qu'il avait tant aimé, et où ils avaient vécu et travaillé côte à côte.

Le cortège sortit de l'église en silence. Sarah tenait la main d'Isabelle, et Julian avait passé un bras autour de ses épaules. Emmanuelle, venue de Paris, marchait au bras de Phillip. Puis le petit groupe prit la direction du château où les attendait une collation. Les gens des environs, ceux qui avaient servi, connu et aimé le duc de Whitfield étaient venus présenter leurs condoléances. Sarah les avait invités à déjeuner. Elle ne pouvait imaginer ce qu'allait être la vie sans lui.

On aurait dit un automate qui servait le vin, serrait les mains, écoutait des anecdotes sur monsieur le duc. Elle pensait à la vie de William, une vie qu'il avait construite et partagée avec eux, pendant plus de vingt-six ans. Elle n'arrivait pas à croire que c'était fini.

Nigel était venu de Londres. Il avait pleuré au moment de l'inhumation, tout comme Sarah, qui sanglotait dans les bras de Julian. Voir William ainsi, aux côtés de Lizzie, était plus qu'elle n'en pouvait supporter. Elle avait l'impression que c'était hier qu'ils étaient venus ici ensemble et avaient parlé de Lizzie... et de Xavier qui devait naître. Le plus terrible, c'était que Xavier ne connaîtrait jamais son père. Il aurait deux frères pour veiller sur lui, une mère et une sœur qui l'adoraient, mais il ne connaîtrait jamais l'homme que William avait été. Cette pensée brisait le cœur de Sarah.

Deux jours plus tard, ils se rendirent tous à Londres pour les funérailles officielles, qui furent célébrées avec toute la pompe et le décorum d'usage. Tous les parents de William étaient présents, la reine aussi, ainsi que ses enfants. Ensuite, ils se rendirent à Whitfield où les attendaient quatre cents personnes. Avec des gestes mécaniques, Sarah serrait les mains qui se tendaient. Elle se retourna brusquement en entendant une voix dire « Votre Altesse » derrière elle, et une autre voix d'homme qui répondait. L'espace d'un instant, elle crut que William était dans la pièce et elle eut un choc en voyant Phillip. Son fils était duc à présent. Elle venait seulement d'en prendre conscience.

Ce fut un moment difficile pour tous, un moment qu'elle n'oublierait jamais. Elle ne savait où aller ni que faire pour échapper au désespoir qui l'étreignait.

À Whitfield elle voyait son mari partout, et au château de la Meuze c'était encore pire. Lorsqu'elle allait à l'hôtel à Londres, elle passait son temps à penser à lui, et elle appréhendait de retourner dans leur appartement de Paris où ils avaient été si heureux… Elle n'avait personne pour la consoler. Il était partout, dans son cœur, dans son âme, et dans chacun de ses enfants.

— Que comptes-tu faire ? lui demanda Phillip, un jour, alors qu'ils étaient à Whitfield.

Elle n'en avait pas la moindre idée. Son commerce ne l'intéressait plus du tout. Elle l'aurait volontiers cédé, mais Phillip n'avait que vingt-six ans et encore beaucoup à apprendre. Julian, quant à lui, n'avait que quinze ans. Il était beaucoup trop tôt pour songer à lui confier le magasin de Paris.

— Je ne sais pas, répondit-elle avec sincérité. – William les avait quittés depuis un mois et elle était toujours profondément éprouvée. – J'essaye d'y réfléchir, mais je n'y arrive pas. Je ne sais où aller, ni que faire. Je n'arrête pas de me demander ce qu'il aurait voulu que je fasse.

— Je crois qu'il aurait voulu que tu continues, dit Phillip. Que tu reprennes les affaires en main, les boutiques, je veux dire… et tout le reste. Tu ne dois pas t'arrêter de vivre.

— J'aimerais bien pourtant.

— Je le sais, mais c'est impossible, dit-il doucement. Nous avons tous des obligations et il faut que tu sois là, pour continuer à nous aider et à nous aimer.

Il avait de lourdes charges à présent. Il avait hérité de la totalité de Whitfield. Une partie du château de la Meuze lui reviendrait aussi, ainsi qu'à Julian, Isabelle et Xavier. À présent, le titre de duc reposait entièrement sur ses épaules, ainsi que toutes les obligations qui s'y rattachaient. Son père s'en était acquitté avec sagesse et talent. Sarah doutait que Phillip puisse en faire autant.

— Et toi ? lui demanda-t-elle gentiment. As-tu des projets ?

— Je vais continuer dans la même voie, répondit-il, hésitant, avant d'ajouter : Un de ces jours, j'aimerais bien te présenter quelqu'un.

Il était venu avec l'intention de leur parler de Cecily à Noël, mais son père était si malade qu'il avait préféré s'abstenir.

— Une jeune fille ?

— Oui, dit-il en rougissant.

— Peut-être pourrions-nous l'inviter à dîner avant que je ne quitte l'Angleterre ?

— J'aimerais bien, dit-il légèrement embarrassé.

Elle lui rappela ce dîner deux semaines plus tard, lorsqu'elle fut sur le point de regagner Paris. Emmanuelle avait eu quelques problèmes à la boutique et Isabelle devait retourner à l'école. Julian, lui, était déjà rentré depuis plusieurs semaines.

— Au fait, et cette personne que tu voulais me présenter ? glissa-t-elle avec tact dans la conversation.

— Ah, oui… je ne crois pas que tu auras le temps avant ton départ, répondit-il évasivement.

— Mais si, insista-t-elle. Je trouve toujours le temps lorsqu'il s'agit de toi. Quand aimerais-tu que nous nous rencontrions ?

Il regrettait de lui en avoir parlé, mais elle s'efforça de le mettre à l'aise. Ils fixèrent une date. Ils iraient dîner chez Connaught. La jeune femme qu'elle y rencontra le lendemain soir ne l'étonna nullement, à son grand regret. Elle était typiquement britannique. Grande, mince et pâle, elle ne parla pour ainsi dire pas de toute la soirée. D'une parfaite éducation, lady Cecily Hawthorne était la demoiselle la plus ennuyeuse que Sarah ait jamais rencontrée. Fille de ministre, elle était l'image même de la respectabilité, mais Sarah se demandait comment Phillip pouvait la supporter. Elle était dénuée de toute sensualité, ne dégageait ni chaleur ni tendresse ; ce n'était certainement pas le genre de fille avec qui on aurait pu partager un fou rire. Sarah voulut gentiment en faire la remarque à Phillip le lendemain.

— Elle est charmante, lui dit-elle pendant le petit déjeuner.

— Je suis content qu'elle te plaise.

Il avait l'air ravi. Sarah, qui se demandait s'il était vraiment sérieux, commença à se faire du souci. Et William qui n'était plus là ! « La vie est vraiment injuste », se lamenta-t-elle intérieurement, tout en essayant de garder le sourire.

— C'est donc sérieux ? demanda-t-elle en s'efforçant de ne pas s'étrangler avec une bouchée de toast. Très sérieux ?

— Peut-être bien. Elle ferait une épouse idéale.

— J'imagine, en effet, dit-elle en essayant de garder son calme. Elle est charmante… mais est-elle gaie, a-t-elle de l'humour ? C'est une chose à laquelle tu devrais réfléchir. Ton père et moi nous nous amusions beaucoup ensemble. C'est important, tu sais, dans un couple.

— De l'humour ? dit-il, surpris. En quoi est-ce important ? Mère, je ne te comprends pas.

— Phillip. – Elle avait décidé d'être honnête avec

lui, elle espérait seulement qu'elle n'allait pas le regretter. – Une bonne éducation ne suffit pas. Il faut autre chose… un peu de tempérament ; c'est important de bien s'entendre dans l'intimité.

Il était assez grand pour qu'elle ose aborder ce genre de sujet avec lui. On était en 1966, que diable, pas en 1923. La nouvelle génération mettait des fleurs dans ses cheveux et allait à San Francisco. Comment pouvait-il être aussi vieux jeu ? Pourtant il l'était. Il semblait profondément choqué par les propos de sa mère.

— En effet. Je comprends ce que tu veux me dire. Mais cela ne fait cependant pas partie de mes critères pour le choix d'une épouse.

Elle comprit soudain qu'en épousant cette fille, Phillip risquait de commettre une erreur irréparable.

— Tu crois donc qu'il y a deux sortes de femmes, Phillip ? Celles avec qui on prend du bon temps et celles qu'on épouse ? Ou as-tu vraiment un faible pour les jeunes filles bon chic bon genre ? Parce que si, en fait, tu aimes les jeunes filles libérées et que tu épouses une oie blanche, tu vas avoir de gros problèmes.

Elle n'avait rien trouvé de mieux à lui dire, mais le message était passé.

— Je dois songer à ma réputation, dit-il, profondément agacé.

— Ton père aussi songeait à la sienne, Phillip. Et il m'a épousée. Je ne pense pas qu'il l'ait regretté. Du moins, je l'espère.

Elle sourit tristement à son fils aîné. Elle avait l'impression de parler à un parfait inconnu.

— Tu étais de très bonne famille, même si tu étais divorcée. – Sarah leur avait parlé de son divorce pour éviter qu'ils l'apprennent par des étrangers. – Dois-je comprendre que Cecily ne te plaît pas ? demanda-t-il sèchement, tandis qu'ils s'apprêtaient à quitter la table.

— Elle me plaît beaucoup, au contraire. Mais je pense que si tu veux l'épouser, tu dois réfléchir sérieusement à ce que tu attends d'une épouse. Elle est charmante, mais elle est très sérieuse et peu communicative.

Sarah savait que son fils aimait les femmes provocantes, à en croire les rumeurs qui circulaient à Londres et à Paris. Il aimait être photographié avec des femmes respectables, mais il préférait fréquenter les autres. Cecily appartenait sans aucun doute à la première catégorie. Elle était étonnamment insipide.

— Elle ferait une excellente duchesse de Whitfield, dit Phillip, l'air austère.

— Cela a son importance, en effet. Mais est-ce suffisant ?

— Je suis le mieux placé pour en juger, dit-il et elle hocha la tête.

— Je ne veux que ton bien, lui répondit-elle en l'embrassant.

Après quoi il se rendit en ville tandis qu'elle retournait à Paris avec ses deux jeunes enfants. Elle les ramena au château et les laissa avec Julian, puis repartit quelques jours à Paris pour s'occuper de la boutique. Mais le cœur n'y était pas. Elle n'avait qu'une envie : rentrer au château et se recueillir sur la tombe de William. Emmanuelle lui dit qu'elle devait réagir.

Il lui fallut longtemps pour se remettre. Ce n'est qu'à l'été qu'elle retrouva un peu de son entrain. Ce fut à cette époque que Phillip annonça qu'il allait épouser Cecily Hawthorne. Sarah en fut désolée, mais elle ne dit rien. Ils habiteraient dans son appartement de Londres, et passeraient beaucoup de temps à Whitfield. Cecily avait l'intention d'y installer ses chevaux. Phillip assura à sa mère qu'elle pourrait utiliser le pavillon de chasse chaque fois qu'elle le souhaiterait. Lui et Cecily s'installeraient dans la maison principale, naturellement. Il ne fit cependant pas allusion à ses frères et sœur.

Sarah n'eut aucun préparatif de mariage à faire. Les Hawthorne s'occupèrent de tout et le mariage fut célébré dans le Staffordshire, là où se trouvait le domaine familial. Les Whitfield arrivèrent tous ensemble, Sarah au bras de Julian. C'était la période de Noël et elle portait un ensemble Chanel en lainage beige pour l'occasion.

Isabelle portait une adorable robe de velours blanc, avec un manteau assorti garni d'hermine et Xavier portait un costume de velours noir acheté chez La Châtelaine, à Paris. Julian, en habit, était très beau, tout comme l'était Phillip. La mariée portait une magnifique robe de dentelle ayant appartenu à sa grand-mère. Mais elle était légèrement trop courte pour elle et son voile manquait de grâce. Emmanuelle n'était pas venue, sinon Sarah lui aurait avoué qu'elle trouvait cette grande fille affreuse, sèche et sans aucun attrait. Elle ne s'était même pas donné la peine de se maquiller. La cérémonie eut lieu une semaine avant Noël, puis les jeunes époux s'envolèrent pour les Bahamas, pour leur lune de miel.

Sarah se demandait ce que William aurait pensé d'eux. Elle était très déprimée en rentrant au Claridge ce soir-là. Sa première belle-fille ne lui plaisait décidément pas. Aurait-elle plus de chance avec les autres ?

La vie était étrange. Les enfants étaient étranges. Ils vivaient leur vie comme bon leur semblait, sans se soucier de leurs parents. William se mit à lui manquer cruellement tandis qu'ils reprenaient l'avion pour Paris avant de regagner le château. C'était le premier Noël qu'ils passaient sans lui… et Xavier aurait deux ans le 1er janvier. Alors qu'ils approchaient du portail, Sarah vit un homme à la silhouette familière. Elle se demanda si elle n'était pas en train de rêver. Mais elle ne rêvait pas. C'était bien lui. Un moment, elle eut l'impression qu'il n'avait pas changé. Il avança lentement vers la voiture en lui souriant et elle écarquilla les yeux, stupéfaite ; c'était Joachim.

24

Sarah descendit de la Rolls avec l'expression de quelqu'un qui vient de voir un fantôme. D'une certaine façon c'en était un. Cela faisait presque vingt-trois ans qu'elle ne l'avait pas revu. Vingt-trois ans qu'il l'avait embrassée pour lui dire adieu, avant de regagner l'Allemagne avec ses soldats. Elle n'avait plus jamais eu de nouvelles ensuite. Elle ignorait s'il avait survécu ou s'il était mort. Mais elle avait souvent songé à lui, en particulier lorsqu'elle pensait à Lizzie.

Il la regarda descendre lentement de voiture. Elle n'avait pas beaucoup changé. Elle était toujours très belle. Elle avait l'air plus digne et quelques cheveux blancs. Elle avait eu cinquante ans cette année, ce qu'on avait du mal à croire en la voyant.

— Qui est-ce ? murmura Julian.

L'homme avait l'air étrange. Il était maigre et vieux, et ne quittait pas leur mère des yeux.

— C'est un vieil ami, mon chéri. Emmène les petits à l'intérieur.

Julian prit Xavier dans ses bras et entraîna Isabelle

avec lui dans le château, tout en regardant par-dessus son épaule. Sarah s'approcha de l'homme.

— Joachim ? murmura-t-elle, et il vint tout doucement à elle, avec ce sourire qu'elle connaissait si bien. Que faites-vous ici ?

Elle avait tellement de choses à lui raconter, et tant de questions à lui poser.

— Bonjour Sarah, dit-il tout bas, en prenant ses mains dans les siennes. Cela fait bien longtemps... mais vous êtes toujours aussi belle.

Elle était resplendissante et lorsqu'il la regardait, son cœur se mettait à battre plus vite.

— Merci, Joachim. – Elle savait qu'il avait soixante ans maintenant. Les années n'avaient pas été tendres avec lui, même si elles semblaient l'avoir épargné davantage que William. – Venez, entrez. Nous arrivons tout juste d'Angleterre, dit-elle comme une hôtesse accueillant un convive longtemps attendu. – Phillip vient de se marier.

Elle lui sourit. Leurs yeux se cherchaient au-delà des paroles.

— Phillip ? Marié ?

— Il a vingt-sept ans, maintenant, lui rappela-t-elle, tandis qu'il ouvrait la porte et la suivait à l'intérieur.

Tous deux réalisèrent soudain qu'il avait vécu ici, pendant la guerre.

— Vous avez eu d'autres enfants ?

— Trois, dit-elle en hochant la tête. Le petit dernier est tout jeune. Il s'appelle Xavier et aura deux ans la semaine prochaine.

— Ce n'est pas possible !

Il était visiblement stupéfait, et elle rit.

— J'ai été la première à m'en étonner. William a très bien pris la chose, heureusement.

Elle ne voulait pas lui dire que William était mort, pas tout de suite du moins. Elle avait tant de choses à lui raconter.

Ils passèrent au salon et elle l'invita à s'asseoir. Pour lui, cette pièce était remplie de souvenirs. Mais la revoir était infiniment plus fascinant, et il ne la quittait pas des yeux.

— Quel bon vent vous amène, Joachim ?

Il eut envie de lui répondre « vous » mais n'en fit rien.

— J'ai un frère à Paris. Je suis venu lui rendre visite pour Noël. Comme nous sommes seuls tous les deux, il m'a proposé de venir. – Puis il ajouta : Et puis j'avais envie de vous revoir depuis très longtemps, Sarah.

— Vous ne m'avez jamais écrit, dit-elle doucement.

Elle ne lui avait pas écrit non plus. En y songeant, à présent, elle n'était pas sûre qu'elle l'aurait fait, même si elle avait su où le trouver. Elle se serait sentie coupable vis-à-vis de William.

— J'ai vécu une période très difficile après la guerre, expliqua-t-il. Berlin était devenu un véritable enfer. Quand j'ai enfin eu la possibilité de revenir, j'ai appris par les journaux que le duc de Whitfield avait survécu. J'en ai été très heureux pour vous, à l'époque, car je savais combien vous attendiez son retour. Il ne m'a pas semblé correct de vous écrire après cela, ni de venir vous voir. Je suis revenu en France à plusieurs occasions, mais je n'ai jamais pu me décider à vous rendre visite.

Elle hocha la tête. Elle comprenait parfaitement.

C'eût d'ailleurs été certainement triste de le revoir car elle savait combien ils avaient été épris l'un de l'autre à une époque. Ils avaient réussi à refréner leurs sentiments, mais ceux-ci avaient bel et bien existé.

— William est mort l'an dernier, dit-elle tristement, ou plutôt cette année, le 2 janvier.

Ses yeux lui dirent combien elle se sentait seule depuis sa disparition. Il ne chercha pas à feindre l'ignorance. Il était revenu parce qu'il avait appris son décès. Il n'avait jamais voulu se manifester du temps de son vivant car il savait combien elle aimait son mari.

— Je sais. Ça aussi, je l'ai appris par les journaux.

Elle hocha la tête, sans comprendre pourquoi il était venu, mais heureuse, néanmoins, de le revoir.

— Vous êtes-vous remarié ?

Il secoua la tête.

— Jamais.

Son souvenir l'avait habité pendant plus de vingt-trois ans, et il n'avait jamais rencontré de femme qui pût rivaliser avec elle.

— Je suis propriétaire d'une bijouterie, à présent, vous savez.

Elle dit cela d'un air amusé et il souleva un sourcil étonné.

— Vraiment ? Depuis peu ?

— Depuis l'après-guerre.

Elle lui raconta comment l'aventure avait commencé, les gens qui étaient venus les trouver pour leur vendre leurs bijoux, et la façon merveilleuse dont la bijouterie avait prospéré. Elle lui parla d'Emmanuelle, qui dirigeait le magasin de Paris, et du magasin de Londres.

— C'est incroyable. Il faut que j'y passe et que j'aille lui dire bonjour ! – Mais en disant ces mots, il se ravisa. Il savait qu'Emmanuelle ne l'avait jamais vraiment porté dans son cœur. – J'imagine que vos prix ne sont pas à ma portée. Nous avons tout perdu. Tous nos domaines sont à l'Est à présent.

Elle était désolée pour lui. Il y avait quelque chose d'infiniment triste chez cet homme. Une souffrance et un désarroi qui vous brisaient le cœur. Elle lui offrit un verre et alla voir si les enfants étaient sages. Isabelle et Xavier dînaient à la cuisine en compagnie de la femme de chambre, et Julian était à l'étage en train de téléphoner à sa petite amie. Elle les présenterait à Joachim après avoir parlé tranquillement avec lui. Elle sentait confusément qu'il était venu la trouver pour une raison précise.

Lorsqu'elle revint au salon, elle le trouva en train de regarder les livres sur les étagères. Elle vit qu'il avait retrouvé le livre qu'il lui avait offert, vingt ans plus tôt, pour Noël.

— Vous l'avez toujours. – Il semblait heureux et elle lui sourit. – J'ai toujours votre photo, sur mon bureau, en Allemagne.

Cela la rendit triste. Tout cela était si loin. Il aurait dû avoir la photo de quelqu'un d'autre sur son bureau, pas la sienne.

— J'ai toujours la vôtre, moi aussi, rangée quelque part. – Mais sa photo n'avait jamais trouvé sa place dans sa vie avec William, et Joachim le savait bien. – Que faites-vous maintenant ?

Il était vêtu avec distinction et ne semblait pas pauvre, même s'il n'avait pas l'air d'être richissime.

— Je suis professeur de littérature anglaise à l'université de Heidelberg, dit-il en souriant, et tous deux se souvinrent des longues conversations qu'ils avaient eues sur Keats et Shelley.

— Je suis sûre que vous êtes un excellent professeur.

Il posa son verre et s'approcha d'elle.

— Peut-être ai-je eu tort de venir, Sarah, mais j'ai pensé à vous si souvent. J'ai l'impression que c'était hier. Il fallait que je vous revoie... pour savoir si vous n'aviez pas oublié, si cela comptait encore pour vous.

C'était beaucoup demander. Sa vie était si pleine.

— C'était il y a très longtemps, Joachim... Je ne vous ai jamais oublié. – Il fallait qu'elle soit honnête avec lui. – Et je vous ai aimé à l'époque. Si les choses avaient été différentes, si je n'avais pas été mariée avec William... mais je l'étais... et il est revenu. Je ne crois pas que je pourrais jamais aimer un autre homme.

— Même un homme que vous avez aimé jadis ?

Ses yeux étaient pleins d'espoir, mais elle ne pouvait pas lui donner la réponse qu'il attendait.

Elle secoua la tête tristement.

— Même vous, Joachim. Je ne l'ai pas pu alors, je ne le pourrais pas aujourd'hui... Je suis pour toujours la femme de William.

— Mais il est mort, à présent, dit-il d'une voix douce, en se demandant s'il n'était pas venu trop tôt.

— Il est toujours dans mon cœur, exactement comme avant. Il n'y a rien à faire, Joachim.

— Je suis désolé, dit-il.

Il avait l'air d'un homme brisé.

— Moi aussi, dit-elle doucement.

Les enfants entrèrent à ce moment-là. Isabelle le salua avec une petite révérence charmante, et Xavier se mit à courir tout autour de la pièce en bousculant allégrement tout ce qui se trouvait sur son passage. Enfin, Julian arriva le dernier, pour demander s'il pouvait sortir avec des amis. Elle le présenta à Joachim.

— Vous avez de beaux enfants, dit-il, lorsque ceux-ci furent sortis. Le petit dernier ressemble à Phillip.

Phillip avait son âge pendant l'Occupation. Les yeux de Joachim trahissaient son attachement pour son fils… et pour Lizzie.

— Il m'arrive souvent de penser à elle… d'une certaine façon, elle est un peu mon bébé, dit-il avec nostalgie.

— Je sais. – William l'avait deviné. Il lui avait confié un jour qu'il était jaloux de Joachim, parce que ce dernier avait connu Elizabeth, et pas lui. – Elle était si douce… Julian est un peu comme elle. Et Xavier, de temps en temps… quant à Isabelle, elle a une personnalité bien à elle.

— Ça se remarque d'emblée. – Il sourit. – Vous aussi, Sarah. Je vous aime. Je vous aimerai toujours. Vous êtes exactement comme je vous imaginais… en plus belle… et toujours aussi généreuse. Presque trop.

Elle rit doucement en guise de réponse.

— William a eu beaucoup de chance. J'espère qu'il en était conscient.

— Nous en étions tous les deux conscients. Mais il est parti trop tôt… Si seulement il avait vécu plus longtemps.

— Dans quel état est-il revenu de la guerre ? Les journaux ont dit qu'il avait survécu par miracle.

— C'est vrai. Il était très malade. Il avait été torturé.

— Ils ont fait des choses effroyables, dit-il sans

hésitation. Pendant longtemps j'ai eu honte d'être allemand.

— Mais vous n'avez rien à vous reprocher.

Elle l'avait aimé et l'avait respecté, en dépit de leurs appartenances différentes.

— Nous aurions dû réagir. Le monde ne nous pardonnera jamais ces crimes horribles.

Elle ne pouvait pas le contredire, mais savait que Joachim s'était toujours bien conduit. C'était un homme droit et honorable.

Enfin, il se leva. Il regarda une dernière fois autour de lui, comme pour garder chaque détail de la pièce en mémoire.

— Je dois rentrer à Paris, à présent. Mon frère m'y attend.

— Revenez nous voir, dit-elle.

Elle le raccompagna lentement jusqu'à sa voiture, puis il s'arrêta pour la regarder une dernière fois. Il savait qu'il ne reviendrait pas. Le désir se lisait dans ses yeux et il mourait d'envie de la prendre dans ses bras.

— Je suis heureux d'être revenu... Il y avait si longtemps que j'en avais envie.

Il lui sourit et lui caressa doucement la joue, comme il l'avait fait une fois, et elle se pencha vers lui et l'embrassa avant de se reculer d'un pas. Un dernier pas qui la ramena définitivement dans le présent.

— Prenez soin de vous, Joachim.

Il hésita un long moment, puis hocha la tête. Il monta dans sa voiture avec un petit salut et elle ne vit pas les larmes briller dans ses yeux. Elle ne voyait que sa voiture... et l'homme qu'il avait été autrefois. Un seul homme était présent dans sa mémoire :

William. Joachim était sorti de sa vie des années auparavant. Il était parti. Il n'y avait plus de place pour lui, aujourd'hui. Il n'y en avait plus depuis des années. Et lorsque la voiture eut complètement disparu, elle retourna au château où l'attendaient ses enfants.

25

Julian sortit de la Sorbonne, en 1972, diplômé en philosophie et en lettres. Sarah était très fière. Ils assistèrent tous à sa soutenance, tous sauf Phillip, que l'acquisition d'une importante collection de bijoux avait retenu à Londres. Emmanuelle était présente. Elle portait un ensemble Givenchy bleu marine, très élégant, et une parure de saphirs Whitfield. Elle était devenue quelqu'un d'important. Sa liaison avec le ministre des Finances, qui durait depuis plusieurs années, n'était plus un secret. Le ministre la traitait avec respect et affection. Sa femme était très malade depuis fort longtemps et ses enfants étaient grands. Leur liaison, menée dans la discrétion, ne faisait de tort à personne. Il était très bon avec elle, et elle l'aimait sincèrement. Il lui avait acheté un appartement splendide avenue Foch. En qualité de directrice de Whitfield, elle suscitait curiosité et fascination parmi l'élite parisienne. Toujours élégante, elle avait un goût exquis et possédait de superbes bijoux qu'elle avait achetés ou qu'on lui avait offerts.

Sarah lui était infiniment reconnaissante de continuer à travailler pour elle, surtout maintenant que Julian s'apprêtait à se lancer dans les affaires. Il avait un goût et un sens artistique très sûrs et connaissait bien les pierres, mais il avait encore beaucoup à apprendre avant d'être son propre maître. Le bureau d'Emmanuelle se trouvait à l'étage, juste en face de celui de Sarah. Il leur arrivait de laisser leurs portes ouvertes pour se parler plus aisément. Elles étaient devenues très amies, et c'est grâce à cette amitié, à ses enfants et à son travail que Sarah avait survécu à la disparition de William. Cela faisait plus de six ans, maintenant, six ans de grande solitude pour Sarah.

La vie n'était plus la même sans lui, à tous les points de vue. Les rires qu'ils avaient partagés, les petites attentions dont il la comblait, les sourires, les fleurs, la compréhension, le bon sens et la sagesse sans limites de William avaient disparu à jamais. Elle en ressentait une douleur aiguë, presque physique.

L'éducation des enfants l'avait beaucoup occupée, toutes ces années. Isabelle avait seize ans et Xavier, sept. Ce dernier requérait une attention constante car il débordait d'idées et n'avait peur de rien. Elle le retrouvait tantôt sur les toits, tantôt dans une caverne qu'il avait creusée près des écuries, tantôt en train de faire des expériences avec des fils électriques ou d'échafauder des constructions dangereuses. L'énergie et l'ingéniosité qu'il déployait étaient fascinantes. Il avait la passion des pierres et il était souvent persuadé d'avoir découvert un filon d'or, d'argent ou de diamants. Dès qu'il apercevait quelque chose de brillant à terre, il se précipitait en déclarant qu'il avait trouvé un bijou pour la maison Whitfield.

Phillip était père de deux enfants à présent, un garçon de cinq ans et une fille de trois ans, Alexander et Christina. Sarah avoua un jour à Emmanuelle qu'ils ressemblaient tellement à Cecily qu'elle ne se sentait guère attirée par eux. Ils étaient gentils, mais très effacés et pâles. Ils se montraient distants et renfermés, même avec Sarah. Il lui arrivait d'emmener Xavier avec elle à Whitfield, pour qu'il joue avec eux. Mais celui-ci était beaucoup trop remuant pour eux, et il était clair que Phillip n'appréciait guère sa présence.

En fait, Phillip n'aimait ni ses frères ni sa sœur. Les deux petits ne l'intéressaient pas du tout. Quant à Julian, Sarah avait le sentiment que Phillip lui vouait une haine farouche.

Il était jaloux de lui sans raison. Maintenant que Julian allait se lancer dans les affaires, Sarah craignait, tout comme Emmanuelle, que Phillip ne cherche à lui mettre des bâtons dans les roues. Sarah avait d'ailleurs chargé Emmanuelle de surveiller Phillip. Il avait été très proche d'elle, jadis, lorsqu'il était enfant, et d'une certaine façon elle le connaissait mieux que Sarah. Elle connaissait ses failles et le savait capable de tout lorsqu'il en voulait à quelqu'un. Le plus surprenant était que Nigel et lui continuaient à s'entendre. C'était une union inhabituelle, une sorte de « mariage de raison », mais cette union semblait tenir bon.

Mais Phillip était jaloux de l'affection que tout le monde portait à Julian : sa famille, ses amis, et les femmes en particulier. Julian sortait avec des filles toutes plus ravissantes, plus amusantes et plus élégantes les unes que les autres. En revanche, les filles avec qui Phillip était sorti quand il était encore célibataire avaient toutes un côté vulgaire. Emmanuelle savait qu'il continuait de fréquenter ce genre de femmes lorsque la sienne n'était pas là pour le surveiller. Une fois, à Paris, elle l'avait rencontré en compagnie d'une de ses maîtresses. Il la lui avait présentée comme étant sa secrétaire. Ils étaient descendus au Plaza Athénée. Phillip avait emprunté quelques-unes des pièces les plus voyantes de la collection Whitfield pour sa compagne, tout en demandant à Emmanuelle de ne rien dire à sa mère. Mais les bijoux étaient sans éclat sur cette femme dont la jupe ridiculement courte n'était même pas seyante. Elle était la vulgarité personnifiée, ce dont Phillip ne semblait pas s'apercevoir. Sarah était désolée pour lui. De toute évidence, il n'était pas heureux avec sa femme.

Personne ne regretta l'absence de Phillip lors de la soutenance de Julian.

— Eh bien, mon ami, demanda Emmanuelle au jeune diplômé lorsqu'ils furent sortis de la Sorbonne, quand avez-vous l'intention de commencer ? Demain, *n'est-ce pas*[1] ?

Elle plaisantait, et il le savait, car elle était invitée à la grande fête que sa mère donnait le soir même en son honneur au château.

Il avait convié tous ses amis. Les garçons seraient logés dans les dépendances, et les filles au château et dans la petite maison. Le reste des invités passerait la nuit à l'hôtel. Ils attendaient environ trois cents personnes. Après la réception, Julian avait l'intention d'aller passer quelques jours sur la Riviera, avant de commencer à travailler à la boutique le lundi suivant.

— Je commence lundi, dit-il en plongeant ses grands yeux qui faisaient des ravages dans ceux d'Emma-

1. En français dans le texte. (*N.d.T.*)

nuelle. C'est juré... fit-il avec un geste cérémonieux de la main qui la fit rire.

Ils allaient bien s'amuser chez Whitfield, quand il serait là. Il était si entreprenant qu'il arriverait à vendre n'importe quoi. Il fallait cependant espérer qu'il ne se mettrait pas à couvrir les femmes de bijoux. Il était aussi généreux que William, et tout aussi tendre.

Sarah lui avait proposé de s'installer dans son appartement parisien en attendant de s'en trouver un, et il avait hâte de prendre ses nouveaux quartiers. Elle lui avait offert une Alfa Romeo pour son doctorat. Les filles n'y seraient certainement pas insensibles. Après le déjeuner au Relais, le restaurant du Plaza, il proposa à Emmanuelle de l'emmener au château dans sa nouvelle voiture, mais celle-ci avait promis de faire le voyage avec Sarah.

Il emmena Isabelle à la place. Tandis qu'elle s'installait dans la voiture, il la taquina sur ses longues jambes à peine couvertes par sa minijupe.

Elle n'avait que seize ans mais elle en paraissait vingt-cinq. Comme Julian le faisait souvent remarquer, il fallait la surveiller. Elle flirtait avec tous ses amis et était déjà sortie avec plusieurs d'entre eux. Il ne comprenait pas pourquoi Sarah n'était pas plus sévère. Mais depuis que William était mort, Sarah n'était plus la même. C'était comme si elle n'avait plus ni l'envie ni la force de leur tenir tête. Julian trouvait qu'elle laissait aussi trop de liberté à Xavier. Pourtant, hormis faire sauter quelques pétards dans les écuries pour effrayer les chevaux, ou pourchasser les animaux dans les vignobles, ce dernier ne faisait rien de bien méchant. En revanche, Isabelle, qui était plus discrète, était aussi beaucoup plus dangereuse, à en croire son ami Jean-François. Récemment, au cours d'un week-end de ski à Saint-Moritz, elle avait tout fait pour le séduire avant de lui claquer la porte au nez – Dieu merci. Mais Julian savait que bientôt elle cesserait de claquer les portes au nez de ses soupirants.

— Alors ? lui dit-il tandis qu'ils s'engageaient sur la nationale en direction d'Orléans. Quoi de neuf ? Un nouveau petit copain ?

— Personne en particulier.

Elle avait dit cela d'un air détaché, ce qui était inhabituel chez elle. En temps normal, elle aimait se vanter de ses nouvelles conquêtes. Ces derniers temps, elle embellissait de jour en jour. Elle avait hérité de la beauté de leur mère, mais en plus sensuelle. Elle était terriblement séduisante et son innocence apparente ne rendait l'invitation que plus tentante.

— Comment ça marche au lycée ?

Elle allait au lycée à La Marolle, ce qui, selon Julian, était une grave erreur. Il trouvait qu'on aurait dû la mettre en pension, chez les sœurs. Il aurait voulu qu'Isabelle soit protégée. Quand il avait son âge, sous son air angélique, il avait été loin d'être sage. Il disait qu'il allait jouer au tennis après les cours, alors qu'en fait il entretenait une liaison avec un de ses professeurs. Personne ne s'était jamais aperçu de rien. Malheureusement, la dame en question s'était attachée à lui et avait menacé de se suicider lorsqu'il avait voulu rompre. Cela l'avait beaucoup affecté. Ensuite, il s'était épris de la mère d'un de ses camarades, mais là encore les choses s'étaient gâtées. Après cela, il avait compris qu'il était moins dangereux de séduire les jeunes filles que de se lancer à la conquête des femmes mûres. Cependant, elles l'attiraient toujours. En fait, Julian aimait toutes les femmes, vieilles, jeunes, belles, simples, intelligentes et même, parfois, laides. Isabelle lui reprochait son manque de goût, et ses amis l'appelaient « le séducteur impénitent ». Ce n'était pas faux, Julian était toujours prêt à satisfaire ces dames.

— Je m'ennuie au lycée, répondit Isabelle avec arrogance. Dieu soit loué, c'est enfin les vacances.

Elle était furieuse de ne pas partir avant le mois d'août. Sa mère lui avait promis un séjour à Capri. Sarah voulait consacrer le mois de juillet à faire des travaux dans les dépendances et quelques changements dans la boutique de Paris.

— Je m'ennuie comme un rat mort ici, bougonna-t-elle en allumant une cigarette.

Elle en tira quelques bouffées avant de la jeter par la fenêtre. Elle ne fumait pas vraiment, elle cherchait juste à impressionner.

— J'adorais passer les vacances au château quand j'avais ton âge. Il y a tant de choses à y faire, et puis maman t'a autorisée à inviter tes amies.

— Oui, mais pas les garçons, glapit-elle.

Elle adorait son frère, mais parfois il ne comprenait rien, surtout ces derniers temps.

— C'est curieux, railla-t-il, moi elle m'a toujours laissé inviter des garçons.

— Très drôle.

— Merci. En tout cas, ce soir, je ne crois pas que nous allons nous ennuyer. Cela dit, tu as intérêt à te tenir correctement, sinon je te donne la fessée.

— Compris. – Elle ferma les yeux et s'enfonça dans le siège de l'Alfa Romeo. – J'aime ta voiture, au fait.

— Moi aussi. C'est vraiment sympa de la part de maman.

— Ouais, mais moi il va falloir que j'attende d'avoir quatre-vingt-dix ans pour qu'elle m'en achète une.

Elle trouvait que sa mère n'était pas gentille avec elle. Aux yeux d'Isabelle, quiconque s'opposait à ses désirs était un monstre.

— Ça te laisse tout le temps de décrocher ton permis.

— Oh, tais-toi !

Dans la famille, elle avait acquis une réputation de chauffard notoire. Elle avait déjà abîmé deux vieilles voitures au château, or jamais elle n'aurait reconnu que c'était de sa faute. Mais Julian n'était pas fou. Il n'était pas question qu'il la laisse approcher du volant de sa précieuse Alfa Romeo.

Ils arrivèrent au château bien avant les invités. Julian en profita pour faire un petit plongeon dans la piscine, puis il alla voir si sa mère avait besoin de lui. Elle avait fait appel à un traiteur qui avait dressé des buffets un peu partout, ainsi que plusieurs bars. Un chapiteau abritait une gigantesque piste de danse. Deux orchestres devaient animer la soirée, l'un venu des environs et l'autre de Paris. Julian était ravi et très ému par le geste de sa mère.

— Merci, maman, dit-il, en lui donnant un gros baiser.

Encore en maillot de bain, il était beau comme un dieu. Emmanuelle, qui se tenait à côté de Sarah, fit mine d'être scandalisée quand elle le vit ainsi.

— Monsieur, couvrez-vous. Qu'allons-nous faire avec un Apollon comme vous à la boutique ?

Elle se dit qu'elle allait devoir le surveiller. Il risquait fort de faire des ravages parmi les employées de la boutique, surtout qu'il avait la réputation d'être un séducteur.

Autant son frère aîné était coincé et refoulé, autant Julian irradiait le charme et la sensualité.

— Tu devrais aller t'habiller avant que les invités n'arrivent, dit sa mère en souriant.

— Ce n'est peut-être pas nécessaire, murmura Emmanuelle, toujours très sensible à la beauté masculine.

Elle aimait bien le taquiner et considérait encore Julian comme un enfant.

Julian partit s'habiller. Xavier le rejoignit dans sa chambre pour parler avec lui de cow-boys et du Far West. Depuis quelque temps, Xavier faisait une fixation sur Davy Crockett. Fasciné par tout ce qui avait trait à l'Amérique, il avait même raconté à l'un de ses camarades de classe qu'il venait de New York et qu'il n'était en France que temporairement parce que ses parents y avaient un commerce.

— Après tout, maman est américaine ! répétait-il.

Plus que tout au monde, il voulait être américain. Il n'avait pas connu son père et ne voyait que rarement son frère Phillip, l'Angleterre ne lui était donc pas familière. Alors que Julian était vraiment français, Xavier, lui, trouvait beaucoup plus intéressant d'être de New York, de Chicago ou même de Californie. Il parlait sans cesse de sa tante Jane et de ses cousins qu'il ne connaissait même pas, ce qui amusait beaucoup Sarah. Elle parlait souvent anglais avec lui et il maîtrisait parfaitement cette langue mais il avait conservé l'accent français. L'anglais de Julian était meilleur que celui de Xavier, mais lui aussi avait un fort accent français, alors que celui de Phillip était impeccablement britannique. Isabelle, pour sa part, se moquait éperdument de ses origines et n'y attachait aucune importance. Elle n'avait qu'un désir : vivre loin de sa famille pour pouvoir n'en faire qu'à sa tête.

— Il faudra bien te tenir, ce soir, Xavier, dit Julian, qui s'apprêtait à aller retrouver ses amis. Pas de farces idiotes, et pas de bêtises. J'ai envie que les gens s'amusent pendant ma soirée, compris ? Pourquoi ne regardes-tu pas la télé ?

— Ça n'est pas possible, dit Xavier le plus naturellement du monde. Je n'en ai pas.

— Tu peux la regarder dans ma chambre, si tu veux. – Julian lui sourit. Il était comme un père pour son petit frère. – Je crois qu'il y a un match de foot, ce soir.

— Super ! s'écria Xavier avant de se précipiter dans la chambre de son frère en fredonnant l'air de Davy Crockett.

Julian avait le sourire aux lèvres lorsqu'il se retrouva nez à nez avec Isabelle dans l'escalier. Elle portait une ravissante robe blanche très courte et extrêmement provocante.

— Cardin ? demanda-t-il, l'air détaché.

— Courrèges, rectifia-t-elle, hautaine.

Dans cette tenue, elle allait faire des ravages.

C'est ce que se dit Sarah lorsqu'elle la vit et elle la renvoya immédiatement se changer. Isabelle fit claquer toutes les portes qui se trouvaient sur son chemin, Sarah soupira en reprenant une coupe de champagne.

— Cette enfant va me tuer, dit-elle à Emmanuelle. Et si ce n'est pas elle, ce sera Xavier.

— Tu as dit cela des autres, aussi, lui rappela Emmanuelle.

— C'est faux, rectifia Sarah. Phillip m'a déçue par sa froideur et son indifférence, et Julian par ses frasques au lycée alors qu'il s'imaginait que je n'y voyais que du feu. Mais avec Isabelle, c'est autre chose. Elle refuse toute autorité et il est impossible de lui faire entendre raison.

Emmanuelle ne pouvait pas dire le contraire. Elle n'aurait pas aimé être sa mère. Chaque fois qu'elle voyait l'adolescente, elle remerciait le ciel de ne pas avoir eu d'enfants. Avec Xavier, c'était encore différent. Il était impossible mais si tendre et si attachant qu'on ne pouvait pas lui résister. Il ressemblait à Julian, en plus indépendant et en plus casse-cou. Quelle tribu que ces Whitfield ! Isabelle reparut vêtue d'un justaucorps zébré et d'une jupe de cuir blanche encore plus provocante que celle qu'elle portait quelques instants plus tôt. Heureusement pour elle, Sarah ne la vit pas.

— Alors, tu t'amuses bien ? demanda Sarah à Julian lorsqu'elle le croisa quelques heures plus tard.

Il était légèrement éméché, mais il avait travaillé dur pour obtenir son diplôme et avait bien le droit de se détendre maintenant.

— Maman, tu es merveilleuse ! C'est la plus belle fête que j'aie jamais vue !

Il était tout ébouriffé et en nage, mais il était aux anges. Il n'avait pas arrêté de danser et était parfaitement heureux.

Isabelle s'en donnait à cœur joie, elle aussi. Étendue dans l'herbe, près des buissons qui bordaient les dépendances, elle flirtait avec un garçon dont elle avait fait la connaissance le soir même. Elle savait que c'était un ami de Julian, même si elle ignorait son nom. Elle adorait ses baisers, et il venait de lui dire qu'il l'aimait.

Un des domestiques les aperçut et alla en glisser un mot à la duchesse. Comme par hasard, celle-ci apparut dans l'allée qui menait aux écuries en compagnie d'Emmanuelle, faisant mine de se promener tranquillement en parlant de choses et d'autres. Lorsque Isabelle entendit leurs voix, elle sortit des buissons. Les deux femmes éclatèrent de rire, se sentant à la fois vieilles et jeunes. Sarah allait fêter ses cinquante-six ans en août, même si elle ne les paraissait pas.

— T'est-il arrivé de faire la même chose ? lui demanda Emmanuelle. Moi, oui. C'était durant la guerre, lorsque j'essayais, par tous les moyens, de soutirer des informations aux Allemands.

— C'est un miracle que nous n'ayons pas été fusillés, constata Sarah, avec le même soulagement que trente ans plus tôt.

— J'aurais voulu tous les tuer, dit Emmanuelle d'une voix où perçait encore la haine.

Sarah lui raconta alors la visite de Joachim, après le mariage de Phillip. Emmanuelle se rembrunit.

— C'est étonnant qu'il soit toujours en vie. Beaucoup d'entre eux sont morts en rentrant à Berlin. C'est vrai qu'il était correct pour un nazi, mais les nazis seront toujours des nazis…

— Il m'a semblé très triste, et très vieux… Je crois que je l'ai beaucoup déçu. Il s'imaginait sans doute qu'une fois William parti, il allait pouvoir espérer. Mais c'était impossible.

Emmanuelle hocha la tête. Elle savait combien Sarah avait aimé William. Depuis sa disparition, pas une seule fois elle n'avait regardé un autre homme, et Emmanuelle doutait que cela se produise jamais. Elle avait à plusieurs reprises essayé de lui présenter des amis, mais il était clair que cela ne l'intéressait pas.

Seuls ses enfants et son commerce lui tenaient à cœur à présent.

La soirée s'acheva à quatre heures du matin. Tandis que les musiciens pliaient bagage, les derniers jeunes gens firent un plongeon dans la piscine avant de regagner la cuisine du château où Sarah était en train de leur préparer des œufs brouillés et du café. C'était agréable de les avoir ici, avec elle. Elle se félicitait d'avoir encore des enfants jeunes et à la maison. La plupart de ses amies se retrouvaient seules, aujourd'hui.

Il était huit heures lorsqu'elle monta se coucher. Elle sourit en voyant Xavier dormir à poings fermés sur le lit de Julian. La télévision était restée allumée. Elle éteignit le poste, ôta le chapeau de Davy Crockett que son fils avait gardé sur la tête et lui lissa les cheveux. Puis elle gagna sa chambre et dormit jusqu'à midi.

Sarah et Emmanuelle déjeunèrent ensemble. Il était à nouveau question d'agrandir la boutique de Paris, et Nigel proposait d'agrandir également celle de Londres. Ils possédaient toujours le brevet de fournisseurs de la Couronne et étaient devenus joailliers officiels de la reine. Depuis quelques années, ils avaient pour clients de nombreux chefs d'État, de têtes couronnées et d'émirs. Les affaires marchaient très, très bien dans les deux capitales. Sarah avait hâte de voir Julian se lancer.

Il commença la semaine suivante. Tout se passa à merveille jusqu'à la fermeture annuelle en août. Il partit en Grèce avec un groupe d'amis, et Sarah partit à Capri avec Xavier et Isabelle. Ils descendirent au Quisisana. Ce fut un séjour de rêve. Ils adorèrent la

Marina Grande, la Marina Piccola, et la grand-place où ils prirent l'habitude de savourer des glaces. Ils fréquentèrent des clubs de plage comme le Canzone del Mare, ainsi que d'autres, plus modestes. Isabelle avait étudié l'italien à l'école, et possédait aussi quelques rudiments d'espagnol. C'était une linguiste accomplie.

Sarah ne put résister à l'envie de visiter les principales bijouteries. Elle trouva les prix élevés, mais leurs bijoux étaient splendides. Elle n'avait pas grand-chose à faire à Capri, hormis manger, lire, se détendre et se promener en compagnie des enfants. Elle ne voyait pas d'inconvénient à ce qu'Isabelle se rende toute seule au club de la plage. Tous les jours, en fin de matinée, elle allait l'y rejoindre en compagnie de Xavier, qui adorait regarder les petits ânes.

Un matin Sarah et Xavier s'attardèrent plus qu'à l'ordinaire sur la grand-place pour y faire quelques emplettes. Ils regagnèrent le Canzone del Mare sur le coup de midi. Sarah chercha en vain sa fille. Elle commençait à s'affoler lorsque Xavier trouva les sandales de sa sœur sous un transat, près d'une cabine de bain. Isabelle s'y trouvait dans les bras d'un homme deux fois plus âgé qu'elle. Leur position et leurs soupirs prouvaient qu'il s'agissait d'un flirt très poussé.

L'espace d'une seconde, Sarah resta sans voix puis, sans réfléchir, elle se précipita sur Isabelle et la tira hors de la cabine.

— Pour l'amour du ciel, que se passe-t-il ici ? s'écria-t-elle hors d'elle. – Isabelle éclata aussitôt en sanglots, tandis que l'homme abasourdi sortait de la cabine. – Vous rendez-vous compte que ma fille n'a que seize ans ? hurla Sarah, excédée. Je pourrais vous dénoncer à la police.

Mais c'était sa fille qu'il aurait fallu enfermer, elle le savait. Elle essayait malgré tout d'intimider l'homme pour le décourager de recommencer. Et à voir son expression, elle avait réussi. C'était un Romain, très beau et très séduisant.

— *Signora, mi dispiace*... Elle m'a dit qu'elle avait vingt et un ans. Je suis désolé.

L'air contrit, il se répandit en excuses, tout en regardant Isabelle, qui pleurait comme une madeleine. Sarah ramena aussitôt sa fille à l'hôtel et lui annonça d'une voix glaciale qu'elle était consignée dans sa chambre jusqu'au lendemain et qu'elles auraient alors une explication. Mais tandis qu'elle retournait à la plage avec Xavier, elle se dit que les mots ne suffisaient pas. Phillip et Julian avaient raison. Il fallait mettre Isabelle en pension. Mais où ? Là était tout le problème.

— Qu'est-ce qu'ils faisaient, là-dedans ? demanda Xavier en repassant devant la cabine.

Sarah frissonna au souvenir de la scène.

— Rien, mon chéri, ils jouaient à un jeu stupide.

Dès le lendemain, Sarah passa plusieurs coups de téléphone. Elle trouva l'école idéale, près de la frontière autrichienne, à côté de Cortina. Isabelle pourrait skier tout l'hiver là-bas, parler français et italien, et apprendre à se tenir un peu mieux. C'était une école de filles, exclusivement, et il n'y avait aucune école de garçons à proximité. Sarah avait beaucoup insisté sur ce point.

Elle fit part de sa décision à Isabelle le dernier jour des vacances. Comme il fallait s'y attendre, cette dernière entra dans une colère noire. Mais Sarah ne céda pas d'un pouce, malgré le refus de sa fille. Elle savait qu'Isabelle aurait de graves problèmes si elle n'intervenait pas rapidement.

— Je n'irai pas ! hurla Isabelle, qui téléphona à Julian. Mais cette fois, son frère donna raison à sa mère. En quittant Capri, elles se rendirent à Rome pour acheter le trousseau d'Isabelle. La rentrée était proche et Sarah, qui ne voulait prendre aucun risque, ne jugea pas utile de repasser par Paris. Sarah et Xavier accompagnèrent donc Isabelle jusqu'au pensionnat. La jeune fille se renfrogna dès qu'elle vit l'endroit, pourtant fort beau. Elle disposait d'une grande chambre ensoleillée pour elle toute seule, et ses compagnes avaient l'air charmantes. Il y avait là des Françaises, des Anglaises, des Allemandes et des Italiennes, ainsi que deux Brésiliennes, une Argentine et une Iranienne. Elles n'étaient pas plus de cinquante élèves en tout, et l'établissement avait été chaudement recommandé à Sarah par le proviseur du lycée de La Marolle.

— Tu ne vas tout de même pas me laisser ici, se lamenta Isabelle.

Sarah se montra intraitable, mais ne put retenir ses larmes sur le chemin de l'aéroport. Elle et Xavier s'envolèrent pour l'Angleterre. Après avoir laissé Xavier avec son cousin et sa cousine, Sarah se rendit directement à Londres, pour voir Phillip au magasin. Elle déjeuna avec lui et fut stupéfaite de l'entendre tenir des propos épouvantables sur son frère.

— Que se passe-t-il ? demanda Sarah, l'air candide. Qu'a-t-il donc fait pour que tu lui en veuilles à ce point ?

— Lui et ses stupides créations ! Pourquoi se mêle-t-il de dessiner des bijoux ? grommela-t-il.

— Parce que je le lui ai demandé, répondit-elle calmement. Il est très doué et il a le sens des pierres. Il sait quand il faut les tailler et quand il ne le faut pas…

Tout récemment, il avait fait sertir une énorme émeraude de plus de cent carats ayant appartenu à un maharajah, alors que n'importe qui d'autre l'aurait taillée en plusieurs petites pierres. Julian était un véritable artiste.

— Je ne vois pas en quoi cela te dérange. Toi, tu es doué pour d'autres choses, lui dit Sarah.

Il savait mieux que personne traiter avec les monarques, qui adoraient son air guindé. C'était grâce à lui que la boutique londonienne était si réputée.

— Il faut toujours que tu prennes sa défense, dit Phillip, irrité.

— Tu te trompes, Phillip, dit-elle, navrée de constater qu'il était toujours aussi jaloux de son frère, je t'ai toujours défendu, toi aussi. Je vous aime tous les deux.

Il ne répondit rien, mais sembla quelque peu radouci. Il lui demanda ensuite des nouvelles d'Isabelle, et lui fit plaisir en lui affirmant qu'il avait entendu dire beaucoup de bien du pensionnat.

— Espérons qu'ils fassent des miracles, dit-elle doucement.

Quand ils retournèrent au bureau, elle remarqua une très jolie fille qui sortait de l'immeuble. Elle avait de longues jambes fuselées et portait une jupe très courte, comme celles qu'Isabelle affectionnait. Elle jeta un regard complice à Phillip. Ce dernier, furieux, fit mine de ne pas la reconnaître. La fille était nouvelle dans la maison et ne savait pas que Sarah était sa mère. « Petite idiote », pensa Phillip. Le regard de la jeune fille n'avait pas échappé à Sarah, même si elle n'y fit aucune allusion. Cependant, il se sentit obligé de lui donner une explication, ce qui ne fit que confirmer les soupçons de Sarah.

— Cela ne m'intéresse pas, Phillip. Tu as trente-trois ans, tu fais ce qui te plaît. – Puis, sans ambages, elle lui demanda : Au fait, où en es-tu avec Cecily ?

Choqué par sa question, son visage s'empourpra.

— Je te rappelle qu'elle est la mère de mes enfants.

— Rien de plus ? le questionna Sarah en le regardant dans les yeux.

— Bien sûr que si, je... elle n'est pas à Londres en ce moment. Au nom du ciel, maman... il n'y a rien entre cette fille et moi.

— Peu importe, chéri.

Il était clair qu'il menait une double vie. Sarah regrettait qu'il en soit ainsi, mais il ne se plaignait jamais et elle n'insista pas.

Le lendemain, elle et Xavier s'envolèrent pour Paris. Julian vint les chercher à l'aéroport. Pendant le voyage, Sarah raconta à Xavier comment son père l'avait emmenée voir les joyaux de la Couronne lors de leur première rencontre.

— Est-ce qu'il était très fort ? demanda Xavier, qui adorait qu'on lui parle de son père.

— Très, lui assura-t-elle. Et très généreux, très intelligent et très tendre. C'était un homme exceptionnel, mon chéri, et tu seras comme lui, un jour. Tu lui ressembles déjà, par certains côtés.

Tout comme Julian.

Ils dînèrent à Paris en compagnie de Julian, ravi de les revoir et d'avoir des nouvelles d'Isabelle et de la boutique de Londres. Sarah ne parla pas de son entrevue avec Phillip, ni de ses commentaires désobligeants à son égard. Elle ne voulait pas attiser la haine entre les deux frères. Après le dîner, Sarah rentra au château avec la voiture qu'elle avait laissée à Paris. Xavier s'endormit à côté d'elle sur la banquette. De temps en temps, elle lui jetait un petit coup d'œil en pensant qu'elle avait bien de la chance de l'avoir avec elle. La plupart des femmes de son âge n'avaient plus que leurs petits-enfants qu'elles ne voyaient que de temps en temps, alors qu'elle avait ce petit garçon adorable pour partager sa vie. Elle se souvint combien elle avait été embarrassée d'apprendre qu'elle était enceinte, et combien William s'était montré rassurant... tout comme sa belle-mère, qui appelait William sa bénédiction. C'est ce qu'il avait été pour tous ceux qui l'avaient connu, et c'est ce qu'était ce petit garçon, à présent : sa bénédiction à elle.

26

Isabelle n'écrivait que quand ses professeurs l'y obligeaient et encore, c'était pour se plaindre amèrement du pensionnat, même si, en réalité, il ne lui avait fallu que quelques semaines pour adorer l'endroit. Elle aimait la distinction de ses camarades, les lieux où on les emmenait en promenade, et elle adorait skier à Cortina. En fait, elle avait rencontré là-bas des gens encore plus intéressants que ceux qu'elle avait connus en France. Bien qu'étroitement surveillée, elle avait réussi à se faire des tas d'amis romains à l'extérieur, si bien que les lettres et les coups de fil de jeunes gens affluaient, malgré les efforts des professeurs pour contrôler la situation.

Cependant, dès la fin de la première année, Sarah avait constaté chez sa fille un changement sensible. Isabelle était plus raisonnable et infiniment plus raffinée. Elle agissait avec davantage de discernement, notamment avec les hommes, et se conduisait plus sagement. D'une certaine façon, Sarah était rassurée, mais pas totalement cependant.

— C'est un danger public, confia-t-elle un jour à Julian, et celui-ci ne la contredit pas. Elle me fait penser à une bombe à retardement.

Julian éclata de rire.

— Je ne suis pas certain que tu puisses y changer quelque chose.

— C'est bien ce qui m'inquiète, avoua sa mère. Et toi, comment vas-tu ? – Cela faisait plusieurs semaines qu'ils ne s'étaient pas vus. – Il paraît que tu as une liaison avec une de nos meilleures clientes. – Il se demanda si Emmanuelle avait vendu la mèche. – La comtesse de Brise est une femme de caractère, Julian, mais beaucoup plus dangereuse que ta sœur, lui précisa-t-elle.

— Je sais, confessa-t-il avec un sourire. Elle me fait du reste un peu peur. Mais je l'adore.

Feu monsieur le comte avait été son troisième époux. La comtesse avait trente-quatre ans et aimait les hommes. Récemment, elle avait jeté son dévolu sur Julian. Elle avait acheté pour un demi-million de dollars de bijoux chez eux, le mois passé, mais le bijou qu'elle convoitait le plus était Julian.

— Essaye de conserver quelque distance avec elle, lui dit Sarah avec franchise.

Elle avait peur qu'il ne souffre. Il le craignait aussi, c'est pourquoi il restait sur ses gardes.

— Ne t'inquiète pas, je suis très prudent, maman.

— Parfait.

Elle lui sourit. Mais décidément, ses enfants s'étaient donné le mot pour lui donner bien du souci avec leurs frasques, leurs flirts et leurs coups de cœur. Elle priait le ciel pour que la deuxième année d'Isabelle en Suisse se termine sans encombre. Elle fut exaucée. Isabelle finit l'année en beauté et prit l'avion pour rentrer au château, juste à temps pour le vingt-cinquième anniversaire de la maison Whitfield. Sarah avait décidé de donner une grande réception pour l'occasion : elle attendait sept cents convives. La plupart des monarques et des personnalités importantes que comptait l'Europe répondirent à son invitation. Toute la presse serait présente et il y aurait un feu d'artifice. Emmanuelle et Julian vinrent l'aider à tout préparer. Phillip, Nigel et Cecily firent spécialement le voyage de Londres.

La soirée fut grandiose. Le buffet était exquis, le feu d'artifice très réussi et les bijoux (la plupart achetés chez eux) magnifiques. C'était la consécration de la maison Whitfield. Les journalistes se répandirent en éloges et tous vinrent féliciter la duchesse.

— L'un de vous a-t-il vu Isabelle ? demanda-t-elle, alors que la fête battait son plein.

N'ayant pas eu le temps d'aller la chercher à l'aéroport, elle avait envoyé quelqu'un à sa place. Elle l'avait vue à son arrivée et l'avait embrassée, mais elle ne l'avait pas revue depuis. La foule était trop dense et elle était beaucoup trop occupée pour partir à sa recherche. Elle avait à peine eu le temps d'entrapercevoir Phillip et Julian. Phillip avait abandonné sa femme et passé presque toute la soirée à danser avec un mannequin qui avait fait plusieurs publicités pour eux. Julian, de son côté, était très occupé avec ses nouvelles conquêtes qui l'entouraient et que tous les hommes présents convoitaient, en particulier son frère.

Sarah avait envoyé Xavier chez des amis pour la soirée, de façon à éviter qu'il ne fasse des bêtises, même si, à neuf ans et demi, il commençait à être un peu plus raisonnable. Davy Crockett n'était plus son héros. James Bond avait pris le relais et Julian lui achetait tous les gadgets qu'il pouvait trouver. Il l'avait déjà emmené voir deux de ses films.

Sarah avait acheté une robe pour Isabelle. C'était une robe longue et diaphane en organdi rose, venant de chez Emmanuels, à Londres. Habillée ainsi, Isabelle aurait l'air d'une princesse de légende. Sarah espérait seulement qu'elle n'allait pas retrouver sa princesse dans les buissons. Cette pensée la fit sourire. Lorsqu'elle l'aperçut enfin, il n'y avait pas de buissons à l'horizon. Isabelle était en train de danser et de discuter très posément avec un homme d'âge mûr. Sarah lui lança un regard approbateur et lui fit un petit signe de la main. Tous les siens étaient rayonnants ce soir-là, y compris sa belle-fille, qui arborait une robe Hardy Amies et une coiffure Alexandre. Le château de la Meuze ressemblait à un château de conte de fées. Plus que jamais, Sarah regretta que William ne fût pas là pour le voir. Il aurait été fier d'eux, et d'elle aussi, certainement… Ils avaient travaillé si dur, et si longtemps, pour restaurer leur château. Il était difficile de croire qu'ils l'avaient trouvé en ruine, autrefois. Vingt-cinq ans s'étaient écoulés, depuis la création de Whitfield… et trente-trois ans depuis leur lune de miel, et leur coup de foudre pour le château. Comme le temps passait !

Le lendemain, la presse fut unanime pour reconnaître que la soirée avait été un triomphe. Tous souhaitaient encore un siècle de prospérité à la maison Whitfield. Pendant les jours qui suivirent, Sarah nagea dans un parfait bonheur. Elle vit très peu Isabelle, qui en profitait pour revoir tous ses anciens amis. À dix-huit ans, elle pouvait conduire, et Sarah lui donnait un peu plus de liberté – ce qui ne l'empêchait pas de la surveiller de près malgré tout. Un après-midi, elle ne la trouva nulle part.

— Elle a pris la Rolls, dit Xavier lorsqu'il vit sa mère.

— Vraiment ? – Sarah était surprise. Normalement, Isabelle conduisait le break Peugeot. – Sais-tu où elle est allée ? demanda Sarah, qui pensait qu'elle s'était rendue au village.

— Je crois qu'elle est allée à Paris, dit le petit avant de retourner à ses occupations.

Il y avait un nouveau cheval à l'écurie qu'il avait envie d'aller voir. Il lui arrivait encore de se prendre pour un cow-boy. Le reste du temps, il était explorateur.

Sarah appela Julian à la boutique et lui demanda de la prévenir au cas où Isabelle passerait. Comme il fallait s'y attendre, une heure plus tard, la jeune fille entra dans le magasin, comme n'importe quelle cliente. Elle portait une robe vert émeraude très seyante et des lunettes noires. Julian la vit apparaître sur l'écran de télévision qui se trouvait dans son bureau à l'étage, et descendit aussitôt pour l'accueillir.

— Puis-je vous aider, mademoiselle ? demanda-t-il de sa voix la plus charmeuse, et elle éclata de rire. Un bracelet, peut-être ? Une bague de fiançailles ? Ou un petit diadème ?

— Je crois que je prendrai un diadème.

— Mais certainement, mademoiselle – Il continua son jeu. – Émeraudes, pour aller avec votre robe, ou diamants ?

— Les deux.

Elle lui souriait de toutes ses dents, et il lui demanda ce qu'elle faisait en ville.

— J'ai rendez-vous avec quelqu'un pour prendre un verre.

— Tu veux dire que tu as fait deux heures de route pour boire un verre ? La Marolle est privée d'eau ?

— Très drôle. Je m'ennuyais à la maison, alors j'ai eu envie de venir à Paris. En Italie, on faisait ça tout le temps. On allait à Cortina pour déjeuner ou pour faire des courses.

Elle était très élégante et très séduisante. C'était une vraie beauté.

— Quel chic, railla-t-il gentiment. Dommage que les gens ne soient pas aussi drôles, ici.

Il savait qu'elle partait dans le midi de la France dans quelques semaines, chez une amie de pensionnat qui l'invitait à Saint-Jean-Cap-Ferrat.

— Et ce quelqu'un, où dois-tu le rencontrer ?

— Au Ritz.

— Allons-y, dit-il, en quittant le comptoir. Je te dépose. J'ai une rivière de diamants à livrer à une vicomtesse.

— J'ai ma voiture, dit-elle sèchement. Enfin, celle de maman.

— Dans ce cas, tu peux me déposer. La mienne est au garage. Je comptais prendre un taxi.

En fait, il mentait. Il voulait savoir avec qui elle avait rendez-vous. Il se dirigea vers un comptoir, dont il sortit un imposant coffret dans lequel il glissa une enveloppe, et rejoignit Isabelle à l'extérieur de la boutique. Puis il monta dans la voiture sans lui laisser le temps de protester. Pendant le trajet, il parla le plus naturellement du monde. Il la quitta devant la réception du Ritz en lui donnant un baiser, puis, il s'adressa au concierge de l'hôtel, qui le connaissait bien, comme s'il avait un service à lui demander.

— Pouvez-vous faire semblant de prendre ce coffret, Renaud ?

— Que se passe-t-il donc, aujourd'hui ? murmura-t-il à son tour.

— Je suis en train de suivre ma sœur, lui confia Julian, tout en paraissant lui donner des instructions. Elle a un rendez-vous au bar. Je voudrais être sûr qu'il n'y a pas de danger. C'est une très belle fille.

— En effet. Quel âge a-t-elle ?

— Dix-huit ans.

— Oooh là, là ! – Renaud émit un petit sifflement compatissant. – Elle a de la chance de ne pas être ma fille…

— Pourriez-vous aller voir si son rendez-vous est déjà arrivé ? Je m'arrangerai alors pour les rencontrer par hasard. Mais je veux m'assurer qu'il est déjà avec elle.

Julian était persuadé qu'elle avait rendez-vous avec un homme. Elle n'aurait pas fait deux heures de route pour rencontrer une amie.

— Mais bien sûr, monsieur, acquiesça aussitôt Renaud.

Julian lui glissa un pourboire dans la main. Le concierge était content de lui rendre service. Lord Whitfield était quelqu'un de bien et de très généreux.

Julian fit mine de rédiger une note, et l'instant d'après Renaud était de retour.

— Il est là, et je vous plains.

— Pourquoi ? Qui est-ce ?

— Il vient souvent chez nous et a très mauvaise réputation.

— Je le connais ?

— Peut être. C'est un escroc et nous nous en

méfions. Il n'a aucune fortune et je crois savoir que c'est un coureur de dot.

— Eh bien ! il ne manquait plus que ça ! Comment s'appelle-t-il ?

— Le Principe di San Tebaldi. C'est un prince vénitien à ce qu'il paraît. C'est sans doute vrai. Ils sont tous princes là-bas. C'est un raté, mais il est très séduisant. Votre sœur est jeune. Elle est encore très naïve. Il se prénomme Lorenzo, je crois.

— Quelle distinction !

Julian était atterré par ce qu'il venait d'apprendre.

Il remercia le concierge et se rendit aussitôt au bar, l'air sérieux d'un homme d'affaires très occupé. Il avait beaucoup de classe. Renaud lui disait toujours qu'il avait l'air d'un vrai aristocrate.

— Ah, tu es là… Désolé, dit Julian en se cognant à sa sœur. – Il adressa un large sourire au compagnon d'Isabelle, comme s'il était ravi de faire sa connaissance. – Bonjour… navré de vous interrompre. Je suis Julian Whitfield, le frère d'Isabelle, lança-t-il avec aisance en lui tendant la main, tandis que sa sœur se rembrunissait légèrement.

Mais le prince ne semblait pas contrarié le moins du monde. Il était charmant et tout à fait poli.

— *Piacere*… Lorenzo di San Tebaldi, enchanté. Votre sœur est absolument ravissante.

— Merci. Je suis tout à fait de votre avis, dit Julian.

Il déposa un petit baiser rapide sur la joue d'Isabelle et se retira.

Il sortit du bar sans se retourner. Isabelle sentit qu'elle allait avoir des ennuis.

Julian adressa un clin d'œil au concierge en passant devant la réception, puis regagna rapidement la boutique. Il appela sa mère.

— Maman, j'ai l'impression que nous allons au devant de sérieux problèmes.

— Que se passe-t-il ?

— Isabelle est en compagnie d'un homme d'environ cinquante ans, qui, aux dires du concierge du Ritz, est un chasseur de dot notoire. Hormis sa belle mine, ce monsieur n'a rien.

— Oh non ! dit Sarah avec colère, à l'autre bout de la ligne. Que dois-je faire, à présent ? L'enfermer à nouveau ?

— Elle commence à être un peu trop âgée pour cela. Nous allons avoir du mal, cette fois.

— Je sais.

Sarah poussa un soupir d'exaspération. Isabelle n'était de retour que depuis deux jours et les ennuis commençaient déjà.

— Je n'aime pas du tout l'allure de ce type, ajouta Julien.

— Comment s'appelle-t-il ?

— Principe Lorenzo di San Tebaldi. De Venise, à ce qu'il paraît.

— Dieu du ciel ! Il ne manquait plus que ça. Un prince italien. Cette gamine est stupide.

— Ce n'est pas moi qui te dirai le contraire. Mais elle a tant de charme.

— C'est bien là le drame, soupira-t-elle à nouveau.

— Que veux-tu que je fasse ? Que j'aille la chercher et que je te la ramène pieds et poings liés ?

— Je devrais sans doute te dire oui, mais je crois qu'il vaut mieux la laisser tranquille. Elle finira bien par rentrer à la maison, et j'aurai une discussion avec elle à ce moment-là.

— Tu es vraiment tolérante, maman.

— Oh non, protesta Sarah. Simplement découragée.

— Ne te laisse pas abattre, maman. Tu es formidable.

— Ne dis pas n'importe quoi.

Cependant, elle était touchée par les paroles de son fils, elle avait besoin de réconfort pour pouvoir mener le combat qui allait l'opposer à Isabelle. Celle-ci rentra, à minuit, avec la Rolls – ce qui voulait dire qu'elle avait quitté Paris à vingt-deux heures. C'était somme toute raisonnable pour quelqu'un comme Isabelle. Néanmoins, sa mère ne l'accueillit pas à bras ouverts.

— Bonsoir, Isabelle. Tu t'es bien amusée ?

— Oui, je te remercie.

Elle était mal à l'aise, mais elle s'efforçait de ne pas le montrer à sa mère.

— Et avec ma voiture, tu n'as pas eu de problèmes ?

— Non, merci... Je... euh, je suis désolée, je voulais te demander la permission. J'espère que tu n'en as pas eu besoin.

— En fait, dit Sarah calmement, non. Pourquoi ne viens-tu pas prendre une tisane ? Tu dois être fatiguée d'avoir conduit.

L'invitation maternelle ne fit que renforcer les craintes de la jeune fille. Sa mère ne criait pas, en revanche sa voix était glaciale.

Elles prirent place à la table de la cuisine, et Sarah prépara une infusion à la menthe.

— Julian m'a appelée, cet après-midi, dit Sarah

au bout d'un moment, en regardant sa fille au fond des yeux.

— J'en étais sûre, répondit Isabelle d'une voix tremblante tout en tapotant sa tasse d'un doigt nerveux. J'avais rendez-vous avec un vieil ami italien… un prof du pensionnat.

— Vraiment ? Voilà qui est intéressant. J'ai relu la liste des convives que nous avions invités lors de la fête, et j'y ai trouvé son nom. Le Principe di San Tebaldi. C'est avec lui que tu dansais, n'est-ce pas ? C'est un très bel homme.

Isabelle hocha la tête, ne sachant que répondre. Elle n'osait pas affronter sa mère, cette fois. Elle attendait son châtiment.

— Malheureusement, poursuivit Sarah, ce monsieur jouit d'une réputation déplorable. Il vient à Paris de temps à autre… à la recherche de femmes riches. Cela lui réussit parfois, mais pas toujours. Quoi qu'il en soit, ma chérie, il est clair qu'il n'est pas quelqu'un pour toi.

Elle ne fit aucune allusion à son âge, ni au fait qu'Isabelle ait pris la Rolls sans sa permission. Elle essayait simplement de lui faire entendre raison.

— Les gens qui dénigrent les princes sont des jaloux, rétorqua Isabelle avec aplomb, bien que terrifiée à l'idée de devoir affronter sa mère. Car elle savait que la partie était perdue d'avance.

— Qu'est-ce qui te fait dire une chose pareille ?

— Il me l'a dit.

— C'est *lui* qui te l'a dit ? – Sarah était complètement scandalisée. – Ne penses-tu pas qu'il t'a dit cela précisément pour prendre les devants, au cas où tu entendrais des rumeurs sur son compte ? C'est un stratagème, Isabelle. Au nom du ciel, ne sois pas stupide.

Malheureusement, dès qu'il était question du sexe fort, Isabelle perdait tout bon sens. Il en avait toujours été ainsi, mais cette fois elle semblait très éprise.

Julian avait rappelé sa mère cet après-midi-là. Les rumeurs qui circulaient sur le nouvel ami d'Isabelle semblaient se confirmer. L'homme était dangereux.

— Ce n'est pas quelqu'un de bien, Isabelle, insista Sarah. Tu peux me croire. Il se sert de toi.

— Tu dis cela parce que tu es jalouse.

— Ne sois pas stupide.

— Si tu l'es ! hurla-t-elle à sa mère. Depuis que papa est mort, il n'y a plus d'homme dans ta vie, et tu te sens vieille et laide et... et tu le voudrais pour toi !

Sarah regardait sa fille abasourdie, mais elle reprit calmement :

— J'espère que tu ne crois pas ce que tu dis parce que tu sais très bien que ce n'est pas vrai. Ton père me manque, c'est un fait, chaque minute, chaque heure, chaque jour de ma vie – ses yeux se remplirent de larmes – mais pour rien au monde je ne voudrais le remplacer par un coureur de dot vénitien.

— Il vit à Rome, rectifia Isabelle, comme si cela avait une quelconque importance.

Sa mère se prit à méditer sur la naïveté des jeunes. Elle était stupéfaite de voir à quel point ils pouvaient se fourvoyer. Mais d'un autre côté, lorsqu'elle avait leur âge, elle s'était trompée, elle aussi, avec Freddie. Elle s'efforçait de ne pas l'oublier et de se montrer compréhensive avec sa fille.

— Peu importe où il habite, dit Sarah. Je t'interdis

de le revoir. C'est compris ? – Isabelle ne répondit rien. – Et ne t'avise pas de reprendre ma voiture. Montre-toi raisonnable, Isabelle, sinon cela ira très mal entre nous.

— Ça n'est pas à toi de me dire ce que je dois faire ! J'ai dix-huit ans.

— Et tu es stupide. Cet homme n'en veut qu'à ton argent, Isabelle, et à ton nom, qui est autrement plus prestigieux que le sien. Il faut que tu cesses de le voir.

— Et si je ne veux pas ? rétorqua-t-elle, laissant Sarah sans réponse.

Peut-être devrait-elle l'envoyer à Whitfield, chez Phillip, pour quelque temps ? Mais Phillip, avec ses liaisons, n'était guère un exemple pour sa sœur. L'aîné avait épousé une femme respectable qu'il n'aimait pas et qu'il n'avait probablement jamais aimée, Julian couchait avec toutes les filles qui se trouvaient sur son chemin, quant à Isabelle, elle s'amourachait d'un aventurier vénitien. Qu'avaient-ils donc fait, William et elle, pour mériter semblable progéniture ?

— Tu as intérêt à te tenir tranquille, Isabelle, dit Sarah avant de remonter dans sa chambre.

Isabelle se montra raisonnable pendant une semaine, puis elle disparut à nouveau, mais avec la Peugeot, cette fois. Elle dit qu'elle allait voir une amie à Garches. Sarah, qui ne pouvait l'accuser sans preuves, dut s'incliner. L'atmosphère ne se détendit vraiment que lorsque Isabelle partit pour Saint-Jean-Cap-Ferrat. Sarah poussa alors un énorme soupir de soulagement, sans trop savoir pourquoi du reste, car la Côte d'Azur n'était pas un endroit interdit aux hommes. Mais au moins Isabelle serait là-bas avec des amies, et non avec cet horrible Vénitien.

Julian lui envoya les journaux de Nice, Cannes et

Monte-Carlo, où il avait passé le week-end. On n'y parlait que de l'idylle du prince San Tebaldi et de la jeune lady Whitfield.

— Qu'allons-nous faire ? se lamentait Sarah.

— Je t'avoue que je ne sais pas, répondit Julian avec franchise. Nous ferions peut-être mieux d'y aller.

C'est ce qu'ils firent, la semaine suivante, pour essayer de raisonner Isabelle. Mais elle refusa de les écouter. Elle déclara froidement qu'elle l'aimait et qu'il était fou d'elle.

— Bien sûr qu'il est fou de toi, espèce d'idiote, lança son frère, et de ta fortune par la même occasion. Quand il t'aura prise dans ses filets, il aura ce qu'il voulait.

— Tu me dégoûtes ! hurla-t-elle. Vous me dégoûtez tous les deux !

— Ne sois pas bornée ! rétorqua-t-il sur le même ton.

Ils l'emmenèrent avec eux à l'hôtel Miramar, d'où elle s'enfuit. Elle disparut totalement pendant une semaine, puis revint, au bras de Lorenzo. Celui-ci se répandit en excuses, déclarant qu'il était impardonnable de ne pas avoir donné signe de vie plus tôt. Les yeux de Sarah lançaient des éclairs. Elle s'était rongée et n'avait pas oser prévenir la police par peur du scandale. Mais elle savait bien qu'Isabelle était avec Lorenzo.

— Isabelle était complètement bouleversée, poursuivit le prince italien.

Isabelle l'interrompit soudain pour s'adresser à sa mère.

— Nous voulons nous marier.

— Jamais, répondit Sarah sur un ton tranchant.

— Dans ce cas, je me sauverai avec lui. Et je

recommencerai autant de fois que ce sera nécessaire. Jusqu'à ce que tu acceptes.

— Tu perds ton temps. Jamais je ne te laisserai faire une chose pareille. – Puis se tournant vers Lorenzo, elle ajouta : De plus, je ne vais plus donner d'argent à ma fille, plus un centime.

— Tu n'as pas le droit, lança Isabelle. Pas totalement. Tu sais très bien que ce que papa m'a laissé me reviendra à ma majorité.

Sarah regrettait de le lui avoir dit. Lorenzo, en revanche, semblait ravi de cette bonne nouvelle. Quant à Julian, il était écœuré. Cette affaire était sordide, sauf pour Isabelle : elle avait dix-huit ans, aucune expérience de la vie, et toutes ses illusions !

— Je vais l'épouser, réitéra-t-elle.

Étrangement, Lorenzo ne disait rien. Il la laissait se battre seule, ce qui en disait long sur leurs rapports à venir. Sarah intervint à nouveau.

— Je ne le permettrai jamais.

— Tu ne peux pas m'en empêcher.

— Je ferai tout pour t'en empêcher, déclara Sarah, attisant la colère dans les yeux d'Isabelle.

— Tu ne veux pas que je sois heureuse. Tu ne l'as jamais voulu. Tu me détestes.

C'est Julian qui lui coupa la parole cette fois.

— Ça ne prend pas, Isabelle. Je n'ai jamais rien entendu de plus stupide.

Puis se tournant vers Lorenzo, il essaya de faire appel à son bon sens, ou tout au moins à son honnêteté. Mais ce dernier en était manifestement dépourvu.

— Tenez-vous toujours à épouser ma sœur, malgré les circonstances, Tebaldi ? Quel intérêt ?

— Je suis navré de vous voir vous entre-déchirer

ainsi, dit-il, faussement apitoyé. Mais que puis-je dire ? Je l'adore. Elle vous l'a dit : nous allons nous marier.

Il avait l'air d'un acteur de second plan qui s'apprête à lancer sa tirade. Julian ne savait s'il devait rire ou pleurer.

— Vous n'avez pas le sentiment d'être ridicule ? Elle a dix-huit ans. Vous pourriez presque être son grand-père.

— C'est la femme de ma vie, annonça-t-il.

Chose remarquable, il n'avait jamais été marié. Jusque-là, il n'en avait pas eu besoin. Mais cette fois la prise était de taille et s'il arrivait à épouser la jeune lady Whitfield, héritière d'une des plus grosses bijouteries d'Europe ainsi que de propriétés et de titres, il aurait décroché le gros lot. Un gros lot qui n'était pas à la portée du premier venu. Mais Lorenzo n'était pas un amateur.

— Pourquoi n'attendez-vous pas un peu, avant de vous décider ? insista Julian.

Ils secouèrent la tête.

— C'est impossible. Imaginez le déshonneur... dit Lorenzo avec des trémolos dans la voix. Nous venons de passer une semaine ensemble. La réputation d'Isabelle est en jeu. Imaginez qu'elle soit enceinte.

— Oh, mon Dieu !

Sarah se laissa tomber de tout son poids dans un fauteuil. Cette pensée la rendait malade. L'idée d'un enfant de lui dans leur famille lui était insupportable.

— Es-tu enceinte ? demanda brutalement Sarah.

— Je ne sais pas. Nous n'avons pas pris de précautions.

— C'est le comble. Tu ne m'épargneras donc rien ?

On pourrait toujours prendre une décision plus tard, mais pour l'instant on parlait mariage.

— Nous voudrions nous marier cet été, ou à Noël au plus tard. Au château, dit-elle comme s'il lui avait soufflé sa réplique.

Il voulait des noces fastueuses, pour qu'on ne puisse pas se débarrasser de lui facilement. Il était catholique et avait l'intention d'épouser Isabelle à l'église, à Rome, lorsque le mariage civil aurait été célébré au château. C'était son unique condition. La seule chose qui comptait vraiment pour lui, disait-il, c'était qu'ils soient unis devant Dieu. Il avait même versé quelques larmes en le disant à Isabelle. Heureusement, Sarah n'avait pas eu à subir une telle mascarade.

Ils discutèrent et s'emportèrent jusqu'à ce que Julian n'ait plus de voix, que Sarah ait une migraine atroce, et qu'Isabelle ait presque un malaise. Lorenzo commanda aussitôt des sels, de la glace et des serviettes humides. Finalement, Sarah abandonna la partie. Elle n'avait pas le choix. Si elle ne cédait pas, ils prendraient la fuite. Isabelle lui avait juré qu'ils le feraient. Sarah essaya de les persuader d'attendre un an, mais ils refusèrent catégoriquement. Lorenzo n'arrêtait pas de répéter qu'il fallait qu'ils se marient au plus tôt au cas où elle serait enceinte.

— Pourquoi ne pas attendre d'en être sûr ? suggéra Sarah calmement.

Mais il n'était déjà plus question qu'ils attendent Noël. Ayant parfaitement mesuré l'animosité qu'on nourrissait à son égard, Lorenzo sentait que s'il n'agissait pas rapidement, cette affaire risquait de lui échapper.

Si bien que lorsque le jour commença à pointer,

ils tombèrent tous d'accord pour que la cérémonie ait lieu fin août, au château, dans la plus stricte intimité. Lorenzo était déçu de ne pouvoir offrir à sa fiancée les noces qu'elle méritait, mais il lui promit de donner une grande fête en Italie. Fête qui ne lui coûterait pas un sou, naturellement, pensa Sarah.

Cette nuit laissa un goût amer à Sarah et à Julian. Isabelle les quitta pour retourner à l'hôtel en compagnie de Lorenzo. Plus rien ne pouvait l'arrêter à présent. Elle était plus que jamais décidée à faire son propre malheur.

Le mariage fut donc célébré dans l'intimité au château de la Meuze. Seuls quelques amis très proches étaient présents. Isabelle portait une robe blanche courte, de chez Dior, créée pour elle par Marc Bohan, et une immense capeline assortie. Sarah fut infiniment soulagée d'apprendre qu'elle n'était pas enceinte.

Phillip et Cecily vinrent d'Angleterre pour l'occasion. Ce fut Julian qui escorta la mariée, tandis que Xavier portait les alliances.

— Tu as l'air malade, lui glissa Emmanuelle à l'oreille tandis qu'on sablait le champagne dans le jardin.

— Je crois que je vais me trouver mal avant le déjeuner, dit Sarah d'une voix lugubre.

Elle les avait vus se marier dans son propre jardin, sous la bénédiction d'un prêtre catholique et d'un pasteur, ce qui donnait deux fois plus de poids à la cérémonie. Toute la journée, Lorenzo n'avait pas arrêté de sourire, de se répandre en compliments et de porter des toasts en déclarant combien il regrettait de n'avoir pas eu la chance de connaître le duc, le père d'Isabelle.

— Il manque de finesse, tu ne trouves pas ? railla

Phillip, dont le sarcasme, pour une fois, réussit à faire rire sa mère. Pathétique.

— Et comment !

Voilà qu'ils étaient deux à présent, Lorenzo et Cecily. Mais Cecily, en comparaison, était une belle-fille parfaite. Sarah la trouvait ennuyeuse, sans plus. En revanche, elle haïssait Lorenzo. Tant qu'Isabelle serait mariée avec lui, elle ne pourrait plus avoir de bons rapports avec sa fille.

— Comment peut-elle s'imaginer qu'elle l'aime ? demanda Emmanuelle. Il est tellement vulgaire… et tellement vide !

— Elle est jeune. Elle ne connaît pas encore les hommes, dit Sarah avec une infinie sagesse. Malheureusement, elle va apprendre à les connaître à ses dépens.

Cela lui rappelait son mariage avec Freddie Van Deering. Elle aurait tant voulu épargner semblable expérience à sa fille. Elle avait essayé, mais en vain. Isabelle avait fait son choix, et tout le monde, sauf elle, savait qu'elle était en train de commettre une grave erreur.

Les réjouissances se poursuivirent jusqu'en fin de journée, puis Isabelle et Lorenzo s'éclipsèrent. Ils se rendaient en Sardaigne pour leur lune de miel, dans une nouvelle station balnéaire où ils allaient, selon Lorenzo, retrouver son ami l'Agha Khan. Sarah savait que bon nombre des amis de Lorenzo étaient imaginaires. Elle priait le ciel pour que leur union dure le moins possible.

Lorsqu'ils eurent quitté le château à bord de la Rolls qui devait les conduire à l'aéroport, les membres de la famille se réunirent tristement dans le jardin, avec le sentiment qu'ils venaient de perdre Isabelle à jamais. Seul Phillip ne semblait guère s'émouvoir, comme toujours. Ce mariage avait un arrière-goût de funérailles. Sarah le ressentait comme un échec, non seulement vis-à-vis de sa fille, mais aussi vis-à-vis de son mari. William n'aurait jamais toléré un gendre tel que Lorenzo.

Sarah reçut de Rome un coup de téléphone très bref du jeune couple, puis plus rien jusqu'à Noël. Elle envoya plusieurs lettres auxquelles Isabelle ne répondit pas. De toute évidence, elle continuait de leur en vouloir. Julian avait téléphoné une ou deux fois à sa sœur, et Sarah avait appris par lui qu'elle se portait bien. Mais personne ne savait si elle était heureuse. Elle ne vint pas l'année suivante et elle refusa que Sarah vienne la voir. Julian lui rendit visite à Rome. Il la trouva très belle, mais aussi très sérieuse, très italienne et, aux dires de la banque, très dépensière. Elle avait acheté un petit palais à Rome et une villa en Ombrie. Lorenzo avait acheté un yacht, une Rolls et une Ferrari. Ils n'avaient pas d'enfant.

Ils vinrent passer Noël au château l'année suivante, mais à contrecœur. Isabelle ne desserra pas les dents. Elle offrit cependant un très joli bracelet Buccellati en or et perles à sa mère. Lorenzo et elle repartirent pour aller skier à Cortina. Isabelle ne s'était confiée à personne, pas même à Julian. Finalement, ce fut Emmanuelle qui découvrit la vérité au cours d'un voyage d'affaires à Rome. Elle raconta à Sarah qu'elle avait revu Isabelle qui était dans un état pitoyable, les yeux cernés et très amaigrie. Elle avait perdu toute sa joie de vivre et Lorenzo n'était jamais avec elle.

— Je crois qu'il y a de gros problèmes, même si elle

n'est pas encore prête à le reconnaître. Je te conseille de laisser ta porte ouverte. Elle finira par revenir. J'en suis sûre.

— J'espère que tu as raison, dit tristement Sarah à qui sa fille manquait cruellement.

Car malgré tous ses efforts et toutes ses prières des deux dernières années, elle avait le sentiment d'avoir perdu à jamais l'unique fille qui lui restait.

27

Trois années interminables s'écoulèrent avant qu'Isabelle ne revienne à Paris. Sarah les invita, elle et son mari, à la célébration du trentième anniversaire de la maison Whitfield, qui devait se tenir au Louvre. Ça ne s'était encore jamais vu. Emmanuelle avait dû faire jouer toutes ses relations pour obtenir l'autorisation d'y donner la réception. Tout le quartier était bouclé et on avait recruté des centaines de gardiens de la paix et de policiers pour assurer la sécurité. Lorenzo n'aurait pour rien au monde manqué une telle occasion de parader. Sarah fut stupéfaite d'apprendre qu'ils seraient présents. Isabelle et Lorenzo étaient mariés depuis cinq ans déjà, et Sarah avait fini par s'y résigner. Elle reportait tout son amour sur Xavier et Julian. Phillip et Cecily étaient mariés depuis treize ans, et la presse laissait entendre qu'il entretenait des liaisons, sans jamais rien affirmer cependant, sans doute par égard pour son titre. Le duc de Whitfield menait, aux dires de certains, une vie plutôt dissolue.

La réception de Sarah fit date dans l'histoire de Paris. Il y avait là les personnalités les plus importantes et les plus en vue du moment. Le président de la République était présent, ainsi que les Onassis et les Grimaldi. Il y avait aussi des émirs, des Grecs, de nombreuses célébrités américaines, ainsi que toutes les têtes couronnées d'Europe. Toutes les femmes qui possédaient des bijoux de chez Whitfield étaient présentes, de même que celles qui espéraient en porter un jour. C'était une telle débauche de luxe que la soirée donnée cinq ans plus tôt semblait misérable à côté. Sarah n'avait pas regardé à la dépense, et elle fut impressionnée par le résultat final. Assise en retrait, elle savourait sa victoire en silence, contemplant les quelque mille convives qui dînaient, dansaient et s'amusaient follement sous les yeux des journalistes.

Julian arriva en compagnie de sa nouvelle conquête, une actrice qui avait fait tout récemment l'objet d'un scandale. Avant de la rencontrer, il était sorti avec un très joli mannequin brésilien. Il ne manquait jamais de partenaires, mais il savait se comporter en gentleman. Elles l'adoraient, même après leur séparation. Que demander de plus ? Sarah aurait aimé qu'il se marie, mais à vingt-neuf ans il ne semblait toujours pas décidé, et elle ne voulait pas faire pression sur lui.

Phillip était venu avec sa femme, naturellement, mais il passa la soirée en compagnie d'un mannequin de chez Saint Laurent rencontré à Londres, l'année précédente. Ils semblaient s'entendre à merveille. Il s'occupait toujours des conquêtes de Julian ; il avait tout de suite remarqué l'actrice, mais il ne prit pas la peine d'aller les saluer. Il partit à la recherche de Cecily et il lui fallut un temps fou pour la retrouver. Elle était en train de discuter chevaux avec le roi de Grèce.

Sarah remarqua non sans fierté qu'Isabelle était une

des plus belles femmes de la soirée. Elle portait une robe noire Valentino qui moulait admirablement sa silhouette. Ses longs cheveux noirs retombaient en cascade sur ses épaules et elle arborait une très belle parure de diamants que Julian lui avait prêtée. Cependant elle n'avait pas besoin de bijoux pour rehausser sa beauté naturelle. Tous les regards convergeaient vers elle. Sarah était heureuse de voir sa fille, même si elle savait parfaitement ce qui les avait incités à venir. Lorenzo se surpassait. Il chassait frénétiquement le monarque et posait continuellement pour les journalistes. Sarah vit tout de suite que quelque chose n'allait pas entre les deux époux. Elle espérait qu'Isabelle se confierait à elle, mais celle-ci ne le fit pas. Elle passa la soirée à danser avec de vieux amis, en particulier un prince français, très connu, qui avait toujours eu un faible pour elle. Tant d'hommes auraient adoré lui faire la cour ! Elle avait vingt-trois ans, était belle comme le jour, mais était mariée avec Lorenzo.

Sarah les emmena tous déjeuner au Fouquet's le lendemain, pour les remercier. Emmanuelle était là, naturellement, ainsi que Julian, Phillip et Cecily, Nigel et son ami, et Isabelle et Lorenzo. Xavier, lui, était en voyage. Il avait supplié Sarah de le laisser aller rendre visite à des amis au Kenya. Elle avait tout d'abord refusé, mais il avait tellement insisté et elle était tellement prise par les préparatifs de la réception qu'elle avait fini par le laisser partir. À quatorze ans, il ne pensait qu'à voyager, et le plus loin possible. Il adorait sa mère et la France, mais était passionné pour les voyages et l'aventure. Il avait déjà lu quatre fois la biographie de Thor Heyerdahl, et semblait tout connaître sur l'Afrique et l'Amazonie, ainsi que sur toutes sortes d'endroits où personne n'aurait voulu aller. Très indépendant, il ressemblait à William par certains côtés, et à Sarah par d'autres. Comme Julian il était chaleureux, et comme son père il était jovial, mais il avait un goût pour l'aventure et la vie au grand air qu'aucun membre de la famille ne partageait avec lui. Les autres préféraient vivre à Paris, à Londres, à Antibes, ou à Whitfield.

— Nous sommes tous terriblement casaniers en comparaison de Xavier, dit Sarah en souriant.

Il lui avait déjà écrit un demi-douzaine de lettres. Il lui parlait des animaux fabuleux qu'il avait vus, et la suppliait déjà de le laisser retourner au Kenya.

— Il ne tient pas de moi, en tout cas, dit Julian, qui préférait de loin un bon canapé à un safari.

— Ni de moi, dit Phillip en riant de lui-même pour une fois.

Sur ces entrefaites, Lorenzo se lança dans une histoire interminable et terriblement ennuyeuse sur son grand ami le maharajah de Jaipur.

Le déjeuner se passa agréablement, en dépit de Lorenzo. Puis chacun des Whitfield fit ses adieux à sa mère avant de repartir de son côté. Julian allait se reposer quelques jours chez des amis à Saint-Tropez, Phillip et Cecily rentraient à Londres. Nigel restait quelques jours à Paris avec son ami. Emmanuelle retournait à la boutique, où Sarah la rejoindrait plus tard. Seule Isabelle s'attarda après le déjeuner. Lorenzo avait déclaré qu'il avait une course à faire chez Hermès, et des amis à voir ensuite. Pour la première fois depuis des années, Isabelle semblait vouloir parler avec sa mère. Sarah lui proposa une autre tasse de café.

Elles commandèrent deux express. Sarah s'était rendu compte que sa fille était triste et, quand Isabelle vint s'asseoir à côté d'elle, elle vit qu'elle était sur le point de pleurer.

— J'imagine que je n'ai plus le droit de me plaindre, à présent, n'est-ce pas ? dit-elle avec désespoir.

Sarah lui prit gentiment la main. Elle aurait voulu effacer le chagrin qu'elle avait cherché à épargner à sa fille. Mais elle avait appris à ses dépens, bien des années auparavant, que c'était impossible.

— Si, tu as le droit, dit Sarah en lui souriant. On a toujours le droit de se plaindre. – Puis elle alla droit au but. – Tu es malheureuse, n'est-ce pas ?

— Très, avoua Isabelle, en essuyant une larme sur sa joue. Je n'imaginais pas que ce serait ainsi... J'étais si jeune et si stupide... Vous m'aviez pourtant prévenue.

Tout cela était vrai, mais ce n'était pas une consolation pour Sarah de savoir qu'elle avait eu raison. Pas aux dépens de sa fille. Cela lui brisait le cœur de la voir si malheureuse. Pendant des années, elle avait essayé de se faire à l'idée qu'elle ne la verrait presque plus. Et maintenant cette séparation lui paraissait encore plus absurde.

— Tu étais très jeune, à l'époque, la consola Sarah, et très entêtée. Lorenzo est très malin. – Isabelle hocha la tête en silence, elle ne le savait que trop. – Il t'a séduite et il a obtenu ce qu'il voulait.

Il leur avait forcé la main et avait incité Isabelle à l'épouser. C'était facile de pardonner Isabelle, mais pas Lorenzo. Il avait agi par intérêt.

— Plus que tu ne le crois. Dès que nous sommes arrivés à Rome, tout a changé. Il avait déjà choisi le palais qu'il voulait acheter. Il m'a expliqué que tous les gens bien en avaient un, et qu'avec tous les enfants que nous allions avoir, c'était indispensable. Même chose pour la villa en Ombrie. Ensuite il a acheté la Rolls, puis le yacht, puis la Ferrari... et puis, brusquement, il a disparu. Il était toujours parti, et dans la presse on parlait de ses liaisons avec d'autres femmes. Chaque fois que je l'interrogeais, il se mettait à rire, en déclarant qu'il s'agissait de vieilles amies, ou de cousines. À croire qu'il est cousin avec la moitié de la planète, dit-elle avec amertume, en regardant sa mère dans les yeux. Il me trompe depuis des années. Il ne cherche même plus à se cacher, à présent. Il fait ce qu'il veut et dit que je ne peux rien contre lui. Le divorce n'existe pas en Italie. Il est parent avec trois cardinaux et dit qu'il n'acceptera jamais de divorcer.

Elle était désespérée. Sarah ignorait que les choses allaient si mal entre eux et qu'il s'était mis à la tromper aussi ouvertement. Comment osait-il venir à sa soirée, se mêler à ses amis et torturer sa fille ? Sarah était blême.

— Tu lui as demandé le divorce ? demanda Sarah, anxieuse, en caressant la main de sa fille.

Isabelle hocha la tête.

— Il y a deux ans, il a eu une liaison avec une femme très en vue à Rome. C'est la goutte d'eau qui a fait déborder le vase. Les journaux ne parlaient que de ça. Je ne voyais pas l'intérêt de continuer plus longtemps cette mascarade. – Elle éclata soudain en sanglots. – Je suis si seule, maman. – Sarah la prit dans ses bras. Isabelle se moucha et reprit son récit. – Je le lui ai demandé à nouveau l'année dernière mais il refuse toujours. Pour lui, nous sommes mariés pour la vie.

— Il veut surtout rester marié avec ton compte en banque.

Il avait placé une grande partie de l'argent qu'Isabelle lui avait apporté, et il continuait à la laisser payer pour tout. Cela n'aurait pas été grave si elle l'avait aimé. Mais elle ne l'aimait plus depuis des années. La passion des premiers jours s'était éteinte très vite et il n'en était rien resté, si ce n'est de l'amertume.

— Au moins, vous n'avez pas d'enfants, c'est une bonne chose.

— Avec lui c'est impossible, dit Isabelle avec une toute petite voix. Il ne peut pas avoir d'enfants.

Cette fois, Sarah resta bouche bée. Jusque-là rien ne l'avait vraiment étonnée venant de lui.

— Et pourquoi donc ?

Il leur avait pourtant dit qu'Isabelle était peut-être enceinte lorsqu'il avait voulu l'épouser. C'était même la raison pour laquelle ils n'avaient pas voulu attendre Noël. Il n'était pourtant pas très vieux. Il n'avait que cinquante-quatre ans, à l'époque. William était plus âgé lorsqu'ils avaient eu Xavier, et il n'était pas en très bonne santé. Sarah demanda :

— Il a un problème de ce côté-là ?

— Il a eu les oreillons quand il était petit. Il est stérile. C'est son oncle qui me l'a appris. Lorenzo ne m'en avait jamais rien dit. Quand je lui posais la question, il se contentait de rire. Il répondait que j'avais de la chance. Il m'a menti, maman… il m'avait promis que nous aurions beaucoup d'enfants. – Les larmes coulaient sans retenue à présent. – Je crois que j'aurais pu supporter d'être sa femme, même en le haïssant, si nous avions eu des enfants.

Il y avait un vide dans son cœur que rien ne pouvait combler à présent. Pendant cinq longues années, elle avait vécu sans amour et loin des siens, avec qui elle s'était fâchée par sa faute.

— Ce n'est pas une bonne chose d'avoir des enfants dans ces conditions, ma chérie, dit Sarah calmement. Aucune mère ne veut que ses petits grandissent dans le malheur.

— Nous faisons chambre à part, de toute façon. Depuis trois ans. Il ne rentre presque jamais à la maison, sauf pour changer de chemise et prendre de l'argent. Mais cela m'est égal. Plus rien n'a d'importance à présent. J'ai l'impression d'être en prison.

Et elle en avait l'air, en effet. Maintenant, à la lumière du jour, Sarah voyait qu'Emmanuelle avait raison lorsqu'elle était rentrée de Rome. Isabelle était très pâle, elle avait les traits tirés et l'air désespérée.

— Veux-tu venir à la maison ? Tu pourrais certainement divorcer, ici. Tu t'es mariée au château.

— Mais nous nous sommes mariés en Italie ensuite, dit Isabelle, complètement abattue. À l'église. Même si je divorce ici, il ne me sera pas possible de divorcer là-bas. Je ne pourrai donc jamais me remarier. Ce serait illégal. Lorenzo dit qu'il faut que je me résigne à ne jamais pouvoir divorcer.

C'était pire que ce que Sarah avait vécu avec Freddie, et de loin. Et puis, à l'époque, son père avait réussi à la sortir de là. Il fallait qu'à son tour elle trouve le moyen de tirer sa fille de ce mauvais pas.

— Que puis-je faire pour toi, ma chérie ? demanda Sarah, tristement. Je vais parler à mes avocats, mais j'ai bien peur que tu ne sois obligée de prendre ton mal en patience. Un jour viendra peut-être où il désirera une chose que tu ne pourras lui donner, et alors tu pourras négocier.

Mais il fallait bien reconnaître que c'était peu probable. L'homme était malin.

Isabelle regarda soudain sa mère avec un air étrange. En dehors de ce divorce, elle avait un autre désir. Elle y pensait depuis longtemps déjà, mais étant donné ce qu'étaient devenus leurs rapports, elle ne s'était jamais senti le courage d'en parler à Sarah.

— Je voudrais ouvrir une boutique, murmura-t-elle.

Sarah écarquilla les yeux.

— Quel genre de boutique ?

Elle croyait qu'Isabelle faisait allusion à une boutique de mode. Mais ça n'était pas le cas.

— Une succursale de la maison Whitfield.

Elle avait l'air très décidée.

— À Rome ? – Sarah n'y avait jamais songé. En Italie, Buccellati et Bulgari régnaient en maîtres. Pourtant l'idée ne manquait pas d'intérêt, même si Isabelle était encore un peu jeune pour diriger la boutique elle-même. – C'est une idée intéressante. Mais es-tu sûre de toi ?

— Absolument.

— Que se passera-t-il si tu arrives à divorcer ? Ou si tu décides simplement de quitter l'Italie ?

— Mais je ne veux pas quitter l'Italie, j'aime l'Italie. C'est ma vie avec Lorenzo que je déteste. – Pour la première fois son visage s'illumina. – J'y ai des quantités d'amies, et puis les femmes y sont très élégantes. Elles adorent porter des bijoux. Maman, nous aurions un succès fou, j'en suis persuadée.

Sarah sentait qu'elle avait raison, mais il s'agissait tout de même d'une décision importante, et qui méritait réflexion.

— Il faut que j'y réfléchisse. Et toi, penses-y de ton côté. Je ne veux pas que tu te décides sur un coup de tête. C'est un travail lourd de responsabilités. Parles-en à Emmanuelle et à Julian. Il faut que tu sois absolument sûre de toi.

— Cela fait plus d'un an que j'y pense, mais je n'ai jamais osé t'en parler.

— Eh bien, maintenant, c'est fait. – Sarah lui sourit. – À présent il faut que j'en discute avec tes frères. – Puis elle redevint grave. – Et je vais voir ce que je peux faire au sujet de Lorenzo.

— Tu ne peux rien faire, dit Isabelle tristement.

— On ne sait jamais.

Au fond d'elle-même, Sarah était convaincue que tout pourrait s'arranger avec de l'argent. L'essentiel était de choisir le bon moment. Dans l'intérêt même de sa fille, elle espérait que l'occasion ne tarderait pas trop à se présenter.

Elles restèrent encore une heure à deviser tranquillement, puis bras dessus bras dessous, elles prirent tout doucement le chemin de la boutique. Sarah était heureuse de sentir sa fille si proche d'elle à nouveau. Elle ne l'avait pas été depuis son adolescence, et Sarah avait beaucoup souffert de l'avoir perdue. Presque autant que lorsqu'elle avait perdu Lizzie. Mais elles se retrouvaient à présent, et Sarah était délivrée d'un grand poids.

Isabelle la quitta devant la boutique, pour aller prendre le thé avec une vieille amie d'école qui venait juste de se marier. Isabelle enviait l'innocence de son amie. Comme elle aurait voulu tout recommencer, elle aussi. Mais elle savait que ce n'était plus possible. Sa vie, si vide soit-elle, s'achèverait aux côtés de Lorenzo. Elle espérait que sa mère accepterait de lui laisser ouvrir une succursale, cela l'occuperait. Elle se lamenterait moins sur sa vie, sur son mari, et regretterait moins de ne pas avoir d'enfants. Elle aurait pu accepter de ne pas avoir d'enfants, si elle l'avait aimé. Et elle aurait pu vivre sans amour si elle avait eu un enfant pour la consoler. Mais n'avoir ni l'un ni l'autre était un châtiment trop cruel. Elle se demandait parfois ce qu'elle avait fait pour le mériter.

— Elle est trop jeune, fut la réponse catégorique de Phillip, lorsque Sarah lui téléphona.

Elle avait déjà discuté du projet avec Julian, qui semblait trouver l'idée intéressante. Il aimait bien certains des bijoux anciens de la maison Buccellati, ainsi que les nombreuses créations des bijoutiers italiens. Il pensait qu'il y avait moyen de faire du bon travail à Rome, quelque chose de différent de ce qu'ils pratiquaient à Paris ou à Londres. Chacun de leurs magasins avait une clientèle et un style propres. Londres avait la reine et la vieille aristocratie, Paris avait la jet-set et les milliardaires. À Rome, ce serait l'avant-garde et la nouveauté.

— Nous pouvons trouver quelqu'un pour la seconder, ce n'est pas le problème, rétorqua Sarah, sans se soucier des objections de Phillip. Le vrai problème est de savoir si Rome a la clientèle potentielle.

— Je pense que oui, intervint Julian, qui était en ligne avec eux.

— Tu parles sans savoir, comme toujours, glapit Phillip.

Le cœur de Sarah chavira. Il rabrouait sans cesse son frère. Julian était tout ce qu'il aurait voulu être. Beau, charmant, jeune, adulé. Avec le temps, Phillip s'était desséché. Il avait terriblement changé et semblait aigri. Il avait quarante ans, mais au grand dam de Sarah, il en paraissait presque cinquante. Son mariage avec Cecily n'avait rien arrangé, même s'il savait ce qu'il faisait en l'épousant. Elle représentait toujours pour lui l'épouse idéale, bon chic bon genre, ennuyeuse à mourir et absente la plupart du temps. Elle passait le plus clair de son temps à la campagne, avec ses chevaux. Elle venait d'acheter un haras en Irlande.

— Je crois que nous devrions en discuter de vive voix, conclut Sarah. Est-ce que toi et Nigel pourriez venir ici, ou préfères-tu que nous allions à Londres ?

Finalement, il fut décidé que Nigel et Phillip se rendraient à Paris. Isabelle et Lorenzo étaient déjà repartis. Tous les cinq se réunirent et discutèrent trois jours durant, au terme desquels Emmanuelle finit par l'emporter. Elle leur rappela que William et Sarah avaient pris des risques en se lançant dans une entreprise audacieuse, voire scandaleuse, à l'époque, et que sans eux la maison Whitfield n'aurait jamais existé. Maintenant, il fallait que Whitfield continue à s'agrandir, sous peine de disparaître. À l'aube des années quatre-vingt, le commerce était en pleine expansion. Il fallait se tourner vers Rome, et pourquoi pas vers l'Allemagne ou New York… Le monde ne se limitait pas à Paris et à Londres.

— Tout à fait d'accord, conclut Nigel.

Il était en pleine forme, ces derniers temps, distingué comme toujours. Sarah redoutait le jour où il se retirerait des affaires. Il avait plus de soixante ans, mais contrairement à Phillip, il avait su rester jeune. Il était toujours prêt à adopter de nouvelles idées, à conquérir le monde, à prendre des risques.

— Je pense aussi qu'Emmanuelle a raison, ajouta Julian. Il faut aller de l'avant si nous ne voulons pas disparaître. Nous aurions dû y songer depuis longtemps mais je crois que le moment est bien choisi.

Ce n'est qu'en fin de journée qu'ils parvinrent à se mettre d'accord, même si Phillip n'y consentit que du bout des lèvres. Il aurait préféré ouvrir une deuxième succursale en Grande-Bretagne, mais tous les autres étaient contre. Pour Phillip, la Grande-Bretagne était le seul pays au monde digne d'intérêt.

Lorsque Sarah appela Isabelle ce soir-là pour lui annoncer la nouvelle, ce fut comme si elle venait de lui rendre la vie. Isabelle retrouvait l'affection des siens en même temps qu'elle redonnait un sens à son existence. Sarah promit de venir la voir la semaine suivante.

Durant les cinq jours qu'elle passa à Rome, elle ne vit pas une seule fois Lorenzo. Elle s'en étonna.

— Mais où est-il donc ? finit-elle par demander.

— En Sardaigne, avec des amis. J'ai entendu dire qu'il avait une nouvelle maîtresse.

— Quelle chance, lança Sarah sur un ton sarcastique.

Elle se rappela soudain Freddie et ses filles de joie le jour de leur anniversaire de mariage. Pour la première fois, elle raconta la scène à sa fille, qui n'en revint pas.

— Je savais que tu avais divorcé. Mais j'ignorais pourquoi, et je t'avoue que jusqu'ici je ne m'étais pas posé la question. L'idée que tu aies pu faire une erreur et être malheureuse ne m'avait jamais effleurée…

— Tout le monde peut se tromper, Isabelle. J'ai

fait une grosse bêtise dans ma vie. Toi aussi. Mais finalement, je m'en suis sortie, grâce à mon père. Et puis j'ai rencontré William. Je suis sûre que tu finiras par rencontrer quelqu'un de bien, un jour. Tu verras, dit-elle avant de l'embrasser tendrement et de retourner à l'hôtel Excelsior.

L'année suivante, elles travaillèrent d'arrache-pied à l'installation du local qu'elles avaient loué via Condotti. La boutique était plus spacieuse que les deux autres, et plus éblouissante encore. C'était une merveille. Isabelle était folle de joie. C'était presque comme de mettre un enfant au monde, disait-elle à ses amies. Elle ne parlait, ne pensait, ne rêvait que de ça, et les absences répétées de Lorenzo ne l'affectaient plus du tout. Ce dernier se moquait d'elle et lui prédisait un échec complet. Mais c'était compter sans Sarah.

Celle-ci avait engagé une attachée de presse pour lancer la boutique et avait incité Isabelle à se faire connaître de la haute société romaine. Isabelle multipliait donc les réceptions, les cocktails, les lunchs, participait à des vernissages et à toutes les manifestations importantes de la vie romaine, florentine et milanaise. Du jour au lendemain, la Principessa di San Tebaldi devint la personne la plus en vue de la vie mondaine italienne. Peu avant l'inauguration, Lorenzo lui-même changea complètement d'attitude. Il racontait partout que la boutique contenait des bijoux fabuleux, dont certains avaient été choisis par lui, et citait volontiers les noms de clients illustres. Isabelle, qui travaillait jour et nuit, ne prêtait aucune attention à ses élucubrations. Elle était bien trop occupée à régler les derniers détails en compagnie des décorateurs et du personnel qu'elle avait recruté. Emmanuelle était venue spécialement à Rome pour l'aider et elle y resta deux mois. Ensemble, elles avaient engagé un jeune homme très compétent, fils de vieux amis à elle, qui avait occupé un poste important chez Bulgari pendant quatre ans. Elles n'avaient eu aucun mal à le convaincre de venir travailler pour elles. Il devait seconder Isabelle à la direction du magasin. Passablement intimidé, il n'arrivait pas à croire à sa bonne fortune. Mais bien vite Isabelle et lui devinrent très amis. Il était élégant, gentil et aimable, et avait beaucoup d'humour. Marcello Scurri était aussi marié et père de quatre enfants.

L'inauguration fut un grand succès. Toute l'Italie était représentée, et plusieurs de leurs meilleurs clients de Londres et de Paris firent le voyage. Les gens accoururent de Venise, Florence, Milan, Naples, Turin, Bologne ou Pérouse. L'ouverture de cette nouvelle boutique était une bonne idée, et Sarah avait vu juste. Même Phillip fut obligé d'admettre que la boutique était éblouissante, et Nigel déclara qu'il n'avait jamais rien vu de plus beau. La nouvelle bijouterie correspondait exactement aux attentes du public romain. Elle offrait un superbe et savant mélange de bijoux neufs et anciens, rutilants ou discrets, et pour toutes les bourses. Isabelle et sa mère étaient folles de joie.

Marcello s'acquittait à merveille de son travail de directeur, et Isabelle ne ménageait pas sa peine. Emmanuelle était fière d'eux. Les deux frères d'Isabelle la complimentèrent sur ses résultats. Elle avait fait du beau travail. Trois jours plus tard, lorsqu'ils la quittèrent pour retourner à leurs magasins respectifs, la boutique de Rome était parfaitement lancée.

Emmanuelle rentra un jour plus tôt pour régler un petit problème à Paris. Il y avait eu une tentative de cambriolage qui, par miracle, et grâce à l'excellent système de sécurité, s'était soldée par un échec. Le personnel de la boutique était cependant sous le choc. La protection des bijouteries devenait de plus en plus difficile, mais jusque-là, grâce à Dieu, les systèmes de sécurité de leurs deux boutiques avaient toujours parfaitement fonctionné.

Sarah fit le voyage de retour avec Julian. Elle l'avait vu converser avec une ravissante princesse italienne, puis un mannequin très connu de chez Valentino. Les Romaines étaient très belles, mais Sarah avait le sentiment que Julian commençait à se calmer dans ce domaine. Il s'apprêtait à fêter ses trente ans. À en croire les journaux, en tout cas, il avait cessé de mener une vie dissipée. Lorsqu'ils furent sur le point d'atterrir à Orly, il lui en donna la raison.

— Tu te souviens d'Yvonne Charles ? demanda-t-il innocemment à sa mère.

Sarah secoua la tête. Ils venaient de parler affaires, et Sarah se demanda s'il s'agissait d'une de leurs clientes.

— De nom, vaguement. Pourquoi ? Je l'ai déjà rencontrée ?

— C'est une actrice. Elle était à l'anniversaire de Whitfield, l'année dernière.

— Oui, parmi un millier d'autres convives. – Mais soudain, Sarah se souvint d'elle, non pas parce qu'elle l'avait vue à la fête, mais à cause d'un article qu'elle avait lu dans le journal. – Ce n'est pas elle dont le divorce a fait scandale, il y a quelques années… et qui s'est remariée ensuite ? Je crois bien avoir lu quelque chose à ce sujet. Pourquoi ?

Julian était mal à l'aise. À son grand désespoir, sa mère avait une mémoire prodigieuse. À soixante-quatre ans elle était toujours aussi vive et robuste et, bien qu'un peu marquée, toujours aussi belle.

— À dire vrai, elle est à nouveau en train de divorcer. J'ai fait sa connaissance il y a quelques mois et nous nous sommes revus.

— Ça ne pouvait pas mieux tomber, dit Sarah en souriant. – Il lui semblait si jeune, comme tous ses enfants, d'ailleurs. – Quelle chance !

— Oui, je le crois. – Soudain elle surprit une lueur dans ses yeux qui ne lui dit rien de bon. – C'est quelqu'un de spécial, tu sais.

— De très spécial, en effet, si elle est déjà deux fois divorcée. Quel âge a-t-elle ?

— Vingt-quatre ans. Mais elle est très mûre pour son âge.

— Sans doute.

Elle ne saisissait pas précisément où il voulait en venir, mais elle avait le sentiment qu'il lui réservait une surprise qu'elle n'était pas certaine d'apprécier.

— Je vais l'épouser, annonça Julian à mi-voix.

Sarah crut un instant que l'avion s'écrasait.

— Oh ! – La nouvelle lui coupa le souffle et son cœur se mit à battre la chamade. – Quand t'es-tu décidé ?

— La semaine dernière. Mais comme nous étions tous très occupés avec l'inauguration, j'ai préféré attendre pour te l'annoncer. – C'était délicat de sa part mais elle regrettait amèrement qu'il ait choisi une femme deux fois divorcée. – Je suis sûr que tu vas l'adorer.

Elle ne demandait que ça, mais jusqu'ici, aucune de ses « fiancées » ne lui avait vraiment plu. Elle commençait à se dire qu'elle n'aurait jamais de bru ou de gendre selon son cœur.

— Quand comptes-tu me la présenter ?

— Bientôt.

— Que dirais-tu de vendredi soir ? Nous pourrions aller dîner chez Maxim, avant que je ne quitte Paris.

— C'est entendu, dit-il en lui décochant un large sourire.

— Tu es vraiment décidé ? risqua-t-elle.

— Absolument. – C'est ce qu'elle avait craint. Il éclata de rire en voyant sa tête. – Maman, fais-moi confiance…

Elle aurait bien voulu, mais elle avait une telle peur qu'il ne fasse une grave erreur ! Lorsqu'ils se revirent chez Maxim le vendredi suivant, elle en eut la certitude.

La fille était très belle, sans aucun doute. Grande et élancée, elle avait un teint de pêche, de grands yeux bleus, et ses cheveux d'un blond scandinave retombaient gracieusement sur ses épaules. Elle avait commencé une carrière de mannequin à quatorze ans, trois ans plus tard elle était devenue actrice et avait tourné cinq films en sept ans. Sarah se souvint d'une rumeur qui avait fait scandale à l'époque, laissant entendre qu'elle avait couché avec un metteur en scène alors qu'elle était encore mineure. Un autre scandale avait éclaté lorsqu'elle avait divorcé de son premier mari, un acteur aux mœurs dissolues. Elle avait mieux choisi son deuxième époux, un play-boy allemand duquel elle entendait divorcer dans les meilleures conditions financières. Mais Julian avait précisé que l'affaire était presque réglée et qu'ils pourraient se marier très bientôt, à Noël.

Sarah n'était nullement pressée de voir cette union se concrétiser. Elle avait envie de rentrer chez elle et de pleurer. Voilà que ça recommençait. Le troisième de ses enfants s'apprêtait lui aussi à commettre une terrible erreur. Pourquoi s'était-il mis en tête d'épouser cette fille ? Elle était belle, certes, et très sexy, mais son regard était glacial, et tout en elle semblait fabriqué, calculé. Aucune sincérité, aucune spontanéité, aucune chaleur ne se dégageaient d'elle. À voir la façon dont elle regardait Julian, il était évident qu'elle le désirait, qu'elle le convoitait, mais il était tout aussi évident qu'elle ne l'aimait pas. Cette femme était une mangeuse d'hommes. Et Julian était assez naïf pour ne voir en elle qu'une adorable petite fille.

— Alors ? demanda-t-il à sa mère quand Yvonne se fut éclipsée pour se repoudrer à la fin du repas. Tu ne trouves pas qu'elle est sensationnelle ?

Il était complètement aveugle. Ils l'étaient tous. Elle lui tapota gentiment la main et lui dit qu'elle était très belle, ce qui était vrai. Le lendemain, il passa la voir pour prendre des papiers. Elle s'efforça d'aborder le sujet avec tact.

— Je pense que le mariage est une chose sérieuse, dit-elle en se faisant l'effet d'être une vieille radoteuse.

— Moi aussi, répondit-il, amusé d'entendre sa mère parler ainsi.

Ça n'était pas son genre. Elle était généralement assez directe dans ses propos, mais après ce qu'elle avait vécu, elle n'avait pas envie de perdre son fils. Pourtant Julian n'était pas aussi emporté ni aussi buté qu'Isabelle. Il adorait sa mère et il était peu probable qu'il réagisse comme sa sœur.

— Je crois que nous allons être très heureux, dit-il

avec fougue, tendant ainsi à Sarah la perche qu'elle attendait.

— Je n'en suis pas certaine. Yvonne est une femme spéciale, Julian. Il y a eu pas mal de scandales dans sa vie. Voilà dix ans qu'elle est complètement autonome. – La jeune femme leur avait confié avoir fait une fugue à l'âge de quatorze ans et avoir abandonné l'école pour devenir mannequin. – Si tu veux mon avis, elle ne s'intéresse qu'à sa propre personne et semble très égoïste. Je ne suis pas certaine qu'elle soit en mesure de t'apporter ce que tu souhaites.

— Que veux-tu dire ? Qu'elle en veut à mon argent ?

— C'est possible.

— Tu te trompes. – Il était furieux. Elle n'avait pas le droit de dire une chose pareille. – Elle vient de recevoir un demi-million de dollars de son ex-mari, à Berlin.

— Quelle aubaine ! rétorqua Sarah sèchement. Et depuis combien de temps étaient-ils mariés ?

— Huit mois. Elle l'a quitté parce qu'il l'a obligée à avorter.

— Tu en es sûr ? Les journaux ont dit qu'elle était partie avec le fils d'un armateur grec, qui lui-même l'a laissée tomber pour une petite Française. Les gens que tu fréquentes ont des vies bien compliquées.

— C'est une fille très bien. Elle n'a pas eu une vie facile, jamais personne ne s'est occupé d'elle. Sa mère était une prostituée et elle n'a pas connu son père qui a quitté sa mère avant sa naissance. Quand elle a eu treize ans, sa mère l'a mise à la porte. Avec une vie pareille, tu ne peux tout de même pas t'attendre à ce qu'elle sorte d'un couvent, comme Isabelle ?

Le couvent n'avait d'ailleurs pas empêché sa sœur

de faire des erreurs. Mais Yvonne ne faisait pas d'erreur. Elle était rusée et calculatrice. Et c'était à dessein qu'elle avait jeté son dévolu sur Julian.

— J'espère que tu as raison. Je ne veux que ton bonheur.

— Dans ce cas, laisse-nous mener nos vies comme bon nous semble, dit-il, furieux.

— Je vais essayer.

— Je sais. – Il s'efforça de se calmer. Il n'avait pas envie de se fâcher avec elle. Mais il était triste de constater qu'Yvonne ne l'avait pas subjuguée comme lui l'avait été dès le premier jour. – Tu t'imagines toujours que tu sais ce qui est bon pour nous, mais tu peux aussi te tromper.

Même s'il était bien obligé de reconnaître que ça n'arrivait pas souvent. Mais il avait le droit de mener sa vie comme il l'entendait.

— J'espère de tout cœur que je me suis trompée, cette fois, dit-elle tristement.

— Alors nous avons ta bénédiction ?

Il y tenait énormément. Il adorait sa mère.

— Si tu y tiens. – Elle se pencha vers lui et l'embrassa, les larmes aux yeux. – Je t'aime tellement… Je n'ai pas envie de te voir souffrir.

— Ne t'inquiète pas, dit-il, rayonnant.

Quand le jeune couple la quitta, Sarah resta un long moment à songer à William et à méditer sur ses enfants, en se demandant pourquoi ils étaient tous aussi irrémédiablement naïfs.

28

Le mariage de Julian et Yvonne fut célébré à Noël, à la mairie de La Marolle. Après quoi, l'assemblée se rendit au château où les attendait un somptueux banquet. Il y avait une quarantaine de convives. Julian rayonnait littéralement de bonheur. Yvonne portait une robe Givenchy courte, en dentelle beige, qui rappela à Sarah celle qu'elle portait le jour de son mariage avec William. Mais toute similitude s'arrêtait là. Il y avait, pour Sarah, quelque chose de véritablement effrayant dans la froideur et la dureté de la mariée.

Emmanuelle s'était fait la même réflexion. Les deux amies se tenaient un peu à l'écart et riaient ensemble de leur malheur.

— Pourquoi faut-il toujours que ça nous arrive ? répétait Sarah en secouant la tête, tandis que sa vieille amie lui tapotait gentiment l'épaule.

— Quand je vois les problèmes que tu as avec tes enfants, je me dis toujours que j'ai de la chance de ne pas en avoir.

Ce n'était pas tout à fait vrai, car il lui arrivait de l'envier, surtout maintenant qu'elle commençait à vieillir.

— Cette fille est une redoutable calculatrice, mais Julian est persuadé qu'elle l'adore.

— J'espère pour lui qu'il le croira longtemps, dit Emmanuelle calmement.

Elle ne dit pas à Sarah qu'il avait acheté à sa jeune épouse comme cadeau de noces un diamant jaune de trente carats et deux bracelets assortis. La fille savait parfaitement manœuvrer, apparemment, et ce n'était qu'un début, pensait Emmanuelle.

Isabelle était venue au mariage sans Lorenzo. Elle avait des tas de choses à raconter concernant la boutique de Rome. Tout allait à merveille, là-bas. Seule ombre au tableau : la sécurité du magasin leur revenait très cher. La situation politique en Italie, les Brigades rouges et les terroristes, ne leur simplifiait pas la vie. Mais le commerce était florissant. Même Phillip avait reconnu s'être trompé. Il n'en avait pas pour autant daigné assister au mariage de son frère. Mais Julian s'en moquait. Il ne jurait que par Yvonne, ne vivait que pour elle. Et maintenant elle était sienne.

Ils avaient choisi Tahiti pour leur voyage de noces. Yvonne rêvait d'y aller depuis toujours. Ils feraient une halte à Los Angeles, au retour, pour rendre visite à la tante Jane. Sarah et sa sœur ne s'étaient pas vues depuis des années, mais elles étaient toujours restées en contact, et Julian souhaitait la rencontrer. Cela ne pouvait pas mieux tomber, car Yvonne voulait aller à Beverly Hills pour faire quelques emplettes.

Julian et Yvonne firent leurs adieux à Sarah et aux invités, avant de s'éclipser. Isabelle resta au château jusqu'au nouvel an, ce qui fit très plaisir à Sarah. Ensemble, ils fêtèrent le seizième anniversaire de

Xavier. Isabelle avait du mal à croire qu'il avait déjà seize ans, ce qui fit rire sa mère.

— Imagine ce que je ressens quand je vous vois, toi, Julian, ou Phillip…

Elle devint soudain songeuse en pensant à William et à toutes les années de bonheur qu'ils avaient connues ensemble.

— Il te manque, n'est-ce pas ? demanda Isabelle gentiment, et Sarah hocha la tête.

— Toujours et à chaque instant. Mais on apprend à continuer, seule.

La vie avait bien continué après la disparition de Lizzie, et son amour pour elle aussi. Isabelle pouvait comprendre ce qu'elle ressentait.

Elle supportait de plus en plus difficilement de ne pas avoir d'enfants, et sa haine pour Lorenzo allait croissant. Heureusement pour elle, la boutique ne lui laissait pas le temps de se désoler sur l'échec de sa vie privée. Et Sarah s'en félicitait.

Elle fut triste de voir partir sa fille. La vie reprit son cours normal, le temps passa à toute allure, puis soudain ce fut l'été. Elle s'apprêtait à fêter ses soixante-cinq ans ! Tous ses enfants insistèrent pour venir les fêter avec elle.

— Je n'arrive pas à croire que je suis déjà si vieille, confia-t-elle à Isabelle.

Lorenzo l'avait malheureusement accompagnée cette fois. Isabelle était toujours beaucoup plus tendue lorsqu'il était là, mais sa mère et elle avaient tant de choses à se raconter qu'elle finissait par l'oublier.

Phillip et son épouse étaient là, eux aussi, naturellement. Cecily avait l'air en pleine forme, elle leur rebattait les oreilles avec les prouesses de son nouveau cheval. Elle faisait depuis peu partie de l'équipe olympique d'équitation, et était allée tout récemment chasser en Écosse en compagnie de la princesse Anne. Phillip laissait parler sa femme sans lui prêter la moindre attention, ce qui ne semblait nullement la déranger. Leurs enfants, Alexander et Christina, avaient quatorze et douze ans ; Xavier, bonne pâte, faisait de son mieux pour essayer de les divertir. Il les emmenait à la piscine ou au tennis avec lui, et avait insisté pour qu'ils l'appellent « oncle Xavier », ce qui les amusait beaucoup.

Julian et Yvonne finirent par arriver dans leur nouvelle Jaguar. Yvonne était plus belle que jamais et plutôt nonchalante. Sarah n'arriva pas à déterminer si c'était à cause de la chaleur ou de l'ennui. Le week-end s'annonçait mortel pour tout le monde, et Sarah se reprochait de les avoir fait venir. Elle leur raconta son voyage au Botswana avec Xavier. Ils avaient vu quantité de choses étonnantes et rendu visite à des parents de William, au Cap. Elle avait rapporté des petites babioles à chacun. Quant à Xavier, il avait trouvé quelques fossiles tout à fait extraordinaires, ainsi que des pierres précieuses très rares et une collection de diamants noirs. Il avait la passion des minéraux et savait les estimer au premier coup d'œil, même à l'état brut. Il savait aussi comment les tailler pour leur donner tout leur éclat. Les mines de diamants de Johannesbourg l'avaient fasciné. Il avait vainement essayé de convaincre sa mère de ramener une tanzanite de la taille d'un pamplemousse.

— Je n'aurais su qu'en faire, dit-elle après avoir raconté leur voyage.

— Elles sont très recherchées en ce moment à Londres, dit Phillip, l'air maussade.

Nigel était souffrant ces derniers temps et parlait de se retirer à la fin de l'année, ce qui mettait Phillip dans l'embarras. Il dit à sa mère qu'il ne trouverait jamais à le remplacer. Celle-ci se garda de lui rappeler combien il l'avait haï quand ils avaient commencé à travailler ensemble. Quand il partirait, Niguel leur manquerait à tous terriblement, et Sarah priait pour que ce fût le plus tard possible.

En passant à table, ils parlèrent encore un moment de l'Afrique du Sud, mais voyant que Lorenzo bayait aux corneilles et qu'Yvonne ne tenait plus en place, Sarah changea de sujet.

Cecily déclara vouloir faire un tour à l'écurie après le déjeuner. Sarah lui dit qu'elle serait certainement déçue, mais Cecily s'y rendit quand même. Lorenzo se retira pour faire la sieste. Isabelle resta avec sa mère et Julian emmena comme promis Xavier et les enfants de Phillip faire un tour dans sa Jaguar. Si bien que Phillip et Yvonne se retrouvèrent en tête à tête. Il ne l'avait rencontrée qu'une fois depuis son mariage, et elle était indiscutablement très belle. Ses cheveux blonds étaient presque blancs dans la lumière de midi. Phillip lui proposa de faire un tour dans le parc. Elle l'appelait « Altesse », ce qui ne semblait pas le déranger le moins du monde. Elle lui confia qu'elle était ravie d'être lady Whitfield. Elle lui raconta sa brève expérience à Hollywood, et plus ils marchaient, plus elle se rapprochait de lui. Il pouvait sentir le parfum de ses cheveux, et lorsqu'il laissait errer son regard il avait une vue plongeante sur son décolleté. Une telle sensualité se dégageait de la jeune femme qu'il avait du mal à se contrôler.

— Vous êtes très belle, dit-il soudain, tandis qu'elle levait vers lui un regard intimidé.

Ils se trouvaient à présent tout au fond de la roseraie où l'air était chaud et immobile.

— Merci, dit-elle en baissant ses paupières ourlées de longs cils.

Soudain pris d'un désir irrépressible, Phillip l'attira à lui et la couvrit de baisers. Yvonne se mit à gémir sous ses caresses.

— Oh, Phillip... dit-elle dans un soupir, comme pour l'inciter à continuer.

— Mon Dieu, vous êtes adorable, murmura-t-il.

Il l'étendit doucement sur l'herbe et ils continuèrent à s'embrasser et à se caresser avec un désir croissant. Il voulut alors lui ôter sa robe.

— Non ! C'est impossible... dit-elle doucement. Pas ici...

C'était le lieu qui la dérangeait. Mais Phillip n'était plus capable de se contrôler. Il fallait qu'il la possède. Il était fou de désir pour cette femme, et à cet instant précis, sous le chaud soleil de midi, rien n'aurait pu l'arrêter. Il la prit très, très lentement, puis brusquement elle l'attira à elle de toutes ses forces, le titillant, exacerbant sa passion, le torturant de désir jusqu'à ce qu'il pousse un cri dans l'air immobile.

Haletant, il la regardait, encore sous le choc du plaisir qu'elle venait de lui donner. Jamais il n'avait possédé une femme avec une telle violence. Il savait qu'il allait la désirer encore et encore... Il la voulait encore et il la prit à nouveau. Bientôt il n'entendit plus rien d'autre que leur souffle. Il oublia tout et se laissa emporter avec elle au bout du plaisir. Lorsqu'il reprit ses esprits, il la regarda tendrement.

— Mon Dieu, tu es incroyable, lui glissa-t-il à l'oreille, tout en se demandant si quelqu'un les avait entendus.

Mais à présent plus rien ne comptait que cette femme qui le rendait fou.

— Toi aussi, lui répondit-elle dans un soupir, tandis qu'il vivait encore en elle. Je n'ai jamais pris tant de plaisir.

Il la crut. Une pensée traversa soudain son esprit et il s'écarta doucement d'elle pour mieux la regarder.

— Même avec Julian ? – Elle secoua la tête. Il vit dans ses yeux qu'elle lui cachait quelque chose. – Vous avez un problème, ensemble ?

Il l'espérait, tandis qu'elle haussait les épaules en se pelotonnant amoureusement contre lui. Il y avait longtemps qu'elle avait compris qu'un lord n'était pas un duc, et l'idée de devenir un jour duchesse ne lui déplaisait pas.

— C'est... c'est différent, dit-elle tristement. Je ne sais pas comment dire. – Elle haussa les épaules, l'air misérable. – Quelque chose ne marche pas chez lui... Nous n'avons pas de vie sexuelle, murmura-t-elle.

Phillip la regarda, stupéfait mais ravi.

— Vraiment ? – Il jubilait. Julian n'était qu'une baudruche. Sa réputation n'était fondée sur rien. Et dire que pendant des années il l'avait haï pour rien. – C'est incroyable !

— C'est ce que j'ai fini par me dire, moi aussi... Je me suis même demandé s'il n'était pas homosexuel. – Elle était émouvante et sa jeunesse troublait terriblement Phillip. – En fait je crois qu'il est impuissant, tout simplement.

Ces propos auraient fait hurler de rire toutes les conquêtes de Julian si elles les avaient entendus. Mais Yvonne était bien meilleure actrice qu'on ne le prétendait et, en ce moment précis, avec Phillip, elle se surpassait.

— Je suis désolé.

Il n'était pas désolé du tout, il était ravi au contraire. Il n'avait pas envie de se rhabiller, mais il le fallait, et ils remirent leurs vêtements tout en plaisantant et en pensant à ce qu'aurait dit Sarah si elle les avait surpris.

— Elle aurait sans doute pensé qu'il s'agissait du jardinier, dit Phillip en souriant.

Yvonne partit d'un grand éclat de rire en se laissant à nouveau tomber à terre, dévoilant ses longues cuisses si attirantes. Il ne put résister et ils s'aimèrent une nouvelle fois.

— Je crois que nous devrions rentrer, à présent, dit-il à regret. – En deux heures, sa vie entière venait de basculer. – Crois-tu que tu pourrais t'éclipser un petit moment, ce soir ? demanda-t-il.

Il se disait qu'ils pourraient trouver une auberge dans les environs, mais il eut soudain une meilleure idée. Les vieux baraquements, à côté des écuries. Il y restait des dizaines de matelas et des couvertures pour les chevaux. L'idée de passer la nuit sans elle lui était insupportable, de plus, la chose avait un goût de fruit défendu qui la rendait terriblement excitante.

— Je vais essayer, dit-elle, pleine d'espoir.

Elle ne s'était pas autant amusée… depuis qu'elle était mariée. Le marivaudage était sa grande spécialité. Elle adorait ça. Son premier mari avait un jumeau avec qui elle avait passé de très bons moments. Avec Klaus les choses n'avaient pas été aussi faciles, mais elle s'était bien amusée tout de même. Quant à Julian, il était adorable, mais si naïf. Elle s'ennuyait avec lui. Phillip était ce qui lui était arrivé de mieux cette année… et peut-être de toute sa vie.

Ils revinrent au château par la route. Leurs mains se frôlaient, ils faisaient mine d'échanger des propos anodins mais elle ne cessait de lui murmurer qu'elle l'aimait, qu'il était le meilleur des amants, qu'elle avait envie qu'il la prenne… et qu'elle avait hâte d'être à ce soir. De retour au château, il était à nouveau fou de désir pour elle. Rouge et légèrement confus, il vit Julian arriver vers eux au volant de sa Jaguar.

— Alors ! leur lança-t-il. Où étiez-vous passés, tous les deux ?

— Nous sommes allés visiter la roseraie, dit-elle, innocente.

— Par cette chaleur ? Vous avez du courage.

Les enfants sortirent de la voiture. En voyant son frère en nage et mal à l'aise, Julian faillit éclater de rire mais il se retint.

— Ma pauvre chérie, tu as dû t'ennuyer à mourir avec lui, dit-il lorsque Phillip fut parti. C'est bien son genre de t'emmener visiter le parc par cette chaleur.

— Il voulait me faire plaisir, murmura-t-elle, puis ils montèrent dans leur chambre et s'aimèrent avant de redescendre pour le dîner.

Le dîner se déroula dans la bonne humeur. La journée avait été agréable pour tous. Cecily avait découvert deux selles militaires allemandes dans les dépendances. Elle demanda à Sarah si elle pouvait les remporter avec elle en Grande-Bretagne, et celle-ci accepta volontiers.

Julian avait autorisé Xavier à conduire sa nouvelle Jaguar et les enfants s'étaient bien amusés, eux aussi. Isabelle, en dépit de la présence de Lorenzo, semblait détendue et d'humeur joyeuse. Les jeunes mariés, quant à eux, étaient rayonnants. Seul Phillip, fidèle à lui-même, restait silencieux. Sarah, qui venait de souffler les « bougies fatidiques », était radieuse. Elle était heureuse de les avoir tous autour d'elle, et triste à la pensée de les voir partir le lendemain. Leurs visites étaient toujours si courtes !

Ils s'attardèrent un long moment au salon après le dîner. Julian posa des questions à sa mère sur l'Occupation. C'était une époque qui le fascinait et il adorait l'entendre la raconter. Cecily l'interrogea sur les chevaux que montaient les Allemands. Pendant ce temps, debout derrière Julian, Yvonne massait amoureusement les épaules de son mari. Lorenzo s'était assoupi dans une bergère, et Isabelle jouait aux cartes avec son frère cadet, tandis que Phillip buvait un cognac en fumant un cigare, les yeux tournés vers les écuries.

Au bout d'un certain temps, Julian finit par comprendre ce que sa femme avait en tête et ils faussèrent discrètement compagnie aux autres convives. Puis ce fut au tour de Cecily, que son récent voyage en Écosse avait épuisée. Phillip se retira peu après. Et tandis que Lorenzo dormait à poings fermés dans son fauteuil, Isabelle et sa mère restèrent à bavarder, après que Xavier fut monté se coucher. La maison était silencieuse. La pleine lune brillait, c'était une belle nuit d'anniversaire.

Pendant ce temps, à l'étage, Yvonne déployait tout son art pour exacerber les sens de son mari. Elle savait par mille manières délicieuses, le rendre fou. Une demi-heure plus tard, comblé et exténué, il sombrait dans un sommeil de plomb, tandis que vêtue d'un jean et d'un T-shirt très moulant, elle s'éclipsait sur la pointe des pieds.

Cecily s'était endormie, elle aussi, grâce au somnifère qu'elle absorbait chaque soir, quitte à avoir la tête un peu lourde au réveil. Elle dormait à poings fermés lorsque Phillip quitta la chambre. Il atteignit l'écurie sans encombre. Il lui fallut quelques instants pour accommoder ses yeux à l'obscurité. Puis il l'aperçut, à quelques mètres, belle et rayonnante dans le clair de lune, comme un rêve, totalement nue, assise à califourchon sur une des selles. Il s'approcha, l'attira à lui, et caressa longuement et amoureusement le satin de sa peau. Puis, la prenant dans ses bras, il la porta jusqu'à un box et l'allongea sur un des matelas qui s'y trouvaient. Il la posséda violemment, en la suppliant de ne pas le quitter. Ils s'aimèrent pendant des heures. Phillip se dit que sa vie ne serait plus jamais la même. Il ne pouvait pas la laisser partir... elle était trop précieuse, trop sensuelle... elle était sa raison de vivre.

Isabelle monta se coucher à une heure passée. Elle avait dû réveiller Lorenzo, endormi dans son fauteuil. Sarah, demeurée seule au salon, se demandait comment allait finir leur histoire.

Ils ne pouvaient tout de même pas continuer ainsi éternellement. Tôt ou tard, il faudrait qu'il laisse partir Isabelle. Sarah était bien décidée à mettre un terme à cette situation. Isabelle était si belle et méritait mieux que la vie qu'il lui imposait. Il était encore plus détestable qu'elle ne l'avait imaginé. Sarah sortit sur le perron, dans la nuit étoilée. Elle repensa aux longues nuits d'été qu'elle avait passées pendant la guerre en compagnie de Joachim à parler de Rilke, de Schiller ou de Thomas Mann… Absorbée par ses pensées, elle prit instinctivement le chemin de la petite maison. Personne n'y vivait plus depuis des années. Le nouvel intendant habitait près de la route, dans une maison beaucoup plus moderne. Mais elle avait tenu à garder la petite maison, en souvenir. C'était là que William et elle avaient vécu, au tout début, lorsqu'ils étaient venus s'installer au château. Et puis c'était là que Lizzie était née, et qu'elle était morte.

Elle entendit alors du bruit devant l'écurie. C'était une plainte sourde, comme le cri d'un animal blessé. Or l'écurie abritait une demi-douzaine de vieux chevaux que plus personne ne montait. Elle poussa tout doucement la porte, mais ne trouva rien d'anormal à l'intérieur. Les bêtes étaient paisibles. Soudain la plainte se répéta, elle venait des vieux baraquements. C'était une plainte étrange, presque surnaturelle, qui intrigua Sarah. Elle se dirigea vers l'endroit d'où venaient ces bruits curieux. Elle entra et tourna le bouton électrique. Son regard tomba sur les deux corps enlacés de Phillip et d'Yvonne. Ils étaient nus et il n'y avait aucune ambiguïté sur la nature de leurs échanges. Elle les contempla un instant, stupéfaite, puis se détourna pour les laisser se rhabiller. Elle était hors d'elle. Phillip était livide.

Sarah s'adressa d'abord à Yvonne :

— Comment osez-vous faire une chose pareille ! Avec son propre *frère*, dans *sa* maison, sous *mon* toit ! Vous n'êtes qu'une trainée !

Yvonne se contenta de secouer sa longue chevelure blonde. Elle n'avait même pas pris la peine de se rhabiller, et se tenait debout devant elle, sans la moindre gêne, dans toute son arrogante beauté.

— Et toi ! hurla Sarah en se tournant vers Phillip. Toi qui fais toujours le puritain, qui es si fier de ton titre et de ton nom ! Tu me dégoûtes. Tu me fais honte, Phillip.

Elle resta un instant à les regarder en silence. Elle tremblait de tous ses membres. Elle avait honte pour Julian, pour elle-même. Elle était dégoûtée de tout ce gâchis, de Phillip et de son inqualifiable conduite.

— Si cela se reproduit une seule fois, ici ou *ailleurs*, Cecily et Julian seront immédiatement mis au courant. En attendant, je vais vous faire surveiller.

Elle n'avait aucune intention de le faire, mais il n'était pas question qu'elle ferme les yeux sur leur infidélité, pas chez elle en tout cas, et pas aux dépens de Julian, qui ne méritait pas un tel affront.

— Maman, je… Je suis désolé, dit Phillip, qui avait réussi à se draper tant bien que mal dans un plaid. – Il était mortifié à l'idée d'avoir été surpris par sa mère. – Je ne comprends pas ce qui m'a pris, balbutia-t-il, visiblement au bord des larmes.

— Tu ne le sais peut-être pas, mais *elle* le sait, rétorqua Sarah en regardant Yvonne droit dans les yeux. Ne vous avisez pas de recommencer, ajouta-t-elle, sans quoi vous le regretterez.

Elle tourna les talons sans ajouter un mot. Une fois dehors, elle s'appuya contre un arbre et se mit à pleurer de honte et de rage. Puis elle reprit tout doucement le chemin du château, en pensant à Julian et au chagrin qui l'attendait.

29

Yvonne était étrangement silencieuse lorsque Julian et elle quittèrent le château. Elle n'avait pas l'air contrariée, simplement elle parlait peu. L'atmosphère était tendue, au château, comme s'il y avait eu de l'orage dans l'air. Pourtant le ciel était pur et il y avait un beau soleil. Sarah n'avait rien révélé de ce qu'elle avait surpris, mais Phillip et Yvonne savaient. C'était suffisant. Les autres vaquaient tranquillement à leurs occupations, ignorant ce qui s'était passé la veille dans les écuries. Mieux valait qu'il en soit ainsi car ils auraient tous eu un choc épouvantable s'ils l'avaient appris. Tous, sauf Lorenzo, qui aurait sans doute trouvé la situation amusante.

De retour à Paris, Julian demanda gentiment à Yvonne si quelque chose l'avait contrariée.

— Rien du tout. Je me suis ennuyée, voilà tout.

Quand il voulut l'aimer, ce soir-là, elle refusa.

— Que se passe-t-il ? demanda-t-il.

Il était stupéfait de la trouver de glace alors que la veille au soir elle s'était montrée si brûlante. Elle était fantasque, ce qui ne lui déplaisait pas. Il aimait bien qu'elle lui résiste, cela aiguisait son désir. Il repartit à l'assaut, mais cette fois elle ne plaisantait pas.

— Arrête… Je suis fatiguée… J'ai la migraine.

Elle n'avait encore jamais invoqué cette excuse, mais les événements de la veille au soir l'avaient beaucoup contrariée. Sarah les avait menacés comme si le monde entier lui appartenait, et Phillip s'était confondu en excuses, comme un tout jeune enfant. Elle était tellement hors d'elle qu'elle l'avait frappé lorsque Sarah était partie et cela l'avait tellement excité qu'ils avaient refait l'amour. Il était six heures du matin lorsqu'ils avaient quitté l'écurie.

— Laisse-moi tranquille, répéta-t-elle à son mari.

Ces hommes n'étaient que des faibles, et leur sœur, une insupportable pimbêche. Yvonne savait que Sarah ne l'aimait pas, mais elle s'en moquait. Elle avait obtenu ce qu'elle voulait. Et elle en obtiendrait davantage si Phillip tenait parole. Il avait juré de venir exprès de Londres pour la voir. Ils pourraient se retrouver dans son ancien studio de l'île Saint-Louis, ou à l'hôtel, ou même ici, dans le propre lit de Julian, n'en déplaise à sa vieille bourrique de belle-mère. Mais pour l'instant, elle n'avait envie de rien, et encore moins de son mari.

— Je te veux… lui répétait Julian, excité par son refus.

Il se sentait mû par une étrange pulsion animale. Comme s'il avait senti l'odeur d'un autre sur la peau de sa femme, il avait instinctivement besoin de la prendre pour la faire sienne à nouveau.

— Qu'est-ce qui ne va pas ? demanda-t-il encore, en la caressant avec amour, mais elle le rabroua, ce qui, de sa part, était pour le moins inattendu.

— J'ai oublié de prendre ma pilule, aujourd'hui.

Il la prit à nouveau dans ses bras.

— Tu la prendras plus tard.

La vérité, c'est qu'elle avait oublié de la prendre la veille. Elle n'avait aucune envie d'avoir un enfant. Ni de Julian ni d'un autre. Elle avait décidé d'aller discrètement se faire ligaturer les trompes, pour être définitivement tranquille. Mais en attendant, elle devait faire attention.

— Peu importe la pilule, dit Julian.

Il avait envie de la taquiner et il la força à se tourner vers lui. Il fut alors pris du même désir brutal que son frère la veille au soir, et que tous les hommes qui l'avaient connue depuis qu'elle avait douze ans. Elle savait ce que Julian attendait d'elle, mais elle n'était pas prête à le lui donner. Elle avait envie de le torturer. Or il ne pouvait plus attendre à présent. Elle l'avait trop excité en restant là, allongée nue à côté de lui, en faisant semblant de se refuser alors que son corps tout entier le réclamait.

Il la prit brutalement, avec une force qu'elle ne lui connaissait pas, et elle se mit à gémir de plaisir malgré elle.

— Zut ! gronda-t-elle, en se dégageant de son étreinte quand leurs corps furent apaisés.

— Qu'y a-t-il ? demanda-t-il, contrarié par sa réaction.

— Je t'ai dit que je ne voulais pas. Je ne veux pas me retrouver enceinte.

— Pourquoi ?

— Parce que, glapit-elle. Je suis trop jeune… Je ne veux pas d'enfant tout de suite. Nous venons à peine de nous marier.

Elle ne voulait pas discuter davantage, elle savait qu'il avait très envie d'avoir des enfants.

— Bon, bon. Va la prendre, ta pilule. Je suis désolé.

Trois semaines plus tard, alors qu'il rentrait à la maison plus tôt que prévu, il la trouva pliée en deux au-dessus du lavabo.

— Oh, ma pauvre chérie, dit-il en la raccompagnant jusqu'au lit. Tu as mangé quelque chose qui ne passe pas ?

Il ne l'avait jamais vue aussi malade. Elle lui adressa un regard plein de haine. Elle ne savait que trop bien ce qui n'allait pas. C'était la septième fois que cela lui arrivait. Elle avait subi six avortements en douze ans et s'apprêtait à en subir un septième.

— Ce n'est rien, dit-elle. Je vais très bien.

Il lui prépara un bouillon, ce soir-là, mais elle ne put l'avaler. Le lendemain, voyant qu'elle n'allait pas mieux, il décida sans la prévenir de rentrer de bonne heure pour s'occuper d'elle. Il ne la trouva pas à la maison. Le téléphone sonna : le médecin d'Yvonne lui annonça que l'avortement aurait lieu le lendemain, comme prévu.

— Quoi ? hurla Julian dans le combiné. Pas question ! Elle n'ira pas.

Il prévint la boutique qu'il s'absentait pour l'après-midi et attendit sa femme. Celle-ci rentra à quatre heures.

— Ton médecin a appelé, dit-il. – Elle comprit immédiatement qu'il était au courant. Il était blême. – Pourquoi ne m'as-tu rien dit ?

— Parce que c'est trop tôt... Nous ne sommes pas prêts et... – Elle se demanda s'il allait la croire. – Le médecin juge que c'est trop récent après l'avortement que Klaus m'a fait subir.

Il faillit mordre à l'hameçon, mais il se souvint.

— C'était l'année dernière.

— Oui, mais ça n'a pas tout à fait cicatrisé. – Elle éclata en sanglots. – Je veux un enfant, Julian, mais pas tout de suite.

— On ne décide pas toujours de ces choses-là. Je ne veux pas que tu te fasses avorter.

— Mais moi, si, dit-elle avec insistance.

Il n'était pas question qu'elle renonce. Ça n'était pas le moment de se retrouver avec un gros ventre, alors que Phillip allait venir la rejoindre à Paris. Il fallait qu'elle se débarrasse de ce bébé demain matin au plus tard.

— Je ne te laisserai jamais faire une chose pareille.

Ils passèrent toute la nuit à discuter. Le lendemain matin, Julian refusa de se rendre à la boutique de peur qu'elle n'aille chez le médecin. Elle explosa littéralement et ne mâcha pas ses mots.

— Écoute, nom d'un chien, je vais me débarrasser de ce gosse que tu le veuilles ou non... D'ailleurs, je ne suis même pas sûre que ce soit le tien.

Ses paroles l'atteignirent en plein cœur, comme un coup de poignard. Il recula d'un pas en titubant, près de s'effondrer.

— Tu veux dire que c'est l'enfant d'un autre ?

Il la regardait sans comprendre, stupéfait et horrifié.

— Ce n'est pas impossible, dit-elle sans la moindre émotion.

— Puis-je te demander qui est le père ?

La situation parut soudain irrésistiblement drôle à Yvonne. Son enfant était probablement le prochain duc de Whitfield. Non pas l'enfant du fils cadet, mais celui de Son Altesse le duc de Whitfield en personne. Elle éclata de rire, d'un rire hystérique qu'elle ne parvenait plus à contrôler. Complètement hors de lui, Julian la gifla.

— Qu'est-ce qui te prend ? Qu'as-tu fait ?

Yvonne savait qu'elle avait perdu Julian dès l'instant où elle avait refusé de garder son enfant. Maintenant, il fallait qu'elle concentre tous ses efforts sur Phillip.

— En fait – elle lui adressa un sourire venimeux – j'ai couché avec ton frère. Cet enfant est probablement le sien. Cela ne te concerne plus.

Complètement abasourdi, Julian s'assit sur le lit. Il riait et pleurait à la fois.

— C'est la meilleure, celle-là, dit-il en s'essuyant les yeux, mais sans rire cette fois.

— N'est-ce pas ? Ta mère le pense aussi. – Elle était décidée à aller jusqu'au bout. Elle n'avait jamais aimé Julian, de toute façon. Ils avaient pris du bon temps ensemble, mais maintenant tout était fini entre eux. – Elle nous a surpris au château, Phillip et moi.

Il tressaillit.

— Tu veux dire que ma mère est au courant ? – Il était scandalisé. – Qui d'autre ? La femme de Phillip ?

— Je l'ignore. – Elle haussa les épaules. – Tu devrais lui annoncer que je vais avoir un enfant de lui.

Elle disait cela par pur sadisme, car elle n'avait nullement l'intention de garder le bébé, à moins, bien entendu, que Phillip n'accepte de divorcer et de l'épouser.

Julian semblait complètement abattu.

— Mon frère s'est fait opérer il y a plusieurs années,

parce que sa femme ne voulait plus d'enfants, dit-il d'une voix blanche. Il ne te l'a pas dit ?

Julian était sûr qu'ils avaient conçu cet enfant la nuit où elle avait oublié de prendre la pilule et qu'il l'avait prise de force. Il lui jeta un regard furieux.

— Je ne comprends pas comment ni pourquoi tu as pu me faire une chose pareille. Mais laisse-moi te dire que tu n'obtiendras pas un sou de moi si tu ne gardes pas cet enfant. C'est le mien et je le veux. Après tu pourras t'en aller si tu le souhaites. Tu pourras partir rejoindre Phillip. Mais il ne t'épousera pas, tu peux en être certaine. Il n'a pas assez de cran pour cela. Garde cet enfant et je te verserai une pension confortable. Mais si tu avortes, Yvonne, tout est fini entre nous. J'espère que c'est clair.

— Tu es en train de me faire chanter ?

Les yeux d'Yvonne débordaient de haine. Comment avait-il pu croire qu'elle l'aimait ?

— Absolument. Je suis en train de te dire que si tu avortes ou si tu perds le bébé, même accidentellement, tu n'obtiendras pas un sou de moi. Garde-le, et je t'accorde le divorce, une pension alimentaire, et ma gratitude… Alors, à toi de décider.

— Il faut que je réfléchisse.

Il traversa la chambre et vint droit sur elle. Pour la première fois de sa vie, il avait envie de frapper une femme. Il la saisit brutalement par les cheveux, et dit :

— Tu as intérêt à te dépêcher. Si tu tues mon enfant, sache que je te tuerai.

Il la repoussa violemment et quitta la maison. Il passa plusieurs heures à pleurer et à boire, et quand il revint chez lui il était tellement soûl qu'il avait presque oublié la raison de sa détresse. Le lendemain matin, elle lui annonça qu'elle garderait l'enfant, mais qu'elle voulait régler l'affaire de la pension alimentaire d'abord. Il lui dit qu'il se mettrait en rapport avec son avocat. Il tenait à ce qu'ils continuent à vivre ensemble. Elle pouvait s'installer dans la chambre d'amis si elle le désirait, mais il voulait être sûr qu'elle ne commettrait pas d'imprudences jusqu'à la naissance du bébé.

Elle lui lança un regard venimeux qui en disait long sur la nature de ses sentiments envers lui et son bébé.

— Je te hais, lui dit-elle rageusement.

Elle détesta chaque minute de sa grossesse. Phillip vint la voir pendant les premiers mois, mais à l'approche de Noël, la chose était devenue trop inconfortable et Yvonne ne l'amusait plus autant. En revanche, il n'était pas mécontent de faire enrager Julian et ne cherchait nullement à se cacher. Il promit à Yvonne de l'emmener en vacances en juin, quand elle aurait eu son bébé. Yvonne haïssait Julian de plus en plus. À cause de lui tous ses plans étaient tombés à l'eau. À cause de lui elle ne serait jamais duchesse. Phillip avait évoqué la possibilité de quitter sa femme, mais sa belle-mère était tombée malade et sa femme était très déprimée. Il lui disait d'être patiente, et plus il l'exhortait à la patience plus elle en voulait à Julian. Elle se mit à appeler Phillip chaque jour, à son bureau ou chez lui. Elle lui rappelait tout ce qu'ils avaient fait ensemble et ravivait le désir violent, brutal, qu'il avait d'elle. Ils se téléphonaient plusieurs fois par jour, et chaque fois elle l'excitait en lui racontant tout ce qu'elle allait lui faire lorsqu'elle aurait eu son bébé. Phillip n'en attendait pas moins d'elle, et il était content.

Yvonne et Julian ne s'adressaient pour ainsi dire

plus la parole. Elle s'était installée dans la chambre d'amis. Elle avait très mauvaise mine. Pendant les premiers mois, elle avait souffert de nausées, qui la reprirent durant les dernières semaines. Julian payait les notes de ses coups de téléphone à Phillip sans broncher. Qu'allait-il se passer entre eux ? Il préférait ne pas y songer, car c'était trop douloureux. La seule chose qui lui permettait de tenir, c'était la naissance prochaine du bébé. Yvonne avait renoncé à la garde de l'enfant et au droit de visite. Le bébé serait exclusivement à Julian. Pour la bagatelle d'un million de dollars. C'était ça ou rien. Il avait accepté. Mais *seulement* lorsque le bébé serait né.

Il eut une unique conversation avec sa mère à ce sujet, afin de lui expliquer pourquoi il avait vendu une partie de ses parts. Payer Yvonne allait lui coûter très cher, il le savait, mais le jeu en valait la chandelle.

— Je suis navré de m'être mis dans cette situation, confessa-t-il à Sarah.

Elle le rassura.

— Toi seul as souffert de cette situation. Ça me fait de la peine pour toi, lui dit-elle.

— Moi aussi, mais je suis décidé à garder le bébé, dit-il avec un petit sourire.

Il avait déjà engagé une nurse pour le bébé et préparé sa chambre. Isabelle lui avait promis de venir de Rome pour l'aider. Il n'avait pas la moindre expérience des nourrissons, cependant il était plein de bonne volonté. Yvonne lui avait annoncé que sitôt sortie de la maternité, elle regagnerait son propre appartement.

Le bébé ne devait naître qu'en mai, mais fin avril

elle avait déjà emballé toutes ses affaires, comme si elle avait eu hâte de partir. Julian était stupéfait.

— Tu n'éprouves donc rien pour ce bébé ? demanda-t-il tristement.

Mais il connaissait déjà la réponse à sa question. Une seule chose intéressait Yvonne : Phillip.

— Que devrais-je éprouver ? Je ne l'ai jamais vu.

Elle était totalement dépourvue d'instinct maternel et ne se sentait nullement coupable vis-à-vis de Julian. La seule chose qui comptait pour elle, à présent, était de faire aboutir son plan concernant Phillip. Il avait pris des réservations à Majorque pour la première semaine de juin. L'endroit importait peu à Yvonne du moment qu'elle était avec lui. Elle allait faire en sorte d'obtenir ce qu'elle désirait.

Le 1er mai, Julian reçut un coup de téléphone à la boutique. Lady Whitfield venait d'entrer à la clinique de Neuilly, celle où il était né.

Emmanuelle lui proposa de l'accompagner, mais il refusa et se précipita vers sa voiture. Une demi-heure plus tard, il était à la maternité, en train de faire les cent pas dans le couloir et de se dire qu'Yvonne ne lui permettrait sûrement pas d'assister à l'accouchement, quand une infirmière vint le chercher. Elle lui tendit une grande blouse de coton et un bonnet qui ressemblait à un bonnet de bain, puis le mena jusqu'à la salle de travail. Yvonne l'accueillit avec un regard plein de haine, entre deux contractions.

— Je suis désolé que tu souffres, lui dit-il avec sincérité.

Il essaya de lui prendre la main mais elle esquiva son geste pour s'agripper à la table. Les contractions étaient très violentes, mais l'infirmière affirma que tout se passait bien.

— J'espère que tout va aller très vite, murmura-t-il à l'oreille d'Yvonne, ne sachant que lui dire.

— Je te hais, répondit-elle, les dents serrées, tout en essayant de se rappeler qu'il lui avait donné un million de dollars pour le bébé et qu'elle n'était pas en train de souffrir pour rien.

Quand les contractions se ralentirent, on lui fit une piqûre. Puis plus rien ne se passa ; Julian attendait, anxieux, se demandant si tout allait bien. C'était tellement étrange, surréaliste presque, de se retrouver là, à attendre que naisse le bébé de cette femme qu'il avait tant aimée. Il se sentit soudain très seul.

Quand les contractions reprirent, Julian fut à nouveau gagné par la pitié. Ce fut long et douloureux, et parfois même, Yvonne oublia sa haine pour Julian et se laissa aider par lui. Il lui tenait tantôt les épaules tantôt les mains. Tout le monde dans la salle de travail l'encouragea jusqu'au soir. Soudain, on entendit une longue plainte frêle, et un petit visage rouge et courroucé apparut. Le médecin saisit le bébé et les yeux d'Yvonne se remplirent de larmes. L'espace d'un instant, elle sourit, avant de détourner la tête. Le médecin tendit l'enfant à Julian, qui pleurait sans la moindre retenue. Il approcha son visage de celui de l'enfant.

— Oh, mon Dieu, comme il est beau, dit-il béat d'admiration.

Il voulut le montrer à Yvonne, mais elle refusa de le regarder.

Julian fut autorisé à ramener le bébé avec lui, dans la chambre, où il resta plusieurs heures. Lorsque Yvonne fut enfin de retour, elle lui demanda de sortir parce qu'elle voulait appeler Phillip. Elle pria l'infirmière d'emmener le petit à la pouponnière, avec ordre de ne pas le lui ramener, puis elle regarda l'homme qui venait de lui donner un fils. Son visage ne trahissait aucune émotion.

— Je pense que l'heure est venue de nous dire adieu, dit-elle froidement.

— Je suis navré que les choses se soient passées ainsi entre nous. Le bébé est si mignon…

— Sans doute, dit-elle en haussant les épaules.

— Je prendrai bien soin de lui, murmura-t-il.

Il fit un pas vers elle et l'embrassa sur la joue. Elle avait beaucoup souffert pour mettre ce bébé au monde. Il ne comprenait pas qu'elle puisse y renoncer. Julian avait le cœur brisé, mais il était le seul. Yvonne avait l'œil sec.

Lorsqu'il fut sur le point de partir, elle lui lança sèchement :

— Merci pour l'argent.

C'était donc tout ce qui comptait pour elle ?

Elle quitta la clinique le lendemain. Les fonds avaient été virés sur son compte le matin même. Julian avait tenu parole et payé un million de dollars.

Il ramena le bébé avec lui à la maison. Il l'avait appelé Maximilien. Max. Le prénom lui allait à ravir. Sarah vint spécialement du château en compagnie de Xavier pour leur rendre visite. Et Isabelle, qui arriva de Rome, prit le bébé dans ses bras et le berça pendant de longues heures. Dans sa courte vie, le bébé avait déjà perdu sa mère mais il avait gagné une famille aimante qui veillait tendrement sur lui. Isabelle était très émue.

— Comme tu as de la chance, murmura-t-elle à

son frère, tandis que, penchés au-dessus du berceau, ils regardaient dormir le petit Max.

— Je ne le pensais pas il y a six mois, dit Julian, mais maintenant, c'est différent. Je suis tellement heureux.

Il se demandait où était Yvonne, comment elle se sentait, et si elle avait du chagrin, mais il en doutait. Il pensa à son fils avant de s'endormir et se dit qu'il avait beaucoup de chance.

30

Cette année-là, la famille se réunit une fois de plus pour fêter l'anniversaire de Sarah. Yvonne n'était pas là, comme il fallait s'y attendre, et Phillip avait prétexté que des affaires importantes le retenaient à Londres pour ne pas venir. Sarah avait appris par Nigel que Phillip et Cecily s'étaient séparés depuis quelque temps, mais elle n'en avait rien dit à Julian.

Julian vint avec Max, naturellement. Sarah était en admiration devant ce père qui changeait, baignait, habillait et nourrissait son fils, mais son cœur saignait pour Isabelle, qui avait les larmes aux yeux chaque fois qu'elle regardait son frère s'occuper du bébé. Lorenzo ne l'avait pas accompagnée cette fois-ci et elles se sentaient plus libres pour parler. Ce n'était pas un été comme les autres, car c'était le dernier été que Xavier passait au château. Il entrait à Yale à l'automne. Il avait à peine dix-sept ans, et Sarah était très fière de son petit dernier. Il allait étudier les sciences politiques et la géologie. Il rêvait déjà de faire un stage en Afrique, pour l'obtention de son diplôme.

— Tu vas nous manquer terriblement, avoua Sarah à son plus jeune fils.

Elle avait l'intention de passer plus de temps à Paris pour se sentir moins seule après son départ. À soixante-six ans, elle se plaisait à répéter à ses enfants que la maison Whitfield reposait entièrement entre leurs mains, bien qu'elle y consacrât encore la plupart de son temps – tout comme Emmanuelle qui, aussi incroyable que cela puisse paraître, venait de fêter ses soixante ans.

Xavier était très excité à l'idée d'entrer à Yale. Il reviendrait passer Noël avec eux. Julian lui promit de lui rendre visite quand il irait à New York pour ses affaires. Laissant les deux frères discuter entre eux, Sarah et Isabelle sortirent dans le jardin. Isabelle demanda à sa mère ce qu'il en était de Phillip. Elle avait entendu dire qu'il s'était séparé de sa femme, et Emmanuelle l'avait mise au courant de sa liaison avec Yvonne.

— C'est une sale histoire, soupira Sarah, qui n'en était pas encore remise.

Cependant, elle devait reconnaître que Julian se débrouillait plutôt bien avec son bébé.

— Tu n'as pas la vie facile avec nous, n'est-ce pas, maman ? dit Isabelle gravement.

— Vous ne vous la facilitez guère vous-mêmes, répondit sa mère avec un sourire

Isabelle rit en entendant les paroles de sa mère.

— Il y a quelque chose que je voudrais te dire.

— Lorenzo s'est enfin décidé à te laisser partir ?

— Non, dit Isabelle en secouant doucement la tête. – Sarah remarqua que sa fille était plus paisible qu'à l'ordinaire. – J'attends un enfant.

— Tu quoi ? dit Sarah avec un mélange de joie et de

stupéfaction dans la voix. – Elle passa ses bras autour de sa fille. – Ma chérie, mais c'est merveilleux ! – Puis elle se recula d'un pas et demanda : Mais je croyais... Qu'a dit Lorenzo ? Il doit être complètement retourné.

L'idée que leur union puisse être consolidée par un enfant ne réjouissait guère Sarah.

Isabelle partit d'un éclat de rire devant l'absurdité de la situation.

— Mais maman, il n'est pas de lui.

— Oh, mon Dieu ! – Voilà que les choses se compliquaient à nouveau. Elle s'assit sur un petit muret et regarda Isabelle droit dans les yeux – Qu'est-ce que tu as encore fait ?

— J'ai rencontré un homme merveilleux. Nous nous voyons depuis un an. Oh, maman..., je n'ai pas pu résister. J'ai vingt-six ans et ma vie est si triste, si solitaire. J'ai besoin d'amour, de quelqu'un à qui parler...

— Je comprends, dit-elle calmement, et elle était sincère. Mais un bébé... Est-ce que Lorenzo est au courant ?

— Je le lui ai dit. J'espérais qu'il allait se mettre suffisamment en colère pour me quitter, mais il a répondu que ça lui était égal. Tout le monde croira que c'est le sien. En fait, il a déjà annoncé la nouvelle à deux de ses amis, la semaine dernière. Il est complètement fou.

— Non, pas fou, cupide, dit Sarah sans s'émouvoir. Et le père de l'enfant ? Que dit-il ? Qui est-ce ?

— C'est un Allemand de Munich. Il a trente-six ans. Il est à la tête d'une très grosse société et sa femme est une personnalité en vue. Elle ne veut pas divorcer. Il l'a épousée quand il avait dix-neuf ans. Ils vivent deux vies totalement séparées, mais elle ne veut pas entendre parler de divorce à cause du scandale.

— Il n'a pas peur du scandale quand on apprendra qu'il a un enfant illégitime ? demanda Sarah, froidement.

— Si, un peu. Et moi aussi. Mais je voulais un enfant et je ne crois pas que Lorenzo partira un jour.

— Nous allons essayer de le faire partir. Et toi, comment te sens-tu ? Es-tu heureuse ?

— Oui, je l'aime vraiment. Il s'appelle Lukas von Ausbach.

— J'ai entendu parler de cette famille. Crois-tu qu'il t'épousera un jour ?

— S'il le peut.

Elle était sincère avec sa mère.

— Et s'il ne le peut pas ? Si sa femme refuse de le laisser partir ? Que se passera-t-il ?

— Eh bien, au moins, j'aurai un bébé.

Elle le désirait du fond du cœur, surtout depuis qu'elle avait vu Julian avec Max.

— Quand doit-il naître ?

— En février. Tu viendras ? demanda-t-elle à voix basse et sa mère hocha la tête.

— Bien sûr. – Elle était touchée que sa fille ait besoin d'elle. – Est-ce que Julian est au courant ?

Isabelle répondit qu'elle le lui avait annoncé le matin même.

— Il trouve que je suis aussi folle que lui, dit-elle en souriant.

— Ça doit être héréditaire, dit Sarah en se levant pour retourner au château.

Une chose était sûre, en tout cas, ses enfants ne lui laissaient jamais le temps de s'ennuyer.

En septembre, Xavier partit pour Yale, comme prévu, et en octobre Julian alla le voir à New Haven. Il se portait comme un charme, travaillait bien, avait deux compagnons de chambre très sympathiques et une petite amie charmante. Julian les emmena dîner tous les deux et ils passèrent un moment agréable ensemble. Xavier adorait l'Amérique, et il avait l'intention d'aller rendre visite à sa tante Jane en Californie pour *Thanksgiving*.

Lorsque Julian rentra à Paris, il apprit que Phillip et Cecily divorçaient. À Noël, il vit une photo de son frère et d'Yvonne dans un magazine mondain. Il la montra à Sarah, qui fit la grimace.

— Crois-tu qu'il ait l'intention de l'épouser ? demanda Emmanuelle lorsqu'elles en parlèrent, un peu plus tard.

— Ce n'est pas impossible. Il en serait capable, rien que pour faire souffrir Julian.

Avec les années, sa jalousie pour son frère était de plus en plus forte.

Xavier vint passer Noël avec eux, mais comme toujours tout alla trop vite. Après les fêtes, Sarah se rendit à Rome, pour s'assurer que tout allait bien à la boutique et pour voir comment se portait Isabelle.

Marcello travaillait toujours beaucoup, tandis qu'Isabelle était sur le point de s'arrêter. Comme au premier jour, le commerce était florissant. Sarah sourit en voyant sa fille donner des ordres en italien à tout son petit monde. Elle était rayonnante, plus belle qu'elle ne l'avait jamais été et d'une taille impressionnante. Elle se souvenait de ses propres grossesses. Isabelle semblait nager dans le bonheur.

Sarah invita son gendre à déjeuner peu après son

arrivée à Rome. Comme à son habitude, Sarah alla droit au but. Cette fois, elle ne mâcha pas ses mots.

— Lorenzo, vous et moi sommes des adultes.

Il avait presque le même âge qu'elle. Isabelle et lui était mariés depuis neuf ans déjà. C'était cher payer pour une erreur de jeunesse, et Sarah avait hâte de sortir sa fille de cette lamentable situation.

— Ce bébé est... Ne croyez-vous pas qu'il serait temps de mettre un terme à cette mascarade ?

— Mon amour pour Isabelle ne fléchira jamais, dit-il sur un ton tellement mélodramatique que Sarah faillit éclater de rire.

— Je n'en doute pas. Mais cette situation doit vous être très pénible. – Elle avait décidé de changer de tactique et de le traiter en victime. – Je veux dire que ce bébé est un intolérable affront pour vous. Ne pensez-vous pas que le moment est venu de songer à régler cette affaire à l'amiable et de rendre sa liberté à Isabelle ?

Plus que jamais, elle regrettait de ne pas avoir William à ses côtés. Mais Lorenzo avait parfaitement capté le message.

— À l'amiable ? répéta-t-il, une flamme dans les yeux.

— J'ai pensé qu'un portefeuille d'actions américaines vous conviendrait peut-être. À moins que vous ne préfériez des actions italiennes.

— Un portefeuille ? De quelle importance ?

Il s'était arrêté de manger pour ne pas perdre une seule de ses paroles.

— De combien croyez-vous ?

Il fit un geste vague puis dit :

— *Ma*… Je ne sais pas… cinq, dix millions de dollars ?

Il était en train de la tester, mais elle secoua la tête.

— J'ai bien peur que ce soit impossible. Un ou deux à la rigueur. Certainement pas plus.

Les négociations avaient commencé, et Sarah n'était pas mécontente de la tournure qu'elles prenaient. Il avait placé d'entrée la barre très haut, mais il était suffisamment avide pour se laisser tenter par son offre.

— Plus la maison de Rome ?

— Il faut que j'en parle avec Isabelle, naturellement, mais je suis sûre qu'elle pourra en trouver une autre.

— La maison en Ombrie ?

Il voulait absolument tout.

— Je ne suis pas sûre, Lorenzo. Il faut que j'en parle à Isabelle.

Il acquiesça d'un signe de tête.

— Vous savez, les affaires, la bijouterie, ça marche très bien, ici, à Rome.

— Je sais, répondit-elle vaguement.

— J'aimerais bien avoir des parts dans le magasin.

Elle eut envie de se lever et de le frapper au visage, mais elle se retint.

— C'est impossible. Un partenariat est totalement exclu.

— Je vois. Dans ce cas, je vais réfléchir.

— J'espère que vous le ferez, dit Sarah en réglant l'addition sans qu'il tente le moindre mouvement.

Sarah ne parla pas du déjeuner à Isabelle. Elle ne voulait pas lui donner de faux espoirs au cas où il changerait d'avis et opterait pour le statu quo. Cependant, Sarah priait le ciel pour qu'il se décide rapidement.

On était encore à un mois de l'accouchement, et Isabelle mourait d'envie de présenter Lukas à sa mère. Il avait loué un appartement à Rome pour deux mois, de façon à rester quelque temps avec elle lorsqu'elle aurait accouché tout en se consacrant à l'étude d'un projet sur place. Il conquit Sarah immédiatement. Isabelle avait bien choisi. Son seul défaut était d'être marié et d'avoir des enfants à Munich.

Il était grand, jeune et élancé, avec des cheveux noirs comme ceux d'Isabelle, et il adorait les sports de plein air, le ski, les enfants, la peinture et la musique. Avec beaucoup d'humour, il essaya de convaincre Sarah d'ouvrir une succursale à Munich.

— Il ne m'appartient plus de prendre ce genre de décisions, dit-elle en riant, mais Isabelle refusa de la croire.

— Oh que si, maman. Ne fais pas semblant.

— Disons plus entièrement.

— Qu'en penses-tu, alors ? insista sa fille.

— Je pense qu'il est trop tôt pour décider quoi que ce soit. Et puis si tu ouvres un magasin à Munich, qui s'occupera de celui de Rome ?

— Marcello. Je lui fais entièrement confiance. Tout le monde l'adore.

Sarah aussi, mais ouvrir une autre succursale était une décision sérieuse qui méritait réflexion.

Ils passèrent un moment très agréable. Sarah avoua à Isabelle qu'elle avait été conquise par le charme de Lukas. Elle déjeuna à nouveau avec Lorenzo, mais il n'avait toujours rien décidé. Sarah avait demandé à sa fille si elle tenait à ses deux maisons. Celle-ci lui confia qu'elle les haïssait autant l'une que l'autre et qu'elle les aurait volontiers laissées à Lorenzo en échange de sa liberté.

— Pourquoi ? demanda-t-elle à sa mère, qui préféra rester vague.

Au cours d'un troisième déjeuner, Sarah décida de jouer cartes sur table. Elle rappela à Lorenzo qu'Isabelle pouvait demander l'annulation du mariage pour abus de confiance, dès l'instant qu'il l'avait épousée en lui dissimulant sa stérilité. Sarah l'observait du coin de l'œil. Elle se demandait s'il n'allait pas se trouver mal et dut se retenir pour ne pas éclater de rire. Il chercha à nier, mais Sarah tint bon. Elle réduisit son offre à un million de dollars, plus les deux maisons. Il lui dit qu'il allait réfléchir et quitta précipitamment la table en la laissant une fois de plus régler l'addition.

Julian appelait tous les jours pour savoir comment se portait sa sœur. À la mi-février, Isabelle était comme folle. Lukas était retourné à Munich pour deux semaines, et le bébé n'était toujours pas né. Isabelle grossissait encore. Elle ne pouvait plus faire grand-chose et le temps lui semblait terriblement long

Un matin, Julian lui téléphona pour lui annoncer que Phillip épousait Yvonne au mois d'avril.

— Ça promet pour l'avenir, dit-il tristement. Comment vais-je expliquer à Max que sa tante est en fait sa mère ?

— N'y pense pas. Tu lui auras peut-être trouvé une nouvelle mère d'ici là.

— Je m'y efforce, dit-il en prenant l'air enjoué, mais tous deux savaient qu'il était bouleversé. – Phillip lui infligeait une gifle monumentale : il n'épousait

Yvonne que pour atteindre son frère. – J'ignorais qu'il me détestait à ce point, dit Julian tristement à sa sœur.

— Il me déteste tout autant, dit-elle pour le rassurer. Je crois qu'il a toujours été jaloux de nous, va savoir pourquoi. Peut-être parce que pendant la guerre il a eu maman pour lui tout seul. Je n'en sais rien, mais je peux te dire une chose : il n'est pas heureux. Et il ne sera pas heureux avec elle. Elle ne cherche qu'une chose en l'épousant, devenir la duchesse de Whitfield.

— Tu le crois sincèrement ?

Il ne savait pas s'il devait s'en réjouir ou s'en désoler, mais c'était une explication comme une autre.

— J'en suis certaine, dit Isabelle sans l'ombre d'une hésitation. Le jour où elle t'a rencontré, elle a su qu'elle avait attrapé un gros poisson.

— En tout cas il va pouvoir se payer de bonnes parties de jambes en l'air.

Il rit, et elle rit aussi.

— On dirait que tu te sens mieux.

— J'espère que tu vas te sentir mieux bientôt, toi aussi. Quand vas-tu te décider à accoucher ? la taquina-t-il.

— Je fais tout mon possible !

Et c'était vrai. Chaque jour, elle faisait plusieurs kilomètres à pied avec Lukas, elle courait les magasins avec sa mère et nageait dans la piscine d'une amie. Le terme était dépassé de trois semaines. Finalement, un jour, en rentrant de promenade, elle sentit les premières contractions. Mais cela ne dura pas.

Lukas la fit marcher dans l'appartement, déclarant que cela ferait avancer le travail. Isabelle téléphona à sa mère et à l'hôtel, Sarah accourut aussitôt en taxi. Ils attendirent jusqu'à minuit, en bavardant autour d'un verre de vin. Peu à peu, Isabelle commença à se désintéresser de la conversation. Elle ne riait plus et s'énervait chaque fois que Lukas lui demandait comment elle se sentait.

— Mais je vais très bien.

Pourtant elle n'en avait pas l'air, et Sarah ne savait si elle devait partir ou rester. Elle ne voulait pas s'imposer, mais juste au moment où elle se décidait à s'en aller, Isabelle perdit les eaux et les contractions se déclenchèrent brusquement. Sarah repensa à son propre accouchement, lorsque Isabelle était venue au monde. Tout s'était passé si vite et si violemment. Mais elle en était à son quatrième enfant à l'époque, alors qu'il s'agissait ici d'un premier bébé. Les choses n'iraient sans doute pas aussi vite.

Quand ils appelèrent la clinique Salvator Mundi, le médecin leur dit de venir immédiatement. Sarah ne tenait plus en place. Sa fille allait enfin avoir le bébé qu'elle désirait depuis si longtemps. Elle espérait seulement qu'un jour Lukas et elle se marieraient. Elle le méritait tellement.

Le personnel de l'hôpital fut aux petits soins. Les infirmières emmenèrent Isabelle dans une salle de travail ultramoderne, et offrirent une tasse de café à Sarah et à Lukas pendant qu'on installait la jeune maman. Les douleurs s'étaient accentuées. Une heure plus tard, elles étaient devenues insupportables. Pendant des heures, Lukas tint la main d'Isabelle et lui passa des compresses froides sur le visage. Pas un seul instant, il ne la laissa seule ou ne cessa de lui parler. Sarah était émue de les voir si proches et si amoureux l'un de l'autre. Lukas lui rappelait un peu William. Il n'était pas aussi distingué, ni aussi beau, ni aussi grand, mais il était bon, droit, intelligent, et il était clair qu'il aimait sa fille.

Isabelle se mit à pousser tandis que Lukas l'encourageait, tout en lui massant les épaules et le dos. Mais le bébé ne se décidait pas. Isabelle mit alors toute son énergie et, tout à coup, ils aperçurent la tête du bébé et Sarah le vit sortir. C'était une fille, qui était tout le portrait de sa mère. Sarah se mit à pleurer. Des larmes de joie inondaient le visage d'Isabelle, tandis que Lukas la berçait doucement avec son bébé. C'était une scène terriblement émouvante. Lorsque Sarah regagna son hôtel, à l'aube, elle était ivre de bonheur et de tendresse.

Le lendemain, elle appela Lorenzo et lui demanda de passer la voir. Elle était décidée à payer ce qu'il lui demanderait. Il exigea les deux maisons et trois millions de dollars, ce qui était beaucoup. Sarah n'hésita cependant pas un seul instant.

Elle annonça la nouvelle à Isabelle l'après-midi même, quand elle passa la voir à la clinique. Un immense sourire de soulagement illumina le visage de sa fille.

— Tu veux dire que je suis libre ?

Sarah hocha la tête et se pencha pour l'embrasser. Isabelle lui dit que c'était le plus beau cadeau qu'elle lui ait jamais fait. Et Lukas lui sourit.

— Voudriez-vous me faire l'honneur de rentrer en Allemagne avec moi, Votre Grâce ? dit-il avec cérémonie, et Sarah éclata de rire.

Lukas prolongea son séjour à Rome de deux semaines, mais il dut ensuite regagner l'Allemagne, où ses affaires l'appelaient. Sarah resta avec Isabelle pour l'aider à trouver une nouvelle maison. Elle était folle de sa petite-fille. Ses deux derniers petits-enfants étaient vraiment très réussis. Elle n'arrêtait pas de répéter à Emmanuelle que Max et Adrianna étaient les deux plus beaux bébés du monde.

Cette année-là, lorsqu'ils se réunirent pour fêter l'anniversaire de Sarah, Isabelle vint avec sa fille et Julian avec son fils. Xavier était en Afrique, mais il avait envoyé à sa mère deux magnifiques émeraudes accompagnées d'instructions précises pour les faire tailler. Il voulait en faire deux énormes bagues pour qu'elle en porte une à chaque main. Julian s'émerveilla devant les deux pierres. Elles étaient absolument splendides.

Phillip vint en compagnie d'Yvonne, ce qui fut difficile pour Julian, mais ils étaient mariés à présent. Sarah n'était pas dupe, elle savait que Phillip avait agi par pure méchanceté en l'amenant au château avec lui. Julian se reprit vite et ne montra aucune animosité envers son frère et sa femme. Étrangement, Yvonne ne manifesta pas le moindre intérêt pour l'enfant qu'elle avait mis au monde un an plus tôt. Elle ne le regarda pas une seule fois pendant son séjour au château. Elle passait le plus clair de son temps à s'habiller, à se maquiller, et à se plaindre de ce que la femme de chambre ne savait rien faire. Elle portait tant de bijoux que Sarah en fut étonnée. Il était évident que Phillip était en train de se ruiner pour elle. Elle insista pour que tout le monde l'appelle « Votre Grâce », ce qui ne manquait pas de sel. Mais Yvonne ne semblait pas remarquer les sourires ironiques chaque fois qu'un des Whitfield s'adressait à elle.

Comme toujours, ce fut Isabelle qui étonna le plus sa

mère. Sarah était en train de jouer sur la pelouse avec la petite Adrianna, qui avait tout juste six mois, quand Isabelle lui annonça qu'elle était à nouveau enceinte. Le bébé devait naître en mars.

— J'imagine que c'est le fils de Lukas, naturellement, dit Sarah calmement.

— Naturellement, lui répondit Isabelle en riant.

Elle était folle de lui et n'avait jamais été aussi heureuse. Il partageait son temps entre Rome et Munich, et les choses semblaient aller pour le mieux, si ce n'est qu'il était toujours marié.

— Crois-tu qu'il y ait une chance pour qu'il divorce bientôt ? demanda Sarah, mais Isabelle secoua la tête.

— Je ne crois pas. Sa femme refuse farouchement.

— Sait-elle qu'il a une deuxième famille ailleurs, avec deux enfants ? Cela pourrait peut-être faire avancer les choses.

Isabelle secoua à nouveau la tête.

— Pas encore. Mais il a l'intention de le lui annoncer le moment venu.

— En es-tu certaine ? S'il ne la quitte jamais, tu risques de te retrouver seule avec tes enfants.

— Eh bien, je continuerai à les aimer, et je serai heureuse de les avoir. Exactement comme toi lorsque tu as eu Phillip et Elizabeth, pendant la guerre, et que tu ne savais pas si papa reviendrait un jour. Il faut prendre les choses comme elles viennent, dit-elle avec sagesse. Je suis patiente.

Sarah respectait son point de vue. Sa vie n'était certes pas conventionnelle, mais elle était honnête. Même la haute société romaine ne semblait pas la désapprouver. Isabelle avait repris son travail à mi-temps, elle créait des bijoux et les affaires marchaient très bien. Elle parlait toujours d'ouvrir une succursale à Munich, si elle épousait Lukas un jour… Il y avait des connaisseurs là-bas et la demande était réelle.

Son divorce devait être prononcé à la fin de l'année, ce qui voulait dire que son prochain enfant ne porterait pas le nom de Lorenzo. C'était la dernière épreuve à surmonter pour Isabelle, mais celle-ci semblait prête à l'assumer. Sarah ne se faisait plus de souci pour elle lorsqu'elle s'envola pour Rome avec Adrianna. Une fois seule, Sarah songea, comme elle le faisait souvent, qu'ils menaient des vies merveilleuses. Merveilleuses, mais pas toujours faciles.

31

Trois ans plus tard, Xavier sortait diplômé de Yale avec les félicitations du jury. Toute sa famille, ou presque, fit le voyage pour l'occasion. Sarah et Emmanuelle avaient pris l'avion ensemble. Julian était venu avec Max, âgé de quatre ans à présent, et prêt à détruire tout ce qui lui tombait sous la main. Isabelle était venue, elle aussi, mais sans les enfants. Elle était à nouveau enceinte et ils avaient fini par s'habituer à la voir avec un gros ventre. C'était son troisième bébé en quatre ans. Adrianna et Kristian étaient restés à Munich avec Lukas. Il n'avait toujours pas divorcé, mais Isabelle semblait s'accommoder de la situation. Comme il fallait s'y attendre, Phillip et Yvonne n'avaient pas jugé utile de faire le déplacement, mais ils avaient tout de même envoyé une montre de la nouvelle ligne Whitfield à Xavier. Une de celles que Julian avait dessinées.

La cérémonie de remise des diplômes, à Yale, fut très émouvante. Ensuite ils regagnèrent tous New York, où ils descendirent au Carlyle. Julian n'arrêtait pas de taquiner Xavier, il lui disait que le temps était venu pour lui d'ouvrir une succursale à New York.

Son frère, diplomate, lui répondait qu'il y songerait mais tous savaient qu'il avait d'abord envie de courir le monde. Il devait retourner au Botswana aussitôt qu'il quitterait New York. Il passerait par Londres, puis s'envolerait directement pour l'Afrique. Il n'avait qu'un but : trouver des pierres précieuses pour la maison Whitfield. Ensuite, peut-être envisagerait-il de se fixer quelque part, mais dans l'immédiat il ne pouvait rien promettre. Il se sentait beaucoup plus dans son élément dans la jungle avec une pioche, un fusil et un sac à dos que dans une bijouterie à Paris, Londres ou Rome. Il préférait l'aventure et la vie sauvage, et personne n'aurait songé à l'en dissuader, même si ses proches trouvaient cela surprenant.

— Je crois que c'est à cause du chapeau de Davy Crockett que tu avais quand tu étais petit, le taquinait Julian. Il a dû te rentrer dans la tête.

— Peut-être bien, répondit Xavier, qui ne se vexait jamais.

C'était un beau jeune homme, à présent, et des trois garçons c'était celui qui ressemblait le plus à William. Pourtant, par certains côtés, il était très différent de son père. Il avait toujours la même petite amie. Elle était très intelligente et devait entrer à Harvard en septembre, pour faire ses études de médecine. Mais en attendant, elle avait accepté d'aller le rejoindre en Afrique. Il n'y avait cependant pas de projets de mariage pour le moment. Xavier se consacrait exclusivement à ses voyages et à ses pierres précieuses. Pour la cérémonie de remise des diplômes, Sarah portait les deux énormes émeraudes qu'il lui avait offertes. Elle les aimait beaucoup et ne les quittait pour ainsi dire jamais.

Max fut placé sous la garde d'une baby-sitter, ce soir-là, et Isabelle et Julian allèrent prendre un verre au Bemelmans, tandis que Bobby Short jouait dans la salle voisine où se trouvaient Sarah et Emmanuelle. Xavier et sa petite amie étaient allés dîner de leur côté à Greenwich Village.

— Crois-tu qu'il va t'épouser un jour ? demanda Julian de but en blanc en regardant sa sœur.

Elle se contenta de hausser les épaules en souriant.

— Qui sait ? Je crois que ça n'a plus vraiment d'importance. C'est presque comme si nous étions mariés. Il est là quand j'ai besoin de lui et les enfants sont habitués à le voir aller et venir.

Elle passait beaucoup de temps avec lui à Munich, maintenant. C'était un arrangement tout à fait confortable, et même Sarah avait fini par l'accepter. La femme de Lukas était au courant de la liaison de son mari depuis deux ans déjà, mais elle refusait obstinément de divorcer. Étant mariés sous le régime de la communauté des biens, ils avaient investi ensemble dans des terrains et il était hors de question qu'elle s'en sépare.

— Un jour, peut-être, conclut Isabelle, mais pour l'instant nous sommes heureux.

— Tu en as l'air, en tout cas, reconnut-il. Je t'envie d'avoir autant d'enfants.

— Et toi ? Il y a des bruits qui courent à Rome… le taquina-t-elle.

— Il ne faut pas croire tout ce qu'on lit dans les journaux.

Il avait rougi en disant cela. Il aurait bientôt trente-six ans et ne s'était jamais remarié, mais il était tombé très amoureux.

— Allez, dis-moi tout. Qui est-ce ?

— Consuelo de la Varga Quesada. Ça te dit quelque chose ?

— Vaguement. Son père n'était pas ambassadeur à Londres, il y a quelques années ?

— C'est exact. Sa mère est américaine, une cousine éloignée de maman, à ce qu'il paraît. Consuelo est une femme merveilleuse. Je l'ai rencontrée l'hiver dernier en Espagne. Elle est peintre. Mais elle est aussi catholique et je suis divorcé. Je ne crois pas que ses parents apprécieraient s'ils l'apprenaient.

— Sauf que tu ne t'es pas marié à l'église. Donc, pour eux, c'est comme si tu n'avais jamais été marié.

Elle connaissait bien le sujet depuis qu'elle avait divorcé de Lorenzo, une page de sa vie qu'elle avait enfin tournée.

— C'est vrai, mais je crois qu'ils se méfient. Elle n'a que vingt-cinq ans, c'est une fille adorable, Isabelle. Elle est folle de Max et elle voudrait des tas d'enfants.

Julian montra sa photo à sa sœur. Elle avait d'immenses yeux bruns, de longs cheveux noirs et sa peau mate et veloutée lui donnait un air exotique.

— C'est sérieux, alors ?

C'était sa première liaison importante depuis son divorce avec Yvonne, car après cela il avait papillonné pendant un certain temps.

— Je le crois. Mais je ne sais pas ce que ses parents vont penser de moi. Ni elle.

— Ils seront ravis. Tu es le plus chic type que je connaisse, Julian, dit-elle en l'embrassant gentiment.

Elle aimait tendrement son frère.

— Merci.

Le lendemain matin, ils s'envolèrent tous, chacun vers une destination différente. Julian vers Paris, puis l'Espagne, Isabelle vers Munich où elle allait retrouver Lukas et les enfants, Sarah et Emmanuelle vers Paris. Et Xavier vers sa fiancée.

— Une vraie bande de nomades, dit Sarah tandis que le Concorde décollait.

— Tout de même pas, dit Emmanuelle en souriant.

Son ministre des Finances s'apprêtait à l'emmener en vacances. Sa femme était morte cette année-là et il lui avait demandé de l'épouser. Cela avait été un choc pour elle, mais elle était très tentée. Ils se connaissaient depuis très longtemps et elle lui était très attachée.

— Tu devrais l'épouser, l'encourageait Sarah tandis qu'elles buvaient du champagne.

— Après toutes ces années, je ne suis pas sûre de pouvoir supporter une union respectable.

Sarah lui tapota la main et sourit.

— Essaye.

De retour en France, Sarah se rendit au château en pensant à ses enfants. Elle espérait qu'Isabelle n'aurait pas à attendre aussi longtemps qu'Emmanuelle pour se marier. C'était amusant de penser que cette dernière allait convoler… Cela faisait si longtemps qu'elles étaient amies et qu'elles cheminaient côte à côte. Elles avaient appris tant de choses ensemble !

32

Sarah s'approcha à nouveau lentement de la fenêtre pour les voir arriver. Comme ils étaient amusants…, si différents les uns des autres… Comme elle les aimait. Elle sourit en voyant Phillip et Yvonne descendre de leur Rolls. Elle était toujours aussi belle et portait toujours autant de bijoux. À trente-cinq ans, elle était splendide, on aurait dit une fille de vingt ans. Pour ne pas perdre sa beauté, elle était prête à tout. Yvonne ne pensait qu'à elle, et à ce qu'elle voulait obtenir. Phillip l'avait compris depuis longtemps. Après neuf ans de mariage, il était toujours sous le charme, mais sa duchesse n'était facile pas à vivre. Il lui arrivait même de penser que Julian était content d'être débarrassé d'elle, et cela le contrariait.

Isabelle et Lukas arrivèrent juste après eux, dans un break familial loué à l'aéroport, et rempli de poussettes, de vélos et autres accessoires pour bébés. Ils étaient venus avec leurs trois enfants, plus les deux enfants de Lukas. Isabelle leva la tête, comme si elle avait senti la présence de Sarah derrière la fenêtre, mais elle ne la vit pas. Les enfants s'élancèrent bruyamment dans l'escalier à la recherche de leur grand-mère et se dispersèrent avant de l'avoir trouvée. Isabelle s'arrêta un instant dans le hall rempli de cris joyeux et sourit à Lukas. Ils avaient pu finalement se marier.

Julian arriva dans la Mercedes 600 que son beau-père lui avait offerte. C'était une voiture impossible, constamment en réparation, mais superbe et assez grande pour contenir toute sa famille. Julian aidait Consuelo et ses deux petites filles à descendre de voiture. Souriantes et pleines d'entrain, elles ressemblaient comme deux gouttes d'eau à leur père. Celui-ci taquinait Max, qui avait maintenant neuf ans. Lorsque Consuelo se tourna, Sarah aperçut la courbe rebondie de son ventre. Le bébé devait naître à l'automne. Leur troisième enfant en quatre ans. Décidément, Julian et Consuelo ne perdaient pas de temps.

Xavier apparut enfin, son sac à dos à l'épaule, au volant d'une vieille Jeep empruntée Dieu sait où. Le teint hâlé, c'était un beau jeune homme à l'allure athlétique. Les souvenirs assaillaient Sarah tandis qu'elle le regardait. En plissant légèrement les yeux, elle pouvait imaginer que c'était William qui venait à sa rencontre.

Elle se mit à penser à son mari, à la vie qu'ils avaient menée ensemble, au monde qu'ils avaient bâti, aux enfants qu'ils avaient aimés et qui avaient trébuché la première fois qu'ils s'étaient élancés hors du nid. C'étaient de bons enfants, solides et attachants. Certains étaient plus faciles à comprendre et à aimer, mais elle les chérissait tous. Elle s'arrêta à nouveau devant la table où étaient disposées les photos. William... Joachim et Lizzie... eux aussi habitaient son cœur pour toujours. Il y avait également une photo d'elle, dans les bras de sa mère, toute petite, tout bébé... soixante-quinze ans plus tôt.

C'était étonnant de voir comme tout avait passé si vite…, les bons moments comme les mauvais, les bonheurs, les tragédies, les victoires et les échecs.

Elle entendit un coup léger à la porte. C'étaient Max et ses deux petites sœurs.

— Nous te cherchions, dit-il tout excité.

— Je suis si heureuse de vous voir !

Sarah s'approcha de lui en souriant, grande, élégante et solide. Elle l'attira doucement à lui et le serra un instant dans ses bras, puis elle embrassa ses deux sœurs.

— Joyeux anniversaire ! s'écrièrent-ils.

Elle releva la tête et vit Julian et Consuelo à la porte… et Lukas et Isabelle, Phillip et Yvonne, et Xavier… et en plissant les yeux, elle revit William. Elle le sentait à ses côtés, comme il l'avait toujours été, dans son cœur, à chaque instant.

— Joyeux anniversaire ! reprirent-ils tous à l'unisson.

Et elle leur sourit, incapable de croire que soixante-quinze ans déjà s'étaient écoulés.

LOVING

Traduit de l'américain
par Claire Beauvillard

À Beatrix

Puisses-tu toujours être fière de toi-même, car tu es la femme la plus charmante que je connaisse.

Avec tout mon amour,

Maman.

À jamais pleine d'espoirs,
de rêves,
de projets tout neufs,
Si neufs,
d'ombres tendres
et de cieux clairs
la première lueur de l'amour
dans tes yeux
s'estompe aussitôt,
et tu fuis,
tu me laisses
seule
avec moi-même,
avec mes peurs,
avec tes mots
comme des flots brûlants
dans ma tête.
Privée de tout
ce que nous avions en partage,
mon âme
si vieille,
si jeune,

si nue,
a peur de toi,
de moi,
de la vie,
des hommes...
jusqu'à ce que
les rêves
tout neufs
reviennent.
Le paysage
jamais tout à fait le même,
et notre jeu qui finit par s'altérer,
consciente enfin
de ce que je sais,
de ce que je pense,
de ce que je suis,
de ce que je sens,
le don d'amour,
enfin réel.

— La réalité n'est pas ce dont on est fait, dit le Cheval de Peau. C'est une chose qui vous arrive. Quand un enfant vous aime, longtemps, très longtemps, pas seulement pour jouer, qu'il vous aime VRAIMENT, alors on devient Réel.

— Est-ce que cela fait mal ? demanda le Lapin.

— Parfois, répondit le Cheval de Peau, qui était toujours franc. Mais quand on est Réel, on se moque d'avoir mal.

— Est-ce que cela arrive d'un seul coup, comme la disgrâce ou progressivement ?

— Cela n'arrive pas d'un seul coup, dit le Cheval de Peau. On le devient. Il faut du temps. C'est pourquoi cela n'arrive pas souvent à ceux qui cassent facilement, qui ont les bords coupants ou dont il faut prendre soin. Généralement, quand arrive le moment où l'on devient Réel, on a perdu sa fourrure à force d'avoir été caressé, on a les yeux arrachés, les articulations usées, on est en piteux état. Mais cela n'a aucune importance parce qu'une fois qu'on est Réel, on ne peut pas être laid, sauf pour les gens qui ne comprennent pas… mais une fois qu'on est Réel, on ne peut pas redevenir irréel. C'est pour toujours.

Margery Williams
Le Lapin de velours

1

Bettina Daniels jeta un regard circulaire dans la salle de bains de marbre rose, soupira, puis sourit. Elle avait exactement une demi-heure devant elle. D'habitude, il lui fallait se dépêcher davantage pour transformer la jeune fille, l'étudiante, la simple mortelle en oiseau de paradis, en hôtesse de charme. Cette métamorphose lui était familière. Depuis l'âge de quinze ans, elle servait d'aide de camp à son père, le suivant partout, écartant de lui les journalistes, prenant les messages de ses petites amies et se tenant dans les coulisses lorsqu'il participait à une émission tardive pour le lancement d'un de ses livres. Non qu'il eût besoin de ce genre de promotion. Avec une rapidité déconcertante, ses sept derniers ouvrages étaient arrivés en tête de la liste des meilleures ventes du *New York Times*. Mais il aimait ça. Il adorait parader, briller, recevoir flatteries et compliments, plaire aux femmes, qui le trouvaient irrésistible parce qu'elles le confondaient avec les héros de ses livres.

Justin Daniels pouvait passer pour un héros de roman. C'était d'ailleurs un peu l'image que s'en faisait Bettina. Il était étonnamment beau, toujours charmant, spirituel, drôle, de compagnie agréable. On en oubliait parfois son égoïsme, son égocentrisme et son caractère impitoyable. Bettina connaissait ces deux aspects de sa personnalité. Elle ne l'en aimait pas moins.

Depuis des années, son père était son héros, son compagnon et son meilleur ami. Elle n'ignorait rien de ses défauts, de ses manies, de ses fautes ni de ses peurs. Mais Bettina appréciait la beauté de cet homme, son brio, sa douceur. Elle l'aimait de tout son être et savait qu'il en serait toujours ainsi. Il l'avait pourtant trahie parfois, blessée. Petite, jamais il n'était là aux moments importants, où elle aurait voulu qu'il soit présent. Pas une seule fois il n'avait assisté à un concours, à une compétition sportive, ou à une représentation théâtrale. Les jeunes l'ennuyaient, disait-il en la traînant avec ses propres amis. Il l'avait fait souffrir en poursuivant ses rêves de splendeur. L'idée que sa fille eût un droit à l'enfance, aux pique-niques et aux plages, aux goûters d'anniversaire et aux promenades l'après-midi, ne l'avait pas effleuré. Elle pique-niquait au *Ritz* ou au *Plaza-Athénée* à Paris. Ses plages, c'étaient Deauville ou South Hampton. Pour son anniversaire, il invitait ses amis à lui au *21* à New York ou au *Bistro* de Beverly Hills. Et en guise de promenades, il l'emmenait en croisière, ces croisières auxquelles il était systématiquement convié. Bien sûr, Bettina n'était pas à plaindre, mais les proches de Justin lui reprochaient d'avoir donné une telle éducation à son enfant, de l'avoir privée de tant de choses. Elle devait se sentir seule, à suivre sans répit les pas de ce père célibataire, toujours en chasse. À dix-neuf ans, Bettina était encore étonnamment enjouée, innocente, avec ses grands yeux d'émeraude où l'on décelait pourtant les reflets d'une sagesse intemporelle. Non qu'elle eût beaucoup vécu, mais elle en avait tant vu ! Bettina était un bébé qui avait été témoin d'une opulence, d'une décadence, d'une existence dont la plupart des femmes deux fois plus âgées qu'elle n'avaient pas la moindre idée.

Elle avait tout juste quatre ans quand sa mère était morte d'une leucémie. Celle-ci n'avait plus été dès lors qu'un visage sur le tableau accroché au mur de la salle à manger, un sourire rieur avec d'immenses yeux bleus et des cheveux blonds. On retrouvait, chez la fille, quelques rares traits de la mère. Bettina ne ressemblait en effet ni à Tatiana ni à Justin. Il y avait quelque chose de Tatiana Daniels chez Bettina, mais rien de frappant. Bettina ne ressemblait pas non plus vraiment à son père, dont elle avait hérité les yeux verts. Simplement, elle était elle-même. Elle avait une chevelure auburn, aux reflets de cognac, un vieux et excellent cognac. Sa silhouette fine et menue, délicate, contrastait avec celle de Justin, longue et anguleuse. Un halo de boucles souples renforçait encore cette apparence fragile.

De nouveau, Bettina consulta sa montre et procéda à un rapide calcul. Vingt minutes. Elle serait à l'heure. Plongeant dans son bain chaud, elle essaya de se détendre en regardant tomber la neige dehors. On était en novembre et c'était la première neige.

C'était aussi la première réception de la « saison ». Elle se devait donc d'être réussie. Bettina y veillerait. Elle passa en revue la liste des invités et se demanda si certains seraient retenus par les intempéries. Une telle éventualité lui parut improbable. Les soirées de son père étaient trop réputées, les invitations attendues avec trop d'impatience pour que quiconque manquât à l'appel ou prît le risque de ne plus y être convié. Ces fêtes constituaient une partie essentielle de l'existence de Justin Daniels. Entre deux livres, il en donnait au moins une par semaine. Les personnalités présentes, l'élégance ambiante, les incidents qui y survenaient, les affaires que l'on y concluait en faisaient des moments inoubliables, un peu comme ces lointains voyages dont on a longtemps rêvé.

Tout y était spectaculaire, le luxe scintillant et la splendeur baroque du décor, les maîtres d'hôtel et les musiciens. Bettina, la maîtresse de céans, omniprésente, allait de groupe en groupe, au gré des désirs et des besoins. Elle était fascinante, vaporeuse, belle, unique. Seul son père n'en avait pas conscience. À ses yeux, toutes les femmes valaient sa fille. Cette désinvolture ne laissait pas d'irriter son ami le plus intime. Ivo Stewart adorait pourtant Justin Daniels. Mais il ne lui pardonnait pas son manque d'intérêt réel envers Bettina, le peu de cas qu'il faisait de son besoin d'être reconnue, félicitée, louée. Justin se contentait de rire quand Ivo lui faisait part de ses réflexions, ce qui arrivait fréquemment. Il hochait la tête en agitant, au nez de son interlocuteur, une main bien manucurée.

— Ne sois pas ridicule. Ce qu'elle fait pour moi, elle le fait volontiers, par plaisir. Courir les théâtres, les bals, les soirées en ma compagnie, rencontrer des gens intéressants… elle adore ça. Je la ferais rougir si je lui exprimais ma gratitude de manière trop insistante. Elle sait que je lui suis très reconnaissant. On le serait à moins.

— Alors il faut le lui dire. Écoute, mon vieux, elle te sert de secrétaire, de femme d'intérieur, d'agent. Elle fait tout le travail d'une épouse. Plus même.

— Et mieux ! rétorqua Justin en riant.

— Je ne plaisante pas, répliqua Ivo d'un air sévère.

— Tu devrais. Tu t'inquiètes trop pour elle.

Et toi, pas assez, eut envie de dire Ivo. Mais il se tut. Justin faisait preuve d'une aisance, d'une désinvolture, qui contrastaient avec la gravité existentielle d'Ivo. Ce sérieux cadrait avec son métier. Il était directeur du *New York Mail,* l'un des journaux les plus importants du monde. Plus âgé que Justin, Ivo n'était plus un jeune homme. Il avait perdu sa première femme, divorcé d'avec la seconde et n'avait jamais voulu avoir d'enfants. Leur imposer un monde aussi difficile lui semblait une injustice. À soixante-deux ans, il ne regrettait pas cette décision… sauf quand il se trouvait en présence de Bettina. Pour elle, il était plein de tendresse, allant jusqu'à se demander s'il n'avait pas commis une erreur. Peu importait. Il était trop tard pour pouponner, et sa vie le satisfaisait. À sa manière, il était aussi libre que Justin Daniels.

Les deux hommes allaient ensemble au concert, à l'opéra, dans les soirées mondaines. Ils passaient parfois un week-end à Londres, quelques semaines en juillet sur la Côte d'Azur. Ils s'entouraient des mêmes illustres amis. Il y avait entre eux une solide amitié, de celles qui font que l'on peut tout se dire, les joies comme les peines. C'est pourquoi, lors d'un déjeuner à *La Côte basque,* Ivo avait critiqué Justin pour son attitude à l'égard de Bettina.

— Si j'étais à sa place, mon vieux, je te plaquerais. Que lui apportes-tu ?

— Des domestiques, du confort, des voyages, des gens extraordinaires, une garde-robe qui vaut vingt mille dollars…

— Et alors ? l'interrompit Ivo. Crois-tu qu'elle y attache la moindre importance ? Pour l'amour du ciel, Justin, regarde-la. Bettina est charmante, mais elle est souvent dans la lune, ailleurs. Elle rêve, elle songe, elle écrit. Elle se fiche pas mal des conneries qui te passionnent !

— Absolument pas ! C'est sa vie, depuis toujours.

Bettina n'avait pas eu la même enfance que Justin qui, né pauvre, avait fait fortune dans la littérature et le cinéma. Il avait connu des périodes d'abondance et de vaches maigres, très maigres même, mais au fil des ans, ses dépenses s'étaient considérablement accrues. Le luxe dont il s'entourait lui était indispensable. À la fin du déjeuner, Justin leva les yeux de sa tasse de café.

— Sans ce que je lui donne, elle serait incapable de se débrouiller, ne fût-ce qu'une semaine, Ivo.

Un jour, Bettina serait une femme remarquable et, chaque fois qu'il y pensait, Ivo Stewart souriait.

Bettina se sécha avec une grande serviette rose, brodée à ses initiales. À présent, il lui fallait se hâter. Elle avait déjà préparé la robe fourreau de soie mauve pâle, qui lui descendait des épaules aux chevilles d'une manière quelque peu provocante. Elle se glissa à travers soie et dentelles, enfila des sandales du même mauve, avec de minuscules talons dorés. Cette robe était superbe. Bettina l'admira à nouveau en faisant bouffer ses cheveux caramel sombre. Après s'être assurée de la parfaite harmonie des teintes, elle agrafa un collier d'améthystes autour de son cou et mit le bracelet assorti à son poignet. Deux petits diamants scintillaient à ses oreilles. Elle décrocha de son cintre une lourde tunique de velours vert, agrémentée d'un liséré du même mauve moiré que la robe. Une symphonie de lilas et de vert Renaissance. L'hiver précédent, son père lui avait rapporté ce somptueux ensemble de Paris. Mais elle le portait avec aisance et simplicité, comme s'il s'agissait d'un vieux jean usé. Après avoir contemplé une dernière fois son reflet dans la glace, elle cessa d'y penser. Mille autres choses fourmillaient dans sa tête. Elle jeta un coup d'œil à la chambre, douillette et raffinée, s'assura que le pare-feu était devant l'âtre encore crépitant et regarda par la fenêtre. Il neigeait toujours. La première neige avait tant de charme ! Bettina descendit l'escalier, un sourire aux lèvres.

Elle se rendit d'abord à la cuisine pour vérifier que le buffet était prêt. La salle à manger était superbe. La jeune fille contempla avec satisfaction les petits canapés empilés sur d'innombrables plateaux d'argent. On eût dit des confettis géants éparpillés pour un carnaval. Au salon, tout lui parut en ordre. Suivant ses consignes, on avait déplacé le mobilier du bureau, et les musiciens y accordaient leurs instruments. Les domestiques étaient impeccables, l'appartement somptueux. Partout, les meubles Louis XV, des pièces de musée, rivalisaient avec les cheminées de marbre, les bronzes et autres merveilles devant lesquelles on ne pouvait que s'extasier. Des soies damassées couleur crème aux velours café, abricot ou pêche, tout n'était que splendeur, luxe et chaleur, grâce aux soins et au bon goût de Bettina.

— Tu es ravissante, ma chérie.

La jeune fille exécuta une pirouette, puis s'immobilisa.

— N'est-ce pas le truc que je t'ai ramené de Paris,

l'année dernière ? demanda Justin Daniels en souriant à sa fille.

Celle-ci lui rendit son sourire. Il n'y avait que son père pour appeler « truc » cet exquis ensemble de Balenciaga, qui avait dû lui coûter les yeux de la tête.

— Oui. Je suis ravie qu'il te plaise. Moi, je l'adore, ajouta-t-elle d'une voix hésitante, presque timide.

— Parfait. Les musiciens sont là ? s'enquit-il en jetant un coup d'œil dans le sanctuaire lambrissé que constituait le grand bureau.

— Ils se préparent. Ils vont jouer d'une minute à l'autre, j'imagine. Tu veux boire quelque chose ?

Jamais l'écrivain ne cherchait à savoir si Bettina avait telle ou telle envie. Elle, en revanche, anticipait toujours ses désirs.

— Je préfère attendre un peu. Dieu que je suis fatigué aujourd'hui !

Justin Daniels s'effondra dans une confortable bergère. Bettina le regarda. Elle aussi était épuisée. Levée à six heures du matin pour veiller aux préparatifs de la réception, elle était partie à huit heures et demie pour l'université, puis elle était rentrée au pas de course pour prendre un bain, s'habiller et s'assurer que tout allait pour le mieux. De tout cela, elle ne dit rien. Comme d'habitude.

— Tu travailles à ton nouveau livre ? demanda-t-elle en lui lançant un regard ébloui.

— Un sujet qui te passionne, n'est-ce pas ?

— Oui.

— Pourquoi ?

— Parce que tout ce qui te concerne m'intéresse.

— C'est la seule et unique raison ?

— Non. Tu écris des livres merveilleux, que j'aime

beaucoup. – Elle se pencha pour l'embrasser sur le front. – Et toi, je t'aime tout court ! ajouta-t-elle avec un petit rire.

Son père sourit en lui caressant tendrement le bras. La sonnette de la porte d'entrée retentit, et Bettina se dégagea promptement.

— Notre premier invité !

Une inquiétude naquit soudain dans son esprit. Son père lui paraissait plus fatigué qu'à l'ordinaire. En une demi-heure, la maison s'emplit de gens qui riaient, bavardaient, buvaient, rivalisaient d'esprit, d'humour, de méchanceté, ou des trois à la fois. Il y avait là une flopée de robes du soir déclinant toutes les teintes de l'arc-en-ciel, de bijoux dont l'éclat contrastait avec la véritable armée d'hommes en habits noirs et chemises blanches, ornées de boutons de nacre, d'onyx, de saphirs ou de minuscules diamants. Une centaine de visages célèbres et deux cents inconnus dégustaient du champagne, se régalaient de caviar, dansaient ou cherchaient Justin Daniels ou quelque autre célébrité. On rêvait de les apercevoir, peut-être même de leur être présenté.

Au milieu de cette cohue, Bettina passait presque inaperçue. Elle allait de l'un à l'autre, s'assurant du bon déroulement de la soirée. Son père avait-il son whisky, son cognac, ses cigares à portée de main ? Quand il faisait la cour à une femme, elle s'éloignait discrètement et vite, le prévenait lorsque des hôtes de marque arrivaient. Elle remplissait sa tâche à merveille. Et pour Ivo, elle était la plus belle. Il aurait aimé qu'elle fût sa fille, non celle de Justin. Ce n'était pas la première fois que cette idée lui venait à l'esprit.

— Alors, Bettina ? Toujours sur la brèche ? Épuisée ? Au bord de l'anéantissement ?

— Ne sois pas stupide. J'adore ça.

Mais Ivo distingua les premiers signes de vraie fatigue, qui dessinaient de grands cernes sous ses yeux.

— Désires-tu autre chose à boire ?

— Ne me traite pas en invité, Bettina. Consentirais-tu à t'asseoir quelques secondes en ma compagnie ?

— Tout à l'heure. Plus tard.

— Non, maintenant.

— D'accord, Ivo, d'accord.

Elle leva les yeux vers le tendre visage que, depuis tant d'années, elle avait appris à aimer et se laissa guider par Ivo vers une banquette installée près de la fenêtre. En silence, ils regardèrent tomber la neige. Puis Bettina se tourna vers lui. Ses cheveux blancs, épais, étaient parfaitement coiffés. Ivo Stewart était toujours impeccable. Grand, mince, beau, enjoué, avec des yeux bleus rieurs et des jambes interminables. Ivo le Grand. Elle l'avait surnommé ainsi quand elle était petite. Fronçant les sourcils, elle laissa paraître son inquiétude.

— As-tu remarqué comme papa a l'air fatigué ce soir ?

Ivo secoua la tête.

— Non, mais j'ai remarqué que toi, tu as l'air épuisée. Qu'est-ce qui ne va pas ?

— Les examens, répondit-elle en souriant. Pourquoi faut-il que tu aies l'œil à tout ?

— Parce que je vous aime tous les deux et que ton père est un imbécile qui ne voit rien. Les écrivains ! On pourrait tomber raide mort à leurs pieds. Ils nous piétineraient en marmonnant quelques mots quant à la deuxième partie du chapitre quinze ! Ton père est de cette race-là.

— Il écrit mieux que les autres.

— C'est une excuse, je suppose.

— Il n'a pas besoin d'excuse, fit Bettina sans hausser le ton, tandis que son regard croisait celui de son interlocuteur. C'est un merveilleux auteur.

« Même si ce n'est pas le meilleur des pères, pensa-t-elle, c'est un écrivain remarquable. » Mais ces mots-là, jamais elle ne les aurait prononcés à voix haute.

— Toi aussi, tu es formidable.

— Merci, Ivo. Tu as toujours un mot gentil pour moi. Bon, il faut que j'y aille. – Elle se leva à contrecœur et défroissa sa robe. – Mon rôle d'hôtesse m'attend.

La soirée se prolongea jusqu'à quatre heures du matin. Bettina était fourbue quand elle monta l'escalier. Son père était encore dans le bureau avec deux ou trois vieux copains. Mais elle avait rempli sa mission et pouvait décemment aller se coucher. Les domestiques avaient déjà presque tout rangé, les musiciens, après avoir reçu leur cachet, étaient rentrés chez eux, et on avait embrassé et remercié les derniers invités.

D'un pas lent, elle se dirigea vers sa chambre, s'immobilisa un court instant pour regarder par la fenêtre. Tout était beau, blanc, silencieux. Avec soin, elle suspendit l'ensemble de Balenciaga à un cintre et se glissa dans une chemise de nuit de soie rose avant de se couler dans son lit. Elle pensa à la soirée qui venait de se terminer. Tout s'était bien passé. Comme toujours. En bâillant, elle songea à la prochaine réception. Qu'avait-il dit à ce sujet ? La semaine qui venait ?

Dans quinze jours ? Et l'orchestre, au fait ? L'avait-il apprécié ? Elle avait oublié de le lui demander. Et le caviar… oui, le caviar… était-il aussi bon que celui de… ? Elle s'endormit dans un soupir, toute petite et fragile au milieu de ses draps fleuris.

2

« Ça te dit de venir déjeuner avec nous ? Au *21,* à midi. »

Bettina lut le message en terminant son café, puis elle se saisit du lourd manteau rouge qu'elle portait pour aller à l'université. Elle était vêtue d'un pantalon de gabardine, d'un pull en cachemire bleu marine et de bottes qui, espérait-elle, résisteraient à la neige. Elle griffonna quelques mots au verso de la feuille.

« J'aurais bien aimé, mais désolée, les examens ! Amuse-toi bien. À ce soir. Je t'embrasse. B. »

Toute la semaine, Bettina lui avait parlé de ses examens. Mais on pouvait difficilement demander à Justin Daniels de s'intéresser aux petits détails de l'existence de sa fille. Il pensait déjà à son prochain roman, ce qui était amplement suffisant. Et logique. La vie d'étudiante n'avait rien de palpitant. Bettina elle-même avait du mal à y trouver un intérêt. En comparaison de ses activités mondaines, tout lui paraissait d'une platitude absolue. Il y avait pourtant quelque chose de rafraîchissant dans la simplicité de cette vie-là. Mais elle demeurait en retrait. Jamais elle ne participait, préférant observer. Trop de gens connaissaient son identité.

Devenue objet de curiosité, de fascination, point de mire, elle se sentait indigne de cette attention. C'était son père, l'écrivain. Pas elle.

Bettina referma doucement la porte. En chemin, il faudrait qu'elle revoie les notes qu'elle avait prises en vue de l'examen. N'ayant dormi que deux heures et demie, elle n'était pas au mieux de sa forme. Mais elle s'en tirerait quand même. Bettina avait toujours d'excellents résultats, ce qui creusait encore l'écart avec les autres. Elle se demanda pourquoi elle avait accédé au désir de son père de la voir poursuivre des études. Tout ce qu'elle voulait, c'était trouver un coin tranquille pour écrire sa pièce de théâtre. Elle sourit tandis que l'ascenseur la déposait au rez-de-chaussée. Une pièce *à succès,* qui plus est, cela prendrait plus de temps... disons vingt ou trente ans.

— Bonjour, mademoiselle.

Elle adressa un sourire au gardien qui la saluait et songea un court instant à retourner dans l'immeuble, bien au chaud. C'était l'une de ces premières journées glaciales où le premier souffle d'air vous déchire la gorge. Bettina héla un taxi. Aujourd'hui, elle n'essaierait pas de prendre le bus pour se prouver Dieu sait quoi. Elle s'adossa à la banquette et, d'un air décidé, se plongea dans ses notes.

— Bettina n'a pas pu venir ? demanda Ivo, surpris, tandis que Justin le rejoignait dans l'immense bar du *21,* où ils avaient l'habitude de se retrouver.

— Apparemment pas. J'ai oublié de lui en parler hier soir. Elle m'a laissé un mot pour me dire qu'elle passait des examens. C'est la seule raison, je suppose.

— Qu'est-ce que tu insinues ?

— J'espère qu'elle ne s'est pas entichée d'un jeune blanc-bec.

L'un et l'autre savaient que, jusque-là, il n'y avait eu personne dans la vie de Bettina. Justin ne lui en laissait pas le temps.

— Tu t'imagines qu'elle va rester célibataire toute son existence ? fit Ivo d'un air dubitatif.

— Pas vraiment. Mais je voudrais qu'elle fasse le bon choix.

— Pourquoi en serait-il autrement ?

Ivo regarda attentivement son ami, nota le regard las mentionné la veille par Bettina.

— Les femmes ne sont pas toujours sages, Ivo.

— Et nous ? répondit celui-ci amusé. As-tu le moindre indice qui te permette de penser qu'elle a rencontré quelqu'un ?

Justin Daniels hocha la tête.

— Non, mais sait-on jamais. Je déteste ces petits crétins qui hantent les campus à la recherche des filles avec qui s'envoyer en l'air.

— Des garçons dans ton genre, répliqua Ivo Stewart avec un sourire.

Justin lui lança un regard noir et commanda un whisky.

— Peu importe. Je ne suis pas dans mon assiette aujourd'hui.

— La gueule de bois ? demanda Ivo qui ne semblait pas inquiet outre mesure.

— Peut-être. J'ai l'estomac retourné depuis hier soir.

— C'est l'âge !

— Tu te crois malin ?

Les deux hommes éclatèrent de rire. Leurs divergences de vue quant à Bettina ne les empêchaient pas d'être bons amis. Ce sujet était leur pomme de discorde.

— Que dirais-tu d'un voyage à Londres, le week-end prochain ?

— Pour quoi faire ?

— Je ne sais pas, moi, draguer, claquer du fric, aller au théâtre. La routine, quoi.

— Je croyais que tu travaillais à ton nouveau roman.

— Je piétine et j'ai envie de m'amuser.

— On verra. Tu ne l'as sans doute pas remarqué mais, outre les coups d'État, il y a quelques petites guerres ici ou là de par le monde, qui pourraient exiger ma présence au journal.

— Que tu partes en week-end ne changera rien à l'histoire. Et puis le journal, c'est *toi.* Tu es ton propre patron.

— Je tâcherai de ne pas l'oublier. Avec qui déjeunons-nous ?

— Judith Abbot, l'auteur dramatique. Bettina sera furieuse d'avoir manqué ça.

Justin Daniels jeta un regard sombre à son ami et commanda un second whisky. Dans ses yeux, Ivo lut de la peur.

Il resta un instant songeur, avant de poser la main sur le bras de l'écrivain.

— Justin… tu es sûr que tout va bien ?

— Non, je me sens tout drôle…

— Tu veux t'asseoir ?

Il était déjà trop tard. Justin Daniels s'effondra. Deux femmes se mirent à hurler. Le visage distordu, il semblait lutter contre une douleur intolérable. Frénétiquement, Ivo lança des ordres. Il tenait son ami dans ses bras en priant le ciel qu'il fût encore temps d'agir, quand les premiers secours arrivèrent. Mais il était trop tard. La main de Justin retomba mollement sur le sol quand Ivo la lâcha. Une fois sur place, la police éloigna les curieux. Pendant une demi-heure, l'équipe médicale fit tout ce qui était en son pouvoir pour ranimer l'écrivain. En vain. Justin Daniels était mort.

Massage cardiaque, bouche-à-bouche, oxygène, Ivo assista, impuissant, à toutes ces tentatives pour ramener son ami à la vie. Il ne pouvait que prier. Rien n'y fit. Quand on recouvrit le visage de Justin, Ivo laissa couler ses larmes. On lui demanda s'il désirait accompagner le corps à la morgue. La morgue ? Justin ? C'était impossible. Ce fut pourtant là qu'on l'emmena.

Une heure plus tard, Ivo sortit de l'hôpital, pâle et tremblant. Il ne lui restait plus qu'à prévenir Bettina. Cette perspective lui était insupportable. Comment lui annoncer la nouvelle ? Qu'allait-il advenir de la jeune fille ? Qui prendrait soin d'elle ? Bettina n'avait que Justin au monde. Nul autre. Elle côtoyait le Tout-New York et connaissait plus de célébrités que le chroniqueur mondain du *Times,* mais son père était son seul soutien. Et il n'était plus là.

3

La pendule de la cheminée égrenait les secondes avec un tic-tac monotone. Ivo s'assit dans le bureau et jeta un regard sombre sur le parc. C'était la fin de l'après-midi. Le jour tombait lentement. Dans la rue en contrebas, les files de voitures avançaient, avec une lenteur d'escargots, le long de la Cinquième Avenue, dans la cohue et le bruit. Les véhicules étaient immobilisés, au milieu d'un concert de klaxons. Dans l'appartement des Daniels ne parvenait qu'une rumeur de toute cette agitation. Ivo guettait le pas de Bettina dans l'entrée, sa voix, son rire lorsqu'elle rentrerait de l'université. Il se surprit à contempler les divers trophées, les objets artistiquement disposés sur les étagères de la bibliothèque où s'alignaient les volumes reliés en cuir que Justin chérissait. Il en avait beaucoup acheté dans les ventes aux enchères, à Londres. Pendant des années, Ivo l'avait accompagné dans ses voyages, à Munich, à Paris, à Vienne aussi. Ils avaient partagé tant de moments, tant de joies ! C'était Justin qui avait fêté ou pleuré avec lui, pendant les trente-deux ans de leur amitié, amours, divorces et succès de toutes sortes… Justin qui lui avait demandé de rester près de lui, la nuit où Bettina était née. Ils s'étaient tous deux saoulés au champagne, puis ils avaient fait la tournée des grands-ducs... Justin... qui n'était plus. Il était parti si soudainement. Ivo pensa à l'après-midi qui venait de s'écouler, aux instants passés à l'hôpital. Tout cela lui semblait tellement irréel ! Puis il se rendit compte que c'était Justin qu'il attendait, et non Bettina... la voix de Justin dans le couloir vide... son élégante silhouette dans l'embrasure de la porte... ses yeux pleins de gaieté... son rire. Oui, c'était Justin qu'Ivo attendait ainsi, tranquillement assis dans la pièce lambrissée, absorbé dans la contemplation de la tasse de café que lui avait apportée le maître d'hôtel, une heure auparavant. Lui aussi savait. Tous savaient. Peu après son arrivée, Ivo avait prévenu les domestiques. Il avait également contacté l'avocat et l'agent de Justin. Personne d'autre. Il ne fallait pas que la presse et la radio répandent la nouvelle avant que Bettina soit mise au courant. Les domestiques avaient ordre de ne rien lui dire. Dès son entrée, on la conduirait dans le bureau où il attendait... dans le calme... que l'un des deux rentre à la maison. Si seulement Justin pouvait revenir, tout cela ne serait que mensonge après tout, et il ne serait pas obligé d'annoncer à... de lui dire que... ses yeux le picotaient. Il effleura du doigt le délicat motif bleu et or de la tasse en porcelaine de Limoges posée devant lui.

D'un air absent, Ivo caressa la dentelle qui bordait sa serviette. La porte d'entrée s'ouvrit brusquement. Il y eut des chuchotements, le maître d'hôtel sans doute, puis il entendit la voix claire de Bettina. Ivo l'imagina, souriante, détendue. Elle se débarrassait de son lourd manteau rouge, disait deux mots au domestique qui ne souriait qu'à « mademoiselle ». Tout le monde souriait à « mademoiselle ». Sauf Ivo. Cet après-midi-là, il en était incapable. Il se leva et s'avança lentement vers la porte. Son cœur battait la chamade. Qu'allait-il lui dire ?

— Ivo ? fit-elle, surprise de le trouver là.

Les domestiques s'étaient contentés de lui apprendre que M. Stewart l'attendait au salon.

— Que se passe-t-il ? demanda-t-elle en lui tendant les bras.

Ivo avait quitté le journal plus tôt que d'habitude, et elle le savait. Il sortait rarement de son bureau avant sept ou huit heures, un inconvénient dont il fallait tenir compte lorsqu'on l'invitait à dîner, mais dont tous semblaient s'accommoder. Le directeur du *New York Mail* avait le droit de faire des heures supplémentaires. Les tables de la ville ne lui en étaient pas moins ouvertes.

— Tu as l'air fatigué, lui dit-elle d'un ton de reproche. Papa est là ?

Il secoua la tête sans lui répondre, et ses yeux s'emplirent de larmes, quand elle lui embrassa la joue.

— Non, Bettina... pas encore, se hâta-t-il d'ajouter.

— Désires-tu autre chose que cette misérable tasse de café ?

Il y avait tant de chaleur, de douceur dans son sourire qu'il en eut le cœur déchiré. Elle s'inquiétait pour lui, ce qui le fit sourire à son tour. Bettina était si incroyablement jeune, charmante, innocente, qu'il lui répugnait de lui dire la vérité. Ses boucles auburn lui auréolaient le visage. Avec ses yeux vifs, ses joues rougies par le froid, elle semblait encore plus petite.

Son sourire s'effaça. Bettina comprit qu'il s'était passé quelque chose, quelque chose de grave.

— Qu'y a-t-il, Ivo ? Tu n'as presque rien dit depuis mon arrivée.

Elle le regarda dans les yeux. Doucement, Ivo la prit par la main. La jeune fille pâlit. Ivo ne parvenait plus à retenir ses larmes. Il l'attira à lui. Elle ne le repoussa pas, comme si elle était consciente qu'elle allait avoir besoin de lui, et lui d'elle. Blottie contre son épaule, elle attendit la nouvelle.

— Bettina... C'est Justin, poursuivit-il, la gorge nouée.

Il se devait d'être fort. Pour Justin. Pour elle. Il la sentit se raidir. Brusquement, Bettina le repoussa.

— Que veux-tu dire, Ivo ? demanda-t-elle, le regard affolé, les mains tremblantes. Un accident ?

Ivo ne put que secouer la tête. Puis lentement, il leva les yeux vers elle.

— Non, ma chérie, il n'est plus.

Sous le choc, Bettina se figea. Elle le fixait du regard sans bien comprendre, sans vouloir savoir.

— Je... je ne saisis pas.

Elle baissa les yeux vers ses mains qui se tordaient de nervosité. Mue par une angoisse instinctive, elle traversa la pièce en courant, comme pour s'éloigner de lui, comme si, en le fuyant, elle pouvait fuir la vérité.

— Mais, grand Dieu, qu'est-ce que cela signifie ? hurla-t-elle, la voix vibrante de colère et les yeux embués de larmes.

Bettina paraissait si fragile, si frêle, qu'il avait envie de la serrer contre lui, encore une fois.

— Bettina... ma chérie.

Ivo s'approcha d'elle, mais elle le repoussa pour ne

pas penser, pour ne pas savoir, puis soudain, elle se jeta dans ses bras, le corps tout entier secoué de sanglots.

— Mon Dieu., non… papa…

C'était un long gémissement d'enfant. Ivo la tenait contre lui. Il était tout ce qui lui restait.

— Que s'est-il passé ? demanda-t-elle.

Elle ne tenait pas à le savoir. Elle aurait tout donné pour que ce ne fût qu'un mauvais rêve. Mais ce n'était pas un rêve. Le visage d'Ivo était là pour le lui rappeler.

— Il a eu une crise cardiaque. Au déjeuner. L'ambulance est arrivée immédiatement, mais il était déjà trop tard.

— Ils n'ont rien fait ? Pour l'amour du Ciel… insista-t-elle entre deux sanglots.

Comment le croire ? La veille, ils avaient dansé dans cette pièce.

— Bettina, ils ont fait tout ce qui était en leur pouvoir. Absolument tout. Simplement…

Qu'il était pénible de lui raconter ces instants éprouvants ! C'en était presque insupportable.

— Cela s'est passé si vite ! Tout a été terminé en quelques minutes. Je te jure qu'ils ont tenté l'impossible pour le sauver. Il n'y avait pas grand-chose à faire.

Bettina hocha la tête en fermant les yeux, puis elle quitta la chaleur des bras d'Ivo. Le dos tourné, elle contempla la neige et les branches noueuses des arbres nus de Central Park, de l'autre côté de la rue. Ils semblèrent laids, décharnés, solitaires, quand tout lui avait paru si fécriquement beau la nuit précédente, tandis qu'elle attendait l'arrivée de leurs invités. Elle les haïssait à présent, ces gens qui lui avaient volé sa dernière soirée... Sa dernière soirée avec lui. En serrant les paupières, elle puisa au fond d'elle-même le courage de poser une question, d'une voix à peine audible :

— A-t-il... dit quelque chose, Ivo ? Je veux dire... pour moi.

— Non, Bettina, il n'en a pas eu le temps.

Elle demeura silencieuse, puis respira profondément. Ivo se demanda s'il devait aller vers elle ou la laisser tranquille. Il craignait de la briser tant elle semblait fragile, menue, dans sa souffrance et sa solitude. Elle était seule à présent et elle le savait. Pour la première fois de sa vie.

— Où est-il ?

— À l'hôpital.

Ivo dut se faire violence pour poursuivre.

— Avant de prendre la moindre disposition, je voulais t'en parler. Comment désires-tu procéder ?

Ivo Stewart s'approcha lentement de Bettina et la força à lui faire face. Quand il baissa les yeux vers elle, ce fut une femme qu'il aperçut, plus une enfant.

— Bettina, je suis navré d'insister mais... Sais-tu ce que ton père aurait souhaité ?

Elle s'assit et fit voler ses boucles auburn.

— Nous n'avons jamais parlé... de ça. De plus, il n'était pas croyant.

Deux grosses larmes roulèrent sur ses joues.

— La cérémonie sera intime. Je ne veux pas... ajouta-t-elle avec peine, que des étrangers soient témoins de...

Les sanglots l'étouffèrent, et Ivo la prit de nouveau dans ses bras. Il lui fallut au moins cinq minutes pour retrouver son sang-froid.

— Je veux le voir, Ivo, déclara-t-elle, le regard triste.

Celui-ci acquiesça. En silence, elle se dirigea vers la porte.

Sur le chemin de l'hôpital, la jeune fille fit preuve d'un calme terrifiant. Les yeux secs, digne, elle se tenait à l'arrière de la limousine d'Ivo, immobile. Noyée dans son manteau de renard argenté, elle semblait avoir diminué de volume. Sous le chapeau assorti, ses yeux étaient immenses, enfantins.

Elle fut la première à sortir de la voiture et, d'un bond, franchit le seuil de la grande bâtisse, attendant avec impatience qu'Ivo la rejoigne pour la conduire auprès de son père. Elle n'avait pas encore accepté la réalité et s'imaginait presque le voir vivant, prêt à l'accueillir. Ce n'est qu'en traversant le dernier couloir qu'elle ralentit l'allure. Le martèlement de ses talons noirs sur le sol s'estompa, et son regard devint fixe quand elle pénétra dans la morgue. Son père était là, recouvert d'un drap. Sur la pointe des pieds, elle s'approcha de lui, s'immobilisa, cherchant le courage de soulever le drap pour voir son visage. Ivo l'observa avant de venir à son côté.

— Tu veux t'en aller ? murmura-t-il en lui prenant doucement le bras.

Bettina se contenta de secouer la tête. Il fallait qu'elle le voie, qu'elle lui dise adieu. Elle aurait aimé qu'Ivo la laissât seule avec lui, mais elle ne voulait pas le blesser. Et après tout, peut-être était-ce mieux ainsi.

D'une main tremblante, elle saisit le bord du drap et lentement, très lentement, elle dégagea le sommet de la tête de Justin Daniels. Un court instant, ce fut comme s'ils jouaient à cache-cache, comme si elle retrouvait son enfance. D'un geste brusque, elle fit glisser le drap sur la poitrine. Il avait les paupières closes, les traits paisibles. Il était étrangement pâle. Les yeux écarquillés par la douleur, elle comprit enfin. Ivo n'avait pas menti. Son père était mort. En larmes, elle se pencha pour l'embrasser, puis recula. Ivo, lui entourant les épaules de son bras, l'aida à quitter la pièce.

4

Ce ne fut qu'après l'enterrement que Bettina dut affronter les réalités de cette nouvelle situation. Entre la mort de son père et les funérailles s'écoulèrent deux journées épiques. Trouver un costume, passer en revue les détails de la cérémonie avec la secrétaire engagée pour la circonstance, dresser avec Ivo la liste des gens à prévenir, distribuer les tâches aux domestiques, rassurer les amis… Tous ces « préparatifs » avaient un caractère rassurant, qui l'aidaient à fuir son émotion, la vérité aussi. Elle courait de l'appartement aux pompes funèbres. Puis vint l'heure où elle se rendit au cimetière, fragile silhouette noire, une rose blanche à la main, qu'elle alla déposer sur le cercueil tandis que le reste du cortège se tenait à l'écart. Seul Ivo restait à proximité. Témoin, son ombre qu'elle apercevait près de la sienne dans la neige. Ivo. Le seul à pouvoir l'aider en ces moments difficiles, la réconforter, lui montrer qu'il y avait encore quelqu'un pour l'aimer, la sauver de sa solitude et de sa peur.

Il lui prit la main sans rien dire et la reconduisit à la voiture. Une demi-heure plus tard, elle était à l'abri dans son appartement, dans ce petit monde qui était le sien. Ensemble, ils prirent un café en contemplant la neige qui brillait sous le soleil de novembre dans le parc, seul endroit où elle était encore intacte. Il avait neigé tôt dans la saison et, en ville, la couche blanche fondait depuis trois jours. Bettina soupira, but une gorgée et regarda d'un air absent le feu qui crépitait dans la cheminée. Curieusement, elle avait l'impression de se trouver dans le même état d'esprit que son père lorsque celui-ci venait de terminer un roman. Ses « personnages » partis, elle se sentait vide, oisive, inactive. Il n'y avait plus personne pour qui se mettre en quatre, plus de crabe farci à commander, plus de cigares à apporter, plus de liste d'invités à dresser ou de billets pour Madrid à réserver selon l'humeur. Bettina n'avait plus qu'elle-même et n'était pas très sûre de savoir se débrouiller. Il y avait eu tant à faire pour s'occuper de lui !

— Bettina !

Il y eut un long silence. Ivo posa sa tasse et glissa lentement une main dans ses cheveux blancs. Il n'était pas à l'aise et elle se demanda pourquoi.

— Je sais, ma chérie, qu'il est encore tôt pour parler de ces choses-là, mais nous devons prendre rendez-vous avec tes avocats, dès cette semaine.

— Pourquoi ? fit-elle en tournant vers lui ses grands yeux verts, ce qui lui serra le cœur.

— Pour parler du testament et… il y a d'autres questions dont nous devrons nous entretenir.

Justin avait désigné Ivo comme exécuteur testamentaire, et les avocats de l'écrivain le harcelaient depuis deux jours.

— Mais pourquoi maintenant ? insista-t-elle, perplexe.

Elle se leva et marcha vers l'âtre. Épuisée, nerveuse, elle se demandait s'il valait mieux faire le tour du pâté de maisons au pas de course ou se réfugier dans son lit pour pleurer. Mais Ivo la regardait avec le plus grand sérieux.

— Tu dois être mise au courant de certaines choses, et il y a des décisions à prendre. Assez rapidement.

Pour toute réponse, elle poussa un soupir et retourna s'asseoir sur le canapé.

— D'accord. Nous irons les voir, mais je ne comprends pas pourquoi c'est tellement pressé !

Elle regarda Ivo, avec un sourire. Il lui prit la main. Lui-même ne savait pas au juste ce que les avocats de Justin avaient à leur dire. Douze heures plus tard, ils étaient au courant.

Ébahis, Ivo et Bettina se regardèrent. Les avocats observaient gravement la jeune fille. Aucun portefeuille boursier. Aucun investissement. Aucun capital. Bref, il n'y avait plus d'argent dans les caisses. Aux dires des deux hommes de loi, Justin ne s'inquiétait nullement de cette situation, car il attendait toujours des « rentrées » – qui n'arrivaient jamais. En fait, il n'avait rien engrangé depuis plusieurs années et vivait à crédit depuis trop longtemps. Tous ses biens étaient hypothéqués et il avait contracté d'énormes dettes. Avec ses dernières avances, il s'était offert des voitures, la nouvelle Bentley et la Rolls 1934, des meubles anciens, des chevaux de course, des femmes, des voyages, des maisons, des fourrures – sans compter le train de vie mené avec Bettina. L'hiver précédent, il avait acheté à un ami le pur-sang le plus cher du pays. Deux millions sept cent mille dollars, d'après les journaux. Le prix en était un peu plus élevé, mais son ami lui avait accordé un crédit sur un an. Cette dette-là non plus n'était pas remboursée. Justin savait qu'il l'honorerait. Il y aurait d'autres avances, et ses droits d'auteur, qui tombaient régulièrement, par chèques de centaines de milliers de dollars. Mais même ses futurs droits d'auteur devaient servir à rembourser les prêts consentis par ses relations les plus riches. Il était endetté jusqu'au cou, tant auprès de ses banquiers que de ses amis. Tout ce qu'il possédait ou ne possédait pas encore, biens, revenus à venir et rêves, étaient déjà hypothéqués. Qu'était-il advenu de ses économies, de ces « placements de père de famille », de ces « choses sûres » dont Bettina avait tant entendu parler ? Au fil des heures, elle réalisa que la seule chose sûre était le montant astronomique de ses dettes. Justin Daniels n'avait rien dit de tous ces emprunts. Il avait renvoyé ses conseillers financiers en les traitant d'imbéciles. Face à une situation de plus en plus confuse, Bettina ne pouvait qu'être abasourdie. Tout cela n'avait ni queue ni tête. Ce qu'elle comprit fort bien, c'était qu'il lui faudrait des mois pour clarifier les comptes de son père et que les biens fabuleux de l'illustre, charmant et bien-aimé Justin Daniels ne se montaient pas à la rançon d'un roi, mais à une montagne de dettes.

Perplexe, Bettina regarda Ivo qui paraissait désespéré. Il avait l'impression d'avoir vieilli de dix ans en quelques minutes.

— Et les biens immobiliers ? demanda-t-il en s'adressant au plus vieux des deux avocats.

— Nous devons vérifier cela, mais je suppose qu'il faudra tout vendre. Cela fait deux ans que nous l'avons conseillé à M. Daniels. Il n'est pas impossible qu'une fois vendus les immeubles et… euh… – il toussota d'un air gêné – quelques meubles et objets d'art de l'appartement de New York, le solde soit de nouveau positif.

— Restera-t-il quelque chose ?

— C'est difficile à dire.

La mimique de l'avocat était suffisamment éloquente.

— Si je comprends bien, lança avec colère Ivo, qui se demandait s'il en voulait plus à Justin ou à ses avocats, quand tout sera réglé, il n'y aura plus que l'appartement de New York. Ni actions, ni obligations, aucune épargne d'aucune sorte, rien. C'est ça ?

— Oui.

Le plus âgé des deux avocats, mal à l'aise, rajusta ses lunettes, tandis que son jeune associé s'éclaircissait la gorge en s'efforçant de ne pas dévisager Bettina.

— Aucune disposition n'a été prise en faveur de Mlle Daniels ?

Ivo ne parvenait pas à y croire.

— Aucune, fut la réponse de l'avocat.

— Je vois.

— Bien entendu, il y avait…, ajouta le vieil homme en cherchant dans ses papiers, dix-huit mille dollars sur le compte en banque de M. Daniels. Nous devrons faire homologuer le testament, mais entre-temps nous pouvons avancer une petite somme d'argent à Mlle Daniels pour lui permettre de faire face aux dépenses courantes.

Ivo sentit son sang bouillir dans ses veines.

— Ce ne sera pas nécessaire, rétorqua-t-il.

Il ferma sa mallette d'un coup sec et prit son manteau.

— Combien de temps faudra-t-il, selon vous, pour que nous y voyions plus clair ?

Les deux avocats échangèrent un regard.

— Environ trois mois ?

— Un mois, conclut Ivo d'un ton catégorique. Ses yeux lançaient des éclairs. À contrecœur, le plus âgé des deux hommes acquiesça.

— Nous comprenons à quel point cette situation est éprouvante pour Mlle Daniels. Nous ferons tout ce qui sera en notre pouvoir pour lui faciliter la tâche.

— Merci.

Bettina leur serra la main et quitta précipitamment le cabinet. Sans dire un mot, Ivo observait le visage de la jeune fille. Elle était d'une pâleur d'ivoire, mais elle semblait calme et maîtresse d'elle-même.

Quand ils eurent regagné la voiture, Ivo remonta la vitre qui les isolait du chauffeur, puis il se tourna vers elle.

— Bettina, as-tu compris ce qui se passe ?

— Je crois.

Ses lèvres étaient devenues livides.

— J'ai l'impression que je vais apprendre ce qu'est la vraie vie.

— Me permettras-tu de t'aider ? dit-il, tandis que la limousine s'arrêtait devant l'immeuble cossu où elle demeurait.

Elle secoua la tête, déposa un baiser sur sa joue et sortit.

Ivo la regarda disparaître dans le bâtiment en se demandant ce qu'elle allait devenir.

5

Bettina jeta un coup d'œil à sa montre. La sonnette de la porte d'entrée venait de retentir. Il était à l'heure. Souriante, elle courut accueillir Ivo. Avec son manteau noir et son feutre, il avait l'air très élégant face à la jeune fille en jean et en chemise de flanelle rouge.

— Vous êtes bien enjouée, ce soir, mademoiselle Daniels. Comment s'est passée cette journée ?

— Bien. J'ai vu le type de chez Parke-Bernet.

Ivo remarqua son sourire fatigué et songea qu'il aurait aimé la voir plus élégante. Un mois après la mort de Justin, elle semblait avoir renoncé à son ancienne garde-robe. Elle ne sortait plus, sauf pour se rendre chez ses avocats qui ne lui apportaient, chaque fois, que de tristes nouvelles. Tout ce qu'elle désirait à présent, c'était sortir de cet embrouillamini. Elle avait pris contact avec des négociants en œuvres d'art, des antiquaires, des bijoutiers, dans l'espoir qu'ils lui permettraient d'éponger les dettes de son père.

— Ils me débarrasseront de tous ces machins, fit-elle en désignant les meubles anciens et les bibelots d'un geste vague, et de tout ce qu'il y a dans les maisons de South Hampton et de Palm Beach. Ils ont déjà envoyé quelqu'un pour l'inventaire. Je bazarderai sur place le mobilier du sud de la France, poursuivit-elle en soupirant, et je crois qu'on vendra la maison de Beverly Hills, avec tout ce qu'elle contient. L'acheteur est un Arabe qui a laissé tout ce qu'il possède au Moyen-Orient. Tout sera donc pour le mieux, pour lui comme pour moi.

— Tu ne gardes rien ? demanda Ivo d'un air consterné.

— Eh non, répondit-elle avec un petit sourire. Je n'en ai pas les moyens. Je suis en train de rembourser un emprunt d'État. Quatre millions et demi de dollars, ça ne se trouve pas sous le sabot d'un cheval. Mais j'y parviendrai.

Comment Justin avait-il pu faire ça à sa fille ? Se montrer aussi imprévoyant ? Ne pas envisager un instant les conséquences inévitables de ses actes ? Laisser Bettina se débattre dans pareil marasme financier ?

— Ne t'inquiète pas ! Un de ces jours, tout sera en ordre, le rassura-t-elle.

— Oui, mais en attendant, je reste là, inutile, à te regarder mettre ta vie en pièces.

Bettina n'avait que dix-neuf ans, mais elle paraissait plus âgée, bien qu'il y eût encore quelque espièglerie au fond de ses yeux.

— Qu'est-ce que tu veux, Ivo ? M'aider à faire mes bagages ?

— Certainement pas, répliqua-t-il d'un ton brusque que son regard démentit aussitôt.

— Excuse-moi, Ivo. Je sais que tu veux m'aider. Je commence à fatiguer, c'est tout. J'ai parfois l'impression que ça ne s'arrêtera jamais.

— Et quand tout sera terminé, que feras-tu ? Je ne t'approuve pas d'avoir abandonné tes études.

— Pourquoi ? J'apprends plus ici en ce moment qu'à l'école. De plus, les études coûtent cher, ajouta-t-elle avec une pointe d'amertume.

— Bettina, ça suffit ! Je veux que tu me promettes une chose.

— Quoi ?

— Quand le plus dur sera passé, que tu te seras occupée de l'appartement, des meubles et du reste, je tiens à ce que tu prennes des vacances, pour te remettre sur pied et te reposer.

— À t'entendre, on dirait que j'ai cent ans.

Elle ne lui demanda pas qui paierait son voyage. Il ne lui restait plus un sou. Elle parvenait à se nourrir, mais elle n'achetait plus rien, ne sortait plus. Le matin même, elle avait pensé vendre sa garde-robe, les tenues de soirée du moins. Elle en avait deux placards remplis. Mieux valait n'en rien dire à Ivo, pensa Bettina. Il serait dans tous ses états.

— Je ne plaisante pas, je veux que tu partes, insista-t-il. Tu en as besoin. Si je le pouvais, je t'expédierais tout de suite, mais je sais que tu as encore des affaires à régler. Tu me promets d'y réfléchir ?

— Nous verrons.

Elle avait ignoré les fêtes de Noël, par trop tristes cette année, et passé les vacances à ranger la bibliothèque de son père. Les livres rares seraient envoyés à Londres, pour y être vendus aux enchères, retrouvant ainsi leur lieu d'origine. Bettina espérait en tirer un bon prix. D'après l'expert, ils valaient quelques centaines de milliers de dollars. Pourvu qu'il ne se soit pas trompé !

— Que t'a dit Parke-Bernet ?

Ivo était fatigué, lui aussi. Il venait la voir presque tous les jours, mais il répugnait à entendre ce qu'elle avait à lui annoncer. Vendre, emballer, liquider. Ivo avait l'impression de la voir défaire sa vie tout entière.

— La vente aura lieu dans deux mois. Ils me feront une petite place dans leur programme. Ils sont ravis de ce que nous leur proposons, déclara-t-elle en lui tendant son whisky-soda quotidien. Que dirais-tu de rester dîner ?

— Tu m'impressionnes beaucoup, tu sais. J'ignorais que tu savais faire la cuisine.

— Moi aussi. J'ai découvert que j'étais relativement efficace dans de nombreux domaines. À propos, ajouta-t-elle tandis qu'Ivo sirotait son whisky, j'ai quelque chose à te demander.

Ivo sourit en se calant au fond du canapé.

— Oui. Quoi donc ?

— Du travail.

Bettina avait prononcé ces mots avec un réalisme tel qu'Ivo tressaillit.

— Maintenant ?

— Pas dans la minute, mais quand j'aurai réglé tout ça. Qu'en penses-tu ?

— Au *Mail* ? Bettina, ce n'est pas possible.

Au bout de quelque temps, il hocha la tête. Après tout, il lui devait bien ça.

— Tu veux être mon assistante ?

La jeune fille éclata de rire.

— Pas de népotisme, Ivo. Je veux parler d'un véritable travail, pour lequel je serais qualifiée. Correctrice, peut-être.

— Ne sois pas ridicule. Je ne le permettrai pas.

— Bon, alors je ne te demanderai plus rien, rétorqua-t-elle avec détermination.

Elle avait réellement besoin de travailler, songea Ivo, le cœur déchiré. Bettina acceptait cette situation, il se devait de l'accepter à son tour.

— Nous verrons. Je vais y réfléchir. Il me viendra sans doute une meilleure idée que ce poste au *Mail*.

— Épouser un vieil homme très riche, par exemple ? plaisanta-t-elle.

Ils éclatèrent de rire.

— Non, à moins que tu n'acceptes d'examiner ma candidature.

— Tu n'es pas assez vieux. Et si on dînait ?

— Quand tu veux.

Bettina disparut dans la cuisine pour faire griller deux steaks. Elle mit le couvert sur la longue table de réfectoire que son père avait rapportée d'Espagne et posa un vase de fleurs jaunes sur la nappe bleu vif. Tout était fin prêt quand Ivo pénétra dans la pièce.

— Tu me gâtes trop, Bettina. J'ai pris l'habitude de passer ici tous les soirs avant de rentrer chez moi. Tes petits repas fins ont avantageusement remplacé mes plats surgelés et mes sandwichs au pain rassis !

— Quand diable as-tu mangé des surgelés, Ivo Stewart ? railla-t-elle en repoussant du dos de la main ses boucles cuivrées. Je suis prête à parier qu'il y a au moins dix ans que tu n'as pas dîné chez toi. À propos, où en est ta vie mondaine depuis que tu me sers de baby-sitter ? Tu ne sors plus, n'est-ce pas ?

Le regard vague, il caressa du bout des doigts les pétales jaunes.

— Non, je n'ai pas le temps. Mon travail m'absorbe

trop. Et toi ? Cela fait longtemps que tu n'es pas sortie, poursuivit-il d'une voix douce.

Bettina se détourna en secouant faiblement la tête.

— C'est différent. Je ne pourrais pas… Je ne peux pas…

Seuls les amis de son père l'invitaient, et la jeune fille ne se sentait pas encore la force de les affronter.

— Pourquoi ? Justin n'aurait pas aimé que tu te mures dans ton deuil, Bettina.

Était-ce autre chose ? Redoutait-elle leur jugement, maintenant que la vérité s'étalait dans tous les journaux ? On n'avait pu dissimuler à la presse les déboires financiers de Justin.

— Je ne veux pas, c'est tout, Ivo ! Je ne serais pas à l'aise.

— Pourquoi ?

— Je n'appartiens plus à ce monde-là, dit-elle, apparemment si désemparée qu'il se rapprocha d'elle.

— Qu'entends-tu par là ?

Les yeux de Bettina s'emplirent de larmes. De nouveau, elle lui parut très jeune.

— J'ai l'impression d'être une usurpatrice, Ivo. La vie de papa était un tel mensonge ! À présent, tout le monde est au courant. Je le sais. Je n'ai plus rien. Je n'ai plus le droit de parader dans les soirées mondaines ni de fréquenter l'élite. Je veux tout vendre, partir d'ici et travailler.

— C'est ridicule, Bettina. Ce n'est pas parce que ton père s'est endetté jusqu'au cou que tu dois te priver de tout ce qui a fait ta vie ! C'est complètement fou !

La jeune fille secoua la tête en séchant ses pleurs avec le pan de sa chemise de flanelle rouge.

— Non, papa n'appartenait pas non plus à cet univers-là puisque, pour y rester, il lui a fallu contracter quatre millions de dettes. Il aurait dû vivre autrement.

Sa voix reflétait la douleur, les désillusions des semaines passées. Ivo l'attira contre lui et la garda au creux de ses bras. Bettina eut l'impression d'être redevenue une petite fille. Elle avait presque envie de grimper sur ses genoux.

— Justin Daniels était un écrivain remarquable, Bettina. On ne peut pas lui retirer ça. C'était l'un des plus grands esprits de son temps. Et il avait le droit d'aller où bon lui semblait, de fréquenter qui il voulait. Il n'aurait pas dû se laisser aller à de tels excès, c'est tout. C'était une star, Bettina. Une star extraordinaire, unique, tout comme toi. Rien n'empêchera cela, ni les dettes, ni les fautes, ni les échecs, ni les erreurs. Rien, tu comprends ?

Elle n'en était pas certaine. Dans ses yeux, il vit un grand chagrin mêlé de perplexité.

— Pourquoi suis-je extraordinaire ? Parce que je suis sa fille ? Vois-tu, Ivo, c'est l'une des raisons pour lesquelles je me sens étrangère dans ce milieu. Mon père n'est plus là. Quel droit ai-je de retourner parmi ces gens ? Surtout maintenant que je suis fauchée. Je ne peux plus leur offrir de somptueuses réceptions ni leur faire rencontrer les huiles de tout poil. Je n'ai plus rien à leur apporter. Je ne *suis* plus rien, conclut-elle dans un sanglot.

— Bettina, tu te trompes, répliqua-t-il d'un ton ferme, un bras glissé autour de sa taille. Tu es *quelqu'un.* Tu le seras toujours. Non parce que tu es la fille de Justin, mais parce que tu es *toi.* Sais-tu combien de gens sont venus ici pour toi, rien que pour toi ? Pour te rencontrer. Tu es une sorte de légende depuis que tu es toute petite et tu ne t'en es jamais rendu compte, ce qui fait partie de ton charme. Mais il est temps que tu le comprennes, maintenant. *Toi.* Bettina Daniels. D'ailleurs j'exige que tu cesses de jouer les recluses.

D'un pas décidé, à longues enjambées, il traversa la pièce et prit une bouteille de vin, deux verres, qu'il remplit de bordeaux.

— Je viens de prendre une décision, mademoiselle Daniels, un point c'est tout. Demain soir, je t'emmène à l'opéra. Ensuite, nous irons dîner ensemble.

— Ah oui ? Non, Ivo, fit-elle, horrifiée à cette perspective. Je ne peux pas. Une autre fois… peut-être…

— Demain.

Ivo Stewart lui sourit.

— Ma chère enfant, sais-tu quel jour nous serons demain ?

Bettina lui fit signe que non.

— C'est la Saint-Sylvestre. Et que tu le veuilles ou non, nous allons fêter ça, toi et moi.

Il lui tendit un verre de vin et leva le sien, comme pour porter un toast.

— L'année de Bettina Daniels. Tu dois comprendre que ta vie n'est pas finie. Ma chérie, elle vient tout juste de commencer.

Le visage radieux, la jeune fille trempa ses lèvres dans le verre.

6

Depuis la salle de séjour plongée dans l'obscurité, Bettina observait la file de voitures le long de la Cinquième Avenue. Portière contre portière, pare-chocs contre pare-chocs, c'était ainsi que les New-Yorkais commençaient les festivités. Un concert de klaxons, des sirènes hurlantes, les cris des passants et, quelque part dans la nuit, des rires. Bettina attendait, étrangement sereine, habitée par une curieuse sensation électrisante, comme si sa vie recommençait. Ivo avait raison. Elle n'aurait pas dû rester seule.

Cette impression bizarre était sans doute due aux nombreux changements qui venaient de se produire dans son existence. Elle n'était plus une enfant. Désormais elle se débrouillerait sans l'aide de quiconque. Bettina se sentit adulte, comme jamais auparavant. Sa maturité n'était plus feinte.

La sonnette retentit quelques instants plus tard et le raisonnement qu'elle se tenait lui parut soudain stupide. Ce n'était qu'Ivo après tout, et il n'y avait rien d'extraordinaire à aller à l'opéra avec lui. Elle courut lui ouvrir la porte. Il se tenait souriant sur le seuil, grand et séduisant, svelte et élancé, avec sa crinière blanche parsemée de flocons de neige. Autour de son cou, un foulard de soie couleur crème contrastait avec le manteau de cachemire noir. Bettina recula et applaudit des deux mains.

— Ivo, tu es superbe !

— Merci, ma chérie, toi aussi.

D'un geste gracieux, la jeune fille rabattit sur ses cheveux cuivrés le capuchon de velours de son manteau bleu nuit.

— Tu es prête ?

Pour toute réponse, elle lui saisit le bras de sa main gantée de blanc. Un calme insolite régnait dans la maison. Disparus les domestiques qui leur tenaient la porte ou se chargeaient du vestiaire. Disparus les courbettes, le service instantané, tout ce qui l'avait protégée des réalités... du monde. Bettina chercha la clef dans sa pochette de soie marine et ferma la porte.

— Les choses ont bien changé, n'est-ce pas ? fit-elle, un peu mélancolique malgré son grand sourire, ce qui attrista son compagnon.

Ils bavardèrent dans l'ascenseur, puis dans la voiture, et Ivo Stewart retrouva la Bettina qu'il connaissait. Le chauffeur s'engagea patiemment dans la longue file de véhicules, tandis qu'à l'arrière, Bettina faisait rire Ivo en lui racontant les faits et gestes de ses anciens camarades d'université.

— Ça ne te manque pas ? demanda-t-il en l'observant avec attention. Tu arrives à t'en passer ?

— Très facilement.

Cette fois, ses yeux ne démentaient pas son propos. Ivo ne la comprenait pas. Elle le regarda, puis se détourna.

— La vérité, c'est que papa s'est toujours arrangé

pour que je ne voie jamais d'amis de mon âge. À présent, ce sont des étrangers pour moi. Nous n'avons pas les mêmes sujets de conversation. Je ne sais pas quoi leur dire. Je n'appartiens pas à leur communauté.

Une fois encore, Ivo songea qu'être la fille de Justin lui avait coûté cher.

— À laquelle alors ?

Ivo était troublé, mais le rire cristallin de Bettina résonna dans la limousine sombre.

— Je suis on ne peut plus sérieux, Bettina. Si tu n'es pas à l'aise avec ceux de ton âge, avec qui le seras-tu ?

— Avec toi, murmura-t-elle en lui souriant.

Puis elle détourna de nouveau les yeux et lui caressa la main. Une étrange sensation parcourut le corps d'Ivo. Il se demanda si c'était l'excitation ou la peur qui le troublait ainsi. Ce n'était ni la pitié ni les regrets. Il se le reprocha. Il aurait dû la plaindre, s'inquiéter de son sort, et non éprouver cette attirance toute physique. Telle était pourtant la folle réalité. Il lutta contre son émotion et rendit son sourire à la jeune fille, tout en tapotant sa main gantée.

— Tu devrais jouer avec des enfants de ton âge, plaisanta-t-il avec espièglerie.

— J'y songerai.

Ils demeurèrent silencieux jusqu'aux portes du Metropolitan Opera.

— Tu sais, Ivo, lui dit-elle, ce sera le premier opéra que je verrai en entier, et ce depuis des années.

— Vraiment ? s'étonna Ivo.

— Chaque fois, je devais me précipiter vers la salle Belmont pour m'assurer que tout était fin prêt pour la réception de papa. Il y avait toujours des messages à prendre, les réservations pour le souper à confirmer. En général, je manquais la seconde moitié du premier acte. Au cours du deuxième acte, il pensait aux trente-six détails dont il avait oublié de me parler au premier. Encore des coups de fil à donner. Enfin, je n'assistais jamais à la fin du troisième acte parce qu'il voulait partir en avance pour éviter la cohue.

— Pourquoi te donnais-tu tant de mal ? lui demanda Ivo en lui lançant un drôle de regard.

L'aimait-elle à ce point ?

— Parce que c'était ma vie. Parce qu'il ne s'agissait pas seulement de tout organiser, parce que ce n'était pas un esclavage comme tu sembles le croire. C'était extraordinaire, passionnant, ça me mettait en valeur et..., ajouta-t-elle, quelque peu embarrassée, j'avais le sentiment d'être importante, indispensable...

Sa voix chancela, et elle évita le regard d'Ivo.

— C'était probablement vrai, tu sais. Sans toi, il aurait été perdu. En tout cas, il n'aurait vécu ni aussi bien ni aussi confortablement. Mais on ne doit pas gâter les hommes ainsi, Bettina. Pas à ses propres dépens.

Les yeux verts de Bettina scintillèrent, telles des émeraudes.

— Ce n'était pas à mes dépens, lança-t-elle avec irritation. – Elle essaya d'ouvrir la portière. – Tu ne comprends pas.

Il comprenait fort bien, plus qu'il ne le lui avouait, plus qu'elle n'était prête à l'accepter. Il savait quelles avaient été sa solitude et sa souffrance, au milieu de ce conte des mille et une nuits.

— Puis-je t'aider ? demanda Ivo en tendant la main vers la poignée de la porte.

Elle se tourna vers lui. Ses yeux lançaient des éclairs. Elle aurait aimé lui dire non, repousser sa main, insister pour le faire elle-même. Ivo lutta pour conserver son sérieux devant ce geste symbolique et dérisoire. Mais il ne put retenir son rire. D'une main, il remit de l'ordre dans les boucles qui dépassaient du capuchon de velours.

— Ce serait plus facile si tu déverrouillais la porte, mademoiselle l'indépendante. Ou préfères-tu te glisser par la fenêtre, une fois que tu auras brisé la vitre avec ta chaussure ?

Elle éclata de rire, incapable de garder plus longtemps le regard assassin qu'elle lui destinait. Le chauffeur les attendait à l'extérieur. Bettina bondit hors de la limousine, défroissa son manteau et remonta son capuchon pour se protéger du vent.

Une fois devant sa loge, Ivo s'effaça pour la laisser entrer. Une bouffée de nostalgie s'empara d'elle, au souvenir des soirées qu'elle avait passées là, en compagnie de son père. Elle tenta d'oublier en se noyant dans le regard bleu d'Ivo. D'un air candide, elle lui caressa la joue. Ivo Stewart n'éprouva plus alors qu'une immense tendresse.

— Je suis contente d'être venue avec toi.

— Moi aussi, petite, répondit-il tandis que tout semblait s'être arrêté autour d'eux. Moi aussi.

Toujours chevaleresque, il l'aida à retirer son manteau. Cette fois, c'est Bettina qui sourit. Elle se souvenait du premier geste de galanterie d'Ivo à son égard, il y avait dix ans de cela, dans ce même opéra. Elle portait un manteau bordeaux avec un col en velours, un chapeau assorti, des gants blancs et des chaussures en chevreau. On donnait *Le Chevalier à la rose.* Bettina avait assisté, horrifiée, au spectacle de cette femme habillée en homme. Ivo lui avait tout expliqué, mais elle n'en était pas moins demeurée chagrine. Ce souvenir la fit rire.

— Qu'y a-t-il de si drôle ? demanda Ivo, amusé.

— Te souviens-tu de la première fois que nous sommes venus ici, ensemble ? De cette actrice travestie ?

Ivo joignit son rire au sien, avant de redevenir soudain grave et sérieux. Il contemplait avec intensité la robe qu'elle portait. La mousseline, du même bleu nuit que le manteau, semblait flotter autour d'elle, tel un nimbe. Les longues manches moulaient admirablement ses bras et la taille resserrée s'épanouissait en volutes fluides. Elle paraissait si délicate, si belle avec ses yeux brillants comme les saphirs et les diamants qui ornaient ses oreilles.

— Tu n'aimes pas ma robe ?

Bettina leva innocemment les yeux vers lui. Elle avait le plus grand mal à dissimuler son désappointement. Laissant à nouveau transparaître sa joie, Ivo lui tendit les bras. Une vraie gamine ! Sa jeunesse le surprendrait toujours. Comment avait-elle fait pour sauvegarder son innocence au milieu de tous ces hommes qu'elle avait côtoyés et qui, à n'en pas douter, nourrissaient des arrière-pensées semblables à celles qu'il avait actuellement.

— J'adore ta robe, ma chérie. Je suis juste un peu… sous le charme.

— Ah oui ? s'exclama-t-elle avec un clin d'œil. Et tu n'en as vu que la moitié !

Bettina pivota sur un talon et révéla, contrastant avec les longues manches, le col montant et la jupe tourbillonnante, un profond décolleté qui découvrait son dos nu, sa chair lisse d'un blanc laiteux.

— Mon Dieu, Bettina, tu es indécente !

— Ne sois pas stupide. Allons nous asseoir. L'orchestre attaque les premières notes.

Ivo rejoignit sa place en soupirant. Il ne savait plus que penser, quelle image avoir d'elle, l'enfant de ses souvenirs ou la femme assise à côté de lui. Il pouvait s'occuper de l'enfant, lui proposer une place dans sa maison. Mais la femme... Tout se compliquait... Un travail au journal ? Une soirée à l'opéra en ami ? Il pourrait l'aider à trouver un appartement... Mais comment le paierait-elle ? Le problème était insoluble. Quand le premier acte s'acheva, il réalisa qu'il n'avait pas entendu grand-chose.

— Ivo, n'est-ce pas merveilleux ? fit-elle lorsque le rideau retomba.

— C'est charmant.

Il était incapable de penser à ce qui venait de se passer sur la scène.

— Désires-tu boire un verre au bar ?

Les spectateurs faisaient déjà la queue vers la sortie. Pour les amateurs d'opéra, le foyer était un lieu où l'on se devait d'aller, moins pour se désaltérer que voir et être vu. Ivo sentit Bettina hésitante.

— Tu préfères rester ici ?

Elle lui fut reconnaissante de cette proposition.

— Cela t'ennuie beaucoup ?

Ivo lui répondit par un geste nonchalant de la main.

— Bien sûr que non ! Ne sois pas stupide ! Veux-tu que j'aille te chercher un verre ?

Elle secoua la tête et éclata de rire.

— Attention ! Si tu me gâtes comme je gâtais papa, tu vas faire de moi un être infernal, impossible à vivre !

Ils parlèrent brièvement de Justin, puis Ivo se souvint des récits que son ami lui avait un jour montrés. Les premiers écrits de Bettina.

— Sais-tu qu'il ne tient qu'à toi de devenir un aussi bon écrivain que Justin ?

— Tu es sincère ? s'étonna-t-elle en ouvrant de grands yeux.

Le souffle coupé, elle attendait sa réponse avec impatience, tout en la redoutant. Ivo acquiesça d'un hochement de tête, et Bettina poussa un petit soupir de soulagement, à peine perceptible.

— Oui. J'ai trouvé les quatre ou cinq nouvelles que tu as rédigées en Grèce, l'été dernier, excellentes. Tu pourrais les publier, si tu le souhaitais. Je voulais te demander si tu en avais l'intention, ajouta-t-il on ne peut plus sérieusement.

Bettina le regarda, sidérée.

— Bien sûr que non. Je les ai écrites juste… juste pour les écrire. Sans raison. Papa te les a montrées ?

— Oui.

— Qu'en pensait-il ?

Il y avait de la nostalgie dans sa voix. Elle semblait avoir oublié la présence d'Ivo.

— Il ne te l'a pas dit ? s'étonna celui-ci.

Elle fit signe que non.

— C'est criminel, Bettina. Il les aimait beaucoup. Il ne t'a vraiment rien dit ? insista-t-il.

— Non, répondit-elle en le regardant droit dans les yeux. Les compliments, ce n'était pas son style.

« Il adorait pourtant en recevoir », songea Ivo, agacé.

— Enfin, l'important, c'est de savoir qu'il les aimait, conclut-il.

— Oui, fit-elle avec un sourire. Et j'en suis heureuse.

Peut-être y avait-il là un moyen de l'aider.

— Souhaites-tu les publier ? répéta Ivo.

— Je ne sais pas, fit-elle en haussant les épaules d'une manière enfantine. Mon rêve serait d'écrire une pièce de théâtre, mais je ne suis pas certaine d'en être capable.

— Tu le peux si tu le veux. Il suffit de rêver très fort, d'y penser sans cesse, de s'accrocher.

Bettina resta longtemps silencieuse et détourna le regard. Ivo se rapprocha d'elle. Elle sentit sa présence à ses côtés, sa main contre la sienne.

— Ne renonce pas à tes rêves, Bettina, jamais, jamais !

— Je n'ai plus de rêves, Ivo, murmura-t-elle, lasse, assagie.

— Ce n'est pas vrai, petite, ils ne font que commencer, rétorqua-t-il avant de déposer un baiser sur ses lèvres.

7

Quelle soirée étrange et merveilleuse ! Après l'opéra, ils avaient dîné à *La Côte Basque,* puis dansé au *Club.* Ivo et Justin y avaient adhéré dès sa fondation. Les années avaient passé, et le Club était resté un endroit agréable, un lieu idéal pour un soir de Saint-Sylvestre. Ils avaient repris leur relation amicale, quelque peu troublée par le baiser d'Ivo. Bettina chassa ce souvenir. Ivo était un ami très cher, un témoin du temps passé. Ils bavardèrent, rirent et dansèrent. Ils burent du champagne jusqu'à trois heures du matin. Ivo lui avoua alors sa fatigue et proposa de la reconduire chez elle. Sur le chemin du retour, ils restèrent tous deux inhabituellement silencieux. Au fond de la limousine, Bettina pensait à son père. Son absence lui paraissait incongrue. Comme le fait de ne même pas lui avoir téléphoné pour lui souhaiter une bonne année. Ils remontèrent lentement l'East Side, jusqu'à la porte de l'immeuble.

— Je t'offre un cognac ? demanda-t-elle, presque par habitude, entre deux bâillements.

Il était près de quatre heures du matin, et Ivo éclata de rire.

— Tu manques de conviction ! plaisanta-t-il. Tu crois que tu arriveras à garder les yeux ouverts assez longtemps pour monter jusque chez toi ?

— Je n'en suis pas certaine... J'ai tellement sommeil ! lui dit-elle en pénétrant dans l'ascenseur. Tu es sûr que tu ne veux pas boire un petit quelque chose ?

— Certain.

— Chic ! Je vais pouvoir me coucher tout de suite, commenta-t-elle.

De nouveau, elle paraissait avoir douze ans. Ils eurent un rire complice.

Le vide de la maison saisit encore Bettina quand elle tourna la clef dans la serrure et, à peine la porte ouverte, elle alluma la lumière.

— Tu n'as pas peur, toute seule ici, Bettina ?

— Quelquefois, lui répondit-elle avec franchise.

— Promets-moi une chose, insista Ivo, peiné. Au moindre problème, tu m'appelles. Sans tarder. Je viendrai sur-le-champ.

— Je sais que je peux compter sur toi. C'est très agréable, déclara-t-elle en bâillant.

Elle s'effondra sur le fauteuil Louis XV de l'entrée et retira ses escarpins de satin bleu marine. Ivo s'installa en face d'elle.

— Tu es très belle, Bettina, ce soir... très femme.

— Oui, je suis une femme maintenant, répliqua-t-elle en haussant les épaules comme une petite fille.

Puis avec un rire espiègle, elle lança l'un de ses souliers en l'air, le rattrapa, manquant de briser le précieux vase posé sur la console de marbre.

— Tu sais ce qui me paraît le plus bizarre, Ivo ?

— Quoi donc ?

— À part la solitude, c'est d'être responsable de

mon sort. Je n'ai personne qui me dise quoi faire, qui me critique, qui me félicite, qui décide à ma place... Si j'avais cassé ce vase, par exemple, c'était mon problème. Il n'y aurait eu personne pour le regretter. On se sent seul parfois, à cause de cela. Comme si tout le monde s'en fichait.

Pensive, elle s'absorba dans la contemplation de sa chaussure, qu'elle laissa retomber sur le sol.

— Mais je ne m'en fiche pas ! s'exclama Ivo.

— Je sais. Moi aussi, je me soucie de toi.

Ivo l'observa un moment en silence.

— J'en suis très heureux.

Puis il se leva et se mit à faire les cent pas.

— Maintenant, contrairement à ta théorie, je vais te dire d'aller te coucher, comme une gentille petite fille. Veux-tu que je t'accompagne jusqu'à ta chambre ?

— Ça ne t'ennuie pas ? fit-elle après avoir longuement hésité.

Il fit signe que non, d'un air grave. Elle s'avança, pieds nus, oubliant ses escarpins sur le sol. Elle portait son manteau de velours bleu sur le bras. Ivo suivit l'ovale de son dos nu. Il était maître de lui, à présent. Au cours de la soirée, il avait adopté une ligne de conduite. Arrivée en haut de l'escalier, elle regarda par-dessus son épaule.

— Tu viens me border ? demanda-t-elle en plaisantant à moitié.

Ivo ne savait trop que penser de la lueur qu'il apercevait dans les prunelles vertes. Mais l'heure n'était pas aux questions.

Bettina se frotta les paupières. Elle lui parut soudain beaucoup plus âgée.

— J'ai tant à faire, Ivo ! J'ai souvent peur de ne pas y arriver.

Ivo lui tapota l'épaule, ranimant son sourire.

— Tu réussiras, ma chérie, j'en suis certain. Mais d'abord, mademoiselle, tu as besoin d'une bonne nuit. Je m'éclipse donc. Dors bien.

Elle entendit son pas discret sur la moquette du couloir. Puis ce fut de nouveau le silence. Il était sur le palier. Ses talons résonnèrent sur le marbre du rez-de-chaussée.

— Bonne nuit ! lança-t-il une dernière fois, avant de refermer la porte d'entrée.

8

Bettina suivit la femme dans l'escalier, un sourire aux lèvres, ouvrit les portes des placards et écouta l'agent immobilier vanter les mérites de l'appartement et en énumérer les inconvénients, sans la moindre retenue. Elle n'était pas obligée d'assister à cette visite, mais c'était son choix. Elle voulait être au courant.

Quand, au bout d'une heure, l'inspection fut terminée, Naomi Liebson, qui était déjà venue trois fois dans le mois, s'apprêta à quitter les lieux. Il y avait eu d'autres visiteurs, d'autres agences, mais cette fois-ci, le client semblait mordu.

— Je ne sais pas, mon chou, je ne sais vraiment pas !

Bettina essaya de sourire, mais elle avait épuisé les charmes de ce genre de visite guidée. Il était épuisant d'accompagner, jour après jour, ce troupeau d'acheteurs potentiels. Elle n'avait personne pour la seconder. Ivo était parti en voyage d'affaires en Europe pendant trois semaines. Puis il y avait eu un congrès en Chine, auquel il se devait de participer car c'était une grande première. Et encore d'autres rendez-vous, à Bruxelles, Amsterdam, Rome, Milan, Londres, Glasgow, Berlin, Paris… Un long voyage. Son absence lui pesait beaucoup.

— Mademoiselle Daniels ?

L'agent immobilier la sortit de sa rêverie.

— Excusez-moi… J'étais ailleurs… Oui ?

Naomi Liebson avait de nouveau disparu dans la cuisine, pour y jeter un dernier coup d'œil, imaginer ce que donnerait cette pièce quand on aurait abattu deux murs. Son intention était apparemment de tout casser. Bettina se demanda pourquoi elle n'achetait pas quelque chose à son goût. Cela l'amusait sans doute. Elle avait mutilé cinq appartements en cinq ans. Mais elle les revendait avec un énorme bénéfice. Elle était donc moins folle qu'il n'y paraissait. Bettina lança un regard perplexe à la femme de l'agence.

— Vous croyez qu'elle va l'acheter ?

— Je n'en sais rien, répondit-elle en haussant les épaules. Je vous amènerai deux autres visiteurs plus tard dans la journée. Mais je doute qu'ils soient intéressés. C'est trop grand pour eux. Il y a un couple de gens âgés, et vous avez trop d'escaliers.

— Alors pourquoi les amener ? maugréa Bettina.

Malgré sa lassitude, elle n'avait pas résisté à l'envie de poser cette question. Pourquoi diable venaient-ils tous ? Certains voulaient plus de pièces, les personnes âgées redoutaient les escaliers, les familles nombreuses souhaitaient d'autres chambres de bonne. Et l'agence les envoyait par légions, que l'appartement corresponde ou non à leurs désirs. C'était une fantastique perte de temps et d'énergie, mais visiblement cela faisait partie du jeu.

Et puis, bien sûr, c'était l'appartement de Justin Daniels. Les conjectures et les questions allaient bon train… « Pourquoi vend-on ? » chuchotaient-ils. Et la réponse, invariable : « Il est mort en laissant sa fille sur la paille. » La première fois, Bettina s'était figée, les yeux embués de larmes de colère et d'indignation… *Comment osaient-ils ?* Une telle indécence était-elle concevable ? Comment pouvaient-ils se comporter ainsi ? Ils osaient pourtant, ils pouvaient. Elle apprit à s'en moquer. Tout ce qu'elle désirait, c'était vendre et s'en aller. Ivo avait raison. C'était trop grand. Elle y serait trop seule. Il lui arrivait d'avoir peur. Et puis elle ne pouvait plus entretenir cet immense espace ni en payer les charges vertigineuses. Chaque fois, c'est d'une main tremblante qu'elle puisait dans des réserves déjà bien entamées. Il était grand temps qu'un acheteur se présente. Naomi Liebson ou un autre.

Les autres propriétés avaient toutes été vendues après le 1er janvier. Quelques semaines plus tôt, celle de Beverly Hills l'avait confortablement renflouée. Le jeune homme originaire du Moyen-Orient avait tout acheté en bloc, les murs et les meubles, les miroirs XVIIIe et les tableaux avant-gardistes, curieux mélange de clinquant et de raffinement. Bettina était moins attachée à ce lieu qu'à l'appartement de New York, et la signature du contrat l'affligea peu. À l'étranger, ne restait plus que le pied-à-terre londonien, vide, d'après Ivo, qui lui avait téléphoné pour l'informer que le notaire avait un acheteur en vue ; il lui donnerait de plus amples renseignements à la fin de la semaine. Elle ne possédait donc plus que l'appartement de la Cinquième Avenue qui, dans moins de quinze jours, allait lui aussi se transformer. Elle soupira en pensant à la vente aux enchères. On lui avait fait la faveur d'en avancer la date. Dans dix jours, Parke-Bernet viendrait tout emporter. Littéralement. Elle avait passé en revue chaque table, chaque bibliothèque, chaque fauteuil, ne gardant pour elle qu'une poignée d'objets sans valeur marchande, mais auxquels elle tenait beaucoup.

Après la vente, il ne lui resterait donc plus rien, et elle espérait se débarrasser de l'appartement entre-temps. L'idée de camper dans un intérieur complètement vide lui était insupportable.

La femme de l'agence l'observait avec curiosité, tandis qu'elles attendaient patiemment le retour de Naomi Liebson. Ordinairement, le propriétaire n'assistait pas aux visites. Mais Bettina n'était pas une fille ordinaire.

— Avez-vous trouvé autre chose pour vous loger ? s'enquit-elle, sans cesser de la dévisager.

« Même fauchée, pensait-elle, après avoir vendu ce palais, elle pourra s'offrir un joli petit truc, un studio peut-être, ou une pièce au sommet d'un immeuble avec terrasse et vue sur le parc. Cela ne lui coûterait pas plus de cent mille dollars. » Elle ne se doutait pas que le moindre centime provenant de la vente de l'appartement et toutes les plus-values réalisées sur les objets vendus aux enchères serviraient à assainir la situation financière de son père.

Bettina se contenta de secouer la tête.

— Je n'ai pas commencé à chercher. Je me mettrai en quête quand j'aurai vendu celui-ci.

— Vous avez tort. Vous savez comment ça se passe. L'acheteur se fait tirer l'oreille pendant trois semaines et puis, bing ! il achète et veut prendre possession des lieux du jour au lendemain.

Bettina esquissa un pauvre sourire. Elle prendrait pension au *Barbizon Hotel,* un établissement réservé aux femmes, au coin de Lexington Avenue et de la 63e Rue, et lirait les petites annonces du *New York Times* et du *Mail* dans l'espoir de trouver quelque chose à louer. Ce serait une question de jours, de semaines peut-être. Au besoin, elle partagerait le loyer avec une colocataire. Ensuite elle chercherait du travail. Bettina avait décidé de ne plus en parler à Ivo. Il lui proposerait un poste privilégié, pour un salaire qu'elle ne méritait pas. Elle ne voulait pas de ça. Il lui fallait une véritable situation qui lui permettrait de gagner sa vie. Cette perspective l'épuisait déjà. À ce moment-là, Mme Liebson réapparut.

— Je me demande vraiment ce qu'on peut faire avec une cuisine pareille, s'exclama-t-elle. C'est une telle pagaille !

Elle lança à Bettina un regard lourd de reproche, tout en continuant de sourire de toutes ses dents. Elle adressa un petit signe de tête à la femme de l'agence et, sans même dire au revoir, toutes deux s'en allèrent. Bettina resta là immobile un instant, pestant et fulminant. Peu lui importait que Mme Liebson soit ou non intéressée par son appartement. De toute façon, elle ne le lui vendrait pas. Elle ne voulait pas qu'elle démolisse la cuisine, ni quoi que ce soit d'autre. C'était sa maison, celle de son père, *leur* maison. Elle n'appartenait qu'à eux.

Bettina se laissa lentement tomber sur un fauteuil, dans le crépuscule hivernal, et contempla les objets qui l'entouraient, la superbe moquette à ses pieds. Pourquoi lui avait-il fait ça ? Pourquoi l'avait-il laissée dans un imbroglio pareil ? Ne savait-il pas ce qu'il faisait ? Le ressentiment la prit à la gorge, comme un flot amer, et elle se mit à pleurer des larmes de colère et d'épuisement. Les épaules secouées de sanglots, elle cacha son visage dans ses mains, donnant libre cours à son chagrin. Des heures venaient de s'écouler, lui sembla-t-il, quand le téléphone retentit. Elle le laissa sonner longtemps. On insistait. Elle finit par se lever et longea le couloir jusqu'au discret placard de l'entrée où se trouvait l'appareil. Encore une chose à laquelle elle devait s'habituer : décrocher elle-même, aussi mal en point fût-elle. « Disparue, notre heure de gloire ! » songea-t-elle en s'essuyant les yeux avec un mouchoir.

— Allô !

— Bettina ?

— Oui.

La jeune fille entendait mal la voix assourdie, lointaine, de son interlocuteur.

— Tout va bien, mon ange ? C'est Ivo. Je ne te dérange pas ?

Le visage de la jeune fille s'illumina.

— Non, bien sûr, s'empressa-t-elle de répondre en séchant vite ses larmes.

— Pardon ? Je n'entends pas bien. Parle plus fort ! Ça va ?

— Bien.

Elle eut soudain envie de lui dire la vérité, toute la vérité... *Non, je suis seule, malheureuse... Dans quelques semaines, je n'aurai plus de toit.*

— Et l'appartement ? Est-il vendu ?

— Pas encore.

— Bon. Nous avons vendu Londres. L'affaire s'est conclue ce soir.

Ivo lui donna un chiffre. C'était suffisant pour rembourser une bonne partie de ses dettes.

— Cela tombe à pic. Comment se passe ton voyage ?

— Interminable.

— J'imagine, répondit Bettina en souriant. Quand reviens-tu ?

Elle ne s'était pas rendu compte à quel point elle avait hâte de le revoir.

— Je ne le sais pas encore exactement. Je devrais déjà être rentré, mais j'ai été retardé et il se peut que je sois obligé de repousser encore mon départ.

Bettina se surprit à faire la moue. Elle se moquait d'avoir une réaction de petite fille. Avec Ivo, elle pouvait se comporter ainsi. Il la comprenait.

— Jusqu'à quand ?

— Eh bien..., hésita-t-il, je vais rester deux semaines de plus.

— Oh ! Ivo ! C'est épouvantable !

Il était parti deux jours après la soirée du Nouvel An.

— Je sais, je sais. Je suis désolé. Je te promets de me racheter dès mon retour.

— Tu seras là pour la vente ?

— Laquelle ?

— Aux enchères.

— Quand a-t-elle lieu ?

— Ils l'ont avancée, à ma demande. Dans deux semaines. Le vendredi et le samedi. Il n'y aura que les objets ayant appartenu à papa.

— Et toi ? Tu pars conquérir le monde avec une valise et le nom que tu portes ?

— Tu parles ! On voit que tu n'as pas vu mes penderies ! Il me faudra plus d'une valise, rétorqua-t-elle en souriant enfin.

— Tu ne peux pas tout liquider. Et que vas-tu faire ? Dormir par terre ?

— Aller à l'hôtel. C'est ça ou attendre que Parke-Bernet programme une autre vente. Mais alors ? Que se passerait-t-il si l'appartement de New York était vendu entre-temps ? Je devrais payer un garde-meubles… Non, Ivo, c'est trop compliqué. Je t'assure que c'est mieux ainsi.

— Pour l'amour du ciel, Bettina, tu aurais dû attendre mon retour avant de te lancer là-dedans.

Consterné, Ivo balaya du regard sa chambre d'hôtel. À quatre mille kilomètres de là, il ne pouvait pas faire grand-chose pour l'arrêter. Après tout, elle avait raison d'agir ainsi. Mais il eût préféré qu'elle ne fût pas seule en une telle circonstance, même si elle avait prouvé, dans les moments difficiles, qu'elle était capable de faire face.

— Ne t'inquiète pas, Ivo. Je maîtrise bien la situation. Tu me manques beaucoup, c'est tout.

Il feuilleta son agenda pour lui donner la date exacte de son retour.

— À quelle heure arriveras-tu ?

— Je prends le vol de sept heures, à Paris, ce qui me met à New York à neuf heures du matin, heure locale. Je serai en ville sur le coup de dix heures.

Elle aurait aimé lui faire la surprise de venir le chercher à l'aéroport, mais elle se rendit compte que cela lui serait complètement impossible.

— Qu'y a-t-il ?

— Oh, rien ! C'est le jour de la vente Parke-Bernet.

— Quand commence-t-elle ?

— À dix heures du matin.

Il nota le rendez-vous sur son agenda.

— Je t’y rejoindrai.

Bettina retrouva son sourire. Contrairement à son père, Ivo ne la décevait jamais.

— Tu es sûr que tu pourras ? Et ton travail ? À son tour, il sourit à l’autre bout du fil.

— Après cinq semaines d’absence, une journée de plus ou de moins ne changera pas grand-chose. Je serai là le plus tôt possible. De toute façon, je te téléphonerai avant. Bon, tu es sûre que tout va bien ?

Comment pourrait-elle aller bien alors qu’agents immobiliers et acheteurs potentiels envahissaient son appartement et que Parke-Bernet était sur le point de mettre aux enchères tout ce qui lui appartenait ?

Leur conversation téléphonique se prolongea encore quelques minutes.

— Je t’appellerai, Bettina, répéta Ivo.

Puis il y eut un silence étrange. Ivo hésita. Bettina retint son souffle.

— Oui ? fit-elle.

— Rien, mon ange. Je t’embrasse.

9

Le lendemain, Bettina fut réveillée par le téléphone. C'était l'agence immobilière. Cinq minutes plus tard, la jeune fille était assise dans son lit, désemparée.

— Mais enfin, c'est une excellente nouvelle ! s'exclama la femme de l'agence, visiblement irritée.

Bettina hocha la tête. Oui, c'était une bonne nouvelle. Mais le choc n'en était pas moins brutal. Elle venait de perdre sa maison. Contre une somme rondelette, certes. Mais pour elle, l'heure était venue de faire sa valise.

— Oui, je suppose, répondit-elle. Simplement… je n'avais pas… Je ne m'attendais pas à ce que ce soit si rapide ! Quand veut-elle… ?

Bettina ne parvenait pas à trouver ses mots. Elle se mit à détester cette Texane qui lui achetait son appartement. Pour un prix qui aurait dû la faire frémir de joie. L'agent immobilier enchaîna tandis que les yeux de Bettina s'emplissaient de larmes :

— Disons dans deux semaines ? Cela vous donnera à toutes les deux le temps de vous organiser.

Après avoir pris date, Bettina raccrocha et resta assise, en silence, regardant autour d'elle comme si ce devait être la dernière fois.

Elle passa la semaine qui suivit à faire ses bagages entre deux crises de larmes. Le mercredi, on vint enlever les innombrables meubles et bibelots qui devaient parvenir à la sacro-sainte salle des ventes de Parke-Bernet. Le même jour, Bettina se rendit chez son avocat pour conclure la vente de l'appartement. Elle ne loua pas de lit, mais sortit d'un placard un vieux sac de couchage qu'elle avait acheté des années auparavant et dormit à même le sol. Pour trois nuits... Elle aurait pu s'installer à l'hôtel un peu plus tôt que prévu, mais elle n'y tenait pas, préférant rester chez elle jusqu'à la fin.

Le matin de la vente aux enchères, Bettina se leva de bonne heure. Elle s'étira tandis que les premières lueurs de l'aube venaient éclairer sa chambre, dont elle ne prenait même plus la peine de tirer les rideaux. Elle aimait se lever tôt et s'asseoir, en tailleur, avec son café, sur l'épaisse moquette.

Mais ce matin-là, elle était trop nerveuse pour avaler quoi que ce soit. Tel un chat, elle arpenta l'appartement, pieds nus, en chemise de nuit. Les yeux fermés, elle arrivait à se représenter chaque pièce telle qu'elle était encore la semaine précédente. Lorsqu'elle ouvrait de nouveau les paupières, tout lui paraissait étrangement nu. Le parquet était froid sous ses pieds. Peu après sept heures, elle retourna dans sa chambre et farfouilla dans sa penderie pendant presque une heure. Le jean était exclu. Avec ses vêtements de tous les jours, elle se serait faite toute petite, au dernier rang. Or elle avait l'intention d'avancer la tête haute. Ce serait la dernière apparition publique de la fille de Justin Daniels. Elle se devait d'être superbe. Comme si rien n'avait changé.

Bettina se décida pour un magnifique tailleur Dior en laine noire, avec des épaulettes, une taille marquée et une longue jupe étroite. Ses cheveux feraient comme une torche au sommet d'un chandelier sombre. La veste, avec son col droit, se boutonnait haut. Elle n'aurait pas besoin de chemisier. Son manteau de vison et ses escarpins Dior compléteraient l'ensemble.

Bettina prit un dernier bain dans la baignoire de marbre rose. Quand elle en sortit, elle sentait le gardénia. Elle se brossa les cheveux pour leur donner l'aspect luisant d'un miel sombre, se maquilla et s'habilla lentement. L'image que lui renvoyait la glace l'emplit de fierté. Qui aurait pu deviner qu'elle n'avait que dix-neuf ans et venait de perdre tout ce qu'elle possédait ?

La salle des ventes était déjà pleine à craquer, de négociants, collectionneurs, curieux, acheteurs et vieux amis. Toute conversation cessa quand elle entra dans la pièce. Deux hommes bondirent pour prendre des photos. Bettina ne cilla même pas. Elle s'avança, telle une reine, vers l'un des premiers rangs, presque en face du commissaire-priseur, puis elle jeta négligemment son manteau de vison sur le dossier de sa chaise. Il n'y avait aucune joie dans le regard de la jeune fille qui ne reconnut aucun de ceux qui tentaient d'attirer son attention. Elle n'était plus qu'une étrange silhouette noire, aux cheveux de cuivre, avec autour du cou le merveilleux, long et volumineux collier de perles qui lui venait de sa mère, aux oreilles des boucles assorties et à la main une bague avec perles et onyx. Seuls ses bijoux avaient échappé au naufrage. Ivo lui avait juré qu'elle parviendrait à rembourser ses dettes sans se défaire de ce patrimoine affectif. Il ne s'était pas trompé.

Bettina se trouvait juste devant l'estrade. De là, elle pouvait apercevoir les objets familiers qu'elle avait mis en vente. Tableaux, divans, consoles, lampes. Dans les coins et sur les côtés, elle en avait déjà remarqué certains, des meubles trop grands pour qu'on pût les hisser sur l'estrade, des secrétaires, d'énormes buffets, la bibliothèque de son père et deux grandes horloges. Ces objets étaient pour la plupart de style Louis XV, ou Louis XVI, parfois anglais, souvent signés, toujours rares. Le catalogue parlait d'une vente « importante », ce qui allait de soi, pensa Bettina. Justin Daniels n'était-il pas un homme important ? Elle aussi avait le sentiment de sa propre importance. C'était la dernière fois qu'elle se produisait en tant que fille du célèbre écrivain.

Les enchères commencèrent à dix heures sept précises. Ivo n'était pas encore là. Bettina jeta un coup d'œil à sa montre Cartier, puis son regard se tourna distraitement vers l'homme qui occupait le podium, les assesseurs, et la grande commode Louis XV avec son plateau de marbre, qui venait de partir pour vingt-deux mille cinq cents dollars. La plate-forme circulaire, installée sur l'estrade, pivota et un autre objet familier apparut. Le grand miroir XVIIe de l'entrée.

— Premier prix à deux mille cinq… Deux mille cinq… Trois mille, ici… Quatre… Cinq… Six… Sept… Sept mille cinq à gauche… Huit mille ! Neuf devant… Neuf mille cinq… Dix mille au fond… Dix mille… Dix… Faut-il… Onze mille !… Onze mille cinq… et douze ! Douze mille devant.

Le marteau retomba. Il avait fallu moins d'une minute pour clore l'affaire. Les enchères allaient bon train, seules compréhensibles des initiés. Les doigts bougeaient à peine, les mains ne se levaient pas. Un hochement de tête, un regard, le léger déplacement d'un stylo, d'une main… Rien n'échappait aux assesseurs, qui faisaient aussitôt signe au commissaire-priseur. L'assistance ne parvenait que rarement à repérer celui qui venait d'enchérir. Bettina ignorait qui avait acheté le miroir. Elle fit une marque sur son catalogue et s'adossa à son fauteuil pour contempler l'article suivant.

Apparurent ensuite les deux superbes bergères françaises, recouvertes d'une soie couleur café crème, qui se trouvaient dans la chambre de son père, et la méridienne assortie. Bettina, le crayon droit, attendait le début des enchères lorsqu'elle sentit quelqu'un se glisser sur le siège voisin du sien.

— Tu les veux ? lui demanda une voix familière.

Il avait l'air fatigué, triste. Mais l'atmosphère de la pièce parut s'alléger d'un coup. Bettina lui jeta les bras autour du cou et le serra contre elle. Le visage d'Ivo s'épanouit en un sourire. Elle se détacha alors, rassurée par sa présence.

— Bienvenue, noble étranger, lui murmura-t-elle à l'oreille. Je suis si heureuse que tu aies pu venir !

Ivo hocha la tête et répéta sa question d'un ton grave. Les enchères étaient déjà montées à neuf mille cinq cents dollars. Bettina fit un petit signe de la tête.

— Je veux que tu me signales tout ce que tu désires conserver, poursuivit-il en lui prenant la main. Tous les objets auxquels tu tiens. Je les achèterai et les garderai chez moi. Tu me rembourseras plus tard, si tu le souhaites… Même dans vingt ans, peu m'importe…

Il se pencha vers elle.

— Si je suis encore là, ce dont je doute, ajouta-t-il.

Il connaissait la fierté de la jeune fille et savait qu'il fallait lui proposer son aide de cette façon.

Bettina soupira une nouvelle fois. On clôtura les enchères à treize mille cinq cents dollars pour les deux bergères.

— J'espère bien que si, Ivo, le contredit-elle.

— À quatre-vingt deux ans ? Pour l'amour du ciel, Bettina, laisse-moi souffler.

Ils se regardèrent comme s'ils ne s'étaient jamais quittés, oubliant ces cinq semaines d'absence.

— Ça va ?

— Ça va. Et toi, tu n'es pas épuisé par le décalage horaire ? Le voyage en avion n'a pas été trop long ?

Un couple installé devant eux les pria de se taire. Ivo les foudroya du regard. Puis il se tourna vers Bettina.

— Interminable. Mais je ne voulais pas que tu sois toute seule ici. Combien de temps cette vente va-t-elle durer ? Toute la journée ?

Il espérait bien que non. Il avait grand besoin de quelques heures de sommeil.

— Jusqu'au déjeuner. Et puis demain matin et l'après-midi.

Ivo reporta son attention sur ce qui se passait sur l'estrade. Bettina était étrangement calme, à présent. Ivo lui pressa la main. Le bureau de Justin trônait sur la plate-forme.

— Bettina ? fit-il en se penchant de nouveau vers elle.

Mais la jeune fille hocha la tête négativement et détourna le regard.

— Sept mille… Sept… Huit ? Sept mille cinq cents ! Huit !… Huit… Neuf !

Il fut vendu pour neuf mille dollars. Un prix honnête, pour un antiquaire. Mais à ses yeux, il valait bien davantage. C'était le bureau où travaillait son père, où il avait écrit ses deux derniers romans. Elle l'avait vu plongé dans ses manuscrits… Elle pensait au passé tandis qu'Ivo l'observait sans lui lâcher la main.

— Du calme, petite… Il est toujours à toi, dit-il avec une infinie douceur.

Perplexe, elle leva les yeux.

— Je ne comprends pas.

— Ce n'est pas nécessaire. Nous en parlerons plus tard.

— Tu l'as acheté ? insista-t-elle, ébahie.

Un instant, elle eut envie de rire. Ivo lui fit signe que oui.

— Pour neuf mille dollars ? demanda-t-elle, horrifiée.

Quelqu'un, dans le rang derrière eux, leur demanda de parler moins fort. Les enchérisseurs jonglaient avec des milliers de dollars. C'étaient des gens sérieux, qui ne souffraient pas la moindre perturbation. Tout comme les joueurs, ils prêtaient la plus grande attention à ce qu'ils faisaient. Bettina fixait toujours Ivo du regard.

— Ivo, ce n'est pas possible ! fit-elle, à voix basse cette fois-ci.

— Si.

Ivo observa l'estrade et leva les sourcils d'un air interrogateur. On venait d'apporter un second bureau.

— Où se trouvait celui-ci ?

— Dans la chambre d'ami, mais il n'est pas très beau. Ne l'achète pas, ajouta-t-elle avec gravité, en se demandant combien d'objets il avait l'intention d'acquérir ainsi.

Il lui jeta un coup d'œil amusé.

— Merci pour le conseil.

Apparemment, antiquaires et collectionneurs partageaient son sentiment. Les enchères n'atteignirent que mille huit cents dollars, une broutille, comparé au reste.

La vente suivit son cours, mais Bettina ne le laissa plus rien acheter. Enfin tout fut terminé. Du moins pour la journée. Il était midi moins cinq. Ils se levèrent tandis que l'assistance se préparait à quitter la salle. Chacun saisit son catalogue, discuta avec ses amis. Bettina sentit le regard d'Ivo peser sur elle, ce qui lui réchauffa le cœur, tout en la mettant mal à l'aise.

— Qu'est-ce que tu regardes ?

— Toi, petite. C'est tellement bon de te voir !

Elle aurait aimé lui dire qu'il lui avait manqué mais, le rouge aux joues, elle baissa la tête.

Ivo décela une ombre dans les yeux émeraude. Que se passait-il ? Depuis son départ, quelque chose en Bettina avait changé. Mais quoi ? Il n'aurait su le dire, et ne désirait pas le savoir.

— Tu viens déjeuner à la maison avec moi, Bettina.

Elle hésita longuement, avant d'acquiescer.

Ivo Stewart fit signe à son chauffeur qui l'attendait, et ils se mirent en route vers son appartement, à quelques centaines de mètres de celui de Bettina, sur Park Avenue. Tout y était confortable. Moins luxueux que celui de Justin Daniels, mais plein de jolies choses, accueillant, chaleureux. On y trouvait de grands fauteuils de cuir et des canapés moelleux, des scènes de chasse et des rayonnages où s'alignaient de nombreux livres rares. Autour de la cheminée, des cuivres étaient accrochés au mur. Les fenêtres étaient larges et claires, inondées de soleil. De toute évidence, c'était un intérieur d'homme, néanmoins intime et assez spacieux pour recevoir. Au rez-de-chaussée se trouvaient le salon, la salle à manger et la bibliothèque. Au premier étage, Ivo disposait de deux chambres, outre son bureau. Il y avait aussi une vaste cuisine rustique, lambrissée. Derrière la cuisine, il aurait pu loger deux domestiques, mais Ivo n'en avait qu'une à son service. Employé par le *Mail,* son chauffeur vivait ailleurs. Bettina avait toujours plaisir à venir dans la tanière d'Ivo. Elle avait l'impression de se rendre dans une maison de campagne ou de pénétrer dans l'antre de son oncle préféré. Une odeur de tabac, d'eau de toilette et de cuir flottait dans l'air. Elle aimait cette atmosphère, les textures, les odeurs.

Bettina jeta un regard circulaire dans la pièce. Elle se sentait chez elle dans ce salon ensoleillé.

— C'est bon de revenir ici, Ivo ! J'avais oublié à quel point c'était joli !

— Parce que tu ne me fais pas assez souvent la grâce de ta visite.

— Parce que tu n'insistes pas, le taquina-t-elle.

Heureuse, elle s'affala sur le canapé.

— Si c'est la seule raison, fais-moi confiance, j'insisterai !

Ivo sourit en essayant de ne pas prêter trop d'attention à la pile de courrier qui l'attendait.

— Mon Dieu, tu as vu ça, Bettina…

— Oui… Ça me rappelle mon père… Quand il s'était absenté quelques jours.

— Et ce n'est rien. Je suis sûr que c'est encore pire au bureau !

Il se dirigea vers la cuisine. Mathilde, qui était censée l'attendre, avait, semblait-il, mystérieusement disparu.

— Où est Mattie ? s'enquit Bettina, comme si elle avait lu dans ses pensées.

C'était ainsi qu'elle appelait la cuisinière d'Ivo, depuis qu'elle était toute petite.

— Je ne sais pas. Tu veux un sandwich ? Je meurs de faim.

— Moi aussi, avoua-t-elle, penaude. J'étais tellement nerveuse pendant cette vente ! À présent, je suis affamée. À propos..., poursuivit-elle, et ce bureau ?

Bettina regarda Ivo droit dans les yeux – un regard tendre et doux.

— Quel bureau ? fit-il d'un ton désinvolte, en pénétrant dans la cuisine. J'espère qu'il y a quelque chose à manger.

— Connaissant Mattie, je suis sûre qu'il y a de quoi nourrir un régiment. Mais tu n'as pas répondu à ma question, Ivo. Et le bureau ?

— Quoi, le bureau ? Il est à toi.

— Non, c'était à papa. Maintenant, il est à toi. Pourquoi ne le garderais-tu pas ? Cela lui aurait certainement plu.

Ivo lui tourna le dos pour ouvrir le réfrigérateur.

— On verra. Tu pourrais y écrire ta pièce de théâtre. Mais n'en parlons plus.

Il était encore trop tôt pour lui faire part de ce qu'il avait en tête.

Bettina soupira.

— Pourquoi ne me laisses-tu pas préparer le déjeuner ?

Il ne put s'empêcher de lui ébouriffer les cheveux.

— Tu es ravissante aujourd'hui, petite... dans ce tailleur noir, ajouta-t-il d'une voix rauque et caressante à la fois.

Elle se tut un long moment, puis passa devant lui pour s'occuper du repas.

Ivo ne la quittait pas des yeux.

— J'ai l'impression que tu me caches quelque chose, Bettina, déclara-t-il.

À peine eut-il prononcé ces mots qu'il se reprocha sa stupidité. On vendait aux enchères tous les meubles qui avaient appartenu à son père. Cela ne pouvait que la perturber. Ivo avait pourtant le sentiment qu'il y avait autre chose, une douleur qu'il lisait dans ses yeux.

— J'ai vendu l'appartement.

— Quoi ? déjà ?

Bettina hocha la tête en silence.

— Et quand le nouveau propriétaire entrera-t-il dans les lieux ?

Elle détourna le regard en essayant de maîtriser sa respiration.

— Demain. J'ai promis que l'appartement serait libéré dans l'après-midi. En fait, c'est dans le contrat.

— Et quel est l'imbécile qui t'a laissée faire ça ? cria Ivo d'une voix menaçante.

Puis il tendit le bras vers elle.

— Peu importe. Je connais le responsable. C'est cet idiot d'avocat.

À présent, il la serrait dans ses bras et, pour Bettina, le monde n'était plus sur le point de s'écrouler.

— Ma pauvre chérie… Tous les meubles et maintenant la maison. Mon Dieu, ce doit être terrible, poursuivit-il en la berçant.

Blottie contre sa poitrine, Bettina se laissa soudain aller.

— Oui, Ivo… C'est… J'ai l'impression… qu'on m'enlève tout… qu'il ne restera rien… Juste moi, seule dans l'appartement… C'est déjà fini… Il n'y a plus de passé… Et je n'ai rien, Ivo, plus rien, sanglota-t-elle.

— Cela va passer, Bettina. Comme un mauvais rêve qui s'efface avec le temps. Bientôt, ce ne sera plus pour toi qu'un lointain cauchemar.

Comme il aurait aimé lui faire oublier, vite, faire disparaître sa peine ! Ivo avait pris une décision avant de partir pour à Londres, mais il se demanda si le moment était bien choisi pour lui en faire part. Il attendit qu'elle recouvre son calme, puis il la conduisit dans la salle de séjour et la fit asseoir, près de lui, sur le canapé.

— Que vas-tu faire demain, Bettina, quand il te faudra déménager ?

La jeune fille respira profondément et le regarda avec franchise.

— Aller à l'hôtel.

— Et ce soir ?

— Je veux dormir là-bas.

— Pourquoi ?

Elle avait envie de crier que c'était sa maison, mais en même temps cela lui paraissait ridicule. Ce n'était qu'un appartement vide, qui n'appartenait plus à personne.

— Je ne sais pas. Peut-être parce que c'est ma dernière chance.

— Mais ça n'a pas de sens, lui objecta-t-il avec une grande douceur. Tu y as vécu, tu en as gardé de bons souvenirs. Et à présent, c'est fini, parti, vide, comme un tube de dentifrice usé, pressé jusqu'au bout. Ça ne sert à rien de s'attarder, n'est-ce pas ?

Ivo la regarda droit dans les yeux.

— Tu ferais mieux de partir dès aujourd'hui.

— Maintenant ? fit-elle, ahurie.

Elle avait l'air d'un enfant apeuré.

— Ce soir ? insista-t-elle, le regard vide de toute expression.

— Oui, ce soir, répondit Ivo.

— Pourquoi ?

— Fais-moi confiance.

— Mais je n'ai pas réservé…

Bettina s'accrochait aux dernières bribes qui lui permettaient de résister.

— Bettina, je n'ai pas voulu te le demander tout de suite, mais j'aimerais que tu restes chez moi.

— Avec toi ?

Ivo éclata de rire.

— Pas exactement. Je ne suis pas un vil dragueur, tu sais. Non, dans la chambre d'ami. Qu'en penses-tu ?

Elle ne semblait pas avoir saisi sa proposition. Tout lui paraissait si confus.

— Je ne sais pas… Je suppose que je pourrais… Juste pour ce soir.

— Non, tu m'as mal compris. J'aimerais que tu restes ici jusqu'à ce que tu aies trouvé quelque chose de bien, de décent, et un travail qui te convienne, lui dit-il comme on donne un conseil. Mattie s'occuperait de toi. Je serais beaucoup plus tranquille si je te savais ici, en sécurité. Je ne pense pas que ton père s'y serait opposé. C'est même probablement ce qu'il aurait souhaité. Et toi ?

Bettina laissa couler ses larmes, qui ruisselèrent lentement le long de sa joue.

— C'est impossible, Ivo, répondit-elle. Tu as déjà été trop bon avec moi. Jamais je ne pourrais te rembourser. Rien qu'aujourd'hui… Ce bureau… Je ne peux pas accepter.

— Chut ! Aucune importance.

Il la prit de nouveau dans ses bras et lui caressa les cheveux.

— Ne t'inquiète pas.

Il s'écarta pour la contempler et lui soutira un sourire.

— Et puis si tu pleures sans arrêt, tu ne pourras pas rester à l'hôtel. On te flanquera à la porte, parce que tu feras trop de bruit.

— Je ne pleure pas tout le temps.

Elle renifla et prit le mouchoir qu'Ivo lui tendait.

— Je sais. En fait, tu es extrêmement courageuse. Mais je ne te laisserai pas te conduire comme une idiote, et ce serait stupide d'aller à l'hôtel. Bettina, je veux que tu restes ici, ajouta-t-il avec fermeté. C'est si terrible que ça ? Cette perspective te fait-elle vraiment horreur ?

Elle secoua la tête, incapable de répondre. Horreur, non. Mais peur, oui. Elle avait très envie de s'installer avec lui. *Trop* envie.

Elle hésita encore, soupira et se moucha de nouveau. Enfin elle put soutenir le regard d'Ivo. Il avait raison. C'était plus intelligent que d'aller à l'hôtel. Si seulement elle ne se sentait pas… S'il n'était pas si beau malgré son âge ! Il lui faudrait se remémorer sans cesse qu'il n'avait plus quarante-sept ans, mais soixante-deux… que c'était le meilleur ami de son père… que ce serait presque de l'inceste. Elle ne devait pas céder à la tentation.

— Eh bien ?

Debout devant le bar, il se tourna vers elle, tenaillé par une peur, une envie, un remords identiques.

— D'accord, répondit-elle dans un souffle. Je reste.

Leurs regards se croisèrent. Ils se sourirent. C'étaient une fin et un commencement, une promesse et la naissance d'un espoir. Pour tous les deux.

Le samedi, tout fut terminé. Ils durent retourner à l'appartement pour prendre ce que Bettina y avait laissé. Elle avait passé la nuit précédente dans la chambre qu'Ivo destinait à ses hôtes, dorlotée et choyée par la joviale et chaleureuse Mathilde, qui leur avait préparé le dîner. Le matin, elle avait apporté un plateau à Bettina. Ivo était heureux de lui procurer ce confort. Ainsi oublierait-elle peut-être l'appartement vide auquel elle s'était accrochée jusqu'à la fin.

— J'ai dit à Mme Liebson que je serais là à six heures.

Bettina regarda nerveusement sa montre. Ivo lui saisit le bras.

— Ne t'inquiète pas, nous avons le temps.

Il savait qu'il ne restait presque plus rien. La veille au soir, il était venu avec elle chercher quelques affaires. En apercevant le sac de couchage à même le sol, Ivo avait senti son cœur se serrer. Elle n'avait plus qu'une dizaine de valises, deux ou trois cartons, c'était tout. De quoi remplir à peine deux placards. Mathilde en avait déjà libéré deux. C'était largement suffisant.

Comme d'habitude, le chauffeur d'Ivo était à son poste, derrière le volant. À toute allure, ils prirent la direction de la Cinquième Avenue et bientôt s'arrêtèrent devant la porte de Bettina. Celle-ci bondit hors de la limousine. Ivo la talonna.

— Tu tiens vraiment à m'accompagner là-haut ? fit-elle, surprise.

Ivo comprit aussitôt ce qu'elle avait en tête.

— Tu préfères être seule ?

— Je n'en suis pas certaine, hésita-t-elle, le regard vague.

— Alors je viens ! déclara-t-il, ce qui parut la soulager.

Deux portiers furent appelés à la rescousse, et quelques minutes plus tard, tout le monde se retrouva dans l'antichambre. Aucune lampe n'était allumée, et il faisait sombre à l'extérieur.

Bettina jeta un coup d'œil à Ivo, par-dessus son épaule, puis aux deux hommes qui attendaient.

— Tout est en haut, dans la première chambre. Je reviens tout de suite. J'en ai pour une minute.

Cette fois, Ivo ne la suivit pas. Il savait qu'elle désirait être seule. Les deux portiers s'affairaient autour des valises. Il resta dans l'entrée, écoutant les pas de la jeune fille résonner d'une pièce à l'autre. Bettina faisait semblant de vérifier qu'elle n'avait rien oublié, rien égaré. C'étaient ses souvenirs qu'elle rassemblait, les instants partagés avec son père qu'elle voulait revivre une dernière fois.

— Bettina ? appela Ivo.

Cela faisait un certain temps qu'il n'entendait plus le claquement de ses talons. Il la trouva dans la chambre de son père, minuscule, désemparée, aveuglée par les larmes.

Il s'approcha d'elle.

— Je ne reviendrai plus jamais, murmura-t-elle en se blottissant contre lui.

Elle avait peine à le croire. Ce qui avait été n'était plus.

— Non, petite, mais il y a d'autres lieux, d'autres gens qui, un jour peut-être, compteront autant pour toi.

— Non, jamais.

— J'espère que tu te trompes. J'espère que… que tu aimeras d'autres hommes au moins autant que lui.

Il se pencha vers elle en souriant.

— Au moins un.

Bettina ne répondit pas.

— Il ne t'a pas quittée, petite. Tu le sais. Il a continué sa route, voilà tout.

Cet argument parut la toucher. Brusquement, elle se retourna et sortit de la pièce d'un pas solennel. Sur le seuil, elle s'immobilisa pour tendre la main à Ivo. Il lui entoura les épaules de son bras et l'accompagna jusqu'à la porte d'entrée, qu'elle referma pour la dernière fois, doucement, sans heurt.

10

Le soleil inondait la salle à manger. Mathilde versa une seconde tasse de café à Bettina, qui leva vivement le nez du journal qu'elle lisait avec attention.

— Merci, Mattie, dit-elle avec un sourire.

Le mois qu'elle venait de passer chez Ivo l'avait reposée. Ses plaies s'étaient cicatrisées. Ivo lui rendait la vie plus facile. Elle avait une jolie chambre à sa disposition, trois repas par jour préparés par Mathilde, un vrai cordon-bleu, et tous les livres qu'elle souhaitait lire. Elle retrouvait Ivo le soir pour aller à l'opéra, au concert ou au théâtre. Cela ne différait guère de l'existence qu'elle menait avec son père et pourtant, à bien des égards, l'atmosphère lui semblait plus paisible. Ivo était beaucoup moins dispersé. Bettina était le centre de ses pensées et de ses attentions. Qu'ils sortent ou qu'ils bavardent devant la cheminée, Ivo restait presque tous les soirs auprès d'elle. Le dimanche, ils faisaient ensemble les mots croisés du *Times* et se promenaient dans le parc. On était en mars, et la ville était encore froide et grise.

Mais un je ne sais quoi de printanier flottait dans l'air.

Ivo la regarda par-dessus son journal et lui sourit.

— Tu as une mine si réjouie que c'en est gênant, ce matin, Bettina. Y a-t-il une raison particulière à cette joie soudaine ou penses-tu à notre soirée d'hier ?

Ils avaient assisté à la première d'une nouvelle pièce de théâtre, qu'ils avaient beaucoup aimée. Sur le chemin du retour, Bettina lui en avait parlé avec enthousiasme. Un jour, elle écrirait quelque chose de mieux encore, lui avait assuré Ivo. Et elle était là à lui sourire, la tête légèrement inclinée. Elle avait achevé la lecture de *En coulisses,* un hebdomadaire d'art dramatique pour lequel elle avait traversé la moitié de la ville.

— Il y a une annonce, Ivo, dit-elle d'un air entendu.

— Quel genre d'annonce ?

— Une nouvelle compagnie se constitue, en dehors de Broadway.

— Où donc ? demanda-t-il avec méfiance. Bettina lui donna l'adresse, ce qui ne fit qu'accroître ses soupçons.

— Mais c'est horriblement loin !

Il s'agissait d'un quartier sordide, près du Bowery, où Bettina n'avait jamais mis les pieds.

— Qu'est-ce que ça peut faire ? Ils cherchent des gens, des acteurs, des actrices et des techniciens non syndiqués. Peut-être me donneront-ils ma chance ?

— Pour faire quoi ? insista Ivo.

Un frisson lui parcourut la colonne vertébrale. Il redoutait ce genre de choses. Deux fois, il avait réitéré sa proposition de poste au journal, une situation honnête, correcte, un peu surpayée. Deux fois, elle avait refusé. La dernière fois avec une véhémence telle qu'il n'avait plus osé lui en parler.

— Je pourrais me dénicher un quelconque emploi

technique, aider à monter le décor, m'occuper du rideau de scène. N'importe quoi. Je ne sais pas, moi. Ce serait une occasion unique de voir comment fonctionne un théâtre… Pour le jour où j'écrirai ma pièce.

Un court instant, il fut tenté de sourire. Elle était parfois si puérile !

— Ne crois-tu pas que tu en apprendrais davantage en allant voir les pièces à succès que l'on donne à Broadway, comme celle d'hier soir ?

— C'est différent. J'ai aussi envie de voir ce qui se passe dans les coulisses.

— Vraiment ?

Ivo essayait de gagner du temps et Bettina en était consciente.

— Oui, Ivo.

D'un pas ferme, elle se dirigea vers le téléphone qui se trouvait dans le bureau. Elle réapparut cinq minutes plus tard, rayonnante, le journal sous le bras.

— On m'a dit de me présenter aujourd'hui à trois heures.

Ivo se carra dans son fauteuil en poussant un soupir de découragement.

— Je serai rentré après le déjeuner. Tu pourras prendre la voiture.

— Pour aller là-bas ? Tu es fou ? Tu imagines leur tête s'ils me voient arriver en limousine ? Jamais ils ne m'engageront.

— Ma foi, ce ne serait pas une si mauvaise nouvelle.

— Ne sois pas stupide.

Elle se pencha pour l'embrasser et lui effleura les cheveux.

— Tu te fais trop de souci. Tout ira bien. Tu te rends compte que je vais peut-être travailler ?

— Dans ce quartier pourri ? Et comment feras-tu pour t'y rendre tous les jours ?

— Je prendrai le métro. Comme tout le monde.

— Bettina… fit-il d'un ton vaguement menaçant.

En réalité, c'était la peur qui le rongeait. Peur de ce qu'elle allait faire, voir, trouver, de ce que cela allait signifier pour lui.

— Allons, allons, Ivo…

Bettina agita l'index dans sa direction, lui envoya un baiser et disparut dans la cuisine pour s'entretenir avec Mathilde. Ivo, qui se sentait soudain très vieux, replia son journal, cria au revoir et se rendit au *Mail*.

À deux heures et demie, cet après-midi-là, Bettina s'engouffra dans les entrailles du métro. Elle attendit, dans un froid humide, qu'un train arrive. Le wagon était à moitié vide, couvert de graffiti, et dégageait une odeur forte. Les seules passagères étaient de vieilles femmes aux mentons hérissés de poils, portant des bas opaques et chargées de sacs à provisions remplis de choses mystérieuses qui semblaient peser sur leurs épaules et leur faisaient courber la tête. Il y avait aussi des adolescents en vadrouille et, çà et là, un homme endormi, branlant du chef, le visage enfoui dans le col de son manteau. Bettina sourit en imaginant la réaction d'Ivo devant ce spectacle.

Mais qu'aurait-il pensé s'il avait pu voir le théâtre en question ? C'était un bâtiment délabré, qui avait connu son heure de gloire quelque vingt ans auparavant. Entre-temps, il était resté vide, avait accueilli quelques films pornographiques. On l'avait même transformé en église. Il retrouvait sa vocation première, mais ce n'était pas une grande salle de spectacle. La compagnie n'avait pas l'intention de rénover quoi que ce fût. Les quelques dollars dont elle disposait serviraient à monter les pièces.

Bettina pénétra dans le bâtiment, habitée par un mélange d'ébahissement, de curiosité et de peur. Elle regarda autour d'elle. Apparemment, il n'y avait personne. Seuls ses pas résonnaient sur le parquet. Tout lui semblait poussiéreux. Une drôle d'odeur, qui lui rappelait celle d'un grenier, hantait les lieux.

— Ouais ?

Un homme en blue-jean et T-shirt la dévisageait de ses yeux bleus et cyniques. Sa bouche était sensuelle. Ses cheveux jaillissaient de son crâne en une masse de boucles blondes et serrées, ce qui donnait à son visage une douceur que démentait la rudesse de son regard.

— Qu'est-ce que c'est ?

— Je... Je suis venue... En fait, j'ai appelé ce matin... Je... Il y avait une annonce dans le journal...

Bettina était si nerveuse qu'elle avait du mal à trouver ses mots. Elle respira profondément et poursuivit :

— Je m'appelle Bettina Daniels. Je cherche du travail, dit-elle en lui tendant la main, presque en offrande, mais il ne la prit pas, gardant les siennes dans ses poches.

— J'ignore qui vous a répondu. En tout cas, ce n'était pas moi. Sinon je vous aurais dit que c'était inutile de vous déplacer. Nous sommes au complet. Nous avons engagé le dernier rôle féminin ce matin.

— Je ne suis pas actrice, dit-elle avec un sourire radieux.

L'homme aux boucles blondes faillit pouffer de rire.

— Au moins vous, vous êtes honnête. Ce n'est pas comme les autres. Quoi qu'il en soit, vous arrivez trop tard. Dommage. Désolé.

Il haussa les épaules et s'éloigna.

— Non, attendez… Vous n'auriez pas autre chose, comme travail ?

— Quoi, par exemple ? demanda-t-il avec insolence.

Bettina se retint pour ne pas le gifler.

— Je ne sais pas, moi… Les lumières… Le rideau… N'importe quoi. Ce que vous avez.

— Vous avez une expérience quelconque ? Elle releva le menton, juste un peu.

— Non, mais j'aimerais apprendre.

— Pour quoi faire ?

— J'ai besoin de travailler.

— Alors pourquoi n'êtes-vous pas secrétaire quelque part ?

— Ça ne m'intéresse pas. Je veux travailler pour le théâtre.

— Parce que c'est plus glorieux ?

Ses yeux cyniques se firent moqueurs. Bettina sentit la moutarde lui monter au nez.

— Non, parce que je désire écrire une pièce.

— Ah, vous aussi… je suppose que vous sortez de Radcliffe et que vous pensez gagner un Tony[1] dans l'année ?

— J'ai abandonné mes études et ne demande qu'une chose : qu'on me donne l'occasion de voir fonctionner un vrai théâtre.

Bettina, abattue, crut qu'elle avait perdu la partie. Ce type la détestait. C'était évident.

Il resta à la regarder, longuement, puis il s'approcha.

— Vous vous y connaissez un peu en éclairages ?

1. Prix du meilleur auteur dramatique de la saison, sorte de Molière.

— Un peu, mentit Bettina.

— Un peu ?

Les yeux bleus se firent perçants.

— Pas beaucoup.

— En d'autres termes, vous n'y connaissez que dalle, soupira-t-il en haussant les épaules, de guerre lasse. D'accord, on va vous former. Si vous n'êtes pas trop chiante, je le ferai moi-même.

Soudain, alors qu'elle ne s'y attendait plus, il lui tendit la main.

— Je suis le régisseur et je m'appelle Steve. Bettina hocha la tête, sans bien comprendre ce qu'il venait de dire.

— Allons, détendez-vous, que diable ! Vous avez le boulot !

— Moi ? Les éclairages ?

— Vous travaillerez en régie-lumières. Ça vous plaira.

Plus tard, elle apprendrait qu'il y faisait une chaleur accablante, que c'était une tâche ennuyeuse, à déconseiller aux claustrophobes. Mais à ce moment-là, ce fut une nouvelle extraordinaire.

— Merci beaucoup, fit-elle radieuse.

— Ne vous emballez pas ! Vous êtes la première qui se présente pour ce poste. Si vous ne valez rien, je vous fous à la porte. Ni une ni deux.

— Cela ira, vous verrez.

— Bon. J'espère. Ça fera un problème de moins à résoudre. Présentez-vous demain. Je vous ferai visiter les lieux. Aujourd'hui, je n'ai pas le temps. Et je vous préviens. Quand nous commencerons les répétitions, à la fin de la semaine, ce sera sept jours sur sept !

— Sept ? dit-elle en essayant de masquer son étonnement.

— Vous avez des gosses ?

Elle se hâta de hocher négativement la tête.

— Alors, inutile de vous inquiéter. Votre vieux aura des places à moitié prix. Et puis si ça foire, vous ne serez plus obligée de bosser sept jours sur sept. D'accord ? D'accord !

Il semblait avoir réponse à tout.

— À propos, vous savez que vous ne serez pas payée. Vous avez de la veine d'être engagée. On partage la recette.

Ce fut un nouveau choc pour Bettina. Il lui faudrait ménager les six mille dollars qui lui restaient.

— Alors, à demain ?

Elle fit signe que oui.

— Bon, si vous n'êtes pas là, je filerai le boulot à quelqu'un d'autre.

— Merci.

— De rien.

Il se moquait d'elle, certes, mais il y avait aussi une certaine douceur dans son regard.

— Je ne devrais pas vous dire ça, mais j'ai commencé exactement comme vous. C'est la galère. Avant, je voulais être acteur, et c'est encore pire.

— Et maintenant ?

— Je veux faire de la mise en scène.

L'esprit de camaraderie entre gens du théâtre avait repris ses droits.

— Si vous êtes gentil, je vous laisserai peut-être monter ma pièce, plaisanta Bettina.

— Arrête tes conneries, fillette. Allez, salut. À demain.

Elle se dirigeait vers la porte quand il l'interpella :
— Comment tu t'appelles déjà ?
— Bettina.
— Ah oui, Bettina.
Il lui adressa un signe de la main, se détourna négligemment et marcha vers la scène. Un court instant, Bettina l'observa avant de se précipiter dehors, au soleil, en bondissant de joie. Du travail ! Elle avait du travail !

11

— J'oublie toujours que je n'ai plus besoin de consulter les petites annonces.

Bettina leva les yeux du journal du dimanche et regarda Ivo en souriant. C'était la première fois depuis trois semaines qu'elle pouvait rester ainsi tranquille, détendue, au coin du feu. Les répétitions marchaient bien, et Bettina était libre jusqu'au soir.

— Ça te plaît vraiment ?

Ivo ne parvenait pas à s'y faire. Il détestait le quartier, le projet et les horaires. Il n'appréciait pas non plus les cernes qu'elle avait sous les yeux, dus à une agitation permanente. Quand elle rentrait à la maison, le soir, elle était trop excitée pour se coucher avant trois heures du matin.

— Oui, Ivo, ça me plaît, répondit-elle avec le plus grand sérieux. – Sa voix se fit hésitante. – Comme papa avec ses livres. Si je veux écrire pour le théâtre, une pièce qui se tienne, il me faut connaître le milieu par cœur. C'est le seul moyen d'être cohérent.

— Tu dois avoir raison. Mais pourquoi ne te contenterais-tu pas d'écrire des romans, comme ton père ? soupira Ivo. Je m'inquiète quand tu rentres du théâtre, à la nuit, quand tu traverses ce quartier mal famé, à des heures indues.

— Il y a du monde dans les rues, et je suis en sécurité. Il me faut une minute pour trouver un taxi.

— Je sais, mais..., fit-il, puis secoua la tête d'un air dubitatif. Qu'y puis-je ? ajouta-t-il en levant les bras au ciel.

— Rien. Laisse-moi m'amuser !

— Comment pourrais-je m'opposer à quelque chose qui te plaît autant ?

La joie de Bettina se reflétait sur son visage. Ivo lui-même devait le reconnaître. Et cela faisait des semaines qu'il en était ainsi.

— De toute façon, il n'y a rien à faire, c'est comme ça, déclara-t-elle en baissant les yeux sur son journal, pensive. Maintenant, il ne me reste plus qu'à me dénicher un logement.

— Déjà ? s'étonna Ivo, sous le choc. Pourquoi cette hâte ?

Elle posa sur lui un regard serein. Elle n'avait aucune envie de partir, mais savait que le moment était venu.

— Tu n'en as pas assez de me voir ?

— Non, Bettina, jamais. Tu le sais très bien, répondit-il d'un air triste.

La seule perspective de son départ le déprimait. Mais il n'avait pas le droit de s'attacher à elle.

Bettina n'osa pas lui dire qu'il y avait deux appartements qu'elle aimerait visiter. Elle prendrait le risque d'attendre jusqu'à lundi. Elle lui devait au moins ça. De toute évidence, il était bouleversé à l'idée qu'elle vole de ses propres ailes. Mais il ne pouvait pas jouer éternellement les nounous. Chez lui, elle avait pris l'habitude d'un trop grand confort. Ce serait mieux ainsi. Elle avait même appris à maîtriser les sentiments qu'elle éprouvait à son égard. Ils étaient devenus amis, compagnons, rien de plus. Elle avait compris qu'il lui fallait dominer ses élans.

Ils allèrent se promener, comme tous les dimanches matin, oubliant leur sujet de conversation précédent.

Ils s'arrêtèrent un instant pour regarder les New-Yorkais qui faisaient du patin à roulettes, du vélo, du jogging à Central Park. Bettina s'assit sur une pelouse.

— Viens, Ivo, dit-elle en effleurant l'herbe de sa main. – Elle le contempla un long moment. – Tu es contrarié. Puis-je te demander pourquoi ?

Ce n'était rien qu'il pût lui confier. Tout le problème était là. Il évita son regard.

— Les affaires.

— Tu mens. Dis-moi la vérité.

— Oh, Bettina !

Ivo ferma les paupières et soupira.

— Je suis fatigué, c'est tout. Et de temps en temps, fit-il en rouvrant les yeux, un sourire aux lèvres, je me sens très vieux. Tu sais, poursuivit-il sans bien savoir pourquoi il se laissait aller aux confidences, il y a des choses que l'on fait à certains âges précis de la vie. Avoir des enfants, se marier, grisonner, tomber amoureux. Et même si l'on mène une existence paisible, on se retrouve parfois à contretemps dans le mauvais groupe d'âge…

Bettina le regarda, perplexe. Une lueur taquine apparut dans ses prunelles.

— Allons, Ivo. Dis-moi tout. Tu es enceint ?

Il ne put s'empêcher de rire, tandis que la jeune fille lui caressait tendrement la main.

— D'accord, fit-il, abandonnant toute prudence. C'est ton déménagement qui me préoccupe. Je ne parviens pas à imaginer ma vie sans toi. N'est-ce pas étrange ? Tu m'as trop gâté, ajouta-t-il en souriant. Je ne me rappelle même plus comment c'était avant.

— Moi non plus, murmura Bettina en jouant avec un brin d'herbe. Je n'ai pas envie de te quitter, mais il le faut.

Alors Ivo lui posa la question qui leur brûlait les lèvres, à tous deux :

— Pourquoi ?

— Parce que je dois être indépendante, parce qu'il faut que je grandisse, parce qu'il faut que je subvienne à mes besoins. Je ne peux pas m'installer chez toi, à demeure. Ce ne serait ni convenable ni souhaitable.

— Que faut-il faire pour que cela le devienne ?

Ivo la poussait dans ses derniers retranchements. Il voulait qu'elle le dise mais pour la première fois depuis des années, il avait peur.

— Tu pourrais m'adopter, répondit-elle.

Il la regarda gravement.

— Tu vas me croire fou. Je ne devrais probablement pas te l'avouer, mais quand j'étais en Europe, je pensais avoir trouvé la solution idéale. Depuis, je me suis évidemment rendu compte que je délirais.

Il lui sourit avec intensité puis détourna les yeux.

— Devine quelle était mon intention, Bettina ! dit-il presque pour lui-même, allongé sur l'herbe, prenant appui sur ses coudes, le regard tourné vers le ciel. J'allais te demander de m'épouser. J'étais même décidé à insister. À ce moment-là, tu habitais encore l'appartement de Justin et les choses étaient différentes. Et puis tu es venue chez moi. J'avais l'impression que tu étais à ma portée. Je ne voulais pas profiter de la situation. Je ne…

Il s'interrompit en l'entendant renifler. Elle l'observait, stupéfaite. Des larmes coulaient sur son visage. Il lui effleura la joue.

— Ne sois pas horrifiée, Bettina. Je n'ai rien fait, n'est-ce pas, grosse bêtasse ? Arrête de pleurer.

— Pourquoi ?

— Pourquoi quoi ? fit-il en lui tendant un mouchoir.

Elle sécha ses larmes.

— Pourquoi ne me l'as-tu pas demandé ?

— Tu plaisantes ? Parce que tu as à peine vingt ans et que j'en ai soixante-deux. N'est-ce pas une raison suffisante ? Mais cela m'a paru tellement bizarre que tu aies brusquement décidé de partir ! J'aimerais te retenir, être capable de te dire tout ce que je pense, tout ce que j'ai ressenti ces dernières semaines, et je voudrais que tu fasses de même.

— Pourquoi diable ne me l'as-tu pas demandé ? répéta-t-elle.

Elle se leva d'un bond et toisa Ivo qui en fut abasourdi.

— De m'épouser ? s'étonna-t-il. Tu es folle ? Je te l'ai dit et redit. Je suis trop vieux.

Il se redressa, presque en colère.

Bettina se rassit aussitôt, à ses pieds, et le fixa de ses yeux brûlants.

— Tu aurais pu au moins me donner une chance, te soucier de mes sentiments. Non, tu as tellement l'habitude de me traiter comme un bébé que tu te crois obligé de décider tout seul. Eh bien, je ne suis plus un bébé, espèce de crétin, je suis une femme. Et je suis amoureuse de toi depuis… depuis… et puis, flûte ! depuis toujours. T'es-tu préoccupé de mon avis ? Non ! M'as-tu…

Il la fit taire par un long baiser.

— Serais-tu folle, Bettina ?

— Oui, répondit-elle en lui rendant son sourire. Folle de toi. Tu ne t'en es jamais rendu compte ? Tu ne l'avais pas deviné ? Au Nouvel An, quand tu m'as embrassée, nous étions si bien ! Et puis tu t'es éloigné de moi… Comme ça !

— Essaies-tu de me dire que tu m'aimes ? Vraiment aimer, pas en tant que vieil ami de ton père ?

— C'est exactement cela. Je t'aime, je t'aime…

Elle se releva d'un bond et cria en direction des arbres :

— JE T'AIME !

Ivo la plaqua au sol. Il se mit à la dévorer des yeux, puis des mains.

— Oh ! ma chérie, je t'aime, murmura-t-il en posant sa bouche sur les lèvres de la jeune fille.

12

Ils pénétrèrent dans l'appartement sur la pointe des pieds, comme deux voleurs. Bettina avait le fou rire. Ivo tenta de l'aider à retirer son manteau. Puis ils gravirent l'escalier, toujours sur la pointe des pieds.

— Mattie est allée voir sa sœur dans le Connecticut, murmura-t-il.

— Qu'est-ce que ça peut faire ?

Bettina leva vers lui ses grands yeux verts et rieurs. Alors Ivo se moqua éperdument que l'on découvrît ses sentiments. Il ne se sentit même plus coupable. Il la voulait à tout prix, corps et âme. Quand ils furent tous deux dans sa chambre, il revint pourtant à la raison. Son regard se fit plus tendre. Elle était là, près de la porte, et l'observait, telle une enfant, pieds nus, en blue-jean et chandail rouge. Il s'avança vers elle et, lui prenant la main, la conduisit vers un fauteuil profond et confortable, où il s'assit avant de l'attirer sur ses genoux. Il songea vaguement qu'il l'avait déjà tenue ainsi de nombreuses fois, quand elle était petite fille.

— Bettina, ma chérie…, commença-t-il d'une voix caressante.

Il effleura son cou, puis ses lèvres. Il recula et la regarda droit dans les yeux.

— Je veux que tu me dises quelque chose… Et sois honnête. Y a-t-il déjà eu un autre homme ?

Elle secoua lentement la tête en esquissant un petit sourire.

— Non, mais ça ne fait rien, Ivo.

Bettina aurait aimé lui faire comprendre qu'elle n'avait pas peur. Qu'elle le désirait depuis si longtemps qu'elle était prête à accepter chaque moment de douleur. Qu'après la première fois, elle lui donnerait du plaisir jusqu'à la fin de ses jours. Elle se sentait incapable de penser à autre chose qu'à ce qu'elle ferait pour lui.

— Tu as peur ? demanda-t-il en l'entourant de ses bras.

Elle fit signe que non.

— Moi si, petite idiote, ajouta-t-il en riant doucement.

— Pourquoi ? s'étonna-t-elle en levant vers lui son beau regard émeraude.

— Je ne veux pas te faire de mal.

— Est-ce que je serai enceinte ?

Cela ne lui inspirait aucune crainte. Elle se posait juste la question. À son grand étonnement, Ivo lui affirma que non.

— Jamais, ma chérie. Je ne peux pas avoir d'enfants. Du moins, je ne peux plus. Je me suis occupé de cela, il y a bien longtemps.

Bettina accepta sa décision, sans chercher à en connaître les raisons. Ivo se redressa, la contempla de la tête aux pieds. Elle était dans ses bras, telle une poupée. Elle se laissa porter jusqu'au lit où Ivo la déposa avant de la déshabiller avec lenteur. La chambre s'assombrit et la nuit tomba. Il la caressait des yeux, des lèvres et des mains, en découvrant chaque parcelle de chair. Enfin, elle fut nue, petite, parfaite. Ivo était impatient de la serrer contre lui, de sentir sa peau de satin. Il remonta la couverture et se retourna pour se dévêtir dans l'obscurité.

— Ivo ? fit-elle d'une voix devenue timide.

— Oui ?

Dans le noir, elle imaginait son sourire.

— Je t'aime.

Heureux de l'entendre répéter ces trois mots, il se glissa entre les draps, tout contre son dos.

— Je t'aime aussi.

Ses mains parcoururent son corps lentement, doucement, voluptueusement. Il la sentit frémir puis, tournant son visage vers lui, il l'embrassa, un long baiser violent. Il voulait qu'elle le désire aussi fort qu'il avait besoin d'elle. Elle se pressa contre lui, mouvante, gémissante, caressante, presque suppliante. Il la pénétra soudain. Elle se tordit, tendue, s'agrippa à son dos, tandis qu'il avançait en elle. Il fallait qu'elle sache à quel point il l'aimait. Il le lui répéta encore et encore, jusqu'à ce qu'ils reposent ensemble, apaisés. Il y avait du sang chaud sur le drap. Peu importait. Ivo ne pensait qu'à serrer entre ses bras la jeune femme qui tremblait.

— Bettina, comme je t'aime ! De tout mon cœur…

Dans l'obscurité, elle tourna les yeux vers lui et, lentement, il l'embrassa pour partager ce moment et mettre un terme à sa souffrance.

— Ça va ?

Elle hocha la tête, muette, comme si elle reprenait haleine.

— Oh ! Ivo…

Bettina souriait à travers les larmes qui ruisselaient sur son visage.

— Pourquoi pleures-tu, mon tout-petit ?

Cela faisait si longtemps qu'il n'avait pas fait l'amour ainsi qu'il craignit de l'avoir blessée.

— Pense à ce que nous avons raté depuis un mois !

Ivo éclata de rire. Il aurait aimé lui poser une question, mais il était encore trop tôt. Pourtant il désirait lui parler, lui dire, lui demander : *et maintenant* ? Il se dressa sur le côté en prenant appui sur un coude. Comme il fait jeune, songea Bettina.

— Dois-je en conclure, mademoiselle, que vous n'avez plus l'intention de déménager ?

Bettina le regarda d'un air malicieux et haussa les épaules.

— C'est ce que tu souhaites, Ivo ? Que je reste ici ? Il avait l'impression d'avoir vingt ans de moins.

— Et toi ?

Elle se laissa retomber contre ses oreillers, heureuse comme elle ne l'avait jamais été.

— Oui.

— As-tu bien réfléchi ? Je suis un vieillard, Bettina.

Elle éclata d'un rire moqueur et s'étira de tous ses membres. C'était extraordinaire. Elle n'était pas gênée en sa présence. Lui montrer son corps, c'était un peu comme s'ouvrir à la seconde moitié de son âme.

— Tu sais, Ivo, je crois que tu mens sur ton âge. Tu dois avoir à peu près trente-cinq ans, et tu te teins les cheveux en blanc… Après ce qui vient de se passer, personne ne pourra me faire croire, et toi moins que quiconque, que tu es un vieillard.

— C'est pourtant la vérité, répondit-il sérieusement. Cela t'est égal ?

— Je m'en fiche.

— Aujourd'hui peut-être, mais un jour, cela aura de l'importance. Quand ce jour viendra, que je te semblerai trop vieux, que tu désireras quelqu'un de jeune, je m'effacerai. Je veux que tu t'en souviennes, ma chérie. Parce que je suis sincère. Quand notre histoire sera finie, quand tu ne seras plus d'accord, que tu voudras un autre homme, une autre vie, des enfants, je m'en irai. Je comprendrai, je t'aimerai, mais je partirai.

Les yeux de Bettina s'emplirent de larmes.

— Non.

Ivo se contenta de hocher la tête, puis il la prit de nouveau dans ses bras.

— Est-ce que tu as très mal, mon amour ? lui murmura-t-il à l'oreille.

Elle secoua la tête. Avec une infinie douceur, il s'enfonça en elle et cette fois, Bettina gémit de plaisir. Quand ils se retrouvèrent côte à côte, heureux et comblés, Ivo se souvint de ses intentions.

— Je suppose, Bettina, que tu as compris que je voulais t'épouser.

Abasourdie, la jeune femme leva les yeux vers lui. Elle l'avait espéré, elle n'en était pas assurée.

Ses cheveux de cuivre étaient ébouriffés. Elle était superbe, dans un demi-sommeil. Il y avait dans son regard des monceaux d'amour et de tendresse.

— Moi aussi, figure-toi, j'ai l'intention de t'épouser, répliqua-t-elle en le serrant contre elle.

— Madame Stewart.

En riant, elle l'embrassa.

— La troisième, marmonna-t-elle.

Ivo la regarda avec étonnement avant de l'attirer contre son torse.

— Tu es prête ? demanda-t-il en frappant doucement.

Ivo attendit tandis que, prise de panique, Bettina, en combinaison, s'agitait derrière la porte.

— Non, non, patiente encore un peu.

Mathilde se précipita vers le placard pour en sortir la robe qu'elle fit glisser sur les étroites épaules de la jeune femme. Puis elle l'agrafa, la boutonna et remonta la fermeture Éclair sur le côté. C'était une robe que Bettina avait achetée à Paris avec son père. Elle ne l'avait jamais portée. C'était la tenue idéale pour ce jour.

Elle recula d'un pas pour mieux se voir dans le miroir, et par-dessus son épaule, elle aperçut le sourire bienveillant de la vieille Mathilde. Elle était belle dans ce fourreau de satin de couleur crème, simple, dépouillé. La jupe lui descendait à mi-mollet, le col était montant, les manches courtes et bouffantes. La veste assortie était coupée de la même façon. Elle enfila des gants blanc en chevreau et s'assura qu'elle n'avait pas oublié les deux perles qui lui servaient de boucles d'oreilles. Puis elle se pencha pour mieux contempler ses bas ivoire et ses escarpins de satin blanc. Tout était parfait. Avec un sourire, Bettina interrogea Mathilde du regard.

— Vous êtes belle, mademoiselle.

— Merci, Mattie.

Elle embrassa la joue de la vieille femme avant de se diriger à pas lents vers la porte. Elle hésita longuement, se demandant s'il était toujours de l'autre côté à l'attendre.

— Ivo ? murmura-t-elle d'une voix à peine audible, qu'il entendit néanmoins.

— Oui. Tu es prête ?

Avec un petit rire, Bettina hocha la tête.

— Oui. Mais ne dois-tu pas patienter jusqu'à ce que nous soyons sur place ?

— As-tu l'intention de me bander les yeux dans la voiture ?

Sa volonté de respecter les traditions, en dépit des circonstances, amusait Ivo. Tout ce qu'elle faisait l'amusait. Elle était soudain redevenue une délicieuse enfant, libre de tout souci. L'hiver terrible et tragique était enfin terminé. Elle était sienne à présent, avec toute une vie devant elle, une vie d'épouse choyée.

— Viens, ma chérie. Nous ne devons pas faire attendre le juge Isaacs. Et si je fermais tout simplement les yeux ?

— D'accord. Ça y est ?

— Oui.

Le sourire aux lèvres, Ivo se sentit un peu idiot, mais il obtempéra. Il entendit la porte s'ouvrir et, un instant plus tard, reconnut son parfum.

— Puis-je regarder ?

— Oui, répondit-elle après un long silence.

Ivo soupira en la voyant. Il se demanda pourquoi l'hiver de sa vie était ainsi béni des dieux. De quel droit ? Par quelle faveur ?

— Tu es ravissante.

— Tu aimes ?

— Je serais difficile.

— Est-ce que j'ai l'air d'une mariée ?

Ivo la broya entre ses bras.

— Te rends-tu compte que dans une heure, tu seras madame Ivo Stewart ? Quel effet cela te fait-il ?

Bettina semblait si petite à côté de lui !

— C'est merveilleux ! s'écria-t-elle en l'embrassant.

— Oh, j'allais oublier…

Il se retourna pour prendre un paquet enveloppé d'un papier vert pâle, qui était posé sur le fauteuil de l'entrée. Il le lui tendit en la couvant d'un regard plein de tendresse.

— Pour toi.

Elle saisit le paquet avec précaution, déchira le papier, et un merveilleux parfum se répandit dans l'atmosphère.

— Oh ! Ivo, où les as-tu trouvées ?

C'était un ravissant bouquet composé de roses blanches et de muguets.

— Je les ai fait envoyer de Paris. Elles te plaisent ?

Aux anges, Bettina allait l'embrasser, mais il l'en empêcha et lui tendit un autre paquet, moins volumineux. Elle s'empressa de l'ouvrir. Aucun mot n'aurait su décrire le solitaire qui brillait de tous ses feux sur le velours bleu nuit.

— Oh, Ivo, je ne sais pas quoi dire.

— Ne dis rien, mon amour. Porte cette bague et sois heureuse toute ta vie.

La cérémonie n'avait duré que cinq minutes. On avait échangé promesses et alliances. Bettina était devenue l'épouse d'Ivo. Elle n'avait pas voulu de réception. Après tout, ne portait-elle pas encore le deuil de son père ? Ils avaient dîné au *Lutèce* à une table tranquille, au fond du restaurant. Puis ils étaient allés danser.

— Je t'aime, lui avait-elle murmuré à l'oreille, sur la pointe des pieds.

Elle semblait si fragile, ressemblait tant à une petite fille ! Mais elle ne l'était plus. Elle était sa femme et lui appartenait entièrement. Pour toujours.

13

Avec nervosité, Bettina attacha deux clips de diamants à ses oreilles et se donna un coup de brosse. D'une main adroite, elle enroula ses cheveux autour de ses doigts et les noua en un chignon sage et lisse, aux reflets flamboyants. Quand elle eut disposé les dernières épingles, elle se leva. Dans la robe de dentelle noire qui lui tombait jusqu'aux chevilles, jusqu'aux souliers de satin noir, son corps paraissait plus mince, plus dense. Elle contempla longuement son reflet dans le miroir qui recouvrait entièrement le mur du dressing-room. Ivo lui avait fait installer cette pièce, dans le nouvel appartement qu'ils avaient acheté pour leur premier anniversaire de mariage, cinq mois auparavant. Ce duplex avec une vue superbe sur Central Park convenait parfaitement à leur mode de vie. Leur chambre s'ouvrait sur une grande et belle terrasse. Ils avaient chacun leur dressing-room, et Ivo disposait d'un bureau au premier étage. Au rez-de-chaussée se trouvaient le salon, la salle à manger lambrissée et, attenante à la cuisine, une pièce spacieuse qu'occupait Mathilde. C'était parfait sans être somptueux. Bettina l'avait aménagé à son gré, à quelques détails près, notamment le drôle de petit belvédère situé sur la terrasse et une vieille balançoire qu'il avait suspendue au rebord du toit. Ils pourraient s'y asseoir les soirs d'été, y rêver et « se bécoter », avait-il plaisanté.

Mais l'été, rares étaient les soirées passées en ville. La compagnie théâtrale dont elle était devenue assistant-régisseur et qui, le succès aidant, s'était installée dans le centre, ne donnait aucune représentation en juillet et en août. Bettina et Ivo passaient donc deux mois à South Hampton. Ils y avaient acheté une maison. Bettina, plus heureuse que jamais, menait la vie qu'elle avait connue du vivant de son père. Elle ne travaillait plus que cinq jours sur sept. Le dimanche et le lundi, ils organisaient des dîners mondains, de douze à quatorze couverts, ou se passaient des cassettes vidéo. Ivo pouvait aisément se procurer les copies des derniers films sortis. De temps à autre, ils renonçaient à la douceur du foyer pour assister à un ballet, un gala, une première, ou simplement pour passer une soirée au *Lutèce* ou à *La Côte Basque*. En dépit de leurs activités nombreuses et diverses, ils parvenaient à préserver du temps pour eux, des moments à deux, des moments précieux, après le théâtre ou dans la journée, quand Ivo pouvait s'éclipser. Jamais il ne se lassait d'elle. Parfois, il aurait aimé ne la partager avec personne. Il ne comptait ni son temps, ni son attention, ni son affection, ni ses louanges. Son amour protégeait Bettina. Ils vivaient l'apogée d'un beau rêve.

Bettina sourit à l'image que lui renvoyait le miroir. L'exquise dentelle noire ondoyait comme un fin nuage dans le vent d'été. Elle rajusta les plis de la jupe, avant de remonter la courte fermeture Éclair du corsage. C'était une robe au dos nu, à la taille resserrée à l'extrême, avec une bande d'étoffe autour du cou.

Le genre de robe dont on ne peut tirer un fil ou deux sans provoquer un désastre. Un tel incident était peu probable, la qualité de la façon étant incomparable. Bettina porta de nouveau la main à ses oreilles, tapota une dernière fois son chignon lisse et fit un clin d'œil à son reflet dans la glace.

— Pas mal pour une vieille, murmura-t-elle, tandis qu'un large sourire se dessinait sur ses lèvres.

— Le mot est faible, mon amour.

Bettina se retourna, surprise. Elle n'avait pas remarqué son mari qui se tenait dans l'embrasure de la porte.

— Traître !

— Je l'ai fait exprès. Je voulais voir comment tu étais, et tu es..., fit-il, admiratif, avant de se pencher vers elle pour déposer un baiser sur sa bouche... ravissante !

Ivo recula pour mieux la contempler. Elle avait encore embelli en un an et demi.

— Nerveuse, Bettina ?

Elle allait dire non, mais elle ne put s'empêcher d'acquiescer en riant.

— Peut-être un peu, reconnut-elle.

— C'est normal, ma chérie.

Sa jeunesse le stupéfiait. Dire que ce soir, on fêtait son vingt et unième anniversaire ! Sans la quitter des yeux, Ivo glissa une main dans sa poche et en sortit une boîte de velours bleu marine. Depuis leur mariage, depuis leur retour d'East Hampton, où ils avaient passé leur lune de miel, il l'avait couverte de présents, gâtée, pourrie.

— Oh ! Ivo... encore un cadeau ? Tu m'en as déjà tellement fait !

Elle ouvrit l'écrin et s'immobilisa, le souffle coupé.

— Oh, Ivo, non !

— Mais si !

C'était le collier de perles et de diamants qu'elle avait admiré dans la vitrine de Van Cleef. Elle lui en avait parlé juste après leur mariage.

« On sait que l'on a grandi lorsque l'on possède un collier de perles », lui avait-elle déclaré, sur le ton de la plaisanterie.

Sa théorie avait amusé Ivo. Alors Bettina lui avait décrit les femmes élégantes qui, dans les soirées de son père, arboraient des colliers de saphirs, de diamants, de rubis… Mais, à ses yeux, seules les « vraies » femmes avaient le bon goût de se contenter d'un collier de perles. Ivo n'avait pas oublié cette conversation qui l'avait réjoui, comme tout ce que lui racontait Bettina. Il avait attendu son vingt et unième anniversaire avec impatience pour lui offrir ce fameux collier de perles. Il en avait choisi un dont le fermoir de diamants, ovale, pouvait se porter indifféremment devant ou derrière, sur la nuque. Bettina essaya maladroitement de l'attacher autour de son cou. Ivo vit les larmes jaillir de ses yeux. Brusquement, elle se précipita dans ses bras. Elle se serra contre lui, sa tête contre sa poitrine.

— Ce n'est rien, ma chérie… Bon anniversaire, mon amour…

Il tourna le visage de la jeune femme vers lui et lui embrassa les lèvres.

— Ne me quitte jamais, Ivo… Jamais… Je ne pourrais pas le supporter.

Ce n'étaient ni les diamants ni les perles qui l'avaient bouleversée. Ivo comprenait tout, savait tout, il était toujours là. En toute circonstance, elle pouvait compter sur lui. Mais une chose l'épouvantait. Et si un jour il disparaissait ? Cette idée lui était insupportable. Et s'il cessait de l'aimer ? S'il l'abandonnait, impuissante, sans recours, comme son père… ? Ivo devina la nature de la peur qu'il lisait dans ses yeux.

— Tant que ce sera en mon pouvoir, ma chérie, je ne te quitterai jamais. Jamais !

Ils descendirent l'escalier, Bettina blottie contre Ivo. Quelques instants plus tard, la sonnette de la porte d'entrée retentit, annonçant l'arrivée des premiers invités. Mathilde était assistée d'un barman et de deux maîtres d'hôtel, engagés pour l'occasion. Un traiteur s'était occupé du buffet. Ivo avait tout organisé. Bettina n'avait plus qu'à s'amuser comme les autres, participer pleinement à la fête

— Ne devrais-je pas jeter un coup d'œil à la cuisine ? murmura-t-elle, mais Ivo la retint d'un sourire tendre et insistant.

— Non, ce soir, je te veux ici, près de moi.

— Comme il vous plaira, Sire.

Bettina exécuta une révérence et quand elle se redressa, Ivo lui tapota gentiment les fesses.

— Dites donc, vous !

— Que veux-tu ?

Depuis un an qu'ils étaient mariés, leur vie amoureuse n'avait pas connu de temps mort. Bettina le trouvait toujours excitant, séduisant. Ils passaient un temps inimaginable au lit.

Elle se tenait là, superbe et frêle, Ivo à son côté. Une flûte de champagne à la main, un doigt posé sur son collier, elle contemplait son domaine. Il lui sembla qu'elle avait pris un tournant. Elle était femme, amante, épouse.

14

— On y va après celle-là ?

Ivo se pencha vers elle en souriant. Elle acquiesça d'un signe de tête. Ils firent un dernier tour sur la piste de danse. Pour une fois, les émeraudes de ses boucles d'oreilles scintillaient plus que ses yeux. Elle semblait fatiguée, troublée, en dépit du somptueux sari moiré vert et or et de ses nouveaux clips, parfaitement assortis à la bague héritée de sa mère. Ivo les lui avait offerts pour Noël. Bettina les adorait.

Quand ils regagnèrent leur table, l'assistance se leva d'un coup et applaudit. Elle était habituée à ces applaudissements qui la rassuraient. Ce soir-là, pourtant, ils n'étaient pas destinés à la troupe de théâtre mais à Ivo. Ivo qui prenait sa retraite, après trente-six ans de bons et loyaux services, dont vingt et un à la tête du journal. Après bien des hésitations et atermoiements, il avait décidé de mettre un terme à sa carrière, à soixante-huit ans, plutôt que d'attendre l'âge légal de la retraite, deux ans plus tard. Bettina ne s'était pas encore rendu compte de l'importance de cet événement. Cela la perturbait plus qu'elle ne voulait le reconnaître. Ensemble, ils avaient vécu six années de bonheur parfait, six années d'hivers en ville, d'étés à la campagne, de voyages en Europe et de moments à deux. À vingt-cinq ans, elle profitait pleinement de l'existence. Ivo ne lui refusait rien. Mais il n'avait plus à se plier à ses désirs d'indépendance. Bettina, qui avait fait ses preuves au théâtre, avait mis de l'eau dans son vin. Elle avait même accepté qu'il envoie la limousine la chercher au théâtre, le soir, à la sortie du spectacle. Il était sécurisant de se reposer ainsi sur Ivo. Il lui rendait la vie si simple, Si douce !

— Viens, ma chérie.

Il lui saisit la main et la conduisit au milieu de la foule bienveillante de ses amis, en robes du soir et en smokings. Cette main dans la sienne le réconfortait. Il renonçait à tant de choses ! Il se demanda soudain s'il n'avait pas commis une erreur. De toute façon, il était trop tard pour revenir sur sa décision. Le nouveau directeur de publication avait déjà été désigné. Ivo devenait conseiller principal du président du conseil d'administration, un titre honorifique qui ne correspondait qu'à un pouvoir très réduit. Il serait un aîné respecté. Sur le chemin du retour, assis à l'arrière de la limousine aux côtés de Bettina, il était au bord des larmes.

Mais ils avaient déjà fait tant de projets ! Elle avait pris trois mois de vacances. Dès le lendemain, ils partirent pour le sud de la France. Ils avaient décidé de voyager en bateau, puisque Ivo pouvait désormais consacrer davantage de temps à ses loisirs.

De Paris, ils se rendirent à Saint-Jean-Cap-Ferrat, par le chemin des écoliers. Ils avaient séjourné deux semaines au Ritz.

« Nous ne faisons que manger », lui avait dit Bettina en plaisantant.

Septembre était un mois délicieux au Cap-Ferrat. En octobre, ils rallièrent Rome. En novembre enfin, ils regagnèrent à regret les États-Unis. Ivo contacta ses nombreux amis. Il allait déjeuner avec eux au club, dans son ancien repaire. Bettina, quant à elle, retrouva la troupe. Les Players avaient le vent en poupe et jouissaient d'excellentes critiques. On jouait à guichets fermés et Bettina aimait son métier. Steve était devenu metteur en scène. Elle avait donc pris sa place de régisseur, et du même coup obtenu une carte syndicale. Le spectacle du moment, une œuvre originale d'un auteur inconnu, lui avait tout de suite paru intéressant, différent des autres. Il y avait une tension, un enthousiasme, une sorte de magie tangible.

— Je veux bien te croire, la taquina Ivo quand elle lui en parla en termes dithyrambiques.

— Tu viendras la voir ?

— Bien sûr.

Il reporta son attention sur son journal et son petit déjeuner. La veille, il ne l'avait pas attendue pour se coucher, ce qui était fort rare. La journée avait été longue. De temps à autre, son âge lui jouait des tours, bien que rien n'eût changé dans leur vie quotidienne.

— Quand ?

Ivo leva de nouveau les yeux vers elle, avec un sourire un peu triste.

— Voudriez-vous me faire le plaisir de cesser d'insister, madame Stewart ?

Le visage de Bettina s'illumina.

— À une seule condition : que tu viennes. C'est une pièce fantastique, Ivo. Géniale. C'est exactement le genre de chose que j'aimerais écrire.

— D'accord, d'accord, j'irai.

— Tu promets ?
— Je promets. Maintenant puis-je lire mon journal ?
— Oui, fit-elle d'un air penaud.
Midi n'avait pas encore sonné qu'elle trépignait déjà d'envie. Elle regarda Ivo s'habiller en vue d'un lunch organisé par le *Press Club,* puis elle se doucha et enfila un jean. Elle lui laissa un mot pour le prévenir qu'elle était partie plus tôt et qu'elle le verrait tard dans la soirée. Peu lui importait, pensait-elle. Depuis leur retour d'Europe, il était très fatigué. Cela lui ferait sans doute du bien de passer le reste de la journée à se reposer. Et puis, il était habitué à ses horaires un peu fous.
Bettina bondit hors du taxi et termina le trajet à pied, en fredonnant. Elle sentait le vent d'hiver, mordant, dans ses cheveux. Elle les portait toujours longs, pour faire plaisir à Ivo. Ce jour-là, ils flottaient sur ses épaules, comme de délicats fils de cuivre.
— Où cours-tu, ma belle ? Tu ne risques pourtant pas d'être en retard au boulot.
En entendant cette voix familière, à l'accent anglais, elle s'arrêta net, et jeta un coup d'œil pardessus son épaule. C'était la vedette de leur nouveau spectacle. Il portait un chaud manteau de tweed et une casquette rouge.
— Salut, Anthony. Je pensais régler deux ou trois trucs, ici et là.
— Moi aussi. Sans compter la répétition, à quatre heures et demie. Ils ont l'intention de modifier le début du deuxième acte.
— Pourquoi ? s'étonna-t-elle en le regardant avec intérêt.
Ils atteignirent le théâtre, et il retint la porte pour la laisser passer.

— Comment le saurais-je ! fit-il en haussant les épaules comme un gamin. Je travaille ici, c'est tout ! Je n'ai jamais compris pourquoi les dramaturges multiplient les notes et les changements. De la paranoïa, si tu veux mon avis. C'est comme ça, le théâtre, ma belle !

Il resta un moment devant sa loge et la dévisagea avec un sourire insistant, chaleureux. Il avait au moins une tête de plus qu'elle, d'immenses yeux bleus et des cheveux bruns et soyeux. Il y avait en lui quelque chose d'innocent et d'ensorcelant à la fois. On tombait sous le charme de ses intonations britanniques et de son regard lumineux.

— Tu as des projets, pour le dîner ?

Elle prit un air pensif avant de secouer la tête.

— Non, pas vraiment. Je vais sans doute me contenter d'un sandwich ici.

— Moi aussi.

Il fit la grimace, et ils échangèrent un sourire.

— Tu viendras me rejoindre ? demanda-t-il en désignant la loge derrière lui.

Elle hésita un instant avant d'acquiescer.

— D'accord, répondit-elle.

— Et ensuite ?

Fasciné, il leva les yeux de son assiette de pastrami. Ils bavardaient dans la loge, assis sur deux chaises cannées.

— Eh bien, j'ai travaillé pour *Le Renard dans le poulailler, Petite ville,* et puis…, hésita-t-elle, le visage pensif. Ah oui, *Clavello* !

— Tu as bossé là-dessus ?

Il avait l'air très impressionné.

— Dis donc, Bett, tu as plus d'expérience que moi et ça fait dix ans que je suis dans le métier.

Elle le regarda, étonnée, tout en mordillant un cornichon.

— Dix ans ? Mais quel âge as-tu donc ?

Cela ne la gênait pas de lui poser cette question. Dans la demi-heure qui venait de s'écouler, ils étaient devenus amis. La compagnie d'Anthony était agréable, sa conversation amusante, ce qui était plutôt rare chez les théâtreux, comme elle avait pu le constater jusque-là. La camaraderie était de mise, mais la jalousie n'était pas exclue pour autant. Cela ne la touchait pas ou peu. Elle n'était que régisseur, après tout. Mais tout ce qui avait trait au théâtre l'intéressait. Jour après jour, c'était la même magie.

— J'ai vingt-six ans, répondit-il en la couvant d'un regard enjôleur.

Un petit garçon déguisé en homme, qui joue à être acteur.

— Ça fait longtemps que tu vis aux États-Unis ?

— Je suis arrivé pour les répétitions. Il y a quatre mois.

— Tu t'y plais ?

Bettina termina le pastrami, le cornichon, et lança négligemment une jambe par-dessus le bras du fauteuil.

— J'adore. Je vendrais mon âme au diable pour rester.

— Tu ne peux pas ?

— Si, avec des visas temporaires. Mais c'est un tel casse-tête ! Tu n'imagines pas les démarches interminables auxquelles il faut se soumettre pour obtenir la toute-puissante carte verte.

— Qu'est-ce que c'est ? fit-elle.

— La carte de résident permanent, permis de travail, etc. Ça vaudrait une fortune si on pouvait se la procurer au marché noir. Mais c'est impossible.

— Comment l'obtient-on ?

— Par miracle, je crois. C'est tellement compliqué ! Je préfère ne plus en parler. Et toi ?

Il tourna sa cuillère dans son café et la regarda d'un air grave. Bettina s'étonna. Ces yeux bleus lui faisaient l'effet d'une caresse.

— Quoi, moi ?

— Bah ! tu sais bien, fit-il en haussant les épaules. Les statistiques de base : taille, pointure, mensurations…

Elle lui sourit, de plus en plus surprise.

— Bon, voyons. J'ai vingt-cinq ans. Je chausse du trente-huit, et le reste ne te regarde pas !

— Mariée ?

— Oui.

— Zut ! s'exclama-t-il en faisant claquer ses doigts.

Ils éclatèrent de rire.

— Depuis longtemps ?

— Six ans et demi.

— Des gosses ?

— Non.

— Logique.

— Pourquoi ? Tu n'aimes pas les enfants ? fit-elle sans cacher son étonnement.

— Disons que ce n'est pas ce qui peut arriver de mieux, question carrière. De véritables petits emmerdeurs.

Par son égocentrisme, une caractéristique propre à bien des acteurs, il lui rappelait son père.

— Eh bien, Bettina, dit-il en retrouvant son sourire,

je suis navré que tu sois mariée. Mais…, ajouta-t-il en levant vers elle des yeux malicieux, n'oublie pas de me faire signe quand tu divorceras.

— Ça, mon ami, tu peux toujours attendre !

Sur ces mots, elle se leva, le salua d'un geste de la main et franchit le seuil de sa loge.

— À plus tard !

Elle revit Anthony le soir même, à la sortie du spectacle. Ils remontèrent leur col pour se protéger du froid.

— On se gèle ! Dieu sait pourquoi tu veux rester aux États-Unis.

— Je me le demande parfois.

Ils se dirigèrent vers le coin de la rue, en évitant les plaques de verglas.

— Tu étais très bon, ce soir.

— Merci. – Il se tourna vers elle, l'air interrogateur. – Je te dépose quelque part ?

Il était sur le point de héler un taxi.

— Non, merci.

Il haussa les épaules et poursuivit sa route. Bettina s'engagea dans une rue qui partait sur la gauche. La voiture d'Ivo l'attendait, moteur ronflant. À l'intérieur, il ferait chaud. Elle jeta un rapide coup d'œil par-dessus son épaule pour s'assurer que personne ne la verrait, puis elle ouvrit la portière et s'engouffra à l'arrière. En traversant la rue, Anthony, mû par une sorte d'instinct, se retourna pour un dernier salut. Tout ce qu'il vit, ce fut Bettina disparaissant dans une grande conduite intérieure noire. Il plongea les mains dans ses poches, haussa les sourcils et poursuivit son chemin en souriant.

15

— Bonjour, chérie.

Le lendemain matin, au petit déjeuner, il faisait un temps superbe et lumineux. Ivo s'était endormi avant son retour, ce qui ne lui ressemblait pas. Cela faisait une semaine qu'ils n'avaient pas fait l'amour. Elle se sentit coupable de tenir une telle comptabilité, mais il l'avait tant gâtée et depuis si longtemps qu'elle ne pouvait que remarquer ce brusque changement.

— Tu m'as manqué, hier soir.

— Je décline, hein ? fit-il avec une grande douceur dans le regard.

De toute évidence, il prêchait le faux pour savoir le vrai. Elle secoua vivement la tête.

— Pas du tout. Ce sont des histoires, tout ça.

Ivo retourna à son journal, et Bettina monta s'habiller. Elle songea à lui parler de son dîner avec Anthony, mais brusquement, cela lui parut indécent. Elle s'était toujours efforcée de ne pas le rendre jaloux, même s'ils savaient tous les deux qu'il n'avait aucune raison de l'être.

Trois quarts d'heure plus tard, Bettina apparut en pantalon gris, pull en cachemire beige, bottes de daim marron et écharpe de soie assortie à sa chevelure. Ivo montait l'escalier, en robe de chambre.

— Que fais-tu aujourd'hui, chéri ?

Elle avait une envie folle de glisser une main sous son peignoir. Mais il regardait sa montre et ne remarqua pas la lueur qui venait de s'allumer dans son regard.

— Mon Dieu, j'ai un conseil d'administration au journal, dans une demi-heure. Je vais être en retard.

Il serait pris toute la matinée.

— Et après ? demanda-t-elle, pleine d'espoir.

— Je déjeune avec les membres du conseil. Puis une autre réunion. Ensuite, la maison…

— Zut ! À cette heure-là, je serai partie pour le théâtre.

— Tu veux démissionner ? dit-il d'une voix tendre mêlée de tristesse.

— Non ! Mais tu me manques tellement, lui expliqua-t-elle d'un air enfantin, maintenant que nous sommes revenus aux États-Unis et que j'ai repris mon travail ! En Europe, nous étions toujours ensemble et puis, tout à coup, c'est comme si nous ne nous voyions plus.

Le remords qu'il décela dans sa voix le toucha.

— Je sais, dit-il en tendant le bras vers elle. Je vais essayer d'alléger mon programme. Et si on repartait en voyage ?

Il lui caressa les cheveux, lui releva le menton et l'embrassa.

— Je ne peux pas, Ivo… Le spectacle…

— Oh, ce satané…

Il s'enflamma un court instant, puis fit un geste conciliant de la main.

— Bon, bon. Ne penses-tu pas, poursuivit-il, plus sérieusement, qu'après toutes ces années, tu as engrangé suffisamment de matériaux pour écrire ta propre pièce ? J'ai l'impression qu'à quatre-vingt-sept ans, tu seras toujours là à lever le rideau pour des amateurs, des marginaux.

— Ce ne sont pas des marginaux !

Bettina avait l'air si offensée qu'Ivo ne put s'empêcher de rire.

— Non, j'exagère. Mais ne crois-tu pas que cela a assez duré ? Réfléchis. Nous pourrions partir six mois, et tu rédigerais ta pièce.

— Je ne suis pas prête.

— Mais si. Tu as peur, c'est tout. Tu n'as pourtant aucune raison d'avoir peur. Tu écriras quelque chose de magnifique, quand tu t'y mettras enfin.

— Oui, mais je ne suis pas prête, Ivo.

— D'accord. Mais ne te plains pas de ne plus me voir. Tu passes ta vie dans ce fichu théâtre !

C'était la première fois qu'il s'en plaignait aussi directement, et Bettina s'émut de la colère froide qu'elle décela dans sa voix.

— Chéri, ne dis pas ça.

Elle l'embrassa.

— Petite idiote, je t'aime, fit-il, radouci.

— Moi aussi, je t'aime.

Ils restèrent blottis l'un contre l'autre pendant un instant, mais Ivo, déjà en retard, alla s'apprêter.

Au théâtre, tout le monde s'affairait déjà, on courait partout, et les vedettes du spectacle arrivaient peu à peu. Bettina aperçut Anthony dans les coulisses, vêtu d'un jean, d'un pull à col roulé et de son éternelle casquette rouge.

— Salut, Bett.

C'était la seule personne de la troupe à user de ce diminutif.

— Bonjour, Anthony. Comment ça se passe ?

— C'est dingue. Ils veulent encore modifier des trucs.

Il s'agissait d'une nouvelle pièce, et des corrections de dernière minute étaient à prévoir. Cela ne semblait pas déranger le jeune Anglais outre mesure.

— Je voulais te demander de dîner avec moi, mais tu étais introuvable.

— J'ai apporté un sandwich, répondit-elle, un sourire aux lèvres.

— Préparé avec amour par ta mère ?

Bettina rit, mais elle se voyait mal lui dire : « Non, par la bonne. »

— Peut-être me feras-tu l'honneur d'accepter de boire un café en ma compagnie, un peu plus tard ?

— Désolée, pas ce soir.

Elle devait rentrer à la maison, auprès d'Ivo. Elle ne souhaitait pas s'attarder. Depuis toutes ces années, elle n'était sortie qu'une ou deux fois avec la troupe, après le spectacle.

Anthony, visiblement déçu, disparut.

Elle ne le revit qu'après la représentation, alors qu'elle rangeait les éclairages et procédait au nettoyage habituel des lieux.

— Que penses-tu de la dernière mouture, Bettina ?

En l'observant avec le plus grand intérêt, il s'assit sur un tabouret. La jeune femme réfléchit un instant, plissant les yeux. Dans sa tête défilèrent toutes les scènes.

— Je ne suis pas certaine d'apprécier. Elle n'apporte rien de plus à l'ensemble.

— Exactement ! C'est nul. Les auteurs sont tous paranos !

— Peut-être, dit-elle en souriant.

— Alors, ce café, on va le boire ?

— Une autre fois. Je suis navrée, Anthony, je ne peux pas.

— Le petit mari attend ? s'écria-t-il avec désinvolture.

Leurs regards se croisèrent.

— J'espère.

Anthony était irrité, Bettina aussi. Elle enfila son manteau. Il n'avait pas le droit de se montrer désagréable parce qu'elle refusait de sortir avec lui. Aucun droit. Bettina était agacée de son agacement et craignait qu'il ne lui demande plus de l'accompagner. Elle saisit son sac, son chapeau, et sortit. Qu'Anthony Pearce aille au diable ! Il n'était rien pour elle.

Elle marcha d'un bon pas vers le croisement. Un petit vent désagréable lui sifflait aux oreilles. Elle accéléra l'allure et, arrivée à hauteur de la limousine, ouvrit la portière. Elle mettait le pied à l'intérieur quand une voix résonna dans son dos. De surprise, elle fit volte-face. Anthony Pearce se tenait derrière elle, le col remonté, la casquette rouge vissée sur le crâne.

— Tu peux me déposer quelque part ?

Malgré le froid, elle se sentit rougir. Il était le premier, en six ans, à éventer son secret.

— Oh !

Ce fut tout ce qu'elle fut capable de lui répondre.

— Allez, ma belle. Je me gèle les miches et il n'y a pas de taxi.

Une bruine glacée commençait à tomber. Et il l'avait prise en flagrant délit. Alors à quoi bon s'obstiner ?

— D'accord, fit-elle laconiquement.

Elle monta dans la limousine, et Anthony prit place à côté d'elle.

— Où dois-je te déposer ? demanda-t-elle, irritée par son sans-gêne.

D'un air dégagé, il lui indiqua une adresse à Soho.

— J'habite un loft. Tu veux le visiter ?

Bettina était en colère, indignée de tant d'insistance.

— Non, merci.

— Pourquoi es-tu fâchée ? fit-il en lui lançant un regard admiratif. Je dois reconnaître, ma belle, que ça te va bien.

Dans sa fureur, Bettina releva la vitre qui les séparait du chauffeur. Puis elle lui jeta un regard meurtrier.

— Dois-je te rappeler que je suis une femme mariée ?

— Qu'est-ce que ça peut faire ? Je n'ai rien dit d'inconvenant. Je n'ai pas arraché tes vêtements. Je ne t'ai pas embrassée devant le chauffeur. Je t'ai simplement demandé de me raccompagner chez moi. Pourquoi es-tu si susceptible ? Ton bonhomme doit être jaloux comme un tigre !

— Non. D'ailleurs, ça ne te regarde pas. C'est juste que… Oh, peu importe !

Elle bouillait de rage, en silence, tandis que la voiture prenait la direction du loft. Une fois arrivés à destination, Anthony lui tendit gentiment la main.

— Je suis désolé de t'avoir ennuyée, Bettina, dit-il d'une voix douce, presque enfantine. Ce n'était pas mon intention. J'aimerais être ton ami, ajouta-t-il, tête basse.

Elle le regarda et sentit toute colère l'abandonner.

— Pardonne-moi, Anthony… Je ne voulais pas être grossière. Mais personne n'avait jamais… Je suis tellement mal à l'aise avec cette histoire de voiture… Je suis désolée, ce n'est pas ta faute.

Il l'embrassa sur la joue. Un baiser amical.

— Merci. Me gifleras-tu si…, bredouilla-t-il, je te propose une tasse de café ?

Il paraissait si sincère, si anxieux qu'elle n'osa pas refuser. Elle n'avait pourtant qu'une envie : retrouver Ivo. Mais elle s'était montrée si dure avec le jeune acteur… Elle devait se racheter.

— D'accord, soupira-t-elle. Mais vite.

Elle le suivit dans l'étroite et interminable cage d'escalier, après avoir ordonné au chauffeur de l'attendre. Quand enfin ils parvinrent à son appartement, Bettina eut l'impression d'avoir gravi assez de marches pour atteindre le ciel. Il ouvrit une lourde porte d'acier. De l'autre côté, elle découvrit un intérieur plein de charme. Il avait peint des nuages au plafond, disposé à chaque coin des plantes hautes et feuillues. Il y avait des commodes rustiques et des objets orientaux, des nattes, de petits tapis et de grands fauteuils confortables, recouverts d'un tissu bleu pâle. C'était plus qu'un appartement, c'était un refuge, un coin de campagne, un jardin intérieur, une oasis.

— Oh, Anthony, c'est magnifique ! s'extasia-t-elle en arrondissant les yeux de plaisir.

— Ça te plaît ?

Il lui jeta un regard innocent. Ils échangèrent un sourire.

— Beaucoup. Où as-tu déniché tout ça ? À Londres ?

— Oui. Et aussi ici. Un peu partout. C'est du bric-à-brac.

Pour du bric-à-brac, l'effet était superbe.

— De la crème ou du sucre ?

— Ni l'un ni l'autre, merci. Noir.

— La ligne, hein ? fit-il en admirant son corps de danseuse, tandis qu'elle s'effondrait dans l'un des fauteuils bleus.

Quelques minutes plus tard, il réapparaissait avec deux tasses fumantes et une assiette de fromages et de fruits.

Il était une heure et demie du matin quand, prise de panique, elle regagna la limousine au pas de course. Que dirait Ivo ? Cette fois, elle pria le ciel qu'il fût endormi. Sa prière fut exaucée. Il l'avait attendue jusqu'à minuit, puis il s'était couché. Bettina le regarda en se demandant pourquoi elle ressentait cet étrange pincement au cœur. Elle avait bu un café avec l'un des membres de la troupe, un collègue. Quel mal y avait-il à cela ?

16

— Il t'a battue ? la taquina Anthony.

— Bien sûr que non. Ce n'est pas son genre. Il est merveilleux, compréhensif.

— Bon. Alors, si on prenait un autre café ? Mieux, si nous dînions ensemble avant le spectacle ?

— On verra, fit Bettina, volontairement évasive.

Elle voulait appeler Ivo. Peut-être pourraient-ils grignoter quelque chose dans le coin ? Ce matin-là, elle ne l'avait même pas vu. Quand elle s'était éveillée, elle avait trouvé une note d'explication : il avait un rendez-vous. Ils ne se voyaient presque plus. Du moins Bettina en avait-elle l'impression, ce qui ne lui plaisait pas du tout.

Quand elle téléphona à la maison, Ivo n'y était pas. Il avait appelé, l'informa Mathilde, pour dire qu'il ne serait pas là pour le dîner. Anthony attendait derrière elle pour utiliser la cabine publique. Malgré tous les efforts qu'elle fit pour être discrète, il entendit leur conversation. Lorsqu'elle raccrocha le combiné, il lui adressa un sourire désarmant.

— Puis-je me mettre sur les rangs pour dîner avec toi, Bettina ?

Elle était sur le point de refuser, mais troublée par ses yeux bleus, elle se surprit à lui répondre :

— Bien sûr.

Ils se retrouvèrent autour d'une soupe et d'un sandwich pour parler du spectacle. Presque imperceptiblement, la conversation dévia. Anthony voulait tout connaître d'elle, d'où elle venait, où elle habitait, où elle était allée à l'école. Bettina lui parla de son père, dont il connaissait les œuvres. Il paraissait fasciné par chaque détail de son existence. Ils regagnèrent le théâtre à pied, puis se séparèrent. Anthony vint la rejoindre aussitôt après la représentation, alors qu'elle s'apprêtait à quitter les lieux. Elle eut le sentiment qu'il allait lui demander de le raccompagner, aussi se précipita-t-elle vers la voiture.

À la maison, Ivo l'attendait. Ils se racontèrent leurs journées respectives, puis montèrent jusqu'à leur chambre. Bettina se déshabilla sans cesser de bavarder.

— Nous nous voyons à peine, se plaignit-il, le regard chargé de regrets, mais non de reproches.

— Je sais, répondit-elle, attristée elle aussi.

Aussitôt, il s'approcha, l'aida à retirer ce qu'elle avait encore sur le dos et la rejoignit au lit. Ils firent l'amour lentement, doucement, profondément. Mais Bettina se prit à regretter la passion de leurs premières étreintes. Elle se tourna vers Ivo, cherchant une lueur dans son regard. Elle ne rencontra qu'un visage ensommeillé, un petit sourire aux lèvres. Appuyée sur un coude, elle le contempla longuement, puis elle déposa un baiser sur chaque paupière. L'esprit vagabond, elle se surprit à penser à Anthony. Implacablement, elle reporta son attention vers l'homme qui dormait à son côté.

Le spectacle marchait bien. Son amitié pour Anthony ne faisait que croître et embellir. De temps à autre, ils partageaient leurs sandwichs en coulisses et se retrouvaient dans le loft d'Anthony, pour boire un café. Plusieurs fois par semaine, il lui offrait de petits bouquets de fleurs, sans façons, comme s'il s'agissait d'un simple geste amical. Une ou deux fois, elle essaya d'en parler à Ivo, mais recula au dernier moment.

À la fin de l'hiver, Ivo vint assister au spectacle, comme poussé par le besoin de mettre un nom sur l'inquiétude vague qui lui trottait dans la tête. Incognito, il entra dans la salle obscure, et s'assit à l'avant-dernier rang. Le rideau se leva et l'évidence le frappa. Anthony avait la grâce d'une panthère noire, longue et racée, qui évoluait, comme sous hypnose, de la première à la dernière ligne de son rôle. Ivo prêta peu d'attention au texte. Il regardait et soudain, il se sentit trahi, blessé. Il comprenait. Ce n'était pas Bettina qui le trahissait, mais les tentacules du temps qu'il avait si longtemps combattus.

Ce ne fut qu'au printemps que le trouble envahit Bettina. Un soir, elle rentra tard, visiblement perturbée. Ivo attendit, ne sachant pas très bien s'il devait la harceler ou la laisser tranquille. De toute évidence, elle était préoccupée et, pour la première fois depuis leur mariage, elle refusa de se confier à lui. Elle regarda Ivo d'un air absent. Seule, elle monta au premier étage. Il la trouva accoudée à la balustrade de la terrasse, contemplant la ville, les sourcils froncés, une brosse à cheveux dans la main, objet incongru et inutile.

— Qu'est-ce qui ne va pas, chérie ?

Elle hocha vaguement la tête.

— Rien.

Puis se tournant vers lui, elle parut brusquement terrorisée.

— Si.

— Qu'y a-t-il ?

— Oh, Ivo…

Bettina s'assit dans un fauteuil de jardin et, à travers l'obscurité, le fixa de ses yeux immenses, étincelants. La lumière douce de l'appartement donnait de l'éclat aux reflets auburn de ses cheveux. Jamais elle n'avait été plus ravissante. Ivo redoutait ce qu'elle avait à lui dire. Tout l'hiver, il s'était senti abandonné, épuisé. Il s'était demandé parfois, s'il avait bien fait de prendre sa retraite. Quand il était encore en activité, il ne se portait pas aussi mal.

— Chérie, que se passe-t-il ?

Il s'approcha d'elle, lui prit la main et s'assit.

— Tu peux tout me dire, Bettina. N'oublie surtout pas que nous sommes amis.

— Je sais, murmura-t-elle, reconnaissante, les yeux embués de larmes. On m'a demandé de partir en tournée.

— Quoi ? s'étonna-t-il, soulagé et amusé à la fois. C'est tout ?

Elle acquiesça d'un hochement de tête.

— Qu'y a-t-il de si terrible ?

— Mais, Ivo, je serai absente pendant quatre mois ! Et toi ? Je ne sais pas… Je ne peux pas faire ça… mais…

— Mais tu en as envie ?

Ivo la regardait droit dans les yeux. D'une main, elle se mit à tripoter ses cheveux.

— Je n'en suis pas certaine. Ils ont… Oh, mon Dieu… C'est fou !

Elle semblait malheureuse, véritablement déchirée.

— Je serai l'assistante du metteur en scène. Moi, Ivo, la bonne à tout faire, l'accessoiriste, la rien du tout, après toutes ces années !

— Ils sont très malins. Ils savent que tu as fait tes preuves. Je suis fier de toi, ma chérie, ajouta-t-il avec chaleur. Tout le problème est de savoir si tu en as vraiment envie. Alors ? Oui ? Non ?

— Et toi ?

— Ne t'occupe pas de moi. Cela fait presque sept ans que nous vivons ensemble. Ne crois-tu pas que nous pouvons supporter une séparation de quatre mois ? Et puis, de temps en temps, je prendrai l'avion pour te rejoindre. Après tout, être mariée à un retraité présente certains avantages.

Bettina sourit, mi-figue, mi-raisin.

— Je ne veux pas te quitter, dit-elle en lui prenant la main.

— Si, ma chérie, répliqua-t-il avec autorité. Et c'est bien ainsi. J'ai eu une vie bien remplie. Je n'ai pas le droit d'exiger que tu restes toujours à mes côtés.

— Je vais te manquer ? demanda-t-elle ingénument.

— Énormément. Mais si tu en ressens vraiment le besoin, Bettina… – Il s'interrompit, pensif. – Alors je comprends. Pourquoi ne t'accordes-tu pas un délai de réflexion ? Quand dois-tu donner ta réponse ?

— Demain.

— Ils sont pressés, n'est-ce pas ? fit-il d'un ton qui se voulait insouciant. Et quand partirais-tu ?

— Dans un mois.

— Avec les acteurs qui ont créé la pièce ?

— En partie. Anthony Pearce vient avec nous, ainsi que le principal rôle féminin.

Bettina poursuivit ses explications, mais il ne l'écoutait plus. Elle venait, sans s'en rendre compte, de lui révéler ce qu'il désirait savoir. Il la regarda avec une extrême tendresse et, dans la chaleur de la nuit, haussa imperceptiblement les épaules.

— La nuit porte conseil. Tu verras demain matin. À propos, Steve sera-t-il metteur en scène ?

— Non. Il travaille sur une pièce de Broadway, répondit-elle.

Elle resta assise là quelques secondes, en silence, puis elle se leva et rentra dans l'appartement. Tous deux savaient ce qui allait se passer, mais ils étaient incapables d'en parler. Elle l'abandonna sur la terrasse, perdu dans ses pensées. Entre eux, quelque chose avait changé. Bettina paraissait soudain plus jeune. Ivo se sentait si vieux ! Depuis un an, ils ne faisaient plus l'amour de la même façon. Ivo avait envie de maudire le ciel, mais cela aurait été injuste… Il avait vécu sept ans avec elle. C'était plus qu'il ne pouvait espérer.

Il erra dans la maison. Ce soir-là, il ne chercha pas à faire l'amour avec elle, ne voulant pas rendre la situation plus confuse. De son côté du lit, Bettina se demanda si elle devait rester ou partir. Elle perçut le souffle léger d'Ivo à ses côtés. Ivo, si gentil, si aimant ! Elle lui effleura le bras et se détourna pour sécher ses larmes. Au matin, elle lui ferait part de sa décision. Il fallait qu'elle parte en tournée. C'était une nécessité. Elle n'avait pas le choix.

17

— Ivo… Tu me téléphones… Promis ?

À l'aéroport, Bettina, les yeux humides, le regarda une dernière fois.

— Et je t'appellerai aussi. Je te le jure… Tous les jours… Et quand tu viendras passer un week-end…

Brusquement incapable d'en dire plus, elle lui tendit les bras.

— Oh, Ivo, je suis désolée…

Elle n'avait pas envie de partir. Ivo était là, il la tenait contre lui, la réconfortait comme toujours, sa voix douce contre son oreille.

— Arrête, chérie. Je te verrai dans quelques semaines. Tout ira bien. Ensuite, tu écriras une belle pièce. Je serai tellement fier de toi !

Il y avait quelque chose d'apaisant dans sa voix.

— Tu crois vraiment ? demanda-t-elle en reniflant. Mais toi ?

— Nous en avons déjà discuté. Tu te souviens ? J'ai vécu longtemps avant d'avoir le bonheur de t'avoir sous mon toit. Alors profites-en ! C'est la chance de ta vie, madame l'assistante, la taquina-t-il.

Bettina retrouva enfin son sourire. Ivo la prit dans ses bras et l'embrassa.

— Maintenant, mon amour, il faut nous quitter ou tu vas rater ton avion, et ce n'est pas comme ça que l'on commence une nouvelle carrière.

La première étape était Saint Louis, où le reste de la troupe était déjà arrivé. Ils étaient partis le matin, mais Bettina avait différé son départ pour rester un peu avec Ivo.

En courant vers la porte d'embarquement, elle se retourna, comme une enfant en fuite. Il était là, solide, gentil, qui lui faisait un signe de la main. Il attendit que l'appareil disparaisse à l'horizon, puis quitta l'aéroport à pas lents. Dans sa tête défilaient cette matinée, cet été, l'année qui venait de s'écouler, les vingt-cinq ans passés. Il fut soudain pris de panique à l'idée que ce n'était peut-être pas qu'un au revoir.

Bettina atterrit à Saint Louis à seize heures trois. C'était un peu juste pour la première représentation, mais ils avaient si souvent répété que les acteurs étaient parfaitement au point. Le metteur en scène avait pris le même avion qu'eux, et Bettina ne se sentait pas en faute. Quand l'appareil se posa sur la piste, elle eut une pensée pour Ivo, soupira et se força à se concentrer sur son travail. Elle sortit très vite, impatiente de récupérer ses bagages, de les déposer à l'hôtel et de se rendre au théâtre. Elle tenait à reconnaître les lieux, à s'assurer que tout était fin prêt. La tête pleine de son spectacle, elle devança les autres passagers, marchant à pas pressés.

— Holà ! pas si vite, ma belle. Vous risquez de renverser une vieille dame si vous ne faites pas attention !

Agacée, elle se retourna et… éclata de rire.

— Qu'est-ce que tu fais là ? demanda-t-elle à Anthony.

Souriante, surprise aussi, elle s'immobilisa.

— Voyons, voyons, je suis venu chercher une amie, répondit-il avec un grand sourire, qui vient d'être nommée assistante de notre metteur en scène. Tu la connais ? Elle a les yeux verts.

— Petit malin, va ! Merci quand même.

Bettina faisait de l'esprit, mais elle était ravie de le voir. En sortant de l'avion, elle s'était sentie seule, perdue.

— Comment les choses se passent-elles au théâtre ?

— Je n'en sais rien du tout. J'ai traîné à l'hôtel tout l'après-midi.

— Tout le monde va bien ?

Elle avait l'air si sincèrement inquiète qu'il ne put s'empêcher de rire.

— Oui, petite mère, ils se portent comme un charme.

La gaieté d'Anthony était contagieuse. Ils récupérèrent ses bagages, puis ils montèrent dans le taxi en riant comme deux gosses. Il la taquinait, il plaisantait, il faisait l'idiot.

Elle redevenait petite fille. C'était une compensation à son enfance ratée, tous ces moments perdus.

— C'est là ?

Bettina descendit du taxi et contempla l'immeuble qui se trouvait devant elle. Les organisateurs de la tournée les avaient logés dans ce qui devait être le plus vieux et le plus laid des hôtels de la ville.

— Je ne te l'ai pas dit, ma belle ? Ils ont déménagé la prison de San Quentin à Saint Louis, rien que pour nous !

Anthony était enchanté de sa plaisanterie, heureux d'entendre le rire cristallin de sa compagne.

— Mon Dieu, c'est épouvantable ! Et c'est aussi moche à l'intérieur ?

— Pire. Il y a des cafards gros comme des chiens. Mais ne t'inquiète pas, ma belle, j'ai acheté une laisse.

— Anthony… Je t'en prie… Tu exagères.

— Pas du tout. Viens voir.

Quand elle pénétra dans sa chambre, elle se rendit compte qu'il avait dit vrai. Les murs étaient fissurés, la peinture partait en éclats, le lit était dur et le couvre-lit crasseux et gris.

— Alors, n'ai-je pas raison ? jubila-t-il, tandis qu'elle posait sa valise sur le sol.

— Je ne vois pas ce qu'il y a de si drôle.

Elle lui adressa un sourire morne, s'assit. Rien ne semblait pouvoir atteindre le moral d'Anthony qui sautait sur le lit comme un petit garçon.

— Arrête, Anthony ! Tu ne fatigues donc jamais ?

Elle était en sueur, épuisée, démoralisée, et se demandait pourquoi elle avait quitté New York. Pour sillonner les routes avec ce dingue et descendre dans des hôtels pouilleux ?

— Jamais, au grand jamais, je ne fatigue ! Car je suis jeune, moi. Et certainement moins gâté que toi, Bettina, ajouta-t-il d'une voix caressante.

Elle fit volte-face.

— Qu'entends-tu par là ?

— Je n'ai pas de chauffeur et je n'habite pas dans un duplex donnant sur Central Park. J'ai passé les trois quarts de ma vie dans des bouges comme celui-ci.

Bettina hésitait entre la pitié et la colère. Elle ne savait plus que lui rétorquer.

— Ah oui ? Tu m'en veux d'avoir épousé quelqu'un de… d'aisé ?

Anthony la fixa de ses yeux clairs.

— Non, mais je t'en veux énormément d'être mariée à un homme trois fois plus âgé que toi.

Elle le foudroya du regard.

— Ça ne te regarde pas.

— Peut-être que si.

Le cœur de la jeune femme se mit à battre, et elle lui tourna le dos.

— Je l'aime beaucoup.

— Tu es certaine que ce n'est pas son argent que tu aimes ? insinua-t-il.

Alors Bettina laissa éclater sa fureur.

— Ne répète jamais ça ! Ivo m'a sauvée. C'est le seul être qui se soit jamais soucié de moi.

Un soir où ils buvaient un café ensemble, elle lui avait parlé des dettes laissées par son père.

— Ce n'était pas une raison pour l'épouser !

Anthony était vraiment en colère.

— Je l'aime. Tu comprends ? s'écria Bettina, livide. C'est mon mari et c'est un homme merveilleux.

Anthony changea soudain de ton, au point de se faire caressant.

— Quand je pense que tu es la femme d'un homme qui a quarante-trois ans de plus que toi, ça me fout en l'air ! dit-il, le regard triste.

— Pourquoi ?

Ses tempes lui faisaient mal, mais elle essayait désespérément de retrouver son calme.

— Ce n'est pas naturel. Tu devrais avoir un mari

moins vieux, être toi-même jeune et insouciante, avoir des enfants.

Elle haussa les épaules et se laissa tomber lourdement sur le lit qui protesta en gémissant.

— Anthony, je n'ai jamais été jeune et insouciante. Je connais Ivo depuis que je suis née. Il est ce qui pouvait m'arriver de mieux.

Pourquoi lui faisait-elle un pareil numéro ? Pourquoi se justifiait-elle ainsi ?

— J'aimerais que l'on dise cela de moi, répliqua-t-il d'un air morne.

Bettina sourit, pour la première fois depuis le début de leur discussion.

— Un jour peut-être… Si nous faisions un marché ?

— Lequel ?

— Cesse de dire des âneries sur Ivo, de me harceler parce qu'il est plus âgé que moi.

— D'accord, d'accord, marché conclu, répondit-il de mauvaise grâce, mais ne me demande pas de comprendre.

— Non.

Pourtant elle exigerait cela aussi, s'il désirait vraiment être son ami.

— Grouillons-nous. Il est temps d'aller au théâtre, si nous ne voulons pas être fichus à la porte.

Quelques minutes plus tard, ils avaient tout oublié de leur dispute, des mots aigres échangés. Ils avaient trop besoin l'un de l'autre pour se payer le luxe d'une mésentente.

Ils arrivaient ensemble, ils repartaient ensemble, ils prenaient leurs repas ensemble, ils regardaient la télévision ensemble, ils s'endormaient côte à côte dans les aéroports et dans les hôtels miteux où ils attendaient qu'on leur attribuât une chambre. Ils étaient inséparables. Un petit noyau dans un grand. La troupe et l'équipe des techniciens formaient un groupe, à l'intérieur duquel se constituaient inévitablement des clans et des couples. Parmi eux, Anthony et Bettina. Personne ne comprenait très bien, personne n'osait poser de questions, mais au bout de quelques semaines, tout le monde savait que si l'on cherchait l'un, on trouvait l'autre.

— Bettina ?

Ce matin-là, il tambourina à sa porte. Elle lui laissait généralement un double de sa clef, et il la réveillait en lui donnant une grande tape sur les fesses. Mais la veille, elle avait oublié de la lui remettre.

— Bettina ! Réveille-toi ! Merde ! Bettina !

— Enfonce la porte ! plaisanta l'une des doublures en passant devant Anthony qui frappait de plus belle.

— Allez, vieille, lève-toi, c'est l'heure !

Enfin elle s'avança vers la porte, titubant et bâillant.

— Oh, merci, Anthony… Je suis crevée…

Il leva les yeux au ciel et pénétra dans la pièce.

— Tu m'as apporté un café ?

— Tu ne vas pas me croire, mais il n'y en a pas dans cet hôtel merdique. Il faut faire cent mètres pour atteindre le premier bistrot.

— J'aurais une crise cardiaque avant, fit-elle d'un ton larmoyant.

— C'est bien ce que j'ai pensé.

Il sourit mystérieusement et disparut dans le couloir. Il revint quelques instants plus tard avec un petit plateau en plastique, deux tasses de café et des viennoiseries.

— Tu es merveilleux. Où as-tu trouvé ça ?

— Je l'ai volé.

— Qu'importe ! Je meurs de faim. À quelle heure partons-nous ? Rien n'avait été décidé quand je suis allée me coucher, hier soir.

— Je me suis demandé où tu avais disparu si brusquement.

— Tu rigoles ? Si je n'avais pas dormi, je serais tombée raide morte.

On ne les avait pas prévenus qu'ils donneraient une représentation tous les soirs. C'était l'un des nombreux détails passés sous silence. C'était aussi la raison pour laquelle Ivo n'était pas encore venu la voir, bien qu'elle l'eût quitté depuis un mois. Pourquoi se donnerait-il la peine de prendre l'avion pour rejoindre une femme qui travaillait sept jours sur sept ? Ils se téléphonaient quotidiennement, mais les nouvelles qu'elle lui donnait se faisaient de plus en plus vagues. Toute son existence était centrée sur cette tournée. Il lui était devenu difficile de communiquer avec les « autres », ceux qui ne faisaient pas partie de la compagnie.

— Alors à quelle heure partons-nous ? répéta-t-elle.

Anthony regarda sa montre en souriant.

— Dans une heure. Mais un peu de bonne humeur, que diable ! Pense que cet après-midi, nous serons à San Francisco !

— Je m'en fiche ! Pour ce qu'on va y faire. Si tu crois que nous allons jouer les touristes… Non. Nous serons bloqués dans un hôtel pourri et dans trois jours, nous attraperons un autre avion.

Le charme du voyage était désormais rompu. Mais cela n'en demeurait pas moins une expérience intéressante. C'était ce qu'elle répétait, chaque jour, à Ivo.

— Pas dans trois jours, ma belle, dans une semaine. Une semaine tout entière.

Un court instant, le visage de Bettina s'illumina. Elle se demanda si elle devait avertir Ivo, le supplier de la rejoindre.

— Aurons-nous une soirée de relâche ?

— Pas à ma connaissance, mais qui sait ? Allez, prépare-toi. Je te tiendrai compagnie pendant que tu boucleras tes valises.

Elle lui sourit et bondit sous la douche.

— As-tu pu joindre ton agent aujourd'hui ? cria-t-elle, pour couvrir le bruit de l'eau.

— Ouais ! hurla-t-il en retour.

— Qu'a-t-il dit ?

— Rien de bon. C'est la dernière prolongation que j'obtiendrai des services de l'Immigration et dès que le spectacle sera terminé, il faudra que je m'en aille.

— Que tu quittes le pays ?

— Évidemment.

— Oh, merde !

— Exactement. C'est plus ou moins ce que je lui ai dit avec en prime quelques commentaires acerbes, ajouta-t-il en souriant.

La porte de la salle de bains était entrouverte et au bout de quelques minutes, Bettina ferma le robinet de la douche et réapparut une serviette autour du corps, une autre enveloppant ses cheveux auburn.

— Qu'est-ce que tu vas faire ? demanda-t-elle, visiblement inquiète.

Elle n'ignorait pas à quel point Anthony désirait rester aux États-Unis.

— Je n'y peux rien, ma belle. Je partirai.

Il haussa les épaules et plongea le nez dans son café, une lueur malicieuse dans le regard.

— J'aimerais t'aider, Anthony.

— Je crains que ce ne soit impossible, fit-il avec un drôle de sourire. Tu es déjà mariée.

— Ça marcherait ? s'étonna-t-elle.

— Bien sûr ! Si j'épouse une Américaine, je suis tranquille.

— Eh bien, épouse n'importe qui ! Tu divorceras vite fait, bien fait, tout de suite après. Qu'attends-tu ? Tu ne trouves pas mon idée géniale ?

— Pas vraiment. Je serai obligé de vivre avec elle pendant six mois.

— Et alors ? Il doit bien y avoir quelqu'un.

— Hélas ! non !

— Bon. Il est temps de nous mettre en campagne !

Ils éclatèrent de rire, et Bettina disparut à nouveau dans la salle de bains. Quand elle en émergea, elle portait un chemisier de soie turquoise et une jupe de lin blanc. À son bras pendait une veste assortie. Elle avait chaussé des sandales de cuir noir à talons hauts. Cette tenue estivale lui seyait à merveille, et Anthony sourit en la voyant apparaître.

— Tu es ravissante, Bettina, dit-il sur un ton respectueux, admiratif et affectueux à la fois.

« À propos, comment va ton mari ? lui demanda-t-il sur le chemin de l'aéroport. Le verra-t-on un de ces jours ?

— Il ne veut pas venir tant que je n'ai pas une journée de congé. Il a sans doute raison.

Bettina ne semblait pas désireuse de poursuivre cette conversation. Ils s'engouffrèrent dans l'appareil en semant une belle pagaille sur leur passage. Du moins réussirent-ils à s'asseoir côte à côte. Il ouvrit un magazine, elle un livre. De temps en temps, il prononçait quelques mots à voix basse. Elle riait et lui lisait un extrait qu'elle avait trouvé drôle. On les prenait sans doute pour un couple marié depuis des années.

L'aéroport de San Francisco ressemblait à tous les autres, immense, bondé et désordonné. Ils s'entassèrent dans les bus qui les conduiraient en ville, puis dans les taxis qui les déposeraient à l'hôtel. Bettina grinçait des dents à la seule idée de se retrouver dans un autre bouge. Aussi fut-elle ébahie quand le taxi s'arrêta. Cela n'avait rien du motel standard auquel on les avait habitués. C'était une petite pension de famille à la française, perchée sur une colline, avec une vue sur la baie à vous couper le souffle.

— Anthony ? fit-elle en se tournant vers lui. Tu crois qu'ils se sont trompés ?

Elle sortit lentement de la voiture et regarda autour d'elle avec un plaisir mêlé de désarroi.

— Attends que les autres voient ça !

Anthony régla le chauffeur de taxi. Bettina se tourna vers lui, subitement aux anges. Il avait un drôle de regard, qu'elle ne parvenait pas à déchiffrer.

— Les autres ne viendront pas ici, Bettina, dit-il doucement.

— Que veux-tu dire ? – Elle l'observa, perplexe, refusant de comprendre. – Où sont-ils ?

— Dans un de ces établissements du centre-ville. J'ai pensé que tu préférerais descendre ici, ajouta-t-il non sans une certaine tendresse.

— Mais pourquoi ? demanda-t-elle, soudain prise de panique.

— Parce que tu es habituée à ce genre d'endroit

et que c'est beau. Tu y seras bien. Et puis, nous en avons tous les deux soupé des hôtels pouilleux.

C'était vrai. Mais pourquoi ici précisément ? Et pourquoi lui rappelait-il sans cesse ses habitudes ? Et pourquoi faire bande à part ?

— Tu me fais confiance ? s'écria-t-il sur le ton du défi. Ou préfères-tu t'en aller ?

Bettina hésita longuement, soupira et finit par hocher la tête.

— Je reste. Mais je ne comprends toujours pas pourquoi tu as fait ça, sans m'en parler.

Elle était fatiguée, méfiante, ne sachant trop ce que signifiait cette lueur, là, au fond de ses prunelles.

— Je voulais te faire une surprise.

— Mais que vont dire les autres ?

— Quelle importance ?

Voyant qu'elle hésitait de nouveau, il laissa retomber leurs bagages et lui prit la main.

— Bettina, sommes-nous amis, oui ou non ?

— Oui, répondit-elle.

— Alors fais-moi confiance. Pour cette fois. C'est tout ce que je te demande.

Elle obéit. Il avait déjà retenu des chambres attenantes, si jolies que Bettina se sentit une folle envie de rire, de se pendre à son cou.

— Et puis merde, Anthony, tu as raison ! C'est charmant ici !

— N'est-ce pas ?

Ils admirèrent la vue de la terrasse. Anthony paraissait heureux d'avoir gagné.

— Je suis navrée d'avoir fait tant d'histoires, dit-elle, un peu penaude. Je suis tellement crevée, et je…

Oh, je ne sais plus… Il y a longtemps que je n'ai pas vu Ivo, et je m'inquiète…

— Ne t'en fais pas, ma belle, ne t'en fais pas, la rassura-t-il en lui entourant les épaules de son bras.

Bettina lui sourit et s'avança à pas lents vers une chaise longue bleu pâle où elle se posa avec volupté. Il y avait du tissu aux murs, un ravissant mobilier ancien, une petite cheminée de marbre et un lit à baldaquin.

— Comment as-tu déniché cet endroit adorable ?

— La chance, je suppose. Je l'ai découvert par hasard lors de mon premier séjour aux États-Unis. Et je m'étais promis, ajouta-t-il en contemplant ses mains, d'y revenir avec quelqu'un qui compterait beaucoup pour moi.

Il releva le nez.

— Et tu comptes beaucoup pour moi, fit-il d'une voix étranglée.

Le corps de Bettina devint brûlant. Pour elle aussi, Anthony comptait.

— Anthony, je ne devrais pas…

Elle se redressa. Elle se sentait gauche, empruntée. Au milieu de la pièce, elle lui tourna le dos. Puis elle l'entendit se rapprocher. Il posa les mains sur ses épaules et la fit pivoter jusqu'à ce qu'elle lui fît face. Sans rien dire, il l'embrassa de tout son corps, de toute son âme, dévoré par le désir.

18

Bettina ne comprenait pas comment cela avait pu se produire, ni même ce qui l'avait poussée à agir ainsi. Bien sûr elle n'avait pas revu Ivo depuis cinq semaines, et le fait d'être sur les routes avec la troupe lui donnait l'impression de vivre dans un autre univers. Elle réalisait maintenant qu'Anthony l'avait séduite depuis longtemps, et aussi – chose difficilement avouable – combien était agréable le contact d'un corps jeune et frais contre le sien. Ils avaient faim l'un de l'autre et ils assouvirent leur désir. Bientôt, ce fut l'heure de regagner le théâtre. Bettina, étourdie, se leva, ne sachant que dire ni penser. Anthony remarqua aussitôt son désarroi et la fit asseoir sur le lit.

— Bettina, regarde-moi.

Elle refusa.

— Bettina, je t'en prie.

— Je ne sais plus où j'en suis, gémit-elle, angoissée. Pourquoi avons-nous…

— Parce que nous en avions envie. Parce que nous avons besoin l'un de l'autre, que nous nous comprenons. Je t'aime, Bettina, poursuivit-il en la fixant de son regard intense. Ne l'oublie pas. Ne cherche pas à te persuader que nous n'étions que deux corps dans un lit. Tu te mentirais à toi-même.

D'un geste ferme, il l'obligea à relever le menton.

— Regarde-moi, Bettina.

Lentement, presque honteusement, elle leva les yeux vers lui.

— Est-ce que tu m'aimes ? Réponds-moi sincèrement.

— Je ne sais pas, murmura-t-elle.

— Mais si. Tu n'aurais jamais fait l'amour avec moi si tu ne m'aimais pas. Ce n'est pas ton genre. Je me trompe ? Je me trompe ? répéta-t-il d'une voix douce.

Elle secoua la tête avec vigueur.

— Réponds-moi, insista-t-il. Est-ce que tu m'aimes ? Dis-le, dis-le, s'il te plaît…

Les paroles d'Anthony lui firent l'effet d'une caresse.

— Je t'aime.

Il l'entoura de son bras et la serra contre lui.

— Je le sais, fit-il en baissant tendrement les yeux vers elle. Maintenant nous allons au théâtre, ensuite nous reviendrons ici.

Comme pour lui rappeler ce qui se passerait alors, il lui fit l'amour, vite, là sur le lit. Il la laissa haletante, ébahie de sa propre passion, de son appétit. Elle se faisait l'effet d'une alcoolique se gavant de vin. Jamais elle ne se lasserait de lui, de son corps si satiné, si lisse sous la main. Sur la route qui menait au théâtre, elle ne pensa plus qu'à Ivo, c'était presque une obsession. Et s'il lui téléphonait ? S'il était au courant ? S'il avait demandé l'adresse de leur hôtel ? Et s'il débarquait en Californie sans crier gare ? Qu'était-elle en train de faire ? Mais chaque fois qu'elle essayait de se convaincre que c'était de la folie, elle pensait à leurs étreintes et souhaitait qu'elles n'aient jamais de fin. Au théâtre, ce soir-là, elle eut le plus grand mal à travailler, et de retour à l'hôtel, ils firent l'amour toute la nuit. Bettina se demanda comment leur relation avait pu rester aussi longtemps platonique.

— Heureuse ? demanda Anthony, en se penchant vers elle, nichée au creux de son bras.

— Je n'en sais rien, dit-elle avec honnêteté.

Au fond d'elle-même, elle avait beaucoup de chagrin pour Ivo. La culpabilité la rongeait, la faisait souffrir comme une plaie à vif.

Anthony était conscient de l'ambiguïté de ses sentiments.

— Je comprends.

Mais elle se demanda si c'était vrai. S'il possédait, dans l'art d'aimer, le même génie qu'Ivo, il n'avait ni l'âge ni l'expérience de son mari. Un homme plus âgé présentait certains avantages. Ivo n'avait plus de méchanceté, il avait retenu les leçons de l'existence, bien avant de vivre avec elle. Il ne lui restait que la gentillesse, la douceur et l'amour. Bettina se fit plus pensive encore.

— Que vas-tu lui dire ? insista-t-il, comme s'il avait suivi le cours de ses pensées.

— Rien. – Elle se tourna vers Anthony, qui paraissait froissé. – S'il était plus jeune, ce serait différent.

— Mais n'est-ce pas là le problème ? En partie du moins ?

Qu'elle était difficile à convaincre ! Anthony réalisa que la lutte serait dure.

— Je n'en suis pas certaine.

Il ne la harcela plus, ce soir-là. Ils avaient mieux à faire. Bettina se surprit à penser d'abord à Anthony, à Ivo, puis de nouveau à Anthony. C'était un cercle vicieux dont elle ne parvenait à sortir qu'en se jetant dans les bras du jeune acteur. De toute la semaine, elle ne téléphona pas à Ivo. La culpabilité qu'elle éprouvait était trop lourde à porter. Avec lui, elle aurait été incapable de faire semblant. Elle ne voulait pas lui mentir. Elle se défila donc. Ivo, lui, appelait souvent, laissait des messages. Un soir à Los Angeles, tard dans la nuit, il parvint enfin à la joindre. Ils ne s'étaient pas parlé depuis neuf jours. À présent, elle ne pouvait plus tricher : Anthony et elle partageaient la même chambre.

— Ma chérie ! Tout va bien ? demanda-t-il avec une pointe de désespoir dans la voix.

En l'entendant, les yeux de Bettina s'embuèrent de larmes.

— Ivo… je vais bien… Oh, mon chéri !

Elle ne se sentit pas la force de poursuivre cette conversation. Il le fallait pourtant. Sinon… Sinon… il devinerait tout. Heureusement Anthony était déjà endormi.

— Nous menons une vie de dingues… Il y a tant de travail ! Je n'ai pas une minute à moi.

— À ce point-là ?

Ivo semblait curieusement tendu. Dans le lit, près d'elle, Anthony s'étira. Bettina hésita un instant, puis elle sécha ses pleurs.

— Oui, je t'assure, murmura-t-elle d'une voix à peine audible.

À l'autre bout du fil, Ivo comprit la situation.

— Alors nous attendrons, ma chérie. Je te verrai quand tu rentreras à la maison. Mais ne te presse pas. Nous avons toute la vie devant nous.

Avaient-ils réellement la vie devant eux ? Ivo n'en

était pas très sûr. Bettina avait l'impression qu'une force colossale l'arrachait à lui.

— Ivo, tu me manques tant ! dit-elle comme un enfant désespéré.

Ivo ferma les paupières. Il devait lui dire quelque chose. Il le fallait. C'était plus honnête.

— Bettina... ma toute petite... – Il respira profondément. – C'est comme ça quand on grandit. Tu dois en passer par là. Quoi qu'il arrive.

— Que veux-tu dire ?

Bettina se redressa dans son lit et tendit l'oreille pour mieux l'entendre. Avait-il deviné ? Ou bien lui parlait-il du spectacle ?

— Si difficile que ce soit pour toi, Bettina, suis ton désir, c'est bien. N'aie jamais peur de payer le prix fort... quel qu'il soit... même si nous ne devons plus nous voir à cause de cette pièce de théâtre, même si cela veut dire... – Ivo reprit son souffle, avant de poursuivre. – Sois une grande fille, Bettina. Le moment est venu, ma chérie.

Mais elle ne voulait pas être une grande fille. Tout ce qu'elle désirait, c'était redevenir petite près de lui, toute petite.

— Va dormir, à présent, Bettina, il est tard.

— Il est encore plus tard pour toi, répondit-elle.

Elle n'y avait pas pensé plus tôt. Il était deux heures et demie du matin à Los Angeles, trois heures de plus sur la Côte Est.

— Mon Dieu, que fais-tu debout à une heure pareille ?

— Je voulais être certain de te joindre.

— Chéri, je suis désolée, gémit-elle, rongée par le remords.

— Ça ne sert à rien. Sois jeune, amuse-toi et…

« Et souviens-toi que tu es à moi », songea-t-il sans le lui dire. Il préférait la laisser libre de s'envoler, si telle était sa volonté. Quoi qu'il lui en coûtât.

— Je t'aime, ma toute petite.

— Je t'aime, Ivo.

— Bonne nuit.

Quand Bettina eut raccroché, les larmes ruisselèrent sur son beau visage. Anthony ronflait discrètement. Un court instant, elle se prit à le haïr.

Trois jours plus tard, elle se demandait si elle ne haïssait pas Ivo davantage. Elle venait de lire un article dans le journal de Los Angeles, consacré à Margot Banks, la célèbre star de Hollywood. Celle-ci avait passé le week-end à New York, chez un vieil ami dont elle avait tu le nom à la presse. On racontait pourtant qu'elle avait dîné au *21* avec Ivo Stewart, l'ancien directeur du *New York Mail.* Bettina savait parfaitement que Margot avait été l'une des conquêtes de son père avant de devenir la maîtresse d'Ivo. Bettina était encore petite fille. Était-ce pour cela qu'il s'était montré si compréhensif ? Qu'il n'était pas venu ? Et elle qui se flagellait, chaque nuit, pendant qu'ils ranimaient leur ancienne flamme ! Que se passait-il ? Était-ce lui qui avait envie de papillonner au bout de sept ans ? Rien que d'y penser, Bettina se sentait emportée par une vague de fureur, une véritable déferlante balayant tout sur son passage. Quand Ivo la rappela, elle envoya un grouillot lui annoncer qu'elle était sortie. Assis dans un fauteuil, une tasse de café à la main, M. Anthony Pearce avait l'air extrêmement satisfait.

19

Leur aventure dura trois mois, jusqu'à la fin de la tournée. Anthony et Bettina vivaient leur passion, de ville en ville, d'hôtel en hôtel. Ils ne voyaient rien des lieux qu'ils traversaient, passant leur temps à répéter, à jouer sur scène et à faire l'amour. De plus en plus souvent, Bettina trouvait, dans les journaux, le nom d'Ivo mêlé à ceux des femmes qui avaient peuplé son existence, longtemps auparavant. Surtout Margot, la vieille garce. Bettina avait envie de mordre chaque fois qu'elle lisait son nom. Anthony se moquait d'elle. Elle n'était pas vraiment en situation de faire des scènes de jalousie. Jamais elle ne parlait de ces potins à Ivo, au téléphone, mais leurs rapports étaient tendus. Cette séparation de quatre mois n'avait rien donné de bon.

— Alors ? lui demanda Anthony, le dernier jour de la tournée. Que fait-on maintenant ?

— Quoi, « que fait-on » ?

Elle était épuisée. Dehors il faisait une chaleur d'enfer, une journée d'été à Nashville, Tennessee.

— Ne sois pas agressive, Bettina. J'ai quand même le droit de savoir à quelle sauce je vais être mangé.

C'est fini ? C'est ça ? Tu vas retourner dans ton duplex avec ton vieux bonhomme ? fit-il d'un ton amer.

Lui aussi était fatigué, et la chaleur lui mettait les nerfs à vif.

Bettina, décomposée, se laissa lourdement tomber sur le lit qui grinçait. La seule chambre d'hôtel correcte avait été celle qu'Anthony leur avait réservée à San Francisco. Ne serait-ce que pour cela, il lui semblait bon de rentrer à la maison, de dormir dans son lit. Malgré les commérages colportés par la presse, elle avait hâte de revoir Ivo. Ils s'étaient tous deux comportés comme des imbéciles. Il n'y avait aucune raison de mettre fin à leur union. Bettina avait fait une expérience. Jamais elle ne repartirait sur les routes. Certes sa liaison avec Anthony avait été heureuse, mais il était temps de rentrer.

— Je ne sais pas, Anthony. Je ne peux pas te donner de réponse.

— Je vois. – Il hésita un instant. – Je suppose que tu as l'intention de rester avec lui ?

— Qu'est-ce que tu veux ? Un contrat ? rétorqua-t-elle.

— Peut-être, ma belle, peut-être. As-tu songé que tandis que tu retourneras chez ton cher petit mari, je serai au chômage, seul, sans amour, et probablement sans patrie ? Pas réjouissant, comme perspective.

Elle eut soudain pitié de lui. Il n'avait pas tort. Elle avait Ivo. Et lui, sur qui pouvait-il compter ? De toute évidence, il ne lui restait plus personne.

— Je suis désolée, Anthony. – Elle s'approcha de lui et posa une main sur sa joue. – Je te dirai mes intentions quand je les connaîtrai.

— Fantastique ! On dirait un entretien d'embauche.

Eh bien, Mademoiselle l'Assistante, quoi que tu en penses, que ce soit important ou non pour toi, je tiens à mettre les choses au point avant notre départ. Je t'aime, voilà ! – Sa voix chancela. – Et si tu avais l'extrême bonté de quitter ton mari, poursuivit-il, je t'épouserais immédiatement. Tu comprends ?

Bettina le regarda, stupéfaite.

— Tu es sérieux ? Mais pourquoi ?

Anthony ne put s'empêcher de sourire. Lentement il fit glisser un doigt sur son visage, sur son cou, sur ses seins.

— Parce que tu es belle, intelligente, merveilleuse et…, ajouta-t-il gravement, que tu n'es pas le genre de fille avec qui on ne fait que coucher. Tu es de celles que l'on épouse, Bett. – Il sourit devant son air abasourdi. – Alors mon amour, si je parviens à t'arracher à la situation qui est la tienne aujourd'hui, déclara-t-il en posant un genou à terre pour lui baiser la main, j'aimerais que tu deviennes Mme Anthony Pearce.

— Je ne sais pas quoi répondre.

— Appelle-moi le lendemain de notre arrivée à New York… pour me dire oui.

Ce n'était pas aussi simple qu'il le laissait entendre. Jamais elle ne pourrait faire ça à Ivo. Ce qu'elle n'avait pas prévu, c'était qu'Ivo, lui, pourrait fort bien le faire à sa place.

20

— Ivo, tu ne dis pas ça sérieusement ?

— Si.

Elle le fixa du regard, pâle comme la cendre.

— Mais pourquoi ?

— Parce que l'heure est venue. Pour tous les deux.

Que lui chantait-il ? Qu'est-ce que cela signifiait ?

— Je crois qu'il est grand temps que nous ayons un amant ou une maîtresse de notre âge.

— Je refuse ! Et toi ? ajouta-t-elle, pétrifiée. C'est ce que tu veux ?

Ivo ne répondit pas. Il se sentait déchiré, écartelé jusqu'au plus profond de lui-même. Pourtant, il savait. Il s'était informé. Elle avait une liaison avec cet acteur. Ils étaient ensemble depuis des mois. Peut-être même avant son départ de New York. Ivo n'avait nullement l'intention de se mettre en travers de son chemin. Bettina avait le droit d'exiger autre chose, davantage. Elle était si jeune !

— Je refuse de te quitter ! hurla-t-elle.

Ivo s'assit calmement devant son bureau.

— Si, je crois que tu le veux.

— Tu es sorti avec d'autres femmes, je l'ai lu dans

les journaux. C'est à cause d'elles ? Ivo, réponds-moi ! insista-t-elle, frénétique.

Elle était pâle à faire peur, mais Ivo tint bon.

— Ce sera mieux pour nous deux. Tu as besoin de ta liberté.

— Je n'ai pas envie d'être libre !

— Tu l'es déjà. Je ne vais pas évoquer cette histoire qui nous ferait du mal. Je prendrai l'avion pour la République dominicaine le week-end prochain, et tout sera terminé. Fini. Tu seras légalement libre.

— *Mais je ne veux pas être légalement libre, Ivo !* cria-t-elle.

Derrière la porte, Mathilde ne perdait pas une miette de leur conversation. Ivo en était certain. Il tendit les bras à Bettina et la serra contre lui.

— Je serai toujours là pour toi, Bettina. Je t'aime. Mais il te faut quelqu'un de plus jeune. Tu ne peux plus être ma femme, dit-il presque à voix basse, comme s'il expliquait quelque chose à un enfant attardé.

Gémissante, au bord de l'hystérie, elle s'agrippa à sa main.

— Garde-moi avec toi, Ivo… Je ne recommencerai plus… Pardonne-moi… Je suis désolée… si désolée…

À présent, elle savait qu'il savait. Forcément. Sinon pourquoi se conduirait-il ainsi ? Pendue à son cou, elle se demandait pourquoi il se montrait si cruel.

En réalité, Ivo était à l'agonie, mais il pensait qu'il lui devait cela. Ironiquement, elle repoussait son geste. Il essaya de lui expliquer qu'il lui verserait une somme d'argent tous les mois, que jamais il ne la laisserait sans le sou, abandonnée, rejetée. Elle figurait également dans son testament. Elle pourrait rester dans l'appartement jusqu'à son retour de Saint-Domingue. Après quoi, suggéra-t-il, elle irait rejoindre son autre ami. Le temps qu'elle habiterait chez lui, il élirait domicile au club d'un de ses amis. Bettina l'écouta, frappée de stupeur. Elle n'en croyait pas ses oreilles. Ce n'était pas possible. Cet homme qui l'avait sauvée, qu'elle avait désespérément aimé… Elle avait tout gâché en couchant avec Anthony, et Ivo était au courant. Elle méritait d'être punie.

Les jours qui suivirent ne furent qu'un long cauchemar. Jamais elle n'avait rien vécu d'aussi pénible. Même après la mort de son père, elle ne s'était pas sentie brisée, délaissée à ce point-là, incapable de remonter le courant. Elle refusait même d'en parler à Anthony. La veille du retour d'Ivo de Saint-Domingue, elle resta assise dans sa chambre tard le soir, au bord de l'hystérie. N'ayant personne d'autre à qui se confier, elle lui téléphona.

— Qui ? Quoi ? Eh bien, dis donc, tu es dans un état… Tu veux venir chez moi ? demanda-t-il après une pause.

Elle hésita un instant, avant d'acquiescer.

— Je viens te chercher ?

Aussi chevaleresque qu'il fût, ce geste lui parut inconvenant. Elle enfila donc un jean, des sandales et une chemise. Quelques minutes plus tard, elle montait dans un taxi pour le rejoindre.

— Il a *quoi* ?

Anthony préparait le café. Ils avaient tous deux pris place sur les hauts tabourets de la cuisine.

— Il m'a dit qu'il voulait divorcer. Pour ce faire, il est parti pour Saint-Domingue, répéta-t-elle mécaniquement, tandis que son visage ruisselait de larmes.

Anthony lui sourit.

— Je t'ai déjà dit qu'il était sénile, mon canard. Mais pourquoi m'en plaindrais-je ? Alors, comme ça il divorce, hein ?

Bettina acquiesça avec un soupir.

— Anthony, hoqueta-t-elle, je trouve ta joie très déplacée !

— Ah oui ? Vraiment, mon amour ? Moi pas. Jamais de ma vie, je n'ai été aussi heureux ! – Il s'inclina poliment vers elle. – Me feras-tu l'honneur de m'épouser lundi ?

— Certainement pas, répondit-elle en lui faisant une révérence tout aussi courtoise.

— Pourquoi ? fit-il en ouvrant de grands yeux.

Elle se leva du tabouret et marcha vers le canapé, en reniflant.

— Parce que nous nous connaissons à peine, parce que nous sommes tous les deux jeunes, parce que… Bon sang, Anthony !… J'ai été mariée sept ans avec quelqu'un qui compte énormément pour moi. Il divorce, et tu voudrais que je me remarie dès le lendemain ? Il faudrait être fou. Laisse-moi au moins le temps de souffler.

Le problème n'était pas de souffler. Elle ne tenait pas à l'épouser. Elle n'était pas très sûre de lui. Comme amant, oui, mais pas comme compagnon.

— Parfait. Alors tu m'écriras en Angleterre, déclara-t-il avec amertume.

— En Angleterre ?

Elle leva les yeux vers lui en fronçant les sourcils.

— Je dois avoir quitté le pays avant vendredi.

— À la fin de la semaine ?

— Oui, comme tous les vendredis.

— Ne fais pas le malin. Je ne plaisante pas !

— Moi non plus. Je suis on ne peut plus sérieux. J'allais commencer à faire mes valises quand tu m'as appelé. – Son visage s'illumina soudain. – Mais si nous nous marions, je ne serai plus obligé de partir, tu comprends ?

Elle le regarda droit dans les yeux.

— Quelle belle raison de se marier !

Anthony se rapprocha d'elle et lui prit la main.

— Bett, pense à tous ces moments passés ensemble, pendant cette fichue tournée ! Si nous avons été heureux dans des conditions aussi difficiles, nous le serons n'importe où. Tu sais que je t'aime. Je t'ai déjà dit que je voulais t'épouser. Alors cette semaine ou l'année prochaine, quelle différence cela fait-il ?

— Une grande différence.

Elle le regarda avec nervosité et secoua la tête. Rapidement, il changea de sujet de conversation. Mais il revint à la charge le lendemain, après qu'ils eurent passé la nuit dans le même lit. Il lui rappela qu'elle était sur le point de perdre non seulement son mari, mais aussi son amant. Ainsi confrontée à la dure réalité des choses, elle éclata en sanglots.

— Pour l'amour du ciel, arrête de pleurer. Il y a toujours une solution.

— Cesse de prêcher pour ta paroisse.

Mais cela ne découragea pas Anthony qui poursuivit son plaidoyer avec talent. À la fin de l'après-midi, Bettina était à bout de nerfs. Elle regarda sa montre. Il était grand temps de regagner l'appartement d'Ivo. Elle bouclerait ses valises avant de s'installer à l'hôtel. Quand elle fit part de ce projet à Anthony, il insista pour qu'elle vienne habiter chez lui. Elle hésita à accepter sa proposition. Bien sûr, les premiers jours, elle se sentirait moins seule. Et puisqu'ils avaient fait chambre commune tout l'été, il n'y avait aucune raison de refuser. Elle venait de comprendre, non sans un petit coup au cœur, qu'elle n'était plus mariée. Ivo devait déjà avoir obtenu le divorce.

À cinq heures, elle prit donc un taxi pour aller chercher ses affaires. Cela lui rappelait étrangement son premier déménagement. Délaissant l'appartement vide de son père, elle avait élu domicile chez Ivo. Sept ans plus tard, elle s'en allait chez un autre. Pas pour longtemps, se promit-elle. Puis elle se souvint que chez Ivo, elle n'était venue que pour quelque temps.

Le lundi, elle avait repris ses esprits. Le lundi soir, il l'invita à dîner. Le mardi, il prépara ses bagages. Le mercredi, il y eut un beau capharnaüm dans l'appartement. Cela signifiait que dans deux jours, recommenceraient les adieux déchirants. Le matin, elle appela Ivo qui lui parut calme, déterminé, et ne regrettait nullement sa décision. Quand elle raccrocha, elle se tourna vers Anthony, les yeux humides. Dans deux jours, il serait parti, lui aussi. Il devina ses pensées.

— Tu veux bien ? demanda-t-il.

Elle lui jeta un regard sans expression.

— Veux-tu m'épouser, Bettina ? Je t'en prie…

Elle ne put retenir un sourire. Il avait tellement l'air d'un petit garçon.

— Mais ça n'a aucun sens. Il est trop tôt.

— Non, il n'est pas trop tôt. – À son tour, il eut les larmes aux yeux. – Il est presque trop tard. Si nous n'obtenons pas de dispense aujourd'hui, nous ne pourrons plus rien faire d'ici vendredi. Alors je devrai te quitter. Peu importent mes sentiments…

Ces mots avaient une résonance familière. Ivo avait dit grosso modo la même chose au téléphone, quand elle était en Californie avec Anthony. Il avait également parlé du prix à payer, elle s'en souvenait fort bien.

— Et si ça ne marche pas ? fit-elle avec calme.

— Eh bien, nous divorcerons !

— J'ai déjà divorcé, Anthony. Je n'ai pas l'intention de recommencer, répliqua-t-elle sans agressivité.

Il se rapprocha d'elle et lui tendit les bras.

— Nous resterons toujours ensemble, déclara-t-il en la serrant fort contre lui. Nous aurons un bébé… Oh, Bettina, je t'en prie…

Elle fut incapable de lui résister plus longtemps. Elle désirait tant s'accrocher à lui, ne pas perdre un autre être à qui elle tenait. Et puis elle avait désespérément besoin d'amour.

— Tu veux bien ?

Elle retint son souffle, puis acquiesça d'une voix à peine audible.

Anthony se précipita à la mairie avant la fermeture des bureaux. Ils obtinrent la dispense tant convoitée, firent les analyses sanguines indispensables. Anthony acheta des alliances. Le vendredi matin, de nouveau à la mairie, ils se marièrent. Et Bettina Daniels Stewart devint Mme Anthony Pearce.

21

Ils hibernèrent pendant les mois d'automne qui suivirent leur mariage. On n'avait confié aucun nouveau rôle à Anthony, et Bettina n'avait pas repris de travail. Il lui semblait avoir acquis les bases qui lui manquaient. Elle avait de l'expérience et ce mal de vivre qui vous pousse à écrire. Quant à Anthony, il n'éprouvait aucun besoin urgent de revenir sur scène. Il pouvait rester aux États-Unis puisqu'il était marié à Bettina. La pension alimentaire d'Ivo leur permettait de vivre. Il décida donc d'attendre un rôle à sa mesure. Cette insouciance gênait parfois Bettina. C'était pour elle qu'Ivo versait cet argent. Mais Anthony était suffisamment ennuyé de rester inactif. C'était évident. Elle n'insista donc pas. Après tout, elle ne travaillait pas non plus. Elle avait besoin de faire une pause, d'apprendre à connaître Anthony, tous les coins et recoins de son cerveau. Elle se rendit compte que certains aspects de sa personnalité lui étaient inconnus, dissimulés, si proches qu'ils puissent lui paraître parfois.

Ils s'enfermèrent donc dans l'appartement d'Anthony, lurent maintes pièces, firent des spaghetti, de longues promenades, et l'amour. Jusqu'au matin, ils riaient, parlaient, pouffaient encore… quand Anthony était à la maison. Nombreux étaient les soirs où il allait voir jouer d'autres acteurs. Après quoi il bavardait avec ses amis, jusque tard dans la nuit. Seule dans le loft, Bettina comprit ce que ressentait Ivo quand elle le quittait pour le théâtre.

En fait, elle pensait souvent à Ivo, se demandant ce qu'il devenait, s'il était toujours aussi fatigué, s'il se portait bien. Elle aurait aimé se tourner vers lui, écouter ses mots tendres, ses encouragements, ses louanges. Au lieu de cela, elle avait trouvé la nonchalance d'Anthony, son humour, sa chaleur, et sa passion qui était venue s'échouer dans ses bras.

— Qu'est-ce qui te rend si mélancolique, ma belle ?

Cela faisait quelque temps qu'il l'observait. Elle bâillait, le crayon à la main, penchée sur les notes qu'elle avait prises et qui devaient l'aider à rédiger sa pièce. Surprise, elle releva le menton. Il était sorti depuis des heures, et elle ne l'avait pas entendu rentrer.

— Rien. Tu as passé une bonne soirée ?

— Très agréable. Et toi ? lui demanda-t-il, désinvolte, en dénouant sa longue écharpe de cachemire.

Bettina la lui avait achetée dès les premiers signes de l'hiver. Après qu'il eut exigé qu'elle vendît son manteau de vison. Ils en vivaient depuis deux mois.

— Ç'a été.

Mais elle semblait nourrir de sombres pensées. Toute la journée, elle s'était sentie vaseuse.

Anthony lui sourit et vint s'asseoir au bord du lit.

— Viens, mon amour. Dis-moi ce qui ne va pas.

Elle hocha d'abord la tête, puis elle se mit à rire doucement en lui prenant le visage entre les mains.

— J'étais en train de penser à Noël. Et j'aimerais

te donner quelque chose de merveilleux. Mais je ne vois vraiment pas comment, dit-elle avec regret.

Il la serra dans ses bras.

— Ça n'a pas d'importance, petite idiote. Je t'ai et tu m'as. C'est tout ce que je désire. Ça et une Porsche, ajouta-t-il avec un sourire espiègle.

— Très drôle.

C'était bizarre de penser que, le Noël précédent, Ivo lui avait offert un bracelet de diamants. Et elle lui avait fait présent d'un nouveau manteau de cachemire, d'un attaché-case qui valait quatre cents dollars et d'un briquet en or. Cette époque était révolue. Il ne lui restait plus que ses bijoux, à l'abri dans un coffre. Elle n'en avait même pas parlé à Anthony. Elle s'était contentée de lui dire qu'elle avait tout rendu à Ivo en partant. La vérité, c'était qu'elle le lui avait proposé, mais il avait insisté pour qu'elle les gardât, à condition que personne ne sût où ils se trouvaient. Cela lui servirait de cagnotte, de bas de laine, de poire pour la soif. Ivo en avait décidé ainsi, et Bettina avait suivi son conseil. Un instant, elle envisagea de vendre un bracelet, une breloque, juste pour Noël. Mais cela éveillerait les soupçons d'Anthony.

— Te rends-tu compte que nous ne pouvons même pas nous faire de cadeaux ? soupira-t-elle.

On eût dit un enfant qui venait de perdre son jouet préféré.

— Bien sûr que si, rétorqua Anthony sans se démonter. Nous nous offrirons une dinde et un repas de Noël. Nous nous écrirons des poèmes et nous ferons une grande promenade dans Central Park.

Son entrain était tel que Bettina sourit et sécha ses pleurs.

— J'aurais aimé te donner davantage.

— C'est déjà fait, murmura-t-il en la serrant contre lui.

Mais dans la semaine qui suivit, l'horizon s'assombrit. Bettina contracta une sorte de méchante grippe et passa le plus clair de ses journées dans la salle de bains, de nausée en nausée. Son état allait en s'améliorant vers le soir. Mais au matin, tout recommençait de plus belle. À la fin de la semaine, elle avait une mine épouvantable.

— Tu ferais mieux de consulter un médecin, Bett, lui conseilla Anthony, un après-midi où elle sortait des toilettes, titubante.

Elle hésita à appeler le médecin d'Ivo. Elle ne tenait pas à lui fournir des explications et redoutait qu'il prévienne Ivo ou fourre son nez dans sa nouvelle vie privée. Elle alla donc voir un autre médecin, recommandé par une amie d'Anthony, une fille qui avait travaillé avec eux lors du dernier spectacle. La salle d'attente était minuscule et bondée, les magazines écornés, les meubles vieux et usés, et les patients pauvres, abattus. Quand elle entra dans la pièce qui servait aux consultations, elle était à deux doigts de s'évanouir, et fut rapidement prise de violents vomissements. Lorsqu'elle leva les yeux de la cuvette qu'on lui avait tendue, elle rencontra un regard doux et des mains qui l'aidèrent à ramener ses cheveux en arrière.

— Ça va mal à ce point ?

Elle acquiesça en essayant de reprendre haleine.

— Cela dure depuis combien de temps ?

Il l'observait avec attention, avec gentillesse aussi.

Bettina avait moins peur quand elle s'allongea sur la table.

— Presque deux semaines.

— Et c'est comme ça depuis le début ?

Il tira à lui un tabouret à roulettes et s'assit près d'elle, un sourire aux lèvres.

— Oui. Tout le temps. Sauf le soir, où je me sens un tout petit peu mieux.

Le médecin inscrivit quelque chose sur sa feuille.

— Cela vous est-il déjà arrivé ?

— Jamais, répondit-elle aussitôt.

— Avez-vous déjà été enceinte ? fit-il en cherchant son regard, avec une extrême douceur.

Elle fit signe que non. Elle comprit soudain ce qui lui arrivait et se redressa.

— Je suis enceinte ?

— C'est bien possible. Ce serait si terrible ? ajouta-t-il.

Elle haussa les épaules, pensive.

— Je ne sais pas, dit-elle avec une petite lueur scintillante au fond de ses yeux verts.

— Votre mari est comédien ?

La plupart de ses clients venaient du théâtre. C'était un milieu où tout se répandait comme une traînée de poudre, les recommandations, les références, les potins et les maladies. Son nom s'était transmis de bouche à oreille.

— A-t-il du travail en ce moment ?

Il connaissait la musique, devant parfois attendre cinq ou six mois pour être payé, quand il l'était.

— Non. Mais je suis certaine qu'il en aura sous peu.

— Et vous ? Vous êtes aussi comédienne ?

Elle fit signe que non en esquissant un sourire.

Qu'était-elle ? Assistante ? Dramaturge en herbe ? Bonne à tout faire ? Pour l'instant, elle n'était rien. Elle ne pouvait plus dire : « Je suis la fille de Justin Daniels » ou « Je suis la femme d'Ivo Stewart ».

— Je ne suis que la femme d'Anthony Pearce, déclara-t-elle, comme mue par un réflexe.

Le médecin la soupçonna de simplifier les choses. Son histoire devait être tout autre. Elle portait un pull élégant et cher, comme sa jupe de tweed. Ses mocassins venaient de chez Gucci, et bien que son manteau parût plus ordinaire, il remarqua la superbe montre en or à son poignet.

— Je vais vous examiner.

Ce qu'il fit. Puis il effectua un test de grossesse dans son cabinet, qui confirma son diagnostic.

— Bettina, vous êtes enceinte de deux mois et demi.

Il guettait sa réaction et le large sourire qu'elle lui renvoya le toucha.

— Vous ne semblez pas trop malheureuse.

— Je ne le suis pas.

Elle le remercia et prit un autre rendez-vous. Il ne pouvait rien lui donner pour apaiser ses nausées. Mais cela lui paraissait déjà moins terrible. Dans un mois, lui assura-t-il, il ne resterait probablement plus rien de tous ces désagréments. Peu lui importait. Cela en valait la peine. Elle allait avoir un bébé ! L'enfant d'Anthony ! Ce n'était plus horrible d'avoir trahi Ivo. Elle rentra chez elle, comme sur un nuage, et grimpa quatre à quatre l'escalier qui menait au loft. Elle s'arrêta net. Peut-être n'aurait-elle pas dû courir… Peut-être était-ce mauvais pour le bébé. Elle entra comme une tornade dans le salon, rugissante, brûlant de hurler la nouvelle. Anthony n'était pas là.

Elle but un bouillon, grignota quelques gâteaux secs, fut de nouveau malade et essaya, une fois encore, de manger. Le médecin le lui avait recommandé. Une idée germa dans son esprit. Elle ne dirait rien à Anthony. Pas encore. Elle attendrait le jour de Noël. Ce serait son cadeau. Il ne restait plus que cinq jours.

Bettina rit toute seule en pensant à son secret… Elle battit des mains comme un enfant… Ils allaient avoir un bébé ! Elle avait hâte de voir sa réaction.

22

La veille de Noël, pour lui faire une surprise, Anthony rapporta un sapin minuscule. Ils l'installèrent sur une table et elle le décora avec des rubans. Ils firent du pop-corn auquel elle ne toucha pas, et chacun déposa un tout petit paquet au pied de l'arbre. Cela leur rappelait un vieux film, et ils éclatèrent de rire en s'embrassant. Bettina fut la première à ouvrir son présent. C'était un stylo à plume ancien. Anthony sourit en voyant sa joie.

— Pour écrire ta première pièce !

Elle se blottit contre lui et le remercia. Il l'embrassa sur les lèvres, longuement, passionnément.

— À toi maintenant !

Elle lui avait acheté les boutons de manchette en argent devant lesquels il s'extasiait depuis des semaines, à la vitrine de l'antiquaire du quartier.

— Bettina, tu es folle !

Ravi, il se précipita pour changer de chemise. Elle le suivit avec un petit sourire et s'assit sur le lit.

— Anthony ? fit-elle d'une voix étrangement douce.

Sans savoir pourquoi, il se retourna, dans l'expectative.

— Oui, mon amour.

Leurs regards se croisèrent.

— J'ai un autre cadeau pour toi.

— Ah bon ? s'étonna-t-il en inclinant la tête. Aucun des deux ne bougea.

— Quelque chose d'un peu spécial. Viens ici et assieds-toi, dit-elle en lui tendant les bras.

Anthony frémit de tout son corps. Il s'approcha d'elle d'un pas hésitant, le regard angoissé.

— Il y a quelque chose qui ne va pas ?

Mais elle le rassura aussitôt.

— Non.

Puis elle l'embrassa tendrement, lentement, lui effleura les lèvres de ses doigts.

— Nous allons avoir un bébé, chéri, murmura-t-elle.

Puis elle attendit. Ce qu'elle avait tant désiré ne vint pas. Il lui jeta un regard glacé. Il avait envisagé le pire, et ne s'était pas trompé. Il y avait pensé en la voyant vomir mais de toutes ses forces, il avait repoussé cette idée. Il ne pouvait pas faire face à une situation qui ruinerait ses projets.

— C'est une plaisanterie ? – Il la toisa, puis fixa le plancher. – Non, rien qu'à voir ton air, je sais que ce n'en est pas une.

Il jeta ses boutons de manchette sur la table et quitta la chambre. Bettina lutta pour ne pas pleurer, malade de ce qui venait de se passer. Elle le suivit à pas lents. Il se tenait près de la fenêtre, le dos tourné, une main dans les cheveux.

— Anthony ? fit-elle d'un ton hésitant.

Lentement, il pivota sur ses talons.

— Ouais. – Il resta là, à la foudroyer du regard,

puis ses yeux se firent nettement accusateurs. – Tu l'as fait exprès, Bettina ?

Les yeux embués de larmes, elle hocha négativement la tête. Elle aurait tellement aimé le voir heureux ! Elle aurait tant voulu que ce fût important pour lui.

— Accepterais-tu d'avorter ? demanda-t-il sans détacher son regard du sien.

Incapable de contenir plus longtemps son désespoir, Bettina quitta la pièce en courant. Quand une demi-heure plus tard, elle émergea de la salle de bains, il était parti.

— Joyeux Noël, murmura-t-elle, une main posée sur son ventre encore plat, l'autre séchant ses yeux humides.

À quatre heures du matin, elle s'endormit enfin. Mais cette nuit-là, Anthony ne rentra pas à la maison.

Il ne revint qu'à cinq heures de l'après-midi, le lendemain. Les fêtes de Noël étaient terminées, gâchées. Bettina ne lui demanda pas d'où il venait. Elle ne dit rien. Elle bouclait ses valises. C'était exactement ce qu'il redoutait. C'était même pour cela qu'il avait réintégré le foyer. Il ne pouvait pas se permettre de la perdre au bout de trois mois de mariage. Pas encore.

— Je suis désolé. – Il se tenait dans l'embrasure de la porte, le regard sombre. – Tu m'as pris au dépourvu.

Elle lui tourna le dos et continua de remplir ses sacs.

— Écoute, Bettina… ma douce, je suis navré.

Il s'approcha d'elle, tenta de la serrer dans ses bras, mais elle le repoussa violemment.

— Va-t'en !

— Mais bon sang, je t'aime !

Il l'obligea à lui faire face. Les yeux de Bettina s'emplirent de larmes.

— Laisse-moi tranquille… Je t'en prie, Anthony… Je…

Bettina n'eut pas la force de poursuivre. Elle avait tellement envie de lui, de partager la joie de cet enfant, qu'elle se blottit dans ses bras, avec l'espoir que ses rêves, un jour, se réaliseraient.

— Ne t'inquiète pas, ma douce, ne t'inquiète pas. Je n'arrivais pas à concevoir… Je ne suis pas…

Quand elle eut enfin séché ses pleurs, ils s'assirent.

— Sommes-nous prêts, Bettina ?

Les yeux rougis, elle lui sourit vaillamment.

— Bien sûr. Pourquoi ?

Pendant toutes les années passées avec Ivo, elle avait refoulé ce désir. Elle ne s'était jamais rendu compte à quel point elle voulait des enfants. Jusqu'à ce jour. À présent, cela comptait plus que tout.

— Comment le nourrirons-nous ? fit-il d'un air morne.

Bettina songea à ses bijoux. Elle vendrait tout si besoin était, pour prendre soin de cet enfant.

— Ne t'en fais pas. Nous nous débrouillerons. Nous nous débrouillons déjà très bien, non ?

— Ce n'est pas la même chose. Ça me déplaît souverainement, soupira-t-il, comme si cette idée le faisait souffrir, lui aussi, mais ne crois-tu pas qu'il vaudrait mieux avorter, cette fois-ci, et recommencer plus tard, quand nous aurons économisé de l'argent, que nous serons tous les deux stables, que je ne serai plus au chômage ?

Mais Bettina répondit avec une grande détermination :

— Non.

— Bettina… Sois raisonnable !

— Bon sang, c'est ça que tu souhaites ? Un avortement ?

Ils se disputèrent avec une extrême violence. Bettina sortit victorieuse de ce combat. Anthony fut d'humeur morose les deux semaines qui suivirent. Elle ne le quitta pas mais pensa souvent à la rupture. Un beau jour, il rentra à la maison, rayonnant, et poussa un cri de joie.

Bettina courut à sa rencontre, heureuse de le voir sourire, un grand et vrai sourire.

— Que t'est-il arrivé ?

C'était facile à deviner.

— J'ai du travail !

— Quel genre ?

Elle était ravie pour lui et le suivit jusqu'au divan, où ils s'assirent. L'hostilité des semaines précédentes s'évanouit comme par enchantement.

— Alors, Anthony… raconte !

— Oui, oui.

La joie semblait l'étouffer. Il avait décroché un rôle superbe.

— J'aurai la vedette dans *Sonny Boy* ! déclara-t-il, triomphant.

C'était le succès du moment.

— À Broadway ?

Bettina avait entendu dire que le premier rôle quittait le spectacle après quinze mois de triomphe.

— En tournée, ma belle, répondit-il. Mais pas dans des bleds merdiques, cette fois, ma chérie. Non, les plus belles villes des États-Unis ! Nous voyagerons en première classe ! Plus d'hôtels miteux, plus de cafards. Nous aurons des hôtels corrects, pour changer !

Puis il lui annonça le montant de son cachet.

— Anthony, c'est fabuleux !

Elle répugnait à jouer les rabat-joie. Mais n'avait-il pas dit « nous » ?

— Mon trésor, je ne peux pas..., fit-elle à regret, je ne peux pas te suivre.

— Bien sûr que si. Ne sois pas ridicule, rétorqua-t-il, nerveux.

— Non, mon chéri, répondit-elle avec fermeté, c'est impossible. Le bébé ! Ce genre de voyage serait trop dangereux.

— Arrête tes conneries, Bettina ! Nous descendrons dans les meilleurs hôtels. Nous irons dans les grandes villes. Alors, bon Dieu, où est le problème ? Putain, ça ne se voit même pas ! hurla-t-il.

Bettina remarqua que ses mains tremblaient.

— Et alors ? Ce n'est pas parce qu'on ne le voit pas qu'il n'existe pas. Et peu importe le degré de confort des hôtels, le voyage sera trop long.

— Tu as intérêt à m'accompagner, sinon...

Il traversa la pièce à grands pas et fit volte-face.

— Sinon, je reste au chômage.

— Ne sois pas ridicule, Anthony. – Elle n'en était pas moins attendrie. – Tu ne veux pas partir sans moi ?

Debout dans l'embrasure de la porte, il demeura silencieux un long moment.

— Ils exigent que tu sois l'assistante du metteur en scène. Oui, ma vieille. Ils nous veulent tous les deux. C'est clair. Si tu n'acceptes pas, on ne m'engage pas !

— Quoi ? Mais c'est dingue !

— Le producteur nous a vus travailler ensemble pendant la tournée. Il pense que nous formons une bonne équipe. Il se trouve que dans son genre, le metteur en scène est une célébrité. Tu feras tout le boulot et la gloire rejaillira sur lui. Ce n'est pas un arrangement génial, mais ils payent bien : deux cent cinquante dollars par semaine pour toi.

— Là n'est pas la question, Anthony. Je suis enceinte. Tu les as prévenus ?

— Pas vraiment, lui lança-t-il.

Bettina était en colère, elle aussi. Voilà que tout cela recommençait.

— Je n'accepterai pas, que cela te plaise ou non.

— Dans ce cas, madame, répliqua-t-il en exécutant une courbette, permettez-moi de vous remercier d'avoir ruiné ma carrière. En effet, j'espère que tu réalises… – Il se tenait très droit et lui faisait face, à l'autre bout de la pièce, bouillant de rage. – J'espère que tu réalises que la chance qui m'est donnée ne se représentera pas de sitôt.

— Anthony, ce n'est pas si…

Elle était au bord des larmes, car elle connaissait bien les difficultés de ce métier. On rejette une proposition, et toute la profession est au courant en moins de temps qu'il ne faut pour le dire.

— De quelle compagnie s'agit-il ?

Elle entendit le nom de Voorhees et se crispa. C'était l'un des plus gros requins de Broadway.

— Chéri, je ne peux pas.

Anthony ne répondit pas. Il quitta la pièce et claqua la porte.

Cette affaire était ridicule. Pourquoi voulaient-ils l'avoir, elle, à tout prix ? Elle avait acquis l'expérience nécessaire au cours des sept années qui venaient de s'écouler. Sa formation sur le terrain était terminée. Elle n'avait plus qu'à écrire sa pièce. Pour Anthony c'était une autre histoire. L'occasion ou jamais de sortir une bonne fois du peloton. Si, par sa faute, il ne la saisissait pas, il risquait de connaître le chômage pendant de longues années. Après avoir réfléchi pendant des heures, elle téléphona à son médecin.

— Qu'en pensez-vous ?

— Je pense que vous êtes folle !

— Pourquoi ? C'est dangereux pour le bébé ?

— Non, lui, il s'en fiche. Mais après ce que vous avez vécu, pouvez-vous imaginer pire épreuve que d'être trimballée d'une chambre d'hôtel à l'autre pendant les cinq ou six mois à venir ?

Pour toute réponse, Bettina hocha la tête en silence.

— Combien de temps dure cette tournée ?

— J'ai oublié de le demander.

— Soyons clair. Si vous êtes capable de le supporter, je ne vois aucune raison physique de vous empêcher de partir, à condition que vous vous reposiez le plus possible, que vous mangiez convenablement, que vous vous allongiez chaque fois que vous en avez la possibilité et que vous regagniez vos pénates dans... – Il jeta un coup d'œil à son dossier. cinq mois au plus. Je veux que vous soyez de retour au milieu du septième mois. Tout obstétricien sensé vous dira la même chose. Et pendant la tournée, faites-vous examiner en maternité. Appelez l'hôpital le plus important de la ville où vous vous trouvez et faites un contrôle une fois par mois. Croyez-vous pouvoir respecter ce programme ? demanda-t-il en souriant à l'autre bout de la ligne.

— Je serai bien obligée.

— En fait, ajouta-t-il d'une voix très douce, une fois les nausées apaisées, tout se passera sans doute très bien. Dites-vous qu'il y a des précédents, qu'avant les artistes de music-hall procédaient ainsi. Ce n'est pas pour rien qu'a été créée l'expression « naître dans une malle ». Je connais des moyens plus confortables d'accoucher, certes, mais celui-là n'est nocif ni pour la mère ni pour l'enfant, à condition d'être raisonnable.

Bettina poussa un long soupir en raccrochant le téléphone. À présent, elle connaissait la réponse. Quatre heures plus tard, Anthony la connaîtrait à son tour.

Cette tournée se révéla plus épuisante encore que la précédente. Chaque jour, Bettina abattait un travail de Romain. Le metteur en scène se montra fidèle à sa réputation. C'était un alcoolique qui passait le plus clair de son temps à boire dans sa chambre, laissant toute la charge de l'organisation reposer sur les autres, en l'occurrence Bettina. Le deuxième mois, elle n'en pouvait déjà plus. Les hôtels n'étaient pas aussi luxueux que le lui avait fait miroiter Anthony. Elle avait un emploi du temps surchargé. Sans metteur en scène fiable et sans équipe compétente, elle peinait, hurlait, trimait, courait sans cesse. Elle perdait du poids au lieu d'en prendre, et ses jambes la faisaient souffrir en permanence. Elle voyait rarement Anthony qui, lorsqu'il n'était pas en répétition, se payait du bon temps avec ses amis, en particulier avec une petite blonde de Cleveland, un mannequin qui faisait ses débuts dans le spectacle. Elle s'appelait Jeannie et depuis leur départ de New York, Bettina la détestait cordialement. Le travail en commun n'en était que plus difficile, mais Bettina s'efforçait de se comporter en professionnelle. Il le fallait, pour la fille, pour elle-même, pour la compagnie et pour Anthony.

Lors de sa deuxième visite dans une clinique, le

médecin lui mit les points sur les i. Elle était surmenée, épuisée, elle n'avait pas assez grossi et si elle ne se montrait pas plus raisonnable, elle risquait de perdre son bébé. Elle était enceinte de presque quatre mois. Il lui suggéra de demander à son mari de l'aider un peu, pour atténuer la tension due à ses multiples activités. Ce soir-là, après la représentation, elle en parla à Anthony.

— Pourquoi diable ? Tu as l'intention de monter sur scène et de jouer à ma place ?

— Anthony ! Ne plaisante pas.

— Je ne plaisante pas. Qu'est-ce que ça peut me faire que tu perdes cet enfant ? Je ne l'ai jamais désiré. Écoute, ma belle, c'est *ton gosse.* Si tu veux le garder, trouve quelqu'un d'autre pour te donner un coup de main.

Sur ce, il prit Jeannie par le bras, l'entraîna, puis annonça à Bettina qu'ils dîneraient en ville et qu'il était donc inutile qu'elle l'attende pour se coucher. Elle le regarda, stupéfaite. Que leur arrivait-il ? Pourquoi se conduisait-il ainsi ? Était-ce à cause de l'enfant ? Elle regagna sa chambre d'hôtel, troublée. Pour la première fois depuis deux mois, elle eut une envie irrésistible de téléphoner à Ivo. Mais elle ne pouvait plus se le permettre. Elle n'était plus une petite fille. Elle ne pouvait quand même pas se retourner vers Ivo à chaque coup dur. Seule, elle réfléchit et pleura. Anthony ne rentra pas. Elle l'attendit jusqu'au lendemain midi, heure à laquelle elle dut se rendre au théâtre. Jeannie l'y attendait.

— Tu cherches Anthony ? roucoula cette dernière.

Bettina sentit ses tripes se nouer.

— Non, je suis venue travailler. Je peux faire quelque chose pour toi ?

— Ouais. Te conduire comme une dame.

D'un bond, Jeannie se jucha sur un tabouret. Il fallut beaucoup de sang-froid à Bettina pour ne pas lui faire mordre la poussière.

— Pardon ? s'étonna-t-elle d'une voix glaciale.

— Tu m'as très bien comprise, Betty…

— Je m'appelle Bettina. Que veux-tu dire au juste ?

Bettina eut soudain l'intuition qu'il s'était produit un événement important. Que disait cette fille ? Et où était passé Anthony ? Son ventre la torturait, mais pas une seconde elle ne flancha devant la jolie blondinette.

— Eh bien, Betty…

Une véritable tête à claques, songea Bettina.

— Pourquoi tu ne laisses pas Anthony faire ce qu'il veut ? Ses six mois sont presque terminés, non ?

— Quels six mois ?

À l'entendre, on eût cru qu'il s'agissait d'une peine de prison. Bettina était abasourdie.

— Pourquoi crois-tu qu'il t'a épousée, mon chou ? Parce qu'il était follement amoureux de toi ? Bien sûr que non ! Il voulait sa carte de résident. Il ne t'a pas prévenue ?

Bettina restait muette, horrifiée.

— Tu étais la meilleure candidate, enchaîna Jeannie. Il savait que ton ex-mari t'entretiendrait et qu'il n'aurait donc aucun souci matériel. Il t'a épousée en septembre, n'est-ce pas ?

Bettina hocha la tête, décomposée.

— Eh bien, ma vieille, il suffit qu'il reste six mois avec toi pour qu'il obtienne sa carte verte. Ensuite il te plaquera. Si tu me prends pour une menteuse, tu te goures. Il se fout de toi. Tu as été assez stupide pour te faire mettre en cloque, et il ne veut pas de ce gosse ! Laisse-moi te dire autre chose…

Elle sauta du tabouret et balança ses hanches bien faites.

— Si tu t'imagines que tu vas rester pendue à ses basques quand on sera de retour à New York, tu te fourres le doigt dans l'œil !

Toute la journée, Bettina se cacha dans le théâtre en essayant de ne plus penser qu'à son travail. Quand Anthony arriva, juste avant la représentation, elle se glissa dans sa loge et ferma la porte. Puis elle l'attendit de pied ferme. Heureusement il vint seul. Il lui jeta un regard étrange et se dirigea vers la penderie où il accrocha son manteau.

— Qu'est-ce que tu veux, Bettina ? demanda-t-il d'un air détaché.

— Parler, fit-elle avec détermination.

— Je n'ai pas le temps. Il faut que je me maquille pour le spectacle.

— Très bien. Nous bavarderons en même temps.

Elle tira un fauteuil à elle et s'assit sous le regard agacé d'Anthony.

— J'ai eu une petite discussion avec Jeannie, aujourd'hui.

— À quel sujet ? fit-il, gêné.

— Voyons. Euh… ah oui ! Elle prétend que tu m'as épousée par intérêt, pour obtenir ta carte de résident, et que tu me laisseras tomber quand le délai de six mois de vie commune sera écoulé. Elle m'a laissé plus ou moins entendre que tu étais fou d'elle. Elle est extrêmement mignonne, mon chéri. Mais n'est-elle pas un peu mythomane sur les bords ? Ou dit-elle au contraire la vérité ? C'est ce que je voulais te demander.

— Ne sois pas stupide.

Fuyant son regard, il plongea le nez dans sa boîte de maquillage. Bettina se tenait juste derrière lui. Elle observa son image dans le miroir.

— Qu'est-ce que cela signifie, Anthony ?

— Qu'elle s'est un peu emballée.

Bettina lui saisit le bras.

— Mais il y a un fond de vérité, non ? C'est ce que tu essaies de me faire comprendre, Anthony ? Tu vas me quitter après ce spectacle ? Parce que si c'est ça ton idée, autant m'y habituer tout de suite. – Une note de panique perça dans sa voix. – Je vais avoir un bébé et j'aimerais savoir si je le fais seule ou non.

Il se leva brusquement et lui fit face.

— Je t'avais dit de ne pas le garder, ce putain de gosse ! Tout aurait été si simple si tu m'avais obéi !

Il parut aussitôt regretter ses paroles et s'assit.

— Elle ne mentait donc pas ? demanda Bettina d'une voix lugubre. C'était juste pour cette fichue carte verte ?

Pour une fois, il la regarda avec franchise, puis il hocha la tête.

— Oui.

Bettina ferma les yeux et retomba sur sa chaise.

— Et moi qui t'ai cru ! s'écria-t-elle en riant à travers ses larmes. Quel brillant acteur tu fais !

— Non, tu te trompes, marmonna-t-il, la tête basse.

— Ah oui ?

— Oui, je t'aimais bien, vraiment. Mais je nous voyais mal vivre toujours ensemble... C'est vrai, quoi... Nous sommes très différents.

— Salaud !

Il l'avait bernée pendant tout ce temps. Elle claqua

la porte de la loge et se précipita vers la scène. La représentation se déroula sans incident. Bettina quitta le théâtre aussitôt après, retourna à l'hôtel et demanda une autre chambre. Cela n'avait sans doute aucune importance. Il ne rentrerait pas ce soir. Mais elle ne voulait pas prendre le risque de se retrouver nez à nez avec lui. Elle désirait réfléchir, seule.

Elle allait rentrer à la maison et écrire sa pièce. Dans cinq mois, le bébé serait là… Elle serra les paupières pour ne pas pleurer. En vain. Chaque fois qu'elle se voyait avec ce bébé, sans père, paniquée, elle ressentait un besoin irrépressible de tendre les bras vers lui… Ivo… n'importe qui. Seule ? Non, jamais elle ne pourrait. Il le faudrait pourtant. Elle n'avait pas le choix.

Après avoir pleuré, ressassé, pendant des heures, elle s'endormit enfin. Il était quatre heures du matin quand elle fut réveillée par une étrange sensation de crampe. Quand elle se redressa dans son lit et qu'elle regarda les draps, elle vit du sang. Son premier sentiment fut la panique, puis elle se calma. Elle était à Atlanta. Il y avait de bons hôpitaux. Deux jours auparavant, elle avait consulté un médecin. Elle n'avait qu'une chose à faire : le joindre.

Au téléphone, l'infirmière de garde au service des urgences l'écouta décrire ses symptômes en détail et lui conseilla de venir sur-le-champ. Quelques jours de repos suffisaient parfois à interrompre ce type de saignements. Le mieux était qu'elle vienne tout de suite avec son mari. C'était une attention touchante, mais Bettina n'essaya même pas d'appeler Anthony. Elle s'habilla en hâte, fit un effort pour se tenir droite malgré les crampes et se précipita dans le hall, puis dans la rue où elle héla un taxi. Ces quelques pas avaient accru l'intensité de la douleur. Elle était pliée en deux sur la banquette arrière du taxi qui fonçait vers le centre hospitalier. Le chauffeur l'observait dans le rétroviseur. Soudain elle se mit à haleter puis poussa un gémissement.

— Ça va, madame ?

Bettina tenta de le rassurer, mais une autre contraction, foudroyante, la prit au dépourvu.

— Oh… non… je suis… oh, je vous en supplie… dépêchez-vous…

La douleur était maintenant insupportable.

— Allongez-vous sur la banquette.

Elle essaya de s'étendre, mais elle souffrait trop pour rester immobile. Elle se tournait, se retournait, les poings serrés, les mâchoires crispées pour lutter contre une terrible envie de hurler.

À l'hôpital, elle laissa le personnel fouiller dans son sac à la recherche des renseignements nécessaires : nom, prénom, assurance… Elle était trop mal en point pour parler, tenir des propos cohérents. Les contractions devenaient plus fréquentes ; agrippée aux poignées du brancard, elle se tordait de douleur en criant. Les trois infirmières qui s'affairaient autour d'elle échangèrent un regard. On l'emmena aussitôt en salle de travail. Une demi-heure plus tard, elle expulsait dans d'horribles souffrances un minuscule fœtus… mort-né…

23

L'avion se posa en douceur à KennedyAirpor, et Bettina jeta un coup d'œil par le hublot tandis que l'appareil se dirigeait vers l'aérogare. Elle n'avait passé qu'une semaine à l'hôpital. Le lendemain de sa fausse couche, elle avait prévenu la compagnie théâtrale, leur expliquant qu'elle était hospitalisée et que les médecins lui avaient ordonné de se reposer pendant trois mois. Ce n'était pas vrai, mais cela lui avait permis de se dégager de ses obligations. On l'avait remplacée par un jeune homme de New York, assez gentil pour lui rapporter les affaires qu'elle avait laissées à l'hôtel. Anthony n'était venu qu'une fois, l'air gêné. Il lui dit qu'il était navré. Il mentait, tous deux le savaient parfaitement. Leur conversation resta très formelle. Bettina lui fit part de son intention de contacter un avocat dès son retour à New York. Elle attendrait trois semaines pour présenter sa requête. Il pourrait ainsi garder sa carte de résident, avec sa bénédiction. Anthony ne lui inspirait plus qu'une immense répulsion, et elle lui demanda de s'en aller. Il s'immobilisa dans l'embrasure de la porte, ouvrit la bouche pour dire quelque chose, mais se contenta de hausser les épaules.

Il sortit en refermant doucement la porte derrière lui. Deux jours plus tard, il était parti avec la troupe. La tournée continuait.

Seule à Atlanta, dans sa chambre d'hôpital, Bettina était triste. Ce n'était pas Anthony qu'elle pleurait, mais son enfant mort, une petite fille, lui avait-on dit. Du matin au soir, elle sanglotait dans son lit. Cela ne l'aiderait pas à se remettre à rien, répétaient les infirmières qui comprenaient cependant son besoin de laisser exploser son chagrin. À la fin de la semaine, Bettina comprit que sa douleur était profonde, totale. Elle pleurait pour son père et la façon dont il l'avait quittée, pour Ivo, le mal qu'elle lui avait fait et la fermeté avec laquelle il avait réagi, pour Anthony et sa carte verte, pour la perte de son enfant. Elle n'avait plus rien ni personne. Plus de bébé, plus de mari, plus de foyer. Personne ne voulait d'elle. À vingt-six ans, elle avait l'impression d'être au bout de sa vie.

Bettina broyait toujours les mêmes idées noires quand elle détacha sa ceinture de sécurité et descendit lentement l'allée centrale. Tout semblait aller au ralenti. Comme si elle se trouvait sous l'eau. Peu lui importait. Elle alla chercher son sac à l'arrivée des bagages, fit signe à un porteur et se mit en quête d'un taxi. Quarante-cinq minutes plus tard, elle ouvrait la porte de l'appartement d'Anthony. Elle s'était promis de boucler ses valises en un tournemain puis de rallier un hôtel, mais là, dans l'entrée du loft, le cafard l'envahit et elle se mit à pleurer. La vue brouillée par les larmes, elle fouilla dans les tiroirs, vida les armoires et rangea la montagne de vêtements que contenait son placard. En moins de deux heures, elle avait terminé. Elle n'avait pas vécu longtemps avec lui. À peine six mois. Plus sept ans avec Ivo. Deux divorces au total. Elle se faisait l'impression d'une marchandise usagée…

Elle rassembla ses bagages près de la porte d'entrée et descendit l'escalier à pas lents. Avec un peu de chance, elle trouverait un taxi dont le chauffeur accepterait de l'aider à transporter ses affaires, moyennant un bon pourboire. Un jeune homme s'arrêta. Ils firent quatre voyages ensemble. Quand ils parvinrent devant l'hôtel qu'elle lui avait indiqué, elle lui laissa un pourboire de vingt dollars. Elle n'avait pas éprouvé le moindre chagrin en quittant le loft. Brusquement, cela lui paraissait sans importance. Une seule chose la préoccupait : elle-même. Quel échec ! Quel gâchis ! Avec Anthony, elle s'était comportée comme une idiote, une imbécile, une andouille.

Après des mois de tournée, Bettina avait l'habitude des hôtels, et pourtant, en se retrouvant dans l'anonymat de cette chambre, elle fondit en larmes. Si seulement elle pouvait appeler Ivo… mais non, ce n'était pas bien. À qui d'autre se confier ? Il n'y avait personne, pas même Steve, absent de New York. Elle tenta de concentrer toute son attention sur le journal dans lequel elle espérait trouver un appartement. Les caractères devenaient flous. Ce n'était plus supportable. Elle s'empara du téléphone et composa le numéro d'Ivo. Elle retint son souffle. Elle se sentait si stupide ! Et s'il lui raccrochait au nez ? Et s'il lui faisait des reproches ? Et s'il… ? Non, ce n'était pas son genre. Elle sursauta en entendant une voix inconnue, de femme.

— Mattie ?

— Qui est à l'appareil ?

— Je… Euh… Qui est-ce ? Où est Mattie ?

— Elle est morte il y a deux mois. Je m'appelle Elizabeth. Qui êtes-vous ?

— Je… Oh, je suis vraiment désolée… – De grosses larmes roulèrent silencieusement sur ses joues. – M. Stewart est-il là ?

— De la part de qui ? insista Elizabeth, visiblement agacée.

— C'est… Mme Pearce… enfin Mme Stewart… Peu importe. Est-il là ?

— Non, il est aux Bermudes.

— Quand rentrera-t-il ?

— Pas avant le 1er avril. Il a loué une maison. Désirez-vous son numéro de téléphone ?

Bettina comprit soudain que non, ce n'était pas la chose à faire. Avec un soupir, elle raccrocha.

La nuit qu'elle passa à l'hôtel fut très agitée, angoïssée. Quand elle se réveilla le lendemain matin, la neige avait commencé à tomber. Dans d'autres régions, c'était déjà le début du printemps. Elle se retrouvait en plein hiver, au beau milieu d'une tempête de neige, ne sachant où aller ni que faire. Quitter New York ? Partir ailleurs ? Mais où ? Elle n'avait aucun ami, aucune attache nulle part. Elle se mit à rêver de la Californie, du conte de fées vécu avec Anthony, de San Francisco. C'était là qu'elle avait envie de retourner. Même sans lui, c'était un endroit où elle retrouverait la paix.

L'instant d'après, elle téléphonait à la compagnie aérienne. Une demi-heure plus tard, elle se rendait à la banque pour prendre ses bijoux qu'elle mit dans un fourre-tout en cuir. Ce geste la fit sourire. L'aventurière partait. Peut-être pour toujours. Cette fois, c'était elle qui s'en allait, qui avait pris la décision.

Tout ce qu'elle possédait, elle l'emmena à l'aéroport. Elle avait appelé San Francisco pour réserver une chambre avec vue sur la baie. Sans doute n'était-ce pas très malin de choisir précisément l'hôtel où elle avait séjourné avec Anthony. Mais l'endroit avait tant de charme que ses souvenirs importaient peu. Ils ne signifiaient plus rien. Anthony non plus.

Ce fut un vol sans histoires. Elle avait tellement l'habitude de passer d'un lieu à l'autre que la splendeur printanière de la côte Ouest ne l'étonna même pas. San Francisco était toujours aussi beau. Et elle s'installa dans sa chambre avec un sourire satisfait. Mais la nuit, les fantômes du passé l'assaillirent. Elle avala deux aspirines et un verre d'eau. De guerre lasse, une heure plus tard, elle décida de faire une promenade. De retour à l'hôtel, elle absorba deux autres aspirines. À trois heures du matin, elle se précipita sur les somnifères qu'on lui avait remis à sa sortie de l'hôpital. Son sommeil risquait d'être troublé quelque temps, l'avait-on prévenue. Mais même les somnifères restèrent sans effet. Allongée dans le noir, elle fixa le flacon pendant ce qui lui parut une éternité. Puis soudain un déclic se fit dans sa tête. Bien sûr ! Pourquoi n'y avait-elle pas songé plus tôt ? C'était stupide d'avoir fait tout ce chemin jusqu'à San Francisco, alors qu'à New York la solution à ses problèmes se trouvait à la portée de sa main. Elle esquissa un sourire. Tout s'éclairait. C'était si simple… si simple… Elle alla dans la salle de bains, prit un verre d'eau, puis, l'un après l'autre, avala tous les cachets contenus dans le flacon. Il y en avait exactement vingt-quatre.

24

Il y avait des lumières au-dessus de sa tête, qui l'éblouissaient avant de s'estomper pour disparaître. Il y avait des machines qui vrombissaient. Et aussi quelqu'un qui vomissait. Elle eut l'étrange sensation qu'on lui enfonçait quelque chose dans la gorge. Elle ne se souvenait plus… non, elle ne se souvenait plus… Puis la mémoire lui revint. Elle était à l'hôpital… elle venait de faire une fausse couche… De nouveau, elle se laissa engloutir par le sommeil.

Quand elle se réveilla, au bout d'un temps qui lui parut interminable, son regard se fixa sur le visage d'un homme qu'elle ne connaissait pas. Il était grand, les cheveux bruns, les yeux noirs, séduisant. Il portait une chemise jaune pâle, boutonnée jusqu'au col, et une blouse de coton blanc. D'un coup, elle se souvint. Elle était à l'hôpital. Mais elle ne savait plus très bien pourquoi ?

— Madame Stewart ? fit-il d'un air interrogateur.

Elle secoua la tête. Elle n'avait pas fait changer sa carte d'assurance après son second mariage.

— Non, Pearce, répondit-elle d'une voix étrangement rauque. – Elle secoua la tête d'un air distrait. – Je veux dire… Daniels. Bettina Daniels.

Ce nom lui parut tout aussi incongru. Cela faisait si longtemps qu'elle ne l'avait pas porté.

— Une belle collection de noms, n'est-ce pas ?

L'homme ne la jugeait pas. Il était simplement étonné.

— Cela vous ennuie si je m'assieds près de vous pour bavarder un peu ?

Elle sut tout de suite où il voulait en venir.

— Parlons de la nuit passée.

Bettina se lança dans la contemplation de la fenêtre. Au loin, le brouillard masquait en partie le Golden Gate Bridge.

— Où suis-je ?

— Au Credence Hospital, répondit-il, sachant pertinemment qu'elle essayait de gagner du temps

Nerveusement, elle tourna son regard vers lui.

— Sommes-nous vraiment obligés de parler de tout ça ?

— Oui, fit-il sobrement. Je ne sais ni depuis combien de temps vous êtes ici ni comment on procède à New York, mais à moins que vous ne souhaitiez suivre quelque temps un traitement dans un établissement psychiatrique, mieux vaut que nous ayons une petite conversation.

L'air sombre, elle acquiesça.

— Que s'est-il passé hier soir ?

— J'ai pris des somnifères, dit-elle de cette voix rocailleuse qui ne cessait de l'étonner… Mais pourquoi est-ce que je parle comme ça ? Qu'avez-vous traficoté ?

Pour la première fois, il sourit. Il paraissait jeune. Et il était beau. Mais terriblement sérieux. Pas le genre rigolo.

— Nous avons effectué un lavage d'estomac. Pour

ce faire, nous avons utilisé un tube qui affectera votre voix pendant quelque temps. Quant aux somnifères, l'avez-vous fait exprès ou s'agit-il d'un accident ?

Bettina hésita longuement.

— Je ne sais plus.

— Mademoiselle Stewart... Daniels, peu importe poursuivit-il d'un ton sévère, je ne vais pas jouer au plus fin avec vous. Je veux savoir ce qui s'est passé. Soit vous acceptez de parler, soit vous refusez. Si vous refusez, je vous garde en observation ici toute une semaine.

Le sourcil froncé par la colère, le regard furibond, Bettina, toujours croassant, se mit à parler. Il ne put s'empêcher de sourire. Elle était vraiment très jolie.

— Je ne sais pas très bien ce qui s'est produit, docteur. Hier, j'ai pris l'avion à New York pour venir ici. La veille, j'étais sortie de l'hôpital où j'avais fait une fausse couche. On m'avait donné des cachets. Ou j'en ai pris trop ou ils étaient trop forts pour moi... Je ne suis pas sûre.

Elle savait qu'elle mentait. Et après ? Ce qui s'était passé ne le regardait pas. D'accord, sa tentative de suicide avait échoué, mais cela ne signifiait pas pour autant que sa vie ne lui appartenait plus. Elle n'était pas obligée de tout lui raconter. Et si elle avait une « belle collection de noms » – pour reprendre ses termes – en quoi cela le concernait-il ?

— Dans quel hôpital étiez-vous pour cette fausse couche ?

Il était assis là, avec son dossier, le crayon à la main, visiblement convaincu qu'elle mentait. Mais, sans se faire prier, elle fournit le renseignement demandé, ce qui sembla le surprendre.

— Vous voyagez beaucoup, n'est-ce pas ?

— Oui, répondit-elle avec sa voix de mêlé-casse. J'étais en tournée, comme assistante du metteur en scène d'un spectacle de Broadway. On m'a hospitalisée pendant une semaine, puis je suis rentrée à New York.

— Êtes-vous ici pour affaires ? s'enquit-il, par curiosité cette fois.

Bettina secoua la tête. Elle hésita. Allait-elle lui dire qu'elle était venue en touriste ? Elle décida de se montrer franche, sur ce point du moins.

— Non, j'ai déménagé.

— Hier ?

Elle acquiesça.

— Mariée ou célibataire ?

— Ni l'un ni l'autre, répondit-elle en esquissant un sourire.

— Pardon ? fit-il d'un air si naïf que Bettina se demanda s'il lui arrivait parfois de rire.

— Je suis en train de divorcer.

— Et il est… Laissez-moi deviner, dit-il, à New York !

— Non, en tournée avec le spectacle.

— Je commence à comprendre. Mariée depuis longtemps ?

Elle envisagea de le choquer, de lui demander : « Quelle fois ? », mais elle y renonça et se contenta de faire non de la tête.

Il poussa un long soupir et posa son crayon.

— Parlons maintenant de votre fausse couche, dit-il d'un ton plus doux, car il savait à quel point un tel souvenir pouvait être pénible. Y a-t-il eu des complications ? Cela a-t-il été difficile ? Long ?

Elle détourna son regard redevenu triste et se mit à fixer de nouveau le pont.

— J'ignore s'il y a eu des complications. On m'a gardée une semaine. C'est arrivé un soir. Je me suis réveillée au beau milieu de la nuit et je suis allée à l'hôpital. J'étais très mal en point, à ce moment-là. Je ne sais pas combien de temps ça a duré. Pas très longtemps, j'imagine. Et c'était... ajouta-t-elle en haussant les épaules... c'était très douloureux.

Une larme glissa sur sa joue.

Il eut un hochement de tête compatissant et éprouva soudain de la sympathie pour ce petit bout de femme aux cheveux roux. Non, pas vraiment roux, pensa-t-il, plutôt auburn. Elle reporta son attention sur lui et il constata qu'elle avait des yeux d'un vert émeraude, limpide.

— Je suis désolé, mademoiselle..., bredouilla-t-il.

— Bettina, fit-elle avec un sourire. Moi aussi. De toute façon... mon mari n'en voulait pas...

— C'est pour cela que vous l'avez quitté ?

— Non. Il y avait certaines choses que j'ignorais. Un profond malentendu...

Elle éprouva soudain l'envie de tout lui raconter.

— Il est Anglais. Il m'a épousée pour obtenir sa carte de résident permanent. C'était apparemment sa seule motivation. – Elle s'efforçait d'adopter un ton léger, mais l'amertume perçait dans son regard. – Il ne m'en avait jamais parlé. Oh, je savais bien qu'il avait besoin de ce permis de séjour, mais pas qu'il m'avait épousée pour cette seule et unique raison. Je pensais que... Quoi qu'il en soit, il se trouve qu'il suffit de vivre six mois ensemble et... – Elle tourna ses paumes vers le ciel. – Cela fera exactement six mois dans une semaine. Stop. Fin du mariage. Et aussi fin du bébé. Un malheur n'arrive jamais seul.

C'était peut-être mieux ainsi, songea-t-il, mais il hésita à le lui dire. Il était parfois trop brutal. Elle paraissait si petite et si fragile, contre les oreillers blancs de son lit d'hôpital, qu'il ne voulut pas la heurter.

— Avez-vous de la famille dans la région ?

— Non.

— Des amis ?

— Non.

— Et avez-vous l'intention de rester ici ?

— Oui.

— Toute seule ?

— Pas définitivement, j'espère. – Une lueur malicieuse apparut dans ses yeux. – N'est-ce pas l'endroit idéal pour repartir à zéro ?

Son courage le frappa.

— Votre famille se trouve dans l'Est, mademoiselle… euh… Bettina ?

— Non, mes parents sont morts et… Je n'ai personne.

Ivo ne comptait plus. Il était parti, lui aussi.

— Dites-moi la vérité, à présent, sincèrement, juste entre nous, c'est pour cette raison que vous avez fait ça, hier soir ?

Elle l'observa un bref instant et comprit qu'elle pouvait lui faire confiance.

— Je n'en sais rien. Je me suis mise à penser… à mon mari… à d'autres erreurs que j'ai commises… au bébé… J'étais nerveuse… J'ai pris de l'aspirine, je suis allée faire un tour… Tout à coup, j'ai eu l'impression d'être coincée, cernée… Je me sens drôle depuis que j'ai perdu cet enfant, comme si je ne parvenais plus à remettre la machine en marche, comme si tout m'était égal, que rien ne comptait plus... et je... – Elle éclata brusquement en sanglots. – Si je n'avais pas... Si je n'étais pas partie en tournée avec ce spectacle, je n'aurais pas fait de fausse couche... Je me sens tellement coupable... Je...

Elle était en train de lui confier des sentiments qu'elle découvrait en les exprimant. Inconsciemment, il lui inspirait confiance. Il l'apaisa, la berça, la calma.

— Ne vous inquiétez pas, Bettina. C'est tout à fait normal. Je suis certain que l'on vous a dit que, même si vous étiez restée, vous auriez sans doute perdu ce bébé. Il y a des enfants qui ne sont pas assez forts pour naître.

— Mais celui-là l'était peut-être ! C'est moi qui l'ai tué, déclara-t-elle d'un air malheureux.

— Quand un enfant se porte bien, on peut tout se permettre, le ski, les chutes dans les escaliers, on peut faire tout ce qu'on veut sans risque de fausse couche. Croyez-moi, le vôtre ne se portait pas tout à fait bien.

Bettina s'allongea dans son lit, la tête confortablement posée sur les oreillers.

— Merci. – Elle se redressa, soudain inquiète. – Est-ce que vous allez me faire examiner par des tas de psy ? M'enfermer avec les fous à cause de tout ce que je viens de vous raconter ?

— Non, répondit-il en souriant. Mais je voudrais que l'un de nos gynécologues vérifie que tout est en ordre. Je vais donc vous demander de rester quelques jours. Le temps de souffler, de reprendre des forces, d'avaler quelques somnifères si vous en avez besoin – sous notre contrôle. Cela dit, ce que vous êtes en train de vivre n'a rien d'anormal. Généralement les femmes ont un mari ou une famille qui les aident à surmonter leur angoisse. C'est très dur de traverser seule une épreuve comme celle-là.

Bettina hocha lentement la tête. Il semblait la comprendre.

— J'aimerais aussi que nous poursuivions cette conversation, dit-il avec douceur. Cela vous ennuierait-il beaucoup ?

— Non. À propos, vous êtes quoi, au juste ? C'était sans doute un psychanalyste. Dans ce cas, elle s'était fait piéger.

— Interne. Si vous restez à San Francisco, vous aurez besoin d'un médecin. Et en attendant, on a toujours besoin d'un ami. Je m'appelle John Fields, déclara-t-il en lui tendant la main. À propos, comment se fait-il que vous ayez autant de patronymes ?

Elle lui adressa un grand sourire. Puisqu'il allait devenir son médecin et son ami, autant qu'il sache toute la vérité.

— Pearce est le nom de mon dernier mari. Daniels est mon nom de jeune fille, celui que je vais reprendre. Quant à Stewart… – Elle hésita un quart de seconde. – C'est le nom de mon premier mari.

— Quel âge avez-vous ? fit-il en se dirigeant vers la porte.

— Vingt-six ans.

— Pas mal, Bettina, pas mal.

Il la salua et s'apprêtait à quitter la chambre quand il s'immobilisa.

— Tout ira bien. Ne vous en faites pas.

Il lui fit un signe de la main et à son sourire, elle comprit que oui, tout se passerait bien.

25

— Comment allez-vous aujourd'hui, Bettina ?

John Fields pénétra dans sa chambre, un sourire aux lèvres.

— Bien mieux. Beaucoup mieux.

La nuit précédente, elle avait dormi du sommeil du juste, sans cauchemars, sans fantômes et même sans somnifères. Il lui avait suffi de poser la tête sur l'oreiller. À l'hôpital, la vie était merveilleusement simple. Il y avait des mamans et des papas en uniformes blancs, qui s'occupaient de vous, éloignant les mauvais rêves et les indésirables, pour que vous puissiez vous reposer. Cela faisait un an qu'elle ne s'était pas sentie aussi sereine. L'air penaud, elle leva les yeux vers le jeune et séduisant médecin.

— Je ne devrais pas vous dire ça, mais je n'ai pas envie de partir.

— Pourquoi ?

L'inquiétude, un instant, altéra le sourire de l'interne. Il portait une lourde responsabilité sur ses épaules, n'ayant pas jugé utile de demander l'avis d'un psychiatre. Il ne la pensait pas atteinte de troubles sérieux.

Elle était là, avec son visage enfantin et ses grands

yeux aux reflets dansants. Elle ne semblait pas du tout folle. Il garderait néanmoins un œil sur elle quand elle serait sortie de l'hôpital.

Bettina s'adossa à ses oreillers en poussant un léger soupir.

— Pourquoi je veux rester ici ? Oh ! parce que tout y est si facile, si évident ! Pas d'appartement à chercher, pas de travail à dénicher, pas d'argent à gagner. Pas besoin de descendre à l'épicerie ni de faire la cuisine. Pas besoin non plus de trouver un avocat. Je n'ai ni à me maquiller ni à m'habiller.

Il n'empêche qu'elle avait pris un bain d'une demi-heure et noué un ruban de satin blanc dans ses cheveux auburn. Il lui rendit son sourire. Elle avait le visage lisse d'une enfant à qui l'existence a toujours été favorable. On lui aurait donné douze ans, pas vingt-six.

— C'est pour ces raisons que certaines personnes restent des années enfermées dans des établissements psychiatriques, parfois toute leur vie. Bettina, c'est ce que vous souhaitez ? demanda-t-il avec beaucoup de calme. Est-ce si difficile de s'habiller ou de faire des courses ?

Ces propos la firent sursauter.

— Non... Bien sûr que non !

Elle éprouva le besoin de lui expliquer ce qu'elle ressentait. Afin de ne pas passer pour une folle.

— J'ai..., commença-t-elle en cherchant les mots justes. J'ai vécu longtemps dans un état de grande tension.

Mon Dieu ! Et si elle était gravement atteinte ? se demanda John Fields. Était-il sage de la renvoyer bientôt chez elle ?

— Quel genre de tension ? fit-il en approchant une chaise.

— Eh bien, répondit-elle en contemplant ses mains. J'ai eu la charge d'une maison lourde à gérer, j'ai dirigé de nombreux domestiques pendant des années. Un père et deux maris ont occupé tout mon temps.

— Et votre mère ? s'étonna-t-il sans la quitter des yeux.

— Elle est morte d'une leucémie quand j'avais quatre ans.

— Votre père ne s'est jamais remarié ?

— Bien sûr que non. Ce n'était pas la peine, ajouta-t-elle d'une voix douce. J'étais là.

Le jeune médecin ouvrit de grands yeux horrifiés. Bettina leva une main pour le rassurer.

— Non, non, détrompez-vous. Les hommes comme mon père se marient pour toutes sortes de raisons : par commodité, pour avoir quelqu'un avec qui bavarder ou qui puisse les conseiller, quelqu'un qui leur tienne compagnie quand ils voyagent ou qui se charge de l'intendance pendant qu'ils écrivent. Voilà ce que j'ai fait pour lui.

John Fields l'observa, fasciné par l'expression sur son visage. Elle paraissait étrangement plus âgée, comme si elle avait beaucoup vécu, plus belle aussi que toutes les femmes qu'il avait connues.

— La plupart des gens se laissent tenter par le mariage de raison, pour ne pas être seuls.

— C'est pour cela que vous vous êtes mariée ?

— En partie.

En souriant, elle posa la tête sur l'oreiller, les paupières closes.

— Je suis également tombée follement amoureuse.

— De qui ? murmura-t-il, d'une voix presque inaudible.

— D'un homme nommé Ivo Stewart, poursuivit-elle en fixant le plafond, puis elle baissa les yeux vers lui. Ça n'a sans doute pas la moindre importance, mais il a été directeur du *New York Mail* pendant des années. Il a pris sa retraite il y a un peu plus d'un an.

— Et vous l'avez épousé ? fit l'interne, plus surpris qu'impressionné. Comment l'avez-vous rencontré ?

Il ne savait toujours pas qui elle était, ne parvenait ni à la cerner ni à la comprendre. Il y avait pourtant, dans sa façon d'être, quelque chose de distingué, de princier. Et puis comment la petite saltimbanque avait-elle épousé le directeur du *New York Mail* ? Fabulait-elle ? Était-elle réellement folle ? Il aurait peut-être dû poursuivre ses investigations en la matière. Qui était cette fille ?

— J'aurais sans doute dû commencer par le commencement. Avez-vous entendu parler de Justin Daniels ?

Une question stupide. Tout le monde connaissait Justin Daniels.

— L'écrivain ?

Elle acquiesça.

— C'était mon père.

Elle lui raconta son existence, dans ses moindres détails. Elle avait besoin de se confier.

— Et maintenant, Bettina ? demanda-t-il quand elle eut tout dit, les petits riens, les espoirs, les rêves.

— Qui sait ? fit-elle en le regardant droit dans les yeux. Sans doute vais-je tout recommencer.

Elle avait encore le sentiment de porter le fardeau des années passées, un fardeau un peu lourd pour bâtir une nouvelle vie. Son aveu n'avait pas soulagé sa peine.

— Pourquoi avez-vous choisi San Francisco ?

— L'inspiration du moment. Dans mon souvenir, c'était très joli et je n'y connais personne.

— Cela ne vous fait pas peur ?

— Un peu, dit-elle en souriant. Mais en ce moment, c'est plutôt un soulagement. Il est parfois agréable d'être anonyme, d'aller là où personne ne vous reconnaît. Ici, je peux prendre un nouveau départ, me contenter d'être Bettina Daniels et de découvrir qui elle est.

— Au moins oublier qui elle était, répliqua-t-il gravement.

Brusquement, elle réalisa qu'il n'avait rien compris.

— Là n'est pas la question. J'ai été différentes personnes, mais toutes ont compté pour moi. Toutes avaient une raison d'être, toutes correspondaient à une période de mon existence. Sauf peut-être la dernière fois… j'ai commis une erreur. Mais ma vie avec mon père… – Elle hésita, cherchant les mots. – Ce fut une expérience extraordinaire. Je ne la renierais pour rien au monde.

John Fields secouait la tête, désapprobateur.

— Vous ignorez ce qu'est une existence normale. Des parents aimants, un foyer simple et tranquille, des enfants à aller chercher à l'école, un mariage avec un camarade de classe ou un ami d'enfance… Non, vous n'avez connu que cauchemars, gens bizarres et excentriques, théâtre et vieillards.

— À vous entendre, s'indigna-t-elle, on a l'impression que c'était sordide !

Laideur et monstruosité ? Était-elle ainsi ? Bettina refoula ses larmes.

John Fields comprit alors toute la cruauté de sa réaction. Qu'était-il en train de faire ? Elle était sa patiente, et il la harcelait. Un éclair de culpabilité passa dans son regard.

— Je suis désolé, dit-il en lui effleurant la main. Je ne sais pas comment vous expliquer ce que je ressens. Tout cela m'effraie. Cela me bouleverse aussi que vous ayez traversé toutes ces épreuves. Je suis inquiet de ce qui pourrait vous arriver.

Sa blessure n'était pas encore cicatrisée. Elle le regarda d'une curieuse façon.

— Merci. Mais ça n'a pas d'importance. Vous avez le droit de vous exprimer. Si je m'installe à San Francisco, j'aurai besoin d'un ami, pas seulement d'un médecin.

Il était temps de sortir, de découvrir le reste du monde, les « gens normaux », pour reprendre les termes de John.

— J'espère. Je suis sincèrement désolé. Mais vous avez eu une vie très, très dure. Vous méritez beaucoup mieux.

— À propos, d'où êtes-vous ?

— D'ici. San Francisco. C'est ma ville natale. J'y suis né, j'y ai grandi, j'y fait mes études. Oh, rien de bien passionnant. Tout ce qu'il y a de plus tranquille, banal. Quand je dis que vous méritez beaucoup mieux, cela signifie un mari gentil, bien, sain, de votre âge, des enfants, une maison.

Elle lui jeta un regard hostile. Pourquoi refusait-il de comprendre que sa vie avait été belle et qu'elle faisait partie d'elle-même ?

— Vous n'avez pas l'intention de retravailler dans le théâtre, n'est-ce pas ?

— Non, dit-elle avec fermeté. Je veux d'abord écrire ma pièce.

— Bettina, pourquoi ne cherchez-vous pas un emploi ordinaire ? Quelque chose de simple : secrétaire par exemple, ou hôtesse d'accueil, dans un musée ou une agence immobilière, un endroit où vous rencontreriez des gens sympathiques, sains, heureux. Sans même vous en rendre compte, vous vous retrouverez sur le droit chemin.

Elle ne se voyait pas secrétaire, encore moins hôtesse d'accueil. Ce n'était vraiment pas son genre. Elle ne connaissait que le milieu littéraire ou théâtral. Mais peut-être avait-il raison. Peut-être ferait-elle mieux de renoncer à tout cela. Un détail lui revint en mémoire.

— Pouvez-vous me donner le nom d'un bon avocat ?

— Bien sûr.

Il sortit un crayon de sa poche.

— C'est l'un de mes meilleurs amis. Seth Waterston. Il vous plaira beaucoup. Sa femme est infirmière. Nous étions tous au collège ensemble.

— Comme c'est sain ! le taquina-t-elle.

Mais il n'eut pas l'ombre d'un sourire.

— Ne vous moquez pas de ce que vous ne connaissez pas.

John Fields inclina la tête d'un air hésitant. Il ne savait pas si le moment était bien choisi. Mais quelque chose le poussait à agir. Pour elle.

— En fait, Bettina… je voudrais vous proposer quelque chose qui n'est pas très orthodoxe, mais qui pourrait vous faire du bien.

— Merveilleux. De quoi s'agit-il ?

— J'aimerais vous emmener dîner chez Seth et Mary Waterston. Qu'en dites-vous ?

— Fantastique. Pourquoi n'est-ce pas orthodoxe ? Vous êtes mon ami, non ?

— Vous êtes d'accord ?

Elle acquiesça.

— Je vais les prévenir et je vous confirmerai notre rendez-vous avant votre départ.

— À propos, quand est-ce que je sors ?

— Ah oui… j'oubliais. Aujourd'hui.

La première pensée de Bettina fut qu'elle devrait regagner son hôtel, ce qui ne la réjouissait pas. C'était là qu'elle avait vécu avec Anthony. Elle n'avait pas du tout envie d'y retourner.

— Qu'est-ce qui ne va pas ?

— Oh, rien, s'empressa-t-elle de dire.

Elle se débrouillerait seule. Il avait raison. Elle avait besoin d'une vie normale, d'un travail ordinaire. Elle pouvait attendre six mois avant de s'attaquer à sa pièce. Il lui fallait un appartement, un boulot et le divorce. Elle se chargerait des deux premiers et l'ami de John l'aiderait à obtenir le troisième. Cette fois, ce n'était plus seulement d'un homme qu'elle divorçait, mais de sa vie tout entière. John Fields lui avait ouvert les yeux.

26

Cinq jours plus tard, Bettina avait trouvé un appartement, un studio minuscule mais coquet, avec vue sur la baie. C'était autrefois le grand salon d'une demeure victorienne pleine de charme, qui appartenait à trois hommes. Ils avaient restauré les deux étages supérieurs, qu'ils habitaient, et partagé le rez-de-chaussée en deux studios qu'ils louaient. Bettina obtint le plus spacieux, une vraie merveille. Il y avait une cheminée, deux immenses portes-fenêtres, une kitchenette, une salle de bains et une vue imprenable. Elle fut séduite dès la première visite et, miracle, elle pouvait se le payer. Le loyer était si bas que l'argent versé chaque mois par Ivo suffisait largement.

Deux jours plus tard, John Fields vint la chercher pour l'emmener dîner chez son ami avocat et sa femme.

— Ils vous plairont beaucoup, Bettina.

— J'en suis certaine. Mais vous ne m'avez pas dit… Comment trouvez-vous mon appartement ? demanda-t-elle en se tournant vers lui.

Il s'était contenté d'une remarque banale sur le panorama, puis l'avait entraînée vers sa voiture. C'était un modèle standard, bleu marine. Rien n'était clinquant chez lui, ni ses vêtements, ni son automobile, ni sa personne. Tout avait un charme tranquille, la veste de tweed, la chemise boutonnée jusqu'au col, le pantalon gris, les mocassins bien cirés. C'était étrangement rassurant. Il était prévisible, tant par son style que par ses goûts. L'Américain bon teint, le fils rêvé. Beau, intelligent, séduisant, bien élevé, diplômé de Stanford, médecin. Bettina lui sourit. Il était vraiment très beau. Elle se sentit soudain mal à l'aise. Comme si tout ce qu'elle portait était trop élégant, trop voyant. Sans doute avait-il raison. Elle avait beaucoup à apprendre.

— Alors, mon appartement, docteur ? Ce n'est pas une trouvaille ?

Il hocha lentement la tête.

— Si. Il me plaît. Dans le genre manoir. Un moment, j'ai cru que vous aviez loué la bâtisse tout entière.

Son sourire adoucit les reproches contenus dans cette remarque. La portière claqua. Bettina se demanda si la tenue qu'elle avait choisie convenait bien à la circonstance. C'était une robe en laine blanche qu'elle avait achetée à Paris avec Ivo. Ce n'était pas très habillé, mais on reconnaissait la griffe d'un grand couturier. La coupe en était simple, avec de longues manches et un petit col. Elle portait aussi un rang de perles et ses chaussures Dior, en chevreau noir. Quand ils entrèrent chez les Waterston, elle sut avec certitude qu'elle avait fait un faux pas.

Mary Waterston les attendait sur le seuil, avec un grand sourire, les cheveux tirés en arrière et retenus par une lanière de cuir. Pieds nus, elle était vêtue d'un pull vert et d'un jean. Seth vint les rejoindre dans une tenue à peu près semblable. Même John paraissait trop élégant. Du moins avait-il l'excuse de venir directement de son bureau. Ce n'était pas le cas de Bettina. Un peu gênée, elle leur serra la main. Ils la mirent aussitôt à l'aise. Seth était grand, beau, avec des cheveux couleur sable, une mèche sur le front, un air étonné et des jambes interminables. Mary était de petite taille, brune et jolie, malgré des lunettes à grosse monture. Elle était presque aussi mince que Bettina, excepté un soupçon de ventre. Un peu plus tard, voyant que le regard de Bettina se portait sur son tour de taille, elle crut bon d'expliquer, avec un large sourire :

— Je sais, c'est horrible, n'est-ce pas ? Je déteste ce stade. Les gens croient que vous êtes grosse, que vous devriez faire un régime. – Elle caressa son ventre rebondi. – Le numéro deux est en route. Le premier est en haut, dans sa chambre.

— Elle dort ? fit John, qui venait juste de les rejoindre, après un moment passé dans le jardin avec Seth. Moi qui espérais tant la voir !

Il avait un air si tendre, si chaleureux, que Bettina fut touchée au fond du cœur. Pourquoi n'avait-elle jamais vécu avec un homme qui aimait les enfants de cette façon ? Avec Ivo, la porte était définitivement close. Quant à Anthony, il avait détesté le bébé dès le jour de sa conception. Un court instant, Bettina ressentit une vive douleur en regardant Mary. Il y a quelques semaines à peine, elle était enceinte, comme elle.

— Quand le bébé doit-il naître ? demanda-t-elle.

— Pas avant le mois d'août.

— Vous travaillez toujours ?

Mary éclata de rire.

— Non, ça, c'est le passé, je le crains. J'étais infirmière en obstétrique. Maintenant, j'y viens en tant que patiente fidèle et régulière.

Seth, Mary et John eurent un sourire complice. Bettina se sentit un peu à l'écart. John avait raison. Tout cela semblait tellement normal ! Elle eut soudain envie de leur ressembler.

— Quel âge a l'aînée ?

— Dix-neuf mois. Vous avez des enfants ?

Bettina se contenta de secouer la tête.

Ils burent du vin rouge et mangèrent les steaks que Seth avait fait griller sur le barbecue. Après le café, John se leva pour aider Mary à faire la vaisselle. C'était le signal convenu. Seth et Bettina restèrent en tête à tête.

— J'ai cru comprendre que vous souhaitiez une dissolution ? demanda l'avocat.

Perplexe, Bettina se tourna vers lui.

— Je suis désolée, je n'ai pas compris...

— C'est le jargon juridique californien. Excusez-moi. John m'a dit que vous vouliez divorcer.

Elle acquiesça avec un soupir.

— Puis-je vous aider ?

— Volontiers.

— Pourquoi ne pas passer à mon cabinet demain ? Disons quatorze heures ?

Elle accepta avec gratitude. Quelques minutes plus tard, John était de retour. Bettina se sentait amoindrie par sa conversation avec Seth, par le joli ventre rond de Mary, par cette atmosphère. Elle avait un long chemin à parcourir avant de devenir comme eux. Et s'ils apprenaient la vérité, ils la rejetteraient. Pensez : Mary avait trente-cinq ans, les deux hommes trente-six, des carrières respectables, à savoir la médecine et le droit. Seth et Mary avaient un pavillon de banlieue, un enfant, un autre à venir. Comment pouvait-elle espérer se faire aimer ? Quand John la reconduisit chez elle, elle lui avoua son malaise.

— Il n'est pas nécessaire de le leur dire. Personne n'a besoin de savoir. C'est ça qui est bien, quand on veut repartir à zéro.

— Et si quelqu'un découvrait la vérité, John ? Mon père était très célèbre. Il est possible qu'un jour, je tombe sur quelqu'un qui m'ait connue autrefois.

— Pas forcément. Et c'était il y a longtemps. Qui vous reconnaîtrait ? De plus, il n'est pas utile de parler de vos mariages, Bettina. C'est le passé, vous êtes encore très jeune. Personne ne se douterait que vous avez déjà été mariée.

— Est-ce donc si grave ? insista-t-elle, comme si cette idée l'obsédait.

John mit un certain temps à lui répondre.

— Personne n'a besoin d'être au courant, c'est tout.

Il ne lui avait pas dit que cela n'avait rien de terrible.

Il ne lui avait pas dit ce qu'elle voulait entendre.

— Avez-vous pris rendez-vous avec Seth ?

— Oui.

— Bien. Vous allez d'abord vous occuper de ça. Puis vous pourrez chercher un travail.

Aussi étrange que cela puisse paraître, elle n'en avait nulle envie. Il le fallait pourtant. Pour la respectabilité. Parce que John le pensait. Elle comprit tout à coup qu'elle attachait la plus grande importance à ce que cet homme ressentait.

27

Quelques semaines plus tard, Bettina trouva un emploi dans une galerie d'art d'Union Street. Bien que ce ne fût ni passionnant ni très rentable, elle y passait la majeure partie de son temps, faisant acte de présence de dix heures du matin à six heures du soir. Rester assise derrière un bureau à sourire à des inconnus l'épuisait. Ses journées ne lui laissaient pourtant aucun souvenir.

Elle faisait enfin partie de l'immense classe laborieuse, travaillant toute la sainte journée, attendant avec impatience le moment de s'en aller.

John l'invitait deux ou trois fois par semaine, au restaurant ou au cinéma. Ils passaient parfois le week-end ensemble. Ils se tutoyaient, à présent. John adorait le tennis et la voile. Une chose était certaine : ils s'occupaient sainement. Bettina avait bien meilleure mine, un teint de miel doré qui faisait ressortir ses cheveux cuivrés et ses yeux émeraude. Les quatre mois qu'elle venait de vivre à San Francisco avaient été pour elle extrêmement profitables.

Ce soir-là, John l'avait invitée à souper chez lui et ils s'attardaient devant leur tasse de café.

— Si on allait dire bonjour aux Waterston ? D'après Seth, Mary a la bougeotte et son médecin lui interdit de se rendre en ville. La première fois, elle a accouché en deux heures, et il craint qu'elle n'aille plus vite encore et ne tienne pas jusqu'à l'hôpital.

— Mon Dieu ! fit-elle en souriant avec compassion. Toutes ces histoires de grossesse m'effraient.

— Mais tu as déjà été enceinte, répliqua-t-il, surpris de sa réaction.

C'était une chose tellement normale d'avoir un bébé ! Pourquoi une femme en bonne santé se ferait-elle du souci ?

— Je sais, et j'étais ravie à l'idée d'avoir un enfant. Mais c'est tout le reste qui me flanque la trouille !

— Ne sois pas idiote. Tu n'as aucune raison d'avoir peur. Mary n'a pas peur.

— Elle est infirmière.

— Si jamais tu avais un bébé, Bettina, dit-il en la couvant du regard, je serais près de toi.

Elle ne savait pas très bien ce qu'il entendait par là. Comme ami ? Comme médecin ?

Ils couchaient ensemble depuis trois mois, mais il se montrait si peu démonstratif, ses gestes amoureux étaient si rares, qu'elle en arrivait à se demander s'ils étaient amants ou amis.

— Merci.

— Cette perspective n'a pas l'air de te réjouir.

— Cela me semble si loin ! fit-elle en riant.

— Quoi, avoir des enfants ? Pourquoi ? – Son sourire se fit très tendre. – Tu pourrais en faire un l'année prochaine.

Bettina n'était pas certaine de le désirer. Elle voulait écrire sa pièce.

— Entre pouvoir et vouloir… répondit-elle, sans se compromettre.

— Voyons… Quand ton divorce sera-t-il prononcé ?

Le cœur de Bettina se mit à battre très fort. Qu'avait-il en tête ?

— Dans deux mois. En septembre, murmura-t-elle.

— On se marierait vite fait, tu serais illico enceinte, et hop, en juin, tu aurais un bébé. Qu'en dis-tu ?

John l'observait avec attention et elle sentit sa main se poser sur la sienne.

— John… Tu plaisantes ?

— Pas du tout !

— Mais… si vite ? Nous ne sommes quand même pas obligés de nous marier le lendemain de mon divorce. C'est…

— Pourquoi pas ? la contredit-il, visiblement consterné. Pourquoi attendre ?

— Je n'en sais rien, concéda-t-elle enfin, craignant sa désapprobation.

Les hommes comme John Fields ne vivent pas en concubinage. Ils se marient. Ils ont des enfants. Cela, Bettina le savait. Il n'était pas du genre à courir le jupon. Et si l'on ne répondait pas à son attente, c'était l'échec complet, sans appel. On n'était pas à la hauteur, on n'était pas « normal ». Bettina ne le décevrait pas.

— Tu ne veux pas, Betty ?

Elle détestait ce diminutif, chose qu'elle ne lui avait jamais dite – John avait d'autres atouts. Elle aimait sa solidité, sa fiabilité. C'était un être de parole, sur qui on pouvait compter. Avec lui, qu'ils jouent au tennis, dînent ensemble ou fassent du bateau, elle se sentait ordinaire, banale. Une vie dont elle n'avait jamais eu idée. Jamais. Jusqu'à ce qu'elle rencontre John Fields. Mais l'épouser ? Se remarier ? Maintenant ?

— Il est trop tôt, murmura-t-elle enfin.

John la regarda d'un air malheureux.

— Je vois, dit-il en s'éloignant.

28

Le lendemain matin, sur le chemin de la galerie d'art, Bettina songeait à la demande en mariage de John. Que voulait-elle de plus ? Pourquoi montrer si peu d'enthousiasme ? Parce qu'il y avait une chose qu'elle désirait plus que tout, se dit-elle, plus que les enfants ou le mariage : c'était le temps. Elle devait se trouver, elle, Bettina, qui s'était perdue en route, occupée qu'elle était à changer de nom. Il lui fallait se retrouver avant qu'il soit trop tard.

Elle freina pour s'arrêter au stop. Une fois encore, elle se remémora les paroles de John, son visage aussi quand elle lui avait répondu qu'il était trop tôt. C'était pourtant vrai. Pour elle. Et sa pièce de théâtre ? Si elle épousait John maintenant, jamais elle ne l'écrirait. Elle serait Mme Fields et se dissoudrait dans sa vie à lui. Ce n'était pas ce qu'elle voulait… Elle voulait… Un klaxon impatient la tira de sa rêverie. Elle démarra aussitôt. Mais elle ne parvenait pas à se concentrer. Elle avait même du mal à garder les yeux fixés sur la route. Elle revoyait son visage quand elle lui avait dit qu'il… Il y eut soudain un choc à l'avant de la voiture et elle entendit crier une femme. Elle sursauta et pila. Projetée vers l'avant, contre sa ceinture de sécurité, elle regarda autour d'elle. Il y avait des gens, des tas de gens qui la dévisageaient… Elle… et… que regardaient-ils ainsi ?… Oh, mon Dieu ! Deux hommes penchés parlaient à quelqu'un qui semblait se trouver juste devant son véhicule. Mais elle ne voyait rien. Ce n'était pas… Elle n'avait pas… Elle bondit de son siège.

Tremblant de tous ses membres, elle se précipita vers le point de mire de tous les regards et aperçut un homme, la quarantaine, étendu sur le macadam.

La gorge nouée sous l'effet de la panique, elle s'agenouilla près de lui en refoulant ses larmes. Il était vêtu d'un costume sombre et élégant. Le contenu de son attaché-case était éparpillé sur le sol.

— Je suis désolée… désolée… Y a-t-il quelque chose que je puisse faire ?

Les policiers, arrivés sur les lieux quelques minutes après l'accident, se montrèrent calmes et courtois.

— Aviez-vous pris un médicament, ce matin, mademoiselle ?

Le jeune officier l'observait de ses yeux sages. Bettina fit un signe de tête en se mouchant.

— Non. Rien.

— L'un des témoins vous a vue vous arrêter au stop et vous paraissiez… eh bien… « hallucinée », pour reprendre son expression.

— Non, j'étais… J'étais juste en train de réfléchir.

— Vous étiez préoccupée ?

— Oui… Non… Je ne sais pas… J'avoue que je ne m'en souviens plus, après ce qui vient de se produire… Je… Est-ce qu'il ira bien ?

— Nous en saurons davantage quand il sera à l'hôpital. Vous pourrez appeler plus tard pour obtenir des renseignements.

— Et moi ?

— Vous êtes blessée ? s'enquit-il, surpris.

— Non, mais... – Elle leva vers lui des yeux assombris par l'inquiétude. – Vous allez m'arrêter ?

— Non, il s'agit d'un accident. Vous recevrez une citation à comparaître et vous passerez en jugement.

— Au tribunal ? demanda-t-elle, horrifiée. Le policier acquiesça.

— À part cela, votre assurance prendra tout en charge. Vous êtes assurée, n'est-ce pas ? fit-il plus gravement.

— Bien entendu.

— Alors appelez votre assureur ce matin, votre avocat aussi, et vous n'aurez plus qu'à espérer que tout se passe au mieux.

Espérer que tout se passe au mieux... mais c'était horrible ! Qu'avait-elle fait là ?

Quand la foule se fut dispersée, elle se glissa derrière son volant, les mains tremblantes et l'esprit tourbillonnant. Elle pensa à l'homme qu'ils avaient emmené en ambulance, quelques instants auparavant. Le trajet lui parut interminable. Elle ne prit la peine ni d'ouvrir grand le magasin ni d'allumer la lumière. D'un bond, elle gagna le téléphone et appela son assureur. D'après lui, ses vingt mille dollars de couverture suffiraient à payer les frais engendrés par cet accident, à moins qu'il ne se révèle très grave.

— Quoi qu'il en soit ne vous inquiétez pas, nous verrons ça en temps utile.

— Quand le saurai-je ?

— Quoi donc ?

— S'il m'attaque en justice.

— Dès qu'il nous en informera, mademoiselle Daniels.

À bout de nerfs, elle composa le numéro du cabinet de Seth Waterston. Il était déjà en ligne et elle dut patienter quelques instants.

— Bettina ?

— Oh, Seth… – Son gémissement se mua en un sanglot de désespoir. – J'ai des ennuis, hoqueta-t-elle.

— Où es-tu ?

— À… la… ga… le… rie…

— Calme-toi. Respire profondément… Bettina ? Bettina ! Maintenant, raconte-moi.

Il avait craint, un court instant, qu'elle ne fût en prison. Il ne voyait rien d'autre qui pût entraîner semblable hystérie.

— J'ai eu un… accident…

— Tu es blessée ?

— J'ai renversé un homme.

— Un piéton ?

— Oui.

— Est-il gravement atteint ?

— Je ne sais pas.

— Comment s'appelle ce type et où l'a-t-on transporté ?

— À Saint-Georges. Et son nom est…

Elle jeta un coup d'œil au petit papier que lui avait remis la police.

— Bernard Zule.

— Zule ? Comment ça s'écrit ?

Elle épela. Seth soupira.

— Tu le connais ?

— Plus ou moins. C'est un avocat. Tu n'aurais pas

pu renverser le premier quidam venu ? Non, il fallait que tu te paies un homme du métier !

Seth essayait de plaisanter, mais Bettina en était incapable. Prise de panique, elle serra les doigts autour du combiné.

— Seth, promets-moi de ne pas en parler à John.

— Pourquoi diable ? Tu ne l'as pas fait exprès.

— Non… Mais il sera contrarié… fâché… ou… Je t'en prie !

Il y avait tant de désespoir dans sa voix que Seth promit. Puis il raccrocha pour téléphoner à l'hôpital.

Quatre heures plus tard, il rappelait la galerie. Zule se portait bien. Il avait une jambe cassée. Une belle fracture bien nette. Plus quelques ecchymoses. Rien d'autre. Mais Bernard Zule était un homme rancunier, colérique. Il avait déjà prévenu son avocat, car il avait l'intention de lui intenter un procès. Seth était intervenu personnellement, pour lui expliquer que la fautive était une de ses amies, qu'elle était très inquiète, tout à fait navrée et qu'elle avait demandé de ses nouvelles.

« De mes nouvelles ? Cette espèce de conne me renverse en plein jour, et elle ose demander si je vais bien ? Qu'elle vienne au tribunal ! Je lui montrerai comment je me porte !

— Mais Bernard… »

Seth tenta en vain de limiter les dégâts. Bettina le comprit trois jours plus tard quand elle reçut les papiers concernant la plainte de Zule. Il exigeait deux cent mille dollars de dommages-intérêts pour blessure, incapacité à reprendre son activité professionnelle, traumatisme psychologique et intention de nuire. L'intention de nuire était un argument nul et non avenu, lui assura Seth. Après tout, elle ne connaissait pas Zule. Mais ce serait un procès gigantesque. Deux ans s'écouleraient peut-être avant toute convocation et à ce moment-là, ladite fracture ne serait plus qu'un mauvais souvenir. Peu importait. Bettina ne pensait qu'à l'indemnité. Deux cent mille dollars. Peut-être pourrait-elle réunir cette somme en vendant tous les bijoux qu'elle possédait, mais que lui resterait-il ? Elle se rappela les heures de panique qu'elle avait vécues à la mort de son père. Si elle voulait garder la maîtrise des événements, elle n'avait pas le choix.

— Bettina ? Bettina ! Tu m'entends ?

— Hum ? Quoi ?

— Qu'est-ce qui ne va pas ?

John était contrarié. Cela faisait des semaines qu'elle était dans cet état.

— Je… Je suis désolée… J'étais dans les nuages.

— C'est un euphémisme. Tu n'as pas entendu un mot de ce que j'ai raconté de toute la soirée. Qu'y a-t-il ?

John ne comprenait pas. Cette incroyable distraction, cet état de rêverie permanent durait depuis le soir où il l'avait demandée en mariage. Un constat peu réjouissant. Quand il la reconduisit chez elle, il lui jeta un regard triste.

— Bettina, tu préférerais peut-être que nous cessions de nous voir pendant quelque temps ?

— Non… Je…

Ce fut plus fort qu'elle. Elle se jeta dans ses bras et éclata en sanglots.

— Que se passe-t-il ? Oh, Betty… Dis-moi…

— Je… Oh, John ! C'est tellement affreux… J'ai eu un accident.

— Quel genre d'accident ? fit-il d'une voix grave.

— En voiture. J'ai cassé la jambe d'un passant.

— Tu as quoi ? Quand ? insista-t-il, sous le choc.

— Il y a trois semaines.

— Pourquoi ne m'as-tu rien dit ?

— Je ne sais pas, répondit-elle, la tête basse.

— Et ton assurance ?

— Je n'étais assurée que pour vingt mille dollars. Et il m'en réclame deux cent mille.

— Mon Dieu !

Ils s'assirent.

— En as-tu parlé à Seth ?

Elle acquiesça en silence.

— Et pas à moi. Oh, Betty ! – Il la serra plus fort. – Betty, Betty, comment cela a-t-il pu t'arriver ?

— Je n'en sais rien.

Elle le savait très bien. Elle pensait à sa déclaration de la veille et se disait qu'elle n'avait nullement envie de l'épouser. Mais comment le lui avouer ?

— C'était ma faute.

— Je vois. Bon, nous allons devoir y faire face ensemble.

Il y avait de la tendresse dans son sourire. Bettina avait besoin de lui, et cela n'était pas pour lui déplaire. Leurs regards se croisèrent.

— Comment cela « ensemble » ? demanda-t-elle, horrifiée. Tu es fou ! Il faut que je me débrouille toute seule.

— Ne sois pas ridicule. Et ne te rends pas malade à cause de cette histoire. Il te réclame deux cent mille dollars, bon, et alors ? Dix ou vingt mille suffiront probablement à le contenter.

— Ça m'étonnerait.

Elle devait néanmoins reconnaître que la veille, Seth lui avait à peu près dit la même chose.

Ils ne se trompaient pas. Deux semaines plus tard, Bernard Zule acceptait une somme de dix-huit mille dollars pour calmer ses nerfs et réparer une jambe qui était en bonne voie de guérison. La compagnie d'assurance annula le contrat de Bettina, qui dut vendre la petite voiture qu'elle avait achetée d'occasion après avoir été embauchée. Elle n'était plus obsédée par les deux cent mille dollars, certes, mais elle éprouvait un sentiment d'échec, comme si elle avait régressée, fait un bond en arrière, donné la preuve de son incapacité. Cet état dépressif dura des semaines. Et quinze jours seulement avant le jugement de son divorce, John lui fit une nouvelle demande :

— Réfléchis, Bettina. Tu pourrais même conduire ma voiture, commenta-t-il avec un sens de l'humour qui ne lui était pas habituel.

Mais cette plaisanterie ne la fit pas rire.

— Je t'aime, insista-t-il, et tu es faite pour être ma femme.

Celle d'Ivo et celle d'Anthony... lui répétait une petite voix, au fond d'elle-même.

John était persuadé qu'elle était incapable de se débrouiller seule dans la vie. Et d'une certaine façon, elle lui en avait apporté la preuve. Elle n'était qu'une bonne à rien. Dangereuse, de surcroît. Elle avait même failli tuer un homme… Ce remords ne la quittait plus.

— Bettina ?

Penché vers elle, il lui embrassa les doigts, les lèvres, les yeux, avec une infinie douceur.

— Veux-tu m'épouser, Betty ?

Elle respira profondément puis, paupières closes, elle acquiesça. Il n'avait peut-être pas tort.

29

À petits pas comptés, Bettina s'avança au bras de Seth Waterston. C'était elle qui lui avait demandé de la conduire à l'autel. Il y avait une centaine de personnes dans l'église, qui les regardaient. Sa robe blanche moirée bruissait au contact du tapis de satin. Seth lui souriait. Le visage de Bettina était dissimulé par un fin voile et une coiffe Renaissance. Elle était belle, majestueuse. Mais dans cette robe de mariée, elle avait l'impression étrange d'être déguisée, de tricher. Jusqu'à la dernière minute, elle avait tenté d'amener John à renoncer à ce mariage en blanc, mais il y attachait une telle importance ! Il avait tant attendu, après ses études de médecine, pour se marier, qu'elle n'eut pas le cœur de le lui refuser. Pendant les deux semaines qui avaient suivi sa décision, John s'était occupé de tout, comme il le lui avait promis. La seule tâche de Bettina avait été d'acheter sa robe chez I. *Magnin.* John avait organisé la cérémonie dans l'église épiscopale d'Union Street. Cent vingt-cinq invités étaient prévus pour la réception qui devait avoir lieu au Yacht Club dominant la baie. Bien des filles auraient rêvé d'un tel mariage, mais Bettina se serait sentie plus à l'aise à la mairie. Son divorce n'avait été prononcé que deux jours auparavant. En avançant dans l'allée centrale, elle pensait sans cesse à Ivo et à Anthony. « Ne vous emballez pas, les copains, c'est mon troisième ! » eut-elle brusquement envie de crier à l'adresse de tous ces gens qui la regardaient avec des yeux émus. Elle se contenta d'arborer un sourire modeste. Devant l'autel, elle prit le bras de John. Il portait une jaquette pour l'occasion et un brin de muguet à la boutonnière. Bettina serrait entre ses doigts un bouquet de roses blanches, et Mary Waterston avait épinglé une orchidée à son corsage. Les parents de John étaient morts. La plus grande partie de l'assistance était donc composée d'amis.

La cérémonie traînait en longueur dans la jolie petite église. Le prêtre contemplait les jeunes mariés avec un sourire attendri.

— … et vous, John ?

En l'écoutant prononcer les paroles rituelles, Bettina éprouva de nouveau une sensation étrange. Et si elle se trompait de nom ? *Moi, Bettina, je prends, Ivo... Anthony... John...* Il ne fallait pas que ça rate, cette fois. C'était sa dernière chance. La bonne.

— Oui, murmura-t-elle.

Puis elle leva les yeux vers John qui la regardait gravement en répétant les mêmes mots d'une voix forte et ferme, de sorte que l'assemblée tout entière puisse l'entendre. Il l'avait choisie, elle, Bettina, comme épouse, pour l'aimer et la chérir, dans la maladie et dans la santé, dans la richesse et dans la pauvreté, *jusqu'à ce que la mort les sépare.* Ni mésentente, ni ennui, ni carte de séjour, ni tournée, ni différence d'âge. Dans le parfum des roses, Bettina ressentit toute la gravité de l'instant. Cette senteur resterait à tout jamais liée à ce moment-là.

— … Je vous déclare unis par les liens du mariage.

Le prêtre les regarda, leur sourit et se pencha vers John.

— Vous pouvez embrasser la mariée.

John l'embrassa très vite en lui pressant la main. Elle portait à présent une large alliance en or à la main gauche, une petite bague de fiançailles en diamants à la main droite. Elle avait voulu lui montrer ses bijoux avant leur mariage mais quand il lui avait donné sa bague, elle avait tout de suite su que ce n'était pas la chose à faire. En effet, elle possédait toujours le solitaire de neuf carats que lui avait offert Ivo. Après réflexion, elle avait décidé de cacher le solitaire et de présenter le reste à John. Elle n'avait jamais montré à quiconque ces superbes pièces de joaillerie qui lui venaient de son père et d'Ivo et qu'elle ne portait plus. Celles-ci dormaient dans un coffre à la banque. C'était son bas de laine, tout ce qui lui restait. Et c'était une preuve définitive de confiance que d'en parler à John. Mais quand elle lui annonça qu'elle avait quelque chose en banque qu'elle désirait lui montrer, il prit un air contrarié, méfiant, à tel point qu'elle crut bon de fournir des explications.

— Ce n'est rien… Ne fais pas cette tête-là, idiot… Ce ne sont que quelques bijoux rescapés de mon autre vie, fit-elle avec un grand sourire penaud.

Une fois dans la salle des coffres, John laissa exploser sa colère.

— Bettina, c'est une honte ! Un scandale ! Te rends-tu compte de la fortune que tu gardes là ?

C'est… c'est… bredouilla-t-il. On dirait la collection d'une vieille putain ! J'exige que tu t'en débarrasses.

Ce fut au tour de Bettina d'éclater. S'il ne les aimait pas, c'était son problème. Elle ne les mettrait pas. Mais elle y tenait, et elle les garderait. Ils étaient là, tous les deux, furieux. Promis. Elle n'en parlerait plus. C'étaient des vestiges du passé. Son passé à elle. L'affaire était close.

Bettina évoqua également la pension qu'Ivo lui versait et lui verserait jusqu'à la fin de ses jours. John fut atterré. Pourquoi diable se faisait-elle entretenir par cet homme ? Ne pouvait-elle pas vivre de son travail ? Qu'elle ne compte pas recevoir d'argent de *lui* après leur mariage ! Il ne le supporterait pas. Il considérait cela comme une gifle. Bettina, qui n'était pas de cet avis, tenta de lui expliquer, en vain, qu'Ivo avait toujours été un père pour elle. Il s'en fichait. Elle était adulte, à présent. Cela ne se passerait pas comme pour les bijoux, dont on ne parlerait jamais plus. John rédigea lui-même une lettre à l'intention des avocats d'Ivo, pour leur signifier que Mme Stewart – ses dents grincèrent quand il écrivit ce nom – ne souhaitait plus bénéficier d'aucun versement mensuel. Elle signa, la mort dans l'âme, mais elle signa. Ainsi se termina leur différend à ce sujet. Bettina avait rompu son dernier contrat avec Ivo. Après la cérémonie, elle appartiendrait tout entière à John.

John et Bettina s'immobilisèrent sur le parvis de l'église, côte à côte, pendant une demi-heure, souriant, embrassant des dizaines de joues, serrant des dizaines de mains. Bettina regardait tous ces gens, les cousins de John, ses camarades de promotion, ses patients, ses amis. Ils se ressemblaient tous. Ils étaient éclatants de santé, de jeunesse, épanouis. C'était charmant et fade à la fois.

— Tu es heureuse ? lui demanda John tandis qu'ils s'engouffraient dans la voiture.

Il n'avait pas loué de limousine. C'était cher et ridicule, avait-il prétendu. Il prendrait lui-même le volant.

Elle se sentait bien. Ce nouvel univers avait quelque chose d'extrêmement rafraîchissant.

— Très, dit-elle.

Nul besoin d'être pétillante et spirituelle. Nul besoin de se montrer séduisante ni d'organiser les plus belles soirées de San Francisco. Il suffisait d'être aimable et de proférer des banalités, aux côtés de son époux. C'était reposant, facile, après les folles années qu'elle avait vécues.

— Je t'aime, docteur, ajouta-t-elle en souriant.

Cette fois, elle était sincère.

— Moi aussi, je t'aime.

Ils passèrent leur lune de miel à Carmel. Pendant trois jours de rêve, ils firent du lèche-vitrines et se promenèrent sur la plage. Un après-midi, ils se rendirent en voiture à Big Sur et admirèrent les surfeurs en se tenant la main. Ils connurent les longs dîners romantiques et les grasses matinées du lendemains. Un voyage de noces sans fausses notes. Deux semaines plus tard, à la galerie d'Union Street, Bettina se sentit au plus mal. Elle rentra tôt à la maison, se mit au lit, où John la trouva un peu plus tard, roulée en boule, avec une mine effroyable. En fronçant les sourcils, il l'interrogea sur les symptômes qu'elle présentait et s'assit au bord du lit.

— Puis-je t'examiner, Betty ?

Elle détestait ce diminutif, qui lui faisait toujours le même effet.

— Bien sûr.

Elle se redressa et esquissa un pauvre sourire.

— Mais je ne crois pas qu'il y ait grand-chose à voir. J'ai attrapé la grippe, c'est tout. Comme Mary la semaine dernière.

John l'examina calmement, il lui trouva les poumons dégagés, les yeux brillants, pas de fièvre.

— Tu es peut-être enceinte, commenta-t-il.

— Déjà ?

Cela lui paraissait impossible. Deux semaines après avoir cessé de prendre la pilule ? L'idée venait de John.

— On verra.

— Quand serons-nous fixés ? s'inquiéta-t-elle. John souriait, ravi.

— Dans deux semaines environ. Je dois faire un test à l'hôpital, et si celui-ci est positif, je t'enverrai chez un bon gynécologue.

— Pourrais-je choisir celui de Mary ?

Bettina était anxieuse. Que lui arrivait-il ? Pourquoi si tôt ? L'idée la terrifiait littéralement.

Il lui embrassa le front et quitta la chambre, pour revenir peu après avec une tasse de thé et des crackers.

— Essaie d'avaler ça.

Elle lui obéit et se sentit physiquement mieux, mais elle avait toujours très peur.

Deux semaines plus tard, John sortit de sa poche un petit flacon, qu'il lui remit, avant de se coucher.

— Pour demain matin. Analyse d'urine à jeun. Laisse-le dans le réfrigérateur. Je l'emporterai à l'hôpital en allant travailler.

— Tu me téléphoneras dès que tu auras les résultats ? fit-elle d'un air morne.

Il lui tapota le bras en souriant.

— Je sais que tu es très impatiente, mon chou. Du calme. Nous serons fixés dans la matinée. Je t'appellerai aussitôt, je te le promets. Je suis très impatient, moi aussi, ajouta-t-il après l'avoir embrassée.

Il était sincère, elle le savait. Cela faisait quinze jours qu'il nageait dans la félicité. À tel point qu'elle n'avait pas osé lui faire part de ses sentiments et de ses craintes. Soudain elle éprouva le besoin de se confier à lui, comme ça, tandis qu'ils étaient étendus tous les deux, côte à côte, dans l'obscurité.

— John ?

— Oui, Betty.

Elle lui prit la main et se blottit contre son dos.

— J'ai peur.

— De quoi ? fit-il, surpris.

— De… tu sais… de…

Elle se sentait ridicule. Pour lui, tout cela était tellement normal !

— D'être enceinte.

— Mais pourquoi, idiote ?

Il se retourna dans le lit pour lui faire face.

— Eh bien… Et si cela se passe comme la dernière fois ? fit-elle d'une voix étranglée.

— Tu crains de le perdre ?

Elle hocha la tête, mais c'était bien autre chose qu'elle redoutait.

— Un peu… mais… oh, je ne sais pas, John. J'ai peur, c'est tout. Cette douleur… Le fait d'avoir mal… Si je ne peux pas le supporter…

Elle avait les larmes dans les yeux.

— Arrête, Betty, dit-il en la prenant par les épaules. Tout de suite. Un accouchement est un événement tout à fait naturel. Aucune raison de trembler. Regarde Mary. Est-elle morte de douleur ? Bien sûr que non. Allons, fais-moi confiance. Quand le bébé naîtra, je serai là, auprès de toi. Ce ne sera rien, tu verras, je te le jure. On exagère beaucoup les douleurs du travail. Ce n'est pas si terrible que ça, tu sais.

— Tu crois ? fit-elle, vaguement rassurée. – Elle se pencha vers lui et l'embrassa. – Merci… de désirer ce bébé. Resterons-nous ici ?

Elle s'était installée dans l'appartement de John. Celui-ci était spacieux et aménagé avec goût, mais il n'y avait qu'une chambre et un petit bureau où il passait beaucoup de temps. Sa question fut suivie d'un long silence, puis d'un rire espiègle de l'autre côté du lit.

— Qu'y a-t-il ? fit-elle d'un air étonné.

Il ne la taquinait pas souvent.

— Pourquoi ris-tu ?

— Mêle-toi de ce qui te regarde…

— Ah bon…

Mais John ne résista pas longtemps à l'envie de tout lui dire.

— D'accord, Betty, je vais te mettre au courant, mais ne t'emballe pas. Ce n'est pas encore sûr. – Il marqua une pause pour attiser sa curiosité. – Hier, j'ai fait une proposition pour une maison vendue aux enchères.

— C'est vrai ? Pourquoi ne m'en as-tu rien dit ? Où ? John Fields, tu es impossible !

Il sourit avec fierté. Bettina semblait enchantée.

— Attends un peu. C'est à Mill Valley. Tout près de chez Seth et Mary, annonça-t-il, triomphant.

— C'est fabuleux !

— N'est-ce pas ? Croise les doigts pour que nous l'obtenions.

— Tu crois que ça va marcher ?

— C'est possible. Mais il y a une chose importante encore. Le test de grossesse !

Et ils se blottirent l'un contre l'autre, au creux du lit. Oubliée sa vie d'antan, disparus les duplex, les lofts et autres appartements chics… Elle ne pensait plus qu'à sa maison de Mill Valley, à son bébé, son mari et sa nouvelle vie.

30

— C'est le mois de juin le plus chaud depuis 1911, tu te rends compte ? J'ai entendu ça à la radio hier pendant que j'essayais de me rafraîchir en prenant un bain.

De la cuisine, Bettina lança un regard désespéré à Mary tout en continuant de s'éventer. Son amie et désormais voisine éclata de rire.

— Je dois reconnaître qu'il n'y a rien de pire que d'être enceinte de neuf mois par une chaleur pareille ! répondit-elle, compatissante. J'en ai fait deux fois l'expérience.

Ses enfants avaient respectivement trois ans et dix mois et ils étaient tous les deux en train de faire la sieste.

Bettina esquissa un petit sourire et grignota du bout des lèvres la salade de thon qu'elle avait apportée.

— Dois-je te rappeler que j'en suis à neuf mois et demi ?

Elle contempla son assiette d'un air écœuré et la repoussa.

— Beurk ! Je n'arrive plus à avaler quoi que ce soit.

Elle essaya de trouver une position plus confortable.

— Tu veux t'allonger sur le canapé ? lui demanda Mary.

— Oui. Mais une fois installée, je n'arriverai jamais à me relever.

— Tant pis ! Seth sortira le canapé par la porte de derrière et le transportera chez toi.

— Il y a des avantages à être voisins, n'est-ce pas ?

— Sûr.

Cela faisait six mois qu'ils avaient acheté la maison. Les quatre premiers mois, elle avait fait le trajet jusqu'à la galerie puis, cédant à ses supplications répétées, John l'avait dégagée de ses obligations professionnelles. Jamais elle ne parviendrait à tenir correctement sa maison, s'était-elle plainte, à moins de quitter son travail et de rester chez elle. John s'était laissé fléchir, et Bettina était enchantée. Mais son bonheur n'avait duré que quelques semaines. Le dernier mois de sa grossesse, elle était si fatiguée, si lourde, si mal à l'aise, qu'elle n'avait rien pu faire.

Étendue sur le canapé, elle regardait son amie. Bien que voisins, elles ne s'étaient pas vues depuis plusieurs semaines.

— C'était comme ça pour toi aussi ?

— Chaque femme vit une expérience qui lui est propre, dit Mary, pensive. Chaque fois, c'est différent.

— Tu parles comme une infirmière.

— Je le suis encore, répondit Mary en riant. Quand je te vois, j'ai envie de te demander comment tu vas, si tes chevilles enflent, si tu souffres de maux de tête, quel est ton état général. Mais je me retiens. Je suppose que John t'ennuie assez comme ça.

— Aussi curieux que cela puisse paraître, il est parfait. Il ne dit pas grand-chose. Pour lui, c'est un processus naturel. Il n'y a pas de quoi en faire tout un plat !

— Et qu'en pense ton gynécologue ?

Bettina paraissait détendue. Il lui avait fallu neuf longs mois pour vaincre ses dernières craintes. À présent, elle savait qu'elles étaient sans fondements. Elle s'était bien préparée.

— À peu près la même chose que John.

— Et tu es de leur avis ? demanda Mary, sidérée.

— Oui. Je connais par cœur les exercices respiratoires. Je suis rôdée, fin prête. Il ne me reste plus qu'à accoucher. – Elle se redressa maladroitement et tressaillit. – Ah, ce dos ! qu'est-ce qu'il peut me faire souffrir !

Mary lui tendit deux coussins et lui glissa un tabouret sous les pieds.

— Merci, dit Bettina, reconnaissante.

Elle souleva ses pieds avec précaution. Mais les coussins ne parvinrent pas à la soulager. Elle fit une grimace.

— Ça ne va pas mieux ?

— Ça ira.

— Tu sais, poursuivit Mary, j'avais une de ces trouilles pour le premier. Et je n'avais pas moins peur pour le second !

— Et comment ça s'est passé ? lui demanda Bettina sans détours.

Mary eut un sourire pensif.

— Pas mal. La seconde fois, j'étais au point, et Seth était auprès de moi. Mais pour le premier accouchement, je n'étais absolument pas prête, ajouta-t-elle en regardant fixement Bettina.

— Non ? Pourquoi donc ? s'écria-t-elle, intriguée.

— Parce que même si l'on est infirmière en obstétrique, que l'on a vu ça des milliers de fois, personne ne peut vous dire ce que c'est. Ça ressemble à une course de fond. Jusqu'au moment où l'on atteint le point où l'on croit que l'on ne pourra plus tenir, à partir de sept centimètres d'ouverture. Heureusement, ça ne dure pas très longtemps. Ensuite on commence à pousser. C'est épuisant, mais ce n'est pas trop terrible.

Mary n'arrivait pas à comprendre pourquoi John avait envoyé Bettina chez McCarney. C'était le médecin le plus froid, le plus cruel qu'elle eût jamais assisté en obstétrique. Deux fois, elle avait quitté la salle de travail en larmes. Après, elle s'éclipsait chaque fois qu'il amenait une patiente.

— Et McCarney ? Il te plaît ?

Bettina hésita longuement.

— J'ai confiance en lui… C'est un très bon gynécologue, je crois, mais je… je ne l'aime pas beaucoup. – Un sourire maladroit se dessina sur ses lèvres. – John dit que c'est un excellent médecin. Il enseigne à l'université et il a récemment publié les comptes rendus de ses recherches. Il travaille sur un matériel nouveau et sophistiqué. D'après John, c'est une sommité. Mais il n'est pas… eh bien, il n'est pas très chaleureux. Oh ! ça n'a pas d'importance, je suppose. Le principal est qu'il connaisse son métier. Et que John soit là. Il ne pourra rien m'arriver.

Mary réfléchit. À quoi bon l'effrayer ? Il était trop tard.

— Oui, McCarney est un médecin très respecté. Je préfère le mien, mais… Et c'est vrai aussi que John sera auprès de toi. Heureusement. Car tu sais, Betty, un premier travail, ça peut prendre un certain temps.

Bettina la regarda en silence, puis elle hocha la tête.

— Oui, je sais, murmura-t-elle, tandis que de vieux souvenirs resurgissaient. Ce n'est pas la première fois, Mary.

— Ah bon ? s'exclama Mary, abasourdie. Tu as eu un autre bébé ? Quand ? De qui ? Que s'est-il passé ? Il est mort ?

Mary refoula les autres questions qui lui brûlaient les lèvres.

— J'ai fait une fausse couche il y a un an et demi, poursuivit Bettina, avant de m'installer en Californie. En fait…

Elle était décidée, cette fois, à dire la vérité, toute la vérité, à cette amie dont elle se sentait si proche.

— C'est comme ça que j'ai fait la connaissance de John. J'étais déprimée et j'ai tenté de me suicider. Après m'avoir fait un lavage d'estomac, ils ont envoyé John à mon chevet et… nous sommes devenus amis, ajouta-t-elle avec un sourire.

— C'est dingue ! Il ne nous en a jamais rien dit !

Le visage de Bettina s'illumina.

— Il ne voulait pas que j'en parle. Mais Seth est au courant.

— Seth ?

Mary lui lança un regard incrédule.

— C'est lui qui s'est occupé de mon divorce.

— Tu as été mariée ? Quelle cachottière ! Tu as d'autres révélations à me faire ?

Bettina haussa les épaules en riant.

— Voyons…

Elle eut soudain envie de déballer tout ce qu'elle avait sur le cœur. Jamais elle n'avait connu une telle intimité.

— J'ai été mariée deux fois.

— John compris ?

— Avant John, murmura-t-elle. Une fois à quelqu'un de beaucoup plus vieux que moi et une autre fois à un acteur. Je travaillais pour le théâtre, à la fin comme assistante du metteur en scène.

— Toi ?

Mary n'était plus seulement étonnée, elle était impressionnée.

— Et mon père était écrivain. Un écrivain célèbre.

Bettina se radossa à ses coussins.

— De qui s'agit-il ? Quelqu'un dont j'ai entendu parler ?

— Probablement.

Mary lisait beaucoup.

— Justin Daniels.

— Mais… Bien sûr ! Bettina Daniels ! Je n'avais jamais fait le rapprochement ! Mais bon sang, Bettina, pourquoi ne nous as-tu rien dit ? À propos, ajouta-t-elle, les mains sur les hanches, Seth était-il au courant ?

— Non, il ne connaît que mon dernier mariage, pas le reste, déclara-t-elle.

— Mais pourquoi ce mystère ?

— John n'était pas ravi-ravi de mon passé, je le crains, répondit-elle, un peu gênée. Je ne voulais pas… l'humilier.

— L'humilier ? Comment ? Parce que tu es la fille de Justin Daniels ? Il devrait en être fier, au contraire. Quant à tes deux mariages, il y avait certainement une raison, sinon tu ne les aurais pas épousés. Et puis tes amis t'aiment quand même. Ceux qui aiment comprennent toujours… Ils essaient du moins. Et les autres…

ma foi, les autres… Ils importent peu. Ton père devait le savoir. On a souvent critiqué son mode de vie.

— C'était différent. C'était un génie, à sa manière. Et qui dit génie dit excentricité. C'est bien connu.

— Écris un livre, et l'on trouvera ton passé très original.

Bettina rit, puis elle baissa le front, un peu penaude, avant de relever les yeux vers son amie.

— J'ai toujours voulu écrire une pièce de théâtre.

— C'est vrai ? s'exclama Mary. – Un vif intérêt se lisait sur son visage. – Et moi qui te croyais aussi banale que nous tous ! Aussi ordinaire. Mais merde, quand vas-tu l'écrire, ta pièce ?

— Sans doute jamais. Cela déplairait à John. Et… Oh ! je ne sais pas, Mary… Tu sais… Ce milieu n'est pas très respectable. D'une certaine façon, j'ai eu de la chance d'en sortir.

— Peut-être. Mais tu en es sortie avec ton talent. Ne peux-tu l'exercer tout en demeurant respectable ?

— J'aimerais essayer. Un jour… fit-elle comme s'il s'agissait d'un rêve lointain. Mais John ne me le pardonnerait pas. Il aurait l'impression que j'introduis quelque chose de répugnant dans son existence.

— Il ne t'est jamais venu à l'idée que ce n'était que *son* avis, qu'il avait peut-être tort ? Inconsciemment, on est parfois jaloux. Nous menons tous une vie quelconque, ennuyeuse. De temps en temps apparaît un paradisier, et nous prenons peur. Cet oiseau nous effraie parce que nous ne sommes pas comme lui, que nos plumes, au lieu d'être d'un beau vert et d'un rouge vif, sont gris terne et qu'en face de lui, nous nous sentons laids comme si nous avions raté quelque chose. Certains aiment le contempler et rêvent au jour où eux aussi deviendront des oiseaux de paradis… D'autres lui tirent dessus… ou lui font peur pour qu'il s'enfuie.

— D'après toi, c'est ce que John a fait ? demanda Bettina, sous le choc.

— Non, répondit Mary avec une gentillesse infinie. Il s'est arrangé pour te trouver des plumes couleur grisaille et t'en a affublée pour que tu nous ressembles. Mais ce n'est pas vrai, Bettina. Tu es un oiseau très, très rare. Ôte ce vilain déguisement et laisse apparaître ton plumage éclatant. Tu es la fille de Justin Daniels, ce qui en soi est un don du ciel. Que penserait ton père s'il apprenait que tu te caches ici ? Que tu as honte de son nom ?

Les yeux de Bettina s'emplirent de larmes. Soudain elle tressaillit, comme si un choc électrique lui avait parcouru la colonne vertébrale. Mary se pencha pour lui embrasser la joue, avec une grande tendresse.

— Maintenant, parle-moi de tes douleurs. Ça part du dos, n'est-ce pas ?

Bettina leva les yeux vers son amie, sans dissimuler son étonnement. Elle était encore profondément émue de ce que lui avait dit Mary. Pour la première fois, elle s'était sentie acceptée, en dépit de son passé excentrique.

— Comment le sais-tu ?

— Parce que c'est mon métier. Tout le monde ne peut pas être un oiseau de paradis, ma vieille. Il faut aussi des pompiers, des flics, des médecins et des infirmières.

Mary tenait toujours la main de Bettina, quand celle-ci tressaillit à nouveau.

— Tu veux commencer à respirer ? Fais-le seulement si c'est trop douloureux.

— Ça l'est, répondit Bettina, surprise par la progression fulgurante de la douleur.

Une heure plus tôt, ce n'était qu'une crampe indéterminée. Elle n'avait pas compris tout de suite. Dix minutes plus tard, une contraction deux fois plus forte venait lui couper le souffle.

Mary évaluait la situation et lui tenait le bras à chaque nouvelle crampe. La dernière lui avait labouré le ventre, mettant tout à vif sur son passage, telle la longue lame d'un rasoir. Bettina, hors d'haleine, s'agrippait à la main de son amie.

— Celle-ci était méchante, dit Mary en regardant calmement sa montre.

Bettina hocha la tête. La sueur lui perlait au front quand elle s'étendit sur le canapé.

— Oui, murmura-t-elle avec peine.

Brusquement son regard ne refléta plus qu'une immense panique.

— John, appela-t-elle d'une voix rauque.

— Oui, Betty, je vais lui téléphoner. Reste tranquille. Quand tu sentiras une nouvelle contraction, respire en rythme.

— Où vas-tu ? s'inquiéta Bettina.

— Dans la cuisine. C'est là que se trouve le téléphone. Je demanderai à John de prévenir ton médecin. Puis j'appellerai Nancy, la voisine d'en face, pour qu'elle vienne garder les enfants. Dieu merci, ils ne sont pas encore réveillés, ajouta-t-elle en souriant. Dès que Nancy sera là, dans deux minutes environ, nous prendrons la voiture et je te conduirai à l'hôpital. Ça te va ?

Bettina acquiesça, puis elle broya la main de Mary, sous l'effet d'une contraction longue et puissante.

— Oh ! Mary… Mary… ça fait terriblement mal. Ça…

— Chut ! Pour l'instant, tu supportes ça très bien, Betty. Calme-toi.

Sans en dire davantage, elle se précipita vers la cuisine et revint avec un linge humide qu'elle posa sur le front de Bettina.

— Détends-toi pendant que je téléphone.

Deux minutes plus tard, Mary réapparut en espadrilles, jean et T-shirt, son sac à la main. Elle avait demandé à Nancy de passer chez John et Betty prendre la valise qui attendait dans l'entrée. Peu après, elle aidait Bettina à monter dans la voiture.

— Et si nous n'arrivons pas à temps ? fit Bettina qui semblait nerveuse.

Mary lui sourit. Elle espérait presque que cela se passerait ainsi, préférant accoucher Bettina sur le siège de son break que de la laisser seule entre les mains de McCarney.

Elle démarra.

— Si nous n'arrivons pas à temps, je t'accoucherai moi-même. Pense à tout l'argent que tu économiserais !

Elles poursuivirent leur route en silence. Bettina respirait comme un petit chien, au rythme de ses contractions, de plus en plus rapprochées maintenant, et une certaine détermination pouvait se lire dans son regard. Mary fut surprise de la rapidité avec laquelle la douleur s'était accrue, espérant que ce serait le signe d'un accouchement rapide. Peut-être aurait-elle de la chance. Après tout, ce n'était pas son premier enfant. Mary pensa à leur discussion. Comment pouvait-on vivre à côté de quelqu'un et le connaître si peu ?

— Ça va ?

Bettina haussa les épaules en ahanant. Mary attendit que la douleur s'estompe, puis elle posa la main sur son bras.

— Betty, n'essaie pas d'être héroïque. Je sais que tu désires un accouchement naturel et que tu t'y es préparée, mais si c'est trop dur, demande quelque chose. N'attends pas.

Mary n'osait pas lui dire que si elle tardait trop, on ne pourrait plus intervenir.

— John ne voudra pas, fit Bettina en secouant la tête. Il prétend que cela nuirait au cerveau de l'enfant.

Une autre contraction la laissa pantelante, et Mary dut attendre.

— Il se trompe, crois-moi, déclara-t-elle quand la douleur eut disparu. Et je sais de quoi je parle. On peut te faire une péridurale, une sorte de rachianesthésie, qui supprime toute sensation au-dessous de la taille. On peut aussi t'administrer un peu de Démérol, une piqûre qui atténuera la douleur. Tu le demanderas vite si tu en as besoin ?

— D'accord, répondit distraitement Bettina.

Elle ne voulait pas perdre son souffle à discuter, sachant ce que John en pensait. Il lui avait assez répété que si elle cherchait à souffrir moins au moment de l'accouchement, elle risquerait la santé de leur bébé.

Un quart d'heure plus tard, elles arrivèrent à l'hôpital. Bettina ne pouvait plus marcher. On l'installa aussitôt sur un brancard. Elle se tordait de douleur en comprimant la main de Mary.

— Oh, Mary… Dis-leur… Non ! Arrêtez !

Elle se redressa en s'accrochant à l'aide-soignant, puis elle retomba en hurlant. Patiemment, on attendit la fin de la contraction. Mary essayait de la rassurer en lui parlant doucement. Le bébé était en train de descendre, de toute évidence, et c'était le moment le plus douloureux. Plus que trois centimètres, et le col serait complètement dilaté. Ce serait presque terminé. Elle pourrait commencer à pousser.

John les attendait dans le hall, visiblement impatient. Il regarda Mary en souriant, heureux, puis il baissa les yeux vers Bettina, trempée de sueur, qui gémissait, pelotonnée sur son brancard. Elle s'agrippa à lui avec violence et se mit à pleurer en s'accrochant désespérément à la blouse blanche.

— Oh, John… Ça fait tellement… mal !

John la regarda se tordre sous l'effet de la contraction suivante. Il lui prit le poignet avec calme et consulta sa montre. Une idée germa dans l'esprit de Mary, qui décida d'en faire part à John. Quand la douleur se fut atténuée, elle s'approcha de lui.

— Je viens de penser à quelque chose, dit-elle doucement. Comme j'ai travaillé ici, on me permettra sans doute de rester avec vous deux. Je ne pourrai pas aider, mais je serai présente. John, je crois qu'elle va en baver, ne put-elle s'empêcher d'ajouter.

Mary avait souvent vu cela. Très vite, on ne parvenait plus à maîtriser la situation.

John lui adressa un sourire reconnaissant, lui tapota l'épaule.

— Ne t'inquiète pas. Tout ira pour le mieux. Regarde-la… – Il jeta un coup d'œil par-dessus son épaule. – J'ai l'impression que le bébé est déjà en train de descendre.

— Moi aussi. Mais cela ne signifie pas qu'elle soit au bout de ses peines.

— Ne t'en fais pas. Vous êtes toutes pareilles, vous les infirmières.

Mary insista, mais John refusa sa proposition avec fermeté. Il fit signe à l'une des sages-femmes de conduire Bettina en salle de travail. Mary se précipita vers son amie.

— Tout se passera bien, ma belle. Tu es formidable. Il suffit que tu t'accroches. Ça va passer comme une lettre à la poste !

Puis elle se pencha vers elle et l'embrassa.

Les larmes ruisselaient sur les joues de Bettina, tandis qu'on poussait le brancard vers la salle de travail. Un instant plus tard, McCarney disparut derrière la porte. John lui emboîta le pas. Mary serra le poing. Personne, elle en était certaine, n'avait prévenu Bettina qu'on allait l'examiner en pleine contraction. Mary se mit à pleurer. La sage-femme sortit en hâte, haussa les épaules.

— Ils n'ont pas voulu que je reste avec elle, s'excusa-t-elle en regardant Mary.

Au même moment, on entendit hurler Bettina.

— Je sais, fit Mary, décomposée. J'ai travaillé ici. Où en est la dilatation ?

— Je n'en suis pas sûre. À sept et demi, d'après eux. Mais elle ne semble plus progresser.

— Pourquoi ne lui fait-on pas une intraveineuse de Pitocine ?

— McCarney prétend que ce n'est pas la peine. Elle y arrivera le moment venu.

Bientôt, Mary apprit que le col était dilaté de huit centimètres, que, d'un commun accord, McCarney et John avaient décidé de ne rien donner à Bettina pour apaiser sa souffrance. Ce fut à peu près tout ce que

Mary put glaner comme information. Ce serait rapidement terminé, pensait-on. Et d'ailleurs, Bettina se porterait mieux si on ne la droguait pas. L'une après l'autre, les sages-femmes qui se hasardaient dans la salle de travail se faisaient renvoyer. Mary arpentait le couloir, au bord de l'hystérie. Le grand McCarney entendait officier seul, ne souffrant auprès de lui que l'époux. La mine rageuse, Mary continuait à faire les cent pas. Elle regrettait que Seth ne fût pas à son côté ; que Bettina n'eût pas un autre médecin. Elle avait envie de se boucher les oreilles pour ne plus entendre les hurlements de Bettina.

— Elle ne peut pas en être encore au stade de la dilatation ? demanda Mary à l'infirmière en chef, qu'elle connaissait bien.

— Elle fait partie de celles qui n'ont pas de chance, répondit celle-ci. On est arrivé à huit centimètres en un temps record, et depuis ça stagne.

— Comment va-t-elle ?

Il y eut un silence.

— McCarney nous a demandé de l'attacher.

— Mon Dieu !

Il n'avait pas changé, fidèle au souvenir atroce qu'en avait gardé Mary. Elle se décida enfin à téléphoner à Seth. Mais il était plus de six heures quand il la rejoignit. En larmes, elle le mit au courant. Il lui entoura les épaules de son bras.

— John est là. Il ne laissera pas ce type la martyriser.

— Mais si ! Ils l'ont attachée il y a trois heures, Seth. Et John exige qu'on ne la soulage pas sous prétexte que cela nuirait au cerveau de l'enfant. Ce qui me rend folle, c'est que les choses pourraient très bien se passer autrement ! Ils ne sont pas obligés de lui faire subir ça.

Un court instant, ils pensèrent au beau moment qu'ils avaient partagé, dix mois auparavant, lors de la naissance de leur deuxième enfant. Même la naissance du premier n'avait pas été aussi épouvantable.

— Il est en train de lui imposer le plus horrible des accouchements !

— Calme-toi, Mary. Tu veux rentrer à la maison ? demanda-t-il doucement.

— Je ne partirai pas tant que ce salaud ne l'aura pas accouchée, répondit-elle avec véhémence.

L'infirmière en chef, qui passait par là, gloussa.

— Bien dit, Waterston.

Les deux femmes échangèrent un sourire triste.

— Comment est-elle ?

— Toujours pareil. Elle en est à neuf centimètres.

Il avait fallu sept heures pour une dilatation d'un centimètre, et il en restait encore un. Il était plus de dix heures du soir.

— Ne peuvent-ils rien lui donner pour accélérer les choses ?

Mais la femme en blouse blanche passa son chemin en secouant la tête.

À plus de deux heures du matin, la porte de la salle de travail s'ouvrit. John et McCarney en sortirent en courant. Une infirmière poussait le chariot où gisait Bettina, ligotée, gémissante, à demi folle de douleur. Personne ne lui avait dit un mot depuis des heures, personne ne l'avait réconfortée, personne ne lui avait rien expliqué. Nul ne lui avait tenu la main, nul ne s'était soucié de son confort. On l'avait laissée sur le dos, attachée, dans l'angoisse, dans la terreur, tandis que la souffrance lui déchirait le corps et l'âme. Au début, John avait essayé de l'aider à respirer, mais McCarney lui avait aussitôt intimé l'ordre de s'asseoir à l'autre extrémité du chariot.

— C'est là que le travail se fait, John, avait-il déclaré en désignant l'endroit où il était lui-même assis.

Ils lui avaient attaché les pieds dans les étriers pour l'examiner plus commodément, et ce pendant onze heures d'affilée. Une ou deux fois, elle avait tenté de leur faire comprendre que son dos la torturait. Mais elle avait vite renoncé. John avait eu un instant d'hésitation en entendant ses cris. McCarney s'était montré ferme.

— Laissez-la tranquille. Il faut qu'elle en passe par là. Elle ne vous entend même pas.

John avait obtempéré. Quand on la conduisit en salle d'accouchement, Bettina frisait la démence. Seth et Mary en furent témoins.

— Mon Dieu, tu l'as vue ?

Mary se mit à pleurer tandis que la porte se refermait sur son amie. Seth la prit dans ses bras.

— Tout va bien se passer, ma douce, tu verras.

Elle se dégagea et regarda son mari, horrifiée.

— Te rends-tu compte de ce qu'ils ont fait ? De ce qu'ils lui ont imposé ? Cela fait douze heures qu'ils la traitent comme une bête. Jamais elle ne voudra avoir d'autres enfants. Ils l'ont brisée. Merde ! Oui, ils l'ont brisée, ces salopards.

Incapable d'en dire davantage, elle s'effondra dans les bras de Seth. Il restait là, impuissant, à lui caresser les cheveux. Il savait qu'elle avait raison, mais qu'y pouvait-il ? John avait fait preuve de stupidité en choisissant McCarney. C'était peut-être une sommité, mais aussi une brute épaisse. Il n'y avait aucun doute à ce sujet.

— Demain, elle aura tout oublié, Mary.

— Non, rétorqua-t-elle d'un air triste. On n'oublie pas ces choses-là.

Ils restèrent ensemble, inutiles, malheureux, deux longues heures encore. Enfin, à quatre heures et demie, Alexander John Fields vint au monde, vigoureux et hurlant. Son père le contempla avec fierté. Sa mère gisait là, hagarde, hébétée.

31

— Bettina ?

Mary frappa doucement à la porte entrouverte en se demandant si son amie était chez elle. Il n'y eut pas de réponse.

— Monte, Mary ! s'écria peu après une voix joyeuse. Je suis en train de ranger la chambre d'Alex.

Mary gravit lentement les marches et sourit à Bettina qui l'attendait sur le palier.

— Je consacre la moitié de mon existence à ce genre de tâches. Où est le petit prince ?

— C'est son premier jour d'école. Je ne sais pas quoi faire de moi, fit-elle, embarrassée. Alors j'ai décidé de mettre de l'ordre.

— Comme moi dans les mêmes circonstances, la rassura Mary.

— Et que fais-tu pour lutter contre ça ?

Bettina s'assit sur le couvre-lit de couleur vive. La chambre d'enfant était dans des coloris rouges, bleus et jaunes. Il y avait des jouets un peu partout.

— Ce que je fais ? s'exclama Mary en riant. Un autre bébé.

— Oh non, Mary, pas encore ?

— Si, si.

Le troisième de la tribu était né deux ans auparavant, et la quatrième était en route.

— Je viens de recevoir un coup de fil de mon médecin. Je crois que les Waterston vont s'arrêter là. Je vais avoir trente-neuf ans. Je ne suis plus un bébé comme toi.

— J'aimerais en être un, rétorqua Bettina qui venait de fêter son trente et unième anniversaire. De toute façon, la maternité, ce n'est pas pour moi.

Elle regarda son amie droit dans les yeux.

— C'est dommage, répondit Mary, un peu triste.

La naissance d'Alexander avait marqué Bettina.

Elle l'avait clairement fait comprendre à John. Ils n'auraient plus d'enfants. John, qui avait été fils unique, se contenterait fort bien de celui-ci.

— Tu devrais reconsidérer ta décision, Betty. Je te l'ai déjà dit il y a trois ans. Ça ne se passe pas nécessairement comme ça.

Mary se rappela leur conversation, à l'hôpital, juste après la naissance d'Alexander. Seule au chevet de Bettina, elle pleurait de colère, furieuse contre John et McCarney.

— Alexander me suffit, dit Bettina en haussant les épaules. Je n'en veux pas d'autre.

Mais Mary ne la croyait pas. Pour une femme qui n'avait jamais vraiment désiré d'enfants, elle faisait des merveilles. Créative, aimante, douce. Alexander et sa mère étaient les meilleurs amis au monde. Bettina se leva et s'avança vers Mary.

— Je dois le reconnaître, à présent, je m'ennuie.

— Pourquoi ne vas-tu pas faire des courses en ville ? J'irais bien avec toi, mais j'ai promis à Seth de le rejoindre. Nous allons chercher notre nouvelle voiture. La baby-sitter doit venir.

— Qu'est-ce que vous avez acheté ?

Bettina suivit son amie dans l'escalier, à pas lent.

— Je ne sais pas exactement. Quelque chose de laid et de pratique. Avec quatre gosses, on n'a pas le choix. Et le jour où on pourra s'offrir un de ces jolis petits bijoux, on sera trop vieux pour le conduire.

— Ils seront partis avant que tu les aies vus grandir, Mary.

L'aînée avait déjà six ans. Le temps passait trop vite. Bettina en faisait l'expérience avec Alexander. Elle avait peine à croire que son fils avait déjà trois ans.

— À moins que tu ne continues à faire des bébés pendant quinze ans !

— Seth me tuerait.

Elles savaient toutes deux que ce n'était pas vrai. Ils étaient heureux ensemble, avec leurs enfants. Après huit ans de mariage, ils étaient toujours amoureux l'un de l'autre. Il n'en allait pas de même pour John et Bettina. Ils étaient très proches, certes, mais il n'y avait jamais eu entre eux cette complicité qui unissait Seth et Mary. Après la naissance de leur fils, Bettina s'était refermée sur elle-même. Mary comprenait pourquoi. Elle s'était sentie trahie par celui en qui elle avait placé toute sa foi. Plus jamais elle n'accorderait ainsi sa confiance. Mary aurait aimé en parler avec elle, mais elle n'osait pas. De même qu'elle n'osait pas parler de la pièce de théâtre. À présent qu'Alexander allait à l'école, Bettina disposerait de davantage de temps. Se mettrait-elle enfin au travail ?

— Alors ? Tu vas faire des courses ?

— Je ne sais pas, répondit Bettina en haussant les

épaules. J'irai peut-être en ville. Tu veux que je te ramène quelque chose ?

— Non, merci, Betty. Je voulais juste t'annoncer la nouvelle.

— C'est gentil, fit Bettina avec un grand sourire. C'est pour quand ?

— Avril. Un petit lapin de Pâques.

— Pour une fois, tu ne crèveras pas de chaleur.

Bettina regarda son amie partir et s'apprêta.

Elle portait un pantalon et un pull gris. Avant de sortir, elle glissa son imperméable sur son bras. C'était une de ces journées d'automne au ciel marbré, où la couleur du temps restait incertaine, beau et ensoleillé, ou bien vent, brouillard et froid. Bettina hésita un instant, faillit appeler John pour lui demander de déjeuner avec elle. De midi à quatre heures, Alexander resterait à la maternelle. Réflexion faite, elle lui téléphonerait plus tard, en ville, quand elle serait fixée sur ce qu'elle avait envie de faire.

Elle gara sa voiture dans le centre, près de Union Square, puis se mit en quête d'une cabine téléphonique. John était déjà parti déjeuner. Elle se trouvait devant une alternative peu réjouissante : faire des courses le ventre vide ou manger seule. Elle n'était plus certaine d'avoir très faim.

Soudain on lui saisit le bras. Elle sursauta, releva les yeux, puis les écarquilla, ahurie.

— Bonjour, Bettina.

Il avait à peine changé depuis cinq ans. Il lui suffisait de le revoir pour se sentir de nouveau une toute petite fille. Ivo était là, grand, imposant et beau, avec ses cheveux épais et blancs comme neige. Il n'avait pas vieilli, ou si peu. Ce n'était pas croyable. Il avait pourtant soixante-treize ans.

— Ivo...

Elle ne savait pas quoi lui dire. En silence, elle lui tendit les bras. Aveuglée par les larmes, elle se blottit contre lui. Quand il la relâcha, elle vit qu'il pleurait aussi.

— Alors, ma grande, comment vas-tu ? Je me suis tellement, tellement inquiété à ton sujet !

— Ça va, répondit-elle en souriant. Et toi ?

— Je vieillis, mais je ne m'assagis pas pour autant. Oui, ma chérie, ça va. Tu es toujours mariée ? fit-il en jetant un coup d'œil à sa main gauche.

— Oui, et j'ai le petit garçon le plus merveilleux qui soit.

— Tant mieux, dit-il d'une voix douce.

Sur le trottoir, on se pressait autour d'eux, par vagues successives. Bettina avait honte. Trois maris ! Elle le regarda en soupirant.

— Tu es heureuse ?

Oui, à bien des égards elle l'était. Sa vie était différente. Elle n'était plus la petite fille qui vivait dans un monde de rêve. C'était une vraie vie avec ses moments de solitude et ses coups durs. Mais elle se savait respectable, et puis son enfant lui apportait tant de joie !

— Oui.

— Bien.

— Et toi ?

S'était-il remarié ? Quand il croisa son regard, Ivo se mit à rire.

— Non, ma chérie, je ne me suis pas remarié. Mais je suis parfaitement heureux comme ça. Ton père avait raison. Un homme doit finir son existence célibataire. C'est beaucoup plus intelligent.

En disant cela, il ne reniait nullement leur bonheur passé. Il l'entoura de son bras et l'attira contre lui.

— Je me suis toujours demandé ce qui s'était passé quand mes avocats m'ont parlé de cette histoire d'argent. Ma première pensée a été de lancer un détective sur tes traces. Et puis je me suis dit que tu avais le droit de choisir ta vie. Je te l'avais promis.

Dans ses bras, Bettina se sentait à la fois apaisée et subjuguée.

— Ivo…, murmura-t-elle en levant les yeux vers lui. Je suis si contente de te voir.

Elle avait l'impression de rentrer chez elle. Depuis des années et des années, elle avait oublié d'où elle venait, qui elle était. Mais Ivo était là, à San Francisco, un bras autour de son épaule. Elle en aurait dansé de joie.

— As-tu le temps de déjeuner ?

— Avec toi, ma grande, toujours.

Il jeta un coup d'œil à sa montre et s'excusa de devoir téléphoner. Quand il réapparut, il paraissait radieux.

— J'avais l'intention de rendre visite à un vieil ami. Rawson. Tu te souviens de lui ? C'est le directeur régional du journal. Mais j'ai deux heures devant moi. Ça ira ?

— Tout à fait. Ensuite je dois rentrer à la maison, pour être là quand mon petit garçon rentrera de l'école.

— Quel âge a-t-il ? fit-il avec une grande tendresse.

— Trois ans. Il s'appelle Alexander.

— As-tu renoncé au théâtre ? demanda-t-il.

— Oui, soupira-t-elle.

— Pourquoi ?

— Ce n'est pas du goût de mon mari.

— Mais tu écris ?

— Non, Ivo.

Ils prirent place sur une banquette confortable, au fond d'un restaurant. Ivo respira profondément et la regarda droit dans les yeux.

— Qu'est-ce que tu me chantes là ? Pourquoi n'écris-tu pas ?

— Je n'ai plus envie.

— Depuis quand ? insista-t-il en l'observant avec attention.

— Depuis que je suis mariée.

— À cause de ton mari encore ?

— Oui, admit-elle après avoir longuement hésité.

— Et tu acceptes ça ?

Elle réfléchit un instant.

— John souhaite que nous menions une vie normale. Et l'écriture n'en fait pas partie.

Il lui était pénible de le reconnaître, mais telle était la vérité.

Ivo la regarda. Il commençait à comprendre. Il hocha lentement la tête et lui prit la main.

— Tout aurait été beaucoup mieux, ma chérie, si dès le départ, tu avais eu une vie normale. Si tu avais eu un père et une mère normaux, si on t'avait permis d'être une petite fille normale. Mais tu ne l'étais pas et tu ne l'as jamais été. Il n'y a jamais rien eu de *normal* dans ton existence. Pas même ton mariage avec moi, ajouta-t-il avec un sourire. Mais normal signifie parfois ordinaire, ennuyeux, monotone ou banal. Tout ce qui t'a touchée de près ou de loin, depuis ta naissance, n'a jamais été tel. Jusqu'à présent, tu étais une femme extraordinaire. Tu ne peux pas faire semblant d'être comme tout le monde. Tu ne peux pas être ce que tu n'es pas. C'est ce que tu es en train de faire, Bettina ? Jouer l'épouse ordinaire d'un homme ordinaire ? Est-ce cela qu'il attend de toi ?

Elle acquiesça en silence. Ivo lui lâcha la main à contrecœur.

— Dans ce cas, Bettina, il ne t'aime pas. Il aime la femme qu'il a créée de ses mains. Une carapace peinte dans laquelle il te force à te cacher. Mais ça ne durera pas toujours, Bettina. Et ça n'en vaut pas la peine. Matériellement, ton père ne t'a rien laissé. Mais il t'a quand même légué une étincelle de son génie, une partie de son âme. Ces dons précieux, tu les renies chaque jour où tu fais semblant d'être une autre, où tu refuses d'écrire… Ne peux-tu faire les deux choses à la fois, Bettina, ajouta-t-il après un long silence. Écrire et être la femme de cet homme ?

— Je n'ai pas envisagé cette possibilité, répliqua-t-elle avec un sourire espiègle. J'y songerai. Et toi ?

— Je fais ce que je peux. Quand j'étais épuisé, tu te souviens, j'étais anémié. Heureusement je vais mieux. J'ai écrit un livre et je suis en train de rédiger le second. Pas comme Justin, bien sûr. Ce ne sont pas des romans.

— J'aimerais tant les lire !

— Je t'en enverrai un exemplaire.

Les deux heures étaient écoulées. Ils devaient se quitter, pensa Ivo avec regret.

— Je pars ce soir. Viens-tu parfois à New York ?

— Je n'y suis pas retournée depuis près de cinq ans.

— Il serait peut-être temps de revenir, non ?

— Je ne crois pas. Mon mari n'aime pas les grandes villes.

— Alors viens seule.

Elle éclata de rire. Il fut content de revoir cette petite étincelle dans ses yeux. Avant le déjeuner, elle semblait avoir disparu.

— Quand j'aurai écrit ma pièce, peut-être. Je suppose que le moment est venu.

Grâce à Ivo, Bettina, affolée, se remémora tout ce qu'elle avait sacrifié pour cette pièce et qui serait réduit à néant si elle ne l'écrivait pas.

— Et ton mari ? Tu vas lui parler de notre rencontre ?

— Je ne pense pas, répondit tristement Bettina.

Ivo la plaignit. À lui, elle pourrait toujours tout raconter. Sauf cette stupide aventure dans laquelle elle s'était embringuée avec ce jeune acteur.

Bettina lui tendit les bras et le serra contre elle.

— J'ai l'impression de rêver. Comme si tu étais une sorte de deus ex machina, tombé du ciel pour changer le cours de mon existence.

— Si c'est ainsi que tu me vois, Bettina, c'est très, très bien, dit-il en riant doucement. Mais suis mon conseil. Plus de femme au foyer. Cesse cette vie routinière et abrutissante, sinon je reviendrai te hanter et tu seras dans un beau pétrin !

Ils en rirent ensemble.

— Promets-moi que tu m'enverras ton manuscrit.

— Je le jure, fit-elle solennellement.

Ils se levèrent et se dirigèrent vers la sortie. C'était bon de le retrouver, de se sentir minuscule et élégante à ses côtés. Un instant, elle regretta son ancienne garde-robe, les coûteux vêtements achetés en Europe et ses bijoux…

— As-tu gardé ta bague ? lui demanda-t-il comme s'il avait lu dans ses pensées.

Il parlait du solitaire. Bettina ouvrit de grands yeux.

— Bien sûr, Ivo. Je ne la porte pas, mais je l'ai conservée. Dans mon coffre, à la banque.

— Bien, ne la donne à personne. Garde ça pour toi. Ça vaut une petite fortune aujourd'hui et, qui sait, tu pourrais en avoir besoin.

Il se souvint qu'il ne lui avait demandé ni son adresse ni son nouveau nom. Elle les lui donna très vite, riant nerveusement.

— On m'appelle Betty Fields. Betty Fields.

— Cela ne te va pas, commenta-t-il.

— Je sais, fit-elle, embarrassée.

— Écriras-tu sous le nom de Bettina Daniels ?

Elle consentit d'un signe de tête. Satisfait, Ivo la serra de nouveau dans ses bras sans rien dire. Bettina s'accrocha à lui.

— Ivo… Merci.

Ses yeux étaient étrangement brillants.

— Prends bien soin de toi, ma grande. Je te donnerai de mes nouvelles.

Il l'embrassa sur le front. Bettina lui dit au revoir sur le seuil du restaurant. Il la regarda se fondre dans la foule, puis il se retourna avec un petit soupir. Comme elle avait changé en cinq ans ! Cet homme avait une telle emprise sur elle qu'elle en avait renié son passé, sa personnalité et son univers. Ivo ne la laisserait plus disparaître aussi aisément. Sur le trottoir, il sortit un bloc-notes en cuir et griffonna quelques mots.

32

— Comment vas-tu, Betty ?

Mary traversa le jardin à pas lents. C'était une belle journée d'avril, chaude et ensoleillée.

— Pas mal. Et toi ?

— État stationnaire.

Elles échangèrent un sourire et marchèrent ensemble. Mary était de nouveau enceinte jusqu'au cou, ce qui ne lui enlevait ni sa joie de vivre ni sa sérénité. Elle en riait, faisait semblant de se plaindre, mais elle aimait plutôt cela.

— Dans combien de temps penses-tu avoir fini ? Seuls Mary et Ivo savaient qu'elle écrivait sa pièce. Son travail avançait bien.

Bettina cligna des yeux, gênée par le soleil.

— Deux semaines, peut-être trois.

— Déjà ? s'écria Mary, visiblement impressionnée. Cela faisait six mois que Bettina travaillait d'arrache-pied.

— Tu vas me coiffer au poteau, plaisanta-t-elle.

Son bébé n'était attendu qu'à la fin du mois.

— La première arrivée offre un déjeuner à l'autre.

— Chiche ! s'exclama Mary.

Elles parlèrent de leurs enfants. Un peu plus tard, Alexander et les deux aînés des Waterston rentrèrent de l'école. Alexander disparut dans le salon. Certaine d'avoir dissimulé son manuscrit, Bettina le laissa faire. Une demi-heure plus tard, elle trouva Alexander sur le tapis, très absorbé par la contemplation des pages qu'il avait étalées devant lui.

— Qu'est-ce que c'est, maman ?

— Mon travail du moment, répondit-elle d'un ton détaché.

Elle ne tenait pas à ce qu'il vende la mèche.

— Mais qu'est-ce que c'est ? insista-t-il.

— Une histoire, dit-elle après avoir longuement hésité.

— Pour les enfants ?

— Non, soupira-t-elle, pour les grands.

— Comme un livre ? fit-il en écarquillant les yeux, plein d'un respect nouveau.

— Non, mon amour. À vrai dire, c'est un peu une surprise pour papa. Alors je ne voudrais pas que tu lui en parles. Tu crois que tu seras capable de tenir ta langue ? Pour me faire plaisir ?

Bettina observa son fils, en espérant qu'il comprendrait ce qu'elle attendait de lui. Il opina du bonnet.

— Bien sûr.

Il alla dans sa chambre. Un jour, elle lui révélerait la vérité sur son grand-père. Il avait le droit de savoir qu'il était du même sang qu'un homme comme Justin Daniels. Même ceux qui ne l'aimaient pas reconnaissaient que c'était un grand écrivain. Ses livres avaient tant de charme ! Bettina les relisait, le soir, quand John s'attardait à son cabinet. Elle les lui dissimulait, comme les coups de fil d'Ivo, qu'elle recevait de temps à autre. Celui-ci voulait savoir où elle en était. Elle le rassurait. Elle s'était mise au travail, et tout allait bien. Il lui avait déjà trouvé un agent qui avait hâte de se plonger dans son premier manuscrit. Il n'attendrait plus très longtemps, avait-elle promis. Ce fut encore plus rapide qu'elle ne l'escomptait. Une semaine après sa conversation avec Mary, sa pièce était achevée. Bettina contempla le manuscrit un long moment, les cheveux en bataille, le visage taché de crayon, un grand sourire aux lèvres. Elle avait réussi ! Jamais elle ne s'était sentie aussi fière. Même Mary qui, le lendemain, mit au monde un petit garçon, avec son aisance habituelle, n'éprouva pas pareil orgueil.

Après avoir relu son texte, quatre fois, avec le plus grand soin, elle décrocha son téléphone pour annoncer la bonne nouvelle à Ivo.

— Merveilleux ! s'exclama-t-il. Et qu'en pense l'auteur ?

— Ma foi… disons que je n'en suis pas mécontente.

— Alors, il me plaira aussi. Envoie-le-moi sans tarder, pour que je puisse le donner à ton agent.

Une semaine ne s'était pas écoulée que ce dernier l'appela. Son manuscrit avait besoin d'être retravaillé. Aussitôt, elle téléphona à Ivo.

— Que faut-il que je fasse ? pleurnicha-t-elle.

— Exactement ce qu'il t'a dit. Il y a des passages à corriger. Ce n'est quand même pas nouveau pour toi. Tu te souviens des corrections que Justin apportait à ses écrits. Il n'y a rien de dramatique. Tu pensais faire mouche du premier coup ?

— Bien entendu, rétorqua-t-elle, sans cacher son désappointement.

— Tu as attendu presque trente-deux ans pour l'écrire, tu peux bien y consacrer six mois de plus.

Ce ne fut pas nécessaire. Elle procéda aux corrections exigées par l'agent littéraire, lui renvoya le manuscrit pour le week-end du 4 juillet ! Deux jours plus tard, elle l'avait au bout du fil. Victoire ! Elle avait réussi ! Elle avait écrit une pièce superbe, fabuleuse, envoûtante. Bettina fondit de bonheur en écoutant ces éloges. Pendant une heure, elle resta là, allongée sur son lit, à regarder béatement le mur d'en face.

— Pourquoi cette mine radieuse, Betty ?

John venait de rentrer de sa partie de tennis.

Elle se redressa et lui adressa un sourire éblouissant.

— J'ai une surprise pour toi, chéri.

Elle avait fait relier un exemplaire du manuscrit à son intention, mais elle attendait le feu vert pour le lui remettre.

— Qu'est-ce que c'est ? demanda-t-il, intrigué.

Elle s'avança vers lui.

— Quelque chose que j'ai fait pour toi.

Elle lui sourit en jetant un coup d'œil par-dessus son épaule, un peu comme Alexander quand il rapportait un trésor de l'école.

John la suivit avec curiosité. Elle plongea la main dans un tiroir, se tourna vers lui et lui tendit un grand livre relié de bleu.

Il l'ouvrit lentement et, à la lecture de son nom, s'immobilisa brusquement, comme si on l'avait giflé. Il la foudroya du regard et referma le volume d'un coup sec.

— Tu trouves ça drôle ?

— Pas vraiment, répondit-elle, les jambes tremblantes. Cela représente neuf mois de travail.

— C'est quoi ?

— Une pièce de théâtre.

— Tu n'as rien trouvé de mieux pour passer le temps, Betty ? À l'hôpital, l'association des aides soignantes cherche une présidente, ton fils adore que tu l'emmènes sur la plage, il y a des dizaines de choses plus utiles que ça !

— Ah oui ?

C'était la première fois qu'elle le défiait ainsi.

— Des foutaises, tout ça, fulmina-t-il.

Furieux, il lui lança le livre à la tête.

— Je ne veux pas de cette merde !

Sans ajouter un mot, il claqua la porte de la chambre, puis celle de la maison. De sa fenêtre, elle le vit partir et se demanda où il allait. Il roulerait quelques kilomètres, ou bien il irait se promener quelque part. Puis il rentrerait à la maison et n'en reparlerait plus. Il ne lirait pas sa pièce. Ce serait un sujet tabou. Et si on la jouait sur scène ? Comment réagirait-il ? Déprimée, elle se dit que cette éventualité avait peu de chances de se réaliser. C'était quand même un beau rêve.

33

Juste après le week-end, Alexander reprit le chemin de l'école. Le voisinage était curieusement tranquille. Au moins Mary avait son bébé, mais Bettina se sentait inactive. Sa prédiction s'était réalisée. John ne lui avait plus jamais parlé de sa pièce. Et depuis ce jour maudit, le manuscrit relié dormait au fond du tiroir. Il n'avait même pas lu la dédicace qui leur était adressée, à lui et à Alexander. Cela faisait deux mois que Bettina en avait envoyé un exemplaire à son agent. Ivo l'avait prévenue : elle attendrait sans doute longtemps avant que celui-ci ne lui fasse signe. Et quelles nouvelles lui donnerait-il ? Y avait-il un acheteur ? Combien de financiers intéressés ? Allait-on prochainement monter le spectacle ? Tout cela lui paraissait improbable. En souriant, elle alla dans la cuisine pour ranger la vaisselle. De sa fenêtre, elle aperçut Mary qui installait le bébé dans sa poussette. Mary était peut-être dans le vrai. À présent que sa pièce était écrite, Bettina se demandait ce qu'elle allait bien pouvoir faire. D'un air las, elle glissait une dernière assiette dans le lave-vaisselle quand le téléphone sonna.

— Allô ?

— Bettina ?

— Oui, répondit-elle en souriant à la fenêtre.

C'était Ivo.

— Cela fait des semaines que tu ne m'as pas appelé.

Elle avait mauvaise conscience. Elle racontait tout à Ivo alors qu'elle ne disait jamais rien à John. Pourtant, elle ne faisait rien de mal. Elle avait le droit d'avoir un jardin secret. Et puis que dire à John ? Qu'Ivo avait téléphoné pour lui parler de sa pièce ?

— Je reviens du sud de la France. Norton est sur le point de te contacter.

Le rythme cardiaque de Bettina s'accéléra. Norton Hess était l'agent littéraire d'Ivo et le sien.

— Mais je tenais à t'en parler le premier, poursuivit-il.

— De quoi ? fit-elle d'un ton qui se voulait dégagé.

Un petit rire se fit entendre à l'autre bout de la ligne.

— À ton avis, ma grande ? Du temps qu'il fait ici ? Bettina gloussa.

— Non, ma chérie, il s'agit de tout autre chose. En fait..., enchaîna-t-il en faisant durer le plaisir.

Elle gronda d'impatience.

— ... C'est au sujet de ta brillante pièce de théâtre.

— Oui ? Alors ?

— Patience... Patience !

— Ivo ! Allez !

— D'accord, d'accord. Il semble que Norton ait trouvé un bataillon de producteurs. Hasard extraordinaire, un théâtre se libère et on parle d'une première fin novembre ou début décembre..., fit-il, visiblement enchanté. Est-il besoin d'ajouter quoi que ce soit ? Norton veut que tu sautes dans le prochain avion pour New York. Tu discuteras de tout cela sur place avec lui.

— Tu es sérieux ?

— On ne peut plus.

— Oh, Ivo !

Cela dépassait ses espoirs les plus fous, exauçait ses prières le plus désespérées.

— Mais comment faire ? demanda-t-elle sans savoir si elle devait rire ou pleurer.

Ivo comprit aussitôt de quoi il retournait.

— Tu veux parler de ton mari ?

— Oui. Que vais-je lui dire ?

— Que tu as écrit une pièce, qu'un producteur de Broadway s'y intéresse et qu'avec un tout petit peu de chance, on va casser la baraque !

— Ne plaisante pas.

— Je ne plaisante pas.

— Quand dois-je être là-bas ?

— Le plus tôt sera le mieux. Norton va te téléphoner, j'en suis sûr. Je voulais juste avoir le plaisir de t'annoncer la nouvelle. Quand on y pense, c'est un miracle que la première puisse avoir lieu à cette date-là... Mais il se trouve que ce théâtre est libre et que ton œuvre n'exige ni costume ni décor. Il s'agit donc simplement de trouver des fonds et des acteurs. Plus vite tu viendras, plus vite les répétitions commenceront. Pourquoi ne pas arriver demain ?

— Demain ? s'exclama-t-elle, sidérée. À New York ?

Cela faisait cinq ans et demi qu'elle n'y avait pas mis les pieds. Il y eut un long silence. Ivo lui laissait le temps d'accuser le coup.

— C'est à toi de décider, ma grande. Mais tu ferais mieux de reprendre tes esprits dès maintenant.

— Je préviendrai John ce soir et j'en parlerai demain à Norton.

Mais Norton ne se montra pas aussi accommodant qu'Ivo. Il l'appela une demi-heure plus tard et exigea qu'elle prît l'avion le soir même.

— Je ne peux pas. C'est ridicule. J'ai un mari et un petit enfant. Il faut que je prenne certaines dispositions, que je…

Il accepta qu'elle reporte son départ au lendemain. Elle songea à aller au cabinet médical, puis décida qu'il était préférable d'attendre son retour. Elle se vêtit avec soin, composa un cocktail et coucha Alexander très tôt.

— Vous voilà bien jolie… nota John avec intérêt. En quel honneur ?

Ils échangèrent un sourire. Puis Bettina, le visage grave, posa son verre.

— Il faut que je te parle de quelque chose, chéri. Mais d'abord et avant tout, je veux que tu saches à quel point je t'aime. – Elle marqua un temps d'hésitation, redoutant d'entrer dans le vif du sujet. – Car je t'aime beaucoup, beaucoup, insista-t-elle. Mon amour n'est pas en cause. Je suis seule concernée.

— De quoi s'agit-il ? Laisse-moi deviner… – Il était d'humeur taquine, ce soir-là. – Tu veux te teindre les cheveux en blond !

— Non, John, dit-elle d'une voix posée. C'est au sujet de ma pièce.

— Ah, encore ! Oui, et alors ?

Ses traits se tendirent soudain.

Elle n'osa pas lui dire qu'Ivo avait transmis son manuscrit à un agent. Elle n'était pas censée l'avoir revu.

— Je l'ai envoyée à un agent.

— Quand ?

— En juillet dernier. Enfin, un peu avant, et il m'a demandé d'apporter quelques corrections, ce que j'ai fait.

— Pourquoi ?

Elle ferma les paupières, puis se décida à le regarder en face.

— Parce que je veux qu'on la joue, John. C'est… une chose que j'ai toujours désirée. Il le fallait. Pour moi, pour mon père, et aussi curieux que cela puisse te paraître, pour toi et pour Alexander aussi.

— Épargne-moi ce baratin ! Il nous suffit largement que tu restes ici, dans cette maison.

— C'est tout ce que tu attends de moi ? dit-elle avec une profonde tristesse.

— Oui. Tu crois que c'est un métier respectable, madame la dramaturge ? Eh bien, non ! Regarde ton père, l'illustre romancier ! Penses-tu que c'était un homme respectable ?

— C'était un génie, répliqua-t-elle vivement. Il n'était peut-être pas ce que tu appelles respectable, mais il était intelligent et intéressant. Il a laissé des œuvres qui plaisent à des millions de gens.

— Et que t'a-t-il laissé à toi, mon amour ? Son vieil ami libidineux ? Son compère ? Ce vieux cochon qui t'a épousée à dix-neuf ans ?

— Tu ne sais pas de quoi tu parles ! rétorqua-t-elle, livide. John, là n'est pas la question. Il s'agit de ma pièce.

— Ne dis pas d'âneries ! Il s'agit de ma femme, de la mère de mon fils. Crois-tu que j'ai envie de te voir batifoler au milieu de ces gens-là ? Qu'est-ce que ça me fait à moi ? Y as-tu songé ?

— Mais je n'ai pas besoin de batifoler. Je peux aller à New York, vendre ma pièce et rentrer à la maison. Je vis ici avec Alexander et toi, à quatre mille kilomètres de l'endroit où se fera la mise en scène. Tu ne seras même pas obligé d'assister au spectacle.

Quand elle se vit ainsi, suppliante, elle se mit à le haïr. Pourquoi se sentait-elle contrainte de se justifier ? De plaider sa cause ?

— Pourquoi t'opposes-tu à mon projet ? Je ne comprends pas, ajouta-t-elle d'un air malheureux, tout en faisant des efforts désespérés pour recouvrer son calme.

— Tu as eu une si piètre éducation, tellement minable, que tu es incapable de comprendre. Je ne veux pas de ça pour mon fils ! Je veux qu'il soit normal.

— Comme toi ? railla-t-elle d'un ton amer. Est-ce là la seule façon d'être normal ?

— Absolument, répliqua-t-il aussitôt.

Bettina retrouva d'un coup toute son assurance.

— Dans ce cas, John, je n'ai pas l'intention de perdre mon temps à me disputer avec toi. Tu ne comprends rien à l'univers d'où je viens, aux gens élégants, aux grands esprits. Ils auraient tous vendu leur âme au diable pour connaître ceux qui constituaient mon entourage. Mais, pas toi, parce que tu as peur, que tu te sens menacé. Regarde-toi ! Tu n'es même pas capable d'aller à New York. Moi, j'y retourne demain pour vendre ma pièce. Ensuite je rentrerai ici. Pour faire ce que je fais d'habitude, la cuisine, les lits, et m'occuper de toi et de notre enfant. Alors, que ça te plaise ou non, je m'en moque !

Il passa le reste de la soirée dans son bureau et ne lui dit pas un mot quand il vint se coucher.

Le lendemain, elle prévint Alexander qu'elle devait se rendre à New York, lui expliqua pourquoi et lui parla de son grand-père. Le petit garçon ouvrit de grands yeux fascinés.

— A-t-il écrit des livres pour les enfants ?

— Non, mon amour.

— Et toi ?

— Pas encore. Je n'ai écrit que cette pièce.

— Qu'est-ce que c'est ?

— C'est une sorte d'histoire que l'on joue sur une grande scène. Un jour, je t'emmènerai dans un théâtre pour enfants. Ça te plairait ?

Il acquiesça, mais ses yeux s'embuèrent de larmes. Il s'accrocha à ses jambes.

— Maman, je ne veux pas que tu t'en ailles.

— Je ne serai pas partie longtemps, mon trésor. Juste quelques jours. Et si je te rapportais un cadeau ?

Il hocha la tête. Bettina lui essuya les joues tout en essayant de se dégager.

— Tu m'appelleras quand je serai rentré de l'école ?

— Tous les jours, je te le promets.

— Combien de jours ? fit-il, morose.

Elle leva deux doigts en l'air en espérant que cela suffirait.

— D'accord, fit Alexander en reniflant bruyamment.

Il l'attira à lui pour l'embrasser.

— Tu peux partir.

Ils sortirent main dans la main. Bettina le conduisit chez Mary, pour qu'il y joue jusqu'à ce que le car l'emmène à l'école. Une demi-heure après l'avoir quitté, elle était dans le taxi qui la menait à l'aéroport. John était parti sans rien dire. Elle laissa un mot pour l'informer qu'elle serait de retour dans deux ou trois jours et lui indiquer le nom de son hôtel. En rentrant le soir, John froissa son message et le jeta dans la corbeille à papiers. Mais cela, elle ne le saurait jamais.

34

Elle quitta l'avion avec précipitation et suivit les autres passagers. Elle portait un tailleur noir et les boucles d'oreilles qui avaient appartenu à sa mère. Cela faisait des années qu'elle ne les avait sorties de leur écrin. Les perles en étaient superbes, comme celles du collier que lui avait offert Ivo. Vêtu de tweed, celui-ci était venu la chercher à l'aéroport. En le voyant, Bettina poussa un soupir de soulagement. Pendant tout le trajet, l'idée de revoir New York lui avait mis les nerfs à vif. Serait-ce un rêve ou un cauchemar ? Tandis que l'avion survolait le pays, mille souvenirs dansaient dans sa tête… avec son père… avec Ivo… au théâtre… dans les soirées… avec Anthony… dans le loft. Un film interminable s'était déroulé, qu'elle n'avait pu interrompre. Mais en apercevant la haute silhouette d'Ivo dans le terminal bondé, elle fut rassurée. Au moins cela était réel.

— Fatiguée, ma chérie ?

— Pas vraiment. Nerveuse, c'est tout. Quand dois-je rencontrer Norton ?

— Dès que je te déposerai à l'hôtel, répondit-il en souriant.

Il n'y avait l'ombre d'un sous-entendu. Ivo avait renoncé depuis longtemps à son rôle d'autrefois. Il était redevenu l'ami de son père, celui qui l'avait en quelque sorte remplacé.

— Tu es survoltée ?

Il suffisait de la regarder. Elle approuva avec un petit rire.

— Je n'en peux plus, Ivo. Je ne sais même pas à quoi m'attendre.

— Eh bien, on va jouer ta pièce à Broadway, Bettina, voilà ! fit-il avec une grande tendresse. Qu'a dit ton mari ?

L'espace d'un instant, son visage s'assombrit, puis elle haussa les épaules et retrouva son sourire.

— Rien.

— Rien ? Ça lui est égal ?

— Il ne m'a plus adressé la parole à partir du moment où je lui ai annoncé mon départ.

— Et ton fils ?

— Il s'est montré beaucoup plus compréhensif que son père.

Ivo ne voulut rien ajouter, mais il se demandait ce que Bettina ferait d'Alexander. Si l'on montait sa pièce, elle devrait passer plusieurs mois à New York. Emmènerait-elle le petit garçon ou le laisserait-elle à son père ? Ivo ne soulèverait pas ce problème avant que l'affaire ne fût définitivement conclue. Ils bavardèrent de tout et de rien. Un porteur transporta les bagages de Bettina jusqu'à la voiture d'Ivo, où les attendait un nouveau chauffeur.

— Est-ce que New York a beaucoup changé ? lui demanda-t-il quand ils traversèrent le pont.

— Pas du tout.

— C'est ce que je pensais, et j'en suis heureux.

Ivo avait souhaité que tout lui parût familier, qu'elle se sentît chez elle dans la ville. Elle avait trop vécu en étrangère parmi des gens qui ne la comprenaient pas et avec un homme trop différent. Sans le connaître, Ivo ne l'aimait pas. Il détestait les sentiments qu'il avait fait naître en elle, ce dégoût pour son passé, son père, son histoire et pour elle-même.

En remontant la Troisième Avenue, puis Park Avenue, Bettina contempla la foule, les voitures, les passants, l'activité bourdonnante de ce début de soirée, certains quittaient leur bureau pour rentrer chez eux, d'autres allaient à un cocktail ou à une réception, d'autres encore cherchaient un restaurant où il ferait bon dîner. Il y avait une excitation dans l'air, qui leur parvenait, même à travers les vitres fermées.

— C'est irremplaçable, n'est-ce pas ? dit-il en jetant un regard fier autour de lui.

— Tu n'as pas changé, Ivo. On a l'impression que tu es toujours directeur du *New York Mail.*

— Au fond de moi, je le suis encore.

— Ça te manque beaucoup ?

Il haussa les épaules.

— Tout doit changer un jour.

« Nous aussi », eut-elle envie de lui répondre, mais elle s'abstint. Quelques minutes plus tard, la voiture contourna un bosquet d'arbustes pour venir s'arrêter devant son hôtel.

Il y avait une façade en marbre ornée de dorures, un portier en uniforme de drap marron bordé d'or, une réception imposante derrière laquelle se tenait un employé obséquieux à l'extrême. On escorta Bettina jusqu'à sa chambre. Elle regarda autour d'elle avec étonnement. Cela faisait des années qu'elle n'avait pas pénétré dans pareil endroit.

— Bettina ?

Un homme courtaud, trapu, avec des yeux bleu vif et une frange de cheveux gris l'attendait. Il n'était pas beau, mais il avait de l'allure. Il se leva de son fauteuil et lui tendit la main.

— Norton ?

Il acquiesça d'un mouvement de tête.

— Je suis content de vous rencontrer après des mois de conversations téléphoniques.

Ils échangèrent une poignée de main chaleureuse. Ivo venait de donner un pourboire au groom qui avait apporté les bagages. Bettina appela la réception pour commander des rafraîchissements.

— Si vous n'êtes pas trop fatiguée, j'aimerais vous inviter à dîner, Bettina, dit-il d'un air interrogateur. Pardonnez-moi d'être venu si vite, mais nous avons tant de choses à voir ensemble ! D'autre part, je sais que vous avez hâte de regagner la côte Ouest. Demain, nous avons rendez-vous avec nos bailleurs de fonds, le producteur, et j'aimerais que nous ayons un peu de temps à nous.

Bettina leva une main.

— Bien sûr, Norton, je comprends. Ne vous en faites pas. Et vous avez raison. Dès que j'en aurai terminé avec ce que j'ai à faire ici, je rentrerai chez moi.

Brièvement, le regard de Norton croisa celui d'Ivo. Réalisait-elle qu'il lui faudrait séjourner plusieurs mois à New York ? Ce n'était pas la peine d'insister dès le premier soir. Elle le comprendrait d'elle-même, le lendemain.

— Quant au dîner, j'accepte avec joie. Tu te joins à nous, Ivo ?

— Volontiers.

Bettina prit place dans l'un des confortables fauteuils Louis XV qui ornaient sa chambre. Elle n'en revenait pas de se retrouver dans ce cadre après tant d'années. Toute son enfance, elle était descendue dans ce type d'hôtel avec son père. La différence, c'était que maintenant on se déplaçait pour elle. Ils bavardèrent autour d'un verre, un Martini pour les deux hommes, du vin blanc pour Bettina. Une heure plus tard, elle s'éclipsa pour se changer et coiffer ses cheveux auburn coupés court. Elle garda aux oreilles les boucles héritées de sa mère, mais cette fois, elle choisit une robe de soie noire. En la voyant, Ivo ne put s'empêcher de penser que son goût était devenu très ordinaire. C'était une jolie robe bien coupée mais quelconque, en comparaison de ses tenues d'autrefois.

À dix heures, ils se rendirent à *La Grenouille.* En s'asseyant, Bettina poussa un soupir d'aise. C'était comme si, après avoir vécu dans un autre monde depuis des années, elle se retrouvait chez elle. Ivo était enchanté de la voir radieuse. Ils commencèrent par du caviar, puis ils commandèrent un carré d'agneau, des asperges à la sauce hollandaise et un soufflé pour le dessert. À la fin du repas, on apporta du café, du cognac et des havanes pour les deux hommes. Bettina les observa, bien calée contre son dossier, heureuse de retrouver ces odeurs et ce décor familiers. Tournant la tête pour la énième fois de la soirée, elle s'émerveilla du dîner, de l'arôme riche des cigares, des femmes qui l'entouraient, de leur maquillage, de leurs bijoux, de leur élégance et de leurs coiffures. Tout était parfaitement arrangé, conçu pour le plaisir de l'œil. Au milieu de ces gens raffinés, Bettina se sentait effroyablement banale. Elle comprit brusquement à quel point elle avait changé.

Ce ne fut qu'après le cognac que Norton entra dans le vif du sujet.

— Eh bien, Bettina, que pensez-vous de notre petit marché ? demanda-t-il, satisfait.

Il avait tout lieu de l'être. C'était une affaire très intéressante, qu'il lui apportait sur un plateau.

— Il m'impressionne beaucoup, Norton. Mais je n'en connais pas encore les tenants et les aboutissants.

— Patience, Bettina. Je vais vous mettre au courant.

Ce qu'il fit, dès le lendemain. Une grosse somme d'argent, les bailleurs de fonds les plus sérieux de Broadway, un producteur qui était la coqueluche du Tout-New York et un théâtre de rêve.

C'était l'un de ces rares moments où, au théâtre, chaque chose est à sa place. La réalisation de sa pièce aurait dû exiger six mois de préparation, mais en raison de la simplicité de la production, de la disponibilité de la salle et de la solidité financière de l'opération, tout serait prêt en trois mois. Le producteur pensait obtenir les acteurs qu'il désirait engager. Il ne manquait plus que l'assentiment de Bettina. Tout dépendait d'elle.

— Eh bien, madame ? demanda Norton à la fin de cette journée exténuante. Signe-t-on aujourd'hui afin de leur donner le feu vert ?

Il courba le front en guise de révérence et désigna la pile de contrats qui reposait sur son bureau. Juridiquement, Bettina n'y comprenait rien. Mais si elle acceptait la coquette somme d'argent qu'on lui proposait, si elle restait à New York jusqu'à la première et si elle surveillait le déroulement des opérations, le spectacle démarrerait avant Noël. C'était aussi simple que cela. En face de Norton, elle semblait épuisée, à bout de nerfs.

— Qu'est-ce qui ne va pas ?

— Je ne sais pas, Norton... Il faut... il faut que j'en parle à mon mari. Et que vais-je faire de mon petit garçon ?

Norton sursauta.

— J'ai un fils de trois ans, répondit-elle avec un rire saccadé.

Norton balaya l'air d'un geste de la main et retrouva son sourire.

— Emmenez-le avec vous, mettez-le dans une école de New York pour trois ou quatre mois et après Noël, vous rentrerez tous à la maison. Si vous le désirez, amenez aussi votre mari. Bon Dieu, ils vous paient assez cher pour que vous puissiez trimballer tout votre entourage !

— Je ne voudrais pas paraître ingrate. Mais... mon mari ne peut se déplacer. Il est médecin et... – Elle s'interrompit brusquement et regarda Norton droit dans les yeux. – J'ai peur. Qu'est-ce que je connais de Broadway ? J'ai écrit une pièce et maintenant je me demande ce que j'ai fait là.

— Ce que vous avez fait ? s'écria-t-il en la fixant d'un regard dur, perçant. Rien. Zéro. Que dalle ! Vous avez pondu un texte, mais si vous ne laissez personne le produire, si vous ne sautez pas sur l'occasion qui se présente, alors ma chère, ce sera un coup d'épée dans l'eau. Vous préféreriez sans doute... – Il marqua une pause. – faire monter votre pièce en Californie par une quelconque troupe locale, et personne n'entendrait plus jamais parler de vous.

Il y eut un silence, lourd et pesant.

— Est-ce cela que vous voulez, Bettina ? Réfléchissez un peu, voyons. Pensez à votre père, termina-t-il avec un sourire affecté.

Sans crier gare, Bettina tapa du poing sur la table, faisant sursauter Norton par la même occasion.

— J'emmerde mon père, Norton. Et Ivo. Et John. Ils veulent tous que je me plie à leur volonté et me supplient de le faire au nom de Pierre, Paul ou Jacques. Je ne le ferai ni pour mon père, ni pour mon mari, ni pour Ivo, ni pour vous. Ce sera pour moi, Norton, pour moi, vous m'entendez ? Et peut-être aussi pour mon fils. Je ne vous donnerai pas de réponse et je ne signerai pas le moindre morceau de papier aujourd'hui. Je retourne à l'hôtel et je réfléchis. Demain matin, je rentre chez moi. Et quand j'aurai considéré la question sous tous les angles possibles et imaginables, je vous appellerai.

— N'attendez pas trop longtemps, répondit-il avec le plus grand calme.

Mais Bettina était fatiguée. De lui. D'eux. De tous. D'être brusquée sans cesse.

— Pourquoi ? Si cette pièce est bonne, ils sauront bien m'attendre.

— Sans doute, mais le théâtre ne sera plus disponible, ce qui changerait tout. Pour que ça marche, il faut que vous ayez tous les atouts en main, ce qui est le cas. Si j'étais vous, je ne prendrais pas trop de risques. Pensez-y.

— J'y penserai.

Troublée, elle se leva. Norton s'approcha, souriant.

— Je sais que c'est dur, Bettina. C'est un énorme changement. Surtout après une si longue absence. Mais c'est également une grande chance. Et la chance, il faut la saisir quand elle se présente, sinon il ne vous arrive jamais rien de bon. Cette pièce peut faire un tabac et décider de votre carrière.

— Vous le croyez vraiment ? demanda-t-elle, perplexe, incertaine. Mais pourquoi ?

— Parce que vous mettez en scène un homme et sa fille, que c'est très révélateur de notre époque, des hommes, de ce que vous êtes, parce qu'on y parle de rêves brisés et de l'espoir qui s'insinue malgré tout. C'est une pièce dure, mais belle. Vous écrivez avec votre cœur, avec votre âme. Vous avez souffert pour arriver à cette compréhension de la vie ; ce qui est fantastique, c'est que vous savez faire partager vos émotions.

— Je l'espère, murmura-t-elle d'un air triste.

— Donnez-leur cette chance, Bettina. Rentrez chez vous et réfléchissez. Puis signez ces papiers et revenez nous voir. Vous êtes ici chez vous, madame. Là, dans cette ville, vous avez une tâche à accomplir.

Elle lui sourit et avant de prendre congé, l'embrassa sur la joue.

Elle ne revit pas Ivo avant son départ, Norton non plus. Elle ne passa même pas la nuit à l'hôtel. Après un coup de fil à la compagnie aérienne, elle prit le dernier vol pour la côte Ouest. À deux heures du matin, elle était dans sa maison de Mill Valley. Elle monta l'escalier sur la pointe des pieds et pénétra dans la chambre où John était profondément endormi. Comme tous les médecins, il avait le sommeil léger et se redressa dès qu'il entendit le bruit de la porte.

— Qu'y a-t-il ?
— Rien, murmura-t-elle. Rendors-toi. Je viens de rentrer.
— Quelle heure est-il ?
— Presque deux heures.
Bettina se demanda s'il était conscient des efforts qu'elle avait faits pour le rejoindre plus tôt et ne passer qu'une seule nuit à New York. Elle aurait pu vivre une autre soirée, un autre dîner, une autre nuit dans un hôtel de luxe, mais elle avait mis un point d'honneur à retourner à Mill Valley, vers son mari et vers son fils. Elle posa son sac sur le sol en lui souriant. John s'allongea de nouveau.
— Tu m'as manqué.
— Tu ne t'es pas absentée très longtemps.
— Je n'y tenais pas. Je te l'avais dit.
— Tu as réglé tes affaires ?
Prenant appui sur un coude, il alluma la lampe. Bettina se laissa doucement tomber sur un fauteuil.
— Non. Je voulais réfléchir.
— Pourquoi ? fit-il, le regard froid.
Du moins acceptait-il de parler de sa pièce. Mais elle ne souhaitait pas lui raconter son séjour en détail. Pas si vite. Pas dans l'heure qui suivait son retour.
— C'est plus compliqué que je ne le pensais. Nous verrons cela demain matin.
Mais il était réveillé, à présent.
— Non. Maintenant. Depuis que tu as pondu cette pièce de merde, tu fais tes coups en douce. Je veux que ce soit clair et net. Annonce la couleur.
Retour à la case départ, pensa Bettina. Elle eut un soupir las et se frotta les yeux. La journée lui avait

paru interminable et à New York, il était déjà cinq heures du matin.

— Je n'avais nullement l'intention de faire des coups en douce, John. Je désirais que ce soit une surprise, tout en redoutant une condamnation de ta part. C'était plus fort que moi : il fallait que j'écrive. L'hérédité, peut-être, qui sait ? J'aimerais que tu ne réagisses pas avec une telle étroitesse d'esprit. Cela me simplifierait la tâche.

— Tu n'as rien compris, Bettina. Je n'ai ni l'envie ni l'intention de te simplifier la tâche. Et si tu étais intelligente, tu tirerais un trait sur tout ça. Je t'en ai donné l'occasion, Betty, il y a cinq ans. Tu tiens vraiment à replonger ? Dois-je te rappeler que tu as tenté de te suicider, que tu as perdu un bébé, que tu as eu deux maris et que ton père t'a laissé sans un sou, puis que tu es venue t'échouer ici comme une épave sur la plage ?

Le tableau qu'il brossait n'était guère plaisant, et Bettina baissa la tête.

— John, ne nous écartons pas du sujet.

— Qui est ?

— Ma pièce.

— Oh, ça !

Il lui jeta un regard furieux.

— Oui, ça. Bon, puisque tu tiens à ce que nous jouions cartes sur table, voilà : si on la monte, je devrai passer les prochains mois à New York. – La gorge nouée, elle évitait son regard. – Probablement jusqu'à Noël. Je reviendrai tout de suite après.

— Non, rétorqua-t-il d'une voix glaciale.

— Si, insista-t-elle en toute innocence. Norton, mon agent, pense que je ne serai pas obligée de rester longtemps après la première qui doit avoir lieu fin novembre ou début décembre. À Noël, je serai à la maison.

— Tu n'as pas saisi. Si tu vas à New York, ce n'est pas la peine de revenir.

Elle le regarda, horrifiée. Il était là, assis au bord du lit, furibond, rigide.

— Tu es sérieux ? Tu me mettrais devant une telle alternative, John ? Te rends-tu compte de ce que cela signifie pour moi ? Je vais peut-être devenir un auteur dramatique… Je pourrais faire carrière…, ajouta-t-elle d'une voix affaiblie.

Il s'en fichait comme d'une guigne.

— Tu ne feras pas carrière, Betty. Ou tu ne seras plus ma femme.

— C'est aussi simple que ça, hein ? Si je pars, tu me jettes dehors ?

— Exactement. Tu as tout compris.

John lui tourna le dos et éteignit la lumière. Dans la salle de bains Bettina se déshabilla, une serviette contre la bouche pour étouffer des sanglots.

35

— Je suis navrée, Norton, je n'y peux rien. C'est mon mari ou vous.

Lasse, soucieuse, elle tenait le combiné d'une main mal assurée.

Il y eut un long silence, lourd de sens, puis Norton lui dit ce qu'il avait sur le cœur. C'était la vérité, pure et simple.

— Il faut que vous compreniez quelque chose Bettina. Ce n'est pas moi qui pose problème, c'est vous. C'est votre mari et vous. C'est un drôle de choix qu'il exige là. J'espère qu'il vaut la peine.

— Oui, je crois.

Quand elle raccrocha, elle en était déjà moins sûre. Chez Mary, penchée sur sa tasse de thé, elle se mit à pleurer à chaudes larmes.

— Je ne comprends pas, dit Mary quelque peu embarrassée.

— John se sent menacé. Il déteste cette période de mon passé. Que veux-tu que je fasse ?

— Le quitter.

— Et après ? Tout recommencer ? Trouver un quatrième mari ? Ne sois pas ridicule, Mary. C'est ma vie qui est en jeu. La réalité. Cette pièce n'est qu'un rêve. Supposons que ce soit un four ?

— Et alors ? Peux-tu vraiment renoncer à tes rêves pour cet homme ? s'écria-t-elle. – La colère fit briller son regard. – John est mon ami, Betty, mais je trouve son comportement stupide et si j'étais toi, je courrais ma chance et foncerais à New York.

Bettina lui sourit à travers ses larmes.

— Tu dis ça parce que tu en as marre de tes gosses.

— Pas du tout. Je les adore. Mais je ne suis pas toi. Souviens-toi de l'oiseau de paradis... Tu es ridicule avec ton bec marron et gris ! Tu n'es pas à ta place, Bettina. Tu le sais, je le sais, Seth le sait et même John le sait. C'est pour ça qu'il fait tout pour te retenir. Il a sans doute peur de te perdre.

— Il ne me perdra pas, gémit Bettina avec une infinie tristesse.

— Alors dis-le-lui. C'est peut-être ce qu'il souhaite entendre et s'il ne se rend pas à tes arguments, qu'il aille se faire foutre ! Boucle tes valises, prends Alexander et va monter ta pièce !

En regardant Bettina regagner sa maison, Mary eut le sentiment qu'elle n'en ferait rien. Elle ne le quitterait pas, persuadée que c'était lui qui avait raison.

Dans l'après-midi, Bettina essaya tantôt de lire l'un des romans de son père, tantôt de méditer, le regard perdu. Le téléphone sonna. Cette fois, c'était Ivo.

— Tu es cinglée ? Complètement dingue ? Pourquoi venir à New York si c'est pour te cloîtrer à nouveau l'instant d'après ?

— Je n'y peux rien, Ivo. Il le faut. Je t'en supplie... N'en parlons plus. Je suis assez malheureuse comme ça.

— C'est encore la faute de cet abruti que tu as épousé.

— Ivo, je t'en prie…, bredouilla-t-elle.

— C'est bon ! Mais pour l'amour du ciel, reconsidère… Toute ta vie tu as désiré ça. Aujourd'hui, on te donne ta chance et tu la rejettes.

Il disait la vérité.

— J'aurai peut-être une seconde chance.

— Quand ? Quand ton mari sera mort ? Quand tu seras veuve ? Dans cinquante ans ? Mon Dieu, Bettina… Penses-y… Penses-y… On pourrait jouer ta pièce à Broadway et tu te condamnes au silence. Car c'est toi, toute seule. Personne d'autre.

— Oui, murmura-t-elle d'une voix à peine audible. Je t'appellerai demain, Ivo. Pour en parler. Pour l'instant, je ne peux pas…

Quand elle eut raccroché, elle sécha ses larmes, une fois de plus, et se demanda si John saisissait l'ampleur du sacrifice qu'elle faisait pour lui.

Pensivement, elle se remit à sa lecture. Aussi curieux que cela puisse paraître, c'était un livre qu'elle n'avait pas lu depuis des années. Elle en avait trouvé un exemplaire dans la bibliothèque de Mary, et elle le lui avait emprunté il y avait plusieurs mois. Aujourd'hui, elle en tirait réconfort. Comme si son père avait compris ses sentiments, comme s'il avait écrit à son intention. Elle sentait sa présence. Et puis elle tomba sur un passage, quelques lignes très simples qu'il aimait à citer. Quelque chose qu'il lui avait dit il y avait longtemps…

Ne renonce ni à tes rêves ni à ta rêverie. Ne laisse pas la vie te couper la route… tiens bon… poursuis ton chemin… continue d'avancer… accroche-toi à ces rêves... et s'ils font mine de s'échapper cours-leur après, cours, jusqu'à épuisement, mais rattrape-les... ne les laisse pas s'enfuir...

Bettina referma lentement le livre et se mit à rire à travers ses larmes. Elle alla dans la cuisine et composa le numéro de Norton. Puis elle attendit le retour de son mari. Alors avec calme, avec fermeté aussi, elle lui annonça qu'elle avait pris sa décision.

36

— Tu me jures que tu m'appelleras de temps en temps ?

Mary la regarda d'un air mélancolique, les yeux pleins de larmes.

— Je te le jure.

Bettina serra son amie dans ses bras, l'embrassa ainsi que les enfants et fit un signe de la main en extirpant Alexander du break.

— Au revoir ! cria-t-il en agitant son bras de toutes ses forces.

Cramponné à la main de sa mère, il trottina auprès d'elle en direction du terminal. Elle lui avait expliqué pourquoi il devait habiter quelques mois à New York, changer d'école, rester parfois en compagnie d'une baby-sitter et faire la connaissance des amis de son grand-père. Il était triste de ne pas emmener son papa, mais il comprenait que celui-ci fût obligé de rester avec ses malades. Il était content d'accompagner sa maman. Quant à son papa, il lui avait laissé un grand dessin, puis il avait emporté ses jouets préférés. Tout cela avait eu lieu la veille au soir. À son réveil, son papa était déjà parti. Il y avait certainement quelqu'un de très malade pour qu'il s'en aille si tôt. Tante Mary, la voisine, les avait conduits à l'aéroport. Tout s'était bien passé, même s'ils avaient beaucoup pleuré, sa maman et lui.

— Ça va, maman ? demanda-t-il en levant les yeux vers elle, avec un sourire hésitant.

Bettina n'avait cessé de regarder à droite et à gauche dans l'aéroport. Elle espérait encore que John viendrait leur dire au revoir. Elle lui avait laissé une lettre pour lui dire qu'elle l'aimait et qu'elle avait téléphoné plusieurs fois à l'hôpital. Même l'infirmière n'était pas là, et le standard n'avait pas réussi à le joindre. John ne vint pas. Bettina et Alexander montèrent à bord.

Ce fut le baptême de l'air pour Alexander. Il joua avec tout ce qu'on lui donna, courut dans l'allée centrale en faisant le fou avec trois petits enfants de son âge. Puis il s'endormit sur les genoux de Bettina. Quand ils arrivèrent à New York, Ivo n'était pas là pour les accueillir, mais il leur avait envoyé sa limousine.

Bettina en apprécia particulièrement le confort. Le chauffeur la conduisit à l'hôtel qu'elle avait choisi, dans un quartier plus central que le précédent. Elle désirait qu'Alexander puisse se promener dans le parc. On leur avait donné une jolie suite, très ensoleillée, aux murs gais, aux tentures de couleur vive. Le soleil d'automne inondait la pièce. Le portier déposa les bagages. Norton et Ivo avaient envoyé des fleurs, le producteur du spectacle un grand bouquet de roses et une carte sur laquelle était écrit : BIENVENUE À NEW YORK.

Ce soir-là, Bettina s'installa avec Alexander. Avant que son fils se couche, ils tentèrent de joindre John. Il n'était pas là. Ils appelèrent Seth, Mary et les enfants.

— Tu as déjà le mal du pays ?

— Pas vraiment. Nous voulions juste vous dire bonjour.

Mais Mary savait que Bettina se faisait du souci pour John. Seul son travail pourrait lui redonner la paix. Et puis John finirait bien par retrouver la raison. Qui sait, peut-être irait-il la voir à New York ? Pendant le dîner, elle fit part de ses réflexions à Seth, qui se contenta d'esquisser un vague hochement de tête.

Bettina borda Alexander, qui avait sa chambre. Puis elle traversa le coquet salon pour aller s'asseoir sur son lit. Elle avait déjà rangé ses bagages. Le lendemain, il ne lui resterait plus qu'à faire la connaissance de la baby-sitter et visiter l'école où elle avait inscrit son fils.

Elle s'acquitta de ces deux tâches avant midi et, à une heure, se retrouva dans le bureau de Norton Hess. Ils y déjeunèrent tranquillement, sa secrétaire leur ayant apporté deux plateaux.

— Vous êtes prête ?

— Absolument. La nouvelle baby-sitter d'Alexander est adorable et sa première matinée d'école s'est bien déroulée. À présent, je peux me mettre au travail. Quand commençons-nous ?

Norton Hess arborait un grand sourire. Elle avait l'air d'une jeune mère de famille, d'une jolie banlieusarde, avec son manteau en poil de chameau, son pantalon noir, son pull, ses boucles rousses et son petit chapeau. Certes elle ne manquait pas d'allure, mais il y avait en elle quelque chose de soumis, de trop tranquille. Il aurait aimé qu'elle arrache ses vêtements et fasse mille cabrioles.

— Vous savez, Bettina, je ne pensais pas que vous viendriez.

— Moi non plus.

— Pourquoi avez-vous changé d'avis ? Ce n'est tout de même pas ce que je vous ai dit ?

Il lui jeta un regard interrogateur. Elle éclata de rire.

— Non. C'est mon père.

Norton fronça les sourcils, intrigué.

— J'étais en train de lire un de ses livres et je suis tombée sur un passage. J'ai compris que je n'avais pas le choix.

— Je suis vraiment content que vous soyez revenue à la raison, ajouta-t-il, sur un ton malicieux. Vous m'avez évité un voyage en avion.

— Comment cela ?

— J'avais l'intention de débarquer à San Francisco et de me jeter du haut du pont du Golden Gate. Après vous avoir flanqué une bonne raclée.

— J'aurais peut-être sauté la première. J'étais tellement déprimée que j'avais du mal à y voir clair.

— Tout est bien qui finit bien, déclara-t-il en se rasseyant. – Il alluma le havane qu'il venait de sortir de sa boîte à cigares. – Demain vous vous mettrez au travail. Des projets en attendant ? Quelque chose dont vous avez une envie dévorante ? Faire des courses ? Inviter des amis ? Ma secrétaire peut vous donner un coup de main.

Bettina commença par faire non de la tête, puis soudain ses prunelles s'illuminèrent.

— Cela fait si longtemps que je ne suis pas venue, dit-elle d'un air rêveur. La fois dernière, je ne suis restée qu'une journée. Peut-être... *Bloomingdale's*...

— Les femmes ! s'exclama-t-il en roulant les yeux. La mienne passe tout son temps chez *Bergdorf.* Elle ne rentre que pour dîner.

Bettina quitta le bureau de Norton Hess en riant. Elle ne regagna son hôtel que quatre heures plus tard, se sentant un peu coupable d'avoir laissé Alexander en compagnie de la baby-sitter pour sa première journée dans une nouvelle école, une nouvelle ville. Quand elle rentra, croulant sous un monceau de paquets, Alexander était en train d'avaler des spaghetti à la tomate, tout barbouillé de glace au chocolat.

— Nous avons mangé la glace d'abord, les pâtes ensuite. D'après Jennifer, mon estomac se moque de savoir dans quel ordre je les ai absorbées.

Il avait l'air heureux, les joues ainsi maculées de rouge et de brun. Apparemment, l'absence de Bettina ne lui avait pas pesé. Quant à elle, elle était ravie de ces moments de liberté.

Un message de la réception lui apprit qu'Ivo était à Londres et que le producteur passerait la voir, le lendemain matin, à dix heures. De toute évidence, John n'avait pas téléphoné. Ses derniers remords s'évanouirent. Elle se retira dans sa chambre pour essayer quatre robes toutes neuves, trois pulls et un tailleur. Elle avait dépensé presque mille dollars. À présent, elle pouvait se le permettre. Elle s'en était donné à cœur joie. Et puis cette garde-robe lui serait d'une grande utilité. Le contenu de ses valises lui semblait aujourd'hui par trop moche et démodé.

Le lendemain, en attendant son entrevue avec le producteur, elle revêtit avec ravissement une robe de cachemire couleur crème.

— Vous êtes superbe, Bettina ! Vous devriez faire partie de la distribution.

— Je ne crois pas, mais merci quand même.

Ils échangèrent un sourire chaleureux avant de parler

théâtre. Pour le moment, Bettina n'aurait que quelques détails à régler. Il s'occuperait des machinistes et de la distribution, des acteurs au metteur en scène. Les fées s'étaient sans doute penchées sur ce spectacle, car à la fin de la semaine, tout le monde était engagé.

— Déjà ? C'est un véritable miracle ! s'exclama Norton quand Bettina l'appela pour l'en informer.

Elle avait assisté aux dernières auditions, et les acteurs lui plaisaient énormément. Elle avait redouté un instant qu'Anthony ne se présentât. Mais se trouvait-il encore aux États-Unis ? Six ans, c'était long. Et cela faisait six ans qu'elle ne l'avait pas revu. Quelle qu'en fût la raison, Anthony ne vint pas.

Deux semaines plus tard, elle reçut un coup de téléphone d'Ivo. Elle rentrait tout juste du théâtre pour dîner avec Alexander. Elle portait un jean et un vieux sweat-shirt confortable.

— Tu es revenu de Londres ?

— Hier soir. Comment vas-tu ?

— À merveille. Oh ! Ivo, si tu voyais ça ! C'est magnifique. Ils ont choisi des acteurs fabuleux pour les rôles du père et de la fille.

— Je suis ravi, ma chérie. Si on dînait ensemble pour que tu puisses me raconter tout ça ? Je serai au *Lutèce* avec un ami.

— Au *Lutèce* ? Tu m'impressionnes, Ivo.

C'était le restaurant le plus chic et le plus cher de la ville.

— Il n'y a pas de quoi. Ce qui devrait t'impressionner, c'est l'identité de mon invité. Le nouveau critique d'art dramatique du *Mail.*

— Mon Dieu !

— Il faut que vous fassiez connaissance. De plus, il est très, très sympathique.

— Comment s'appelle-t-il ? Je l'ai peut-être rencontré, avant.

— C'est peu probable. Il a travaillé dix-sept ans au *Los Angeles Times*. Il est arrivé chez nous... – Il sourit de ce lapsus, et Bettina le mit en boîte. – Chez eux, pardon, rectifia-t-il, il y a six mois environ. Il se nomme Oliver Paxton et il est à la fois trop jeune et trop intelligent pour avoir fait partie des amis de ton père.

— Il doit être sinistre. Suis-je absolument obligée de le voir ?

— Non, il n'est pas sinistre et, oui, tu dois le voir. Allez, viens. Cela te fera du bien. Tu n'es pas ici uniquement pour travailler.

— Si.

Elle ne tenait pas à commettre la même erreur qu'avec Anthony, sept ans auparavant. Elle ne sortirait ni avec la troupe ni avec les techniciens ni avec le producteur. Elle ne rechercherait pas leur amitié. Elle suivrait sans dévier la ligne de conduite qu'elle s'était fixée, comme elle l'avait promis à John. Travailler, s'occuper d'Alexander le plus possible, voir son agent, c'était tout. Elle pouvait peut-être faire une exception pour Ivo, un ami très spécial. Avec lui, elle ne risquait rien. Elle voulait monter sa pièce mais désirait aussi sauvegarder son ménage.

— Alors, tu viens avec nous ?

Elle réfléchissait en regardant Alexander jouer avec son assiette.

— J'étais en train de dîner avec Alexander.

— Hum… délicieux. Mais ce n'est peut-être pas le genre de nourriture que tu préfères…

— Non, pas vraiment.

Alexander avait commandé des hot-dogs et du pudding au chocolat, avec une double portion pour elle.

— Bon… Réflexion faite, à quelle heure devez-vous vous retrouver ?

— J'ai donné rendez-vous à Ollie à huit heures et demie. Il avait une réunion à six heures, qu'il ne pouvait pas manquer.

— Comme toi, Ivo, au bon vieux temps.

— N'est-ce pas ? Mais il n'est pas aussi beau que moi, et de loin.

— Il n'a sûrement pas autant de charme, le taquina-t-elle.

— Je te laisse juge, conclut-il en riant.

37

Bettina sortit du taxi dans la 50e Rue, à l'est de la Troisième Avenue, et s'engouffra dans le restaurant. C'était la première fois qu'elle revoyait Ivo depuis qu'elle avait accepté de monter cette pièce, depuis son arrivée à New York avec Alexander. Elle était heureuse de le retrouver bien qu'elle eût préféré le voir en tête à tête. Cela n'avait pas grande importance. Pour un soir, cela l'amusait de sortir, de ne pas rester penchée sur ses notes, comme les autres jours, toute seule dans sa chambre. Elle se débarrassa de son manteau au vestiaire et attendit que le maître d'hôtel lui indique la table d'Ivo. Elle remarqua plusieurs hommes qui la regardaient avec insistance. Sa tenue était-elle déplacée ? Elle étrennait l'une des robes récemment achetées, un velours lilas qui seyait particulièrement à sa peau claire et à ses cheveux de cuivre. De coupe sobre, nette, elle lui descendait jusqu'au mollet. La simplicité de cette robe et sa couleur lui rappelaient vaguement le superbe ensemble Balenciaga avec sa tunique de velours vert foncé. Pour apporter à sa tenue une dernière touche d'élégance, elle portait un sautoir de perles avec boucles d'oreilles assorties. Elle attendait là, fraîche et sage, petite et délicate, avec ses grands yeux émeraude. Assis à une table éloignée, Ivo la contemplait. Il lui adressa un sourire chaleureux, amical. Elle l'aperçut aussitôt et se dirigea vers une sorte de jardin recouvert d'un dais, tout au fond du restaurant.

— Bonsoir, ma grande, comment vas-tu ?

Il se leva pour l'embrasser, et Bettina le prit affectueusement dans ses bras. Puis elle se tourna vers le géant à ses côtés. C'était un homme jeune et sympathique, aux yeux gris, aux épaules larges et aux cheveux blonds comme le sable de Californie.

— Voilà Oliver Paxton. Cela fait un certain temps que je voulais te le présenter..

Ils se serrèrent la main poliment, puis ils prirent place, tous les trois, autour de la table. Oliver l'observa, admiratif, en se demandant quels liens unissaient son ami et cette jeune femme. Ils semblaient avoir des rapports complices, tendres, presque familiaux. Il se souvint alors de ce qu'Ivo lui avait confié avant de se rendre à Londres : elle était la fille de Justin Daniels, son grand copain, et elle venait d'écrire ce qui serait, disait-on, le succès de l'année.

— Je sais qui vous êtes ! fit-il avec un grand sourire.

— Oui ?

— Vous êtes la fille de Justin Daniels et auteur d'une pièce sensationnelle, paraît-il. Avez-vous un quelconque surnom ?

— Pas à New York. En Californie, certains de mes amis intimes m'avaient affublée d'un diminutif que je détestais et que je ne vous révélerai pas.

— Où en Californie ?

— San Francisco.

— Depuis combien de temps y vivez-vous ?
— Presque six ans.
— Ça vous plaît ?
— Beaucoup.

Leurs deux visages s'illuminèrent. La soirée commençait bien. Il était originaire de Los Angeles, mais avait fait ses études à l'université de San Francisco. C'était une ville chère à son cœur. Ivo ne partageait pas ce sentiment.

Ils commandèrent un excellent repas. La conversation alla bon train. Il était près de minuit quand Ivo fit signe à un serveur de lui apporter l'addition.

— Je ne sais pas ce que vous en pensez, mes enfants, mais pour le vieux monsieur aux cheveux blancs que je suis, il est temps d'aller se coucher, déclara-t-il en réprimant un bâillement.

Ivo avait passé une charmante soirée, tout comme ses deux invités. Bettina le regarda, l'œil pétillant.

— Ce n'est pas juste, Ivo. À vingt-deux ans, tu avais déjà les cheveux blancs.

— Peut-être, ma chérie. Mais maintenant, ils correspondent à une réalité, et j'ai donc le droit de les mentionner aussi souvent qu'il me plaira.

Oliver le regarda avec une sincère admiration. Dans le monde journalistique, Ivo était un spécimen rare, quelqu'un qu'il respectait depuis toujours.

Ivo leur dit au revoir avant de monter dans la voiture qui l'attendait devant le restaurant, depuis le début de la soirée. Oliver lui promit de raccompagner Bettina à son hôtel.

— Vous n'allez pas l'enlever ou vous conduire avec vulgarité ?

— L'enlever ? Non, Ivo, je vous le jure, répondit-il

avec une petite lueur dans le regard. Et j'aime à penser que rien de ce que je fais n'est vulgaire.

— Je laisse Mlle Daniels en juger.

Ivo leur adressa un signe de la main et appuya sur un bouton pour remonter sa vitre. La limousine s'éloigna.

Oliver baissa les yeux vers Bettina. Ils se mirent à marcher lentement, vers l'ouest, longeant les maisons de grès brun, puis les immeubles d'habitation, les bureaux, les boutiques.

— Depuis combien de temps connaissez-vous Ivo, Bettina ?

— Depuis toujours, répondit-elle en souriant.

De toute évidence, il ne savait pas grand-chose sur eux.

— C'était un ami de votre père ?

Elle acquiesça et soupira, décidée à lui révéler la vérité. À présent, elle en parlait plus facilement. Elle n'en avait plus honte. C'était un souvenir qui lui inspirait de la tendresse et de la fierté.

— Oui, mais nous avons aussi été mariés pendant six ans… il y a longtemps.

Oliver Paxton ouvrit des yeux comme des soucoupes.

— Que s'est-il passé ?

— Il a cru que je m'étais détachée de lui en grandissant. Ce n'est pas vrai. Quoi qu'il en soit, nous sommes redevenus de simples amis.

— C'est ce que j'ai entendu de plus extraordinaire ce soir. Dire que pendant tout ce dîner, je n'étais pas au courant. Est-ce que…, fit-il en l'observant attentivement, vous vous voyez encore ? – Il trébuchait sur les mots, ce qui fit sourire Bettina. – Enfin… je veux dire… je n'avais pas l'intention… Quand j'ai proposé de vous raccompagner, l'a-t-il mal pris ?

Il avait l'air tellement gêné que cette fois, Bettina partit dans un grand éclat de rire.

— Bien sûr que non !

Elle soupçonnait même Ivo de nourrir certaines arrière-pensées à leur égard, ce dont elle ne dit rien à son nouvel ami. Ou bien Ivo avait voulu l'amadouer pour qu'il fît une bonne critique de sa pièce ou bien il s'était imaginé qu'elle avait besoin d'un chevalier servant pendant son séjour à New York.

— Eh bien ! s'exclama Oliver, abasourdi.

Ils poursuivirent leur chemin en silence. Bettina lui prit le bras. Il se tourna vers elle en souriant.

— Désirez-vous aller danser ?

— Ce soir ? Mais il est presque une heure du matin ! s'exclama-t-elle.

— Je sais, répliqua-t-il, amusé de sa réaction. Mais comme le dit si bien Ivo, à New York, les choses sont différentes. Tout est toujours ouvert. Ça vous dit ?

Elle était sur le point de refuser cette proposition farfelue quand il baissa les yeux vers elle. L'expression de son visage l'attendrit et elle se surprit à accepter son invitation. Ils sautèrent dans un taxi. Oliver Paxton l'emmena dans un bar du côté de l'Upper East Side. On y jouait de la musique. L'endroit était plein à craquer, les clients écrasés les uns contre les autres se balançaient en rythme, riaient, buvaient et s'amusaient. Ce n'était plus l'élégance feutrée du *Lutèce,* mais l'ambiance plut à Bettina. Une heure plus tard, ils partirent à regret.

Ils regagnèrent son hôtel et parlèrent de la première de sa pièce.

— Une pièce remarquable, sans aucun doute, fit-il avec chaleur.

— Qu'est-ce qui vous fait dire ça ?

— C'est vous qui l'avez écrite… Et vous êtes quelqu'un d'exceptionnel.

— Quel dommage que vous soyez critique, rétorqua-t-elle en riant.

— Pourquoi ? s'étonna-t-il.

— Parce que j'aimerais que vous veniez voir mon spectacle pour me donner votre avis. Mais vu qui vous êtes, Ollie, le producteur, piquerait une crise. C'est vous qui serez chargé de faire un papier ? demanda-t-elle en levant les yeux vers lui.

— Probablement.

— C'est trop bête.

Elle semblait sincèrement désolée.

— Pourquoi ?

— Parce que vous allez me descendre en flammes, que je serai mal à l'aise, que vous serez embarrassé et que cette situation sera des plus pénibles…

Ces sinistres prédictions l'amusèrent.

— Il n'y a qu'une solution.

— Laquelle, monsieur Paxton ?

— Que nous devenions amis avant la première. Peu importe ce que j'écrirai alors. Qu'en pensez-vous ?

— C'est sûrement la seule solution.

En arrivant devant l'hôtel, Oliver Paxton lui proposa de boire un dernier verre. Bettina avait hâte de retrouver son fils, de s'assurer que tout allait bien.

— Un fils… Vous avez eu un fils avec Ivo ? Décidément, je vais de surprise en surprise.

— Non, c'est l'enfant de mon troisième mari.

— Oh là là, vous êtes très populaire ! Et quel âge a-t-il ?

Ses trois mariages ne semblaient pas l'impressionner le moins du monde. Bettina en fut soulagée.

— Il a quatre ans, il se prénomme Alexander et il est adorable.

— Laissez-moi deviner. Il est fils unique ?

— Oui.

— Et le père du jeune homme ? En êtes-vous séparée ou est-il à New York, lui aussi ?

Malgré son inquiétude, Bettina ne put s'empêcher de rire.

— Eh bien, notre séjour à New York ne l'enchante guère. Pour lui, c'est Sodome et Gomorrhe. Il est furieux que je monte cette pièce. Mais pour répondre à votre question, nous sommes encore mariés. Il est resté à San Francisco. Moi, j'ai souhaité emmener Alexander.

— Puis-je faire sa connaissance ?

Il ne pouvait rien dire qui la touchât davantage.

— Cela vous ferait plaisir ?

— Tout à fait. Pourquoi ne pas organiser un petit dîner demain, avant le théâtre ? Nous le ramènerons à l'hôtel, et nous repartirons ensuite. Qu'en dites-vous ?

— C'est fantastique ! Merci, Ollie.

— Je vous en prie.

Il s'inclina devant elle, puis il héla un taxi. Dans l'escalier, Bettina fut prise de remords. Qu'était-elle en train de faire ? Pourquoi accepter les invitations de cet homme ? Elle était mariée et elle s'était promis de ne sortir avec personne. Mais c'était un ami d'Ivo, après tout.

John ne lui avait donné aucun signe de vie depuis

leur départ. Il ne répondait ni à ses coups de fil ni à ses lettres. Sa secrétaire répétait inlassablement qu'il n'était pas au bureau. Bettina laissait le téléphone sonner des dizaines de fois. En vain. Il ne voulait pas décrocher ou il n'était jamais là. Ce n'était peut-être pas si terrible que cela d'avoir accepté de dîner avec Oliver Paxton. Même s'il lui plaisait, elle n'aurait pas de liaison avec cet homme.

Ce qu'elle lui annonça de but en blanc le lendemain soir, quand au sortir du théâtre ils se retrouvèrent dans un salon de thé russe autour d'un verre et de blinis.

— Qui vous parle de cela ? fit-il, amusé. Madame, ce n'est pas vous que je veux, c'est votre fils.

— Avez-vous été marié ?

— Non, personne n'a jamais demandé ma main, répondit-il avec un sourire.

— Je ne plaisante pas, Ollie.

Il était devenu très vite son ami. Quelle que fût leur attirance l'un pour l'autre, ils comprenaient que leurs relations devaient en rester là. Il était impossible à Bettina d'envisager autre chose. Oliver respectait sa décision.

Il mordit dans l'un des blinis qu'on leur avait apportés.

— Mais je suis très sérieux. Et non, je n'ai jamais été marié.

— Pour quelle raison ?

— Je n'ai rencontré personne dont je voulais m'encombrer pour le restant de ma vie.

— Quelle agréable manière de dire les choses, commenta Bettina avec une moue désapprobatrice.

— Le numéro trois n'approuve pas ce que vous faites ?

Bettina commença par défendre John, ce qui parut révélateur à son interlocuteur.

— Non, finit-elle par admettre.

— Ce n'est pas étonnant.

— Pourquoi ?

— Parce que beaucoup d'hommes ont du mal à accepter que leur femme ait une vie différente de la leur, passée ou présente. Vous avez les deux. Mais vous avez bien fait.

— Comment le savez-vous ?

Elle avait l'air si grave qu'il ne résista pas au plaisir d'ébouriffer ses cheveux auburn.

— Vous ne vous souvenez pas de ce passage, dans l'un des romans de votre père ? Je suis tombé dessus par hasard, le jour où j'hésitais à accepter le poste du *Mail,* à New York. Votre père aurait approuvé votre choix…

Elle le regarda, les yeux écarquillés, et ils le citèrent ensemble, mot pour mot.

— Mon Dieu, Ollie, c'est ce que j'ai lu avant de prendre ma décision, c'est ce qui m'a fait changer d'avis !

En silence, ils portèrent un toast à Justin Daniels, terminèrent leurs blinis et regagnèrent l'hôtel de Bettina, bras dessus bras dessous. Il lui donna rendez-vous, le samedi suivant, pour aller visiter le zoo du Bronx avec Alexander.

38

À la fin du mois d'octobre, Bettina travaillait nuit et jour. Elle passait des heures interminables dans ce théâtre balayé par les courants d'air. La nuit, de retour à l'hôtel, elle modifiait encore certains détails. Le lendemain matin, on procédait aux essais et on bousculait de nouveau le texte. Elle ne voyait jamais Ivo, à peine Ollie, et parvenait ainsi à consacrer une demi-heure par jour à Alexander. Quand elle était au théâtre, Ollie venait parfois jouer avec lui. Au moins Alexander avait-il un compagnon, une présence masculine. Elle n'avait aucune nouvelle de John.

— Je ne comprends pas pourquoi il ne m'appelle pas. – Bettina, irritée, leva les mains au ciel et raccrocha le téléphone, prenant Oliver à témoin. – Il pourrait nous arriver quoi que ce soit, il n'en saurait rien. C'est ridicule. Il ne répond ni à mes lettres ni à mes coups de fil.

— Tu es sûre qu'il n'a rien dit de définitif quand tu es partie, Bettina ?

Elle hocha la tête. En dépit d'une étrange prémonition, Oliver n'osa rien ajouter. Elle se considérait comme mariée, il l'avait compris et respectait son attitude. On changea de sujet. Rapidement, Bettina évoqua ses dernières angoisses d'auteur dramatique.

— Nous ne serons jamais prêts pour la première, déclara-t-elle.

Elle était visiblement épuisée, amaigrie, mais ses yeux reflétaient sa rage de vivre. Elle aimait son métier, et cela se voyait. Quand elle lui confiait ses malheurs, Ollie lui remontait toujours le moral.

— Mais si, tu seras au point, Bettina. Tout le monde en passe par là, tu verras.

Bettina le trouvait d'autant plus fou et optimiste que chaque semaine les rapprochait du jour J. Au moins il n'y avait plus aucune modification à apporter. Ils donnèrent trois représentations à New Haven, deux à Boston. Après ce rodage, il y eut d'autres changements. Enfin Bettina et le metteur en scène s'estimèrent satisfaits. Tout ce qui était possible avait été fait. Il ne restait plus qu'à passer une bonne nuit avant la première et à vivre une journée d'inquiétude en attendant le soir. Ce matin-là, vers dix heures, le téléphone sonna. C'était Ollie. Bettina était debout depuis six heures et quart.

— À cause d'Alexander ?

— Non, imbécile, fit-elle en riant, à cause de mes nerfs !

— C'est pour ça que je t'appelle. Veux-tu que je te change les idées aujourd'hui ?

Non. Ce jour-là, ce soir-là, il était l'Ennemi, celui qui critique, condamne. Elle ne pouvait supporter l'idée de passer la journée en sa compagnie et de le voir démolir sa pièce. Car de cela, elle était certaine.

— Laisse-moi dans mon pitoyable état. J'adore ça !

— Demain, ce sera terminé.

— La pièce aussi, peut-être, fit-elle, le regard perdu dans le vide.

— La ferme, idiote ! Tout se passera bien.

Mais elle ne le crut pas. Et après avoir fait les cent pas et houspillé Alexander toute la sainte journée, elle arriva au théâtre à sept heures et quart. Il restait plus d'une heure avant le lever du rideau, mais elle ne tenait plus en place. Elle alla dans les coulisses, sur la scène, dans la salle, essaya un siège, puis un second, avant de descendre l'allée centrale, pour retourner en coulisses. Là, elle décida d'aller faire le tour du pâté de maisons, au risque de se faire agresser. Mais elle revint saine et sauve de sa promenade et, tapie dans un coin, attendit que le dernier spectateur fût entré pour se faufiler au dernier rang, à une place vide. Si la tension était trop forte, elle pourrait toujours s'éclipser sans que le reste de l'assistance pense qu'elle détestait le spectacle.

Elle eut beau chercher Ollie des yeux, elle ne le vit pas. Quand le rideau retomba, elle s'empressa de quitter le théâtre, héla un taxi et regagna son hôtel au plus vite. Elle avait prévenu les standardistes qu'elle dormait. Toute la nuit, elle resta assise dans un fauteuil en attendant que les portes de l'ascenseur s'ouvrent et qu'on lui dépose le journal du matin. À quatre heures et demie, elle bondit et se précipita vers la porte. Avec effroi, elle ouvrit le journal. Il fallait qu'elle lise l'article… il le fallait… Qu'avait-il écrit ? Qu'avait-il… ?

Elle le lut, le relut, le relut encore. Les larmes ruisselaient sur ses joues. D'une main tremblante, elle décrocha le téléphone et composa son numéro. En criant, en riant, en pleurant, elle le traita de tous les noms.

— Petit salaud… Oh, Ollie… je t'aime. Ça t'a plu ? Vraiment plu ? Mon Dieu, Ollie, c'est vrai ?

— Tu es cinglée, Daniels ! Tu t'en rends compte ? Complètement folle ! Folle à lier ! Il est quatre heures et demie du matin et j'ai essayé de te joindre toute la nuit… Et maintenant c'est elle qui appelle quand j'ai fini par renoncer et me mettre au lit.

— Mais j'attendais le journal.

— Espèce de gourde, j'aurais pu te lire mon article à onze heures et quart, hier soir.

— Je ne l'aurais pas supporté. Et si tu avais détesté la pièce ?

— C'était impossible, pauvre noix ! Elle est remarquable. Tout à fait remarquable !

— Je sais, déclara-t-elle, rayonnante, ronronnante. J'ai lu la critique.

Oliver Paxter riait, heureux. Il lui promit de venir partager son petit déjeuner, quand elle aurait un peu dormi. Avant de se coucher, cependant, elle demanda l'opératrice. À cette heure-là, peut-être y aurait-il quelqu'un à la maison. Pris au dépourvu, peut-être décrocherait-il. Toujours pas de réponse. Elle aurait tellement aimé annoncer à John que sa pièce avait remporté du succès. Elle appela Seth et Mary. Ils furent ravis pour elle, même si elle les avait réveillés. Le soleil se levait quand Bettina se glissa enfin entre les draps avec un large sourire, le journal étalé en grand sur le lit.

39

— Alors, Bettina, et maintenant ? Maintenant que tu es lancée ?

Ollie lui sourit, heureux de partager son repas, des œufs pochés et du champagne. Ils s'étaient retrouvés à l'hôtel, pour un petit déjeuner tardif. Bettina était encore sous le choc, exténuée et ravie.

— Je n'en sais rien. Je vais rester dans les parages pendant deux ou trois semaines, pour m'assurer que tout va bien, puis je rentrerai à la maison. J'avais dit à John que je serais de retour pour Noël, et je pense que ce sera possible, ajouta-t-elle d'un air vague.

Son mari ne lui avait pas donné signe de vie depuis trois mois. Elle se demandait avec inquiétude ce qu'il était devenu et ce qu'elle allait raconter à Alexander.

— Et sur le plan professionnel, Bettina ? Un autre coup de génie en perspective ?

— Pas encore, répondit-elle avec un grand sourire. Une idée m'est venue, il y a quelque temps, mais elle n'est pas encore bien définie.

— Quand ce sera au point, pourrai-je lire ce que ça donne ? lui demanda-t-il avec enthousiasme.

— Bien sûr. Ça te ferait vraiment plaisir ?

— Très.

Elle réalisa soudain qu'il allait beaucoup lui manquer. Elle avait pris l'habitude de leurs longues conversations, de leurs coups de fil quotidiens, de leurs dîners, parfois avec Ivo, parfois en tête à tête. Il était devenu une sorte de frère pour elle. En le quittant, elle avait l'impression de quitter son foyer, sa famille.

— Pourquoi cette tête d'enterrement ?

— Je songeais à mon départ.

— Ne te ronge pas les sangs pour ça. Tu seras de retour ici avant d'avoir eu le temps de dire ouf, et tu me verras sans doute plus que tu ne le souhaiterais. Je me rends plusieurs fois par an sur la côte Ouest.

— Parfait, fit-elle avec un sourire plus guilleret. À propos, veux-tu dîner avec Ivo et moi, pour ma dernière soirée à New York ?

— Tout à fait. Où allons-nous ?

— Quelle importance ?

— J'imagine que ce sera dans un restaurant de rêve.

— Comme toujours avec Ivo.

Ce fut à la *Côte Basque,* à sa table attitrée. Ivo avait commandé un dîner délicieux, des quenelles en entrée, du champagne et du caviar. Puis on leur apporta une salade de cœurs de palmiers, un filet mignon garni de champignons frais, venus de France, et pour le dessert, un soufflé au grand-marnier. Ils mangèrent tous trois de bon appétit, puis ils dégustèrent un café et un digestif.

— Alors, petite, tu nous quittes ? dit-il doucement.

— Pas pour longtemps, Ivo.

— Je l'espère.

Ollie la raccompagna à son hôtel. Chemin faisant, Bettina pensait aux dernières paroles d'Ivo. Il lui avait paru étrangement pensif.

— Tu as entendu ce que m'a dit Ivo ? « Bon voyage, petit oiseau. » Et puis il m'a embrassée avant de monter dans sa voiture.

— Il était fatigué, probablement, et triste de te voir partir. Moi aussi, ajouta-t-il.

Bettina hocha la tête. Elle n'avait envie de les quitter ni l'un ni l'autre. Elle eut soudain l'impression d'être chez elle à New York. Depuis trois mois, elle avait planté ses racines dans le macadam de la ville. C'était froid, lugubre, il y avait du monde partout, les chauffeurs de taxi étaient désagréables, personne ne vous tenait jamais une porte pour vous laisser passer, mais on sentait dans l'air un tourbillon de vie, une ambiance particulière, un enthousiasme. À Mill Valley, en attendant qu'Alexander rentre de l'école, elle aurait du mal à oublier tout cela. Même Alexander partageait ce sentiment. Il était content de revoir son père, mais il ne manifestait aucune hâte de s'en aller.

Ollie les conduisit à l'aéroport et agita longtemps la main tandis que le petit garçon se dirigeait à contrecœur vers la porte d'embarquement. Il envoya un baiser à Bettina, puis rentra chez lui, pour prendre la cuite de sa vie. Bettina ne pouvait s'accorder ce luxe. Pour affronter John, mieux valait être sobre. Elle ne lui avait envoyé aucun message. Elle n'avait pas prévenu Seth et Mary de leur arrivée. Ainsi surprendrait-elle tout le monde. Leurs bagages étaient bourrés de cadeaux pour John, Mary, Seth et tous les enfants.

Il faisait un temps doux et calme quand l'appareil se posa. Il était cinq heures et demie de l'après-midi. Ils trouvèrent un taxi qui les conduisit à Mill Valley. Alexander était de plus en plus impatient. Après ces trois longs mois, il allait enfin revoir son papa. Il lui raconterait tout, New York, le zoo, ses amis, et ce qu'il avait fait à l'école. Il frétillait et gigotait sur la banquette arrière, envoyant moult coups de coude et de genou à Bettina qui souriait stoïquement.

Le trajet lui sembla durer des siècles. Le taxi s'engagea enfin dans l'allée familière, et Bettina ne put s'empêcher de sourire. Il faisait bon rentrer chez soi. Le chauffeur déchargea ses bagages tandis qu'elle se précipitait pour ouvrir la porte d'entrée. Mais quand elle inséra sa clef dans la serrure, ce fut pour constater qu'elle n'était plus adaptée. Elle eut beau la tourner dans un sens puis dans l'autre, pousser la porte, secouer la poignée, rien n'y fit. Il n'y avait qu'une seule explication. John avait fait changer les serrures. Quel gamin !

Stupéfaite, elle se rua vers la maison voisine. Elle avait réglé le taxi et lui avait demandé de déposer les valises dans le garage. Aussi prit-elle Alexander par la main et ensemble, ils traversèrent le jardin, pour venir frapper à la porte de Mary.

— Oh, mon Dieu ! Betty !

Mary la serra dans ses bras et embrassa Alexander, que ses petits amis accueillaient bruyamment.

— Tu m'as tellement manqué ! Seth, ils sont de retour ! cria-t-elle.

Celui-ci apparut, souriant, et leur tendit les bras. Mais la chaleur des retrouvailles s'évanouit aussitôt. Bettina les dévisagea l'un après l'autre et leur raconta l'épisode de la clef.

— Je ne comprends pas, dit-elle.

Ils se dirigèrent vers le salon et Bettina les regarda par-dessus son épaule.

— Je suppose que John a fait changer les serrures.

Mary était visiblement malheureuse. Seth releva enfin les yeux.

— Assieds-toi, Bettina. Ce que j'ai à t'apprendre n'est pas très agréable.

Que s'était-il passé ? Lui était-il arrivé quelque chose pendant son absence ? Pourquoi ne l'avait-on pas avertie ? Bettina pâlit brusquement. Mais Seth secoua la tête.

— Ce n'est rien de tout cela, Bettina. Mais je suis son avocat, et j'étais tenu à la discrétion. Il est venu me trouver après ton départ et m'a prié instamment de ne rien te dire. Ç'a été… bredouilla-t-il… Ç'a été difficile, à vrai dire.

— Je comprends, Seth. Maintenant, il faut que tu me mettes au courant.

Il jeta un coup d'œil furtif à Mary avant de poursuivre :

— Je sais. Je dois. Betty, il a demandé le divorce, le jour même de ton départ.

— Ah ? Mais je n'ai jamais reçu aucun papier.

— Ce n'est pas nécessaire, fit-il. Souviens-toi de la procédure utilisée lorsque tu as divorcé de ton précédent mari. Ici, dans cet État, cela s'appelle une dissolution et il suffit que l'un des époux le veuille. C'était le cas. Et voilà.

— Comme c'est simple ! – Elle respira profondément. – Quand le jugement définitif sera-t-il prononcé ?

— Il faut que je vérifie, mais ce doit être dans trois mois.

— Et il a changé les serrures de la maison ?

Elle comprenait maintenant pourquoi il ne répondait ni à ses appels ni à ses lettres.

— Il a vendu la maison, Betty. Il n'habite plus là.

Cette fois, elle accusa le coup.

— Et nos affaires ? Mes affaires... Tout ce que nous avions acheté ensemble.

— Il t'a laissé quelques cartons et des valises contenant les vêtements et les jouets d'Alexander.

— Et Alexander ? Il va se battre pour obtenir la garde ?

Elle se félicita d'avoir emmené son fils à New York. Et s'il avait disparu avec lui ? Elle en serait morte. Seth hésita avant de lui répondre.

— Il... Il ne veut plus le revoir, Betty. Il dit qu'il est entièrement à toi.

— Oh ! mon Dieu !

Elle se leva lentement et se dirigea vers la porte où l'attendait le petit garçon, les yeux levés vers elle, le regard interrogateur.

— Où est papa ?

— Il n'est pas là, mon amour. Il est parti en voyage.

— Comme nous ? À New York ? fit-il, intrigué.

Elle refoula ses larmes.

— Non, mon chéri, pas à New York.

Il la regarda d'une manière étrange, comme s'il avait compris la situation.

— On retourne à New York, maman ?

— Je l'ignore, mon trésor, peut-être. Ça te plairait ?

— Ouais ! s'écria-t-il en retrouvant son sourire. J'étais justement en train de leur parler du grand zoo.

Bettina, bouleversée, constata qu'il ne s'inquiétait pas beaucoup de son père. C'était sans doute aussi bien comme ça. Elle se tourna vers Seth et Mary, des larmes aux paupières, un pauvre sourire aux lèvres.

— Adieu Betty Fields, dit-elle.

Cela faisait déjà plus de trois mois qu'elle ne l'était

plus. À New York, elle était Bettina Daniels, l'auteur dramatique. Ce qu'elle aurait dû rester, songea-t-elle.

— Pouvez-vous nous héberger quelques jours ?

— Tout le temps que tu voudras.

Mary lui tendit les bras et la serra contre son cœur.

— Ma belle, nous sommes désolés. C'est un imbécile.

Ce n'était pas l'oiseau de paradis qu'il avait désiré. C'était le petit oiseau gris et brun. Au fond d'elle-même, Bettina l'avait toujours su.

40

Bettina et Alexander quittèrent San Francisco le lendemain de Noël. Et après avoir longtemps tergiversé, elle expédia les cartons à son hôtel de New York.

— Cela fait six ans que je suis ici, Mary, tu te rends compte ?

— Oui. Mais as-tu vraiment envie d'y rester, à présent ?

Elle avait eu tout le loisir d'y réfléchir pendant les deux semaines qui avaient précédé Noël. Et elle avait dû se rendre à l'évidence. Ce n'était pas seulement une question de villes. Tous les gens qu'elle connaissait à San Francisco étaient des amis de John. Naguère gentils, chaleureux, ils l'ignoraient quand ils la croisaient dans la rue. Elle portait la marque non seulement du divorce, mais encore du succès.

Ils prirent donc l'avion, et Ollie vint les chercher à l'aéroport. Curieusement, Bettina avait l'impression de revenir chez elle, non pas d'en être partie. Ollie souleva Alexander du sol et le prit dans ses bras. Le petit garçon disparut dans les plis de son immense manteau de sconse.

— Où as-tu trouvé ça ? C'est super, déclara Bettina avec un grand sourire.

— C'est ce que je me suis offert pour Noël.

Plusieurs cadeaux attendaient Bettina et Alexander à l'arrière de la limousine qu'il avait louée pour les accompagner à l'hôtel. La veille de Noël, il avait neigé. Il restait encore quelques plaques sur le bord de la route.

En parcourant en sens inverse le chemin qu'elle avait pris deux semaines plus tôt, Bettina constata que quelque chose avait changé chez Ollie. Il était à la fois calme et tendu. Elle attendit qu'Alexander joue avec son ours en peluche, son camion de pompiers surmonté d'une sirène et la collection de petites voitures à piles qui jonchaient le sol de la limousine.

— Que se passe-t-il ? s'enquit-elle.

— Et toi, Bettina ? fit-il d'un ton qui manquait de conviction.

— C'est bon d'être de retour, répondit-elle avec un haussement d'épaules.

— Vraiment ? – Il nota son regard triste. – Ç'a été dur pour toi.

— Un peu. Je ne m'attendais pas à ça. À rien de tout cela, déclara-t-elle, songeuse. En sortant de l'aéroport, nous sommes allés à la maison, et j'ai cru qu'il avait fait changer les serrures.

— Il a fait ça ?

Elle secoua la tête d'un air sombre.

— Non. Il avait vendu la maison.

— Sans te le dire ? s'exclama Ollie, horrifié. Comment l'as-tu su ?

— Les voisins me l'ont appris. Je n'ai jamais réussi

à le joindre. Il semble qu'il ait demandé le divorce il y a trois mois et demi, dès notre départ.

— Mon Dieu… Et il ne t'a pas prévenue ? Et…, ajouta-t-il en désignant Alexander d'un mouvement de menton.

— C'est fini aussi.

— Il ne le verra plus ? insista Ollie, profondément choqué.

— Il dit que non.

— Tu lui as expliqué ?

— Plus ou moins, fit-elle, pensive. – Elle soupira. – Deux semaines très instructives. Ça, c'étaient les mauvaises nouvelles. Les bonnes, maintenant. Pires encore. Chaque fois que je croisais quelqu'un de connaissance, une relation, un vieil ami, on me battait froid. Soit carrément, soit en m'envoyant des vacheries, poursuivit-elle avec un petit rire nerveux. Oui, deux semaines vraiment horribles.

— Et maintenant ?

— Dès demain, je cherche un appartement, Alexander reprend le chemin de l'école après les vacances, et j'attaque ma nouvelle pièce.

Ollie regardait par la vitre. Elle lui effleura doucement le bras. Il se tourna vers elle.

— Ollie… ça va ?

— Ça va, répondit-il en détournant les yeux.

— Tu en es sûr ?

— Oui, maman, gloussa-t-il. – Il marqua une pause. – Je suis tellement content que tu sois revenue, Bettina ! Mais je suis navré que tu aies subi une telle épreuve.

— C'était prévisible, je suppose. Mais j'ai préféré faire la politique de l'autruche.

— Quand j'ai su que tu n'arrivais pas à le joindre, j'ai eu un pressentiment, c'est vrai. Mais je pensais qu'en te voyant, il ferait marche arrière, que vous vous réconcilieriez et que tout reprendrait comme avant.

— Je n'ai pas eu cette chance, dit-elle tristement. À propos, as-tu vu Ivo ? Je l'ai appelé la veille de Noël pour lui annoncer notre retour. Il partait pour Long Island où il devait passer les fêtes avec quelques amis, il était censé rentrer ce soir. Et il m'a invitée à déjeuner demain. Tu veux te joindre à nous ? ajouta-t-elle avec entrain.

Ollie refusa en silence. Ils s'arrêtèrent devant l'hôtel, ce qui le dispensa de lui donner des explications. Le portier sortit les bagages du coffre. Bettina demanda la suite qu'ils avaient occupée lors de leur dernier séjour et qui, par miracle, venait d'être libérée par deux hommes d'affaires londoniens.

Alexander courut vers sa chambre. Jennifer, la baby-sitter, reviendrait le lendemain. Bettina lui proposerait un emploi à temps complet dès qu'ils auraient emménagé dans leur nouvelle demeure.

— Tu dînes avec nous, Ollie ?

— Non, merci.

Elle commanda un hamburger pour Alexander et un steak pour elle, s'assit sur le grand canapé et glissa une main dans ses cheveux ébouriffés.

— Demain, je me mets en quête d'un appartement.

Soudain Ollie vint s'asseoir près d'elle et la fixa de ses yeux tristes.

— Bettina…

— Mon Dieu, qu'y a-t-il ? Tu as la tête de quelqu'un qui vient de perdre son meilleur ami.

Il avait de plus en plus de mal à contenir ses larmes.

— Ollie… Ollie ?

Il la prit dans ses bras. Bettina comprit qu'il ne cherchait aucun réconfort auprès d'elle, qu'il souhaitait au contraire lui en apporter.

— Ma douce, je n'ai pas voulu t'en parler à l'aéroport, mais il s'est passé quelque chose d'épouvantable hier soir.

Elle se dégagea de son étreinte et, tremblant des pieds à la tête, le regarda, décomposée.

— On a retiré ma pièce de l'affiche ?

Il eut un pauvre sourire.

— Non, ce n'est pas ça, répondit-il en prenant sa petite main dans la sienne. Bettina, il s'agit d'Ivo. – Il ferma les paupières une fraction de seconde. – Il est mort hier soir.

— Ivo ?

Elle bondit sur ses pieds et regarda son ami droit dans les yeux.

— Ne raconte pas de bêtises. Je l'ai eu au bout du fil pas plus tard qu'avant-hier. Il était… – Les jambes coupées, elle s'effondra sur le canapé. – Ivo ? Mort ? répéta-t-elle, éclatant en sanglots. Ollie, non… pas Ivo… non… pas Ivo… pas Ivo…

Il la guida lentement vers la chambre avant qu'Alexander ait pu la voir. Il ferma la porte et l'étendit sur le lit où elle pleura tout son saoul. C'était comme si elle perdait son père une seconde fois. Pire même. Ivo était un ami de toujours, si bon, plus gentil que son père. Jamais elle n'avait cessé de l'aimer, jusqu'à la fin.

— Mais nous devions déjeuner ensemble, fit-elle en jetant à Ollie un regard désemparé, enfantin.

— Je sais, ma douce, je sais, murmura-t-il en

lui caressant les cheveux. Je suis désolé, tellement désolé… je sais à quel point tu l'aimais.

Elle baissa les yeux vers le sol et aperçut un journal avec la photo d'Ivo en première page, au milieu de l'article qui lui était consacré.

— Tout ce qui m'est arrivé de bien, c'est grâce à lui, dit-elle. – Elle se redressa et sécha ses larmes. – Et maintenant, il est parti.

41

L'enterrement eut lieu deux jours plus tard. Gouverneurs, sénateurs, magnats de la presse, gens de lettre, dramaturges, vedettes de cinéma, tous se déplacèrent. Au premier rang se tenait Bettina.

À la sortie de la cathédrale, Ollie lui prit le bras. Sans un mot, ils se dirigèrent vers leur voiture. Elle regagna son hôtel, les yeux secs, en serrant la main de son ami. Ainsi assise au fond du véhicule, pâle comme l'ivoire, ses traits d'une rare perfection se détachant sur fond de ciel gris, elle faisait penser à un camée.

— Tu montes boire une tasse de café ? demanda-t-elle d'un air morne.

Ollie acquiesça et lui emboîta le pas…

Mais dans la chambre, Alexander était là. Bettina dut faire bonne figure. Au bout d'une demi-heure, quand ils eurent bu un café, grignoté des croissants et écouté Alexander leur décrire les joies de Central Park, son sourire était plus naturel. Ollie en fut soulagé.

— Bettina ? Si nous allions nous promener ce matin ? Nous avons tous les deux besoin d'air.

Et puis ils déjeuneraient ensemble, chez lui. Il avait décidé de ne pas la laisser seule.

— Qu'en dis-tu ? Enfile un pantalon, et nous allons nous balader.

Cela ne lui disait pas grand-chose, mais elle était consciente qu'il voulait l'aider. Elle ne le blesserait pas en refusant.

— D'accord, d'accord, fit-elle en levant les bras au ciel.

Ils pénétrèrent dans l'ascenseur et dix minutes plus tard, ils marchaient le long du parc. La circulation était moins dense que d'habitude. On était samedi. De temps à autre passait une calèche qui poursuivait son chemin dans un bruit de sabots. Ils se promenèrent une heure, davantage peut-être, échangeant quelques mots entre deux silences. Bettina sentit la chaleur d'un bras autour de ses épaules. Elle regarda Ollie droit dans les yeux.

— Tu es un véritable ami, Ollie. C'est en partie à cause de toi que j'ai décidé de revenir à New York. – Elle s'interrompit un instant. – De toi et d'Ivo, ajouta-t-elle en essuyant furtivement une larme de sa main gantée de blanc. Jamais la vie ne me redonnera un homme comme lui.

— Non.

Main dans la main, ils traversèrent la rue au milieu d'un flot de véhicules. Une heure plus tard, ils s'arrêtèrent pour reprendre haleine.

— Puis-je t'inviter à déjeuner au *Plaza* ?

Bettina n'avait nulle envie de cette atmosphère de luxe et de fête. Elle préférait rester seule.

— Non, tu es un amour, mais merci.

— Trop sonnée ?

Il comprenait parfaitement ce qu'elle ressentait.

— En quelque sorte.

— Et si on prenait un thé et des sandwiches chez moi ? Ça t'irait ?

Cette perspective lui sourit davantage. Il héla un taxi.

Ils montèrent quatre à quatre les marches de l'immeuble en grès brun où demeurait Oliver. Celui-ci ouvrit la porte. Il habitait l'appartement du rez-de-chaussée, qui donnait sur un petit jardin. Tandis qu'il remplissait la bouilloire, Bettina retira sa veste et contempla le jardinet enneigé.

— J'avais oublié combien c'est joli.

— J'aime cet endroit.

Il lui sourit tout en beurrant des tranches de pain de mie.

— J'espère que je trouverai quelque chose d'aussi agréable.

— Il faut du temps, mais ça vaut le coup.

Il y avait une cheminée dans sa chambre, des poutres au plafond, une salle de séjour douillette et une cuisine à l'ancienne, un mur de brique et trois lambrissés, du parquet, un four à pain et ce jardin, un bien rare et précieux à New York.

— Tu l'as déniché comment ? demanda-t-elle en le regardant tartiner.

— Par le *Mail,* évidemment. Qu'est-ce que tu cherches ?

— Quelque chose de beaucoup plus grand, hélas ! soupira-t-elle. J'ai besoin de trois chambres.

— Pourquoi ?

Il lui tendit une assiette sur laquelle il avait posé un sandwich appétissant, au salami, jambon fumé et fromage.

Elle se dérida.

— Il me faut une chambre pour Alexander, une pièce pour écrire et une chambre pour moi.

— Tu penses acheter ?

Elle le regarda, perplexe, posa son sandwich et contempla son assiette.

— Comment savoir ? J'aimerais bien, mais qui sait ce qui va arriver. Pour l'instant, j'ai une belle somme grâce à ma pièce. Après... c'est une autre paire de manches.

— Je te jure, Bettina, que ça va marcher.

— Tu n'en sais rien.

— Si. Tu as écrit une grande pièce.

— Et si je suis incapable d'en écrire une autre ? Si mon inspiration se tarit d'un seul coup ?

Il fit rouler ses yeux pour la faire rire, mais elle resta de marbre.

— Tu es comme tout le monde, ma petite. Tous les écrivains suivent le même cheminement. Ils gagnent plusieurs briques avec leur dernier bouquin, figurent en tête du box-office pendant six mois et pleurent sur leur avenir incertain. Pourront-ils encore écrire ? Et si le suivant... Et si... Et patati, et patata. Tu fais exactement la même chose.

Elle esquissa un sourire.

— Je me trompe peut-être, mais je crois me souvenir que mon père était comme ça, lui aussi. Et tu sais quoi ? Il est mort sans un sou. Je ne veux pas que cela m'arrive.

— Bien. Alors, n'achète pas sept maisons, neuf voitures et n'engage pas vingt-trois domestiques. Comme ça, tu auras des chances de joindre les deux bouts.

Bettina lui avait parlé de la ruine de son père et des quatre millions de dettes qu'il lui avait légués.

Elle regarda Ollie, tranquille, la tête légèrement inclinée.

— Toute ma vie, j'ai été dépendante des hommes. Mon père, Ivo, cet acteur que j'ai épousé…

Même son nom, elle n'aimait pas le prononcer.

— … Et puis John. C'est la première fois que je ne dépends que de moi-même. Et ça me plaît, ajouta-t-elle avec un sourire radieux.

— C'est normal, c'est un sentiment agréable.

— Oui, soupira-t-elle. Un peu effrayant aussi. J'ai toujours eu quelqu'un auprès de moi. Aujourd'hui, je n'ai même plus Ivo. Il n'y a plus que moi.

— Et moi, fit Oliver avec une tendresse discrète. Bettina lui caressa la main.

— Tu es un merveilleux ami. Mais tu sais quoi ?

— Dis.

— Ça m'est égal de ne plus avoir que moi sur qui compter.

— Bettina, je crois que tu es devenue adulte.

— Déjà ? s'exclama-t-elle en éclatant de rire.

Ollie leva sa tasse de thé, comme pour porter un toast.

— Écoute, tu as pris une bonne avance sur moi. J'ai neuf ans de plus que toi et je ne suis pas certain de l'être, adulte.

— Bien sûr que si. Tu es indépendant.

— Cela présente d'autres inconvénients, déclara-t-il, pensif, en contemplant le jardin. On est obsédé par ce que l'on fait, on se demande sans cesse où l'on va et comment y aller, on devient incapable de se rapprocher d'autrui.

— Pourquoi ? dit-elle doucement, presque dans un murmure.

— On n'a pas le temps. J'étais trop occupé à faire carrière, moi qui voulais être le numéro un du journal, à Los Angeles.

— Tu as presque réussi à le devenir ici, répondit-elle. Et maintenant ?

— Je n'ai rien réussi du tout. Tu sais ce que je désirais ? Être comme Ivo, directeur d'un grand journal dans une grande ville. Que s'est-il passé ? Tout à coup je m'en fiche. J'aime mon métier, New York, et pour la première fois depuis quarante-deux ans, je me fous du lendemain. Je profite de la vie, ici et maintenant.

Pour toute réponse, Bettina lui adressa un sourire.

— Je te comprends.

En prononçant ces mots, elle s'était penchée en avant, imperceptiblement, sans s'en rendre compte. Ollie se rapprocha d'elle et sans réfléchir, il l'embrassa, un long baiser enivrant. Elle se dégagea pour reprendre haleine, abasourdie. Elle essaya d'y voir clair, mais Ollie l'en empêcha.

— Ça fait longtemps que ça devait arriver, Bettina.

Elle allait le nier avec vigueur. Elle se contenta de hocher la tête.

— J'imaginais… Je pensais… J'ai cru… que nous resterions amis.

Il la serra doucement dans ses bras.

— Nous le sommes, mais il faut que je t'avoue quelque chose, mademoiselle Daniels.

— Vraiment ? De quoi s'agit-il, monsieur Paxton.

— Je t'aime… En fait, je t'aime énormément.

— Oh ! Ollie !

Elle nicha sa tête au creux de son épaule en soupirant. Il lui prit le menton et l'obligea à le regarder dans les yeux.

— Qu'est-ce que ça veut dire ? Tu es en colère ?

Elle lut la tristesse sur son visage et secoua la tête.

— Non, murmura-t-elle. Je t'aime aussi. Mais... c'était tellement simple... avant !

— On n'avait pas le choix. Tu étais mariée. Tu ne l'es plus.

Elle hésita un instant, puis décida d'être honnête.

— Je ne me remarierai jamais, Oliver. Je veux que tu le saches dès maintenant, dit-elle d'un ton grave. Tu comprends ?

Il acquiesça.

— Tu l'accepteras ?

— J'essaierai.

— Tu as le droit de te marier, toi qui ne l'as jamais été, d'avoir une femme, des gosses et tout ça. Moi, j'en ai ras le bol ! J'en ai soupé du mariage !

— Que veux-tu alors ? demanda-t-il avec une extrême douceur.

Elle réfléchit longuement.

— Un compagnon, de l'affection, quelqu'un qui rit avec moi, qui partage ma vie, qui me respecte, moi et mon travail, qui aime mon enfant...

Elle se tut et soutint le regard d'Oliver. Ce fut lui qui rompit le silence.

— Ce n'est pas trop demander, Bettina, dit-il en caressant ses cheveux cuivrés.

Elle se frotta contre sa main, comme un chat au contact de la chaleur, en plein cœur de l'hiver, les yeux brillants.

— Et toi, Ollie, que désires-tu ? fit-elle d'une voix délicieusement rauque.

— Toi, Bettina, répondit-il après avoir longuement hésité.

Sa main glissa sur ses cheveux, autour de son visage et lentement, il retira ses vêtements un à un. Elle se laissa effeuiller comme une fleur des champs, jusqu'à ce qu'elle repose, nue et chatoyante, sa peau de satin crème entre ses mains caressantes. Puis comme un refrain dont elle aurait longtemps rêvé, il répéta les mêmes mots, encore et encore.

— Je te veux, Bettina, ma chérie, mon amour.

Le feu d'une passion oubliée prit possession d'elle tandis que les mains expertes d'Oliver redonnaient vie à son corps. Brusquement elle jaillit entre ses bras, arrachant ses vêtements. À bout de souffle, affamés l'un de l'autre, ils se consumaient du même désir insatiable. Les flammes qu'ils avaient si brutalement ranimées devinrent enfin braises. Blottis l'un contre l'autre, ils se sourirent.

— Tu es heureuse ? demanda-t-il en se penchant vers elle.

Elle lui appartenait, à présent.

— Très, murmura-t-elle, ensommeillée, tandis que leurs doigts s'enlaçaient et qu'elle posait la tête contre son cou. Je t'aime, Ollie.

Il ferma les yeux pour mieux entendre ce doux chuchotement. L'attirant contre lui, il chercha sa bouche avec avidité. De tous ses membres, de toute son âme, il se tendit vers elle.

Elle lui sourit quand il la prit. C'était un jeu. Ils s'amusaient en faisant l'amour. Enfin.

— Est-on censé le faire comme ça ? dit-elle avec un air soupçonneux.

— Comme quoi ? répondit-il, espiègle. Avec légèreté ?

Il saisit les fesses de Bettina entre ses deux mains.

— Madame, vous a-t-on dit que vous aviez le plus joli cul de toute la ville ?

— Ah oui ? rétorqua-t-elle. On devrait écrire ça sur le fronton du théâtre où l'on joue ma pièce.

Oliver éclata de rire et lui ébouriffa les cheveux.

— Viens ici, toi…

Il avait des gestes doux, la voix enjouée.

— Ma vieille, tu ne peux pas t'imaginer combien je t'aime.

Puis il se tut, un long moment, tandis que Bettina le dévorait des yeux.

— Si, je peux, Ollie… oh ! oui, je peux.

— Vraiment ? Comment ?

Elle ne jouait plus. Elle tendit les bras vers lui et de toutes ses forces, elle le serra contre elle, paupières closes, le cœur battant.

— Parce que je t'aime de toute mon âme, murmura-t-elle.

En disant cela, elle eut un bref instant l'impression que c'était sa dernière chance. Puis elle ouvrit les yeux et contempla Oliver Paxton qui se penchait pour l'embrasser.

42

Dans la cuisine, Bettina fixait d'un regard sombre Oliver, qui lui versait une seconde tasse de thé. Depuis deux semaines, ils passaient de longues heures dans son appartement. À l'hôtel, elle louait une suite au mois, mais c'était chez lui qu'elle se sentait bien.

— Ne fais pas cette tête, chérie. Je te promets d'être fidèle, travailleur et très ordonné.

Il désigna d'un geste ample le capharnaüm qui les entourait, les journaux des quatre derniers jours, les vêtements éparpillés un peu partout.

— Tu vois ?

— Ne plaisante pas. Là n'est pas la question.

— Quelle est-elle ?

Il s'assit confortablement devant la table de chêne et lui prit la main.

— Si nous vivons ensemble, tout va recommencer. Je serai de nouveau dépendante. Tu voudras te marier. Il faut que je pense à Alexander. Ce n'est pas bien, c'est tout.

Elle avait l'air malheureuse et il tenta de la consoler par la tendresse de son regard. Ils en avaient parlé toute la semaine.

— Tes préoccupations maternelles sont fort louables et je les partage. Mais tout cela n'est pas logique. Tu fais des aller et retour incessants entre ton hôtel et cet appartement, tu n'as pas une minute pour travailler et ce sera exactement pareil quand tu auras un appartement à toi. Tu passeras la moitié du temps ici. Au fait, t'ai-je déjà dit que je t'aimais ?

— Redis-le-moi, encore.

— Je t'adore, lui murmura-t-il à l'oreille.

— Hum…

Elle éclata de rire et se pencha pour l'embrasser. Elle sentit sa main remonter le long de sa jambe. Comme la première fois. Il était si doux, si drôle, si facile à vivre ! Il la comprenait, acceptait son métier et aimait réellement Alexander. Mais surtout, il y avait entre eux une amitié privilégiée. Elle ne désirait rien tant que vivre avec lui, mais elle ne voulait plus refaire les mêmes cauchemars. Et s'il prenait son travail en grippe ? Et si Alexander l'ennuyait ? Et s'il la trompait ? Ou elle ?

— Alors ? On se prend un appartement ? fit-il triomphant.

— On ne t'a jamais dit que tu étais têtu ?

— Si, très souvent, mais c'est une qualité.

— Eh bien, Ollie, déclara-t-elle avec fermeté, je n'ai pas l'intention de céder.

— C'est bon, répliqua-t-il en haussant les épaules. Prends ton appartement, dors trois heures par nuit, reste ici jusqu'à cinq heures du matin et puis rentre chez toi bien vite pour que ton fils ne s'aperçoive pas de ton absence. Ah ! oui, j'oubliais… il te faudra une pièce supplémentaire.

— Pourquoi ? demanda-t-elle, perplexe.

— Jennifer devra habiter chez toi, comme elle le faisait à l'hôtel. Je suppose qu'elle préférera avoir sa chambre. Tu ne peux quand même pas te tirer et abandonner Alexander au beau milieu de la nuit.

— La barbe ! rétorqua-t-elle en roulant des yeux féroces.

— Tu sais bien que j'ai raison.

— Et merde... Laisse-moi réfléchir.

— Certainement, madame. Cinq minutes, ça te suffira ?

— Oliver Paxton, tu es impossible ! hurla-t-elle en se levant, mais cinq minutes plus tard, elle était de nouveau au lit.

Deux jours après cette discussion mémorable, Ollie avait résolu le problème.

— C'est parfait, Bettina ! déclara-t-il dès son arrivée à l'hôtel.

Il avait un air triomphant en entrant dans la suite. Alexander se suspendit aussitôt à ses longues jambes.

— Arrête, Alexander... – Bettina, plongée dans la rédaction de sa nouvelle pièce, avait deux crayons plantés dans ses cheveux. – Quoi ?

— J'ai trouvé l'endroit idéal.

Elle lui lança un regard mauvais et se laissa choir sur une chaise.

— Ollie...

— Attends une seconde et écoute-moi. C'est sensationnel. Un de mes amis part six mois à Los Angeles, et il nous loue son appartement. C'est absolument splendide, un duplex, quatre chambres, entièrement meublé, dans un fabuleux immeuble du West Side. Mille dollars par mois de loyer. On peut se payer ça. On le prend durant son absence et on fait un essai. Si ça se passe bien, nous prendrons un appartement à nous au bout des six mois. Et si ça ne marche pas, nos chemins se sépareront. Pour te rassurer, je peux sous-louer mon deux-pièces pendant ce temps-là. Comme ça, tu ne te sentiras pas coincée. Ça te paraît raisonnable ?

Il la regarda, plein d'espoir, et Bettina éclata de rire.

— J'ignore si tu es un magicien ou un charlatan, Ollie Paxton, mais il y a une chose certaine, c'est que tu as des idées géniales.

— Ça te plaît ? demanda-t-il, avec un sourire béat.

— Évidemment.

Elle s'approcha et lui entoura la taille de son bras.

— Quand pourrons-nous nous installer ?

— Heu… Il faut que je me renseigne.

À son air, Bettina comprit qu'il avait déjà tout arrangé.

— Ollie ! s'indigna-t-elle en forçant un peu la note. Tu l'as déjà pris ?

— Heu… Non, bien sûr… Que vas-tu penser là…

Elle le connaissait assez pour ne pas se laisser berner.

— Si.

— Oui, admit-il, tête basse, penaud.

Mais elle lui adressa un sourire radieux.

— Et si j'avais dit non ?

— Alors j'aurais habité un appartement très luxueux pendant six mois.

Ils partirent dans un grand éclat de rire, puis Bettina prit un air sévère.

— Il y a quand même une chose à laquelle je tiens, Ollie.

— Oui, m'dame ?

— Nous partagerons le loyer. Comme j'ai Alexander, j'en paierai les deux tiers.

— Ah ! les femmes libérées ! Tu ne peux pas me laisser m'en occuper ?

— Non, si c'est comme ça, je ne marche pas. Ou nous partageons ou je n'y vais pas.

— Fantastique ! Moitié-moitié ?

— Deux tiers !

— La moitié.

— Deux tiers !

— La moitié, répéta-t-il en lui pinçant les fesses. Et si tu prononces un mot de plus, Bettina Daniels, murmura-t-il quand Alexander fut de nouveau dans sa chambre, je te viole sur-le-champ.

Ils se précipitèrent vers la chambre de Bettina, riant et gloussant, et fermèrent la porte derrière eux.

43

— Ça te plaît ?

Il l'observa en espérant qu'elle serait contente.

— C'est sensationnel !

Ébahie et ravie, elle regarda autour d'elle. C'était l'un de ces rares appartements du West Side, absolument somptueux. Un vrai duplex avec quatre chambres à l'étage. Au rez-de-chaussée, le salon et la salle à manger avaient des murs lambrissés, des plafonds surplombant les deux étages, et des cheminées si vastes que même Ollie pouvait y entrer et en sortir sans se cogner la tête. Il y avait de grandes et belles fenêtres qui donnaient sur la Cinquième Avenue, de l'autre côté du parc. Il y avait aussi un petit bureau intime qu'ils pourraient utiliser pour écrire. Au premier étage, les chambres étaient meublées avec un goût exquis, à la française.

— À qui appartient cette splendeur ? demanda Bettina, fascinée.

Elle s'assit sur un fauteuil de style français, merveilleusement ouvragé.

— À un producteur que j'ai connu il y a des années, quand je travaillais dans le cinéma.

— Comment s'appelle-t-il ?

— Bill Hale.

— J'en ai entendu parler, me semble-t-il. Il est célèbre ?

Il devait l'être pour posséder pareil intérieur. Ollie sourit en débitant la liste des films et des pièces qu'il avait montés.

— Un peu comme toi.

— Très drôle.

— Non, je suis sincère. Il a écrit une pièce qui a fait un tabac, puis il a fait des films et d'autres pièces de théâtre. Maintenant il travaille surtout pour Hollywood. Mais tout est parti d'un succès qui l'a lancé.

Il tendit un bras vers Bettina et l'enserra de toute la force de son amour.

— Comme toi. Il suffit d'être patient.

— Tu risques d'être déçu ! Et que fait-il à Hollywood ?

— Il se marie, répondit-il. Encore un point commun avec toi. Il a environ trente-sept ans et il en est à sa quatrième femme.

— Je ne trouve pas ça drôle, Ollie.

Elle avait l'air si contrariée qu'Oliver lui donna une pichenette sur le nez.

— Allons, Bettina, où est ton sens de l'humour ? dit-il avec suffisamment de gentillesse pour que les yeux émeraude retrouvent toute leur gaieté.

— Je n'en ai eu que trois.

— Je peux t'aider à le rattraper.

— Non merci, s'écria-t-elle, avec un accent de désespoir.

Elle se dirigea vers la cuisine et à peine franchi le seuil, poussa un cri. Ollie était en train d'aider

Alexander à tirer un carton plein de jouets quand elle l'appela :

— Ollie, viens vite !

— J'arrive… Une seconde !

Mais quand il l'eut rejointe, il ne put s'empêcher de siffler. La cuisine ressemblait à une serre, avec un balcon clos, planté de tulipes rouges, jaunes et roses.

— N'est-ce pas fabuleux ? fit Bettina, enchantée. J'aimerais que nous puissions le garder toujours !

— Bill aussi, j'en suis sûr.

— Au moins avons-nous six mois pour en profiter.

Mais les mois passèrent à une vitesse vertigineuse. Fin mai, elle avait mis le point final à sa nouvelle pièce. Celle-ci mettait en scène une femme qui ressemblait à Bettina comme une sœur. Elle l'avait intitulée *L'Oiseau de paradis.* Ce titre fit sourire Ollie.

— Ça te plaît ? lui demanda-t-elle, inquiète, tandis qu'il lui rendait son manuscrit, un matin, au petit déjeuner.

Ils étaient assis dans la cuisine et profitaient du premier rayon de soleil printanier.

— Elle est meilleure que la première.

— Tu es sincère ?

— Oui.

— Oh ! Ollie ! s'écria-t-elle en jetant ses bras autour de son cou. Je fais une photocopie dès aujourd'hui et je l'envoie à Norton.

Celui-ci téléphona avant même d'avoir reçu l'exemplaire qui lui était destiné.

— Et si vous passiez me voir, Bettina ?

— Bien sûr, Norton, quoi de neuf ?

— Je voudrais vous parler de quelque chose.

— Moi aussi. J'étais sur le point de vous envoyer ma nouvelle pièce.

— Parfait. On déjeune ensemble ?

— Aujourd'hui ? demanda-t-elle, surprise.

Il ne l'avait pas habituée à un tel empressement, mais à l'heure du déjeuner, elle en comprit les raisons. Ils s'installèrent à une table tranquille, au *21,* et commandèrent un steak tartare et une salade d'épinards. Bettina écouta, sidérée, ce que Norton Hess avait à lui annoncer.

— Voilà ce qu'on vous propose, Bettina. Qu'en pensez-vous ?

— Je ne sais pas quoi répondre.

— Moi si. Félicitations, fit-il en lui tendant la main. J'imagine que vous devrez vous rendre sur place. Mais vous pourrez attendre quelques semaines. Ils ne seront pas organisés avant le mois de juillet.

C'était parfait. À ce moment-là, Ollie et elle devraient quitter l'appartement. Mais elle ne savait toujours pas quoi dire. Les propos de Norton lui trottaient dans la tête. Elle termina son déjeuner et se précipita au journal où Ollie était en train de rédiger son article.

— Il faut que je te parle.

Elle avait l'air tellement angoissée qu'Ollie s'inquiéta.

— Il y a quelque chose qui ne va pas ? Alexander ? Hein, Bettina ?

— Non, non. Je viens de voir Norton. Ils veulent tirer un film de ma pièce, déclara-t-elle.

— Laquelle ? La nouvelle ? s'écria-t-il, en ouvrant de grands yeux.

— Non. La première.

— Ne t'en fais pas, dit-il avec un grand sourire. Ils finiront aussi par tourner la deuxième.

— Ollie, arrête ! Écoute-moi ! Que vais-je faire ?

— Tu vas accepter, évidemment, espèce d'imbécile ! On t'a demandé d'écrire le scénario ?

— Oui.

— Fantastique ! Ça y est ! Tu démarres en flèche !

« Et toi ? » pensa-t-elle.

— Mais il faudra que j'aille à Hollywood, objecta-t-elle tristement. C'est là qu'on tourne le film.

— Et alors ?

C'était tout l'effet que cela lui faisait ? Six mois d'une agréable cohabitation et après, bonsoir. Tout était clair, à présent. Et elle qui s'était attachée à lui !

— Ne fais pas cette tête. Ce n'est pas la fin du monde.

— Je sais... Je pensais juste..., ajouta-t-elle en baissant le ton.

— Quoi ? s'étonna-t-il.

— Peu importe.

— Non, dis-moi.

Il lui saisit le bras et elle leva les yeux vers lui.

— Ollie, je devrai partir là-bas, et je... je ne voulais pas te quitter.

— Qui te parle de ça ? murmura-t-il.

Ils étaient face à face, debout, dans une pièce où les autres s'affairaient.

— Mais... et ton travail ?

— Tant pis pour mon boulot. Je te suivrai. Il n'y a pas de quoi en faire un fromage !

— Tu es dingue ? Tu diriges la rubrique Art dramatique. Tu ne peux pas te tirer comme ça !

— Tu crois ? Écoute-moi. Je t'ai dit il y a six mois

que mes ambitions de petit garçon, je n'en avais plus rien à cirer. C'est ta carrière à toi qui part en flèche. Il se trouve que je t'aime. Alors on y va !

— Ce n'est pas bien.

Il lui serra le bras avec fermeté.

— Tu te rappelles ce passage où ton père écrivait qu'il fallait s'accrocher à son rêve ?

Elle acquiesça. Il resserra son emprise.

— Eh bien, mon rêve à moi, c'est ça.

— Mais où travaillerais-tu ?

— Ne t'inquiète pas. Je dénicherai bien quelque chose. Je pourrai probablement reprendre mon ancien poste, dit-il en haussant les épaules. Pourquoi pas ?

Bettina n'en revenait pas. Il allait sacrifier sa carrière pour elle ? En même temps, elle lui en était reconnaissante. Depuis quatre mois qu'ils vivaient ensemble, elle s'était rendu compte qu'elle était beaucoup plus ambitieuse que lui. Il n'avait pas menti quand il lui avait parlé de ses aspirations. Tout ce qu'il désirait, c'était un bon boulot, une femme agréable avec qui partager sa vie, et peut-être des enfants. Il était merveilleux avec Alexander, mais il en voulait un à lui, elle le savait.

— Alors tu crois que je dois accepter ?

— Tu plaisantes, Bettina ? Appelle Norton à la minute et dis oui.

— C'est fait, avoua-t-elle, honteuse et confuse. Je le lui ai dit, au déjeuner.

— Petite canaille ! Dans combien de temps partons-nous ? lui demanda-t-il à voix basse.

— Mi-juillet.

Elle lui plaqua un gros baiser sur la joue avant de s'en aller.

Ce soir-là, de retour à la maison, Oliver contacta son ex-patron, au journal de Los Angeles. Deux jours plus tard, on lui proposait un poste, plus important que celui qu'il occupait précédemment, moins prestigieux que celui de New York. L'espace d'une seconde, Bettina se sentit coupable. Mais Ollie la serra contre lui et caressa ses cheveux en contemplant leurs reflets d'or.

— Bettina, même si je n'avais rien trouvé, je t'aurais suivie.

— Mais Ollie, ce n'est pas bien, dit-elle en levant vers lui des yeux inquiets. Ton travail est aussi important que le mien.

— Non, ma douce. Et nous en sommes tous les deux conscients. Tu as une belle carrière devant toi, moi je n'ai qu'un métier.

— Tu aurais pu réussir comme Ivo…

Elle laissa sa phrase en suspens, tandis qu'Ollie secouait la tête avec un petit sourire.

— Je ne crois pas, ma belle.

— Pourquoi ?

— Parce que ce n'est pas ce que je désire. J'ai quarante-trois ans, Bettina, et je n'ai plus envie de m'échiner comme avant ni de rester assis derrière un bureau jusqu'à huit heures et demie tous les soirs. Ça n'en vaut pas la peine. Je veux profiter de la vie.

Elle aussi, mais son ambition était tout autre.

— Tu vas faire une carrière du tonnerre, ma belle !

— Tu crois ? fit Bettina.

Cette idée ne lui déplaisait pas. Elle lui semblait même extrêmement séduisante.

— Oui, je crois.

44

À la fin du mois de juillet, ils quittèrent l'appartement du West Side à contrecœur, deux jours avant que Bill Hale en reprît possession. Oliver, Bettina et Alexander prirent l'avion pour Los Angeles, où un agent immobilier leur avait déniché une petite maison meublée.

— Mon Dieu… – Bettina regarda autour d'elle et sourit. – Je ne sais pas si je vais vomir ou m'évanouir.

— Pourquoi pas les deux ? rétorqua Ollie en riant.

Les murs extérieurs étaient recouverts d'un crépi couleur pourpre. L'intérieur était rose bonbon. Çà et là ressortaient des touches jaune d'or des peaux en imitation léopard, et un peu partout étaient alignées des collections d'objets divers et coquillages intercalés. Seul avantage, la maison était située à Malibu, sur la plage. Alexander, enchanté, sauta de la terrasse pour jouer dans le sable.

— Tu crois que tu supporteras cet environnement, Bettina ?

— Après l'appartement de New York, ce sera dur. Mais il le faudra bien. Comment ont-ils pu nous faire ça ? s'indigna-t-elle.

— Dis-toi que ça durera que six semaines.

Résignée, elle retourna entre ses murs roses. Le fait est que, les premières semaines, ils n'eurent pas le temps de se soucier du cadre. Ollie reprit sa place au journal. Quant à Bettina, elle travaillait entre douze et quinze heures par jour au studio pour définir le contenu du scénario tiré de sa pièce. À la fin du mois d'août, elle y vit plus clair et put se consacrer davantage aux choses du ménage. Elle commença par téléphoner à l'agent immobilier. Elle avait une idée précise de ce qu'elle désirait, mais saurait-il le lui trouver ? En ayant plus qu'assez d'habiter près de la plage, elle avait hâte de déménager dans un lieu où elle pourrait se terrer et se mettre au travail.

Au début, elle avait bon espoir mais à mesure que les semaines passèrent, elle se découragea.

— Ne me dis pas qu'il n'y a rien, Ollie, gémit-elle en manquant de s'asseoir sur un coquillage. Je ne peux plus supporter cette putain de baraque ! Il faut que j'attaque mon boulot. Je deviens folle !

— Calme-toi ma douce, dit-il en lui tendant les bras. Nous trouverons, je te le jure.

Bettina avait repris contact avec Seth et Mary.

— Je commence à perdre espoir, se lamenta-t-elle, un jour, au téléphone. C'est dingue, cet endroit !

— Tu vas dénicher quelque chose, ma belle. En attendant, tu es redevenue l'oiseau de paradis.

Elle avait visité des maisons qui ressemblaient à des palais, avec leurs piscines intérieures et extérieures, leurs statues grecques. L'une d'entre elles était même pourvue de quatorze baignoires de marbre rose. Un après-midi, elle rentra chez elle, triomphante.

— J'ai trouvé, Ollie. Tu vas voir !

C'était parfait. Une demeure belle et élégante, tout au bout de Beverly Hills. Imposante et pleine de charme, sans être prétentieuse, ce qui était rare dans ce quartier. Elle était un peu plus grande que Bettina l'eût souhaité, mais peu lui importait. Il y avait cinq chambres au premier étage, plus un petit bureau pour elle. Au rez-de-chaussée se trouvaient le solarium, le salon, la salle à manger, une immense cuisine et un autre bureau, confortable, intime. Elle travaillerait en haut, Oliver en bas. Elle avait décidé d'engager quelqu'un pour s'occuper d'Alexander, une jeune fille au pair. Il resterait donc deux chambres inoccupées.

— Qu'allons-nous faire de toutes ces chambres ? s'enquit Ollie en faisant démarrer la voiture.

— Ce sera pour les amis. Tu crois que c'est trop grand ? ajouta-t-elle, brusquement inquiète.

— Non, c'est parfait, mais j'avais autre chose en tête.

— Je sais, j'y ai déjà pensé, déclara-t-elle avec une certaine fierté. Le bureau du rez-de-chaussée sera pour toi.

— Ce n'est pas du tout à cela que je faisais allusion, dit-il en riant.

— Non ? – Elle semblait déconcertée, désorientée. – À quoi songeais-tu ?

Il parut hésiter, puis rangea la voiture sur le bas-côté.

— Bettina, dit-il d'un air grave. J'aimerais que nous ayons un bébé.

— Tu es sérieux ?

Il suffisait de le regarder pour savoir qu'il disait vrai.

— Oui.

— Maintenant ?

Elle préparait son film… Et si sa dernière pièce venait à être montée ?

— Je sais, tu penses à ton travail. Ne m'avais-tu pas dit que tu étais en forme quand tu attendais Alexander ? Tu pourrais écrire ce scénario pendant ta grossesse. Ensuite je m'occuperai du bébé et si c'est nécessaire, nous engagerons une gouvernante.

— Ce ne serait pas très sympa pour lui.

— Je donnerai tout ce que j'ai à cet enfant. Le temps, le rire, la joie, tout. Je partagerai tout avec lui.

— C'est si important pour toi ?

Il fit signe que oui. Lentement, tandis que le remords s'insinuait en elle, elle secoua la tête.

— Non.

— Pourquoi ? À cause de ton travail ?

— Non. Pour ça, je pourrais toujours m'arranger.

— Mais alors ? insista-t-il.

Bettina le regarda droit dans les yeux.

— Personne ne m'imposera plus une épreuve pareille.

Il y eut un long silence, puis Ollie lui prit la main. Il se souvenait de l'horrible récit qu'elle lui avait fait de son accouchement.

— Tu n'auras pas à la subir, Bettina. Je ne permettrai à personne de te refaire ça.

Mais elle se rappelait trop bien les paroles de John. Toutes ces promesses qu'il lui avait faites.

— Je suis désolée, Ollie, je ne peux pas. Je croyais avoir été claire à ce sujet, soupira-t-elle tandis qu'il mettait le contact.

— C'est vrai, mais je ne me rendais pas compte à quel point ça me pèserait.

Il se tourna vers elle et se força à sourire.

— Tu es une sacrée bonne femme, Bettina, et il n'y a rien au monde que je désire plus qu'un enfant de toi.

Elle s'en voulait à mort, mais elle était incapable de dire quoi que ce soit. Ils changèrent de sujet de conversation, parlèrent de leur nouvelle maison. Le lendemain, elle fit une proposition d'achat. Une semaine plus tard, la maison leur appartenait. Elle téléphona aussitôt à Mary.

— Un peu cher, commenta-t-elle, mais tu verras, c'est superbe et elle nous plaît énormément. Nous avons décidé de jeter l'ancre ici.

Mary était heureuse pour elle. Quoi qu'elle fît.

— Que pense Ollie de son nouveau boulot ?

— De son ancien poste, tu veux dire. Il est content.

Bettina se tut. Une ombre passa dans son regard. Elle hésita longuement, s'assit sur le siège de la cuisine, le téléphone sur l'épaule. Ce matin-là, elle était seule dans la maison de Malibu et contemplait la plage d'un air morne.

— Mary, j'ai un problème.

— Qu'y a-t-il, ma belle ?

— C'est Ollie.

Mary fronça aussitôt les sourcils.

— Il veut un enfant.

— Et toi pas.

— C'est un euphémisme.

— Pourquoi ? Ta carrière ? s'enquit Mary sans porter le moindre jugement de valeur.

— Non, ce n'est pas ça, c'est…

— McCarney, lança Mary d'un ton agressif.

Bettina ne put s'empêcher de rire.

— Ça alors ! Je crois que tu le détestes encore plus que moi.

— Tout à fait. Mais ce n'est pas une raison pour ne plus avoir de bébé, poursuivit-elle posément. Je te l'ai dit il y a cinq ans : jamais cela ne se reproduira. Betty, si cela s'annonçait mal, on te ferait une péridurale et tu ne sentirais plus rien. Tu serais engourdie et dynamique à la fois et sans t'en rendre compte, tu te retrouverais avec un beau bébé tout neuf dans les bras.

— À t'entendre, c'est une partie de plaisir.

— Presque.

— J'aime Alexander et je sais que j'aimerai l'enfant d'Ollie, mais c'est que… Mary, je ne pourrai pas…

— Je vais conclure un pacte avec toi. La décision ne concerne que toi, mais si tu es enceinte, je viendrai à ton accouchement.

— En tant qu'infirmière ? fit Bettina, non sans une certaine curiosité.

— Comme tu voudras. Infirmière ou amie. Selon ce que tu désireras et ce que dira le médecin. Je serai sans doute plus utile comme amie. Ollie sera là, lui aussi. En cinq ans, beaucoup de choses ont changé. À propos, puisqu'on parle bébé, vous songez à vous marier ?

— Ah ! non, alors ! s'exclama Bettina en riant.

— C'est bien ce que je pensais.

— Sur ce point, au moins, il a renoncé.

— Il renoncera peut-être aussi au bébé.

Bettina était persuadée du contraire. Mais souhaitait-elle vraiment qu'il abandonne la partie ? Elle venait d'avoir trente-quatre ans et si elle devait mettre au monde un autre enfant, c'était le moment ou jamais.

45

Ils quittèrent la maison couleur pourpre, celle de la plage, un mois après que leur bail de six semaines eut expiré et emménagèrent dans leur jolie maison de pierre. Pendant quelque temps, ils vécurent dans un espace vide. Mais Ivo avait légué à Bettina tous les meubles de son appartement de New York. Elle téléphona donc au garde-meubles et les fit expédier sur la côte Ouest. Puis ils allèrent faire des courses, assistèrent à des ventes aux enchères, achetèrent des rideaux et consacrèrent une journée entière au choix des moquettes. Trois semaines plus tard, ils étaient installés. Ollie avait également fait venir ses affaires de New York.

Il n'avait plus jamais parlé du bébé. Mais Bettina y pensait ce jour-là en refermant la porte de la plus grande des deux chambres inoccupées. Elle n'avait pas le temps de les aménager pour leurs amis de passage. Il lui fallait attaquer son scénario sans plus tarder. Cela lui prit une éternité. Au bout de quatre mois, elle disparaissait encore sous un monceau de notes, corrections et brouillons, dans le petit bureau inondé de soleil. Celui-ci était attenant à leur chambre. Tard le soir, Ollie l'entendait taper à la machine tandis qu'il s'endormait. Ce fut seulement après Noël qu'il remarqua son extrême fatigue.

— Ça va ?

— Oui. Pourquoi cette question ? fit-elle, surprise.

— Tu as une sale tête.

— Merci, chéri, répliqua-t-elle en souriant. Que veux-tu ? Je m'échine à vouloir tirer quelque chose de ce fichu machin !

— Ça avance ?

Elle soupira et se laissa tomber dans un fauteuil confortable.

— Je ne sais pas trop. Je crois que j'ai presque fini et que je ne veux pas l'admettre. Je continue à jouer avec le texte, encore et encore.

— L'as-tu montré à quelqu'un ?

D'un mouvement de tête, elle lui indiqua que non.

— Tu devrais peut-être…

— Je crains qu'ils ne comprennent pas ce que je fais.

— C'est leur problème, ma douce.

Deux semaines plus tard, elle suivit son conseil et remit son manuscrit à Norton et aux producteurs. Ceux-ci la félicitèrent. Mais son état ne semblait pas s'améliorer, loin de là.

— Et si tu consultais un médecin ?

— Inutile. J'ai du sommeil en retard, c'est tout.

Peut-être avait-elle raison. Pendant les cinq jours qui suivirent, elle émergea à peine de ses couvertures, pas même pour manger.

— Tu es épuisée à ce point-là ? lui demanda Ollie, visiblement inquiet.

Certes, en quatre mois et demi, elle avait abattu un travail de titan.

— Plus encore. Dès que je m'éveille, je n'ai qu'une envie : retourner dormir.

Ollie, de plus en plus soucieux, exigea qu'elle consulte un médecin. Et il prit lui-même le rendez-vous. Bettina bougonna quand, à la sortie du bureau, il vint la chercher.

— Oh ! Ollie, tu m'embêtes…

— Pourquoi en faire toute une histoire ?

— Je perds mon temps. J'ai besoin de repos, c'est tout. Je te l'ai déjà dit, non ?

— Il pourra toujours te donner quelque chose pour améliorer ton humeur.

Son humour ne la faisait plus rire. Quand elle entra dans le cabinet médical, il eut l'impression qu'elle était au bord des larmes. Quand elle en ressortit, il en fut certain. Elle était muette comme une carpe.

— Alors ?

— Je vais bien.

— Formidable ! À quoi a-t-il vu ça ? À ton charmant caractère ou à ta prunelle éclatante de santé ?

— Si tu te crois drôle… Laisse-moi tranquille, tu veux ?

Une fois rentrés chez eux, il lui prit le bras et l'entraîna dans le bureau du rez-de-chaussée, où ils seraient seuls.

— Maintenant, ça suffit, Bettina. Dis-moi ce qui se passe.

— Rien. – Ses lèvres se mirent à trembler et ses yeux s'emplirent de larmes. – Rien ! D'accord ?

— Non, pas d'accord. Tu mens. Que t'a-t-il dit ?

Elle lui tourna le dos, mais il lui saisit le bras.

— Bettina… ma chérie… je t'en prie.

Elle se contenta de fermer les paupières en hochant la tête.

— Laisse-moi seule.

Ollie la força à lui faire face. Il y avait peut-être quelque chose de terrible. Un frisson le parcourut tandis qu'il essayait de chasser cette pensée de son esprit. Il ne pourrait pas supporter de la perdre. Sa vie ne serait plus jamais la même.

— Bettina ? fit-il d'une voix vacillante, tout en contemplant les larmes qui ruisselaient sur le visage de sa femme.

— Je suis enceinte de trois mois et demi, Ollie. J'étais tellement absorbée par ce maudit scénario que je ne m'en suis même pas aperçue. Je bossais jour et nuit, et je n'ai pas pensé... poursuivit-elle à travers ses pleurs. Je ne peux même plus avorter. À deux semaines près.

— Tu aurais avorté ? lui demanda-t-il, choqué.

— Qu'est-ce que ça peut faire puisque je n'ai plus le choix ?

Elle se dégagea violemment de son étreinte et s'enfuit. Quelques instants plus tard, il entendit claquer la porte de leur chambre et Alexander descendit l'escalier en courant.

— Qu'est-ce qu'elle a, maman ?

— Elle est fatiguée, c'est tout.

Alexander prit un air scandalisé.

— Encore !

— Oui, mon grand, encore.

— Bon, tu veux jouer avec moi ?

Ollie, distrait, refusa d'un geste vague. Il désirait être seul.

— Plus tard.

— Plus tard, j'irai me coucher, rétorqua le petit garçon d'un air renfrogné.

— Dans ce cas, tu devras m'excuser, lui dit Oliver en s'agenouillant pour le prendre dans ses bras. Je te donne un bon pour une autre fois ?

L'enfant acquiesça, tout content. Il adorait ce cérémonial. Avec solennité, Ollie sortit une feuille de papier, un stylo, et rédigea le bon.

— Ça ira ?

— Et comment !

Alexander quitta la pièce pour retrouver la baby-sitter. Ollie s'effondra mollement dans un fauteuil. Il était encore sous le coup des révélations de Bettina. Aurait-elle vraiment avorté ? Lui en aurait-elle parlé ? Comment aurait-elle pu lui faire une chose pareille ? Il chercha à se convaincre que ce n'était pas vrai. Elle attendait un enfant de lui… un enfant de lui… Il esquissa un sourire, puis il fronça de nouveau les sourcils, angoissé par la violence de la réaction de Bettina. Et si cela se passait aussi mal que la première fois ? Et si elle ne le lui pardonnait pas ? Comment avait-il pu lui faire ça ? Brusquement il fut pris de panique et sans réfléchir, il prit le carnet d'adresses et composa le numéro de Mill Valley. Ils se connaissaient à peine, mais Ollie savait que Mary l'aiderait.

— Mary ? C'est Oliver Paxton, à Los Angeles.

— Ollie, il y a quelque chose qui ne va pas ?

— Je… non… c'est-à-dire… oui.

En soupirant, il lui raconta ce qui venait de se passer.

— Je ne sais pas pourquoi j'appelle, sauf que… Mary, vous êtes infirmière, vous êtes son amie… Vous étiez là la dernière fois… Vous croyez qu'elle va mourir ? Elle est hystérique. Je ne l'ai jamais vue si bouleversée !

— À juste titre.

— C'était aussi terrible que le souvenir qu'elle en a gardé ?

— Bien pire.

— Mon Dieu !

Ollie, regrettant de poser cette question, se raccrocha à un dernier espoir.

— Peut-on pratiquer un avortement à trois mois et demi ?

— Si c'est nécessaire, mais c'est assez dangereux. Le désirez-vous vraiment ?

— Elle oui. Elle l'a dit.

À l'intonation de sa voix, Mary comprit qu'il était au bord des larmes.

— Elle a peur, c'est pour ça.

Mary lui raconta en détail ce qui s'était passé lors de son premier accouchement. Oliver frémit.

— Elle aurait sans doute passé un sale quart d'heure, mais c'est son médecin le principal responsable de ce désastre. Il a tout fait pour qu'elle souffre un maximum.

— En est-elle consciente ?

— Dans sa tête, oui. Dans ses tripes, non. Ça la panique. Nous en avons déjà parlé. C'est à ce moment-là qu'elle a décidé de ne plus avoir d'enfant. Et si j'avais subi ce qu'elle a subi, j'aurais pris la même décision. Mais, Ollie, cette fois, ce sera complètement différent.

— Qu'en savez-vous ?

— N'importe quel gynécologue vous l'affirmerait. Le sien le lui a probablement dit.

— Elle n'a pas encore d'obstétricien.

— Pour l'amour du ciel, assurez-vous qu'elle choisisse quelqu'un de bien. Qu'elle s'informe, qu'elle parle à d'autres femmes. Faites tout ce qui sera en votre pouvoir. C'est important, Ollie. Elle ne doit pas subir la même épreuve qu'il y a cinq ans.

— Je vous le promets, soupira-t-il dans le combiné. Merci, Mary. Je suis désolé de vous ennuyer avec nos problèmes.

— Ne soyez pas stupide. Ollie… ajouta-t-elle, je suis tellement contente.

— Moi aussi, mais je m'en veux.

— Dans quelque temps, elle sera plus calme. Contentez-vous de lui trouver un bon médecin.

À peine avait-il raccroché qu'il se mit en quête d'un gynécologue. Il appela quatre de ses amis du journal, pères de famille depuis peu. Par miracle, trois de leurs femmes avaient le même obstétricien, sur lequel elles ne tarissaient pas d'éloges. Il nota aussitôt le nom de cet homme, obtint son numéro de téléphone par les renseignements. Quelques instants plus tard, il l'avait au bout du fil.

— Docteur Salbert ? Oliver Paxton…

Laborieusement, il lui exposa ses craintes, ses doutes et la terreur de Bettina.

— Amenez-la-moi demain matin. Disons dix heures et demie ?

— Bien. Que vais-je faire en attendant ?

— Donnez-lui un alcool bien tassé !

— Ça ne fera pas de mal au bébé ?

— Non, si elle n'en boit qu'un ou deux verres.

— Du champagne ?

Jamais Oliver ne s'était senti si nerveux, si troublé.

— Ce sera parfait. Alors à demain ?

— À demain ! Et merci !

Il raccrocha aussitôt et se précipita vers la porte.

— Où vas-tu ? cria Alexander.

— Je reviens tout de suite.

Cinq minutes plus tard, en effet, il était de retour, avec un magnum de champagne bien frais. Sur un grand plateau, il posa la bouteille, deux flûtes et un bol de cacahuètes. Puis il frappa doucement à la porte de leur chambre.

— Oui ? fit la voix assourdie de Bettina.

— Puis-je entrer ?

— Non.

— Bon. Rien ne vaut un accueil chaleureux, dit-il en poussant la porte.

— Qu'est-ce que tu peux être casse-pieds ! – Elle se retourna dans son lit en voyant le plateau. – Il n'y a rien à célébrer, Ollie.

— Occupe-toi de tes oignons, Daniels ! J'ai le droit de fêter l'arrivée de mon enfant en ce monde comme bon me semble. De plus, dit-il en posant le plateau, je suis follement amoureux de sa mère.

Il s'assit près d'elle, lui caressa les cheveux, mais elle se dégagea.

— Non… Je ne suis pas d'humeur à faire la fête.

Il restait là, à la contempler, avec tout l'amour du monde dans les yeux.

— Ma douce, je sais ce que tu ressens. J'ai eu Mary au téléphone, j'ai compris que tu avais vécu un véritable cauchemar. Mais cela ne se reproduira pas, je te le jure.

— Tu as appelé Mary ? demanda-t-elle d'un air surpris et méfiant à la fois. Pourquoi ?

— Parce que je t'aime, que j'étais inquiet et que je ne voulais pas que tu aies peur.

Tant de gentillesse, de tendresse, de délicatesse émut Bettina aux larmes.

— Oh ! Ollie, je t'aime… Chéri, sanglota-t-elle dans ses bras.

— Tout se passera bien.

— Tu me le jures ? insista-t-elle avec une voix de petite fille.

— Juré ! Demain nous allons voir un obstétricien qui est la coqueluche de ces dames.

— Tu m'as aussi trouvé un médecin ?

— Je suis sensationnel. Tu ne l'avais pas remarqué ?

— En fait, si… Comment as-tu déniché ce médecin ?

Souriante, elle se pencha pour lui embrasser l'oreille.

— J'ai demandé à des copains qui venaient d'être papas, puis je lui ai téléphoné. Il a l'air sympathique.

— Que t'a-t-il dit ?

— Que tu dois boire du champagne. Ordre du médecin !

Il ouvrit la bouteille et lui tendit une flûte de vin pétillant.

— Ça ne fera pas mal au bébé ? demanda-t-elle avec méfiance.

John avait banni toute boisson alcoolisée quand elle attendait Alexander.

— Non, ma chérie, répondit-il, heureux qu'elle se souciât ainsi de l'enfant. Ce sera un adorable bébé, Bettina.

— Comment le sais-tu ?

Une petite lueur de soulagement passa dans son regard.

— Parce que c'est le nôtre.

46

— Hé, bibendum, c'est pour toi !

Sur le seuil, Ollie lui fit un signe de la main. Bettina jouait dans la cour avec Alexander. Elle lui avait acheté une nouvelle balançoire et, malgré un ventre impressionnant, elle le poussait le plus haut possible.

— Je reviens dans une minute, mon trésor.

Elle courut vers la cuisine, aussi vite que son poids le lui permettait, avec un air désapprobateur.

— Ne m'appelle pas comme ça, King Kong. Je n'ai pris que sept kilos.

— Tu es sûre que ce type sait lire une balance ?

Le médecin qu'il avait choisi avait fait beaucoup mieux que cela. En quatre mois, il avait établi avec elle une relation de confiance, et Bettina était moins paniquée par son accouchement.

— Peu importe. Qui est à l'appareil ?

— Norton.

— Que veut-il ?

— Je n'en sais rien. Demande-le-lui.

Elle lui prit le combiné des mains tandis qu'ils échangeaient un baiser furtif. Ils ne cessaient de plaisanter, de se taquiner. Ollie, très protecteur, attendait ce bébé avec un bonheur proche de l'extase. Même Alexander avait fini par se convaincre qu'après tout, ce ne serait pas si terrible que ça, à condition que ce ne fût pas une fille.

— Quoi ? s'exclama Bettina incrédule.

Ollie jeta un coup d'œil dans sa direction, en l'interrogeant du bout des lèvres. Elle lui tourna le dos. Au bout d'un moment qui lui parut une éternité, elle raccrocha le téléphone.

— Ne me fais pas languir !

Elle s'assit, toute pâle.

— On va monter ma deuxième pièce. De plus, ils sont déjà en pourparlers pour le film.

— Ça te surprend ? Je t'avais prévenue il y a plusieurs mois. Ce qui m'étonne, c'est que ç'ait été aussi long.

Il lui avait presque fallu un an pour vendre sa seconde pièce.

— Quand veulent-ils commencer ? s'inquiéta-t-il soudain.

— En octobre.

Le bébé devait naître en juillet.

— D'après mon contrat, je ne passerai que trois mois à New York. Pourras-tu t'absenter aussi longtemps ?

— Si c'est nécessaire, répondit Oliver qui ne semblait pas préoccupé le moins du monde. Pourrons-nous emmener un aussi petit bébé à New York ?

— Bien sûr. Il aura deux mois.

— Pas « il », « elle » ! rectifia-t-il.

Oliver tenait absolument à ce que ce fût une fille. Il regardait fièrement Alexander en répétant à qui voulait l'entendre qu'il avait déjà un fils. C'était l'une des raisons pour lesquelles il avait toujours l'intention d'épouser Bettina. Ainsi pourrait-il adopter Alexander et lui donner son nom. Bettina, quant à elle, lui opposait inlassablement le même refus.

— C'est plus amusant comme ça. Nous avons chacun notre nom, Daniels, Paxton et Fields.

— On dirait un cabinet d'avocats.

Mais Bettina restait inébranlable.

Assise sur sa chaise, le regard fixe, elle pensait à sa pièce.

— Quand le film doit-il démarrer ?

— Après Noël. Et ça prendra six mois, ce qui nous amène en juin. En tout, cela fait neuf mois de travail.

— Ce ne sera pas trop dur pour toi, juste après la naissance du bébé ? demanda-t-il d'un air soucieux.

— Ce ne sera pas « juste » après. J'aurai deux mois pour me reposer. Crois-moi, le plus éprouvant, ce n'est pas l'après-accouchement.

Bettina nourrissait encore quelques craintes. Mais ensemble, ils avaient suivi les cours de préparation. Ensemble, ils étaient allés chez le médecin. Ollie avait trop attendu cet enfant pour manquer ne fût-ce qu'un instant de sa venue au monde. À quarante-quatre ans, il considérait cela comme l'événement marquant de son existence.

Bettina s'affairait, s'agitait, partagée entre la naissance du bébé et sa nouvelle pièce. Le dernier mois de sa grossesse, le spectacle passa nettement au second plan. Tout ce qu'elle souhaitait, c'était rester avec Ollie, tranquillement assise à l'ombre, à regarder jouer Alexander. Elle se couchait tôt, mangeait bien, lisait un peu, comme si son esprit était apaisé. Elle n'avait nulle envie de relever de nouveaux défis, ne voulait plus répondre aux coups de fil de Norton ni se préoccuper d'autres affaires. Elle se préparait pour un événement beaucoup plus important, qui nécessiterait toute son attention. Cela l'absorbait tout entière.

Deux jours avant la date prévue, Mary arriva par avion de San Francisco. Elle avait laissé ses enfants chez sa mère. Seth, quant à lui, était parti camper avec un ami.

— Crois-moi, je préfère être ici que sous une tente. Alors, fit-elle en regardant Bettina, où en es-tu ?

— Nulle part. Je me suis métamorphosée en légume. Je n'écrirai peut-être jamais d'autres pièces de théâtre.

Elle s'en fichait pas mal. Elle ne pensait plus qu'au bébé et à la nursery. Elle ne se souciait presque plus d'Oliver. Seuls comptaient son ventre et l'enfant à venir. Toute son existence tournait autour de ce fait. Ollie comprenait. Le médecin l'avait prévenu : à la fin, c'était souvent ainsi.

— Que dit le gynéco ?

— Rien. Que ça peut arriver d'un jour à l'autre. J'imagine que ce ne sera pas à la date prévue.

— Pourquoi ?

— Ça ne se passe jamais comme ça.

— Mais si, fit Mary en riant, tandis qu'ils s'engouffraient tous les trois dans la voiture. Tu n'as qu'à prévoir une petite sortie sympa, une soirée, un dîner quelque part, une pièce de théâtre, et tu peux être sûre que ce sera ce soir-là.

Ils éclatèrent de rire, mais l'idée plut à Ollie.

— Si on allait dîner au *Bistro* ?

— Le jour de mon accouchement ? fit Bettina, atterrée. Et s'il arrive quoi que ce soit ?

— Si tu bousilles leur moquette, nous n'y retournerons plus, voilà tout.

Bettina fit la moue. Mais Ollie insista et dès leur arrivée à la maison, il réserva une table pour le lendemain.

— Quelle tête de mule, gémit Bettina en entraînant Mary au premier étage où elle l'aida à défaire ses bagages.

Le médecin avait donné son accord pour que Mary assiste à l'accouchement, en amie. Il leur avait permis d'inviter autant d'observateurs qu'ils le désiraient, dans les limites du raisonnable.

— Ni petits enfants ni gros chiens.

Le lendemain, à l'heure dite, ils faisaient leur entrée au *Bistro.* C'était un restaurant charmant, élégant, avec un éclairage tamisé, des panneaux de verre taillé. Bettina était radieuse, dans son ample robe blanche, un gardénia derrière l'oreille.

— Tu fais très exotique, mademoiselle Daniels, murmura Ollie. Et je t'aime.

Elle saisit sa main sous la table et lui chuchota les mêmes mots. Pendant qu'ils commandaient le repas, Mary remarqua une ombre significative sur le visage de son amie. Elle ne dit rien mais quand cinq minutes plus tard, les traits de Bettina se crispèrent à nouveau, elle chercha son regard.

— N'avais-je pas raison, Betty ?

— Ma foi…

Oliver ne les entendit pas. Il choisissait le vin.

— Eh bien, mesdames, vous êtes contentes ?

— Tout à fait, répondit aussitôt Mary, tandis que Bettina lui faisait signe de ne rien dire.

On leur servit le dîner. Bettina le toucha à peine.

Si le travail avait vraiment commencé, elle ne voulait pas se sentir lourde.

— Tu n'as rien mangé, ma douce. Ça va ? demanda Ollie en se penchant vers elle.

On en était au dessert.

— Pas mal pour une nana sur le point d'accoucher !

— Quand ? fit-il, sidéré. Maintenant ?

Devant sa panique apparente, Bettina éclata de rire.

— Pas dans la minute, j'espère, mais bientôt. J'ai ressenti les premières douleurs avant le début du repas, je n'étais pas certaine…

— Et maintenant tu l'es ?

Il lui prit le bras et fit mine de se lever.

— Arrête, Ollie, je vais bien. Mange ton dessert, bois ton café, puis nous rentrerons à la maison et nous appellerons le médecin. Détends-toi.

Il en fut incapable. Et bientôt, elle-même eut du mal à se relaxer. Comme la première fois, les contractions se faisaient de plus en plus rapprochées, de plus en plus violentes.

Debout sur le trottoir, Mary comptait les secondes. Bettina s'appuyait sur Ollie, de tout son poids.

— Mieux vaut te conduire à l'hôpital, Bettina. Nous n'aurons sans doute pas le temps de rentrer à la maison.

— Quelle chance… dit-elle en souriant.

Ollie comprit qu'elle souffrait et s'affola. Et si cela se passait aussi mal que pour Alexander ? Voyant qu'il paniquait, Mary lui saisit le bras avec fermeté, juste avant de monter dans la voiture. Bettina s'était déjà allongée sur la banquette arrière.

— Tout ira bien, Ollie. Du calme, dit Mary.

— Je ne peux pas m'empêcher de penser…

— Elle aussi, certainement.

Elle se glissa auprès de lui, à l'avant.

— Comment ça va, Betty ?

— État stationnaire. – Puis, tandis qu'Ollie s'engageait sur la chaussée : – En voilà une autre.

— Je m'arrête ? demanda-t-il en jetant un regard terrorisé en direction de Mary.

— Non ! Surtout pas !

Les deux femmes éclatèrent de rire. Mais la gaieté de Bettina fut de courte durée. Quand ils arrivèrent à l'hôpital, elle ne voulait plus parler.

Une infirmière se rua sur un téléphone pour prévenir son médecin, deux autres la conduisirent dans une petite pièce, apparemment stérile. Bettina regarda Mary d'un air lugubre.

— Je croyais que les choses avaient évolué.

Cette pièce ressemblait beaucoup à celle où elle avait été torturée pendant quatorze heures, attachée, comme une bête hurlante.

— N'aie pas peur, Betty.

Entre les contractions, Mary l'aida à se déshabiller. Elle était toujours cramponnée à Ollie quand on l'allongea.

— Ça va, ma chérie ?

Celui-ci se sentit brusquement impuissant. Si on lui faisait du mal, à elle ou au bébé, il les tuerait. C'était sûr comme deux et deux font quatre. Lentement, elle lui sourit en lui serrant très fort la main.

— Je vais bien.

— Tu en es certaine ?

Elle acquiesça. Une autre contraction lui coupa le souffle. Ollie se rappela ce qu'ils avaient appris ensemble et il guida sa respiration. Quand la douleur eut disparu, elle le dévisagea, surprise, avec un grand sourire.

— Tu sais, ça marche !

— Tant mieux, répondit-il sans cacher sa fierté.

Ils recommencèrent. Ils avaient la situation bien en main quand le médecin entra.

Il la félicita chaudement. Seul le bref examen auquel il dut procéder lui rappela le passé. Cette fois-ci, personne ne l'avait ligotée. Les infirmières étaient douces et sympathiques, le médecin souriait et Mary attendait dans un coin de la pièce. Bettina se sentait entourée de gens attentionnés. Ollie ne la quitta pas une seconde, lui tint la main, l'aida à respirer et à garder la maîtrise des événements.

Au bout d'une demi-heure, les contractions s'accentuèrent, et Bettina craignit de ne pas tenir le coup. Sa respiration se bloquait étrangement, elle se mit à trembler, eut mal au cœur, frissonna. Ollie, inquiet, observait Mary qui échangeait des regards entendus avec une autre infirmière. La tête du bébé était en train de descendre. C'était le moment le plus pénible. Peu après, Bettina s'agrippa désespérément au bras d'Ollie et se mit à crier.

— Je n'en peux plus, Ollie, je n'en peux plus… Non ! hurla-t-elle.

— Elle en est à neuf, déclara le docteur Salbert, satisfait.

Puis il l'encouragea à son tour.

— Plus que quelques minutes, Bettina. Allez… vous pouvez y arriver… Vous vous débrouillez très bien… Allez-y…

La sueur ruisselait sur le torse d'Oliver. On incita Bettina à continuer. Au bout d'un quart d'heure, le médecin fit un signe de la tête qui déclencha une agitation effrénée dans la salle…

— Ollie… Oh ! Ollie… bredouillait Bettina toujours accrochée à lui.

Mary vit qu'elle commençait à pousser. Le moment était venu. On la transporta sur la table d'accouchement et ce fut elle qui, de plein gré, saisit les poignées qui se trouvaient de chaque côté.

— Suis-je obligée d'utiliser les étriers ? demanda-t-elle en jetant un regard affolé au docteur Salbert.

— Non.

À droite et à gauche, deux infirmières l'aidèrent à maîtriser ses jambes. On demanda à Ollie de lui soutenir les épaules. Brusquement, Bettina poussa de toutes ses forces, guidée par un besoin incoercible. Elle avait l'impression de gravir une montagne, d'écarter les rochers qui lui obstruaient le passage. Parfois l'effort était trop grand, elle redescendait de quelques mètres. Les voix se mêlaient autour d'elle, l'encourageant, l'éperonnant. Puis soudain, dans un dernier halètement, après une dernière poussée, Ollie sentit son corps tout entier se raidir sous l'effort et entre ses jambes, une petite tête rouge surgit, d'où sortit un faible vagissement. Il la contempla, ahuri.

— Mon Dieu, c'est le bébé !

Ils laissèrent éclater leur joie, soulagés. Encore deux poussées, et leur fille apparut tout entière.

— Oh, Ollie, Ollie, elle est si jolie !

Bettina riait, souriait, pleurait de joie, tout comme Oliver et Mary. Seul le médecin avait l'œil sec, mais il n'était pas moins heureux qu'eux.

Une demi-heure plus tard, Bettina était dans sa chambre avec le bébé. Ollie était encore sous le choc de ce qu'il venait de vivre. Sa femme était calme, sereine et très fière. L'accouchement avait duré deux heures à peine. Elle les regarda tous, le bébé dans les bras, avec un sourire radieux.

— Vous savez quoi ? Je meurs de faim !

Mary éclata de rire.

— Comme moi à chaque fois.

Oliver restait là, immobile, fasciné, à contempler sa fille.

— Beurk ! Vous me dégoûtez. Comment pouvez-vous manger à un moment pareil ?

Ce fut pourtant ce que fit Bettina. Elle avala deux sandwiches au rosbif, un milk-shake et un beignet.

— Tu es un monstre ! plaisanta-t-il en la regardant dévorer.

Mais il y avait une immense tendresse dans ses yeux. Enfin elle lui tendit la main.

— Je t'aime, Ollie. Jamais je n'aurais réussi sans toi. Plusieurs fois, j'ai été sur le point d'abandonner.

— J'étais certain que tu tiendrais le coup.

Une fois ou deux, il avait eu peur, lui aussi. Cela paraissait tellement douloureux, tellement dur physiquement ! Pourtant elle était là, une heure après, le visage lavé, les yeux brillants, les cheveux brossés. À présent, c'était lui qui accusait le coup. Mary était descendue prendre une tasse de café pour les laisser seul à seule.

— Tu as été merveilleuse, chérie.

Ils se regardèrent, inlassablement, pleins d'une admiration mutuelle et pendant un instant, il eut envie de lui demander de l'épouser. Il n'osa pas. Ils avaient déjà choisi le nom du bébé. Antonia Daniels Paxton. Cela suffisait.

47

— Alors, Alexander, que penses-tu de ta petite sœur ?

Bettina l'observa, amusée. Le garçonnet haussa les épaules. Cela faisait deux jours que sa mère était rentrée à la maison avec le bébé.

— Assez mignonne, pour une fille !

Il avait surmonté sa déception première après que Bettina lui eut permis de la prendre dans ses bras.

— Hé, elle est minuscule !

Mais elle lui plaisait plutôt. Et c'est avec un sourire qu'il la rendit.

— Je suis bien content que tu aies été mariée avec papa, quand j'étais petit, laissa-t-il échapper quand il se trouva seul avec sa mère.

— Ah ? fit Bettina qui se demandait pourquoi il mettait cette question sur le tapis.

— Bah, oui. Si les gens savaient... Ils diraient peut-être des trucs bizarres, répondit-il en fronçant les sourcils. Je n'aimerais pas ça.

En juin, il avait eu six ans.

— Oh ! je ne le pense pas. Mais ce serait si important, mon trésor ?

— Pour moi, oui.

Bettina hocha doucement la tête. Elle était perdue dans ses pensées quand Ollie vint lui rendre visite ainsi qu'au bébé. Le médecin leur avait permis de quitter l'hôpital assez vite, l'accouchement s'étant bien passé, mais il lui avait demandé de se reposer à la maison, pendant une semaine.

— Vous voilà bien sérieuse, madame. Que se passe-t-il ?

— C'est Alexander. Il vient de me dire une chose très étrange.

Elle lui fit part de leur conversation et il fronça les sourcils.

— Il est sans doute sensible à ces questions-là, déclara Ollie d'un ton qui se voulait désinvolte.

Mais une lueur d'espoir brillait au fond de ses yeux.

— Et si elle faisait la même réflexion, dans six ans ?

— Eh bien, nous dirons que nous sommes mariés.

Elle le regarda bizarrement.

— Peut-être devrions-nous.

— Quoi ? Dire aux gens que nous sommes mariés ?

— Non, nous marier vraiment.

— Maintenant ?

Elle acquiesça.

— Tu me fais marcher ?

— Non.

— Tu es sincère ?

— Oui.

— Tu le désires ?

— Mais *oui* ! Ollie, pour l'amour du ciel…

— Je n'aurais jamais cru que ce jour viendrait.

— Moi non plus. Alors ferme-la de peur que je ne change d'avis !

Ollie quitta précipitamment la pièce. Peu après, ils riaient et plaisantaient autour d'un verre de champagne. Trois jours plus tard, après avoir procédé aux formalités nécessaires, ils se rendirent en ville, Seth et Mary sur leurs talons. Et à la mairie, ils se promirent amour, assistance et fidélité.

Bettina contempla son certificat de mariage avec une certaine méfiance.

— Au moins, on n'a pas écrit que tu étais mon quatrième mari.

Oliver sourit, puis la regarda avec le plus grand sérieux.

— Tu ne dois pas avoir honte. Tu as agi en toute honnêteté... Il n'y a rien là de condamnable.

— Merci, chéri.

Main dans la main, ils descendirent les marches de l'hôtel de ville. Mais une fois de retour chez eux, il se montra pensif.

— Madame Paxton ?

Il la taquinait en l'appelant ainsi. Elle garderait son nom, ils étaient tous deux d'accord sur ce point.

— Oui, monsieur Paxton ?

— Il y a autre chose qui me tient à cœur.

— Peut-on savoir quoi, monsieur Paxton ?

— Je veux adopter Alexander. Tu crois que c'est possible ? fit-il d'un ton grave.

— John ne t'en empêchera pas, ça, j'en suis sûre !

Ils n'avaient plus jamais entendu parler de lui.

Bettina regarda son mari avec tendresse.

— Alexander sera ravi.

— Moi aussi, répondit Ollie en souriant. Demain, j'appellerai mon avocat.

Ce qu'il fit. Quatre semaines plus tard, il avait obtenu gain de cause. Ils étaient quatre Paxton à vivre sous le même toit.

48

Le 1er octobre, les Paxton prirent l'avion pour New York. Ollie avait demandé un congé de trois mois au journal. Ils avaient engagé une baby-sitter pour aider Bettina à s'occuper du bébé. Alexander, quant à lui, retrouva son ancienne école. C'était maintenant un voyageur chevronné. Dès son arrivée, Ollie contacta ses amis du *Mail*. Et Bettina dut travailler d'arrache-pied pour monter sa pièce.

Mais elle aimait ça. Grâce au ciel, elle s'était remise de la naissance d'Antonia. Le soir de la première, le spectacle remporta un succès fracassant. Ils passèrent Noël dans leur suite au *Carlyle*. Cinq jours plus tard, ils reprenaient le chemin de la Californie.

— C'est bon de rentrer chez soi, n'est-ce pas ? déclara Ollie qui s'étirait sur son lit avec un soupir d'aise.

— Oh oui !

— J'espère que tu vas attendre un peu avant d'écrire une autre pièce.

— Pourquoi ? s'étonna-t-elle.

Lui qui l'avait toujours encouragée à poursuivre son œuvre ! Il éclata de rire.

— Parce que j'en ai marre de me geler les miches à New York ! Tu ne peux pas te limiter au cinéma, pour l'instant ?

— Au moins pour les six mois à venir.

Elle n'eut pas le cœur de lui annoncer que dans l'avion du retour, elle avait imaginé un nouveau sujet. Sa carrière démarrait en trombe. Elle avait le vent en poupe. On lui avait déjà proposé plusieurs projets de films. Parmi les plus ardents à l'assaillir de propositions diverses se trouvait Bill Hale, le propriétaire de leur premier appartement new-yorkais. Elle ne souhaitait pourtant pas travailler avec lui et ne répondait jamais à ses coups de téléphone.

— Quand commences-tu ton film ?

— Dans trois semaines, je crois.

Ils s'endormirent peu de temps après. Le lendemain, Oliver reprit le collier tandis qu'elle réorganisait sa vie. Le bébé, un amour d'enfant, avait presque six mois. Alexander, qui était encore en vacances, se révéla d'une grande efficacité. Il adorait prendre sa petite sœur dans ses bras, la nourrissait et lui faisait faire son rot. À l'heure du déjeuner, Bettina, attendrie, le contemplait quand le téléphone retentit. La baby-sitter était occupée.

— Je prends, dit Bettina qui décrocha le combiné à la troisième sonnerie. Oui, madame Paxton à l'appareil… Pourquoi ? demanda-t-elle après un long silence.

Elle devint brusquement toute pâle et se détourna pour qu'Alexander ne la vît pas pleurer.

— Bien, j'arrive.

On l'avait appelée du journal. Quand elle arriva, il était déjà trop tard. L'ambulance était garée en double file. Les gens faisaient cercle autour de lui. Il était là, sur le sol, inanimé.

— Crise cardiaque, madame Paxton, lui dit le rédacteur en chef, visiblement affecté. Il est mort.

Elle s'agenouilla près de lui et lui caressa la joue. Elle était encore toute chaude.

— Ollie ? murmura-t-elle. Ollie ?

Les larmes ruisselaient sur son visage. On demanda aux curieux qui se tenaient là de retourner travailler ou du moins de la laisser tranquille. Elle entendit quelqu'un dire :

— N'est-ce pas Bettina Daniels ?... Oui, c'était sa femme.

Mais en cet instant, elle se fichait pas mal d'être célèbre. Ni le succès à Broadway, ni le cinéma, ni le scénario, ni l'argent, ni la maison de Beverly Hills ne lui rendraient Ollie. À quarante-cinq ans, celui qui voulait profiter de la vie, qui avait tenu à assister à la naissance de son premier enfant était mort d'une crise cardiaque, dans son bureau. Oliver Paxton n'était plus. C'était le troisième homme que Bettina avait aimé et perdu. En les regardant le déposer sur un brancard, elle sanglota de colère autant que de douleur.

49

Mary et Seth Waterston vinrent pour les funérailles. Mary demeura quatre jours avec Bettina, tandis que Seth retournait à ses affaires. Elles parlaient peu. Mary s'occupait des enfants. Bettina s'était refermée sur elle-même, murée dans son désespoir. Elle ne bougeait pas, elle ne parlait pas, elle ne mangeait pas. Elle restait assise, le regard fixe. De temps à autre, Mary lui apportait le bébé. Inutilement. Elle le repoussait d'un vague geste de la main et reprenait sa pose, perdue dans ses pensées. La veille du départ de Mary, dans la soirée, elle était toujours prostrée.

— Tu ne peux pas rester comme ça, Betty, dit Mary avec sa franchise habituelle.

Mais Bettina se contenta de la fixer du regard.

— Pourquoi ?

— Parce que ta vie n'est pas terminée. Même si c'est dur.

— Mais pourquoi, bon sang ! lança-t-elle avec colère. Pourquoi lui et pas moi ? Il était tellement bon, ajouta-t-elle, triste, au bord des larmes.

— C'est vrai, répondit Mary qui, à son tour, sentit ses yeux s'embuer. Mais toi aussi, tu es bonne.

— Quand le bébé est né, poursuivit-elle, les lèvres tremblantes, je n'y serais jamais arrivée sans lui.

— Je sais, Betty, je sais.

Elle lui tendit les bras, et Bettina s'y réfugia pour y pleurer tout son saoul. Mais le lendemain, jour du départ de Mary, elle semblait aller un peu mieux.

— Que vas-tu faire, à présent ?

Devant la porte d'embarquement, Mary l'observait attentivement, comme pour percer le fond de son âme.

— Je dois remplir mon contrat, fit Bettina en haussant les épaules. J'écrirai le scénario de ma deuxième pièce.

— Et après ?

— Dieu seul le sait. Ils me harcèlent pour que j'accepte d'autres projets. Je ne pense pas que je céderai.

— Retourneras-tu à New York ?

— Pas pour l'instant, déclara Bettina avec détermination. Je veux rester ici.

Mary hocha la tête. Elles restèrent ainsi, dans les bras l'une de l'autre. Puis, après un dernier baiser, Mary disparut dans l'avion.

Deux semaines plus tard, comme promis, Bettina prit la direction du studio. On devait discuter du synopsis. Les réunions se révélèrent épuisantes et ennuyeuses comme la pluie. Bettina ne cédait pas d'un pouce, n'intervenant que lorsqu'elle y était contrainte. Puis elle s'enferma chez elle pour rédiger le scénario. Cela lui prit moins de temps que prévu. La dernière mouture combla littéralement les producteurs. Elle eut droit aux louanges. On cria au génie. En moins de temps qu'il ne faut pour le dire, Norton croula sous une avalanche de coups de téléphone. La réputation de Bettina était faite.

— Comment ça, vous ne travaillez plus ? Je ne comprends pas.

Il l'écouta, apparemment atterré.

— C'est simple : je prends six mois de congé.

— Mais je croyais que vous vous attaquiez à une nouvelle pièce ?

— Non. Ni nouvelle pièce ni nouveau film. Absolument rien, Norton, ils peuvent tous aller au diable !

— Mais Bill Hale vient de…

— C'est aussi valable pour lui. Qu'il me fiche la paix. Je ne veux plus en entendre parler.

— Mais Bettina…, insista-t-il, paniqué.

— Je suis douée, hein ? Eh bien, qu'ils patientent six mois. Sinon, tant pis.

— Là n'est pas la question. Pourquoi attendre quand vous pouvez obtenir ce que vous désirez tout de suite ? Votre prix sera le nôtre. Votre film sera le nôtre. Mon chou, le monde vous appartient.

— Qu'ils le gardent. Je n'en veux pas.

L'attitude de Bettina dépassait l'entendement d'un homme comme Norton Hess.

— Pourquoi ?

— Norton, soupira-t-elle, il y a cinq mois, j'ai perdu Ollie. Depuis lors, le vent ne souffle plus dans mes voiles.

— J'en suis tout à fait conscient. Mais vous ne pouvez pas rester comme ça, à ne rien faire. Ce n'est pas bon pour vous.

Ce n'était pas bon pour lui non plus, et Bettina le savait.

— Peut-être. Toutes ces choses ne sont pas aussi importantes que je le pensais.

— Mon Dieu, Bettina ! Pourquoi tout foutre en l'air ? Vous êtes au sommet de la gloire !

Elle avait connu d'autres sommets... quand le bébé était né... quand elle avait épousé Ivo... quand elle avait partagé les événements importants de la vie de son père... Il n'y avait pas que le travail et le succès. Mais comment lui expliquer ? Rien que l'idée d'essayer l'épuisait.

— Je n'ai pas envie de discuter, Norton. Dites-leur que je pars pour six mois et que je suis injoignable. Si on me casse les pieds, je disparaîtrai pour un an.

— Fantastique ! Soyez certaine que je vais leur dire. Et promettez-moi, Bettina : si vous changez d'avis, vous m'appelez ? D'accord ?

— D'accord, Norton.

Mais elle ne changea pas d'avis. Elle coula des jours paisibles avec ses enfants, rendit une fois visite à Mary et Seth. Elle quittait rarement la maison, semblant avoir acquis une étrange sérénité depuis la mort d'Ollie. À Thanksgiving, Seth et Mary, qui étaient venus avec toute leur smala, purent le constater. Ce fut une belle fête familiale. Mais l'absence d'Oliver leur pesa.

— Comment ça va, Betty ? demanda Mary qui l'observait avec attention.

Au fond d'elle-même, quelque chose paraissait avoir changé. Elle était plus calme, plus froide, plus lointaine et plus sûre à la fois. En un an, elle avait vieilli.

— Ça va bien, répondit Bettina. Ollie me manque encore beaucoup. Il y a des choses sur lesquelles j'aimerais pouvoir revenir.

— Quoi, par exemple ?

— Je regrette de ne pas l'avoir épousé plus tôt. Il

était si heureux ! Pourquoi avoir attendu aussi longtemps ?

— Tu n'avais pas fini de grandir. Il l'a très bien compris.

— C'est vrai. Quand je repense à notre vie, je me dis qu'il comprenait tout trop bien. Il n'y en avait que pour moi. Il a abandonné son poste à New York, pris un congé pour m'y accompagner quand j'ai monté ma pièce. Rétrospectivement, cela me paraît injuste.

Elle semblait malheureuse.

— Nous en avons parlé un jour. Cela ne le gênait pas. À ses yeux, sa carrière était moins importante que la tienne.

Mary n'osa pas lui dire que ce dont elle avait besoin, à présent, c'était un homme aussi puissant qu'elle, à la réussite aussi éclatante que la sienne. Même ses traits avaient changé. Elle avait une sorte de beauté anguleuse, qui captivait les regards. Et la simplicité de sa robe de laine noire, la beauté de ses bijoux étaient les marques de sa réussite. Elle avait ressorti ses anciennes parures, celles de son père, celle d'Ivo, qu'elle portait désormais presque tous les jours. Longuement, elle contempla son solitaire en le faisant tourner autour de son doigt.

— Je passe sans doute trop de temps à revivre mon passé.

— Te contentes-tu de ruminer ou le comprends-tu mieux ?

— Je ne sais pas, Mary.

Elle avait les yeux rêveurs, le regard distant.

— Je crois que j'ai accepté. C'est devenu une partie de moi-même, en quelque sorte.

Un sourire satisfait se dessina sur les lèvres de Mary.

C'était ce qu'elle avait toujours espéré. Bettina s'acceptait telle qu'elle était. Mais elle était malheureuse de voir son amie cloîtrée entre ses quatre murs.

— Tu vois des gens ?

— Seulement vous et les enfants.

— Pourquoi ?

— Je n'en ai pas envie. Pourquoi le devrais-je ? Pour qu'ils puissent se vanter d'avoir fait la connaissance de la dramaturge aux quatre maris… de l'extravagante fille de Justin Daniels ? Pourquoi faire ? Pour le moment, je suis beaucoup plus heureuse comme ça.

— Moi, je n'appelle pas ça vivre, Betty. Et toi ?

Bettina haussa les épaules.

— J'ai ce que je désire.

— Non, tu es jeune, Bettina, tu mérites mieux que cette solitude. Il te faut des amis, des soirées, des rires, profiter de ton succès.

— Et ça ? fit-elle en désignant le jardin et la maison.

— Tu sais très bien ce que je veux dire, Bettina. C'est joli mais ça ne remplace pas l'amitié ou… – Elle hésita. – Un homme.

Bettina planta son regard dans le sien.

— Tu crois que c'est la panacée, Mary ? Un homme ? Que ça se résume à ça ? Que la vie est incomplète sans eux ? Tu ne crois pas que j'ai eu mon compte ?

— À trente-six ans ? J'espère bien que non. Que vas-tu faire ? Baisser les bras ?

— Et toi, que me proposes-tu ? D'en dégoter un autre au plus vite ? Quatre maris, n'est-ce pas un score exagérément élevé ? Tu me suggères d'en essayer un cinquième ? s'écria-t-elle, avec colère.

— Pourquoi pas ? rétorqua Mary.

— Parce que je n'en ai pas besoin. Peut-être que je ne veux plus me marier…

Mary n'était pas femme à se laisser abattre aussi facilement.

— Si tu avais de bonnes raisons de te conduire ainsi, je n'insisterais pas. Personne n'est obligé de se marier, Bettina. Ce n'est pas la seule chose intéressante dans la vie. Mais tu ne peux pas passer le reste de ton existence dans la solitude parce que tu as peur du qu'en-dira-t-on. Car c'est bien cela dont il s'agit, n'est-ce pas ? Si tu te dévoiles, tu crois qu'on va te critiquer, te couvrir d'opprobre, te marquer au fer rouge. Tu te trompes. Complètement. Je t'aime, Seth aussi. Je me fiche que tu te maries une dizaine de fois ou non. Mais quelque part, il y a quelqu'un d'aussi fort, d'aussi original, d'aussi merveilleux que toi. Il faut que tu le trouves, qu'il te rencontre. Tu n'es pas tenue de l'épouser ! Tout le monde s'en moque ! Pour l'amour du ciel, Bettina, ne reste pas murée dans ta forteresse.

Bettina lui jeta un regard triste. Mary se demanda si elle avait visé juste, su trouver les arguments qui feraient mouche. Quand elle vit son amie pénétrer dans la maison, sans un mot, elle fut presque certaine d'avoir gagné.

Ils partirent à la fin de la semaine. Avant que Mary ne monte dans l'avion, Bettina la serra contre elle.

— Merci.

— De quoi ? – Elle comprit soudain. – Ne sois pas ridicule. Un jour peut-être, ce sera toi qui devras me botter les fesses.

— J'en doute, répondit Bettina avec un grand sourire. Mais il est vrai que tu n'as pas une vie aussi excentrique que la mienne.

— Que comptes-tu faire, Betty ? lui demanda Seth en se penchant vers elle.

— Appeler Norton pour lui annoncer que je reprends du service. Il a dû faire une croix sur moi.

— Ça m'étonnerait, rétorqua vivement Mary avant de s'engouffrer dans l'appareil.

50

— Alors, la belle au bois dormant, on a fini d'hiberner ?

— Eh oui, Norton, fit-elle avec un petit rire. Ça n'a duré que six mois.

— Six mois ou six ans… Avez-vous la moindre idée du nombre de gens que j'ai dû éconduire depuis le début de votre « retraite », temporaire heureusement ?

— Je déteste les chiffres.

On était le 1er décembre et Bettina se sentait en pleine forme.

— Je vous en ferai donc grâce. Alors, quels sont vos projets ?

— Je n'en ai aucun.

— Vous n'avez pas commencé de nouvelle pièce ?

— Non. L'envie m'en manque. Je préfère rester en dehors de tout ça pendant quelque temps. Ce serait trop dur pour les enfants si je les trimbalais tous les ans à New York.

— Je comprends. Ce n'est pas grave. Vous avez suffisamment de propositions de films pour vous tenir occupée pendant les dix années à venir.

— De qui, par exemple ? demanda-t-elle avec une méfiance instinctive.

Norton lui en lut la liste. Quand il eut terminé, elle opina du chef d'un air approbateur.

— Pas mal ! D'après vous, qui dois-je contacter en premier ?

— Bill Hale, répondit-il instantanément.

Bettina ferma les yeux.

— Oh ! non, Norton, pas lui.

— Pourquoi ? C'est un génie. Il s'est lancé dans la production. Pour tout dire, son talent égale le vôtre.

— Fabuleux ! Alors trouvez-moi quelqu'un de moins brillant.

— Pourquoi donc ? fit-il, intrigué.

— Parce que tout le monde sait que c'est un salopard !

— En affaires ? s'étonna Norton.

— Non, dans la vie privée. Il collectionne les femmes, les épouses, les maîtresses. Je n'ai pas besoin de ça.

— Pour l'amour du ciel, personne ne vous a demandé de l'épouser, Bettina. Vous discuterez entre gens de bonne compagnie, c'est tout.

— Est-ce indispensable ?

— Le ferez-vous si je vous dis oui ? poursuivit-il avec une note d'espoir.

— Probablement pas. Écoutez, j'ai assez de problèmes comme ça. Ce type a une réputation de dragueur impénitent, y compris dans le boulot.

— Prenez des glaçons pour rafraîchir son ardeur, habillez-vous en nonne, faites ce que vous voulez, mais je vous en supplie, Bettina, acceptez au moins de déjeuner avec lui. Cela fait six mois que vous vous tournez les pouces, que vous ne répondez même pas au téléphone. Aujourd'hui, dans le métier, vous êtes les deux personnalités les plus en vue. Vous seriez dingue de ne pas suivre mon conseil !

— D'accord, Norton, vous avez gagné.

— Vous voulez que j'organise tout ou vous vous en chargez ?

— Faites comme vous voulez ! Je ne veux pas qu'on m'embête.

— Désirez-vous le rencontrer dans un endroit particulier ?

— Non. S'il est aussi bidon que je le crois, il souhaitera sans doute me retrouver au Polo Lounge du Beverly Hills Hotel. Comme ça, il pourra jouer les Monsieur Hollywood et se faire appeler au téléphone toutes les cinq minutes.

— Je vous appellerai donc également toutes les cinq minutes, d'accord ?

— Parfait.

Norton se remémora soudain un détail, mais il n'osa pas en parler. Ollie et Bettina avaient loué l'appartement de Bill Hale à New York, il y avait longtemps de cela, il en était certain. Mais mieux valait ne pas évoquer Ollie. Sa mort avait été un gros choc pour Bettina, il le savait. Les coups durs ne l'ont pas épargnée, songea-t-il en composant le numéro de Bill Hale, mais elle avait aussi eu beaucoup de chance. Un peu comme Bill Hale précisément.

On lui passa assez vite la secrétaire de Bill, puis ce dernier. Ils convinrent d'un rendez-vous pour le lundi suivant mais, contrairement aux prédictions de Bettina, il demanda à la rencontrer chez elle, après le déjeuner.

— C'est une plaisanterie ? fit-elle, ahurie, quand Norton l'appela pour l'informer.

— D'après lui, vous y serez mieux pour discuter que dans un restaurant où vous seriez sans cesse dérangés par le va-et-vient des serveurs et par le téléphone. Il a pensé que vous seriez mal à l'aise chez lui.

— Bon.

Elle haussa les épaules et raccrocha. Le lundi suivant, elle s'habilla une heure avant l'arrivée du célèbre producteur. Elle choisit un tailleur qui venait de Londres, un lainage superbe et fin couleur anémone, un chemisier de soie blanche et les boucles d'oreilles d'améthystes que son père lui avait offertes. Ses cheveux souples et soyeux avaient les teintes de l'automne en Nouvelle-Angleterre. Elle se regardait une dernière fois dans la glace quand la sonnette retentit. Son apparence extérieure importait peu mais puisqu'elle se lançait de nouveau dans les affaires, autant avoir l'air de ce qu'elle était. Ni la fille de Justin Daniels, ni la femme d'Ivo Stewart, ni Mme John Fields, ni même Mme Oliver Paxton. Elle était Bettina Daniels. Quels qu'aient pu être ses autres rôles, c'était celui d'auteur dramatique qui lui seyait le mieux. Après beaucoup de souffrances et d'erreurs, elle avait découvert une chose : elle était entière.

— Monsieur Hale ?

Elle le dévisagea, l'œil sévère. Comme elle, il était fort élégant, costume bleu marine rayé, cravate Christian Dior également bleu marine et chemise blanche abondamment amidonnée. Il était racé, beau, Bettina dut le reconnaître. Peu lui importait. Après un signe de tête courtois, il lui tendit la main.

— Bill, si vous voulez bien. Mademoiselle Daniels ?

— Bettina.

Les présentations faites, elle le mena dans le salon et prit un siège. La femme de ménage apparut avec un grand plateau laqué. Il y avait du thé et du café, une assiette de petits canapés et de biscuits qu'Alexander avait lorgnés un bon moment ce matin-là avant de partir à l'école.

— Mon Dieu, vous n'auriez pas dû vous donner tout ce mal.

Elle lui répondit qu'elle ne s'était donné aucun mal et se demanda si cet homme était de chair ou de marbre.

Lui buvant son café, elle sirotant son thé, ils parlèrent affaires durant deux longues heures. Bettina dut s'avouer que l'idée de Bill Hale lui plaisait et, à la fin de leur entrevue, elle arborait un grand sourire.

— Dois-je appeler votre agent pour régler les détails bassement matériels ?

Elle rit en plissant les yeux.

— Vous êtes beaucoup plus sympathique que je ne pensais, dit-il.

Elle le regarda, partagée entre l'amusement et l'étonnement.

— Pourquoi ?

— Eh bien, voyez-vous, la fille de Justin Daniels… Il s'éclaircit la voix, un peu gêné.

— Vous auriez pu être affreusement snob.

— Et je ne le suis pas ?

— Pas du tout.

— Moi aussi, j'avais un a priori, avoua Bettina qui s'enhardissait.

— Pourtant, mon père n'était pas célèbre.

— Non, mais vous avez d'autres défauts, si ce qu'on m'a raconté est vrai.

Leurs regards, l'un bleu, l'autre vert, se croisèrent sans hypocrisie.

— Une réputation de Barbe-Bleue ?

Elle acquiesça.

— Charmant, non ? dit-il sans colère, plutôt avec l'air de quelqu'un qui se sent seul. Les gens adorent ramasser les miettes et parler de ce qu'ils ignorent. J'ai été marié quatre fois, dit-il avec honnêteté. Ma première femme a été tuée dans un accident d'avion, la deuxième m'a quitté après…, hésita-t-il, après que notre vie eut été brisée. La troisième était une idéaliste et, six mois après notre mariage, elle a réalisé que son vœu le plus cher, c'était d'aider le tiers-monde. Quant à la quatrième…

Il eut un large sourire.

— C'était une garce complètement hystérique.

Bettina se sentait de plus en plus à l'aise.

— Ce n'est pas moi qui pourrais vous jeter la pierre.

— Pourquoi ? Les autres ne se privent pas de me dénigrer.

Elle était touchée de sa franchise et embarrassée de ses propres préjugés. Brusquement elle éclata de rire et se cacha derrière sa serviette. Il ne voyait plus que ses yeux verts dansant.

— Moi aussi, j'ai été mariée quatre fois.

— Qui, vous ? Et moi qui me sentais coupable !

Il avait le visage d'un enfant qui vient de se découvrir un point commun avec un camarade. Elle s'était redressée et le regardait avec un air de petite fille.

— Vous vous sentez coupable ?

— Évidemment. Quatre femmes ! Ça ne se fait pas !

— Et moi alors ?

— Même chose. Et vous devriez vous sentir doublement coupable pour ne pas me l'avoir dit plus tôt.

Il grignota un biscuit, s'enfonça dans son fauteuil et lui sourit.

— Alors parlez-moi des vôtres.

— Un homme délicieux qui était beaucoup plus vieux que moi.

— De combien ? Vous aviez seize ans et lui dix-neuf ?

— J'avais dix-neuf et lui soixante-deux, répondit-elle d'un ton légèrement dédaigneux.

— Hoooo..., siffla-t-il. C'était *vraiment* plus vieux !

Il n'y avait pas l'ombre d'un reproche dans ses propos, seulement de l'intérêt.

— C'était un homme merveilleux, un ami de mon père. Vous l'avez peut-être connu.

Elle était sur le point de prononcer son nom, mais Bill Hale leva une main pour l'arrêter.

— Non, non, je vous en prie ! Nous resterons dans l'anonymat. Ne gâchons pas tout. Sinon vous allez découvrir que j'ai épousé deux de vos cousines et vous vous remettrez à me haïr.

Bettina éclata de rire, puis le regarda d'un air grave.

— C'est ça Hollywood ? On discute de ses quatre derniers époux ou épouses autour d'une tasse de thé ?

— Seulement les dingos, Bettina. Nous autres, nous nous contentons de commettre des erreurs. Or, comme chacun sait, l'erreur est humaine. Évidemment, il faut reconnaître que quatre, ça fait beaucoup !

Ils échangèrent un sourire.

— Peu importe, continuez...

— Mon deuxième mari présente certaines analogies

avec votre troisième épouse, celle qui milite pour le tiers-monde. Lui voulait une carte de résident. Nous avons été mariés six mois également.

Son visage se rembrunit au souvenir de son enfant perdu.

— Le troisième était un médecin de San Francisco et pendant cinq ans, j'ai essayé d'être une femme « normale ».

— Et que fait une femme « normale » ? demanda-t-il, intrigué, en reprenant un biscuit.

— À vrai dire, je n'en ai jamais été très sûre. Tout ce que je sais, c'est que je faisais tout de travers. Une de mes amies prétend qu'il faut être un oiseau gris et brun.

Il la regarda, entre le rire et la commisération, et ses yeux s'arrêtèrent sur sa chevelure flamboyante et son tailleur pourpre.

— Vous en êtes loin.

— Merci. De toute façon, j'ai tout fichu en l'air en écrivant ma première pièce.

— Il ne l'a pas aimée ?

— Il a demandé le divorce le jour où je suis partie pour New York, il a vendu notre maison et je ne l'ai appris qu'en rentrant chez moi.

— Il ne vous a pas prévenue ?

Elle secoua la tête.

— Charmant. Et ensuite ?

— Ensuite je suis retournée à New York et… c'est là que j'ai rencontré mon quatrième mari, expliqua-t-elle après un temps d'hésitation. Quelqu'un d'extraordinaire. – Sa voix baissa d'un ton. – Nous avons eu un enfant, et il est mort il y a un an.

— Je suis désolé.

Ils restèrent face à face, en silence.

— Vous voyez, Bettina, les autres, tous les autres croient que nous avons passé notre temps à rire, à collectionner les divorces et à payer des pensions alimentaires, que notre longue liste d'ex-femmes ou d'ex-maris est un objet de plaisanterie. Les tragédies et les erreurs, les gens en qui vous avez confiance et qui vous déçoivent... C'est la réalité, et personne ne le comprend. – Leurs regards restaient soudés l'un à l'autre. – Ma deuxième femme et moi, nous avons eu deux enfants. Elle était alcoolique, ce que j'ignorais au moment de notre mariage. Elle passait son temps à entrer et à sortir de clinique, essayant de se débarrasser de cet esclavage. Elle a finalement échoué, poursuivit-il en soupirant. Elle était au volant, un jour, avec mes deux petites filles dans la voiture et...

Sa voix se brisa et, sans réfléchir, Bettina tendit la main vers lui. Elle savait ce qu'il allait dire. Bill Hale serra sa main dans la sienne.

— Elle a bousillé la voiture, et les deux enfants ont été tués. Pas elle. Elle ne s'en est jamais remise. Depuis ce jour-là, elle vit dans des institutions spécialisées. – Il haussa les épaules, mais sa voix n'était plus qu'un murmure. – Je pensais que nous parviendrions à surmonter ce drame, mais... impossible. – Il releva la tête et retira sa main. – Comment faites-vous depuis la mort de votre mari ? Est-ce pour cette raison que vous avez été impossible à joindre pendant des mois ?

Brusquement, il comprenait ce qu'elle avait vécu. Bettina hocha lentement la tête.

— Je survis. Ça va mieux. Au début, cela m'a paru si... injuste !

— Ça l'est. C'est dégueulasse ! Les gens bien, ceux

avec qui on peut bâtir quelque chose... – Il ne termina pas sa phrase. – Ma première femme était ainsi. Elle était si bonne et si drôle ! Elle était comédienne, moi écrivain. Et puis il y a eu cette foutue tournée et... fin de la route. J'avais vingt-trois ans et j'ai cru que j'en mourrais. Je me suis saoulé à mort pendant une année entière. N'est-ce pas incroyable ? fit-il en regardant Bettina droit dans les yeux... C'était il y a seize ans... Et depuis, il y a eu trois femmes dans ma vie, assez importantes pour que je les épouse. Si quelqu'un m'avait dit ça après la mort d'Anne, je l'aurais tué. C'est drôle, le temps fait d'étranges choses. – Il resta quelques instants ainsi, rêveur, souriant. – Deux histoires édifiantes, la vôtre et la mienne.

— Je suis contente que vous réagissiez ainsi. J'ai eu parfois l'impression que la vie ne valait pas la peine d'être vécue.

— Et si, pourtant, c'est bien ça le plus surprenant. Il y a toujours un événement, un être, une femme dont on tombe amoureux, un ami que l'on veut voir, un bébé que l'on désire mettre au monde... quelque chose qui vous donne la force de continuer.

Bettina était heureuse de l'entendre parler ainsi. Il la libérait. Toutes les pièces du puzzle s'imbriquaient les unes dans les autres pour former une image complète dont elle n'avait pas encore vu tous les détails.

— Avez-vous d'autres enfants ?

Il secoua lentement la tête.

— Non. Mademoiselle tiers-monde n'est pas restée assez longtemps pour faire un bébé. Le numéro quatre et moi avons été mariés trois ans, mais... ce furent les trois plus longues années de ma vie.

C'est alors que Bettina se souvint :

— Je me rappelle votre mariage, fit-elle avec un grand sourire. J'habitais dans votre appartement de New York.

— Ah bon ? s'écria-t-il, sidéré. Quand ?

— Vous étiez sur la côte Ouest. C'était un bel appartement dans le West Side.

— Mon Dieu !

Il la regarda avec stupéfaction.

— Je l'ai loué à Ollie... Ollie Paxton...

D'étonnement, il se mit à bredouiller.

— Voilà donc qui vous êtes, Bettina ! La femme d'Ollie Paxton !

Elle l'observa, très droite sur sa chaise.

— Non.

C'était comme si le même écho lui revenait toujours et toujours et que, pour la énième fois, elle refusait de l'entendre. Même pour Ollie, elle ne pouvait accepter cela.

D'abord surpris par sa réaction, Bill Hale saisit soudain où elle voulait en venir, et il lui tendit la main. Elle n'était plus la fille de son père, ni la femme d'Ivo ou d'Ollie... Elle était elle-même à présent... Ils se comprenaient. Leurs regards se croisèrent tandis qu'ils échangeaient une poignée de main au-dessus de la table.

— Bonjour, Bettina. Moi, c'est Bill.

Composé par Nord Compo
à Villeneuve-d'Ascq (Nord)

Imprimé en France par

MAURY-IMPRIMEUR
à Malesherbes (Loiret)
en septembre 2012

POCKET – 12, avenue d'Italie – 75627 Paris Cedex 13

N° d'impression : 176434
Dépôt légal : octobre 2012
S23318/01